中国好诗歌——

喊出心底的热爱

热爱

上册

金石开　主编

天津出版传媒集团

百花文艺出版社

图书在版编目（CIP）数据

中国好诗歌：喊出心底的热爱．上／金石开主编
．－－ 天津：百花文艺出版社，2024.1
ISBN 978-7-5306-8607-2

Ⅰ．①中… Ⅱ．①金… Ⅲ．①诗集－中国－当代
Ⅳ．① I227

中国国家版本馆 CIP 数据核字 (2023) 第 172744 号

中国好诗歌：喊出心底的热爱（上）
ZHONGGUO HAO SHIGE：HANCHU XINDI DE REAI（SHANG）
金石开　主编

出 版 人：薛印胜
责任编辑：张　雪
封面设计：鸿儒文轩
出版发行：百花文艺出版社
地址：天津市和平区西康路 35 号　　邮编：300051
电话传真：+86-22-23332651（发行部）
　　　　　 +86-22-23332656（总编室）
　　　　　 +86-22-23332478（邮购部）
网址：http://www.baihuawenyi.com
印刷：三河市华东印刷有限公司
开本：640 毫米×960 毫米　1/16
字数：410 千字
印张：30
版次：2024 年 1 月第 1 版
印次：2024 年 1 月第 1 次印刷
定价：158.00 元（上下册）

如有印装质量问题，请与三河市华东印刷有限公司联系调换
地址：三河市燕郊冶金路口南马起乏村西
电话：19931677990　邮编：065201

编者按

　　《中国好诗歌——喊出心底的热爱》收录的是中国诗歌网"每日好诗"栏目继第一次结集出版后近两年的作品。虽然受诸多因素的影响，这本诗集与大家见面稍晚于原定的时间，但我们一直努力兑现我们在网站草创时期就许下的承诺：将在网站上推荐的优秀作品，包括"每日好诗"栏目的诗歌，以更多的渠道特别是纸质出版的方式推荐给热爱诗歌的读者朋友。

　　伴随着这本诗集问世，中国诗歌网也迎来了她的八岁生日，也是"每日好诗"栏目上线八周年的时间（中国诗歌网"每日好诗"栏目是网站开通以来就推出的品牌栏目）。八年来，中国诗歌网从无到有，从默默无闻到众所周知，已经成为中国诗坛最具影响力的阵地之一，"每日好诗"也为很多诗人引以为荣的作品，成为最能反映诗人创作风格、代表诗人创作水平的作品。从编辑的角度来说，"每日好诗"栏目是中国诗歌网的品牌栏目，是我们履行编辑职责，选择、优化和推荐优秀作品的重要抓手，也是我们服务诗人、发现诗人，提高为诗人服务水平的重要手段。客观地说，"每日好诗"从一个侧面更加真实细腻地反映了中国诗坛的创作生态。

　　我始终认为，互联网已经成诗歌传播的重要阵地之一，而诗人面向读者的第一张名片也是互联网。但是互联网服务诗人的有效方式已经不再是推出海量的诗人作品，而是充分发挥编辑出版工作的传统精神和职能，向读者推荐诗人最优秀的作品。互联网可以是诗歌的"海洋"，最大程度地方便了诗人作品的发表，以接近"零门槛"的方式接受诗人们的投稿——这当然是互联网的基本功能和传播优势之一——但互联网另一个被忽视、却是越来越凸现的功能就是从海量的诗歌作品中遴选出优秀的作品，从而有效地反映当下诗歌创作所能抵达的高度。中国诗歌网"每日好诗"栏目的初心和野心就在于此，我们每天收到近3000首投稿，但每天只向我们的读者推荐一首"好诗"。所以，"每日好诗"的编选原则和编辑过程就特别重要了。

很多网友都非常熟悉"每日诗好"的选拔流程，我在此只是简略介绍一下。"每日好诗"的候选作品由值班编辑推荐。所有编辑推荐的作品每周汇总后对外发布，接受广大诗友的投票。我们编辑部会根据网友投票情况对候选作品进行讨论，然后由全体编辑投票选出9首作品，交给特邀点评专家。一般来说，我们会要求点评专家关注排名靠前的诗歌，但如果专家对后面的诗歌更有兴趣，可以提供有说服力的理由并经编辑部认定。专家从候选作品中推荐的诗歌就确定为"每日好诗"，三首由专家点评，一首公布在中国诗歌网和微信公众上征集网友点评（另外一首为旧体诗），在接下来的一周内每天发布一首。这部诗集中的所有作品，都是经过上述流程选拔出来的。我在给专家的推荐语中常常说到，"每日好诗"不一定是绝对的上乘之作，但绝对是凝聚了我们编辑部最大的共识，一定意义上也凝聚了诗坛的共识——因为我们编辑部虽然具体人员一直在变化，但组成基本是稳定的，年龄分布均匀，来自不同的地区，有在高校接受过完整诗学训练的"科班"人才，也有虽然来自于基层但已经具有全国影响力的诗人。我经常说，"好"是我们的一个原则，或者说是我们的职业追求，发现并推荐优秀的诗歌，但由于个人能力等客观原因，我们可能离目标有一定的距离，但是我们能实现的就是"程序正义"，就是保证"每日好诗"作品选拔的公平、公正和公开。

八年来，我们在不断地摸索，"每日好诗"的编选流程历经微调和完善，但上述的基本环节和原则并没有变化。也正是我们全体编辑多年如一日的坚守，我们发现了一大批生活在基层、奋斗在一线的优秀诗人。如果不是互联网，他们的写作、他们的才华得到世人的认可可能需要更多的时间。

特别需要说明的是：这本诗集主编虽然被冠上了我个人的名字，但实际上是中国诗歌网全体工作人员特别是全体编辑人员的劳动成果。我在此向所有参与中国诗歌网"每日好诗"编辑工作的同事表示感谢，并有必要在此列出他们的名字：符力、孤城、王夫刚、罗曼、丁鹏、葭苇、年微漾、王家铭、林珊、姜巫等。一定程度上来说，这些诗歌是他们的诗歌创作观念和诗歌鉴赏水平的综合反应，凝聚了他们对诗歌的痴迷和拳拳之心。

中国诗歌网总编辑

金石开

目 录
Contents

拉赫玛尼诺夫：帕格尼尼主题狂想曲

» **颜 溶**

帕格尼尼。意大利小提琴弦上舞动的魔鬼
一百年后在钢琴的附身

帕格尼尼：传说中的苍白。狂热
鬼魅般的躯壳
裹着热情的灵魂
乐章中你的忧郁就是俄罗斯忧郁
你就是拉赫玛尼诺夫。就是我
延续的生活
甚至：你爱过的女人。和你交易的恶魔
你在教堂碰到的麻烦。琴弦上
你放肆的习惯和姿势

当我把节奏放慢。时光倒流
提琴独奏的动机。主题的另一种变奏
18 个变奏。18 双天使的眼睛
关闭喧嚣嘈杂的音响。世界的一切停下来
而弦乐是另一条河流
在音色的深处暗流。你吹动了帆

让诗歌构成音乐的要素、时间的要素、灵魂的要素乃至人生的要素，这的确需要那些趋于疯狂跳动着的或是弥漫飘荡着的音乐"调式"来支撑，只有它可以作用于人们的听觉或是知觉而产生出一种"时间幻象"，《拉赫玛尼诺夫：帕格尼尼主题狂想曲》这首诗就有这样的特点。

的确，以诗来演绎被世人广为传诵的世界名曲并非易事，在这里，诗人正是抓住了最能够准确体现拉赫玛尼诺夫钢琴演奏的声音词汇、肢体语言和调式定音来体现这首诗的深刻内涵："帕格尼尼。意大利小提琴弦上舞动的魔鬼／一百年后在钢琴的附身""帕格尼尼：传说中的苍白。狂热／鬼魅般的躯壳／裹着热情的灵魂"。是的，《帕格尼尼主题狂想曲》作为拉赫曼尼诺夫最重要的作品之一，优美无比，动人心魄，隐含着永不褪色的"俄罗斯忧郁"，这首诗要想表现出这个曲子的灵魂，必然要找到这个曲子的"核心要件"，于是，诗人从这个曲子里的 18 个"变奏"作为突破口，用诗意的符号来表现拉赫玛尼诺夫对帕格尼尼传说中的舞台形象："18 个变奏。18 双天使的眼睛／关闭喧嚣嘈杂的音响。世界的一切停下来／而弦乐是另一条河流／在音色的深处暗流。你吹动了帆"。

此时此刻，在我们的面前，一个瘦骨嶙峋、苍白、狂热、鬼魅般的躯壳包裹着热情的灵魂，仿佛被艺术之神唤醒，整个世界好像瞬间被辉煌的旋律所照亮，这既是《帕格尼尼主题狂想曲》的天籁美感，也是这首诗给我们带来的音乐动感和生命交响。

特邀点评：卢辉

嗑瓜子狂想曲

》 **马迟迟**

我在嗑瓜子

一个午后，我在嗑瓜子

变得停不下来

让我陷入一种瘾

好像对一些事物的迷恋

不停地重复

相同的动作，我坐在这里

房间里空空荡荡

我坐在一具沙发上

此刻，没有人与我发生对话

我独自坐在一个正确的位置

房子外面没有声音进来

没有错误，我坐在这里

这里就构成一个世界

这个世界只允许一个声音存在

而这时候，一个巨大的沉默突然牵扯住我

我在想，这时候的世界中

会不会有同样一个人正在嗑瓜子

会不会同样陷入一种突然的寂静

而那些从未有过的喜悦

都会在这一瞬间里撞击过来

让我们变得静止，仿佛此刻正融入

世界中一些神秘的事情上来

点 评

诗歌写作有时很需要一种"非推理形式"，我把它叫作写诗的"状态感"。正如《嗑瓜子狂想曲》中所"陷入一种瘾"，这种"瘾"就是写诗时的"状态感"，它可以是机体生活的节奏，感情生活的节奏，潜意识的节奏，非理性的节奏等等。而《嗑瓜子狂想曲》之所以能让读者从"嗑瓜子"的过程中会"陷入一种突然的寂静""融入世界中一些神秘的事情上来"，其根本的缘由在于诗歌创作中非推理性的"状态感"。

在我看来，这首诗非推理性的"状态感"有它两个层面的重要环节：一是各种节奏之间并非呈现简单的循环之状，而是极其缠绕错综的"情结"。如开头我们看到的俨然是一种简单的循环："我在嗑瓜子/一个午后，我在嗑瓜子/变得停不下来/让我陷入一种瘾"。然而，随着这个"瘾"的蜕变，节奏发生了很大的改变："而这时候，一个巨大的沉默突然牵扯住我/我在想，这时候的世界中/会不会有同样一个人正在嗑瓜子/会不会同样陷入一种突然的寂静"。这时，"我"的行为开始上升为"类"的行为，于是就出现了形形色色的"撞击点"，即缠绕错综的"情结"，故衍生出"我"的"从未有过的喜悦"。二是各种节奏组合在一起容易形成情感的交错动态形式。如诗中的机体生活的节奏："我坐在一具沙发上/此刻，没有人与我发生对话"；感情生活的节奏："而那些从未有过的喜悦/都会在这一瞬间里撞击过来"；非理性的节奏："好像对一些事物的迷恋/不停地重复/相同的动作"；潜意识的节奏："仿佛此刻正融入/世界中一些的事情上来"。这四层节奏在诗中交叉、推动、摩擦、互补，形成了莫可名状的"神秘感"，这正是这首诗的魅力所在。

特邀点评：卢辉

潭柘寺的钟声

» 陈巨飞

我以飞旋的秋意，化为银杏叶和北方响晴的蓝天

多么丰盈：精神上有一座祈福的碉堡，肉体上

有人间的烟火和露水

然而这钟声，它隐隐而来，不似惊雷扑入怀中

而似狮子吼，似面壁者的墙壁，似空谷里

一片柘树叶子落在历史的针脚里——

我看见天子狩猎的马蹄声越来越远了

枯草上住着热爱生活的人，需要钟声

我是浑浊的，需要沐浴；需要把语言的沙子

换成击钟者的头颅

需要在钟声里种一棵菩提树，光秃秃的

发不出枝叶，长不出果实

当它击中我，我只能化为一缕回声……

点评

"枯草上住着热爱生活的人，需要钟声"。真正热爱生活的人，不会任由人间的烟火覆灭精神的碉堡，也不会空有精神的碉堡而丢弃生活的本质。此诗开头，作者与清新空远的意境——"银杏叶""响晴的蓝天"融为一体，就在即将陷入清心寡欲、不识人间烟火之时，作者一句"精神上

有一座祈福的碉堡，肉体上有人间的烟火和露水"，脱离生活的人终将回归生活，生活才是佛。但内心辽阔的人，生活也是跑马场，也是寺庙本身。寺庙里的钟声，隐隐而来，"似狮吼——似墙壁，似墙壁——似叶子落到针脚里"，钟声铆足了力量，一鼓作气以无形的洪亮的声音转化为有形的看得见的平面的墙壁，再由厚重的平面的墙壁拆分成轻盈的叶子落到细微的针脚里。作者听到沦陷在钟声里产生了由厚重至轻盈，由粗狂到细腻一系列的心理变化。"我看见天子狩猎的马蹄声越来越远了""我是浑浊的，需要沐浴"，作者的内心开始趋于平静，他开始自我反省、修行。但修行的结果就是"无""空"。"当它击中我，我只能化为一缕回声……"他被击中过，并成为"钟声"的一部分。但上山的人，总是要下山的，山上的钟声响着……

点评网友：一粒沙

那些越走越远的人化作一盏又一盏高悬的星盏

》 平凡人

这时候，我会想到面具

（深夜藏在白昼的身后拿着的黑色的面具）

想到落日的余晖残存的光线里

被碾碎的虫还在拼命地拼装着嘴巴，嗜食着光阴的碎屑

这时候，我会把消殒前的最后一片云彩当作刻意

炼狱之火化作灰烬前的挣扎，敛去了媚和轻浮的温度

这时候，我会把群山的沉寂当作平衡大地的一块顽石

我会让暮色的旷野愈发辽远和空旷

让时间止于屋檐，止于高原，止于忧郁的人拨弄的琴弦

遥远的海水，波澜壮阔的镜子一直空着

命运的缰绳紧紧地勒住几粒沙砾

苍老敲出的光芒里有神掏出的晦涩的暗语

有从丰盈多汁的浆果中提取的溃烂

那些越走越远的人化作一盏又一盏高悬的星盏

照见夜行兽轻盈的脚步，一个又一个巢穴与窟窿里探出的脑袋

汤汤之水永无止息地东流

映照我高悬的鼻息，薄若纸片的身躯

　　诗人林莽先生在谈到诗歌表达的基本标准的时候提到了六个字："具体，清晰，新颖。"我的理解是诗写者的表达首先要及物，要把诗意落实到具体的事物和细节深处，而避免凌虚高蹈。从这点来说，《那些越走越远的人化作一盏又一盏高悬的星盏》算得上一首有着鲜明个人特色的作品。诗写者把关于生死这样的宏大主题的关照与思考，的确落实到了"远走的人""高悬的星盏"这样的细节上，从而避免了玄虚。随之，他（她）并没有沿着这样的一条线深化下去，而是打开想象的发射器，在纷繁的意象之间闪展腾挪，去尝试擦亮和呈现出词语、意象所蕴含的诗意，还原诗意的本真。我们能从诸如"让时间止于屋檐，止于高原，止于忧郁的人拨弄的琴弦""波澜壮阔的镜子一直空着""从丰盈多汁的浆果中提取的溃烂"这样的表达里看出诗写者对独特表达的追求，他（她）带来的另一个问题是，仅有追求并不足以成就一首好诗，诗写者还需要去更敏锐地捕捉和抓住那些与众不同的"意"与"象"。

特邀点评：谷禾

飞　鱼

》陶　杰

我喜欢一座断裂的山胜过一座
完整的山，喜欢流经峡谷的河
胜过在平原上流淌的河。
喜欢向西流的那一截，胜过整条
把大海作为归属滚滚东流的河。
喜欢会发呆的人，胜过
像通了电一样从不发呆的人。
喜欢会迷路的人胜过从不迷路的人。
喜欢将碎纸片拼凑起来琢磨的人
胜过将它扔进纸篓不管不问的人。
喜欢走路蹦蹦跳跳的人
胜过像揣着鸡蛋一样走路的人。
喜欢朝着太阳打喷嚏的人
胜过用纸巾遮着嘴打喷嚏的人。
喜欢把嘴巴说成洞，胜过
说成器官。喜欢晚上照镜子
胜过白天照镜子。
喜欢无数碎片映出的脸
胜过一整块镜子映出的脸。

喜欢针尖的空虚胜过气球的空虚。

喜欢蚂蚁的叹息胜过狮子的吼叫。

喜欢叮咚的滴落声，胜过

哗哗的流淌声。喜欢

下雪的冬天胜过不下雪的冬天。

喜欢大雪后的寂静胜过会场上的安静。

喜欢狼在人群中的感觉，胜过

人在狼群中的感觉。

喜欢悄悄话，胜过

通过话筒交谈。喜欢摸额头

胜过体温计插入体内的感觉。

喜欢挠胳肢窝胜过握手。

喜欢毛茸茸的狗的叫声，胜过

光秃秃的门铃声。喜欢来自

背后的注视胜过来自前方的打量。

喜欢说不出的快乐胜过

说得出的快乐。喜欢冰山

胜过冰山的一角。

其实，我喜欢海上涌动的波浪线

远胜棋盘上的楚河汉界。

喜欢用蔚蓝来形容天空和大海

胜过把它们分成上面和下面。

但我就这么做了。现在

我一会儿变成鸟一会儿变成鱼

变来变去说不清自己到底是什么

再说我也念不好咒语只适合

做一条呆头呆脑的飞鱼游也是飞

飞也是游看见孤舟不问来去。

点 评

《飞鱼》是一首有想法的诗。从结构上看，它基本上靠着"我喜欢××胜过××"这个统一的句式来推着自己的诗写向下走。这让我想起自己若干年前也写下过"我爱露水，胜过露水大的前程"这样的句子，而不禁脸红起来。我的意思是说，这个句式本身并非诗写者个人的创造和发明。如果你借鉴过来，而且作为诗歌生成的新摇篮来使用，就需要给它诸如更多的匠心，细读这首诗，我们注意到，诗写者从落笔于自然之境，寻求"断裂的山""完整的山""流经峡谷的河""在平原上流淌的河""向西流的那一截""整条把大海作为归属滚滚东流的"的错位与对比，让诗意生成，进而转入对"人"的比照，通过落实于细节的人的各种举止甚或癖好，去廓开"完美的虚无"和"残缺的真实"的错位和反悖，既为自己，也为读者提供或此或彼的选择。到诗的后部分，诗写者重归于对自然的书写——"喜欢用蔚蓝来形容天空和大海/胜过把它们分成上面和下面/我一会儿变成鸟一会儿变成鱼/变来变去说不清自己到底是什么/再说我也念不好咒语只适合/做一条呆头呆脑的飞鱼游也是飞/飞也是游看见孤舟不问来去"，适时构建题目和内容之间的联系。

特邀点评：谷禾

雨　中

» 韩　梅

下午两三点的雨，遗世也普世
我在平原上瞭望高原
向寂寞无辜的北方，露出原形

初开的栀子忽明忽灭
这夜生的白牙被反复搓洗
只长在现在，和温顺的低处

我想念泥土狭长，如周身的沟壑
一旦响雷劈山，野魂就四散而逃
千百位母亲挥起枕下的尖刀

我感到，黢黄的水土流进皮肤
决绝。太行淤积浊流，放弃清澈
并不觉落魄，还在雨中打了个响鼻

　　《在线汉字字典》对"遗世"一词的解释如下：1.超脱尘世；避世隐居。2.道教谓羽化；登仙。泛指去世。"普世"当然是指普遍的整个世界。那么，用"遗世""普世"来界定下午两三点钟的雨，显然给这一点特定时间段的雨注入了哲学和宗教学上的意义。或许，诗写者不过是无意间触及了它，因为接下来，我们并没有看到"诗"从此延展下去，而是迅速回归，从"我在平原上瞭望高原／向寂寞无辜的北方，露出原形"到"初开的栀子花忽明忽暗"，或处在高处或低处。眼前或远方，具象"雨中"环境下，诗人的所观所感，拓展诗写的能指空间。在一首诗歌充满宗教和哲学气息的开篇之后，"我"随之出现。那么，我是谁？一个成熟的写作者，可以在不同的诗歌里呈现无数个"我"，而每一个"我"必须是具体和清晰的，唯其如此，他的诗写才有个人化／个性化的可能。相对而言，我更喜欢诗的最后一节，他让雨中的太行山变成了一匹打着湿热响鼻的马，有了动感，有了力量，有了飞起来的想象。这在一定程度上弥补了我念念不忘的之前存在的缺憾。由此我也想到，和真正的大师相比，当下的年轻诗人们所缺少的恰是容不得修改一字的精确表达。精确！是的，我说的没错。

特邀点评：谷禾

喊出心底的热爱

》 王爱民

机器咬掉的一根手指，没活
要了十六岁少年命的池塘，半干
半夜楼下自言自语的男子
走得比一朵蜀葵、两只流浪狗更慢

太阳爱着大地，枝条抚摸头顶
一朵花从墙根牵出一头牛
藤萝奔腾上架像更多低头吃草的马
再爱一会儿，雨才会喊出热爱
我们坐在一朵花里，会认识更多花
并一一叫出她们的名字

河滩上
母亲的花被单收容了童年的天空
我和石头彼此坐热了屁股
我们赤脚踩石头过河
水下的白像心中的白，像骨头

一把木凳坐在木头的影子里

贴近的时候，汗花的味道直逼年轮的初心

多少往事在大树下乘凉

并被大蒲扇后面的萤火虫一一点亮

小暑里迈开大步，小暑有大回声

围山水转，你就是最好的山水

我愿是莲，不喜不怒，不妖不艳

慢慢把自己洗净，但不把自己写满

点 评

作者的情感，是经历了岁月沉淀的情感，所以更加稳重有力量，像河流之下的暗涌，虽在表面看不着痕迹，却蕴藏着巨大的能量。这样的能量是藏于心底的。而心底的热爱，必然是热烈和深切的，更是平常不肯轻易道出的爱。这样的爱会给人沉淀的、再生的力量。作者也从这最初的爱中汲取营养。

开篇直白道明存在记忆中的片段，这样的记忆是鲜活的，记忆也由此打开。然后作者用简单的诗句牵引出记忆深处的画面。接着，直击心底热爱的源泉。后面以一个木凳为切入点，引出记忆中关于时间的理解。由小及大，把自己想成山水，就是最好的山水；把自己当成山水，就是最好的理解。最后一节，又回归于自然。把自己想象成一朵莲。佛前的一朵莲，在季节里花开花落，不喜不悲，静静开放，感受天地间的一切。这也许就是作者对于赠予自己生命的敬畏，对生命来和去的理解。

总体来看，整首诗情绪饱满有力量，娓娓道来，自然流露情感，又蕴含作者深沉的思考，也同样给读者带来了生命初始美好的思考。

点评网友：桃花岛岛主

在洪泽湖的船上吃老顾做的水煮鱼

» **胡海燕**

船上，老顾用洪泽湖里的水

煮刚钓上来的鲫鱼，一尺二寸

两斤多，"死亡总是和嘴联系在一起"

从我们和老顾约好吃水煮鱼开始

这条鲫鱼，就注定了今天的结局

水在锅中沸腾，像鱼在呼叫

老顾在船头抽烟，这个年近五十，细瘦

虾腰的渔民，一生杀鱼无数

"总有一天我会全部还给洪泽湖"

他说的是湖葬，但距离死

还有一段未知的路途，黄昏

远处天水一色，像一场抵近的厮杀

敌人是自己，双手互搏

水和天在不断侵略，互为肉身

但我知道洪泽湖的边岸

"它之所以显得大是因为我们太过渺小"

从岸上看，船就一黑色的斑点

沸腾的锅，煮着洪泽湖

热量分解着细胞

肉和骨刺，断续有沸腾的香味飘出来

我们从城市驱车十里

就为了这沸腾，水变得洁白、细腻

吃和被吃，其实并没太多区别

老顾把鱼汤端到桌上，黄昏的夕光

正好把整个船包围

点 评

　　这首诗通过对一个日常事件的巧妙叙述，而完成了一次诗意的自我塑造，并在这种塑造中试图揭示出那些隐藏在日常生活背后的构成性力量，正如标题向我们显示的，诗人的意图是在时间的洪流中截取出一个片段，以此作为标本来察看我们生存的整体性情境及其意蕴。显而易见的是，这种诗歌语言的组织方式，自20世纪90年代以来已成为当代诗的一种主要表现方式，受到英美现代诗歌中偏向经验化、日常化和叙事性的类型诗歌影响极深，比如弗罗斯特、希尼、洛威尔、沃尔科特等人的作品对这种类型化的诗歌有着决定性的影响。熟知这种类型化的写作样式，将有助于我们更加深入地理解这首诗。那么我们看到，这首诗围绕着"吃鱼"这个事件在平静的叙述中，不断地将可以体认到事物背后的主宰性力量的元素汇集起来，并一步步地探向自我的生存根基，鱼、我们、老顾以及洪泽湖的景色作为诗中的主体元素，在此汇集中交织着关联着互相构成互相指涉，突围其自身单纯的意义赋予，在"死亡"这一主题之下获得完整的含义。整首诗的叙述极其平静克制，近似于零度的写作，但仍可以察觉出其中流露出的冷静的忧伤气息，结尾处的句子"吃和被吃，其实并没太多区别"显然给出了忧伤的来源，那么诗中不断出现的死亡暗示也并未在黄昏夕光中得到安抚，而是刺目地带有荒谬的色彩。这首诗因而带有存在主义式的味道，其中对自我的辨认和警觉，可以帮助我们对照自己的生活。

特邀点评：张伟栋

破裂的整体或浴室

» 孙　磊

别告别，在雕花的木质澡盆前，白炽灯的光

沿着你的右脸滑下来，像刚脱掉的衣服。

窗外乌云趴在山脊上，仿佛空难

是被等出来的。窗台上，仍是你的毛巾、香皂、牙刷……

橄榄味儿的死亡，从睡衣里伸着舌头，

你不需要依赖它，核心本就是空的。

梳妆镜下不是一地的水，而是

一地的火柴，你允许这样的悖论吗？

在接受触摸前，你允许一阵破碎的火焰

形成草原吗？也许是去年的幻觉

在冷热水的阀门间徘徊，让你确信

爱也是有阶级的。

但告别像绞肉机，熟练地绞碎生活。

而你的骶骨多么寂静，靠在浴室的门上，

别以为那是拯救的力量，你抽身时

支架上的书也会崩溃，像从岩石跃向瀑布的麋鹿。

是你的书，你温暖的文字，你的文字

不像你一样决绝，它们并不认识冬天。

它们永远醒着，小心翼翼地，不去

触及整体。淋浴早就废掉了，

你早已不需要一种暴雨的挥霍了，

你只写下，敲打键盘，从键盘中敲出黑暗，

绿色，呈苔藓状，有毒。

点 评

　　这首诗的标题较为精准地揭示了整首诗的情感基调和主题，破裂的整体暗示着自我的解体，或是由于某种创伤而导致支撑自我的力量溃散，从后面可以看到，这种创伤来自于一段恋情的终结，浴室则是诗人展示内心的场所，整首诗都是围绕着浴室中的具体景物通过不断地换喻来书写内心的空难和破碎的火焰。为了方便理解，我们可以简单地把这个作品归结为表达失恋的一首诗，整首诗都是按照"我与你"的情感对位来表达的，一方的离去与另一方在残留情感中的徘徊构成了这种对位的基本内涵，景物只是充当了情感的中介，过去种种在这种中介中得以复现和触摸，全诗共有两节，两节诗表达了同样的情感和内容，但赋予了语调和意象转换的变化，从而构成了复调的关系，因而诗人的情感借助这种复调的回旋和反复地吟咏获得了一种汹涌的力量，令人动容。看得出这是一首出自年轻诗人的作品，诗人的情感始终围绕着内心来展开，浴室的景物只是充当了内心的镜像，还未能跃入更开阔的时空，进而去认识那些镜像的来源，但从节奏的处理，意象的转化，多重语调的变化，修辞的运用等方面足以让我们看到诗人的语言天分和才华，也正是如此也使得这首诗具有厚重的质感和多重的语义关联。比如这样的句子"你抽身时支架上的书也会崩溃"既暗指了爱人离去所造成的情感崩塌，也抽象地隐喻了事物支撑自身的力量，同时也为我们还原了事件的具体场景。

特邀点评：张伟栋

你是猫

» 天　元

村庄说：你见证过多少甜蜜

就会藏起多少漂泊

你攀过的山隘和参加过的婚礼一样多

你消去了火车，修复了夏日

你看你侄子在日头里疯跑呀

玉米同样疯跑起来

他的童年追着你

大地平坦，日子也洒脱

你是否准备好了远方的故事

你要带回去稻香村啊——香甜的外面的世界

你还会跟谁说，那有猫有玉兰树的园子

又是一年，秋风附身，皮肤温暖

你也该变成一只花猫了

钻出都市笼舍，像田野那样顽皮

点评

这首诗以猫作为核心意象，表达了一种自由的态度，进而展现了诗人对生命的认同感。这种认同感是通过设置了两组带有对立意味的意象来完成的，村庄与都市，田野与笼舍。毫无疑问都市代表了一种价值观念，正如布克哈特所说，那里的人"无论如何都铁了心要去为他们的生存讨价还价，不管跟谁。这是对生命和财产的顶礼膜拜"。卢梭曾用布尔乔亚这一现代人的形象来对此勾画，这都是我们今天所熟知的现代都市的生存景观，诗人在这一路向上并未做过多的展开，而是通过与村庄的对照来暗示这一含义。那么村庄所代表的价值观念也就显而易见，正如诗中所写在那里"大地平坦，日子也洒脱"，是甜蜜、香甜、微暖的田园乌托邦，是可以疯跑，自由成长，修复夏日的稻香村。诗中的猫正是被赋予了这种价值观念，也是诗人自我的化身，句子中反复出现的"你"既可以指代猫也可以换算成诗人自己，就像标题向我们展示的那样。这首诗带有着青春的气息，或者更确切地说带有一种令人向往的纯真，语言上简洁清澈，节奏具有合乎呼吸的自然，这些都为这首诗增添了不平凡的魅力。"又是一年，秋风附身，皮肤温暖 / 你也该变成一只花猫了"这样的句子则让人倍感温馨和神秘，这是我最喜欢的句子，能让我回忆起宫崎骏电影中的某个难忘的细节。

特邀点评：张伟栋

回家，我有二十四首诗的朴素与宁静

》 作 人

一迈开脚步，就跨过了四十年

柴扉半掩
鸡声飞出来，用土不啦叽的调门
把我久违的诨名，围了一个团团转

抖下城市的红尘和皱纹
落座矮凳
从墙缝，翻检出熟悉而陌生的阳光
拭亮被岁月烙伤的眼睛

端一土碗井水清心
站在干檐口
让身体飘进几朵炊烟
让鸟鸣以方言的姿势，唤取内心的春天
让农业的血性重新沸腾

瓦楞上的青蒿，从日子拐角
挑起一些旧事

门环上吊着的绿风，一句两句

依然是入韵的乡音

回家，回家

贴紧农历，贴紧幸福

我有二十四首诗的朴素与宁静

　　对于故乡，我见过太多文本，而如何有效写作，对于每一个诗人，既是一种考验，又是一种能力的体现。本诗的标题即不同凡响，用"二十四首诗"这个数量词组使朴素与宁静达到一种诗意的精确、完美与深刻！这是诗人独具匠心之处，同时，二十四暗合中国农历中的二十四节气。本诗分六节，第一节只有一句，起笔之间，时间跨度四十年。这一句如此重要，因为它奠定本诗的基调和语调，后面几节所有的句子缘此而来。第二节截取了几个生动的细节渲染回乡之情状，柴扉半掩，鸡声飞出，土不啦叽的调门，久违的诨名，把诗人团团包围，如此亲切。第三节继续推进，抖落红尘，坐上矮凳，从墙缝翻检阳光，并在这熟悉而陌生的阳光中自我打量，有一种历尽沧桑之感。第四节的几个细节更加动人，用土碗盛井水以清心，让炊烟飘进身体，让鸟鸣以方言唤取内心，最终让一个大地上的赤子的血性重新沸腾，回归到最初的、最朴素的、最原始的一颗赤子之心。

　　第五节视角独特，只有对故乡怀有深情的人才能写出这看似修辞实则自然呈现的神来之笔：瓦楞挑青蒿，门环吊（穿）绿风。故乡风物与人文在诗人脑海印象之深，足以入诗之神韵。乡音入韵，诗人回家，贴紧农历和幸福，历尽四十年沧桑之后，诗人回归到二十四首诗的朴素与宁静。末节三句，回环往复，与首节及标题相呼应，道尽人生况味。

　　纵观全诗，生动的细节，准确的词语，深厚的感情，精湛的诗艺，自然的表达，使诗人在文本、写作与乡愁之间建构一种有效表达，同时提供了一个绝佳的范例。

点评网友：龚锦明

点 灯

》 黑 女

一月，苦根拔掉，甜光线
捅破窗纸，翻找针线筐
缝补它吧，那打碗花童年

将痛处放平，善待疑惑和抱怨
三月，精神靴子跨过荒泥
那长满蒺藜和修辞的

请原谅，傲慢源于批判
五月再一次说到人
石头坚硬，内脏柔软

别抖动签筒，你听有人在笑：
我们不仁，他却向神问命运
七月，别让他们听到你的呻吟
我折起来的页码中
有事物在歌唱，十月啊
它们先于你领受了世上的伤

腊月，让我离开就像回来

我将用更多锁换一把钥匙

把幻象插满夜晚的神经末梢

雨，都来落到我身上

爱人啊，如果你抵达，掩上门

如果还在路上，我就亮一盏灯

点　评

　　"点灯"之题，满有隐喻之意味。诗歌本身也由一系列连贯又层层递进的隐喻性情景构成。诗人以精准而富于概括性的语言，塑造了一个破碎而幽暗的世界。诗分七节，叙述的线索非常明晰，前六节相互勾连，层层渲染，渐而深入，语言和诗意的铺陈最终指向了诗歌核心意象的出现：亮一盏灯。这盏灯就如同破开乌云的晨光，瞬间冲破了前句中刻意营造的沉闷压抑。它使得诗歌不再沉湎于精致却软弱的自怨自艾，从而获得了一种柔软坚韧的力量。这两者在诗中相反相成，互相成就，足见作者谋篇布局的精妙。

　　诗中以时间限定情境，这一手法也别有意味。诗歌从一月写到腊月，形成一整年的循环，以年月为单位的时间节点给人以强烈的暗示：时间是循环往复的，与此相应的诗歌意境同样也生生不息。另一方面，这首诗采用了许多概括性的词语，例如"痛处""疑惑""抱怨""批判"等等，整首诗的象征色彩非常浓重，意象丰富密集，这样的语言习惯和写作方式稍不留意，就会使诗歌显得空泛。而时间的使用在某种程度上加深了诗歌的纵深感，将诗歌拉回到地面。

　　这是一首能让人感受到温暖的诗。这种温暖来自于诗行中暗含的力量。尽管前六节充满了苦涩，但也总有光明在暗处生长。这首诗的意趣，如同暗夜的一星灯火，善待苦痛，包容黑暗，在这个艰辛的时代，给人带来一点慰藉。

特邀点评：荣光启

下 旬

» 嘶 沙

暑气或许还在灰色的檐下盘桓
秋意却像一只蝶儿从农历里破茧起身

云朵那么薄。有人摇了摇水壶
水应答一声，他就咕咚一口
他再摇，水壶默不作声了
他的气力不过供庄稼多发出一遍回声

没有人说出其中谁是谁的肝胆
只是风吹来黑夜，星星自有闪动
风又吹着白天，我听见的
将在你的收割中果实一样现身
而我一再看见的下旬
多么模糊，又多么清晰
那是纸上的北方
大音希声

　　相信读到这首诗歌的人，都会被它卓越的语言表现力所吸引。粗略看起来，这首诗写的不过是夏天即将结束的下旬，一些自然物象和农人劳作的情境。如何将这样的生活情境写出新意，写得有诗意，是一个不小的挑战，而显然，这首诗成功完成了这个难题。陌生化的诗歌语言突破常规，它所具有的穿透力和生命力，使得诗歌在具体扎实的事象里充溢着流动的诗意。通过写作来恢复人们对日常生活的感受力，发掘平凡事物的美感，一首好诗的意义不外乎如是。

　　季节转换，夏日将尽，暑气在屋檐下盘桓，颓态尽显，秋意即将取而代之，故而它可以像一只斑斓的蝴蝶，破茧而出。农人和饮水相互应答，庄稼和土地也会回应人的劳作，尽管那只是一声无奈的叹息。现代的都市男女除了电视影像，恐怕很少亲身见过乡村和田野，有了空调的存在，连对时节变化的感受也变得迟钝。但这首诗中明晰又强烈的画面感，分明又使读者感受到了那沉闷的空气，延绵的稻田，滴落的汗水……风吹来黑夜和白天，星星自有闪动，诗歌中的万事万物都和人有着相同的呼吸，自然更替，相互应和。这首诗以灵动的语言编织了一个万物有灵、息息相通的世界，而语言正是串联万物，把握这个世界的一把钥匙。

　　世界的丰富是语言难以述说的。"那是纸上的北方／大音希声。"这个结尾让诗作言有尽而意无穷，使诗歌进入更深的境界，留给读者无尽的想象与回味。

特邀点评：荣光启

月光照在菩提上 [①]

> » 紫藤冰冰

水洗过后，天空只适合回忆

尘世的画布难以效颦

面影，迟迟不肯消散

时间冲积成博物馆

柔弱和尖锐试图握手言和

咫尺相对，却遥不可及

注释无从落笔

薄情未必不是悲悯

恐惧和犹疑收拾起羽翼

所有惊艳奇崛的展示

幕落，写着同一种结局

人间寒凉，沉默捻成灯芯

夜色荡开微茫的回应

言语冰封千里，思绪碎裂

白如雪，大漠孤烟迷失了归程

[①] 2017 年 7 月 16 日晨，紫藤冰冰于紫藤居。

死亡是没有黎明的睡眠

梦魇驿站里流连，无邮差传递

风割过的草地，不屑回眸

总会有一粒种子，腐朽里重生

月光漫过狼藉和空虚

枯井底望断，雁阵年年来去

需要多少世菩提，才能

圆满

点 评

首先，诗的题目便值得读者深入品读其巧妙之处。"月光照在菩提上"，表面上给予读者一种静谧、神秘之感，而深入理解就会发现其中沸腾着的是对于生命的领悟。

诗的第一段为诗歌奠定了哀伤的基调。第二段伤感进一步弥漫开来。诗人浓浓的悲伤之情已经无法用言语表达，无奈与伤感的纠缠在短短一句话中得到淋漓尽致的体现。在诗人看来，有时人的不重情义，并不是冷漠蔑视，对内心受到伤害的人来说更像是一种哀伤与同情。作者将沉默比喻成灯芯，希望有人用言语的温暖点亮这盏灯，"冰封千里""碎裂""雪""迷失"充分有力地体现了诗人的孤单，忧伤，画面感极强。

诗的最后一段升华了主旨，生动地诠释了诗人对死亡的思考与感悟。诗人将悲伤委婉艺术地上升到生与死这个话题，既能使读者深刻地体会到生命的重量，哀伤的情感，又不致使读者沉浸于压抑之中。割与"不屑"两个字体现出种子随风飘荡，寻找寄托生命的土壤的不易。但诗人坚信总会有种子得到重生。这一段虽延续前两段悲伤的基调，但悲伤中又孕育着作者的人生领悟，照应了标题，将语言的艺术与人生的哲学很好地融合在了一起。

网友点评：天天

摩尔斯的雨，赠 Mona

》 **陈迟恩**

摩尔斯的雨同时落在两地，
裹着你的每一句话，
等待我探测那简单的内核；
像一只乘夜的精灵，
从你那边消失，就来到我眼前。

我窗外的树吸足了夜色声，
摩挲着掌叶。纹路与纹路咬合住，
而又羞涩地挣脱。一个老人
背对灯光坐在台阶上，一天的余光
吸食着他的眼睛。我不知道

他看向谁。他可曾听到掌叶声？
摩挲着，咬合着，又挣脱着，
有一种爱流淌出来。
是不是两地的叶子同时颤动，
像心同时颤动一样呢？

走过生活的气息与实体

走过马路并在中间顿足了一次，

去往告别的车站。车来了，

我们在溽热的夜色里奔跑。

赶车，也是为了再一次牵住你的手。

点 评

这首诗的第一节让人想到卞之琳《雨同我》的第一节：

"天天下雨，自从你走了。"

"自从你来了，天天下雨。"

两地友人雨，我乐意负责。

第三处没消息，寄一把伞去？

不过卞之琳的诗写的是友情，而这首诗则是情诗。它的想象来得很自然，从雨，到窗外的树叶婆娑，乃至陌生的老人，一切都因相思而着了情意。这是无数情诗都会用到的手法，从诗的开端为我们铺展出一个引人期待的情境。

最动人的想象——也就是这首诗的诗眼，出现在第二节的开端：从窗外雨夜中颤动的树叶的形象，联想到彼此的手掌，在叶脉向掌纹的幻化中，这个联想显然融合着回忆，"纹路与纹路咬合住，而又羞涩的挣脱"。这两句诗指向恋情开始的瞬间，并且凝练地分别勾勒出两人不同的情态，特别是前一句，还传达出更深的意味，手掌叠握在一起，是为了让彼此的命运（掌纹）合一。

这个想象也成为整首诗的结构主线，在第三节再次复现，借由重复的"颤动"，将"雨"—"树叶"—"手掌"—"心"的形象连通起来，并在诗的结尾引出另一个回忆中的场景，那是恋情开始后的一次别离，也是此诗的抒情起点，由此，这首诗的结构呈现为一个圆。

一首好的情诗应该能用简洁的形象和经验的细节讲出一个情味丰富的故事，这首诗无疑做到了。

特邀点评：冷霜

我应该致歉

——仿辛波斯卡

》 **藏 马**

可生存是怎么一回事呢，还有

那像果核一样深藏着的欲望？是的，我应该致歉

此生此世，向每一颗照耀着的星星致歉；

当石头也开始发光，我要向过去致歉——因为我曾抛弃了爱情

没有把它等待；我也应该向这个冉冉升起的春天致歉

在流血的每个早晨，应该向每一条河流

和每一座山峦致歉；为了找回流浪着的真理

我也应该向内心中的自我致歉；

为了一餐虚妄的美味，我搬空了整座大海；

在存在的奥秘还没有向我显露太多的时候

我更应该向陆地致歉；而明月千里的祖国

其实我并没有时时刻刻把你放在心上；

还要走多少条路，才能把灵魂踩得踏实呢

不要再让我飞起来了，在每一朵云彩上

我需要向天空致歉：万物是那样地完美，而我却在酒精中消殒了；

请别告诉我希望原来离我那么远，像不断后退着的地平线

可是又这样地近，像谁身上脱落的一枚纽扣——

我应该也向它致歉；而求求你，仁慈的汉语，我仅是你脚下弯曲的

一粒泥土：我为我在有生之年，能找到你而向未来致歉

点 评

这首诗的副题"仿辛波斯卡"，提示我们它与辛波斯卡《在一颗小星星下》一诗之间的关联，诗中反复出现的"我向……致歉"即源自此诗。不过，如果对比两首诗，会发现两者间有着显著的差异，在辛波斯卡那首诗中，句法更多的是"我为……向……致歉"，这首诗则主要是"我应该致歉"。而在意趣的更深层面上，两首诗也并不相同，但这先不去说它，因为形式上的仿借只是个起点，一个有想法的作者必然会考虑如何在借鉴中赋予自己作品独立的生命。

显然，这首诗的作者有这样的自觉。它的句式更繁复，更多变化，首句就以设问的方式给人新异的感受，其后每一次"致歉"也都出现在不同的诗行位置和句型中，以避免简单排比的单调（也与辛波斯卡那首诗的形式显示出差异），诗思上，此诗也自出机杼，在诗行的推进中，"致歉"逐渐地带上了"致谢"乃至"致敬"的意味，不同于辛波斯卡将普遍性的人类境况与个体生命欲求加以对照的主题，这首诗的诗意似乎最终归拢于向"祖国"和"汉语"的归依，这里包含着作者对其写作身份的思考和确认，他借此向读者宣示：这首诗出自一位汉语诗人。

不过，诗中有些措辞，像"在流血的每个早晨，应该向每一条河流/和每一座山峦致歉"，或"为了一餐虚妄的美味，我搬空了整座大海"，不免还有些浮泛和夸饰的味道，而这恰好是辛波斯卡的诗所谢绝的，在她的诗歌智慧里，有一种清醒的限度意识，一种反浪漫的态度，并在诗中体现为一种绝佳的幽默感——但这样说是否公允呢？我也许应该为我总是在比较这两首如此不同的诗而向这首诗致歉。

特邀点评：冷霜

我爱着……

》 张　杭

我爱着我并不喜欢的人

许多结过婚的女人，很少的男人

让她们受苦

我就要同她们一起受苦

但我知道

我还有一条狗在家中受苦

当她们对自己流露出珍惜的渴念

我赞许她们的私心

当她们因为疲倦、抓紧休息

而忘记我

当她们眼中的无瑕与不屑说明

并不了解我心中满溢的光

及作为陪葬者的悲伤

我对她们这些言行观赏、品味

但我有一条狼心的狗在家中受苦

我在外，它也要佯装忠诚

我回家，它已饿得满嘴都是蜂窝煤

终有一天，它会撕开我

扑出去咬我爱的人

点 评

波德莱尔有首散文诗《窗》，将他的象征主义诗观表述得格外生动："一个人穿过开着的窗而看，决不如那对着闭着的窗的看出来的东西那么多。世间上更无物为深邃，为神秘，为丰富，为阴暗，为炫动，较之一只烛光所照的窗了……在那幽或明的洞隙之中，生命活着，梦着，折难着。"

他接着写到他于"窗"中所见："横穿屋顶之波，我能见一个中年妇人，脸打皱，穷，她长有所倚，她从不外出。从她的面貌，从她的衣装，从她的姿态，从几乎没有什么，我造出了这妇人的历史，或者不如说是她的故事，有时我就念给我自己听，带着眼泪。倘若那是一个老汉，我也一样容易造出他的来罢。"

读到《我爱着……》一诗略显怪异的开头时，我立刻想到了波德莱尔这首诗。前者的"爱"，也是同样的创作者之爱吧。"她们受苦 / 我就要同她们一起受苦"，也像波德莱尔在诗里所写："于是我睡，自足于在他人的身上生活过，担受过了。"

不过，作者接下来却表达了与波德莱尔的自足不同的状况："但我知道 / 我还有一条狗在家中受苦"，它构成这首带了些寓言色彩的诗令人醒眼的地方，其中泄露出一颗敏锐心灵真实的冲突和困境（这首诗看上去有些仓促的结尾也像是这种冲突和困境的表现）。它就此提出了一些对写作而言初始性的问题，对于这些问题，无论是波德莱尔的象征主义还是此后的种种主义似乎都不那么管用了，需要写作者自己重新寻求答案，而在这一过程中，才会出现某种真正新颖的写作的可能。这首诗的意义即在于此。

特邀点评：冷霜

拉二胡的老人

青色石头快绝望的时候，残月正在落下
山脚，有一种浓重的气氛始终醒着
古老的房屋里漆黑一片。拉二胡的老人坐着
彻夜无眠。周围已是一片废墟

废墟需要扩大；钢筋水泥将替代木屋
老人的明天会彻底失去灵感吗？夜夜琴弓
心灵的安宁与一切的事物坦然于这样的流程
这一切将被打碎。此时，月色抵达最后的手指

手指被琴弦深深嵌入；颤音、倚音和滑音
最后的琴弓在无声地流泪。空气浮动
猜不出音符的归宿。在这个城市
老人一生与琴音为伴：站着是二胡，躺下还是二胡

二胡被一双热爱的手磨砺一生；老人被一把胡琴
扼住了一生的灵魂。最后的夜晚，谁在残月中走向永恒？

　　诗歌运用象征手法，拉二胡的老人实际就是传统文化和传统的生活方式的缩影。诗歌一开始就用"绝望的青色石头""残月""古老的房屋""废墟"等意象营造一种悲凉落寞的氛围，暗示了传统的文明和生活方式在现代发达的物质文明冲撞下的无奈和悲哀，诗歌营造了一种忧伤的牧歌情怀。二胡就是老人的生命和人生寄托，就是老人的灵魂，"站着是二胡，躺下还是二胡"，老人与二胡已融为一体，是灵与肉的结合，生死相依。但在现代文明的撞击下，老人和他的二胡所代表的传统的生活方式溃不成军，毫无招架之力，已无生存空间，最终要被现代文明的大潮席卷。在这浮躁的钢筋混凝土构筑的现代化的物质文明面前，如何保持传统文化，寻求心灵的安宁闲适和一方净土？传统与现代，变与不变的矛盾，是诗人提出的严肃的思考。诗的结尾"最后的夜晚，谁在残月中走向永恒？"的反问，实际已经给出了答案，传统的文明是不能抛弃的，人们最终要在喧嚣的现代生活中寻求心灵的皈依和安宁，寻找诗和远方。

点评网友：独侠

绝顶论

» 谷 禾

……众山之上，不再有

更高的存在

唯星空，白云，空虚，和厌倦

一种伟大的荒凉

所谓江河

不过泥丸。所谓古今，亦不过弹指间

你看那千仞悬崖，如刀砍斧劈

等待着英雄纵身一跃

从一张滴墨的宣纸上，那诗的落差

与你的短暂晕眩

构成了古老汉语的神性

……继续向上，一只鸟在暮色里

怀抱经书疾飞

再向上，就剩一颗秃头了

你唤之太空，唤之寰宇。偶尔也称之绝顶之人

——唯一的白发，飞流直下三千丈

　　这是一首写山巅绝顶的诗，换言之，这首诗的核心在于一种有关高度的体验。登上绝顶，也就是来到了空间意义上人的肉身所能抵达的极限，因为目力所及之处，"众山之上，不再有 / 更高的存在"。然而，真的没有了吗？所谓的"极限"，本是就固有的坐标系统而言，但一种坐标之外还有另一种坐标，"极限"因而同时意味着"边界"，诗人登上绝顶，在穷尽了世界的一种标尺之后，又打开了某种溢出边界的可能。于是，从不在有山和人的所在，诗人看到了"星空，白云，空虚，和厌倦"，看到了"一种伟大的荒凉"。这是诗歌语言所打开的可能性，此中孕育有无限时空；至于那种"伟大的荒凉"，当然是"高度"所能带来的极致体验，它是一种近乎终极的命题，几千年来始终在人类的文学记忆中嗡嗡作响。

　　这首诗，从肉身意义上的"攀登"止步之处开始，一步步走向精神的"飞升"，借用诗中原有的词语，它完整地呈现出了一场"继续向上"的虚想运动。我们不妨把它看作是一个去实就虚的过程：诗人的脚下是山，是刀砍斧劈的悬崖，是泥丸般渺小的江河，它们在"纵身一跃"的"短暂晕眩"中渐渐虚化并被推远；诗人的头顶则是星空、是暮色、是"怀抱经书疾飞"的鸟，这之中既有实写，也有想象，"怀抱经书"一笔既呼应了前文"滴墨的宣纸"及"古老汉语的神性"，同时也有力地推开了一道兼具魔幻感与文化纵深感的想象之门。在诗的最后，山的"绝顶"与人的"绝顶"（头颅）在影像上合二为一，共同幻化入无尽的寰宇，其思大胆、其情壮阔；而"唯一的白发，飞流直下三千丈"一句，又像是风筝尾部的丝线，将这首不断飞升的诗与脚下浩大的人世生活隐秘地连接在了一起。

特邀点评：李壮

往南去

» 袁　磊

往南去，便是古楚流亡路在现世的延伸？

从流域上看，自郢城至武汉南刚好顺长江

经沙市到沔阳，跨过古夏水

那么我在江夏立业算是重走流亡路，还是走在

流亡的延长线上？但这古楚的流亡地已筑

高楼和中南五省的中心，我却怀念楚地

如屈子对败君的专一。而遵两水流亡

放在当下，正是一条旅游线，适合笔会、采风

泛舟于水上，叹民生兴旺

往南去，大泽隐于群山兮……

按照屈子流亡逻辑，这武汉的后花园向鄂南丘陵

过渡，断了水路，是不是断了现世流亡路？

此地甚好，适合修身、写诗，怀抱语词

谢世。沉湖

点　评

　　这首诗的题目和开篇都是"往南去"，这十分明晰的空间走向，却在过程中变得渐次复杂难解起来，原因是诗人在空间的旅程中遭遇了时空的

重叠，他的心和笔都陷入了古楚与现代湘鄂之间的巨大旋涡。郢都、夏水、大泽，武汉、沙市、鄂南丘陵，屈子流亡之地与现代中南五省的中心……两组地点以其大致相近的地理位置，在古典与现代之间不断激发着文化记忆的联想，相互碰撞，又以奇特的姿态榫合在一起。与之相应的是诗人所操持的语言：一方面，构成主体部分的是颇显散文化的长句（其间甚至夹杂有大量具体实指的地名）；另一方面，拟古的句式也会突然出现（"泛舟于水上，叹民生兴旺 / 往南去，大泽隐于群山兮……"），全诗的最后则是一系列现实指向渐次模糊、情感属性越发浓郁的短句甚至词语。这种语言方式与本诗内在的旨归构成了极具形式感的呼应，因而未觉突兀，反而强化了情感的张力。

这首诗的初始动力，或许可以理解为一种寻常生活中并不罕见的体验，那就是物是人非、胜迹不再。孟浩然在《与诸子登岘山》一首中曾有"江山留胜迹，我辈复登临"之语，对于古典时间中的人们来说，自己眼前所见，大概与几百年前的古人不会有太大差别。类似的情形在现代大概已很难出现了，但凡人文胜迹，多是坐落在繁华要冲之处，贴近文明生长的骨节之处；且不说战火破坏，单就盛世里的代代繁衍而言，也足可以使整片土地的面貌全然改换。就本诗来说，荒凉的流亡之地已筑高楼，而屈原行吟《离骚》的江畔现在则"正是一条旅游线，适合笔会、采风"。

这里当然有几分苦涩甚至荒诞的情绪在。有趣的是，这种苦涩以及微微的荒诞，又恰好与屈子的形象颇为贴合。在诗的最后，诗人自己的形象与屈原的形象渐渐靠拢，所谓"修身、写诗，怀抱语词 / 谢世。沉湖"，既是当年屈子所为，亦是作者如今的隐秘愿望——当然，也不是作者自己的愿望，在中华文化的传统之中，屈原的形象早已被提纯为一个充满现实感召力的原型。故而，这首诗所涉及的又远不止文化记忆层面上的联想，更充满了身份认同层面的共鸣。

特邀点评：李壮

我要喊回的一部分

» **詹用伦**

马路颤抖，白内障的渣土车
轰鸣扑来。
你必须将斑马线与肉身拉回来
旋涡瞬间的气力，卷起尘土
后射灯雪亮，黑夜里的刀锋
劈向你

昨夜，指挥大厅的显示屏上
一个下夜班的女工，渣土车
将其回家的渴望碾压在
画满标识的沥青上。
前一秒和后一秒的断裂处
没有空气

曾在银屏里见过塞伦盖蒂大草原
斑马的迁徙，鳄鱼咬住马拉河的喉咙
流水惊恐。而我生活的这个城市
红绿灯、斑马线也被咬住了喉咙

就在刚才，我的一部分

又被那一秒死死咬住，无法脱身

这遍种青草的城郭，并非草原

这被咬噬长脖子的街道

绝非生物链的自然道场。

呼喊呀，那快要窒息的部分

我要喊回来

这首诗从一个被放大的瞬间展开：黑夜里，一位下夜班的女工遭遇车祸，在渣土车下殒命。对于这一瞬间，诗人着重刻画了渣土车从身边呼啸而过时的感受。这种刻画是精确而有力量的，诗人使用了充满代入感的第二人称"你"，同时动用了大量的肉体感官。

在这样的渲染之后，诗人陈述了那个事件——"一个下夜班的女工，渣土车／将其回家的渴望碾压在／画满标识的沥青上"。这是一场悲剧性的事故，从中可以自然而然地演生出无数人道主义的感慨和悲悯，但诗人却不打算延续这样的路数。于是接下来，诗人的笔锋一转，场景忽然便离开了血淋淋的车祸现场，一跃而至远在非洲的塞伦盖蒂大草原。在那里，鳄鱼咬住了斑马的喉咙，也咬住了马拉河的喉咙。这是跑题吗？并不能这么说。如果说斑马的血和女工的血尚是一种较为牵强的联想，那么鳄鱼牙齿下斑马的窒息感和渣土车摩擦着交通线驰过时路人的窒息感，则无疑有内在的相通之处："就在刚才，我的一部分／又被那一秒死死咬住，无法脱身"。所谓"这一秒"，既可以理解为亲身体验渣土车擦肩而过的"一秒"，也可以理解为在监控屏幕上目睹女工身亡的"一秒"，甚至还可以进行某种象征化的理解——它是每一秒，生活随时都可能将我们碾碎，而都市本身也是草原、也是丛林。而"窒息"，恰恰是现代都市生活中一种典型甚至经典的精神体验：它有时产生自猝不及防的巨大灾难，有时也来源于漫长而机械的日常生活。

特邀点评：李壮

草木葱茏，蚕食，几处愈发瘦弱炊烟

》 五屏山下一野夫

地处边缘西坑源，阻挡住域外来风
好在有几座大山阻隔，没被抛到县境之外

大山有鲜活的水，汩汩向村外流
不同方式出走的人，村庄泼洒去的种子

早年小叶顺着河，去了千里之外北大
在京畿三环以内有两处豪宅，小村庄标杆

他的堂弟妹，远侄，邻居挤在那条羊肠小道
有去省城有在沿海城市，刨个坑，草一样种下去

更多年轻后生女孩，混到技校毕业
林林总总工厂的浮萍，找不到合适土壤

剩下操起砖刀，摆弄漆刷，伺候锯刨
有能量的当个小包头，村外土里，自生自长

八爪章鱼的吸盘，倾斜城市

黑洞。敏锐，触须舞出绚烂之光

与之对应偏远农村，堪比旧时抓壮丁
手段高明，不过，从不生拉硬拽

偌大着小村庄，淹没在崇山峻岭下
幢幢空虚小洋楼，与山坡茔坟分庭抗争

支撑小村的梁抽走了，柱也抽走
剩下几根檩木，苦挨着颓废

老人围坐村口树下，守望着夕阳洒下孤独
几个大孩子领着弟妹，河里自娱自乐

小河抛下村子，喘着粗气渐行渐远
草木葱茏，蚕食，几处愈发瘦弱的炊烟

点 评

　　这首诗折射出了城镇化进程的一角，唤醒了人们内心古老的乡愁与记忆。乡村衰退问题值得人们重视。

　　西坑源依山傍水。"好在有几座大山阻隔，没被抛到县境之外"，"抛"字形象地写出了村庄的"瘦小单薄"。大山，既像是保护神，也阻碍了其发展的脚步。

　　强有力的时代季风改变了人们的家园意识。年轻一代仿佛"鲜活的水，汩汩向村外流"，"不同方式出走的人，村庄泼洒去的种子"。"出走"是对生活现状的不满，是对理想生活的刻苦寻求。"种子"是重要的生产资料，却一下子被"泼洒"了许多，惋惜之情溢于言表。城市的吸附力仿佛八爪鱼的触角，"手段高明，不过，从不生拉硬拽"，巨大的吸引力催促着人们千方百计、心甘情愿地远离了故土，冲向光怪陆离的城市。跃出农门、在城市里安家落户是年轻一代炽热的梦想与追求。

支撑着屋子的顶梁柱被抽走了，老人们孤独地守候着"夕阳红"，孩子们已习惯了自娱自乐，"几处愈发瘦弱的炊烟"显得凋敝又疲惫：城镇化引发的乡村问题日益严峻。城市与乡村是一个有机体，只有两者都可持续发展，才能相互支撑。

全诗内容上层层推进。语言朴素、客观、传神。韵律上的美感有些不足，结构上的排列过于整齐划一。初读有散漫之感，细品来别有韵味。

点评网友：张玉慧

空　城

》 墨　菊

什么结出果实，什么悄然凋落？

谁在密不透风的世上，独自赞美人间的空旷？

那些星星，是谁置于夜空之上的窗口？

吹动万物的风，会不会吹到天空背面？

有些疼，只能沿着冲破洞箫的声调找到光亮。

当悲凉和感伤突然失去支点，那些音符就从一个古老的陶罐
里长出藤蔓。

我也许只是一只雨前的蜻蜓，低处的叶片刚好为我留出侧身
的缝隙。

我知道那些音符不会停止拔节，

桂花的白，菊花的冷，都是我体内秘而不宣的和鸣。

点　评

　　《空城》写得很好，我读了心中生出欢喜。读到好诗，我总是欣喜不
已，如同在世间的生活旧货市场，淘到了一件宝物。这是一首提问诗。问
了，诗也就开始了。有问，就有答。有问，也未必答。反正，第一节就是
四个（句）问题，似乎要告诉我们：空是怎么来的。第二节，问号转化为
句号。引出疼，也就引出了我。"有些疼"，这种写法好像随手搬动一块大

石头。读到"音符"一词，我就倏然明白：这首诗是写音乐的满和空，声音的有和无，尤其是，"我"这个生命体和"音乐"这个飘忽物之间的神秘关系。风，蜻蜓，星星，桂花，菊花……这些词，巧妙地转化为意象的喻体，诗句"长出藤蔓"，绕指三匝。11 行的一首短诗，却给我很饱满的充实感：音符，音符，飘满了脑海。

特邀点评：树才

那天，我们坐在漆黑的山顶上

» 梁子非

那天，我们坐在漆黑的山顶上

聊一些快被遗忘的往事

像流连于一间荒废的老房子

有时无心，翻找出一些陈旧的光

片刻的惊喜，或是沉默

偶然说起某一个人

说起那些愉快的经历

那些茫然无措，那些心乱如麻

时至今日，依然动人

可是，我们竟同时说不出那个人的名字

也再记不起那个人的样子

像一支无名的野花

开在记忆的黑枝上，脱去形态和姓氏

唯有几缕暗香

被一双战栗的手捧起

我们互相看着对方，似乎都受了惊吓

黑夜开始在两双眼睛里弥漫

直至淹没了所有的光

下山的时候，我们还是走散了

也没有回头再去找

夜有多少静默，就有多少孤寂

还好，有几只不知名的鸟儿

躲在夜的深处

用黑色的鸣叫，陪了我一路

本诗看上去写得很实，但一行行读下去时，却给人一种虚幻的感觉，一种梦境的感觉。做梦的时候，感觉上也是很实的（比如身体不动，却能打出一套醉拳）。虚中有实，虚实之间，正是为诗之道。实的感觉，也来自叙事的笔法。这是一首回忆诗。回忆使一切虚化，又使细节浮现。贯穿全诗的惊人细节，显然是"某一个人"，是"那个人"。所有意象，诸多比喻，都是围绕"那个人"构建和蔓延开来。然后，把"我"也拽入其中了，惊悚的是，彼此"都受了惊吓"。这都是以心理感觉来衬托实际发生。"下山的时候，我们还是走散了"，很平实，却让诗情转过弯来，是一个平凡却有力的句子。结尾三行也好，写到"不知名的鸟儿"，叫声居然是"黑色"的，而且"陪了我一路"。可见，这回忆里隐伏了一个怎样的小悲剧（一首诗总是一个小小的悲剧）。坐在山顶上的人，回忆着"那天"的走，也是一种巧妙的对应。

特邀点评：树才

放学的孩子

» **格 式**

必须走上一百米，才能把自己交给家长。
快活的一百米，即使排队也不容易错行。

一刀切的年龄，一刀切的个子，
一刀切的服装，磨损着家长的视力。

家长必须提前到达指定地点，风雨无阻。
甭管上司眼中的钉子有没有拔掉，
甭管同事们转笔刀似的威逼利诱，
必须像守门员一样，每一次
家长们都得又稳又准地接着孩子。

孩子会自己走回家。
来往的车辆会长眼睛。
红灯知道什么时候停，绿灯
也知道什么时候行。

从买办到帮办，放学的孩子
只能紧跟着家长，什么事也不能靠前。

那些掉队的孩子有福了。

她们无知地走着，在人行道。

穿过了一道又一道横线，

就像回到大地的小雨点。

　　这首诗，之所以吸引我，是因为我这几年也经常观察"孩子"的生活，并为此写了一些诗。观察孩子，不管出于什么原因，内心总是携带着一种灵敏。孩子太灵敏了，他们的举手投足，说话动作。孩子好像另有一个世界，过着另外一种生活，一方面置大人于不顾，另一方面又时刻牵动着大人。这就是孩子的力量，似乎，孩子总是处于家庭生活的中心。这是一首观察诗，写得很细，感觉却有些虚拟，因为掺入了联想。全诗集中笔墨，只写一个过程：孩子放学了，大人去接。大人必须去接。这个过程一步一步，一句一句，把读者引入了生活现场。这是一种普遍的生活经历，却因普遍而常遭忽略。也许，正是灵敏本身，让作者这一次竟然既置身其中，又跳将出身，动用第三只眼，把整个过程看个一清二楚。结尾很好，写得很生动，"线"和"点"，多么形象的画面感啊！诗的质料，其实全在生活世界当中。日常细节蛛网般粘着诗句，但要写出它，就必须有灵敏之心，还得有语言之功。

特邀点评：树才

乡 愁

》 **陈 庆**

当我像葵花般低下沉重的头颅，

在一片阴影里发现两个孤独，

一个沉默如水涡，一个喧哗

像是白昼。是它们点燃了永恒中的灯火。

没有什么能够将它们替代。

没有什么能够将它们涂抹。

甚至夜晚的云

都显得那么没有力量。

点 评

全诗除诗题《乡愁》外，貌似无一个"愁"字，但字里行间弥漫着浓烈的乡愁。开笔自喻"葵花"，低下沉重乡思的头。把家乡喻作阳光，心永远恋着家乡。接着写在眼前闪现两个孤独的阴影，引发了诗人心中对家乡的无限眷恋。诗的第二段是第一段的情感延续与深化。乡愁的灯火在心中永远燃烧，永不熄灭。远离家乡，不可能立马返乡，只有深深的熬煎。全诗物象隐晦而贴切，意象朦胧而深远。把乡愁深藏在每一个字符里面，让人发掘和回味，这就是本诗的良苦用心，颇值得一读。

点评网友：王兴中

路过教堂门口

» 小 吵

是的，赶上了日落

教堂的门敞开，里面有蜡烛

那个鼻梁挺立的姑娘，绯红的脸庞

祈祷的人群散去，只有昨日的唱诗

游走上帝的手，活泼的黑眼睛

一再被抚摸，她从故乡来

晚稻成熟的季节，金黄的颜色

薄暮吹拂发暖的光亮，车灯在转动

流星也在路上，划破凝滞的海

有一点，敲响了鼓面

心语苏醒，像光洁的婴儿一样滑落

新生的潮流，飘逸天窗

黑夜笼罩每一个人，有入睡者

梦是花朵的友好，盛开的姿势

也送给黎明的窗户，如果跋涉一夜

不敢歇息，朝阳继承落日的光芒

一点一点迸发，那就安静地

细细的背影，再坐一会儿

浓郁的教义，上帝站在穹顶以外的最高处

他的天空跟着他，他的人间

故事长出了翅膀，飞翔的苦难

和时间捕获的欢悦，固执地闪烁

钟声簌簌降落，挽起胳膊

我想，你已经站起来了

跟在身后的，大片的宁寂

有一只手，伸过路口

钉子一般，把秋风里的恍惚拔起

点　评

抒情的背后，隐藏着一条若断若续的叙事线索。诗中的女主角具有某种希腊雕塑般的气质：挺立的鼻梁，活泼的黑眼睛以及因激动而变得绯红的脸。她从故乡匆匆赶来，赶在太阳落山之前、人群散去之后，走进教堂敞开的门，这意味着，上帝终于接纳了迟到的人。黄昏中的教堂点着蜡烛，映照着姑娘的身影，似乎还叠映着故乡的景色，晚稻成熟的金黄颜色，和教堂烛火奇妙地交织着。从中还可看见发暖的车灯以及路上的流星。这时，一面苏醒的心鼓敲响了，新生的婴儿在滑落，芬芳的花朵在盛开。只是一眨眼，黄昏退后，黎明浮动，明亮的朝阳升起来，灿烂光芒中混合着落日的辉煌，一种壮丽的新与旧突然呈现——上帝站在穹顶以外的最高处——独坐一夜的姑娘被深深地感动着震撼着，细细的背影久久不忍离去，还想安静地享受捕获时间的欢悦……故事至此应该结束了，不，不但没有结束，反而还长出了翅膀，飞得更高，飞得更远。一只钉子一般看不见的手伸了过去，伸过路口，是要扶住神游的姑娘，还是要把秋风里的恍惚拔起？吊诡的是，诗的题目名为"路过教堂门口"，显然，路过教堂门口的人不是姑娘，那又会是谁？这个路过者看见了教堂中从黄昏到黎明悄悄发生的一切，他是上帝还是诗人自己？这是一首抒情诗吗？是，又不是；是一首叙事诗吗？是，又不是；是一首悟道诗吗？是，又不是。

特邀点评：向以鲜

那些鸟儿

» 卡 卡

逝去的时光并未远离
只是更深地钻入你的身体
退居幕后，成为额上灰暗的皱褶

你在心里藏下它们低沉的啾鸣
当午夜时分放下沉重的自己
那些鸟就会扑翅而出，在星空中盘旋

因为被囚禁，它们每一天
都度日如年。它们是用细小的喙
啄破你用于掩饰的外衣

仿佛昨日重现，开阔和深远——
年岁渐老，越来越多的鸟被你饲养下来
因为过于拥挤，它们在不断地踩踏中死去

是的，如你所想
它们的死是真正的死亡，不再有天空
以及飞翔的欲望，不再执着于三生三世的信仰

作为安葬的坟茔，你很悲痛

但你必须保持沉默，任由那些美丽的羽毛

在你体内翻飞，滴着陈年的血——

点 评

　　被诗人囚禁于肉体和心灵的鸟儿，是什么样的鸟儿！是时光还是爱情，是自由还是理想，是诗歌还是忧伤？无论怎样，我们每个人，每时每刻都做着相同或相似的事情：在心里藏下鸟儿们低沉的啾鸣，并用渐渐老去的年岁，饲养着越来越多的鸟儿，直到它们失去天空，失去飞翔的欲望，直到鸟儿们死去，安葬在我们内心的坟茔中。这个过程有时漫长，有时短促，但残酷的性质与结局却是一样的。沉默，并不能遮掩体内的羽毛，更不能遮掩那些陈年的血迹。这是一首不断向内，向里挖掘的诗歌，透着一种出奇的冷静和勇气，诗人既是旁观者，又是囚禁者，既是鸟儿，又是鸟笼，既想打开，又想关上。这种宿命般的悲苦、纠缠与悖论，着实令人刺痛。"那些鸟儿"，让我想起法国诗人雅克·普雷维尔的鸟儿。普雷维尔的诗中，未画鸟时，先画了一个"鸟笼"，鸟笼的基本功能就是束缚鸟的自由。无论多么美丽的鸟笼，哪怕雕龙画凤，哪怕镶金裹玉，对于鸟儿来说，鸟笼就是鸟笼，就是鸟儿的囚室，就是坟墓。诗人把画好的鸟关进画好的笼子——这画笔又何尝不是我们的身心呢——与本诗不同的是，或者说更为高妙之处在于，普雷维尔找到了让鸟儿重获自由的方式：在关闭和打开之间，诗人手中的另一件工具，常常和画笔配套使用的"橡皮"发挥了作用，"擦"掉画笔的门！其实，我们每个人的手中，每个人的心里，也应该拥有这样一块神奇的"橡皮"吧。

特邀点评：向以鲜

惯于偏袒我的祖母

» 齐　伟

惯于偏袒我的祖母，假寐的祖母

也听见风，吹落檐草的声音

祖母忘记带走的木梳，篦子的纹理

熟稔，温存亲情，如栩栩如生的箴言

1970 年，无知的年份，随便揪下

小草的头，我便忘怀了村庄的名字

谁说出了月光的潮水，夜色的微熏

房前的桃树花繁叶茂，水流经过的地方

张贴屋后的枣树，细碎的小花，胆怯的开放

洋辣子，虫蚁咬伤，六角形的蝈蝈笼子

爱听小动物的故事，白瓷碗，黄玻璃的桌椅

无数次，凑近星光，南瓜花轻松飘落

日子又瘦又长，那块石头与我有关，与祖母有关

老房子的牙齿，禁不住檐下，鸟儿的翅膀

好奇的，每一件新衣的初衷，影子们各自上路

墙上的钟，枯草，有些泥泞的事物，可以轮回

丢失多少，就会找回多少，我的奖状

小红旗的迷失，譬如后背晒干盐渍的印记

我说的是现在，我说的是现在，我要把这些

祖露给我的故交，于是那时光的汁液便缓缓流淌

　　回到故乡，或返回童年的方式有很多种。让想象中的祖母牵着我们的小手重新造访那一去不复返的时光之乡，无疑是最可靠最亲切，当然也是最伤感的方式。故乡或童年对于一个人的影响是一生的，且别无选择，是我们的回忆之母，向心灵回溯的温暖之源。这首诗歌以祖母作为全诗的灵魂引路人，将诗人自己，也将我们带回到1970年的贫穷而又生机勃勃的乡村：小草或枯草、月光、星光、潮水、桃树、枣树、洋辣子、蝈蝈笼子、白瓷碗、黄玻璃桌椅、南瓜花、老房子、鸟儿的翅膀、新衣的初衷、墙上的钟、泥泞、奖状、小红旗、后背晒干盐渍的印记，等等。这些亲爱的，美丽的，可怜的事物，蒙太奇一样闪闪烁烁。诗人迫不及待地想把他能想起来的往昔珍珠，一股脑儿倒出来——我说的是现在，我说的是现在！祖母永远都是慈爱而宽容的，谁没有被祖母"偏袒"过呢，祖母的偏袒之爱，一定是天下唯一可以和母爱相比美的一种爱。并且，由于其相对的短暂而弥显珍贵。毕竟，我们和祖母相处的时日并不会太多——诗人的祖母终于走了，祖母走时，忘记带走她的木梳。篦子的纹理中，还残存着温情，那温情仿佛凝固了，不会随风也不会随着时间而飘散，如同栩栩如生的箴言。这是祖母的力量，也是故乡或童年的力量。比利时作家弗朗兹·海仑曾有过这样一段精彩的论述："童年并不是在完成它的周期后即在我们身心中死去并干枯的东西。它不是回忆，而是最具活力的宝藏，它在不知不觉中滋养丰满我们。不能回忆童年的人，不能在自我身心中重新体会童年的人是痛苦的，童年就像他身体中的身体，是在陈腐的血液中的新鲜血液：童年一旦离开他，他就会死去。"也许是诗人太急于表达了，因而全诗显得枝蔓，缺少必要的剪裁和取舍。

特邀点评：向以鲜

缩　影

» 大　树

小贩们裹紧衣领，用烟头传递
口头的火焰。烟雾低空喷射
朦胧的商业性。
食物，零钞，和悠闲的小调
早已失去了知觉。
而生活，还是各就其位：人群稀朗，
车流耗尽，路旁的招牌次第亮起。
冬夜若无其事，却到处充满经济学。
比如零下六七摄氏度的徐州市
（在光照不足的美食城）
每一个三轮后面，都站了一位
健谈的学者。他们被冷奖赏
也被冷惩罚。卖干红枣的陈玉林
刚赚完一把手枪，就把手，插进了红枣里。
儿子的愿望实现了，女儿的丝巾
也不远了……他抬头看见雪
雪从篷顶落进来，雪从昨天落进来。
旁边那个卖鹅肝的中年人，
（他不能把手插进鹅肝里。）

他把手插进了裤兜里。

唉，人与人之间的间隙，

真的一直存在着……

但白气打着哆嗦，在空中交谈时

却又显得：那么团结，那么祥和

像家人——

唯有躬身致谢这人间，

唯有躬身致谢这缩影。

点 评

很真实的场景描写，作者勾勒出一幅徐州冬季夜市图，也是社会底层小商贩们生活的缩影。

"朦胧的商业性"指靠夜市谋生的人不能算纯粹的商业性质，只是糊口养家的手段。"食物，零钞，和悠闲的小调/早已失去了知觉。"进一步刻画户外的寒冷和惨淡的生意。

三轮车夫们使出"健谈"的解数招揽生意。卖干红枣的陈玉林为了满足一双儿女的小愿望，也为了儿女将来不要像他这般辛苦而操劳。卖鹅肝的中年人暂时没有生意所以把手插进了裤兜里，又随时准备着。

"人与人之间的间隙"一方面指富与穷之间的间隙，买家与卖家间讨价还价的间隙，又指各自不同的难处。

结尾"唯有躬身致谢这人间，唯有躬身致谢这缩影"是作者对他们的致敬，对生活缩影的致敬，他们即使寒冷，辛苦，但各自为家庭和亲人而努力付出，让更多人感受到了寒冷里的温暖。

作者描写的画面感非常真实，语言也很生动，有自己善良的体现，也有对人间真情的呼吁。看的时候觉得很心酸，却又透着美好的温暖和希望，令人感动。人生的苦难很多，大多数人生活得都很不容易，所以更应尊重和理解这些"缩影"。这是一首具有现实和教育意义的好诗。

点评网友：snowmoon

乡关谁边

» 曾　瀑

第一次回故乡，李老舅公、向大伯没了
第二次回故乡，二姨爹、王四伯娘、郑二舅没了
第三次回故乡，外婆没了
第四次回故乡，父亲没了
后来，二伯没了。四叔没了。三舅没了
再后来，一块长大的曾正香、郑绍财没了……

每一次回到故乡
熟悉的面孔总是愈来愈少
山上的新坟总是愈来愈多

我的每一分刻骨铭心的思念，成了深深的伤害
故乡，即将被我消耗殆尽

现在，我的面前有两个故乡
一个在山下，住着活着的人，我对它愈来愈陌生
一个在山上，住着死去的人，却是我活着的记忆

我无力咯出堵塞在心底的那两个字

我不知道哪一边才是我真正的故乡

  写了逐渐年迈者对生命"流逝"的察觉和体会。诗中故乡不断消逝的亲朋和熟人正在提醒作者，他正在迈向人生的中途或终途，队友们正在掉队，下一个落伍的也许是作者。在城市里，由于是陌生人社会，以及城市功能区分隔，他人之死难以为我们所感受和同情，但数年一回的故乡却予以对生死的鲜明提醒，使人思考人生究竟为何的大问题。由于我们处在一个急剧城市化的时代，农村人口萎缩，多只剩下老年人和不多的留守的孩子，许多房子亦被"抛荒"，曾经满载人情世故的空间一片荒寂。"故乡"正在"故"去，作者踏在两个故乡之间，感触尤深。诗在手法上用了一连串的表达消逝不见的动作，富有动感。虽然表达的是上了年纪的人常有的体触，却做了直接且艺术的呈示，算得上一首有内容的诗。当然，如果语言上能稍作修辞，也许会更有效果。

特邀点评：周伟驰

求救者

» 臧海英

她抓住我的手
说她离婚十年，身体不好
孩子叛逆，工作又丢了
说着说着，就哭起来
哭着哭着，就紧紧抓住我的手
要我为她找个男人，找份工作
找到快乐
就像我拥有他们
就是他们

她放开我的手
伤心的背影，像一件空荡荡的衣服
我承认，我掏不出
自己都没有的东西
分给她

点评

　　描绘了一位失意妇女的求救，她向作者寻求帮助，以为她（或他？）能提供些帮助，但被求者亦无能为力，自认处于同样的困境。孩子、工作、健康、对象都并非唤之即来，而被求助所带来的压力和焦虑，只能以歉意了结。这是生活中时常会遇到的尴尬场景之一。对于工作之类或许能提供帮助，但对于病患之类却只能施以同情却无力相助。诗的第二节非常好，"伤心的背影，像一件空荡荡的衣服"很形象帖切，而最后三句画龙点睛，整首诗霍然树立。

特邀点评：周伟驰

保险丝

» 冬 至

我们拿着父亲换下的灯泡，
观察那根断掉的钨丝：
它发光时的温度
超出整个童年的想象。

我们将母亲从集市买来的糖
含在嘴里，将彩色的糖纸夹入书中。
这些教科书被翻了又翻，
沾上零食的油污。

我们的兄弟姐妹
在国家的政策里从未出生，
他们将衣物、鞋袜和塑料玩具
省给我们，还省下
一个个盛满孤独的炎热下午。

只有影子紧随着，
我们拥抱时，它们彼此交融；
当我们在夜晚分手，

它们仍在黑暗的某处相爱。

面对死亡，我们猛然发现
整个生命的三分之一
仍旧在睡眠里，
为我们保留一条窄窄的路，
通向被遗忘的源头。

点 评

　　由父亲换下钨丝灯展开童年的回忆，把糖纸折存在课本里是小学生常做的事，是童年温馨的记忆。本来这可以发展为一首怀旧诗或童趣诗，但第三节"我们的兄弟姐妹"起，到第四节，诗情忽然起了转折，涉及独生子女孤独的童年和当年的计生政策，陡然沉重和开阔。末节写睡眠与梦使我们通往一个回忆、想象、可能的世界。由于涉及本来可能但流产了的世界，前面的"钨丝"就有了"黯然熄灭"的意味，起到了呼应的暗示作用。总体来说，由于第三、四节的出现，整首诗扩展了重度和深度，也具备了现实感。

特邀点评：周伟驰

路过草原

» 崖山后人

除了草原，更广袤的是星空
一颗流星穷其一生的火焰，也穿不透
沉默。黑暗让光芒更耀眼，譬如
只身孤骑的我脑海里翻腾的鲜活故事
此刻，是草的世界
此刻，草在草原上呜咽

羊群的梦很轻柔，如神祇之手抚摸脊背
马匹静立，眼神坚定而平和
暗夜里无须仰望广袤。众生平等
我的手捏紧了皮鞭，还没有扬起
森森的痛
已经在皮肤的深处跳跃。此时
草在草原上呜咽，它们仿佛能听见
千里之外的城市里我的灵魂
游过
越来越多的灯红酒绿

　　人总希望有一片广阔无垠的地方作为自己的容身之处。"草原""星空"都是广袤的，然而星空里的星辰注定是孤寂的，每颗渺小的流星都有属于自己的轨迹，纵然相交，亦不会相知，而后，它们只会失去自身的光芒，沦为更渺小的尘埃，关于星空的旅途是孤独的。而当诗人心灵疲惫，仰望星空以寻求安慰时，星空虽广袤，却是太遥远，太寂静，这里的风吹草动均与那沉默的星空毫无关联。

　　黑夜成全了光芒，而"只身孤骑的我"造就了"我"渴望拥有的"鲜活的故事"。故事里，羊和马匹均进入了香甜的梦乡，草原上静谧的夜晚足够美好，何需仰望星空以寻觅宁静。"我"扬起皮鞭，想要在草原上狂野一番，可皮鞭扬起时，"我"却打不下去，一来，众生平等，"我"有什么资格让鞭子落下，二来，是"我"无奈地发现自己仍然处于烦琐的城市里，皮鞭该落于何方？想到此处，"我"就像被皮鞭抽了一般，浑身火辣辣的，恍惚间，仿佛听见了草原为"我"呜咽着。在这个灯红酒绿的地方，萧然也罢，狂野也罢，寻无踪迹，望之徒然……看似平淡的诗句引起了读者的多次深思，字字在脑海中回荡时，才真正体会出作者的黯然。

点评网友：vilemon

脸

» **雪 迪**

在你停止思想、恐惧时

脸像一张被烤过的皮

向内卷着。这会儿时间

像一群老鼠从顶层的横木上跑过

你听见那种小心翼翼

快速的声音。你的脸

寂静中衰老。你感到身体里

一些东西小心翼翼

快速地跑过

感觉犹如，兽皮

在火焰之中慢慢向里卷

把光和事物的弯曲

带走。我在四周的黑暗

肉体的宁静中看见人类的脸

在100年之内向外翻卷

像树皮从树干剥落

由于干燥和树汁的火焰

人类的脸在曲折和迷惘中

与生物的精神剥离

暴力创造生存的寂静

寂静中心一层层弯卷着的

恐怖。一些东西快速

小心翼翼地从人类的记忆中跑过

带着火焰燃烧的灼热

事物消逝的哀婉的情绪

这是当你停止思考、恐惧时

感到的。清晨

你正躺在床上。阳光一点一点

向床头移动。房间越来越亮

你听见事物不可逆转地弯曲时

的叫嚷

点 评

　　这首诗貌似在做语言游戏，实为一首关键词反复缠绕的颇具现代
主义诗歌风格的诗篇。作品围绕具有象征色彩的多歧义的关键词"兽
皮""脸""弯曲"，通过对场景与感觉的描绘，缓慢推进它们之间的关
系，诗意在多种情境中得以层层推进。为解读方便易懂，现将原诗大意拆
解概括如下：1. 当一个人停止思想，发生恐惧时，他的脸会像烤过的皮那
样，向内卷曲；这时老鼠小心翼翼跑过；脸衰老时；会感觉身体有东西小
心翼翼跑过；似兽皮卷，把弯曲的光和事物带走。2. 在四周黑暗时，看见
人类的脸剥落，脸与人类的精神剥落；暴力创造生存的寂静，寂静中有着
恐怖。3. 当停止思考时，一些东西快速在人类记忆中跑过，有灼热和哀婉
的情绪。4. 清晨，阳光照进时，事物弯曲，发出叫嚷。通过常规性语言的
表达，对比原诗，比较容易看出诗歌大意。作者有意安排了几个时间段，
并描写在这些时间段的人的脸的表情（外部）与内心（内部）的感知，揭
示现象与本质，外在世界与内在世界所呈现的关联。他不过采用了诗歌常

用的手法，即比喻。脸，象征事物的外部特征，老鼠，可理解为内在的感受，比如对时间流逝，用老鼠小心翼翼，更加形象。对比原诗，还能发现，诗人非常注重语言的音乐性，他采用了关键词的反复、倒装句式来促成。整首诗是具有象征意义的。若是再直白一些，诗歌的第一层意思是，时光和生命都在流逝，一个不思考的人，而且连恐惧感都没有的人，他不过像野兽那样存在着。老鼠的跑动与身体的跑动，暗示着生命在悄悄地流逝，这里使用了隐喻与对比手法。第二层意思大致说，人类的脸在黑暗中脱落，暗指人类靠暴力征服自然，消灭了自然的准则，以获得生存、发展的机会，但也带来了另外的危机（恐怖）。第三层意思，指人类若停止思考，容易陷入遗忘当中。第四层意思，没有谈脸，而是谈弯曲。这个弯曲，是不是指人类在压力（阳光）之下，会改变自己，发出"叫嚷"，而失去自我呢？一首好诗，是能够引发读者思考，而不是限制思考的。这首诗，在我理解的范围内，揭示出我们所在世界的内部与外部、历史与现状，人类存在与生存环境之间的关系。

这首诗是典型的内倾性写作，偏向哲思。抽丝剥茧式的推进，使语言在关键词的多次反复中形成繁复的画面感和绵密的音乐性，带有普世性的思考，由此表现得不落凡俗。

特邀点评：陈卫

秋入圆明园

» 沙　克

弄一出山水走势
如真如幻。几代清帝牵挂
后苑的疆土造型如真
如幻。杨，槐，枫，松
哪一棵哪几枝的知了激动不已
倾吐过往的桥段

心旌摇曳，细梢缠绕
荫庇着深宫秘籍
石雕，釉陶，碎为黑白图片

天子为天，人子为人
被埋的灵肉合为一块心病
煎，疼，酸——
过火的木头水浸的龙骨
支棱着花拳，溢美如五色之菊

气象高爽，泥下的殿堂
经由树根上传灵性

紫禁城到圆明园经由爱恨情仇

京华的土被翻过几番

斜面变锥体，绣腿成本质

晚霞深红

熬着一八六〇年的血

曾在瞬间析透纸背

泅入从不休止的汉语情绪

疤痕当课文，默祷，不受新伤暗伤

秋风打脸弹出几世夙愿

点 评

　　这是一首描写圆明园风景的诗歌，然而又不是简单的风光录入。自然风光的背后，闪现着历史风光，隐隐出现了朝代、皇族、国际纷争等历史影像。解读这首诗，不妨先观察作者如何将自然风光与历史风光结合。比如第一节，诗句两次谈到"如真如幻"，应是诗人触景伤怀之感受。由描写看，"真"是指自然风光，"幻"是历史风光。然而"幻"，又是以"真"作为基础，"真"随着时代的离去，而变成了回忆中的"幻"的存在，这是历史给后人们带来的直接感觉，也是记忆给记忆者带来似真似幻的感觉。诗人显然想将现在与过去，欣赏风景与回顾历史结合起来。如何在短小的篇幅内更加深入呢？这是需要认真考虑的。

　　由于篇幅的关系和诗歌文体的限制，诗人没有像历史学家那样，借助历史文献剖析事件发生的缘由，也没有展示当事人的行为，他只谈出了在今秋，作为一位对历史有所感悟的游园者的感受，倾吐出点点思绪，如"天子为天，人子为人／被埋的灵肉合为一块心病／煎，疼，酸——"；再如"疤痕当课文，默祷，不受新伤暗伤／秋风打脸弹出几世夙愿"，这，便是他对历史浅浅深深的些许抒怀。

特邀点评：陈卫

棠梨花开

» **老　鲁**

攥着的手，松针落下。山坡上

有练习长眠的，有练习奔跑的

而我混在风群里

练习飞翔。落叶坠地，多么的寂静

记忆中的棠梨花雪一样地开了

可以当饭吃的棠梨花

素洁，朴实无华

就那么一瞬，母亲的脸庞闪现

满枝条的刺就扎痛手指

母亲站在山冈，攥着的手里

茧花盛开

点　评

　　这首诗歌短小简洁，省略、跳跃是它较为明显的写作技巧，因此更需读者的合作，与作者一道完成对这首诗的审美。

　　诗的起头，"攥着的手"，主语缺失，不免需要读者主动联想。谁"攥"？"攥"谁的手？是人，还是神，或仅仅是风。每一个主语的替代，都会令诗歌产生新的含义。诗的前三行，写的是在山坡上锻炼的人和景致。"我"的形象及行为，需要有所注意，用的是"练习飞翔"。我不是"鸟",如何练习？是要速度吗？还是其他？接下去，诗歌转向回忆，描写记忆中发生的事，我们便明白，"飞翔"是一个伏笔，原来指的是思绪的"飞翔"。诗歌由描绘实景过渡到展开虚境：棠梨花，白雪一样盛开，素洁。母亲的脸庞闪现。手指扎痛。母亲站在山冈，手里攥着茧花，盛开。作者使用了意象叠加的方式，记忆中的母亲与朴素洁白的棠梨花合二为一，类似庞德《地铁车站》使用意象叠加技巧，只不过他不是写地铁车站雨后行人的印象，而是写隔空对母亲的怀念，诗中充满了美，也略带了痛。茧花，据说是江南女性，插在头发上的蚕茧制成的装饰花，它或许暗示母亲的职业。母亲与自己不在一起了（山冈，可视作暗示，地理，或生命的另一个所在地），她只留在美好的时节、风景、故乡和自己的记忆当中，诗歌的愁绪由此传递出来。读者可以再回头读诗，"练习长眠"，是否可以做多种理解：或指山坡上有逝去的生命，也可指有人在健身。再往前看，首句中，"攥着的手"，到底是谁攥谁的手？也许是母亲攥着幼年的自己的手，而今天，这只手被另一个人攥着。爱人？孩子？或是风？或是上帝神秘的手？每一种替换都会使诗歌意义饱满起来。是亲情的回忆？落寞的惆怅？对自然或宇宙的莫名感知？等等。因而可以说，这首诗的美，在于想象空间拓展之后带来的多重联想之美，言近旨远，远处呈现出无限的意外的美。

特邀点评：陈卫

我 们

» 昆 鸟

一、年轻人

生活像两个雷管之间冗长的引线

而大剂量的历史像上一次爆破中飞起的石块

开始陆陆续续地落在我们头上

"快到酒桌底下躲一躲吧"

我们学着说话，学着哭

把前辈的唾沫收集在词典里

练就一口流利的学生腔

在关于"苦难"的座谈会上端茶倒水

我们终于走散在自己中间，谈着政治

我们谈论政治就像谈论名牌

我们囤积道义的期票

像刚完成作业的孩子那样等老师表扬

"在所有炎黄子孙的孙子当中

谁是最年轻的人？"

"一直都是你们

历史已经把你们节省出来了。"

好啦，既然世界是鬼打墙

就让我们钻研一下涂鸦艺术

如果一样东西不可理解

她也就不可怀疑

所以世界从未像今天这样明确

戏剧已被透支

对这透支带来的种种不适

我们已习惯了到梦里寻找征兆

在梦中，我们吃饱了钡餐

坐在医院一间暖洋洋的大屋子里

今晚，护士会为我们拍一张 X 光合影

通过电邮发给一座搁浅在洪荒私处的太空站

二、古老者

早已赤贫的矿坑，积满黄乎乎的旧水

在蚊叮虫咬的岸边玩耍，地面白得滚烫

我们仍然可以分享太阳

仍然有足够的时间滋生爱意

我们曾是庞大固埃

曾经有古老的痛苦和古老的前程

而今我们围着肮脏的火焰

在天空的正下方分食了一只病鹤

于是我们体内有了本体论的燥热

像一条尾巴在沙地上扭动着

它一定是在寻找那只壁虎

一只衔着舍不得下咽的活蝴蝶的壁虎

逃在大沙漠上的美啊

你就远远地在那儿吧

愿雪线以上永远无人，永远有死

让所有的死都携带道德的力

世界还用肚子暖着我们

我们在蛋壳里出汗

我们要熟了，再也憋不住了

就这样，蛋壳里布满了尿床后的暖意

我们还留着一块从未结过痂的皮肉

刚好放得下一个新伤口

可以用它吮吸世界的糖分

可以把一颗古莲子愈合在她的深处

所以

给我们新的谜语吧

向我们展示从未见过的苍老

把我们埋进处女地

把仍未获得启示的风景留给我们

世界在我们身上还留有古老的命令

所有的劫数都还不完整

点 评

　　《年轻人》前三节以生活为引，描述年轻人的成长。历史的石块砸在头上象征成长的初始环境；学习酒桌、人情世故等，所谈所想有着前辈的印记；从稚嫩的模仿和端茶倒水的姿态，到口若悬河和自我的建立养成。后面几节，描述年轻人作为新生代，梦想与现实的冲突给他们带来迷惘不适，老套不堪的人生剧本让他们无可奈何。被驱赶着向前，只能淹没在历史洪流中被盖棺定论。

　　《古老者》前三节描写恶劣的环境与爱和阳光的对比，以往的痛楚热望与现在的残酷现实的对比，在对比的基础上，提出古老者本体论，寻找"真正美好的自我"。第四五六节希望道德的力量照亮现实，古老者本身就经历从年轻人到古老者的成长历程，已经被孕养得憋不住，希望在苦痛中吸取到营养，在伤口中孕育出美好。最后几节给出结论，古老的印记还在，劫数永远都不算完。

　　诗歌以"我们"为主体，通过对年轻人和古老者的描写，揭示了历代"我们"的成长历程，也揭示了人类发展过程中对传统的继承。年轻人成为后来人的古老者，是人类发展延续中的事实。字里行间流溢出伤感灰滞的色调，表现出对新的指引的渴望和改善传统印记的诉求。

点评网友：苏贺朝

终生误

» 李元胜

从纸上拉起一片湖水
或者，在一首诗里放下你的倒影
一部剧，一张虚空中的网
拽着不同时代的失意人
让我们跃出苦涩的湖水吧
经历又一次重逢、相爱和失之交臂
我在这厢徘徊，心头强按下水中月
你在那厢惊醒，镜中开满繁花
生活，折叠我们只有一次
而它的错过反复消磨着我们

一个人是另一个人的仙境
也可能是另一个人的寒庙
而一部剧是一个时代的后院
一个名字是一群人的突然缄默
这无限折叠的人生，无数朝代里的活着
我多么恐惧着，身边突然的加速度——
一曲唱罢满头新雪，而你，仍旧宠着我的喋喋不休
"再讲一次吧，从满头新雪开始往回讲

我迷上这倒叙的爱，爱着你倒叙的一生"

　　一首诗的声音发出者到底是谁？有可能是诗人以某种角色的口吻讲话吗？如果我们站在虚构的立场上读诗，就会有意外的发现。即便是典型的现代抒情诗人，他／她有时也会以戏剧性的独白方式，来处理诗的言语特征，并借此把自己塑造成一个略带神秘感的旧时代（或与当代疏离）的角色。在当代诗人张枣一首题为《镜中》的脍炙人口的诗中，很多分析者从新诗与传统的关系入手，盛赞张枣如何在诗中营造了一种古典意境。鲜有论者注意到诗人在修改诗稿时的犹豫及其意味。在"低下头，回答着皇帝"一句中，保留"皇帝"一词，此诗便跟当下完全拉开了距离，带有了神秘气氛，真正成了"镜中"或画中所作。

　　同样，在这首《终生误》中，也有一个虚构的声音发出者。如诗的开头所言，是"从纸上拉起"的"一片湖水"，意味着诗中发生的原来可能在纸上（书中，或一部剧中）。在诗中，我们还读到一些只有在古典戏曲念白中的词语，"这厢""那厢"，或者古诗古代小说中的常见意象"水中月""镜中花""仙境""寒庙"等。显然，这不是日常生活状态下诗人的声音，而更像出自他刻意塑造的一个角色的口吻。这是个讲故事（即"一部剧"）的人，同时也是故事中人，而他讲的也是一个嵌套式的、倒叙的故事。倒叙的发生是因为人生之顺序不可逆，一次"折叠"就成了"反复消磨我们"的"错过"。讲故事本身也意味着把已经发生的事情重新发生一次，这也如同"反复消磨"。

　　有意思的是，第二节，这个声音的发出者接近于讲故事的人（接近于诗人本人），他发出议论，人生何其相似，"无数朝代里的活着"，仿佛影片快放，那么多相似的人生让他恐惧于"身边突然的加速度"。曲中人生既是压缩，也是快放，所以诗人恍惚于"一曲唱罢满头新雪"。讲故事人（写作者）的命运或许就是如此，在讲述中体验着加速，又在倾听者的需求中反复地回放（倒叙），这不正是体现了超越人生境遇的，反映着"情"与"痴"的生命的美妙？

特邀点评：周瓒

傍晚，一个女人在大街上哭

》 黑　眸

暮色与沧桑，从高楼幕墙上
一寸一寸，降落下来
夕阳的金光在眼眸中熄灭
晚风很凉，路灯还未亮起
饭后散步的老人，一蓬蓬白发
像风中抖索的干草
他们低声交谈着，步态尽量从容，语调中
满是追忆

去药店买药的我，先是听见很大的哭声
然后看见一个女人，抱着一棵行道树
长发遮住面庞，双肩抖动
在大街上，面对车流，或者生命的河流
哭得，不能自已

从她身边走过的时候，我突然想拍拍她的背
给她一个拥抱
——毕竟，这世上，好像也没有谁
关心我的伤悲

但最终，我还是默然地，从她身边走过

我怕，我一拍她

那个哭着的人，就变成了自己

点 评

　　这首诗让我想起波兰诗人辛波斯卡的一首题材类似的短诗，题目叫作《回家》，讲到一个中年男人在外遇到不顺心的事情，回家后沮丧地蜷缩在沙发上睡着。

　　《傍晚，一个女人在大街上哭》也是一首遭遇他人痛苦的诗。相信在冷漠的城市的公共空间，我们中不少人见到过类似的一幕，又或者，我们也曾是其中的一个。故而这首诗所记述的场景算不得新奇，但要写成一首诗，则需要一个理由和契机：如何触动诗人自己和如何触动读者。前两节，诗人似乎先是耐心地交代事情的经过一般，将时间、地点和环境都着意渲染一番，然后引出诗人看到的那位哭着的女人。在诗人眼中，她"长发遮住面庞，双肩抖动"，在她周遭，车来人往如故，于是诗人感觉那哭声仿佛不再是具体的，而是抽象的"生命的河流"般的哭声。"面对车流，或者生命的河流"，这是一个奇特的抽象和变形，也与接下来诗人的片刻心动相连，她想关心却没有行动的犹豫，使得诗人与哭泣的女人之间构造了一种镜像关联。这个关联就如里尔克的诗句所显示的："谁此刻在世界上某处哭 / 无端端在世界上哭 / 哭着我。"(《严重的时刻》)

　　从"突然想……"到"默然地""走过"，这仿佛就是我们每天经历的"严重的时刻"。这个值得记下来的时刻，对于诗人来说是洞察？还是懊悔？似乎并不重要，诗歌呼唤读者完成一个代入仪式，因为你和我，就是那个"哭着的人"。

　　在这么短的篇幅内我提到辛波斯卡和里尔克，并不是有意要在三个诗人的同类作品之间分出高下，他们各有其巧妙和独特之处。读诗的状态就是如此，从一首诗联想到另一首，如此往复，细味品读，颇有幸福之感。

特邀点评：周瓒

核桃树

》冷 霜

是一个磁头在转动，抛卷出一小场
早于清晨的雨水，让它在
树篱后面结束。一只鸟踮起脚来
敲门，另一只像图书馆拐角的小女生，练习着
向墙准确地表达自己，而打太极拳的汉子
正与一场爱情周旋：他用双手
去推拒那雾，目光却被它牢牢拽住。

或是一双眼睛趁着此刻正在集结的阴影
戏弄我，使我相信另一些，
一些暴力，也可以很优美，
如避雷针上积冰一般坼裂的锋面，
或两个星期以来被虫蚋的新建筑和各种鸟叫
迅速殖民的，这些核桃树；它们打出
无数面坚硬的旗帜，在凉气中
浑身透着亮青色的光，并不断加强：
"好像风中就含有色素"——

整整一个上午我都在感叹。

这首诗的主体部分，由"是"打头的两个无主语的判断句构成。诗的前两节相当于两个并列句，"是……"与"或是"，只是中间用了句号，使诗的上下两句变成了两段互相独立的部分，由"是"字起头的两句本身各是由内部被抻拉、被重新组织、增殖的复杂完整的诗节。因此，从整体上看，一个简单句，内部结构却颇繁复，可以在其中挪出空间，塑造场景，体现了汉语句式丰富可能性，显示出诗人出色的构型能力。

第一节："是一个磁头在转动，抛卷出一小场 / 早于清晨的雨水，让它在 / 树篱后面结束"，视觉想象带出的其实是听觉的事实，可到底是磁带里的音乐声像雨声还是雨声如同录音机里传出的音乐呢？一个修辞分隔开室内外空间。接下来出场的事物，鸟儿、小女生，打太极拳的汉子，诗人运用修辞的奇妙之处表现在观察视野中，鸟儿如小女生，打太极拳如与爱情周旋，非同寻常的本体与喻体，但过渡相当自然，完全没有斧凿的痕迹，同时，在比喻的内部还有展开具体的细节。再读第二节："或是一双眼睛趁着此刻正在结集的阴影 / 戏弄我"，这一次是视觉性的比喻带来心理的暗示，含蓄地写到室外季节的变化。这种变化中有着天地不仁的姿态，但却也是诗人眼中"可以很优美"的"暴力"，自然中的真转化为诗人感受中的美。避雷针上坼裂的锋面"积冰一般"似既是实景又是写光线的明亮。诗人使用的修辞手段其实也就基本的一两种（比喻和拟人），却以层叠的方式写出了自然内在的交融性。

似乎一直酝酿着，终于，诗的主体形象——核桃树出现了。这个形象就如同是被诗人以一个电影镜头的平移，带到了读者的眼前。从室内（磁头、音乐），到室外（树篱、鸟儿、图书馆、雾……），将核桃树推到眼前，变成前景甚至特写。核桃树的片片树叶密集、清晰，在特写中被渐渐放大，于是，满眼所见皆是绿色的旗帜，那亮青色的光也越来越强烈。

这两节诗，确似电影镜头，读者随着诗人的视点移动，最后被那棵核桃树吸引，凝视树叶密集，光亮增强，诗人不禁揣想"好像风中就含有色素"，是的，正是春风催绿了核桃树。由于诗的前面两节全是铺垫，气氛也酝酿到极致，于是，诗人最后情不自禁地表示"整整一个上午我都在感叹"。虽然这么一句略显突兀，但又实是自然而然，情之所至。

特邀点评：周瓒

崆峒山

» 孙大顺

春风从不迟到，迟到的是我们
万物浩荡。一只鸟贴着平凉
飞向崆峒山，触碰的露水，变成春天的铃铛
摇响低垂的星辰
问道宫清凉而幽静，散发着救赎的香火味
仿佛与世隔绝，和我们不在同一个天空下呼吸
繁茂的松树从沟谷，爬上山顶
仿佛从人间攀上天堂

月石峡把观音阁腾空了，留下间隙与饮月石
建立某种恍惚的关系
好让风从背后抱住上山的人。除了赞美晚霞
翠屏山没有把不能弯腰的疼痛
带到最高处。山岚叹息，棋盘岭为绝壁点灯
动用松针的心跳，动用莲花寺的弦外之音
动用人间的绿，遥望瓷器一样安静的丝绸之路

把绚丽多彩的大西北空出一行
留给崆峒山，需要暮色从遥远的年代归来

月亮提着洁白的裙裾，涂改泾河上的光线与波纹

雷声峰像秋天的隐者，落叶吹着口哨，石级而上

像停不下来的诗行，冲向天空，要拦住南下的大雁

薄雾是崆峒山缥缈的题外画。那些细碎而胆怯的植物

隐秘地生长。它们的美，固执而热烈。不久之后

一片雪花即将到达，寂静的聚仙桥

点 评

"万物浩荡，一只鸟贴着平凉"，这是"山岚叹息"的"崆峒山"。我们可以发现，诗人选取了许多雄浑的自然风物作为诗歌意象（当然，这也的确是河西走廊的独特景观）。但于苍凉之外，诗行之间绝不仅仅是悲怆美（甚至悲怆的感觉微乎其微），而更多地透露着一种惆怅的情思、禅理意味及文化思考。

比如，诗人写"救赎的香火味"，不仅使诗多了许多禅意，也暗合了河西走廊的历史（曾是佛教东传的要道与第一站）。同时，该诗诗意象连贯，一气呵成，各个部分之间有着内在联系。而诗人的足迹只是线索与外壳，个体的感悟与对文化及生命的思考才是该诗的骨头与核心。这是十分难能可贵的。

总之，该诗意象连缀，语言生动，虚实相生，言近旨远，可琢磨细品处很多，即使句句推敲也不过分。

点评网友：淇○

这　里

» 杨　键

这里是郊外，
这里是破碎山河唯一的完整，
这里只有两件事物：
塔，落日，
我永远在透明中，
没有目标可以抵达，
没有一首歌儿应当唱完。

我几千里的心中，
没有一点波澜，
一点破碎，
几十只鸟震撼的空间啊，我哭了，
我的心里是世界永久的寂静，
透彻，一眼见底，
化为蜿蜒的群山，静水流深的长河。

现代人的内心，常常是虚空的，不知道什么东西可以填满。当我们面对自然的美景的时候，我们常常觉得很感动，其实是感动于那风景与内心的某种对应，或者说我们的内心——需要那种言说了我们灵魂的某种渴求的风景。特别是当我们与某种荒凉、开阔、辽远的情景相遇时，我们更有这种感受。我们对于"废墟"的感受，比对于"园林"的感受多；对于静寂的感受，比对于声音的感受多。

这首诗核心词语是"这里""寂静"。作者醉心于一个特别的"空间"，这里的风景有"塔"和"落日"，这个空间是"郊外"，远离我们的日常生活，是一个陌生的场域。在这里我们远离了平日的劳作与名利的追逐，所以作者说："我永远在透明中，/没有目标可以抵达，/没有一首歌儿应当唱完"。在这里，我们成为一个自然人，我们可以有暂时的安歇。

如果说第一段是对此空间的描述的话，第二段则是此空间给抒情主体带来的影响。广阔的风景也给了我们广阔的心胸（"我几千里的心中"）。天空鸟群飞过，那是一种令人震撼的美，也可能昭示着我们缺失的自由与翱翔，作者在这里情感流露——"我哭了"，直接、简短，也显得自然。

但此诗的情感流露又是极为节制的，作者将之深藏在"心里"，将感慨与哭泣化成"世界永久的寂静"，"化为蜿蜒的群山，静水流深的长河"，像古人的诗作一样，尽量用自然山川、外在的事物来言说自我，这种处理方式使这首抒情诗有一种内在的张力、自我隐忍的力量。

特邀点评：荣光启

树林的隐喻

》 **李 克**

昨天，经过那片林子，依稀听到鸟鸣
它们被这季节吓坏了，避到了树林的尽头
我犹豫着，像一个初次登门的客人

我们误入歧途固然不好，但发现一条新路
还是有几分欣喜，何况那些好听的鸟叫声
是这个世界最好的音乐，给多少钱也不换

听风也能让人萌生朝圣的心情，你得理解那些树木
它们心中的呐喊，纠缠住了犹疑的夕阳
我承认自己一无所知，对这个冰冷的世界
一只鸟看着我，我说："你的世界我曾经来过。"
时光在偏离，一颗废墟的心适宜做巢
风把树木使劲地摇，我抱紧树干
像抱紧我自己的身体，发出怪鸟一样的嚣声

那些奔跑在林间的孩子多么美妙
他们震落了枝条上的积雪多么美妙
他们晾晒在空气中的姿态多么美妙

他们像是这树林的一个隐喻

夹在自然的册页中

点 评

现代人的一个悲剧性的处境是，我们处在多重关系的被破坏之中。启蒙运动以来，由于人与神关系的疏离，导致了一系列的关系被破坏，比如人与自我的关系（每个人都在自我分裂的处境中）、人与人的关系、人与自然的关系等等。由于远离了更大的庇护者、远离了生命的源头，现代人对于"自然"也不免满是怀念，仿佛这里才是我们的家乡，有的诗人甚至发出"自然是我们的宗教"这样的话语。其实，人与自然理应是兄弟的关系，由于人的变化，人对自然的欲望与占有，使自然远离了我们。

"森林"是"自然"的象征，这也是这首诗的两个核心的词语，现代诗非常重要的两个意象，它们言说着人的命运。如同这首诗所说，"那些奔跑在林间的孩子多么美妙 / 他们震落了枝条上的积雪多么美妙 / 他们晾晒在空气中的姿态多么美妙"，和人世间这些"多么美妙"的意象一样，"森林"也是自然之中多么美妙的存在，像一页美丽的风景，夹在自然之书的卷册中。"孩子"与"森林"在这里有一种对应关系，它们所"隐喻"的是一种让人悲欣交集的美好。其实，对于诗歌而言，不必这么直白，此诗题目就叫"森林"也可。

这首诗的感人之处在于它传达了现代人的某种孤独与无望之境。它整个场景其实非常单纯："经过那片林子"，言语和境界有一种特别的安静、感伤的气质。"这个冰冷的世界""废墟的心"透露了"我"的心性。"风把树木使劲地摇，我抱紧树干 / 像抱紧我自己的身体，发出怪鸟一样的嚣声"这个场景，特别令人震撼；"我抱紧树干 / 像抱紧我自己的身体"这句话，仿佛海子所说的"我的名字躺在我身边 / 像我重逢的朋友 / 我从来没有像今夜这样珍惜自己"（《失恋之夜》），这里边有多少悲怆与无望。

特邀点评：荣光启

狭隘、偏执的中年

》 辛泊平

请原谅，我的朋友们
现在我开始坚持我的偏见
相信石头的语言

年轻时用酒精化解的恩怨
即使重新再来
我已不会像过去那样纠结

谄媚的热情，也许还会
点燃一个凛冽的冬夜
但只限于对自己的孩子

正如我的父辈
他们曾拆除一面面墙
到后来会一一砌上

请原谅，我的朋友们
我将从远行的火车上下来
回过头去看看童年踩出的脚印

我愿意用一杯茶

消磨一个长长的下午，用后半生

丈量一只蚂蚁一生走过的距离

这首诗突出的地方首先是诗人的经验。这是一种人到中年的生命感受，作者将之描述为"狭隘、偏执"。中年心境，应该是阅尽世事，一般来说，人变得豁达、随意，这样的心境，与"狭隘、偏执"一语，形成了冲突。这种对"中年"不一样的描述，也给阅读者，带来期待。

诗歌是用意象说话的，无论是怎样的感觉和经验，必须呈现为意象或境界。作者所说的"偏见"是什么呢？是"相信石头的语言"，这也许指人更愿意陷入沉默，更愿意期待那些比言说和声音更有意味的东西。也许，这才是一种成熟的中年心境，这样的"偏执"，其实并不是偏执，或者说是一种宽广、一种淡然。

"年轻时用酒精化解的恩怨/即使重新再来/我已不会像过去那样纠结"，青春的热情已逝，一切的恩怨不再像过去那样较真。而"谄媚的热情，也许还会/点燃一个凛冽的冬夜"，但在这里，作者有一个非常奇妙的转折，这属于年轻人的"热情"，现在不是为着自己，而是"只限于对自己的孩子"，这是一个成熟的中年人的写照，活着，不再是为自己；生命，是在一个美好的关系当中，过去，我们忽略了，现在，开始非常珍惜。如果说"狭隘"指的是人在"爱"方面的狭隘，在这里，也显得可以原谅。

中年，对很多人而言，是人生的巅峰，这个时候，该回顾来时的路程了，"我将从远行的火车上下来/回过头去看看童年踩出的脚印"，这个时候，人更愿意陷入回望，回望比奔跑更有意义。那逝去的时间里有我们的足迹，在回望中，人品味的是自己。"我愿意用一杯茶/消磨一个长长的下午"，这"消磨"当中，同样是对自我与人生的品位。"一只蚂蚁一生走过的距离"，这其实很短，为何要"用后半生/丈量"？这个场景很有意味：人到中年，接下来"我"的人生也应该是慢的，也许，在这"慢"中，岁月会回馈我更多。

爱尔兰诗人叶芝（William Butler Yeats，1865—1939）在《随时间而来的智慧》一诗中写道："虽然枝条很多，根却只有一条；/穿过我青春的所有说谎的日子/我在阳光下抖掉我的枝叶和花朵/现在我可以枯萎而进入真理。"从《狭隘、偏执的中年》看，作者应该是想在生活方式和写作方式上抖落枝叶和花朵、努力以"枯萎"的方式"而进入真理"。诗作整体格调非常简约、朴实、淡然，与中年心境的言说有某种一致性。应该说，从诗歌的效果看，作者这一次的诗意言说，是比较成功的。

特邀点评：荣光启

爱过的一些东西

》 南 海

瓦罐里长出的茄子树、油菜花

门角的空酒瓶子，墙上涂的鸦

雨后花园里漫出的泥淖

老城的街区像爸爸的眼睛

越来越黯，越黯越深

越爱越深。我的这处容身之地

越变越大，越住越小

大的容下了身边的一切

小的装不下一颗潮湿的心

我的心里一直藏着个桃花涧

偷偷地爱过山水，与麦子连理

也曾在碑石上刻字：我爱你

但现在不爱了

如同写给一个陌生姑娘迟迟未到的情书

我爱你，但现在不爱了

我爱过雨后的荒山、盐碱的荒滩地

我爱过长满青苔的小路、岸边的石子

我爱过铁制的马镫、寺庙的经幡

但现在不爱了，我要爱

我力所能及的，我伸出手
就能抓到它。我的心太小了
我生来没有佛陀的慈悲为怀
只能把最柔软的，留给我身边的

点 评

　　作者开篇以四五个平凡而又温馨的意象为全诗渲染了一抹不太明亮或者可以说是素淡的色调。茄子树、油菜花、空酒瓶、涂鸦……这些或许是作者少时喜欢并且依恋着的东西，却被时光远远甩在了记忆的尽头。

　　另一个意象，老街，像父亲的眼睛，日渐黯淡，往日的神采冷却了下来，但作者始终怀念远去的老街，在心底为它保留一份热爱和追忆。就像父亲正在老去，而我们的亲情却愈加深沉、厚重。

　　第二句以外在空间的广阔和心灵栖息之所的狭窄相互对比，揭示了作者以及现代人普遍的苦恼和焦虑。物质条件已经达到标准，可是我们捧着一颗小小的心却无处安放和寄托。于是作者转而拥抱自然，在心间耕耘了一片山水，那里桃花灼灼，麦色青青。

　　后一句的荒山、荒滩地、青苔小径、岸边的石子……还有前面出现的那个未曾谋面的陌生的姑娘，作者都爱过，"但现在不爱了"，多么云淡风轻的一句话，背后到底隐藏了多少无奈和失落，我们也许能揣测一二。不爱谈何容易，放下谈何容易，如果不是情非得已，谁不想一直守着自己爱的东西呢？

　　"我要爱我力所能及的，我伸出手就能抓到它"，作者于此给了我们一个答案和解释，因为心中的向往，我们常常忽略了指尖触手可及的柔软和温度，它们也点亮了黑夜的星辰，可能是父母的念叨、友人的问候、案桌上翻开的诗歌……

　　结尾无意间发散出一种感染，让读者也在环顾四周，审视生活的细微细节。那是尘世里的一份慰藉，一份不可多得的珍贵。

点评网友：yan

锁

题记：

——在老家门前，想起母亲

好久不曾打开过，门上的锁很安静，
有岁月里寂静的锈色，和冷落的陈旧。
一道锁隔开什么，时间、记忆和那些童年？
锁得太死，小院心生荒草，炊烟折断，
一些角落蛛网沉重，时间落满灰尘。
曾经小院很空，也很静，母亲在屋门前
挑拣簸箕里谷物中的石子、土粒。
我和锁都很安静，各靠着一扇门。
每次出门，母亲关门落锁，
我都会仰着脸，等待那"嘎嘣"落下来的声音，
阳光安静，母亲锁门的姿势多么温馨，
我们仿佛是她手上红绳拴住的相依为命的钥匙
母亲要锁的太多，也锁住自己一生的命运，
光阴都在一把锁的开闭里，直到她把自己
锁进村北的一座土坟里，上帝收走了那把钥匙。

　　古今中外写母亲的诗太多了。可能为了加以区别，这首诗的作者寻找到一个实物、一个意象，来表现母亲与儿女的关系：锁。母亲是锁，儿女是相依为命的钥匙。只要钥匙与锁同在，一切都不算问题，"时间、记忆和那些童年"，即使被隔离，也能被打开。锁与钥匙，母亲与儿女，共同拥有一个阴晴圆缺、悲欢离合的世界，"光阴都在一把锁的开闭里"。锁眼里面有诗眼。这已经很妙了，但此诗更精彩的诗眼还在结尾处："直到她自己锁进村北的一座土坟里，上帝收走了那把钥匙。"爱是一把锁，死亡是另一把锁，甚至能锁住爱。母亲被死亡反锁在坟墓里，再也无法与儿女相会，再也无法回到她热爱的老家、热爱的世界。死亡，是每个人都会遇见的"最后一把锁"，一把没有钥匙的锁，不是一般的离别，是永别。条条道路通母亲，可在这首诗里，母亲自己的路却通向坟墓，打了一个解不开的死结。生死犹如光与影，在死亡的映照之下，生活显得更加可贵，呼唤我们珍惜。我相信一首好诗应该包含着某种玄机：并不是刻意设置的，却总是能准确地击中你。哪怕它变成了印刷品，也丝毫未减弱这与生俱来的力度。你甚至能感受到透过纸张散发出的热气。这首以《锁》命题的诗不仅有哲理，更有爱，爱才是哲理中的哲理。

特邀点评：洪烛

taig taig taig[①]

》 金 鹰

站立的它，开始躁动不安

鼻孔急促扇动

嘴开始加速咀嚼，似乎在品味

不时低下头

极力嗅着什么

女主人一声声

"taig，taig，taig"，声调悲怆

伴着凄婉忧伤的马头琴

充斥了时空

孤独的小驼羔

蹑手蹑脚地走过来

饥饿使它别无选择

它摇摆着尾巴

口中吐出尖细的哀鸣

---

① "taig taig taig"，蒙古语虚词，无实际意思。幼崽在失去母亲后，主人会用这
种诵唱方式感化其他母畜，唤醒母爱，让其认养幼崽的一种牧业生产方式。

突然

母驼，仰天发出连续的嘶鸣

低头去闻驼羔

敞开的母爱，使泪水泉涌而流

女主人和琴手，双眸潮湿

此时

唯有天空，湛蓝如新

点 评

　　这是一首有注释的诗。有注释，意味着有故事，也意味着有背景。背景就是它的故事，故事又构成它的背景。了解背景里的故事之后，我们才能真正读懂这首诗。所以这首诗的注释，其实已构成全诗不可忽略的组成部分。读注释，也是在读诗，读诗里的诗，读诗外的诗。这首诗的背景是草原，故事里有母驼、小驼羔，关有骆驼还不够，一定要有人，我们看见了为母驼与小驼羔唱歌的女主人，以及用马头琴伴奏的琴手。女主人与其说是在唱歌，莫如说在祈祷：为失去母亲的幼崽祈福，祝愿它找到新的母亲、找回缺失的爱。同样，也是以这种诵唱方式感化母畜，唤醒其心中埋藏的母爱，鼓励其认领可怜的孤儿。了解母驼、小驼羔、女主人、琴手之间的关系之后，作为旁观者，作为局外人的读者，也难免感动。在人与自然之间，在万物之间，也许音乐并不是万能的，爱却是万能的。生命天性里的善良，一旦被唤醒，就能拉近彼此的距离，改变各自的关系。在这首诗所展现的草原一角，人原本很渺小，人不是上帝，却做着上帝该做的事情：唤醒万物之间的爱。不管是进入角色的女主人，还是投入剧情的琴手，正因为这神秘的仪式，而显得神圣。母驼、小驼羔、女主人、琴手，包括远处的作者以及更远处的读者，因为一首诗相连，而成为命运共同体。在万物之间唤醒爱的人是伟大的，记录下这最美的瞬间并使之传播得更远的诗人，同样功不可没。诗人，更有责任做上帝该做的事情。

特邀点评：洪烛

地铁站狂想曲

» 林嘉梓

一座城市。垂直下潜的意志

触须伸展，挖空心思地谋划远行

为此，自由的风被禁锢于迷宫之中

无数人被赶着上车，却茫然不知

旅途的意义；列车抛锚，开始潜水而行

高峰时刻的旅客们有着各色各样的面孔

混合了各种体香，空气一下子变得充实

像极了人们的生活，五味杂陈的饱满

这立锥之地，当仁不让也要把头挤破

现实里没有童话。婴儿手推车冲开人群

进入一个相对安全的地带，瞪圆了双眼

好奇地打量身边的树木与悬挂的藤蔓

森林里喧哗一如闹市。这雨水不到之地

四季如春，唯独不见阳光。一声喷嚏

格外刺耳，无数避雷针抖动，躲闪着头

趋利避害是万物的本能，再次得到印证

列车到站，"请带齐您的行旅物品准备下车"

喇叭响起，宛如神示，世界自动敞开大门

海水一涌而出，五彩斑斓的游鱼急速而出

部分拾级而上，浮出海面，开始登陆行走

部分游向下一个海域，去向不明。但

大海是一样的，陆地和天空也是一样的

人类的美好生活必须继续进行

——任谁也无法阻止他们的脚步

地铁站内，呼啸的风也会继续吹

直至深夜才肯散去，寄宿在城市体内

休憩一晚，等候早晨再度触发启动模式

点 评

　　《地铁站狂想曲》这首诗，给我最深刻的印象，是其冷静的语调，相当于"零度写作"。语调的冷静，证明思路的清晰。面对城市地铁这一庞杂的题材，作者却能乱中求静、闹中取静，冷静的笔触，与热闹的描写对象（地铁）形成鲜明的对比、巨大的落差，令我不得不刮目相看。地铁是一种人类生活，可这种生活真像作者描写的那样吗？但作为必须遵守的艺术底线，作者确实勾勒出了他眼中的地铁众生相，不仅有客观的状态，更有主观的想象，主客观的融合与统一才堪称艺术。否则你就不是诗人，只是写生者。甚至连写生者都算不上，顶多只是摄影师。诗歌是一阵完全来源于自身内在力量的战栗。如同大海的抽搐制造了层出不穷的波浪，诗歌在制造自己。它需要借助的仅仅是你的手。难得的是，本诗的狂想是冷静的，一种"零度的狂想"，又是理智的，一种清醒的迷幻，因而在杂乱中自成一体，在喧嚣中井然有序。地铁，以及它所象征的大千世界，不也正是如此吗？作者之所以忙而不乱，有条不紊地层层递进，在于他早已敏锐地从千头万绪的地铁众生相里梳理出最潜在也最根本的线索："人类的美好生活必须继续进行——任谁也无法阻止他们的脚步。"这就是诗眼。这就是世俗中的诗意。这首诗里的地铁，让我们感到多么的陌生，又多么的熟悉。

特邀点评：洪烛

海风轻轻吹

» 梦南柯

是你的手拍打着此岸么？

一阵阵巨响纷纷落下，又展开在我的血脉里。

鹰，已重返悬崖。

——这是冻僵的蛇咬伤农夫的时刻！

海的那边，华灯初上，穿泳装的少女如蝶。

珊瑚礁，向深海游去。

——逃避自由？

远航的船归来，散发着虚伪之光。

被咬伤的农夫开始剧痛……

我们的田野：油菜花与狗一同狂吠。

月光如血，灿烂地淌下。

这夜的伤口，痛及所有的野草；葡萄藤，已甩掉理想的触须。

暴风雨不期而至：粉碎一千种梦幻。

此刻，咬伤农夫的蛇又爬上了现实的枝丫！

——是你的手拍打着此岸么？

海风轻轻吹……

　　置身于这首作品，仿佛看到了在海岸旁被命运撕裂的作者，感受到那种无所适从的愤懑和心路的急速碰撞。起句发问："是你的手拍打着此岸么"，是激愤中对"你"的一种感应，是自我的短暂清醒。苦痛的经历纷沓而来，散落在血脉里。绝望中，有一双手"拍打着"此岸，促"我"警醒，唤"我"回归。我仿佛是一只"重返悬崖"的鹰，唯思奋起，方可重生。海那边的华灯、美丽的泳装少女，正是对温馨、美好生活的闪念和向往。第二节的画风却急转直下："珊瑚礁，向深海游去"，前路潜在的危险难测。诗人追寻的是一种本色的善良和执念。他痛苦于远航的船儿从外界载回来的虚伪和世故。"被咬伤的农夫"是诗人的化身、亦是善良的人追悔莫及的教训。"油菜花与狗一同狂吠"起来，希望的田野变得凌乱、令人抓狂。剧痛刹那间粉碎了所有的梦想和希望，毒蛇又爬上了枝头……红尘多伤害，幸好仍然有"你的手拍打着此岸"，海风轻轻地吹送，渐渐平静着激愤痛苦的心，守护最初的信仰……克雷洛夫曾说："现实是此岸，理想是彼岸，中间隔着湍急的河流。"诚然！

点评网友：张玉慧

秋风就要把父亲这部书读完

秋风吹。它要读遍人间凄怆的悲情
现在，它准备读我的父亲

秋风刚一开口，一场突如其来的大雨，
便把父亲的 13 岁淋透
生命的表格上，云诡波谲
惊悚如雷的出身，填与不填，
都是父亲一生的伏笔。

秋风没让父亲的喘息多停留一秒，
便决绝地把父亲的少年读到千里之外的异乡
它不顾父亲的感受，专拣父亲的痛读
比如水土不服的大难不死
比如祖母的撒手人寰
比如祖父身陷囹圄的音讯杳无……

秋风删繁就简，罗列了许多瘦削的动词，
描述同样瘦削的父亲。这让我无法想象，
一支握惯了笔的手是如何把弯弓弹响，

是如何用磨盘将生活的蓬松压实
矮小的身躯，是如何扛起麻袋里装满的
近二百斤的辛酸。又如何举起星光的孤独、
风雨的凌厉和黑夜的漫长……

读到父亲艰难的爱情，秋风不小心泄露了
一缕阳光。黑暗中，两颗惺惺相惜的心抱紧，
互相取暖。然后借我们五张空洞的
大大小小的嘴，喊出他们流泪的幸福

秋风踩过父亲 37 岁越发阔亮的额，
打了一个寒战。故乡的呼喊，
教父亲的河流再次拐弯
站在故乡的春天里，父亲两手空空
攥紧拳头，握住的却是白手起家的第一把凄凉

四个字箍成的桶已贴上苦难的标签
父亲只需要用他后半生的光阴
和他擅长的柳体的风骨把它一滴一滴地注满
把我们滋养

我阻止了风的絮叨。无须历数塞满日子的
每一粒沙、每一片叶、每一滴血
我们兄妹五人站在这里
我们兄妹五人的孩子站在这里
我们大姐大哥的孩子的孩子站在这里

还有我的母亲，她正在看天空里的一朵白云

但秋风还是执拗地读着父亲最后的悲叹
二次跌倒，二次手术，把父亲的晚年送上轮椅
把他摁进了岁月的深处
教我走过千万条路的父亲
最后无路可走

父亲正在一天一天地失去记忆
我知道，秋风就要把父亲这本书读完
秋风所过之处，我看到，
落叶纷纷，满地呜咽

点　评

　　诗歌《秋风就要把父亲这部书读完》，对轮椅上渐渐失忆的父亲生命历程的回顾与打量，在凄怆中蕴满伤痛和无奈。开篇"秋风吹，它要读遍人间凄怆的悲情"，为全诗定下抒情基调。

　　13岁"突如其来的大雨"显然是人生风雨的象征：出身预兆了父亲一生的坎坷。父亲少年时期痛苦漂泊千里之外的异乡，历经"水土不服大难不死"、祖母去世、祖父入狱等重重打击。瘦削的父亲不得已学习弹棉被、扛麻袋，日夜辛劳独力承担起家庭重担。爱情艰难，父亲母亲惺惺相惜，幸运地生下五个孩子。37岁时父亲在凄凉中回到故乡，两手空空白手起家。但他用箍桶技艺和写书法的双手含辛茹苦滋养儿女们长大。这是父亲的前半生。

　　此刻，年迈的母亲带着祖孙四代陪伴在瘫痪了的老父亲身边，白云悠悠，往事如风。晚年父亲二次跌倒二次手术坐上轮椅，渐渐失忆，最后的生命即将逝去，我的内心充满哀伤。"秋风读书"的视角，使全诗语势连贯，一气呵成，凄怆哀伤苦痛辛酸悲叹，一以贯之，最后"落叶纷纷，满

地呜咽"，面对即将逝去的亲人，无奈而酸楚，令人动容。"秋风"又营造了萧瑟的叙事背景，使哀情自然地从诗行中流淌出来。

"我"才是真正的阅读者，从"无法想象"到"阻止了风的絮叨"，再到"我知道"，完成了对父辈艰辛人生亲情付出的深度感知。叙事抒情结合紧密，意象勾连点染，丰富了诗意内涵，是一首较好的亲情诗。

特邀点评：任毅

捏一捏满月，水做的乡愁便泛涌出来

» **忧 子**

月不厌缺，耐心等候自己的圆
铺在归家路上的光之书，李杜们
念了又念，校对着生活的法典

声声慢的秋声，放不下
秋风上行走的韵脚，用月光
这通用的银币，置办一山山诗意的饕餮

桂子的呼吸宛如甜酒，把每缕空气
都妆成高脚杯，席间的领舞者是大海
通人性的词纷至沓来，将月光唤作知己
一齐举过天穹，更多的唐诗宋词便掉下来

撮合又离间着不同的岁月呵，欲拒还迎的
哪一盏光才是明镜台？琥珀色的分身
是广寒宫的烦恼丝，还是故乡未剪断的脐带？

捏一捏满月，水做的乡愁便泛涌出来
抢了银河里的旁白；徒留你在前尘旧影里

迁怨于这无辜的小哑巴，一再发明亘古的迷思

月出，尘世的天空悄悄换了掌灯人
月落，心野里的故乡轻轻吱呀一声

点 评

诗歌《捏一捏满月，水做的乡愁便泛涌出来》，写睹月怀乡，充满哲思。

首节借李杜诗中反复吟咏过的"月光之书"，写残月盼圆，期待人间亲人归家团聚。第二节，诗人化用南宋词人蒋捷的《声声慢·秋声》。秋夜里，豆雨声、风声、更声、玉佩声、铃声、彩角声、笳声、砧声、蛩声、雁声等十种声响，声声都是闺中幽怨凄凉情意，都是急切盼望征人远归的苦闷愁绪。

作者用"韵脚、月光、一山山诗意"暗示了宋词的意境，穿越时空，书写了关山重隔的浓郁乡愁。接着，诗人想象桂子飘香甜酒满盏歌舞升平的团聚场景，"海上生明月，天涯共此时"。但人生苦短，离别终要到来，李白有"高堂明镜悲白发，朝如青丝暮成雪"的《将敬酒》，嫦娥奔月后独守广寒宫终生孤苦烦忧，远在他乡的游子思念故乡渴望回到亲情中间。第五节，秋水长流，绵绵不绝，无时无处不至不在，正如这乡愁浓郁绵长时刻煎熬着诗人。银河里牛郎织女鹊桥会的旁白，祈愿爱情忠贞亲人团聚，月儿无声，却提示着人们乡愁无解的本源。

诗的结尾，诗人化用了唐人张籍的《枫桥夜泊》意境。江畔秋夜，月落乌啼，寒霜漫天，漫江枫红，渔火点点，羁旅客子卧听山寺钟声。心中愁苦思乡情浓无处化解。而诗人却宽慰说，月出时节可以掌灯探月，想象故乡；月落时分，那心里的故乡便更加清晰了。呼应开头，望月怀乡，古今相通。"月"贯穿全诗，它是"光之书""通用的银币""诗人的知己""琥珀色的分身""无辜的小哑巴"。在不同的时空，它不断变换着喻体本体身份，表达不同的蕴藉。诗歌化用古典诗词民间传说，意象深沉，是一首难得的怀乡之作。

特邀点评：任毅

月亮将大野升起来了

» 半岛雪

月亮将大野升起来了，

它刚喂饱了一群饥饿的孩子，

孩子在睡眠里，像鸟一样，飞来飞去，

而它孤独疯长，比秋日的苦吟还长，

把它当作背景拍了一张照片，

照片里鸟鸣像树叶一一坠落，

那些鸟像丢失了孩子抱头痛哭，

在每一次月光晃动树枝的时候，

那比秋天还有寂静的疼痛，

蜿蜒且灵活，像一条水蛇，

穿过大河流淌着贫穷的焦虑中心，

穿过比母亲眼睛还高半截的草丛，

还可以穿过结冰的哭声，锤碎的膝盖骨，

和父亲一直羞于出口的悲惨真理，

但你必须知道的是，

这个疼痛是在渴饮月光之后

万万根银针干净利落的锥刺所致的，

是有关身体里挤出的水和盐

所有的颓废和迷惘，所有空荡的足迹。

月亮将大野升起来了，背影也升起来了，

眼泪由于过于沉重就落了下来，

将一朵花的脑袋砸向了西北。

点评

　　诗歌《月亮将大野升起来了》，借用杜甫诗歌《旅夜书怀》的意境：
"细草微风岸，危樯独夜舟。星垂平野阔，月涌大江流。名岂文章著，官
应老病休。飘飘何所似，天地一沙鸥。"杜诗书写旅途孤苦，感伤残年多
病、漂泊无依的心境。

　　作者反其意而用之，月亮将故乡的大地升腾起来，将游子的乡愁勾动
起来，母亲父亲贫穷而坚实的背影升腾起来，漂泊的游子获得了心灵的激
励与感化，放下颓废、迷惘、虚浮，以及花朵一般的轻盈幻想，向西北故
乡的方向鞠躬致敬。这就是结尾三句诗歌的内涵，也是全诗的主旨所在。

　　诗歌的开篇，诗人写故乡明月慰藉了古今许多诗人的乡愁，他们在梦
中思绪翻飞，想象故乡，书写诗篇。但月色下的怀乡病用秋日的苦吟也无
法排遣，他们更加孤独寂寞。远离故乡的游子，手握故乡亲人的照片，月
夜鸟鸣如秋叶般落下，乌鸟哭丧，犹如丢失了孩子一般抱头痛哭。每当月
上枝头，这乡愁病痛便在漂泊的孤独寂静中升起。

　　诗人体味着这萦绕心头的锥心疼痛，至少有五层内涵：一是家乡贫穷
的生活现状渴望富裕而不得的焦虑；二是母亲望穿秋水期待孩子回来却不
得的忧愁；三是父亲坚持传统耕作发家致富老理终于破灭，不得已外出务
工遭遇工伤的悲剧；四是父亲捶碎的膝盖骨，长期贫病绝望的哭声；五是
治疗膝盖骨多年万千银针锥刺而不见效的疼痛。

　　诗人对这种种疼痛的深切体认，唤醒了他身体中从故乡父母那儿传承
下来的家乡情义和民间气节，剔除了在异乡漂泊中染上的颓废和迷惘、空
荡浮躁的生活态度，找到了生命坚实的方向。诗歌借用典故，语言冷峻深
沉，意象组合自由，抒情脉络清晰，是一首功力扎实的抒情诗。

特邀点评：任毅

霜　降

》 **杨东晓**

草停止了生长。倔强地迎着风

把体内的绿一点一点掏出来

田野里，几个佝偻着身子的老人在捡花生

像几张弯曲的弓

身上散发着老棉布好闻的气味

他们有说有笑，像没有长大的孩子

抖动起来的土，有的落在他们脚上

有的重新落回地里

却没有落到他们心里

他们说着往日岁月

说着快乐和艰辛

忘了霜已经降下来，树叶都回到地上

忘了死神已悄悄站在他们的身后

准备带走其中的一位

点 评

　　二十四节气，本就带有诗意。"霜降"二字自然令人联想到一些美丽的意象。如"严霜结庭兰"一句，就充满了萧瑟肃杀的"凄凄"之美，然而作者并未跟风写如此的"将尽之美"，而是以农事入笔，寥寥几笔绘出秋日乡村的一角，笔调朴素，含蓄隽永。

开篇写的极为骇人——"将体内的绿一点一点掏出来"。一个"掏"字何其激烈，仿佛草怀着不甘，一点点掏出自己的血肉精华！草犹如此，人何以堪！

接着写老人，写他们伛偻的身躯，这里本来应看到老人的憔悴颓唐，却意外使人读出美感。"几张弯曲的弓"——弯曲中带有力量。"老棉布"——经久耐用，亲切可触。这两样东西几乎都与老人同质。一样的老，却残留着岁月涤荡后的底色。"他们像没有长大的孩子"——返璞归真，难得糊涂。

全诗色调明朗，尽管"抖起来的土，有的落在他们脚上"好像是在暗喻老人们"被土埋了半截"的年岁，可是却接一句"没有落到他们心里"。上一句是现实的"自我"，下一句则是"忘我"。

"死神已悄悄站在他们身边"，看似残忍，但别忘了前面的两个字——"忘了"。过了霜降，老人们不可避免地走向人生的寒冬，他们就像同一棵树上的黄叶，不知道哪一片会先掉落。即使生命如此莫测，老人们还是"忘了"，这未尝不是对与自然草木落华一样的人生之序的敬意。

整首诗就像米勒笔下的画面，朴素真挚，哀而不伤，在生活的艰辛与生命的不可预知中开掘出另一片默默温情。

点评网友：晏阳

夏天的故事

» 孤山云

本打算和顾丁杨去钓鱼

我们已经准备好了渔具和鱼饵

但沙丽请我们去她家吃她做的沙拉

她说，她刚刚学会

沙丽在厨房忙的时候

我和顾丁杨继续说着钓鱼的事情

那是一个闷热的午后

我和顾丁杨热得冒汗

但谁也没敢把上衣脱掉

沙丽穿着一个吊带裙

看起来很凉快

她征求我俩关于她做的沙拉的意见

顾丁杨一直反对将中国菜西方化

我说很好，但我指的是她的裙子

后来沙丽成为我的妻子

这已经是很久远的事情了

现在我一个人坐在院子里收拾渔具

准备钓那天没钓成的鱼

顾丁杨和沙丽都已经不在这里

沙丽去了沿海的一个城市

那里的水域比这里的要更加宽广

顾丁杨到河里给鱼做了饲料

成为他诗歌中最后一个句子

我承认，他们走了之后

我没有给他们任何一个写过信

现在我身边放着我的午餐

一堆刚刚洗好的生菜，香菜，和黄瓜

我没有将它们做成沙拉

而是把它们包裹起来，蘸黄豆酱

这就是沙丽一直不能理解我的地方

点 评

　　首先吸引我的，是这首诗的叙述方式和语气，它的"当下感"强，一看就是属于现在的，而不残留新诗中某些旧有的造作因素。它迎向生活片段，它直接，它无端地呈现某种时新的东西。三个人（"我"、顾丁杨、沙丽），两件事（钓鱼、做沙拉），叙述很日常，很平常，情景化展开，诗节不分，声色不动，背后却有伸张力，有人生况味。"我和顾丁杨热得冒汗/但谁也没敢把上衣脱掉/沙丽穿着一个吊带裙/看起来很凉快/她征求我俩关于她做沙拉的意见/顾丁杨一直反对将中国菜西方化/我说很好，但我指的是她的裙子/后来沙丽成为我的妻子/这已经是很久远的事情了"，在我读来，这几句是全诗的中心环节，连接前后，看上去很平静的细节，却暗示人物的心理以及行为动机，越读越觉得有些微妙。钓鱼之事转而为沙拉之事，是人物关系的新选择，是一种新的生活开始，这其中有试探，有阴差阳错，正所谓细节隐含戏剧，日常决定命运。

　　"现在我一个人坐在院子里收拾渔具/准备钓那天没钓成的鱼/顾丁杨和沙丽都已经不在这里"，沙丽去了另一个城市，顾丁杨"到河里给鱼做了饲料"，故事又发生戏剧性变化。沙丽为何离开，"我"没有说，只在结尾晒出午餐，"一堆刚刚洗好的生菜，香菜，和黄瓜 / 我没有将它们做成沙拉 / 而是把它们包裹起来，蘸黄豆酱 / 这就是沙丽一直不能理解我的地方"，哦，如此这般，隐约闪现。沙丽成为"我"的妻子，与那天做的沙拉有关，沙丽离开"我"，与此后关于沙拉的冲突与不相配有关。而"我"重新"收拾渔具"，带着不曾写过的信，一点怀念，回到"我"曾经想要的生活。

回头再看诗的开头："本打算和顾丁杨去钓鱼 / 我们已经准备好了渔具和鱼饵 / 但沙丽请我们去她家吃她做的沙拉"，觉得平常，却也很棒。本来的故事时间开头"那是一个闷热的午后"，被隐藏在中间，处理很艺术，很小说。

《夏天的故事》是一首诗，不是小说。它在叙述上的水准，它对待故事的态度以及在技巧上的用心，都展现它的可阅之处。它可以打败许多小说。

特邀点评：唐翰存

巴丹吉林小镇

——赠黄明祥、梁积林、王国伟

》**古 马**

这些成排成排蹲在电线上的麻雀
落日在它们的眼里
会是一粒炒米会是一颗红玛瑙
会是幼子守灶的灶膛里的火种吗

打造一口红漆描金的箱子
画上喜鹊登枝扔掉黄铜钥匙
哑木匠，他低头拉锯举目认亲

认你是他的前世认我是他的来生
今夜，愿我们都有一个海子般纯净的好妹妹
愿我们一醉方休，马头琴让散落在镇子外面的骆驼一起调头

那些在大漠戈壁的骆驼
它们驮着沙丘走过很远很远的路程
它们慢慢反刍着夜晚的星斗和盐碱的苦涩
不像这些叽叽喳喳的麻雀
不像这些小诗人风一刮，就一哄而散了

这是一首比较典型的意象诗。赠三位友人，呈现三个中心意象：麻雀，哑木匠，骆驼。诗的技艺比较老练。

我们无法将这三个意象与三个人各自的生活联系起来，或许二者之间本没有什么联系。他们相聚于一个小镇，或借着一个地方的风物而感发抒怀，表达心有戚戚之意。然而，麻雀就是麻雀，"这些成排成排蹲在电线上的麻雀"，首先以实景呈现了事物本身，然后才是转喻、转义，呈现落日的想象以及其他。哑木匠也首先是哑木匠，以精湛的手艺"打造一口红漆描金的箱子"，然后"认你是他的前世认我是他的来生"，在时光中认出"非己的自己"。如果说作者的身份是一个诗人，那么诗人与木匠之间，冥冥之中是否存在某种相似性呢？诗人写诗和木匠做箱子一样，都是个体的手工劳作，都需要技艺，都需要埋首专注。何况那是哑木匠，不说话光做活，他的品行值得人去学习。

小镇有骆驼，骆驼的品行同样值得人去学习，"它们驮着沙丘走过很远很远的路程／它们慢慢反刍着夜晚的星斗和盐碱的苦涩"，这种动物的负重和忍耐力，以及它们缓慢而深沉的消化功能，让作者不由感慨，似乎找到了对西部、西部人、西部精神的赞美理由，想到友人——不乏西部的友人——而心生敬意，有了劝勉的冲动。诗的结尾处，甚至有了对比的冲动。那些麻雀被重新提起，作了骆驼的参照，"不像这些叽叽喳喳的麻雀／不像这些小诗人风一刮，就一哄而散了"，这一笔有点出人意料，作者借着无辜的麻雀，来了一个小小的反讽。细琢磨，这个反讽其实并无多少恶意，只是有点好玩而已。它首先是给友人看的，是借着麻雀的玩笑，共同激赏某种写作精神，可贵的定力。

特邀点评：唐翰存

立春之后才真正属鸡

》 **克 文**

反正我不属鸡

没有属鸡的心境去注视草地

还是一片枯黄的草地

躲藏着无数可爱的虫卵

我不会去发现那些幼稚的琴弦

将来是否有飞翔的旋律

和沉睡的石头没有什么不同

我从黎明走过来

又很快消失在道路的雾色里

冷漠之后才真正明白隐喻

一把火烧暖了灶台

三十个人从村庄跑了出来

三十个人不分男女

三十个人没有对错

还是一把火烧暖了灶台

三十个人就沸腾了一个村庄

一把火也烧暖了我

我的偷看正四面八方

梦幻之后才真正鸣啼

群鸟从那些朴素的认识飞起

我也从一棵树后彻底跑了出来

就如立春之后大地彻底清醒

属于明朗的事物

都将在明朗的讲演中指手画脚

我开始真正属于田野的音符

那些从四周涌过来的春风

每一寸肌肤感觉到的振奋都是那么不同

点 评

这题目有点意思，让人好奇。

第一节也不错，开头一句"反正我不属鸡"，和题目之间形成一个悖谬，一种抵牾，在两个断语之间存在"任性"，却也是有趣的"任性"。读完第一节，觉得作者描写出来的，的确是一只任性高傲冷漠的鸡，甚至是有点神秘的鸡，面临"枯黄的草地"，已然没有争竞的欲望。

第二节，开头一句显得突兀，又是什么意思？似乎觉得这里面隐藏了一个事件，一个与鸡相关的事件，可是，"我的偷看正四面八方"，作为第一人称的鸡虽然也被这一把火"烧暖"，可它始终置身事外，或者故意逃身事外。

到第三节，这只鸡才出场了，不冷漠了，相反"我也从一棵树后彻底跑了出来"了。因为"梦幻之后"，因为"立春之后"，在"田野的音符"和"四周涌过来春风"里，"每一寸肌肤感受到的振奋都是多么不同"。这种"任性"与前不同，是在生命释放的愉悦之中。

总体上看，这首诗写得离奇颠倒，想法新僻，显露出那么一种"别才"，是值得肯定的。

特邀点评：唐翰存

在 2017 年秋天，捡拾的一些短句

》赵　琼

1

风在刮，叶在落
水里的月亮
合了又碎，碎了又合

2

风，一缕一缕，将树叶吹下
多像是时光，在剔去
肋骨以外的
那些繁华

3

在这个秋天里，我俩一起
将一枚秋果，拽下树体
秋天的溪水，确实凉了

如洗去泪痕的那些水

当一枚果核，被我
置于树下
树，摇了一摇，有落叶
纷纷
来自天际

4

有一些花，在赶路似的开
有一些蜜蜂，纷纷涌来
在秋天里，喊一声凉
所有的叶子，就添一层黄

翻过那道，被果实
簇拥着的山冈。夕阳，与那枚
熟透了的柿子一样
正好坠于
被炊烟拥抱着的村庄

5

在这个秋天里，该落的叶
落着
不该落的，一样落下

像一场有意或无意的风，吹倒了
那墙
护院的篱笆

有一片云，凭空而来
金黄的稻田里
波浪，如水

6

秋风里，我不知道
那些在风中，凌乱着的羽毛
哪一根，才是
引我回家的路标

7

在秋天里，所有能够低下的头颅
我们都应该称之为："优秀"。

8

远在他乡，雁叫了
我头疼
雁走了，我心痛

9

在这个秋天里，我花了
整整一个下午，在头顶的这片天空里
杀猪宰羊，养花种粮

10

秋虫，总将月光
吟成秋风

11

我四仰八叉地躺在秋天
的一坪草里
像一本书一样，被秋风
阅批

12

即使被打倒在地
身下，还有更低的命运……

13

南方的秋天来得晚

突然，听不到蝉声的那一天
我知道我那贫瘠的故园
已度过了荒年

14

北方的深秋
知了的叫声，像一只又一只
带着倒刺儿的钉
它叫时，总像是将一种怀念
往我的心里扎
它一旦停下，却像是
将那些扎进去的一切
从我的心里，往外拔

在这个秋天里，每当我想起父亲的日子
总会有两只秋虫
同时叫起

15

给父亲通着电话
有两只秋虫，也在长吟

一只在窗外
一只，在窗里

16

窗外知了

歇斯底里

如果不是我离乡多年

我会毫不犹豫地

拿出一根

带着粘胶的长竿

17

结果的秋天，就在眼前

一场白雪，已麇集在

山巅

18

树根下埋有我胎衣的那棵树

被邻家的奶奶，做了棺木

19

对于风来说

是叶子，扰动了它们的生活

老太阳和老月亮，就像

我一生永不相聚的，两只耳朵

听花的衣袂，飒飒

时不时，就双手掩面、回头

躲在云朵身后的河流

像是大山身上的一道伤口

20

那个人的死讯

就像刚刚刮过我身旁的那一阵风

一阵凉意掠过之后

一切，又都恢复了平静。

点　评

　　《在 2017 年秋天，捡拾的一些短句》，应该属于"精神返乡"之作，可以看出诗人在形式上，借鉴了俳句的禅境意味和截句的瞬间诗意，以阐发无垠的缅怀、祭奠和心境。整组诗以时间和空间为线索，以人间和世间为情节，内韵贯通，情感递进，尽得跳跃之美，却无断裂之感。时间上以秋天统之，既用秋风、秋叶、秋虫等重笔铺陈秋之凋零与萧瑟，又以果实、稻田、播种等轻描点缀秋之成熟和收获，看似矛盾割裂，实则张合有度，以花开叶落与月信鸟候的自然规律，奠定了感时伤怀、睹物思人的悲怆基调。空间上，以无处不在的风、水、云连接城市、村庄和南北，一张无形或有形之网，笼罩住"离乡之躯"和"返乡之心"，游子欲罢不能、欲说还休的万千思绪，如炊烟和落羽般弥漫于字里行间。搭设好时空的骨架，诗人开始填充人世的血肉。于是搜食秋果的"她"，拿出粘竿的"我"，电话那端的"父亲"，做了棺木的"奶奶"，传来死讯的"他"，连同被炊烟拥抱着的村庄、护院的篱笆、头疼的雁叫和长吟的秋虫等，如蒙太奇镜头般交替出现，折射出城市的冷暖与故园的悲欢，像一部变幻漂移的情景剧，讽喻和批判的况味充盈其中。如果诗人止步于此，并未摆脱"返乡诗"的窠臼。在笔者看来，这组诗真正出彩之处，是对语言和诗意的发掘与开拓，如"多像是时光，在剔去／肋骨以外的／那些繁华""在秋天里，喊一声凉／所有的叶子，就添一层黄""在秋天里，所有能够低下的头颅／我们都应该称之为：优秀""即使被打倒在地／身下，还有更低的命运……"等等，无不隐约着泰戈尔《飞鸟集》的哲思和王家新《旁注之诗》的智慧，勾人玩味和品咂，呈现出"每日好诗"的质感和亮度，确属实至名归也。

点评网友：荷戟寻仇

凶　年

星期天是客观的，我是主观的
两条腿在公园散步
踱去的时间像碑投下的阴影
切线上一点点太阳的时刻
它们依然如此。
天边与身边，空与白
一首诗从结尾读到结尾
那些迷雾般的字眼
在我的脑海搅动着地球上的温柔。
夜晚和死亡，像一对孪生的主题
眼睛放肆地瞧着
我没有遁入空门但是我能嗅到
自我的味道。我们隔开山川
与河流，慢吞吞地形式主义的悲伤。
在一个干净而明亮的地方
星星洒在湖面
铁轨旁，我们抛下旅行箱，丝绸，凉鞋
和欲望驰过的电车。
每一千米都有一只挥别的手

每一年都有在风中冻结的瞳孔

一颗小星球的白等于：

一个凶年，

一分钟默哀，

一片没有思想的平原。

每一次回忆都是一次远眺

像迟钝的老人冻结的双手

在雨中

我像一根牙签

我的舌头还蠕动着

几乎没有速度

我醒在一只眼睛的黑暗里

像亲人留下的辞

是现实还是回忆？

我像个旅行者，在七月十四日

在不熟悉的城市

我用单音节写下一则消息：

太阳照在海湾的另一岸

仿佛你还活着：钟情于别处的风景。

点　评

　　"凶年"这个词本身透出凶险的味道，且常常超越个人命运的范畴，有种空荡荡的宿命论的味道。开头一句"星期天是客观的，我是主观的"，表达了某种冷漠对峙的意味，一边有关时间，一边有关自我。这种对峙的力量贯穿全诗，维系着诗歌意识的运行，或者说，两种不同力量的缠绕恰好构成诗人观察世界的方式，也左右了这首诗诗意的形成。

从"一首诗从结尾读到结尾"开始，尽管对峙的词语和意象仍不时闪现，但诗歌从对具体事物的叙述转向对非现实情景的描述。诗歌由此打开了一个浩大空间，多元主题次第展开。"从结尾到结尾""迷雾般的""搅动""孪生"……这些表述意味着，诗歌作为"我的主观性"的载体，也许正是一种抹除对峙的力量。诗歌何以拥有这一能力？因为在诗歌中，自我即便微小得只能凭嗅觉来感知，但诗的"形式主义"一面恰好提供了我们进入世界之含混性的机会。这种含混性的所指，可以理解为虚构，也可以理解为记忆。含混的事物可能琐碎如"抛下的旅行箱，丝绸，凉鞋"，但这些孤零零的事物笼罩着某种神秘的光芒，勾起我们对于生活和时间的无限想象，如一次告别的伤感和之后的漫长等待；这种时候，诗歌的形式似乎也在构造某种阻隔，但毋宁说它更强烈地吁请了情感和伦理的出场。含混的事物也可能空旷、虚无如"一颗小星球的白"，但"白"删削的只是"思想"（"一片没有思想的平原"）而非"回忆"；在回忆中，"我"尽管无语，但依然看到了表达的存在，看到了"辞"本身。

结尾时，诗歌再次回应了第一句中因对峙而起的悬念："是现实还是回忆？"它的疑问本身就是对第一句的冷漠目光的消融。

这首诗某种程度上说是一首关于诗歌的诗歌，但作者并未从抽象的哲学思辨入手，而是赋予诗歌本身某种形象，让我们感受到了诗的形成方式，也感受到了诗歌对于世界的基本意义。诗中简洁的宇宙图景揭示了"凶年"的真正含义，其荒凉对应着人类思维的恶意，以及由此造成的人与他人、他物的隔绝。诗人在处理有关客观与主观、琐碎与旷远、现实与记忆、"我"与"你"的关系时，都显示出良好的分寸感。

特邀点评：贾鉴

罢 风

» 寒 焱

每况愈下。风，绝对是一种遥远的病灶
已经没有对立面，更没有什么可以消费掉

它有残暴的性情。扭曲之势、掠夺之势
残忍之势，以及吞噬、撕咬之势

风的美却在于传染，在于一个病毒
复制一万个病毒，已超越惯常的无证谋杀

其实，除了太空，以一平方米为单位
以一个寺庙为单位，风约等于风自己

我们本身都是一座寺庙，为了当好另一个和尚
互为凶手，像一场风被授权去杀死另一场风

　　这首诗以"每况愈下"开始，气势强悍，且预示了整首诗的批判性的调性。第一节中的"病灶""对立面""消费"等词，都是对这一批判性的继续暗示。接下来的四节大致可以看作对"风"的四种特质的描绘。首先（第二节）从力量的角度捕捉了风的各种形象。其次（第三节）从广度上描述了风的传播能力。用"美"形容"病毒"，揭示了现代社会的某种"美学"机制，大范围复制就是美，消费之美的秘密就在于此；反之，美也就成了消费机制得以运转的润滑剂。不仅如此，"无证谋杀"将这种机制引向法律领域，不仅强化了对复制的美的批判，也开启了后面的诗歌主题。第四节，流溢的风获得某种形体的束缚："以一平方米为单位／以一个寺庙为单位"。变化的诗意带来阅读的快乐，但在观念上却又进一步推进，或者说，束缚的形式带来更大的思维张力。"一平方米"大概可看作人们居住空间的最小计量单位，稍微发挥一下思路，房子难道不是当前社会最大的消费之"风"（疯）吗？"一个寺庙"又为风装点了圣洁的宗教气息，通俗点讲，风只有扮以神圣教义的姿态才能广泛流布。风拥有了自己的形体，仿佛终于成为它自己，但这种自足性恰是它力量的进化，一切"病灶""残暴""传染""谋杀"，皆受某种自我生成的机制保护，它是一个没有缺口的理由。最后一节，风的形象更加窄化，变成我们自身的组成部分，或者说，风的暴力性已经内化为我们的性情之一。此时，杀人未必出于罪恶本性，也许刚好出自为善的动机（"为了当好另一个和尚"）。二、三节中的暴力意象和谋杀的主题在此落实为自省的力量，我们的命运显出一种卡夫卡式的荒谬和绝望。

　　这首诗是典型的"咏物诗"，"咏物诗"的意义在于为事物尤其是看似无诗意的事物赋形，隐秘地满足了诗歌作为一门古老手艺的快感，也试探了诗歌向现代事物拓展表达空间的潜能。此外，当表达受阻，有难言之隐时，"事物诗"也为诗歌介入社会议题提供了一种表达可能。这首诗在为风赋形的过程中一直将技艺拉伸到它意欲触及的社会反思层面，风的象征获得新的生命，从另一个层面做到了"把住一些把不住的事体"（冯至）。

特邀点评：贾鉴

敦煌的月牙

» **梁积林**

小小的，薄薄的
我不想把你比成针尖
也不想把你比成一根白玉发簪
但我突然想趴在一个人的肩头痛哭
突然想在一个人的耳边说一声
等了千年的一个爱字

说是一排马的牙齿也行
说是一匹儿马抬起后蹄踢在天庭额头上的一个印痕也行
此刻，我想把你说成羌，说成乌孙
说成一个人的小月氏
再把你说成一只党项的羊
或者就是西夏王国里递过来的一张
指纹的传书

其实，它就是敦煌的月牙
就是能让我思念和哭泣的爱人的肩头一样的月牙
就是一把飞天女反弹的，琵琶

　　这是一首关于敦煌的诗歌。关于敦煌我们还能说些什么呢。这个蕴藏着伟大文化的宝库，这个偏于西部戈壁中的曾经繁华的都市，突然间荒凉，突然间又兴盛起来。诗歌的题目首先是多义的，可能是敦煌的月牙泉，可能是敦煌夜晚的月牙，可能是月牙象征的遥远的思念。这种带有古典意象的月牙作为题目一开场就给人一种美好的想象。继而作者在第一段中用一系列的比喻把我的想象拉向了更形象化的意境：好像针尖，好像发簪，但这些好像都还不够，她是趴在爱人肩头的痛哭，是等待了千年后的一声爱的问候。直到那时我们似乎被突然唤醒。

　　当年陈寅恪先生大声疾呼：敦煌，中华文化之伤心史！似乎响彻耳边。只有当中国人走进敦煌，触摸敦煌的沧桑历史，体味千年的壁画、破损的雕塑、屹立的建筑时，我们才能从心里叫出一句"久违了，我的敦煌"，对那些灿烂的文化说一声：爱！然而这是被英国人法国人俄国人日本人盗掠的敦煌啊，我们又怎能不痛心。

　　接着在第二段，诗人又继续将走近敦煌的痛用具象的历史诉说，这里是一个多民族文化交融的地方，这里曾经居住着许多神奇的民族，他们甚至在敦煌的遗书里，经卷把民族的温度用文字留下来。而这些都如同敦煌的月牙，神秘而多情。引无数知识分子千里万里来拜谒。那里藏着一个大大的中华民族史。

　　最后一段，诗人直接点题，写的是敦煌，是对敦煌那一轮月牙的想象。敦煌就如同被祖国安放在西部的一个月牙，那里安放着一个民族的过往，中西文化交往的风风雨雨，安放着还没有破译的神秘往事。我们共有的敦煌如同月牙清澈明亮，敦煌文化所浸润的多民族融合、中西文化交融的历史就和反弹琵琶的飞天一样，美丽而多情，神秘而令人向往。

　　咏物诗歌是中国诗歌的传统，用当代诗歌语言表达尤其需要巧思。这首诗歌借月牙这个意象，表达的是历史情怀，表达的是对敦煌文化的无限挚爱，写出了中国人的心声，我被感染了。

特邀点评：马知遥

祖籍北美的玉米

承认不承认都是事实
黄皮肤的玉米的确祖籍北美

这多少让农历有些意外
在须根的乡村一株玉米
和满口中原方言的红高粱一样
极少有肤白的亲戚相互走动
自立秋开始她就要换上粗布外衣
用风的步频在田间行走
直到患上风湿才抱着孙男嫡女
憩息在木版年画里

没有人探究一株窈窕的玉米
为何要越洋过海远嫁东方
率直的乡村也很难从粗糙的玉米团里
嚼出富有营养的国际主义成分
但她同飞鸟等高的豁达
的确助长了秋天对锄头的误解
也曾有夹杂着雨水的像素前来搭讪

元音的玉米仅仅用斜体的矜持

就给了轻视者一头雾水的迷惘

但这丝毫不影响我正拔节的崇敬

一想到饥饿年代一株母性的玉米

曾解开斜襟的外衣为乡村哺乳

我就觉得空洞的腹腔里

真的呼啸着玉米的基因

点 评

　　大凡司空见惯的事物，入诗难免会老旧陈腐。好诗总是另辟蹊径，撕裂束裹的外壳。《祖籍北美的玉米》通过玉米与母亲精神等值的衡量，把一株玉米的身世、形态以及精神层次拟人化，从而透过母亲的形象予以血肉丰满、动人的呈现。诗人首先从玉米的籍贯写起。紧接着运用倒叙的方法，把玉米在秋天的老态、沧桑和果实和盘托出。这里，疾病是玉米的，也是母亲的。孙男嫡女是玉米的，也是母亲的。"憩息在木版年画里"则是一幅优美的画面，喻示母亲幸福，安详的晚年。

　　诗人说玉米"同飞鸟等高的豁达"则是赞扬玉米没有国界的爱。

　　"一想到饥饿年代"这恐怕就是诗人写作本诗的全部动机和意义了。对于饥饿的了解就是对于粮食的了解，犹如孩子对于母乳的了解。"一株母性的玉米／曾解开斜襟的外衣为乡村哺乳"——触动人心的一笔。这是玉米之于乡村博大而深厚的恩情。"我就觉得空洞的腹腔里／真的呼啸着玉米的基因"，诗人在此直抒胸臆，不再闪烁，不再压抑自己的感情。一株平凡的玉米，彻底被诗人升华到母亲的高度，这恐怕是对其无以复加的赞誉了。如今，尽管饥饿离我们的生活已经很远了，但是离某些人的记忆却仍然很近，很近。如同压在箱底里的老母亲的斜襟外衣，偶尔触碰到了，还是忍不住生出一些酸楚，以及难以名状的恩情来。

点评网友：紫梦微醺

梦见那个提黑提包的人

» 徐汉洲

面前站着一个人。

很熟悉的人。

背对着我。宽厚的背。宽阔的背。

你不害怕吧？浑厚的声音。一丝丝烟草味入画。

不怕。父亲。你，你的黑提包呢？

不明白为什么会说黑提包。

小时候。每天盼望父亲回家，盼望他的黑提包。

那个黑提包来历不明。父亲说是我舅舅给的。

母亲说是他从舅舅手里抢来的。

正好我想问问他。父亲，你怎么没带黑提包？

哪次没带？满满的。每次你猜对的很少吧？你是故意的。小杂种。

一只极其普通的黑提包。两根提拌。一尺长。乾坤大。

我哪次都猜对了好吧。肉包子。发糕。我最喜欢的面窝。老虎钳。

桃子。牛奶冰棍。还有汽水。大虾糖。云南白药。原子笔。量角器。

红烧肉。那回真没猜对。隔着黑提包，有一丝温热。还软软的。

我狠命闻着酱香。身子有点发软。幻想飘飞。但没有猜出来。

花了他一个礼拜的菜金。下个礼拜只能啃辣萝卜条就保健①了。

但我对这些没有感觉。我洋溢这兴奋。这是肉啊。只有母亲叹了一口气。

你心知肚明。哄父亲开心是吧。你这个家伙。其实我晓得。

我也心知肚明。有点得意。

这个黑提包提回了我一家七口人一半口粮。亲爱的人造革手提包，

很快就皮料发软，拉链蹦开。父亲拿回一卷炮丝。仔细缝着裂口。

炮丝。煤矿掘进放炮的电线。很细。五颜六色。

父亲说，新三年旧三年。缝补尴尬。

于是这个手提包就滚了一个边。我奶奶还在底部补了一块厚薄膜。

我喊道。父亲。那个黑提包我给了你的。你没带去么？

被你烧了我提个灰去呀。父亲笑得很憨厚。我感觉到父亲摸了一下稀疏的头发。

可是法师说不烧你拿不去啊。法师知道个屁。骗活人的。骗不了死人。

我很吃惊。白袍。拂尘。砍一根毛竹。杨幡。金童玉女。黄铜钹。老鼠胡须。

看来我们搞错了事情。阴差阳错。

可惜了那个黑提包。父亲。你能转个身么。

---

① 保健：煤矿里把馒头称为"保健"。矿工每人每天有 4 个免费馒头。

我看下你的脸。父亲缓缓转身。缓缓转身。

日月旋转。春秋旋转。年轮像一把锋利的刀片。我听到切割岁月的声音。

我醒了。

今天又是礼拜天。窗外阳光如金。

点 评

　　诗总是以小博大，只有从细节进入，诗才会拥有经验的体温和感人的风致。如果你总是想着一个宏大的目标，难免无所措手足。这首诗写对父亲的怀念，但是借以进入主题的却是一只小小的、黑色的手提包。这只"一尺长，乾坤大"的手提包，曾经装过"一家七口人一半口粮"，是一家人艰难岁月的见证，也是父子情谊的证物。

　　作者从梦境起笔，梦中的父亲背对着"我"，看不见脸。父子的对话从"你不害怕吧？""不怕"的问答开始。这个背对的身影和问答的场景，暗示了父子之间的阴阳两隔。接下来的对话，完全围绕黑提包展开。作者自说"不明白为什么会说黑提包"，逗引读者的好奇心。接下来，叙述黑提包的来历，父亲说是舅舅送的，母亲说是从舅舅手里抢来的。两种不同的说法，都说明黑提包的来之不易和对这个家的重要性。这个黑提包里装过肉包子、发糕、面窝、老虎钳、桃子、牛奶冰棍、汽水、大虾糖、云南白药、原子笔、量角器、红烧肉。其中大部分都是食物，少部分也都是这个家庭的必需品——老虎钳、云南白药和学习用具。这些东西多数是孩子所需，而它们都是从父亲的牙缝里省下来的。父亲拎着提包回到家中，父子之间乐此不疲的猜物游戏成为艰难生活中的一个神圣而温馨的仪式。提包破了，缝补之后接着用；父亲死了，儿子把提包烧给了父亲。这些细节把提包对这个家庭的重要性一步步显示出来。父亲对家庭的贡献、对儿子的爱，全都体现在这个提包中。最后"我"在父亲转身时，伴随着"日月旋转""春秋旋转"，骤然醒来，面对"阳光如金"——阴阳相隔的悲痛于人间的阳光中上升到极致，对父亲的怀念之情也在阳光中耀眼闪烁。

特邀点评：西渡

在六月没有点头之前，你不可以冒昧地献它一支歌

» **梅 雨**

在六月没有点头之前，你不可以冒昧地献它一支歌

你曾歌唱粗盐似的桀骜的星星，可它们并未答应

你把栀子花随便采回家，却不许别人向你女人女儿随便献花

路一开始就宽恕那些迷路的人

心能接受的人，能接受的事，总是有限

这个夏天要么老是不下雨，要么下雨就淹死几个苦命人

房子一直企图把我租出去，我的足不出户

正在使它蜕变成一口老式木箱

黔之驴用空调狙击长驱直入的夏天

季节倒是愈来愈模糊了

炎热，却愈棘手，愈炙手。一如我愚蠢坚守的诗歌

点 评

实际上，这首诗表达的意思和它字面的意思颇不一致，我们需要循着它的声音和语调才能追索到作者隐藏的、没有明确说出的真意。我认为这个真意就是作者在篇末点明的"坚守"，这是对一种独特的生活方式的坚守，而这个坚守是和诗歌的信念有关的，也是和自然有关的。

诗的第一句表面似乎是一个否定句，强调着"你不可以"。然而，这

个否定并不是这一句的重心，其重心恰在其肯定的方面："献它一支歌"。第二行又是一个否定句。星星和六月不同，六月没有答应是出于娇羞，星星没有答应则是出于骄傲。而"我"依照自己的心愿歌唱了，这是另一种默契，男人之间的默契。在第三行里，自然和诗人的家庭发生了联系。在"不许别人向你女人女儿随便献花"里，透露了一种对家庭的坚守、珍惜和责任。这里的别人可以看作是和诗人生活态度不同的人。前三行构成了诗的第一层意思："我"和自然之间的默契。这是起。

第四、五行是一个对句。在"路"和"心"之间存在一个有趣的对比：路的宽宏、宽大和心的有限、局限。路和心在这里都是转喻，它们分别借代自然和人。自然的无限和人的有限通过转喻得到生动的表达。其后一行呈现了自然和人之间的冲突，同时也进一步呈示了自然的无限和人的局限。这是诗的第二层意思，是承。

"房子一直企图把我租出去，我的足不出户／正在使它蜕变成一口老式木箱"，这两行从人与自然的关系转向了个人生存状态的展示，这个个人状态指示着"我"和他人的一种关系。在这种关系中，"我"坚守着个人的准则，并以足不出户来维护个人的独立。这两行主要涉及"我"和他人的关系，是诗的第三层意思，是转。

最后三行，这里空调对夏天的改造，是人对自然的一种征服。但在诗人看来，这一征服恰恰说明人的手段的无效，是黔驴技穷，真正的炎热反而"愈棘手，愈炙手"。在空调的势力范围之外，夏天坚守着自己，一如"我愚蠢坚守的诗歌"。显然，在作为征服者的人和自然之间，作者是站在自然一边的。或者说，诗和自然永远是站在一起的。在诗人看来，夏天和诗歌都属于自然之物，是需要我们坚守和维护的，即使为此足不出户，与其他人处于对立状态也在所不惜。这是合。

通过以上分析，不难看出这首十一行的短诗，实际上是一首扩展了的绝句，在结构上很好地体现了起承转合的推进过程。显然，作者的诗艺相当老练，是一位有经验的写手。

特邀点评：西渡

与恒礼兄登岠山记

》 管 一

有些山一生中可以无数次的攀登
就像有些人
可以用一生来无数次的邂逅

两个视酒如命的人
我们的内心有着古人的寂寞

在岠山脚下某人的一次失足
那定是古人在暗中使绊
他们想让来者抖落掉内心的灰尘

……可这多么艰难
对于视跌跤如家常便饭的人
他们除了在膝盖上补一次伤疤之外
也只能向古人垂首抱拳了

我们顺着一条被荒废的小道上山
这是岠山上众多的秘密之一

刚才临来的时候
我们不厌其烦地讨论着一个小酒馆
试探着评价那位女主人
她的脸上有着我们陌生的平静

我们着迷于这种平静
就像这条人迹罕至的小山道
它的平静让我们几乎放弃了心跳

……好了
现在我们是两个登山的人抑或
两块疲惫不堪的顽石

这山道上的碎石甚多
我们不忍心踩踏其中任何一块

它们依然保持着迸裂时的棱角
可是越有棱角的越要孤独终老

它们有些会滚落进山谷
而那尚且在山腰上搁着的
它们的命运往往有着不可预知的美

譬如两个登山的人
他们心中的大美是沿途观看这些碎石

在那儿如履薄冰却又紧紧相拥
仿佛能生出火来……

太熟悉了
这山上的每一棵树我们都与之交好

太遥远了
山下的炊烟已然消失数年

那古老的秘境在我们面前徐徐打开
我们来不及整理心境
早就被这古老的绿色淹没

跟这岠山上的任意一棵小草一样
我们怀揣的快乐
就是在这秘境处肆意地摇头晃脑……

据说若干年前
这岠山上的树木被一伙河工砍伐殆尽

对于那些需要生火取暖的人
他们并无过错
他们只是给岠山制造了一次小小的痛

如今依然是树木森然
那一年有一位老人执意上山护林

他拒绝过政府的任何酬劳……

下山的时候
恒礼兄忽然说起了这个老人
我们一阵默然

——那山下古老的敌意依然无处不在。
却又在这岠山上无可循迹……

点 评

　　登高赋诗，临水作文，是我国旧文学的常见题材，新文学中名篇也不少。这类题材的诗文，其主题一方面和自然有关，另一方面也和人生的某种感怀有关。这一首诗也不例外，它一方面表达了登山者在山中所得的安慰和生命的教育，另一方面也透露了对于人生和生命的千古同慨。

　　第一节诗表达了登山者的"寂寞"："两个视酒如命的人 / 我们的内心有着古人的寂寞。"登山是对扰攘尘世的暂时告别，从而使人获得反省自身的机会。孟浩然《与诸子登岘山》："人事有代谢，往来成古今。江山留胜迹，我辈复登临。水落鱼梁浅，天寒梦泽深。羊公碑尚在，读罢泪沾襟。"宇文所安针对孟浩然的这首诗发挥了一大通议论，并由此把"追忆"尊为中国文学最重大的母题之一。这首诗写到的登山者的寂寞里，实际上也回响着羊祜、孟浩然和历代登高诗作者的声音，所以作者向古人"垂首抱拳"。

　　第二节从岠山上众多的秘密中，两位登山者挑出小酒馆女主人脸上陌生的平静，细细品味。而这种平静正是岠山带给山居的居民的。第三节是对山中石头的描写和赞叹，"他们心中的大美是沿途观看这些碎石"，登山者也从这石头中看到了他们自己。第四节咏叹山中草木和登山者由此获得的毫无保留的快乐："那古老的秘境在我们面前徐徐打开 / 我们来不及整理心境 / 早就被这古老的绿色淹没。"人和自然在巨大的快乐中合一："跟这岠山上的任意一棵小草一样 / 我们怀揣的快乐 / 就是在这秘境处肆意地摇头晃脑……"这三节诗呈现了人和自然的相互进入，也是自然对人的教育。

第五节也是最后一节突出了人和自然的对照。"这岠山上的树木被一伙河工砍伐殆尽"，这里有人对自然的破坏，但自然对此并不发出抗议，作者也和自然一样抱着宽容的态度："对于那些需要生火取暖的人／他们并无过错／他们只是给岠山制造了一次小小的痛。"作者赞叹自然伟大的恢复力："如今依然是树木森然。"而作者着意赞美的则是自然的保护者："那一年有一位老人执意上山护林／他拒绝过政府的任何酬劳……"最后两行引出山下和山上的对照，山下是无处不在的敌意——这个敌意是人对自然的敌意，也是人对人的敌意——而在山上，这种敌意"无可循迹"。自然教给人的是另一种生命的哲学。自然对人的敌意、砍伐报以生长，对护林者的奉献也报以生长，对登山者歆慕的目光也报以生长。它永远在生长，永远在变化，永远不停留——这就是生命的本质。这个主题当然已有无数的诗人表达过，但在这首诗的情景中，诗人再一次把这主题表达得新鲜而动人。

特邀点评：西渡

拉手风琴的匠人

» 巫

拉手风琴的匠人，

锯开了木头，

木头上潮湿的木耳和蘑菇，

看他们如何自己长成房子和湖泊。

一朵云，停歇在大海，

一条鱼，淹没在天空，

滴水的铜铃铛，冰凉。

拉着手风琴的匠人，

红白毛线交叉针织的一条围巾。

一对白鸽子和倒塌的房子。

一把火，惊起一树林的鸟，

那一夜，抛弃了一切和一切背叛的，

被安徒生原谅。

一片毛月亮和一个重重倒下的巨人，

一样一丝不挂。

拉着手风琴的匠人，

锯开了木头，离开了家，

那一夜，忘掉一切的和一切拥有的，

他选择去流浪。

　　《拉手风琴的匠人》没有拘囿于对声音的简单摹写，而是置于更广大的生活空间，写出人物的命运和悲欢。锯开木头，看木耳和蘑菇如何长成房子和湖泊，充满诗意的想象，梭罗瓦尔登湖的气息扑面而来。云停歇在大海，鱼淹没在天空，水天混为一体，给人空幻的感觉。滴水的铜铃铠冰凉似乎在描写音符的清冽爽净。下面涉及外形描写，由红白交织的毛巾，联想到白鸽子和大火，拓展了诗意空间。一切主动的毁灭被最纯真的善良原谅，使用了很多暗指和借代手法。毛月亮和巨人代表史前未矫饰的文明。拉着手风琴的匠人，一咏三叹，回环往复，体现音乐性。最后一句点题，他选择去流浪，我们的生活充满选择，而艺术家就是流浪儿，打破一切常规，亲近自然，聆听天籁，即便毁灭，也是为了新的创造。匠人本为谋生，可拉着手风琴，引起人们去探究他的身世，那谜一样的凄苦是如何流出来的，那告别的决绝又是如何产生？

点评网友：王智勇

树上的鸟窝

» 李　皓

对于这些不结果的树木而言
鸟窝是唯一的果实

与那些没有鸟窝的树木相比
这多出来的重重的一笔
把一棵树的一生
描写得更加绘声绘色

而故乡终究是潦草的
一些探头探脑的鸟
它们无意间窥见了
村庄所有生老病死的秘密

它们居高临下的样子
多么像童年的我
向一只蚂蚁伸出了碾子一般
罪恶的食指

没有蚂蚁的村庄

一树鸟窝不比一户人家

更加寂寞

就内容而言，《树上的鸟窝》并不复杂；诗的意图明显指向乡村的败落，以及这种败落背后的一种更具有象征色彩的文化的颓败。

这首诗中，诗的感染力发挥得很巧妙。诗的主旨尖锐，但诗人并不想放纵带有愤怒色调的感情；那样的话，诗很可能会流于一种廉价的指责，从而失去诗的见证的力量。诗人使用的视角对诗的感染力的散射，乃至对诗的主题的演绎，起到了关键作用。在这首诗中，诗人表达得很克制，他的着力点在于通过具体的细节揭示存在的真相。诗人运用的视角，并不单纯来自城市，来自外部世界的投射，而是来自诗人切身的经历。就像诗人交代的，它来自童年经验，来自对诗人的出生地的深切的回望。

在很大程度上，这首诗内在的力量来自诗人对乡村现代命运的清醒觉察。这种觉察不乏总体性的视野，而诗人采取的手法近乎一种突袭。从单纯的意象入手（树上的鸟窝），诗人像编织毛毯的手工艺人那样，将复杂的情绪轻快地编织进了语言的肌理。不要小瞧诗人在"鸟窝"和"鸟巢"这样的细节上所做的选择，它揭示了诗人对语感的自觉。"鸟窝"在语感上更贴近童年的经验，它是活生生的，偏于地域的口音；并通过带有方言色彩的声调，夯实了这首诗的真实性。

第一节中，把"鸟窝"强行指为"果实"，既有反讽的指涉，也有经验的反转。有鸟窝的树和没有鸟窝的树之间的对比，强化了不孕的土地的意象。曾经的再也回不去的出生地，"故乡"胆怯的像试探命运的"鸟"。"无意间"窥探到的"秘密"，其实并不真的是"无意间"观察到的，它是一种注定的命运，它注定得就像"童年的我""向一只蚂蚁伸出"的"碾子一般罪恶的食指"。这个比喻，使用得很大胆，也很有新意。它也让这首诗的批判指向变得更具有包容力。

特邀点评：臧棣

昌耀墓前

» 李不嫁

我已经不年轻了，也就是说

我的膝盖老化严重

这一跪，要费很大的力气

才能从尘埃里站起

而普天下的黄土都是腥的

桃花源里可耕田哪，但我不跪你

我从未屈膝的大半生

不跪天，不跪地，也不跪皇帝

就像你坟山上的草木，被山火烧得乌黑

也还是相互搀扶着

各自开花结果，尤其是桃树

低矮、曲折，替我们吐出，人间的点点血迹

点 评

　　到自己尊敬的诗人的墓地下，缅怀诗歌上的前辈，既作为一种诗歌仪式，又作为一种精神洗礼，几乎是每个人诗人都会做的事情。也许，它还是一种隐秘的文学义务。在这首诗中，当代诗人昌耀是缅怀的对象。所以，要准确地把握这首诗的含义，熟悉昌耀的生平就是必不可少的一门功课。这里简要回溯一下，昌耀，湖南桃源人士，1936 年出生，曾入朝作战，1958 年被错划成右派，大半生命运坎坷，晚年身患癌症，2000 年在医院跳楼自杀。在很多人眼中，昌耀可归入中国当代最杰出的诗人之列。敬文东曾说："昌耀是一个奇迹"，唐晓渡也赞誉昌耀是当代汉语诗歌的"巨匠"。耿占春更是指出"听任自身挣扎在痛苦中，如果有与 20 世纪俄罗斯诗歌史上相似的殉道者，那就是昌耀：因为他的痛苦的辐射区是整整半个世纪的历史与社会"。这些赞誉都凸显了一种诗人形象：在苦难中勇于担当，在担当中锤炼诗艺。可以说，作为诗人，昌耀个人的命运无意间折射了当代诗歌的命运。而在这首诗中，"诗人的命运"是这首诗最核心的意图之一。表面上，作者设定的对话对象是已故的令人感佩的昌耀，但在更深的意指中，"诗人的命运"乃至"诗人的精神肖像"才是作者真正选定的对话对象。诗的开篇，"我已经不年轻了，也就是说 / 我的膝盖老化严重"。这透露出作者已过"不惑之年"，它的潜台词是作者已有了充足的人生阅历，他不会再被表面现象所迷惑，他会更看重精神上的契合。昌耀身上体现出来的诗歌精神，显然暗合了作者的辨认。这首诗中埋伏了几组充满意义张力的对比："站立"与"下跪"，"精神"与"尘土"，"生"与"死"，"前辈"与"后来者"，"过去"与"现在"。身为晚辈，按诗人对前辈的充满敬意的辨识，作者的内心似乎有声音告诉他，应该在昌耀墓前下跪，来表达"后来者"的敬仰之心。但从精神召唤的角度看，更深的辨认似乎是，身为晚辈的作者在诗人昌耀身上觉悟到的那种"不跪天，不跪地，也不跪皇帝"的精神气度。就诗人的精神而言，更深刻的承继，是经历再大的磨难，也要自强自立："就像你坟山上的草木，被山火烧得乌黑 / 也还是相互搀扶着 / 各自开花结果。"环顾人生，"普天下的黄土都是腥的"，面对此情此景，诗人的作为应该如绽放的桃树，给晦暗的存在带去鲜明的颜色。"替我们吐出，人间的点点血迹"：它既是真实的颜色，也是希望的颜色。

特邀点评：臧棣

重阳节：致寓意

》 徐俊国

重阳节，无山可登，无高可攀，
有酒却不知与谁醉，我只好
扛着一座城，去怀念一小块
比泪腺还小的青草地。
重阳节，有爹妈，没故乡，
到处是菊花和胜利，
每一朵笑容都丧失了寓意。
重阳节，没有九层糕可吃，
我只好吃键盘，吃红灯，
吃一些瘸腿的交通事故。
有一年实在没啥可吃，
我就跑到老虎的眼睛里，
像吃面条那样，
吃掉了一条干净的小溪流。
那年重阳节，古今我一人，
光洁的额头，渗出许多波纹。

　　重阳节是中国最主要的传统节日之一，它也堪称是最能引发古代诗人灵感的节庆。从诗歌主题上讲，对人生处境的敏感（孤独的主题），对衰老的省察（难以言述的悲哀），对生命自身的反思，不知不觉已构成诗写重阳的套路。就诗歌类型来看，写重阳节的诗，基本上不出感怀诗的模式。而且对现代诗人来说，用自由诗的节奏把握重阳文化的底蕴，近乎不可能完成的任务。有了这么多的前提限制，再看这首用当代语言写就的《重阳节：致寓意》，反倒能看出重重的压力之下，诗人推出的一点新意。这首诗中，重阳节的习俗，诸如饮菊花酒、吃重阳糕，都被诗人巧妙地穿插到对诗的主题的演绎之中。所谓巧妙，指的是诗人将人们耳熟能详的重阳典故，都编排到一种古今对比之中；并通过鲜明的对比，将诗的主题犀利地扩展到对文化衰落的感叹上来。对古代的诗人而言，重阳节充满了温润的文化象征，甚至称得上是一个巨大的生命镜像的自我呈现。重阳节像一个文化纽带，通过精心选择的时间的庆典，将人和自然紧紧粘连在一起。虽然有无尽的愁绪，但身处自然之中（比如登高），人们在人生中体味到孤独和悲哀，都会缓缓卸载到自然的情境之中。但在这首中，如今的诗人在生存处境上可以说则显得相当尴尬："无山可登，无高可攀"，这里的"寓意"的确也明显，它喻指人和自然在现代情境中的脱节。现代城市，看似高楼林立，却缺乏真正的可以环顾大野的高点。所以，诗人只好"扛着一座城"，想去制作一个可供攀登的高山。这个细节，用得非常精准。"比泪腺还小的青草地"，喻指野蛮的城市扩张对自然环境的侵害。这里，通过对个人处境的省思，诗人也将诗的矛头指向了对自然生态的反思。更令人尴尬的是，"有酒却不知与谁醉"，诗人的意思是，即使有佳酿，也找不到酒逢知己。我们只能顶着重阳节的空名，琐碎于现代物质生活的晦暗和无聊——"吃键盘""吃交通事故"。像前面提到的"扛"一样，这里，"吃"这个动词也用得非常精妙，它写出了诗人的愤懑和无奈。"跑到老虎的眼睛""吃掉一条小溪"的意象，近乎一种控诉，也有利于拓展这首诗的主题。这首诗尽管触及尖锐的现实问题，却在诗的视野方面控制得非常好，展现了诗人对诗的主题的良好平衡感。

特邀点评：臧棣

吹唢呐的人

» 楚　歌

这个本来很平静的道口开始有了波涛的暗涌

炙热的阳光滑过树梢上每一片绿叶的掌纹

落在吹唢呐的人身上，弹起一缕悠长的紫烟

那个人体格壮硕，须发飘逸，神情隐秘

绝不会缺少大师的风范举止

他在自己营造的埋伏里不能轻易地拔出锋利的刀刃

他不停地向过往的行人倾倒心里不断郁积的雨水

向一只席地而坐，仿佛还在聚神凝听的狗

灌输着他丰富的人生阅历和无法道破的天机

可我还是固执地认为，他分明在向一只聒噪不止的蝉

表白，他并不是传说中那个凑数字的竽？

我想他还应该是一只掉队的鹦鹉，或者是

一只任性的舞蝶，至今也无法找到归途

他的溪流正在被一块碎石梗阻

已经无法汇入到翻滚的江河

他的队列之所以弃他而去，正缘于

他们要赶往一只马匹最后的黄昏

正在用曼妙的颂词给这个纷繁杂乱的俗世

镀上一层明艳绝伦的釉彩

　　唢呐演奏是一种比较古老的民间表演艺术。婚丧嫁娶、赶大集、唱大戏都少不了吹吹打打，热热闹闹。现如今这种喜庆的表演方式正逐渐被现代的流行元素所代替。《吹唢呐的人》一诗，揭示了当代唢呐人的这种纠结、尴尬的境遇。诗歌一开头，诗人对唢呐的声音有很象形的描述："波涛的暗涌"形容唢呐声一波一波地起伏、震荡，在耳畔，在心房。而"体格壮硕"则暗示唢呐人对唢呐表演的充分驾驭能力。"须发飘逸"，是诗人用大师的外在形象，透出他内在的修为，让人肃然起敬。"他在自己营造的埋伏里不能轻易地拔出锋利的刀刃"，这多少有点像作茧自缚。这一路虔诚的祭奠，饯别，这一路的剜心之痛都埋伏在唢呐人的甘愿里。"他不停地向过往的行人倾倒心里不断郁积的雨水"，与前面的"炙热的阳光""悠长的紫烟"形成鲜明的对比。这种水火相淬里的挣扎、呜咽、哀怨，通过一只唢呐恣意倾倒出来。唢呐人不知道他此时此刻的难过应该说给谁听，谁又是他高山流水的知音？是"一只仿佛聚神凝听的狗"，还是"一只聒噪不止的蝉"？诗人形容唢呐人是"一只掉队的鹦鹉""一只任性的舞蝶"，"他的溪流正在被一块碎石梗阻"。这是唢呐人与现实之间的难处，是无法逆转的大势所趋。"他的队列之所以弃他而去，正缘于／他们要赶往一只马匹最后的黄昏"，这是唢呐人的痛点。"他的队列"，是一部长长的乐器家族史。从上古的陶笛兽骨，到现代的萨克斯、排箫、钢琴。而"一只马匹最后的黄昏"，则暗喻马匹耕种、拉车、乘骑的时代将彻底地退出人们的视线。他们"正在用曼妙的颂词给这个纷繁杂乱的俗世／镀上一层明艳绝伦的釉彩"。这个世界从不缺少赞美它的声音，大到江河湖海的澎湃发声，小到雪落枝头的簌簌细响。而那一层明艳绝伦的釉彩，附着在俗世的表面，必然会遮蔽一切古朴和纯真。这，是喜，是悲？而对于那些消失的，和正在消失的文化，是否真的可以被某些事物替代，从而被彻底地封存于历史泛黄的某一页？

点评网友：弱若儿

请原谅，他无法对井当歌

》 **高世现**

每当深夜，他总去井边
喊自己的倒影——
他没有垂头丧气，他也没有
像一头发情的野兽打哆嗦的水
呼唤仿佛一只无底的桶
如果井此刻有高墙
牢底已经写好的井水
那他将取出古怪的回音

并不是为了唤醒，如今全是歉意
尤其他面对自己过去打井的声音
你们头顶的俗世，只有下雪的夜
井水结着冰，冰棍巨大插在
深井。像 28 层的公寓是另一个
高耸的井移来一片情欲的水光
每当深夜，他总在井中
喊自己的灵魂——

打井的事业依然在行进，形而上的井

与形而下的井没什么不同

滴水不漏的井，让他此刻哭出声来

他已不知何为诗歌。

点 评

　　这是一首令人快慰的诗。语言、自我、状态、环境，多重的影射和覆盖，结晶为一个智性的整体，诗思流畅，意象奇特，貌似单纯，内涵复杂。此诗是关于写作的诗、自我的诗，内向探索之悖谬，外向关照之精准，映射出人性的幽暗，及生活环境——28层的公寓在语言的情欲中被提纯，尽管有狭隘之虞，却是他独特的变形记所必须。

　　首先值得称道的是诗人能够将经验、过程、思辨等揉成碎片，在一种语感中重新凝聚、听任语言生长的技艺。而且他收得拢。发挥精准，不无可喜，显然有学力的支撑。

　　诗人在一种探索激情的囚禁中成为语言的那喀索斯，而克制着自恋的欲望和无底洞，徒劳的沮丧并没有打垮他，因他懂得美学的克制：没有像一头发情的野兽打哆嗦的水，"打哆嗦的水"显示了诗语的高超，随后又是"无底的桶"、井壁的高墙等连环递进的小小发现，贯通了语言、情欲之自我的快感，这些罕见的时刻，作者从自囚的牢底，也能发出古怪的回音。第二节中"并不是为了唤醒，如今全是歉意"，这个语言之自我的"歉意"，在他过去的打井和"你们头顶的俗世"之间，"只有下雪的夜 / 井水结着冰，冰棍巨大插在 / 深井"。他是有一种彻骨的洞见的，但拒绝放弃，因而推进越来越奇异："像28层的公寓是另一个 / 高耸的井移来一片情欲的水光 / 每当深夜，他总在井中 / 喊自己的灵魂——"而且，"形而上的井 / 与形而下的井没什么不同"。

　　但是最惊人的是"滴水不漏的井，让他此刻哭出声来 / 他已不知何为诗歌"。看来这个井已是他的命定，被他掘到成为28层公寓、你们头顶的俗世，掘到诗歌之外，那么我前述的文化诗学、杂多的领地等，还有可能吗？诗人看来是想清楚了的，因而发出这种认命的、不无忧伤的宣言。

特邀点评：李建春

初 冬

» 何沐萱

阳光还是斑斓的样子
忍不住想去看你
穿过大片大片的野菊花，水杉林
轻轻的叩门声，就有了花香和树木的味道

你一定要在干净的院子里
柿子也依然保持甜蜜多汁的姿势
我只捡拾从枝梢落下的时光
南山，我们去南山吧
山坡有着我爱你一样的丰饶

我终于走了陌生的路，从秋天里来
而你去了远方
这已无关紧要
我住你留下的屋子
我扫去落叶，看你没有看完的书
写你没有写完的信

大雪封门的时候

我流着泪读一封长长的信

我与你的，全部

炭盆里，火焰和灰烬，熊熊地

燃烧

　　这首诗情深而纯美，细看，却是那么不确定，给人留下一个谜：一个理想中或记忆中，不存在的爱人。第一节描述了一个浪漫的情境，好像就在今天，"阳光还是斑斓的样子／忍不住想去看你"，记日记的口吻。"穿过大片大片的野菊花，水杉林／轻轻的叩门声，就有了花香和树木的味道"，这情景，这物象，美得可疑。这是从心底发出的思念的味道。日记的语气，表明爱的身姿和需要已深入日常。诗人的爱情真美，也真苦。第二节的"你一定要在干净的院子里"，那么强调，泄露了秘密。但还不够悲剧，要继续美下去。"我只捡拾从枝梢落下的时光"，句末总要小变一下，让物象成为时间。第三节，"我终于走了陌生的路"，这是结局。"一定""终于"两个副词的推进，是稳妥的结构。因此思路并不复杂，观念也不奇异，好就好在情真。此节即使已亮出爱情的结局，仍然沉溺于如此的遐想："我住你留下的屋子／我扫去落叶，看你没有看完的书／写你没有写完的信"，直到"大雪封门的时候／我流着泪读一封长长的信／我与你的，全部／炭盆里，火焰和灰烬，熊熊地／燃烧"，这一切——情苦的日记、爱语无限等等，落在"我与你的，全部"上，如此自然，就在这间想象的屋子里，诗人与爱人的一切，都被炭火烧成灰烬！

　　好诗就是好诗——又何必观念，何必智性。诗人用情苦烧出的火焰啊，灰烬啊，你看一遍，就被烤暖一次，被烤暖一次，就是爱一次又死一次！

特邀点评：李建春

走过的方式

» 北小鱼

蝴蝶没有脚印，我始终认为
它们翩翩地飞舞
生来就是为了脱离我们

忽略不计细小的脚，尽量夸大鲜亮的翅膀
几乎与牵涉的尘世无干

但可以肯定，它们经过时必须依赖
那些干净的花朵
才能够去向我们看不到的远方

我不知道蝴蝶明不明白
这其中
只是我们对待生存，不同的方式

比如我们以深陷的脚印摸索未来
春天以花朵的脚印摇曳前行

　　这首诗的语感有一种轻盈的感觉，一如它的主题意象蝴蝶。语感的轻盈不同于意象的轻盈，它是怎样实现的，让我很感兴趣。且一句句地读来，"蝴蝶没有脚印，我始终认为 / 它们翩翩地飞舞 / 生来就是为了脱离我们"，通过这一节和对下面阅读的体会，可以确定，诗人对语言的态度，不以张力和兴奋点的繁复，而是一种"发现"。它来自与蝴蝶这个对象的深契，因而能够流利地说出颇为奇异的观点。诗人没有在词语之间制造阅读的障碍，而是用一种判断句高超地掠过，因而语速快，造成轻盈的错觉，但是他有观念的奇异性。"忽略不计细小的脚，尽量夸大鲜亮的翅膀 / 几乎与牵涉的尘世无干"，这个描述，方式亦如此。从"脱离我们"到"牵涉的尘世"，语义类似而推进，在微小的积累中有出尘之思。

　　但是第三节开始出现转折。"它们经过时必须依赖 / 那些干净的花朵 / 才能够去向我们看不到的远方"，"必须依赖干净的花朵"的突兀性，在于经验的观照，而不是词语之间的错位。"干净"是很困难的，在实际生活中不可能实现。至此，我们可以大致辨认出这位诗人的特点，他不是平面地、在词语之间写作，而是在生活中写作。下面一节是一种解释，继续强化和演绎。由此可见，诗人的语言观念与现代主义有一定的距离。他是依靠制造一种观念，应该说，这是有一定风险的。"比如我们以深陷的脚印摸索未来 / 春天以花朵的脚印摇曳前行"，这两行是前述诗意凹陷的一种补救，因它足够有力，有趣，我们滑过去了也不觉得前面不好。

　　诗人轻盈的语感就是这样：在真实和奇异之间，在诗语与说教之间，以及出世的幻想之间，快速变动，真如蝴蝶鲜亮的翅膀扑闪，却在读者心底造成一场风雨。但是，这是一种个人风格化的特例。

特邀点评：李建春

杜鹃还是布谷

》 杨章池

"咕，咕啊，咕！"
在树顶，它用一声接一声的叫
截住支教老师返城的路。

陌生的鸟，吐纳巨大嗉囊
说无限悲苦。
他停下脚踏车，呆望一小时

天空高远，时间忽快忽慢
他在风中一直攥着拳头，几乎要
替它咯出血来

"大包鼓得快爆炸了！"当他
作为年迈的父亲向我转述时
已过 40 年

但他仍不明白那只鸟为什么
只冲着他叫：
那时，生活碎屑刚被扫除

病痛还遥遥无期。

作为客居湖北的广东人，他甚至不知道

它是杜鹃还是布谷

点 评

　　四十年前应该是改革开放的春天即将到来之际。这是我们解读《杜鹃还是布谷》的密钥。《杜鹃还是布谷》的题目好比是"氯化钠还是盐"。前者赋予诗意和文学色彩，后者接近方言俗语。或者更直白地说——回城好呢还是留在乡下好呢？我们人生的道路往往就有这许多的抉择。一念之间，人生道路千差万别。下边我们一起和诗人的父亲去诗歌的脉搏里跳跃，回顾四十年前那难忘的一幕。咯血的杜鹃发出骇人的悲苦的鸣叫，让即将返程的支教者彷徨犹豫，最终还是决定留下来。这个杜鹃让我们似乎看到许多求知若渴的乡村少年儿童，正用他们真诚的眼睛在哀求老师留下来，也好似许多纯朴的乡亲们在虔诚地挽留支教老师。于是诗人父亲的心灵受到了强烈的震撼，即便是四十年后回想起这一幕，他依然是悲喜交集的，这就是人生这就是抉择！很多时候我们没有必要去明白什么，但是我们就做了，而且是一辈子的坚守！诗歌含蓄的叙述里有形象的刻画，让我们深深的敬慕当年留守乡村的支教者，是他们开启了乡村文明之路。父亲的故事里又蕴含着人生的哲理——好多的抉择没有道理，也不需要清楚明白，只需要我们去坚守去付出！

点评网友：杨动力

长江在泸州

» 安 琪

瘦，而静
而灰而暗

长江流经泸州的时候还没有经验
她蹑手蹑脚，动作不敢太大，叫声不敢
太响，面容不敢太过妖艳。她流经泸州
的时候正是刚入婆家的小媳妇
屏声息气
未谙姑食性，先遣小姑尝

我来到泸州的时候
已到了当婆婆的年龄
我喝了一口长江端上来的泸州老窖
便足足醉到京城。

泸州是酒乡，也是长江流经之地。一位诗人来到泸州，大概很容易把酒和长江联系起来。此诗正是如此，写得相当别致。诗人初来乍到，看见长江流经泸州，显得"瘦，而静／而灰而暗"，可能觉得有些惊奇。实际上，这也是此诗的基调，后面的想象都由此展开。诗的第二节把长江比作"刚入婆家的小媳妇"，这是诗人的异想天开，却颇符合长江上游自然地貌的情景。诗人把长江拟人化，却不是我们习以为常的那种格调，比如渲染长江豪迈奔放的气势，而是别具一格地把长江和小媳妇联系起来，"长江流经泸州的时候还没有经验／她蹑手蹑脚，动作不敢太大，叫声不敢／太响，面容不敢太过妖艳。她流经泸州／的时候正是刚入婆家的小媳妇／屏声息气"。在此，长江与泸州的相遇就有一种别样的缠绵，这种想象虽然显得有点放肆，却恰恰是一首诗的新异之处。长江惯常被赋予的那些固化的象征意义，在此被剥落无余，实际上挺符合母亲河的形象。这是一位诗人对长江母性的诠释，我们想到的是一个温柔娴静的美人。长江为什么不可以是一位美人呢？当然可以。诗的第三节，诗人自己直接在诗中现身，原来她在泸州喝"长江端上来的泸州老窖"，大概是酒力的作用吧，诗人才有如此奇特的想象。这个结尾在细腻中写得相当开敞，由泸州想到京城，一口泸州老窖"便足足醉到京城"，诗人逸兴遄飞，倒也显出豪气的一面。可见，诗人从京城来到泸州，在酒乡受到热情的款待，不虚此行，流连忘返。此诗最后落实到"泸州老窖"上，里面隐隐藏着诗人对友情的回报吧。

特邀点评：吴投文

失眠帖

》 孙启放

一头犟驴

蒙眼在石磨道上无止境走

我是不断向磨眼添加谷粒的人

看谷粒反方向旋转

一圈又一圈的纷乱

听身边鼾声谷粉般均匀撒下

有点羡慕但没有发展到恨

只想宰掉那头固执的驴

可驴不存在啊

开始嫉妒一切有开关的事物

真想长出另一只手

多么好的手啊，神明之手

"啪"的一声关掉不存在的电门

睡眠黑暗般罩下来

如同关掉

现实磨坊中的那盏灯

　　读《失眠帖》，有过失眠体验的人大概都会首肯诗中所描绘的情境。据说，治疗失眠有一个简单易行的方法，就是数数，在心里默数一只羊、二只羊、三只羊，直到无数只羊，直到失眠者安眠为止。但此诗中出现的却是一头犟驴，它根本就不肯停下来，"蒙眼在石磨道上无止境走"。可见，失眠在特别敏感的人那里，就是一个无法治愈的顽症。失眠是一种痛苦的体验，从根源上说，大概还是一个人对记忆的纠结，过去的生命一段段呈现在你的眼前和心里，你真的没有办法拒绝。可见，《失眠帖》是一首透视生命内在困境的诗。生命有特别脆弱的一面，有时伤得很深，就压根没有办法安眠；有时爱得很深，也是深不见底的窟窿；有时承受背叛，你表面上装得非常坦然，有谁知道你在暗夜里辗转反侧呢？有时毫无理由，你睁着眼睛直到天亮。此诗把生命的某种困境呈现在看不见的虚空里。诗人辗转在暗夜里，一头犟驴始终不肯安歇，这有什么办法呢？诗人只好面对生命中最清晰的某种情境，这大概就是生存的痛苦。哪怕是多么轻微的痛苦，都有可能在暗夜中撕开内部的明亮，都要承受一头犟驴的折磨。此诗的妙处是化虚为实，把不可名状的失眠状态固定化，像一头犟驴呈现在你的面前；另一个妙处是化多为少，把漫漫长夜的失眠浓缩在一头犟驴的步履上，不再需要很多花哨的借口。写失眠实际上是与虚无面对面谈判，诗人的面前空无一物，却能感受到内心的紧张，而正是这种紧张又导致诗人的某种清醒。失眠的人自有说不出来的理由，只好掩饰暗夜里的长叹，更何况身边还睡着另一个人呢。写失眠的人也有说不出来的理由，只好让一头犟驴蒙上眼睛，"一圈又一圈的纷乱"。这就是生存的难处。

特邀点评：吴投文

题吴道人庵

》 **严 冰**

我爱上绝壁
因为命运给过我深渊
如果说我的生命有什么高度
那是因为我脚下的黑暗太重

我也爱依崖而居
把所有不得不隐形的日子唤作修行
我依恋滚滚红尘
所以我枕流漱石与人间保持距离

我爱清朝也爱民国
假如我无法不生活在那样的时代
但我现在做不了吴道人
也无法说出我全部的绝望和悲悯

我依然爱着那些熙熙攘攘赶赴庙会的人
那些看客、戏子、小偷和小丑
那些伪道者、心旌摇荡的真男女
流浪汉、与命运握手言和的子民

　　吴道人庵实有其地，并非诗人的虚构和想象，相传建于清朝，曾有吴姓道人在此修炼得名。此庵早已破败不堪，只剩下一间残缺不全的石屋，周边风景如画，倒是一处很容易引起诗人咏叹的处所。想必诗人寻访到此，有所感而成此诗。诗的开头一句就给人惊悚和震惊感，"我爱上绝壁 / 因为命运给过我深渊 / 如果说我的生命有什么高度 / 那是因为我脚下的黑暗太重"，大概诗人触目所及，到处是一片险峻的奇异景观，很自然地联想到自己的命运吧。或者，是诗人有感于吴道人的身世所发出的感叹。此诗写得高远，写个人的命运却不止于个人的喟叹，诗人徘徊在古今之间，神思浩渺，却又有清醒的此在感。他只是一个短暂的游人，很快就要告别这里，"我依恋滚滚红尘 / 所以我枕流漱石与人间保持距离"，这就是作为一个现代人的苦楚。诗人意识到，"但我现在做不了吴道人 / 也无法说出我全部的绝望和悲悯"，诗人的心境流露出无法彻底皈依的迷惘。古人可以躲避在青山秀水之处，或临水垂钓，或结庐而居，而诗人如何做得到？在诗人的想象里，吴道人的面目大概是清晰而鲜活的，但时间隔得遥远，诗人终究不是他同代的知音，因此，他只好回到现实中来。这就是最后一节诗人的惊醒，"我依然爱着那些熙熙攘攘赶赴庙会的人 / 那些看客、戏子、小偷和小丑 / 那些伪道者、心旌摇荡的真男女 / 流浪汉、与命运握手言和的子民"，诗人怀着异常复杂的心情看着身边过往的行人，他的悲悯流露在些许无奈之中。然而，诗人的心境已经宁静下来，在陡峭的悬崖上，他看到的人间风景是如此复杂，他只有克制住内心的意绪跌宕。读此诗，宛如沿着诗人的足迹逶迤而行，看到的却是诗人的内心景观。一个现代诗人行到山穷水绝处，还能有如此感兴，大概也是中国诗歌传统的一个投射吧。

特邀点评：吴投文

也配叫活着

》 沈智丽

舞台的一角，侧灯下

我的表演有些夸张走形

编剧给我写的台词太过嘲讽

我有些抱怨，却不敢大声

他们都等我说出这句话

"哈哈哈……也配叫活着！"

我只是他们到达高潮后

一个咿呀啊呜的叫喊

没人注意到我臃肿的体形

还有我脸上的雀斑

这算是一种公平的交易

也是一种公然的欺凌

舞台的最中央

有人大笑有人哭闹

这些有模有样的主角们

如定时炸弹般的爆发力

总是博得了一阵阵掌声

我像一个小偷，刽子手

随时准备扼杀别人的情绪

"哈哈哈……也配叫活着！"

为什么要让我这样嘶吼

我讨厌这句台词

它写透了我的前半生

在同一个剧本同一个站位

来来回回演绎了一个小丑

看不清自己的嘴和脸

却还在嘲笑别人

"哈哈哈……也配叫活着！"

点 评

    这是一首表述自我身份的消隐及其所引发的失语问题的作品，在形式上以不断的自白句句连缀，有效地打通了内在心境与外在情境间的经脉。观察全诗的场景构建，我们可探知作者在此文本中所持有的身份：演员。从某种程度上说，演员就是成为他者，为了完成剧本所安立的人物设定，即须完全沉入角色本身。这意味着，表演者需首先戴上面具，消除其本来的自我。而这在本诗中，则以更严重的方式呈现出来：本就无名的"龙套"，被仅有的一句、具有极强的语气和嘲讽性的台词进一步淹没，滑入更加边缘的地带。这种失语让作者明白舞台即现实。最终，在"主角光环"所施加的巨大压力下，在不能公然反抗的怨念（或许因生计）与内部不断增长的厌恶感的撕裂下，作者第三次说出了那贯穿始终的主题句；而最后这一次看似控诉的呐喊，实际上却是绵延不绝的失意与沉默，是触动多少人心底的、无法道出真心的无奈。

点评网友：付邦

埋了父亲

» **第广龙**

奔丧回家

埋了父亲

那一夜，我睡在父亲

睡过的土炕上

睡在原来父亲睡觉的位置

我身下是热的

父亲的余温，还在发散

炕洞里的煤，还在暗中燃烧

双倍的热，灼烤我

我一次次醒来

我睡得不安稳，有些害怕

又很快心安了

父亲睡在南山的土坟里

父亲睡在冰凉的棺材里，家里的土炕上

再也不会有父亲了

发烧，昏迷，呻吟，挣扎

也一起被父亲带走了

能闻见隐约的汗味，药味

还有屎尿味，这父亲没有带走

我有些恍惚，似乎这恍惚

也是父亲留下的

一个多月，父亲都睡在炕上

就没有起来过，喝水都要喂

翻身都要帮着翻

就在我睡的位置

丢下丢不下，还是走了

父亲走了，得到了解脱

父亲走了，我睡在父亲睡的位置上

我和父亲重合的部分，伴随着我

这一夜，尤其强烈

埋了父亲，似乎又没有埋彻底

还在继续埋

我在埋父亲

我在埋我

　　这是一首优秀的诗歌。其品质是质朴无华，其中的叙述语气，如同是一封信，写给远方的朋友，叙述一种失落的情绪和莫名的悲伤。这里没有现代诗歌常见的跳跃思维和晦涩的意象，有的是白话般的诗意。这诗意写着什么是失去，什么是大悲，什么是亲情。娓娓道来的话语，用细节说话，去牵引读者的阅读欲望：开篇就把大家带到了沉闷和伤感中，是来奔丧的，是埋葬了父亲之后。躺在父亲躺过的地方，作为儿子的诗人内心的活动。内心描写很容易被呐喊或者嘶吼替代，或者作者替角色说话，这里诗人静静地描绘当时躺下的状态，写的是感受，感受着父亲的体温、味道，病中的味道。还有病中父亲的痛苦。这里没有一个字说悲伤，满篇都是悲伤；不写死亡，却到处是死亡的气息；不写离别，却是深沉的离别。

尤其是最后几句更是把离别的痛上升到了无以复加的程度。躺在父亲躺过的地方，好像和父亲重合在一起，好像埋了父亲，没有埋彻底，还要继续埋。这是一个悲伤的男子悲到深处的独白。他忘不了父亲，他感觉父亲还没有死去，他甚至想和父亲在另一个地方重逢。整首诗读到此，不由得悲从心底起，父爱如山，他对人的影响也如大山的影子，一辈子无法丢弃。

特邀点评：马知遥

我只有保持沉默

» 兵戈戈

荒草，是秋风佝偻的影子
和我一样的高度
在悄然落下的黄昏里
无声无息地变深，变老

我侧耳于一阵晚风中
听着千百只的虫鸣
和虫鸣的，千百种的孤寂
而我，只能保持沉默

我把双手，伸向荒草
仿佛为出远门的亲人送行
那掩不住的踉跄里
白霜，开始有了重量

等着星光，推窗进来
我就做一个，纯粹的诗人
让故乡在诗句中
取走我荒草一样的面孔

　　荒草一样的人生，荒草一样的面孔，其实诗人自比为荒草，看似在写荒草，其实是在写自己。和荒草一样的老去，尽管四周日夜都有虫鸣，但热闹是他们的，在我眼中有多少种喧嚣的虫鸣就有多少种无望的孤寂，孤寂是属于我的，是沉默的。我伸出的双手是送行，做出荒草的样子，送蝼蚁荒草般的亲人离开，他们活着去远方谋生，或者去了另一个世界，送行，多的是白霜般的凄凉。在这里我们看到前三节几乎都是暗色调，充满了悲伤和沮丧，似乎在写自己可怜可悲的一生，荒草般无奈的一生。最后一段，突然笔锋一转，到了一种开阔的场景，星光灿烂，推开了"我"的窗门，让"我"在压抑的黑暗中看到了光亮，也看到了一丝牵挂，那就是故乡。诗人的内心中涌现出一种活的勇气和生的希望：诗人并不孤独，诗人并没有被生活抛弃，相反，在荒草一般的生活里，故乡给了我无限的慰藉，如同星光一样照耀，让我回到最初的模样。所谓，荒草已经逝去，来到的是明媚的春天！诗人的春天要来了。

　　　　　　　　　　　　　　　　　　特邀点评：马知遥

另一条河流

» 李满强

寒衣节那天，在场院的十字路口
母亲煞有其事地，用竹棍画了一个很大的圈
"这样，送给你外公外婆的寒衣
就不会被你们李家的先人抢去……"

我远远地跪着。看母亲焚香，点火
那些纸做的衣服，她亲手印制的纸钱
在忽然惊醒的火焰中
刹那间有了温暖的气息

母亲今年已经七十二岁了
她在我们老李家，已经生活了五十多年
也活过了外公外婆的年纪。但每年的这一天
她都要亲自给逝去的父母送寒衣

磕完头，我们起身的时候
母亲微笑着。那些带有余温的灰烬
仿佛某种古老的安慰。而母亲花白的头发
更像是寒风里一条涌动的河流

　　很久没有耐心而认真地读到一些以诗意叙述为主的诗歌了，最近连续读到的几首都算得上是诗歌叙述的高手。他们共同的特点是冷静，娓娓道来，不疾不缓，如同在回忆一段往事。还有一个重要的特点就是充满画面感。这首尤其如此。诗歌里有人物的现场语言，有冷静的观察，一个看着另一个，一个想着另一个。诗人看着自己的母亲，一个年迈的人为自己的更年迈的过去的父母烧纸，在农历的十月初一，为亲人送寒衣，这个古老的中国节日，眼下还有多少中国年轻人懂得并理解呢。那些亲手印制的纸钱，那些跪拜，还有母亲口中有些可笑的喃喃低语：不要让你们李家的先人抢去。这里是一场真实民俗生活的写真，这里更透露着国民传统中的血缘亲族关系的延续。老李家当然代表着男方的家族，在母亲眼中，那是会抢夺娘家好处的，是属于强势的男权势力。在这个老人心里，对根深蒂固的父权思想的厌弃让她借着烧纸吐露出来。诗歌的巧妙之处在于，几乎没有用什么语言的技巧，而采用近乎白描的手法，寒衣节传统、百姓对亲人的挂念和在与亡灵的对话中宣泄对现实不满的场景却跃然纸上。那实在是一场心灵的疗伤，既是安慰死者，更是抚慰生者。诗歌具有的民俗生活的亲切感，让这首诗歌极接地气，有了十足的人间烟火味道。最后一段的细节让我们看到了，细节描写在简洁的文字后面仍能传达美好深厚的情感："磕完头，我们起身的时候／母亲微笑着。那些带有余温的灰烬／仿佛某种古老的安慰。"诗人贴切地观察和感受着行动中祈祷中低语中的母亲，他看到了母亲孤单而执拗的性情中，因为和亡灵对话，内心的释然和疗救。这是传统节日的功能，更是诗意的功能。

特邀点评：马知遥

冰窗花

» 青海湖

我长久地注视你，像注视蓝色的激流
时间之手，把命里的山水握在掌心

这些草木的纹路比干涸的河道更为沧桑
比野草坡上的黄昏和铁皮鼓舞更让人神往

曾经是巫婆的预言，现在是悲伤生命的唯一想象
一切因温暖的相遇而怒放，而掀起狂澜

像蓬勃的春，有惊慌的麋鹿在林间奔跑
恋爱的葡萄和受孕的蔷薇在吊床上消磨时光

白昼漫长的风和茫茫雪原让人陷入回忆
夜晚，那忧伤的少女的黑睫毛扑闪着惆怅

我摩挲着你的羽毛，每一个缓慢的手势
控制在一动不动的惊讶中，有一种天籁无法抵御

这些宁静的枝叶引导我们深入，接近真理

在水与火的缠绵中，勘验一部人类的秘史

我欣喜地带走你。因为在多变的尘世间
每个醒来的早晨，你是新鲜的，独一无二的

点 评

就如题目《冰窗花》，这是一首现代咏物诗。诗人通过冰窗花这个小的依托，窥得了造物的神奇，表达了对自然力量的赞美与尊重。而诗人又在对造物的无限接近中，顿悟了关于人类与生活的真理。

诗人以"长久地注视"开篇，开始对冰窗花进行形象化的描述的同时赋予深奥哲理——像"蓝色的激流"，是被"时间之手"握在手心的"命里的山水"。这也就解释了诗歌的第二段，正因为这些冰窗花是被时间凝固的时间化石，你不知道下一滴激流的水会怎么凝固，就像你不知道下一个明天你会怎么度过，它的每一笔每一画都像命运一样意义深刻。所以冰窗花的纹路才沧桑甚于河道，令人神往甚于黄昏和铁皮鼓舞。

第三、四、五段诗则使得冰窗花的象征意义多了一些明亮色彩，冰窗花这种因为温暖而怒放的存在是饱含祝福和生命力的，它是"蓬勃的春"，是"奔跑的麋鹿"，"是恋爱的葡萄和受孕的蔷薇"，它能鼓舞人。所以它鼓舞了悲伤生命，鼓舞了惆怅的忧伤少女。

第六段，诗人终于忍不住"摩挲着你的羽毛"。手势是缓慢的，因为诗人被造物的神奇感动了！他为冰窗花的精巧所惊讶，大自然的鬼斧神工创造了我们无法抵御的美丽。

最后两段，诗人引导我们通过这些枝叶领悟真理——我们可以从由冰火缠绵诞生的枝叶中，发现人类历史隐秘的宝藏。诗人"欣喜地带走你"，直抒胸臆表达了对冰窗花的赞颂，同时也表达了对人间的赞颂。每个清晨，冰窗花都是新鲜而独一无二的，而人间又何尝不是如此呢？

点评网友：红木

如 今

» 缎轻轻

从一个燃烧的清晨，燃烧的床
我拾他的灰烬
将猫和狗安顿在窝
安然走下楼梯

围绕街道我和他的残骸开始慢跑
讨论工作和未定的婚事
到了中午
失去面目的人们加入了我们
喘着气，加快速度

橘黄色的大钟在头顶敲响
我停下来
他更消减了些
（此时灰烬像雾一样升腾而起）
人们的膝盖正弯曲着

我知道他的瘦是因为没有给我更多的蔷薇
如今，黄昏的光束洒落头顶

　　第一节出现的那个"他"究竟是谁？从诗中家庭场景看，也许我们猜测他是"我"的至亲；第二节中"讨论工作和未定的婚事"也进一步证实了上述猜测。但"到了中午／失去面目的人们加入了我们"中，"失去面目"提示了"他"的另一种可能，也许"他"只是"我"的一个分身，一个"我"已经无法看清的自己。人称代词从"我""他"到"我们"，不是个体汇入复数群体后的充实，相反，"我"身上的众多"他"汇聚起来组成的"我们"是"我"的形单影只的加倍，是"我"在"我们"的肉体中的孤独。"我"携带着"我们"加快速度，没有最后所要指向的目标，那只能是肉体的速朽，是"橘黄色的大钟"唤起的死亡的声音。在诗中，"他"一直保持着"残骸""灰烬"的形态，"他"就是"我"身上不断确证的死亡的部分。第三节中，"他"像雾一样升腾与"人们的膝盖正弯曲着"之间在形象上的相反的构图中，有一种抽象而基本的力支撑着"我"的形体，人体被命运简化为扭曲的几何形，前面的全部生活重压仿佛都在弯曲的膝盖上被艰难地抵住。这一抵之下，仿佛"我"终于缓过气，回头看看自己和自己身上的"他"，随着"蔷薇"和"黄昏的光束"的出现，诗句变得和缓、抒情，美好的诗意好像在那个弯曲膝盖抵住的动作后终于到来。

特邀点评：贾鉴

蜘　蛛

》　西　浔

夜晚，我摊开一张世界地图

准备研究人类文明的构成时

一只笔尖一样小的蜘蛛掉在了上面

我用手指轻轻地触碰它

它立刻缩成了一团

我用笔尖去挑它

它也立刻缩成了一团

我用嘴轻轻地去吹它

它又立刻缩成了一团

当我终于忍不住

想要用笔尖把它扎死时

一道细长的闪电从夜空划过

我立刻缩成了一团

回过神后

我看到整张地图上所有的板块

都缩成了一团，一整张白纸上面

只剩下一个笔尖一样的小黑点

接着，那只小蜘蛛从里面爬了出来

诗开始于宏大的视野和词语：世界地图、人类文明、研究。第三行就爬出一只小蜘蛛。"我"的动作有三次变化，但"蜘蛛"的回应总是相同的："缩成了一团"。变动与单调的重复之间构成有趣的对照。但是，人好像禁不起哪怕最微小的挑衅，第十行开始，情绪加速变化，暴力性的因素突然出现，诗歌主题由此也变得更加深刻。其中包含一个荒谬的辩证逆转过程：有另一支如笔一样的闪电拨弄"我"如"我"拨弄"蜘蛛"，所谓的世界地图也不过是一张白纸，那从纸中爬出来的"蜘蛛"也正是变形了的"我"自己。

这是一种典型的博尔赫斯式的命题逆转：如果你想要在一幅地图中按比例微缩整个世界，你的困难不是构筑一张无限大的地图，而是无限多又无限小的自我增殖地图的不断累积。博尔赫斯总是在逆命题中揭示意识和知识的虚无性，它们组成人类的基本隐喻，每一个时代的书写都在这些隐喻中打转。这其中包含许多智力的趣味，仿佛在隐喻中人类发现了某个平行但相反世界的自我形象。在本诗中，这种逆转带出的反思颇具历史意义：所谓文明，所谓书写，何尝不是另一种虚构？另一种被书写的过程？文明史说不定是人类被无从把握的另一种力量（人类自我创造出的自以为明了的那些东西）拨弄的历史呢？

特邀点评：贾鉴

火的呓语

》 瞿 瑞

它总是有话要讲，像我面对它
总是沉默。比如在外省我们
放烟火的那个小年夜，或
烧纸钱的那些坟墓旁。

坐对火焰是必要的对质，
它的爆裂是一种徒劳的呼喊，
而我们聆听每一个幽灵
回到人间，栖于火的形态。

一个礼拜六，我去拜访母亲
说起梦中面目悲伤的死者。
"梦会丢的，你要写下来。"
她沉思良久，最后忠告我。

我们无法挽住一个长脚的梦，
如同无法向火借宿。
火的变形仿佛试探，仿佛确信
人注定会错过——

每一束火焰的临危一挽。

火灼烧如野马奔突，熄灭

如荒原，唯火的呓语

不息：送往人的每一种余生。

诗歌处理的是有关"说"与"沉默"的关系的主题。这两种力量从一开始就处在一种微妙而紧张的状态，一个总在说，而"我"——作为前者之说的出场媒介——却总是沉默着；但是，说者又"像"我的沉默，"像"不是比较和对立，而是连接和贯通：一者的说有时正是借助另一者的沉默到场的。沉默延迟了说的声音的显现，所以第一节写的是"说"的形状：烟花和烧纸钱都是说的绽放，尽管它们一闪而过。第二节，"对质"一词，既总结了前述"说"的视觉化场景与"沉默"的关系，也维持了"说"与"沉默"之间的略带敌意（绝望带来的敌意）的张力。被压抑的"说"——如死者的说——总要寻找出口，在第三节，这种欲望又寄托在梦的画面和生者的对话中。如果说前面几节"说"一直处于艰涩的状态，第四节的情绪更像是一种"对质"的和解。"向火借宿"说的是，死者不是自外于生者的虚无存在，恰恰是生者可以存放自我的领域，这其中显现出的卑微请求异常动人。火的呓语"送往人的每一种余生"意味着，死亡塑造、决定生命的能力远比生者的一切追寻更加持久、漫长。

诗题中的"呓语"通常预示着独白语调的出现，但诗中将那种想说但说不了的经验一直保持在空白状态，或者说，它让我们一直努力在烟花、纸钱、梦、野马等事物中，在母亲的言不及义的搪塞中寻找无言之物的痕迹。反过来，这个找寻过程越长越艰难，死者留在你身上的时间就愈久，这大概是沉默的空白最能安慰人的一面了。诗歌总是与语言较劲，语言的深邃转化出无数玄妙的修辞，一旦这种语言性质的困境变成一个真实的生命事件，语言学就映照出生命的（而不是哲学的）最黑暗的投影。

特邀点评：贾鉴

可见的与不可见的

» **秦三澍**

向窗外眺望，寒鸦层叠的叫声
干扰着你，说它"延迟"不如说"堆积"。
它的持续性让你担心着可靠性：
橘红的鸦嘴最先出现在窗台，随后呢？
你说它绝对安全，但不至于是一把锁。

你手边能调动的区域只有这些，
除非你执意把窗子关闭。墙上的开关
将提供光，这取决于你愿不愿意
徒手扭断它敏感的神经——
并且要快。并且允许记忆的降落伞
在收缩前，提最后一个问题。

它的消失等同于化繁为简。
注视灯光太久了，你终于感受到
声音的颗粒在挖掘什么。假如你赠予它
一个譬喻（比如"滚筒"），只能说明：
你为你的眩晕找到了洗涤的理由。

但缺乏清洁工具。透过光的滚筒

你看到多少次声音偏离的心愿，

意味着多少个虔诚的盲人围坐着你，

耐心听你抽出闪电——哦，金黄的草稿。

他们耐心，因为笔尖勾出的铁线

在阵雨中归零。像恢复某种额度。

在这个意义上，即便你把钢笔藏回口袋

也不能算数。他们会说：都是临时的。

熟悉感总能阻止你把一些换算

抽象化。失焦的感觉大概是甜的，

你猜你知道，但不总是知道。

点　评

　　诗作标题《可见的与不可见的》已经揭示这首诗中平行存在两个不同的层面："可见的"对应于写实，而"不可见的"则对应于诗人对经验事物在想象层面的二度建模和形变。

　　全诗拥有鲜明的推演方式，以肉身为起点，行至"不可见的"层面时，诗人并未嗫嚅着空白的超验，凡其动用的想象仍然是切"体"的，词语的运行充分借力于自身的动、势能。这使得他在"虚写"之时，仍具有强烈的"肉身在场"的感性气质。

　　率先登场的是鸦叫声，诗人突破感性描绘的惯例，析出"延迟"与"堆积"的不同："堆积"标识了寒鸦的复数性。而"橘红的鸦嘴"从一撇令人受惊的颜色被随后思量为"绝对安全"，细小颠簸暗示诗人正在对寒鸦环绕的新处境做出诊断。我们随诗句深入鸦叫的性质又轮回到抖动的心境，当落回情景表面之时，脑中的鸦叫声也结实了起来。

　　第二段中，如果把关灯比喻为"扭断它敏感的神经"并不是一个多么俘获人的修辞的话，随后两行则补证了这一比喻的精妙——只有神经（和意志）才能如同电路的切合般果决，这要去关灯的，是个一边生活一边不时被记忆回访的人，而"记忆"是飘的，霎时的收束却如"降落伞"扑地（也像黑暗降临）——像准确的和弦放大了感受。

再例如光熄灭后，听觉占据了身体的主导，诗人会用"声音的颗粒在挖掘什么"揣摩黑暗中的事物。当抛出"假如你赠予它／一个譬喻"这样的句子的时候，其中的思辨意味不过是一个短桥，"滚筒"和"洗涤"随即赐予"眩晕"感以新的肉胎。

由于"缺乏清洁工具"，澄清"眩晕"是困难的，"心愿"被一再"偏离"。此处便发生了向想象世界的第二次折叠，梦境般浮升出仪式性的画面——诗中人被失去视力的虔信者围坐。这些"虔诚的盲人"是"属我"的，是心中的一部分在等待另一部分，等待将语言从至盲至哑中召诞，作为诗句隽存于"金黄的草稿"上。通过书写使渺冥的人生处境得到暂时凝定。

在目睹这些一再被往复的推演之后，末段中"熟悉感总能阻止你把一些换算／抽象化"的含义也不攻自破。至诗末，无论在书写诗中人物的生活状态，还是在演绎"可见的"与"不可见的"二重世界上，诗人都已完成。并在回首仓皇与混沌时寻味"失焦的感觉大概是甜的"，困顿于日常生活时人却是不知的。

诗人呈现了一个直接能指与间接能指的双重结构，其目的却在于打破这种二元对立，尤其是以前者为中心的外在叙事。同时，感官性的经验也未曾消匿过，频频被想象触绽。虚实缠杂的写法乍读之下令人眼晕，实则有着合理的线索，能禁起细读。诗人写作路径之成功离不开笔触的精敏及对感知经验的恳忠，他以丰熟心智胜任了这场跨越"可见的"与"不可见的"界壁的造化工作——生机大于散乱，由具方向感的流动建设出独特的整体性。语言上，在对想象力的成全中自然且必然地握住了一种晶体般淬朗而不傲慢的独特语调。

点评网友：更杳

低处的痛

我登上大别山西南麓的最高峰

远处的村庄异常安静

土地已交出所有的果实

秋风在哭泣

从青禾到结穗，满脸泪水

没有几个人能听懂这样的哽咽

父亲是唯一能在这山坡上

一坐就是一天的人

他的羊群和他一样

一生都未走出牧羊鞭甩出的弧线

越来越多的人

都退向远方，包括我

父亲走了，村庄就低下几分

羊群走了，村庄又低下几分

没有年轮的茅草疯长

村庄越来越小

中国人的"故土"情结特别浓厚，我的宁夏朋友对我说，他的祖先来自山西大槐树，看见了那棵大槐树就看到了家乡。其实，每一个中国人心中都有自己的"故土"。在世界文学中，这种描写"故园家乡"的作品总是特别感人。这首诗也是这样的，诗人以分行方式描写自己老去的村庄，层层递进，口吻虽然和缓，但在情感推进上却营造出对村庄那种依依不舍、难以割离的氛围。比如，"我"登上最高峰，发现村庄"异常安静"，在这里诗人连续用了三个情绪词："哭泣""泪水""哽咽"，把一首诗想要的东西渲染起来了。紧接着讲到"父亲是唯一能在这山坡上 / 一坐就是一天的人 / 他的羊群和他一样 / 一生都未走出牧羊鞭甩出的弧线"，父亲因为老了，或者是乡情的羁绊，到现在依然留在村庄。但是，社会的发展、经济的大潮很快就影响到这个偏僻的小村庄，大家都外出务工去了，在诗人的想象场景里（我更愿意是诗人的想象），"父亲走了，村庄就低下几分 / 羊群走了，村庄又低下几分"，这种"低"，不仅是明指，还是一种要命的暗示，如果父亲没了，"我"也就对村庄疏远了几分，那么，这种情况只会越来越多，村庄在今后将沦为一种象征，直至淹没在历史长河。整首诗歌虽然直白，平铺直叙，但情感真挚，认真反思，很好表达了"痛"的主题。

特邀点评：顾北

大江东去

» 杨 康

落日西沉，大江东去。斑驳的船
偶尔发出古老的汽笛声在江面悠扬起伏
沿江而立的高楼，和飞驰的汽车
已经把这个时代装点一新。霓虹跳跃
凭栏远眺，三角梅开得那么鲜艳那么红
湍急的江水容不得我有片刻的怀旧
"日日思君不见君，共饮长江水"
只能送流水远去。这一生，我都不敢
坐船顺流而下。原谅我是一个没有远方
的人，流水带走的那就让它永远带走吧
守住一方水域，我经历着爱与孤独
经历着偶尔的失落和忽然的愤怒
守着我的这条江，一旦有来客落脚
我必定好生招待。并请他带一封
不需要给我回复的家书，经常一个人
在江边，看滔滔江水是如何与河床上
的一块顽石相互咬牙切齿，然后
又平静地奔赴远方。活着亦如同流水
大江东去啊，大江东去，我们必须

在此生的命运里学会隐忍

　　这首诗名足以让任何读者在第一眼就意随心生。苏轼的《念奴娇·赤壁怀古》可以说是千古豪迈，英雄独孤。所以，不认真往下读，难免就落入经验主义的窠臼。那么，这不是诗人在给自己找麻烦，吃力不讨好吗？这就得考验一个成熟诗人的写作功力了。我们常说，诗在难处。难度写作一直是许多诗人毕生追寻的目标。其实我更愿意认为，这仅仅是一种挑战性写作。给自己下绊子，其实也是在给读者找绊子。所以接着往下读就对了。你本以为可以看到如何"壮怀激烈"的东西，没有。你本以为是如何大事件，没有。有的，恰恰是诗人自己一直在给自己的"隐忍"找理由。前面六行，诗人营造了一个日常性氛围，虽意在接近"赤壁怀古"，却是朗朗晴天，落日西沉，长江某港口的当下生活照。然而诗人巧妙引用一句"日日思君不见君，共饮长江水"，哈，把我憋笑了。我们熟悉的爱情来了。原来诗人的"大江东去"不是写给"英雄"的，是写给"爱情"的，并且是随滔滔江水而去的爱情。这就是机变，是一首好诗引以为豪的地方。诗人在最后一句告诫要"在此生的命运里学会隐忍"，却在诗的后半节一直纠缠于患得患失，优柔寡断，有认命，有不忿，有自叹，有自嘲，嘈嘈切切，真可谓情感的"赤橙黄绿青蓝紫"，对爱的逝去的那种痴也达到了"令人发指"的地步。

特邀点评：顾北

等待秋天

　　》 一寸沙

泡桐的叶子，好像是比昨天宽了些
更多的风可以跳上来，足够燕子歇歇阳光
桐蒴果裂开嘴唇，黄昏慢慢从中流出来
准备吐出的秋天，应该和预想的颜色一样

云的厚度越来越薄，形如水之轻流，抽象的白马
梦将开始变得和月光同样长
我大概是一粒生活剥去的汗渍吧
或者某种快要风干的克制的语法

往事还有些浓稠，像喝下的过期糖水
黏住下咽，再使眼神酸涩
继而泪水倒下，用大于一支笔的语速
洇湿大片时光

时节消瘦的尾巴上，夏天，是人心挤不出的雪
雨水退居二线，剩下等候清凉的骨膜
有许多钙从过去的时辰上流失
必须将阵阵秋风沏进诗里，来一次大补

　　"克制"，这是我第一念头想到的。人要克制自己的念头有多难？平常的，比如某个固执的曲调，会多天盘旋在脑海。比如在街头遇见美女，即使红粉尚在，也要斜视偷窥一下。那么，对于给自己定下的"小目标"呢？或许这是对自己非常重要的"小目标"？诗歌叫《等待秋天》，其实就是在"等待收获"。但这种等待却是软弱的、非常克制的，或者说是需要补充"钙"才能成立的。我们无从知道诗人要等待怎样的一个"秋"，诗人叙述的语调是平缓的，并没有说明等待的具体目标，在他慢条斯理的叙述中，我们逐渐了解到一些端倪，其实也是诗人的暗示，"我大概是一粒生活剥去的汗渍吧"（这句有点拗口），"有许多钙从过去的时辰上流失／必须将阵阵秋风沥进诗里，来一次大补"，由此得知，"我"是那么普通渺小，至今没有什么成就，但并没有消沉，仍然在期待某些东西（或者是某种期望）出现。词条解释说，欲望是人类最本能的东西，是由人的本性产生的想达到某种目的的要求，欲望无善恶之分，关键在于如何控制。简单地来说就是爱与不满足。在这首诗里，诗人因没有明确的指向，它仅仅表达一个活人对世界最真切最自然的一种企盼——不满足。然而对诗歌理解的各种"可能"（模糊空间）也给读者带来了阅读乐趣，这也是一首诗的魅力所在。当然，整首诗在转承上有些地方显得生硬了点，不够自然，需要注意下。

特邀点评：顾北

狩猎者

» 梦　兮

这几年，村子里的葬礼，一场比一场阔气

山上的坟头一座比一座厚，碑一座比一座高大

看不到一场像样的婚礼

这不是对比，难得的是山上的草

一波一波地跑下来，不计前嫌，早些年被无数次割倒过

它们在马路上，墙头上，房梁上，院子里抚养后代，看家护院

点　评

　　农村的青壮年们便"一波一波"地走出村庄涌入城市，汇入了打工的浪潮，留下老人和孩童空守冷落萧条的村庄，不久孩子们又"一波一波"地被父母们接了出去，唯剩下一年比一年体衰的老人独守"空巢"，直到相继地离开人世为算。这时候觊觎已久的杂草仿佛是"狩猎"者，"一波一波地跑下来"，把猎物——马路、墙体、房梁、院子统统霸占了去，俨然成了这里的主人，"看家护院"起来，昔日人声鼎沸、鸡鸣狗叫的景象已荡然无存。

　　该诗采用对比、拟人的写作手法，通过一场比一场阔气的葬礼与杂草蔓延无尽地侵占村庄形成鲜明对比，醒世警言，读后令人反思。诗作选取的切入点也很独特。

点评网友：徐功利

高铁上

» **班 若**

我不能确定，这异乡土地上的村庄
不是我的村庄。天光如一面镜子，照亮了
入冬的尘世。水边，一晃而过的
老人放养着冬天与羊群，放养着麦地，
和水汪汪的稻茬田。
黄牛在低头饮水。这一切
我叫不出它们的名字。就像此刻
与我同车的人，我叫不出。
一个光鲜的女人哭着。高速叙述着
她失败的婚姻。我叫不出。
多么相似。像我与我的故乡和亲人，
在异地巧遇，又即刻分别。你看
那麦地里的坟头，新坟挨着旧坟，也多么相似。

点 评

　　高铁现已成为我们日常生活中的普通交通工具。因为习以为常，多数人难以从中发现诗意，而诗人恰恰是芸芸大众中能看见诗意的那个人。
　　这首诗结构明晰，文字不多却内容丰富，足以显示出诗人娴熟的写作能力。

诗篇开头谈及高铁路过的地方，因地理而产生疑问：是异乡还是故乡？诗人的表达是："我不能确定。"也就是说，在他的感觉中，高铁使远方变得不远，故乡和异乡不过咫尺之遥，旅途中的人很难迅速判断出自己身在何处。正是这样的感受，使他随后所写到的场景，看不出地域差异：冬天，所能看到的——水边、麦地、稻茬田、老人放羊、黄牛饮水等。诗歌由此起而后承。当诗句"一个光鲜的女人哭着"出现，诗歌结构和情绪皆发生了转折性变化。这位"女人"好似一颗石子，被抛进了诗歌的池塘，泛起涟漪。她所做的事就是"高速叙述着／她失败的婚姻"。诗中这些信息与行为的组合，立刻为读者建构了一个带有私人故事的想象空间。由诗歌写作线索看，诗人并非有意渲染一个悲情的婚姻故事，他使用"我叫不出。／多么相似。像我与我的故乡和亲人，／在异地巧遇，又即刻分别"等句子，巧妙结束了这个似要展开，却未展开的故事，将读者引向生活的另一面，让我们知道：悲情故事在火车上有，异乡有，故乡也有。哭泣的女人就像是家里的亲人。因此也见出诗人有着高度的掌控力，使这首小诗像一节高速列车那样行进，写作视角从车厢转向车外，貌似随意，"你看／那麦地里的坟头，新坟挨着旧坟，也多么相似"。他没有饶舌，去诉说失败的婚姻即为失败的人生，而是说这样的生活场景处处都有。坟头如此，处处有，新坟挨着旧坟。我们因此也能看出，诗人不是想要探讨人为何而死，却是想提示读者，活得成功也好，失败也好，生活前面的路，是坟，有新坟和旧坟。那么，到底该怎样生活呢？虽然"生活"所在的地名、人和物各有差异，"我叫不出"，但是"故乡""亲人""坟"（"死"），"多么相似"。

诗歌就像一列高铁，毫不拖沓，迅速地将读者带入了深度内省的轨道上。

特邀点评：陈卫

腾格里你能看得见

» **娜仁琪琪格**

我不能说出事情的真相
像世上所有的人不能说出
真相一样有些人的脸皮和嘴巴
是道具看破了
也不能说

我的生命同所有卑微的生命一样
是一定要承受屈辱的一定要替某些人
承受什么这与包容无关
与善良无关活着
就需要低下头来
我的腾格里啊你能看得见

春天万千的草木
张开了嘴巴而我需要闭紧
万千的草木打开了翅膀而我需要收敛
活着就像觅食的蚂蚁
飞着的燕雀明枪暗箭
都躲不过

在春天的某一个夜晚我看着

玉兰花打开了翅膀海棠树的叶子

向上伸展着小拳头于是我伸开了臂膀

一次又一次地向上跳

向上跳

点 评

腾格里，为什么能看见？到底要看见什么呢？这首诗的题目是有智慧的，令读者好奇。

诗歌第一节，暗示读者，诗歌想要表达人与世界存在的关系。何为真相？诗人将自己立在了明澈的位置上，俯视苍生大众。

诗歌第二节揭开了诗人所见的秘密。虽然心高，但姿态要低，"活着／就需要低下头来"，沙漠，是贴着地平线的，一毛不长的环境，因而诗句可理解为，在腾格里所看见的，如同沙漠一样，是人该要具备的低姿态，由此，他才能够承受"屈辱"。

如何保持个人的低姿态，诗人在第三节中做了情景上的展开。诗歌将外物与自我进行对比，让"万千的草木"说话、张开翅膀，而"我""收敛"，人在自然面前，保持谦逊的态度，由此进入复杂的生活中。

第四节表达的是，因为自然的吸引，"玉兰花打开了翅膀海棠树的叶子／向上伸展着小拳头"，"我"也发生变化，于是"我伸开了臂膀／一次又一次地向上跳／向上跳"。

诗中的"我"在四节诗中的形象是不断变化的，从一个严肃的人，转为一个愿为大众承受苦难、进而自省，进入复杂生活，再从自然中获得启示，成为一个新生的人。

《腾格里你能看得见》就是看了一个人当下的努力及蜕变，这该是诗人想要表达的意思。

特邀点评：陈卫

黄昏或者余光

» **谭昌永**

天快黑了，我还在余光里抽不出身来……

我爱此时人们走在路上的样子
爱他们，赶往家的方向时，还不忘偶尔
闪一闪身子，让一片叶子落到地上
都是回家的路人，我爱他们
从一条街走向另一条街的从容

我看见自己的影子，跟一座城市的
影子，紧紧挨着，时而张开双臂
像一只飞鸟。因此，我确信我更爱
整个黄昏对一只倦鸟的怜惜，它
总是留一束光，给羽毛下藏着的飞翔

点 评

　　每天忙于赶路的人，心中除了目的地，无暇关注其他。而能够关注沿途风景的人，内心一定有着情感的余裕，因此观察，因此想象，因此成诗。

　　"天快黑了，我还在余光里抽不出身来……"黑暗与光明，向来是一对具有宗教或类宗教旨意的象征性意象。譬如《圣经》中，耶稣说过："我是世界的光，跟从我的，就不在黑暗走，必要得着生命的光。"那么，天将黑，光要隐藏。这时的人们都在干什么？"赶往家的方向"。"我"又在干什么？诗人用词是经过细心选择的，他不用"我看见"，而是"我爱"。于是这首诗，就像一个人走在秘密的信仰丛林中。"我爱此时人们走在路上的样子 / 爱他们，赶往家的方向时，还不忘偶尔 / 闪一闪身子，让一片叶子落到地上 / 都是回家的路人，我爱他们 / 从一条街走向另一条街的从容"。这几行诗，重复了三次"我爱"：第一次，爱的是平凡而普通的路人走路的样子；第二次，爱的是路人疼爱树叶的悲悯情怀；第三次，爱路人过街，即对待生活的从容态度。

跟在黄昏后面的是黑暗。诗歌的第三节集中于描写黑暗中的"影子"，即自己（人）的"影子"和城市（地理环境）的"影子"，诗歌于此营造出虚幻的感觉。尽管诗人写到它们"紧紧挨着，时而张开双臂 / 像一只飞鸟"等幻境，或者说这是他内心所呈现的某种渴望。现实在其后：黄昏回家的人，更像"倦鸟"，因此"我确信""我更爱""整个黄昏对一只倦鸟的怜惜"。黄昏留下了一束光，它照亮倦鸟，使它能用最后的力气安全回家。"倦鸟"的所指是明白的，它是"我"，是"一座城市"，是它们的"影子"。

整首诗传达出来的，不是黄昏时分诗人们惯有的感伤情绪，也不是他们无穷的抱怨或牢骚，而是透出爱的光亮。因为它，在黄昏中归家的人，心怀温情，并不沉沦。

特邀点评：陈卫

记深夜南陵鲁班广场的一次散步

» 何冰凌

秋虫一刻也不停止鸣唱，也许它们自知时日短暂

在霜冻来临之前，拥抱和歌吟一切藤蔓枝丫，

夜晚活动着的和进入快速眼动时期的生命体，

广场上的巨型灯柱和节假日才开放的人工喷泉，

北半球广漠的土地上渐次温良的河流山脉。

假使亲人们的睡梦里出现天际线和彤云，

此刻也将有孤星微光的投注，更有这蜂鸣器

无处不在、此起彼伏的覆盖，

伴着他们的美妙小鼾。

毕竟，宏大的秋天来了。

路边花坛里的大部分花儿，在深夜，

都已随着光线关闭收拢，如酢浆草、风雨兰和牵牛花；

而另一些花儿则不，那水里的红蓼、飞廉和奶蓟草，

它们，瞪大眼睛，在等待神迹来临：

当夜露从草叶上展现并在清晨明亮的光线里

撤回的时候，

诗歌发生了。

　　这里涉及诗歌现象学和诗歌发生学的问题。从诗题"记深夜南陵鲁班广场的一次散步"里读出，本诗钟情于诗歌叙述学，有点宋代"以文为诗"的意味，预示着诗人将要把她在深夜里于南陵鲁班广场散步时的所见所闻，用诗的方式记录并叙述出来。记录什么？诗人不会记录那些日常散文趣味的物象和事件，只记下某些触动诗人心灵的东西，或者说，那些点亮诗人心灵的东西。深秋的夜里，秋虫的叫声，连绵不绝的虫鸣，一马当先地引起了诗人的兴趣。不同于徐志摩《再别康桥》语境里"夏虫也为我沉默"，诗人在深夜广场散步时的闲适心境，使得她想象着秋虫在"拥抱和歌吟一切藤蔓枝丫"，不仅如此，诗人还要"拥抱和歌吟"世间一切与她有关的、或远或近的人和事物。那就是，诗歌接下来一路写下来的、活动着的、包括正在鸣叫不歇的"生命体"，广场上触手可及的"巨型灯柱"和"人工喷泉"，遥远的、但可以想象得到的"渐次温良的河流山脉"，以及熟睡亲人们梦中出现的"天际线和彤云"，乃至还能从虫鸣里真切地听到他们的"美妙小鼾"。所有这一切既在眼前又在天边，既在清醒状态又在沉睡美梦中，都是诗人所无限热爱和珍视的。而且，也正是这一切，时时、事事、处处在提醒诗人："毕竟，宏大的秋天来了。"随即，诗人将思维的漫想，那些夜色中纷飞的思绪，收拢起来，并将焦点聚集在路边花坛的花儿上。这些花儿，无论是开放的，还是休憩的，都仿佛是诗人的亲人那样。诗人能够如数家珍、一一叫出它们的名字来，"酢浆草、风雨兰、牵牛花、红蓼、飞廉、奶蓟草"。当人们都睡去的时候，诗人独自一人漫步于广场，享受着这个宏大秋天赏赐给她的美好一切，感觉无比的温暖和幸福。这种温暖和幸福，就像草叶上的露珠那样，在"展现"与"撤回"的瞬间，被转化为满满的诗意。我们阅读这些诗句的过程，从开启、展开，到收结，也收获了满满的诗意。

特邀点评：杨四平

在水乡，每一株植物都是我的亲人

》 张文捷

在水乡，每一株植物都是我的亲人
那披头散发的野茅草
夜夜与飘飞的萤火虫相伴，星空高远
我的爱人选择在低矮的尘世
等待一场爱情的烧荒野火

风中奔跑的桃花
一路撕碎诀别的情书
身体里的香摧毁一半春天
我远走他乡的姐妹
是否遭遇到像本地一样的无情

莲蓬是堂嫂，她健硕的乳房
哺育一群白生生的胖小孩
湖水吹皱面颊
等待他们敦实饱满，用指甲的硬壳
弹出她枯萎的手掌
……月亮像瓷瓦片落入水中

芦苇叶总是让我一辈子心旌摇曳

我愿做缠绕其间的一绺杂草

或水洼里一只饥渴的水蛭

看芦苇的关节发出声响，由青变黄

风吹芦花，柔软地活着

一场冬天雪花的粉霜

也无法消除上空雀斑似的鸟迹

古银杏是我逝去多年的祖父

每到秋天，他用满树金黄的耳朵聆听风声

远去的绿皮火车嘎嘎作响

……他的脸贴近同样沧桑的大地

一群绕枝的乌鸦，仿佛飘动的黑衣衫

在水乡，每一株植物都是我的亲人

还有太阳花、牛筋草、蛇莓、地米菜、马齿苋

他们占据的每一块土地都是我的肌肤

每一根绿色的根茎都扯得出血来

点评

　　"在水乡，每一株植物都是我的亲人"，既是诗题，也是诗眼；既是诗的乐句，又是诗的主旋律；同时，还起到诗的结构作用，使得诗的气场饱满且首尾贯通。诗人的故乡是水乡。那里的一山一水、一草一木、一人一物，都与诗人具有"基因"承传关系。正是在这个意义上，诗人才理直气壮地向世人宣告："在水乡，每一株植物都是我的亲人。"尽管每一株植物都是诗人的亲人，或者说，诗人对它们具有亲人般的情感；但每一株植

物，它与诗人的亲缘关系又有着一定的差别。诗人依据这种"远近"关系，选取一些最为"要紧"的植物，一吐胸中块垒，心里郁积。这种选取和表达，就是"诗的典型化"。对诗人而言，爱人是最亲近的了，像卑微的"野茅草"那样，它们的"披头散发"，与出没其间的"萤火虫"，让诗人联想到"等待一场爱情的烧荒野火"，爱得自自在在、轰轰烈烈，只可惜理想与现实之间总是隔着一定的距离！接着依次写道："远走他乡的姐妹"，像被命运暴风所打击着的"桃花"，青春和爱情遭受到了无情摧残；"堂嫂"，像"莲蓬"结出了那么多莲子，把那么多孩子养育成人，然后渐渐枯萎衰败，宛若"月亮像瓷瓦片落入水中"，悄无声息，消失得无影无踪。到第四节，诗的抒情逻辑产生了延宕——由之前写那些像爱人、姐妹、堂嫂的不同植物，转向了写使诗人心旌荡漾的芦苇，写它的叶子，写它的花，以及诗人始终与之不离不弃、终身相依的亲密关系。显然，诗人在他的水乡，最为心仪的是芦苇了。到第五节，诗人也又回复到了第一节至第三节的抒情音调与节奏，写"逝去多年的祖父"，像"古银杏"，满树金黄的树叶，在秋风中发出清脆的声响，应和着远去的绿皮火车的嘎嘎声，而无数的树枝触及地面，仿佛祖父用脸颊贴近大地，而绕树翻飞的乌鸦，像祖父的黑衬衣，衣袂飘飘……在末节，诗人还提及"太阳花、牛筋草、蛇莓、地米菜、马齿苋"，它们与上文提到的植物一样，都与诗人肌肤相亲、血脉相连。我们在欣赏这首诗的时候，不是感奋于诗人的博学，而是兴奋于诗人的深情，诗人对故乡的亲人、植物和故事的一往情深。

特邀点评：杨四平

草　堂

》墨　菊

一个棱角分明的男人
一个在命运的深渊上建造险峰的男人
在草堂，爱着熙攘的人群
那些饮食男女，那些观景者
那些与人间握手言和的子民

我无法把生活的逼仄和内心的绝望
一针见血地押住时代的韵脚
事实上，我也无法说清自己的身份
我想，我是时间的流浪儿
草堂，既非故园也非异乡

我爱泛黄的纸页上青绿出来的事物
也怜悯落花的人间，霜雪的留白
因我脚下有深厚的黑
因我怀揣着更多不得不缄默的日子

此时初冬，还有数不清的苍翠拥着草堂
随便指认一株笔直的古木，都有

蝴蝶一样叶子，飞走

我抓不住其中的任何一片，倚千诗碑而立

突然觉得，刚刚经过的一池枯荷

应是诗圣的悲悯

点 评

草堂，不是一般的草堂，不是无足轻重、可有可无的草堂，而是坐落在成都的杜甫草堂。它是名人故居，名胜古迹。"安得广厦千万间，大庇天下寒士俱欢颜"，已经成为千古绝唱。杜甫本人"茅屋为秋风所破歌"，但他忧心忡忡的是天下百姓的饥寒交迫；因此，天下百姓永远也不会忘记这位诗圣以及他所写的彪炳史册的"诗史"。这是一份弥足珍贵的伟大传统。草堂只是这份传统的部分承载和千古显示。诗人的抒写、游人的凭吊，都是对这份伟大传统的唤醒、传承和颂扬。这是本诗首节所示。从第二节开始，诗人从普通百姓游览观光的匆匆扫视那里，将目光收束回来，由外而内地，审视自己与杜甫、草堂、忧国忧民、现实主义传统之间的种种关联。诗人也许知道，唤醒传统、发现传统，也就是唤醒自我、发现自我的过程。比起杜甫来，诗人无法将自身的"生活的逼仄和内心的绝望"安顿在时代进程里；诗人暂时还没有能力或者说没有意愿去弄清楚自己与时代之间的关系，因而自己是谁？是时代的"过客"，还是时代的"主人"？一时身份不明。诗人缺失心理认同的基质。毕竟诗人还能明白地知道自己是"时间的流浪儿"。因此，诗人坦言："草堂，既非故园也非异乡。"身份暂时不明不要紧，重要的是，诗人有坚实的生活基础，有许多对苦难隐忍的磨砺，就像第三节最后两行所示："因我脚下有深厚的黑 / 因我怀揣着更多不得不缄默的日子"。所以诗人还能对传统的现代复活，对现实里磨难，充满爱和希望。但是，这种爱和希望，有时也很脆弱，稍纵即逝。最后一节就显示出了诗人面对历史、现实和未来的张皇、失据……这是诗人的一次心灵之旅，一次对自己和时代关系的发现，一次自我意识觉醒。

特邀点评：杨四平

在燕郊

》 姜博瀚

燕郊人都要去北京上班

不上班的燕郊人都在燕郊卖房子

刚毕业的大学生说，三个月没挣到一分钱

源于刚刚出台限购的新政策

我住在燕郊的林荫大道

我有房子，我不上班也不看孩子

——在燕郊读书、写作，耕耘三分田

燕郊的现在和未来——

想想生活在北京的我

现在。他们开着奔驰或者宝马

在路边捎着赶时间的乘客

十块钱到草房或者国贸

一过了三元桥到四环中关村就十五

这是速度最快也是最便宜的北京顺风车

在燕郊生活的外省人披星戴月

他们有着美好的规划将来

到时候。一旦北京吞并了北三县

孩子的户口将要变成北京人

他们都在这么想，所以不觉得路途茫茫

——燕郊就是燕郊

一条潮白河哗啦啦地流淌

徐尹路大桥相连燕郊和通州宋庄

左堤路，右堤路伸开胳膊

就像北京的左膀右臂

我经常穿越河水去宋庄看画

那里的男画家实在是太多，当然

后来又来了不少女诗人

天南海北，各种各样的派

把房东大姐气得只好加价，

我站在一边，哭笑不得

看不下去。无力讨价还价

就像那些昂贵的画

我说，你们快来燕郊

这是最后的沃土。

点 评

　　燕郊隶属于河北省，作为毗邻北京通州的近郊镇，有着得天独厚的地缘优势，这些年相对于京城的高房价压力，无疑吸引了更多在京打拼的外地人的眼球，作者通过细微的观察，展示了燕郊的魅力，以及生活在燕郊的人们内心的世界，全诗语言朴实流畅。首句"燕郊人都要去北京上班"，开篇即拉近了距离，也说出了燕郊人的期待心声。北京，作为中国的首都，大都市，舒适的环境和高收入，吸引着全国四面八方的人争相涌入，燕郊与北京近在咫尺，燕郊人近水楼台先得月，无疑是占尽了地缘优势。接下来诗人突然笔锋一转，展示了燕郊人的另一类，还有更精明的，那就是不上班族，"都在燕郊卖房子"，即炒房，曾几何时，这无疑是暴发最快的生财之路。然而，现在这条暴发之路不那么灵便了，"源于刚刚出台限购的新政策"。燕郊人应该说是幸运的，北京的发展，也使周边近邻得到了实惠，燕郊也发展了，燕郊人也富有了，这无疑得益于搭了"北京顺风车"，他们现在"开着奔驰或者宝马"，"在路边捎着赶时间的乘客"，赚着外快，也说明了燕郊人的精明之处。

　　看到燕郊人现在都向往北京生活，诗人不由得发出了感慨，"想想生活在北京的我"，我现在住在燕郊，有房子，不上班也不看孩子，而是"在燕郊读书、写作，耕耘三分田"，多么安静又悠闲啊。这里，诗人在描写燕郊人时，始终贯穿一条主线，那就是期待。在燕郊生活的外省人，他们对未来也有着美好规划，期望"北京吞并了北三县"，这样"孩子的户口将要变成北京人"。都在这么想，所以他们披星戴月，不觉得路途茫茫。然而，现实终归是现实，"燕郊就是燕郊"，一条潮白河将两地隔开，显示了落差感。但诗人进而又拉近了两地的亲近感，"徐尹路大桥相连燕郊和通州宋庄"，伸展的两条路，"就像北京的左膀右臂"，"我"经常穿越河水去宋庄看画，那里是画家、诗人扎堆的地方，他们租房而住，乐得房东水涨船高。看着这些不遗余力地挤在京郊地方的人群，诗人不由得大声疾呼，快来燕郊，"这是最后的沃土"。愿望也是心声，对未来的期待，燕郊人将一直持续下去。

点评网友：路垚

橙　子

》 **周瑟瑟**

在遥远的湖南

有无数间橙子工厂

隐藏在墨绿的树丛中间

橙子滚滚

从机器传送带一端

奔向自由

还有源源不断的

橙子到来

我们爬上橙子工厂楼顶

眺望远处大片橙子树林

它们果实累累

像一只只体态丰满的母鸡

蹲在湖南的山坡上

我要走到它们体内

才能吮吸到雨水、阳光

和夜露的甜蜜

当我们一群人离开时

橙子飞满了天空

橙子的欢叫

让我们频频回头

那是两年前的好时光

橙子大概是中国贡献给世界的一种最美味的水果，又因香味馥郁，带上了某种特别的精神性，其于国人心目中的地位堪与苹果在西人心目中的地位相比。周邦彦有句"纤手破新橙"，其情其境，令人向往。因性喜温暖，南方各省尤其长江以南各省多栽培，橙子也成为南方的象征。橙子后来传入西班牙、意大利，在欧人心目中也是南方、浪漫和诗意的象征。歌德《迷娘歌》"你可知道那柠檬花开的地方？/黯绿的密叶中映着橘橙金黄"，塑造了橙子和南方、爱情的三位一体。这首以《橙子》为题的诗，同样写出了橙子这种特殊的南方性和精神性。诗一开始就点出橙子的产地湖南——橙子当然不止产于湖南一地，诗人强调湖南，或因为湖南为诗人家乡，或与湖南有其他特殊渊源——一种南方气息扑面而来。墨绿的树丛，无数间的橙子工厂，源源不断、滚滚而来的橙子，在这些物象的背后，是南方的阳光、雨水和夜露。通过橙子，北方的民众才得以享用这些南方的美好产出。这是橙子的物质属性。"橙子滚滚/从机器传送带一端/奔向自由"，橙子即使被粉身、压榨成汁，它仍然是自由的。这是橙子的精神属性。"橙子飞满了天空/橙子的欢叫/让我们频频回头"，"飞""欢叫"，写活了橙子的自由灵魂。最后一行"那是两年前的好时光"把全诗推入怀念的氛围。

特邀点评：西渡

富阳黄公望隐居地观《富春山居图》

» 浙江 石人

暮春在深陷肋骨的白色中发出脆响，
呼叫着滴落一个年轮的水印。推开窗户
撑开这一点空隙，比限制的日子还要狭窄，
谴责自己一生的遗憾如折角的书页，在清风中
因为颤抖着摆动单薄的身体，他回忆的沼泽
已经被这巨大的苍茫笼罩，寒暖自知，无人可进。

在水天交融的厄运边界，身穿褴褛青衫，
独行的侧影只是丛林深处最黑暗的预告，
不会让任何人回头巡视走过的路途，从身边失散
众多的同僚，还在为过去的事情隐瞒流浪的身份，
得到圆满的结局，像垂钓者喜悦命运的孤寂。
对重复的承诺有着无限的期待。

这种被画笔随意勾勒的线条，美人也许会叹息
破墨的蔚蓝，飘荡一叶扁舟的来世，
能够垂怜行囊是多么沉重，把开始的裁处一直忍受
得到一条大江的肖像，不！就是这一个囹圄的天地，
也逃脱不了留下的踪迹，洒满污渍和斑点，

收集凡世的咒语，抛弃人间事，复归燃火之中。

像日常一样熟悉，富足欲烬的春天剥落了
最后一层灰堞，有些东西正在慢慢死去。
谁也没有想到这渡轮的突突声，侵袭一切之后
把成群涌来的人们静静地汇聚在这里，
他们钟爱这样的山水之间，并不等待来世
我看到的这一幅漫长画卷，已经被精美地复制。

点　评

　　这是一首老到的诗，这种老到一方面反映在作者对文字和诗艺的控制
能力上，另一方面反映在他对人生和世事的见解上。《富春山居图》是中
国山水画的巅峰之作，出自晚年黄公望之手。这幅画是黄公望一生的山水
之爱、人生体验的总交代，也就是说，它可以看作晚年黄公望对于自己一
生的追忆，融入了画家全部的人生经验、智慧、情感。同时，它也是黄公
望一生艺术追求的总完成，从这个角度讲，这幅画也是对整个中国山水画
乃至全部中国艺术有关于山水之体验的追忆。这首诗是对《富春山居图》
的观画体验，但又不停留于此，诗人借由观画的过程，表达了自己的人生
体验。为此，诗人巧妙地采用了双关的手法，一方面它处处在写画、写画
中景，另一方面它又处处关涉人生的体验，而这个体验既是黄公望的，也
是观画的诗人的。

　　第一行点出《富春山居图》的追忆性质，"暮春在深陷肋骨的白色中
发出脆响"，这是暮年和青春的对话，笔墨中自带"年轮的水印"。《富春
山居图》画的是富春山的秋景，这山却叫"春山"，成熟的、燃烧的秋景
中藏着春的记忆和向往。画家作画犹如在"限制的日子"中寻求自由，是
在囚禁中"撑开一点空隙"。"限制的日子"揭出黄公望曾经入狱为囚的经
历，同时暗示了一种更加普遍的不自由，事实上，无论身在狱中还是狱
外，人生都是狭窄而逼仄的，充满各种有形和无形的枷锁，而画家创作就
是从人生的枷锁中挣脱而为自己赢得自由，同时也是为笔下的事物赢得自

由。"在清风中"至本节末是对画中人的描写，同时也是对画家的心理状态的揭示。画中人被巨大的苍茫笼罩，"寒暖自知，无人可进"，而画家的创作过程也即是进入自身的"回忆的沼泽"，画境的巨大苍茫实际上根源于画家心理上的巨大苍茫。

第二节还是双关写法，画中人独行在水天之际，但由于诗人在"边界"之前加了"厄运"的限定，画中景顿时转化为象征性的人生场景；而"丛林深处最黑暗的预告"同时关涉画家、画中人和观画者。黄公望自小父母双亡，长大后卖卜为生，落拓江湖，中年为掾吏，却蒙冤入狱，终为全真道徒，寄情山水，对人生黑暗有超逾常人的体验。但画家只以侧行的身影略加暗示，并不将这黑暗全盘托出，这也正是中国艺术的超脱之处。

第三节在艺术和人生的对比中进一步推进诗意。沉重的行囊是人世的，不得不忍受的裁处也是人世的，但艺术能够安慰、垂怜人世的艰辛。在"画笔随意勾勒的线条"和"破墨的蔚蓝"中，"得到一条大江的肖像"（这条大江不就是人生么？）。

人世的艰辛变成了艺术的财富。

最后一节引入了现实场景，突突的渡轮带来现代的参观者，他们成群地涌来，汇聚在画家的隐居地，观赏画家的心血之作，在山水之中，也在画作之中得到某种洗礼。

特邀点评：西渡

夜过南湖

» 青小衣

月亮越来越小，掉进湖里
没有溅起一朵水花，就不见了

雾气升起来。这世上
有东西往下走，就有东西往上走

湖边的小房子，灯火温暖
仿佛不是人间。我不敢靠得太近

露水打湿了两双鞋
它们互相走路，走着走着就走失了

点 评

　　这是一首清新的写景小诗，其优异之处是在写景中融入了诗人微妙的感觉和某种没有完全表达出来的人生体悟，显得特别含蓄有味。

　　"月亮越来越小，掉进湖里 / 没有溅起一朵水花，就不见了 / 雾气升起来"，这里的描写似乎是写实的，但实际上却是暗示的。月亮变小掉进湖里、雾气升起都不是瞬间的事，说明诗人在南湖岸边已徜徉了很久。接下来，诗人说"这世上 / 有东西往下走，就有东西往上走"，这是对前三行诗所描写的景象的概括，而"这世上"三个字却又把这个概括从自然的景物转移到人世的观察中。但诗人却又就此打住，并没有对自己的观察做出评价，也没有透露出诗人自己的意愿是往下走呢，还是往上走呢。好像一个尚未绽放的唇边的微笑，这样含蓄的诗情最微妙，也最耐人寻味。

"湖边的小房子，灯火温暖 / 仿佛不是人间。我不敢靠得太近"，这两行重新回到对景物的描写，但更多的是传达诗人对景物的感觉，语气微妙。对于远处的灯火，我们本来只能观察到明暗之别，诗人却感到了它的温暖，而且感觉它"仿佛不是人间"，以至于"不敢靠得太近"，诗人感觉之精微也就在其中了。

"露水打湿了两双鞋"，这一行不仅进一步加强了前文已经暗示的时间持续的印象，而且透露出湖边漫步的不是一个孤单的人，而是两个、一对。但诗人同样没有交代，这一对是朋友，是恋人，还是亲人。最后一行"它们互相走路，走着走着就走失了"又从眼前的情景引出对人生的观察。两双"互相走路"的鞋该是彼此亦步亦趋，显示了一种非常亲密的关系，然而竟至于"走着走着就走失了"，这是多么残酷的事实。但诗人对这一事实也仅仅点到为止，没有感慨，没有评论，而把感慨和评论的权利留给了读者，也把含蓄蕴藉的风致保持到了最后。

特邀点评：西渡

祝　福

» 米　崇

再鲁钝些，就要自责
九月后的久别已将隔阻经年的
加入，而诗，我们的另一种时间
却迟迟缺席。还好，稚拙与幻觉
都会在此得到原谅。像从前
许多的夜里，词句中你我隔屏推手
攻防万物，念力交战之际，拿虚无和革命
过招，意搏心底的暗；偶尔也怯懦
怀疑肉身的抓力，无所适从
妄图获得精准的病而一劳永逸。
莫红脸，时间只回味认真的甜。
而你，摘取星云的男人，你导游我
说平行的夜空下有人擎最高之烛
于是踩上车轮，去华莱士那儿走走，也要一访策兰
或者，下几回蜀面馆，趁油辣的火
来两口冷霜润一润喉；再有时，是暗夜的街角
疲惫往半杯的你倒几盅苦酒
你卸除玲珑，挽我，埋下醺红的头。
别太累，人生还需细水流！

——而今，遥远的彤云相遇成雨

各自的你结成了你们。

我兴奋，可爱的人会相连

从空空如也中生出结实的线；我兴奋

系稳歌剧的双翅，蝴蝶可扇越更多的门！

可朋友，你看，往后几年

穿过时差的光缆我才得触摸你的心胸

天涯外，有更多的友人亦复如是

那希图完整的，谨慎移步

那着迷幽远的，摘花于未卜的云深处

方知晓，更广的友情仍需小于更大的生活

如岛屿各自领取海图，奔赴相隔万里的港口

执手如你们，也会遇上季风，翻涌洋流深深。

可朋友，还没到担忧的时候！

将是启程的日子，将破开这

豢养娇弱的孤岛，你我还要学习

穿越广袤的地壳如剥一枚新蛋

——更新的肌肤已在期待之中

至于友情，我想好啦，丝连的讯息内

诗的馈赠将愈被感念，断续间

有彼此的碎影在世界的枝头跳跃。

若暂停，就驻一只观潮的眼

离别终会收起海洋的幕布

海浪将推来你我的重新加入。

《祝福》是一首赠别诗，沁润着诗人有关友人的种种回忆及优美的希冀。诗人与将别的友人是因诗结缘，诗歌的存在也是萦绕在他们交往之中的信物——诗，是"我们的另一种时间"，是他们的私人史的共同刻度，在此意义重大。

不难觉察，本诗的赠别对象为两个人。面向第一人的告白由此始："像从前／许多的夜里，词句中你我隔屏推手／攻防万物……"在生活被互联网裂解和重构的当代，电子"屏幕"成为人与人交往的重要甚至是主要载体，友人们通过即时聊天工具交换对事物的看法，在漫长的言语的砥砺和交锋之中，协同建设着、发育着心灵的世界观。尤其在诗人的友谊中，"词句"负载着异常重要的使命。值得信赖的友人是不断"挑逗"着你的智性与灵感的人，是催发你"心底的暗"，将你从惰性封闭的地带一次次激出又相互施力调整、重新落地的人。在这样如同左右互搏般的"过招"中，我们挖出并交付彼此、进驻彼此，逐渐亲密。"偶尔也怯懦／怀疑肉身的抓力……"精神的到场领先于肉身的时代，每个人"行动"的能力都在经受生活的拷问，在互联网时代的社交中，人们往往存在某一病名、坐标背后，似乎几个标签几个立场便规定了你我，一种真实友谊的建立总有待刺穿这样的表面。

从"而你，摘取星云的男人……"开始，诗人转向第二位赠别对象，这位男性友人是一位诗人精神旅程的导游者，唤起过他对"最高之烛"（有指代史蒂文斯的含义）的追随。他们之间交织的点滴：线上访华莱士、策兰之虚，与线下吃蜀面、醉街角之实彼此缠绕，共筑起一场互联网时代鲜活的诗人友谊史。

"——而今，遥远的彤云相遇成雨／各自的你结成了你们。"意味着两位赠别对象的结合。诗人表达了对于两位挚友结成良缘的祝福。"我兴奋，可爱的人会相连……"诗人相信，两位挚友之间的连接会赋予彼此更多的力量，"蝴蝶可扇越更多的门！"继而不得不面对临别的可惜，"往后几年／穿越时差的光缆我才得触摸你的心胸"，愈来愈多的友人散落海外，但诗人以一种开朗开阔的祝福超越了离别之伤，他深谙生活的浩瀚，年轻的挚友们将去"云更深处""洋流更翻涌处"搏击，迎来他们"大于友谊的生活"。

"将是启程的日子，将破开这 / 豢养娇弱的孤岛……"对于挚友们命运版图的拓展，诗人以勇敢毅然的目光期许之，不见哀怜却见欢欣鼓舞。新时代的友谊，不再畏惧地理间隔的挑战，因为，"丝连的讯息内 / 诗的馈赠将愈被感念……"诗人借助于历史意识收容了他们之间细弱却强韧的交往："若暂停……海浪将推来你我的重新加入。"

诗人用清丽婉转的语言去还原与两位友人之间细琐且绵厚的情谊，告白殷切，嵌合着亲昵的暗语（如"最高之烛"和"冷霜"的双关）。此外，又提供了一种世界化的宏阔背景，每当远瞩未来之时，充满信心的友爱被推至经浪漫主义染色的浪尖，我们也仿佛随他磊落的胸襟观赏到浪花颠簸旋涌的激情，愈高拔处愈见曼妙。"有彼此的碎影在世界的枝头跳跃"即是本诗为自身的缩影，诗人在小与大之间轻盈地往复，将丰富的"情"与"思"走成清晰的轨迹。更可贵的是，他以一种渴望超越的目光，为当下青年的友谊力拓了气象。

点评网友：更杳

容　器

» 宗小白

事物的因果关系让人费解
比如将水注入水杯
水就渐渐不再沸腾了

比如独自一人待久了
就会习惯和另一个自己
和谐相处

就不会那么强烈地感受到
不被需要的痛苦了

我知道孔子对颜回说完
"君子不器"这话之后
内心的痛苦也像满溢的水

但他的痛苦并不是因为
内心的沸腾不见了

也不是因为看着自己

和另一个自己和解了

我知道所有容器的悲伤
并不是因为水

点　评

　　诗是虚无的，我们更需要把它落实。并不是为了使梦想实现，而是为了让它落到实处，哪怕只是一个点上，一根线上。它只需要在现实中有一个落脚点，作为跳板，就可以弹跳起来，就可以飞起来，乃至飞得更高。这首《容器》就是如此，找到了容器这个意象、这个载体，来说明"事物的因果关系"。既然"让人费解"，能说得明白吗？但我们毕竟看见了诗人的努力：不满足于做一个歌唱者，更想做一个思想者，最终歌唱自己有独到之处的思想。也许，这样的歌唱才是有意义的，才是"高级"的，才不算人云亦云？凡是空对空的写作都显得无力。通过现实的碰撞与反弹，梦想才能形成落差与反差，诗才能获得加倍的力量。这同样证明了诗学不是玄学，诗的玄妙不是玄幻。没有现实的作用力，就没有诗的反作用力。这首诗里，苦思冥想的作者只是找到一个"容器"，却让读者不得不跟随着浮想联翩："我知道所有容器的悲伤／并不是因为水"，容器与水的关系象征着什么？人与世界的关系？人与人的关系？人与自己的关系？如果这么理解：世界就是容器，心灵也是容器，甚至记忆也是。这首诗也是容器，显得高深莫测的原因，就在于没说透、没说破，给读者的联想留下无限的可能性。这只看不透的容器里，也许什么都没有，也许什么都有。它作为一个问题存在着，等待着答案，但并不提供答案。

特邀点评：洪烛

影　子

》　白小云

它是光的一部分
替光吸走黑色
——墨色沉沉是它

他们站在光里
不透明的部分托付给它
它收藏他们的秘密
——面目模糊是它

它抽象，没有可供把握的肉身
它具体，委身于他们细节繁多的宫殿
它简单，他们消失它便消失
它复杂，他们的不可见它全部看见

它是流水的部分，拥有柔软与柔软的分体
也曾是风，在大地上自由飞翔
它随月亮长大，见证皎洁消亡的过程
他们出生与死去时有它
争吵的缝隙里也有它

它被剥夺了形体，万物是它

世界有它
唯它没有

点 评

诗是被生活忘记了的那部分内容。我们写诗，帮助健忘的生活恢复它那似乎可有可无的记忆。正如这首《影子》所写的影子，"是光的一部分"，"替光吸走黑色"。它也是"流水的部分，拥有柔软与柔软的分体"。诗是一种理想，但这种对未来的理想正因为被前人想象过无数遍，已属于回忆了，对虚无的回忆仍然属于回忆，有时甚至比现实还要真实。当然，也比未来还要未知。在这首诗里，影子无所不在，正如万物无所不在。这没啥奇怪的，影子虽然"被剥夺了形体"，仍然来自于万物，"万物是它"。这首诗在分析影子、解读影子，像是自说自话，又像是影子留下的影子。《诗经》不是拿来念的，是拿来想的，反复地想胜过反复地念。在想的同时使它的内涵更丰富了，你本身就是它的延伸。它的外延永远大于其内涵。你不是在念经，不是在重复它的奥义，你是在帮助它继续生长。读这首题为《影子》的诗，就是使影子变成更简单，或更复杂。这是现代诗的特征：要求读者参与，接受一种"有难度的阅读"的挑战。这首题为《影子》的诗，只是抛下一只白手套，你可以迎难而上，也可以拂袖而去。怎么选择是你的权利。但我还是留了下来，读完最后两行："世界有它／唯它没有。"觉得作者对影子的思辨是认真的，努力的，并非文字游戏。他希望在零度的状态还原某些事物的本质。这是一种"冷抒情"。

特邀点评：洪烛

走在夜色之上，你就是王

》 木夕暮兮

走在夜色之上，你就是王
踩着月光的花瓣君临天下
可以漫步，可以小憩，可以
洞察路灯散布的满地谎言
也可以忽略车流、人声，以及
被他们鼓荡的尘土与狗的吠叫
可以忍受高铁在头顶呼啸
也可以原谅暴雪对杏花的造访
可以将悲悯的目光投向大地
也可以悄悄将自己放逐远方
你甚至可以忽略一切过往
包括白昼、晚凉还有现在

走在夜色之上，你就是王
怀抱破烂的陶罐穿过人间
穿过渐渐肥硕的草叶的内心
穿过锋芒毕露的金黄的麦田
将晶莹的露珠收集起来
将饱满的种子收集起来

将月亮散落的花瓣收集起来

将一切美好的记忆收集起来

你可以拿它酿一坛透明的酒

分给那些有家不回的家伙

也可以用它造一个理想的国

收留所有无家可归的人

走在夜色之上，你，就是王

点 评

《走在夜色之上，你就是王》，这是一个人的"进行曲"，也是金戈铁马的"小夜曲"，把豪放与婉约熔为一炉：大江东去与杨柳岸晓风残月，在孤独的吟唱中相映成趣。不仅有骑士风度与古典情怀，更是活在当下的现代诗：路灯与高铁，陶罐与麦田，工业文明的符号，农业文明的象征，共同构成支撑起星空的意象。在星空之下，在夜色之上，一位行吟诗人且走且歌，进入角色，俨然已是众人皆醉我独醒的哲学家，或归来的王者。他哪儿来的激情？哪儿来的底气？可以超越庙堂，又笑傲江湖。读到结尾部分，我终于明白了："用它造一个理想的国 / 收留所有无家可归的人"。这确实是一个王，理想国的国王。诗人就是理想主义者，理想主义者哪怕只剩下一个，也是一个人的王国。理想主义者哪怕只剩下一个，也有一个大大的"大我"。正是这种对理想的坚守，使诗人超越了现实。

特邀点评：洪烛

在尘世

》 卢 山

再次沐浴到阳光真好，冬日的阳台上
晾晒着妻子的毛衣。晚风摇曳着她的影子
我仿佛重新品尝了活着的味道。
我刚刚从疾病的修道院里毕业，
拿到了一张关于人情世故的哲学学位证。

大雪不远，立冬为证。疾病制造了
一场泥泞的交通事故。
晚风扬起一日的浮尘，树木从黄昏里折回藤蔓。
我的病历本旁边端坐着一盆雏菊，
俨然一位风华正茂的年轻中医。

点 评

　　这首《在尘世》写得颇有烟火气息，暖暖的阳光仿佛是对生命的深沉谢意。"妻子的毛衣"有着"活着的味道"，在躲过病魔的眼睛再世为人后，平凡日子中的油盐酱醋茶都变得动人起来。诗歌意韵深远，一方面对病痛有着超乎常人的阔达理解，非侥幸非哀怨，只是将其看作是"修道院"，而历经了病痛折磨的自己成功"毕业"，"拿到了一张关于人情世故的哲学学位证"；另一方面，夜之森冷可怖方知星之灿烂璀璨，重病的肃杀冷峻更突显了生命的温暖蓬勃，用着感恩之心拥抱浮生，生活的每一个罅隙都开出了朵朵莲花，把今后的时光点染得香气一片，诗人是以怎样充满爱意的目光看树木从黄昏折回藤蔓的动作，浮尘簌簌，专注的神情有着孩童的天真。而最后两句更是神来之笔，象征着伤痛的病历本和象征着生命的雏菊端坐在一处，将雏菊比作"风华正茂的年轻中医"不仅比喻新奇精妙，而且暗含着生命的妙手将医治病痛的悲伤，明天的阳光在冬日的阳台将怒放盛开，给予读者向上的力量，富含哲理，发人深思。

点评网友：半面旗

每个人都有一座博物馆

» 阿 毛

左边的青丝，右边的白发
和中间的石子

你的室内有勾践、编钟
刀剑、针具、苦脸和蜜

有沙漏、竹简、羊皮卷
指南针和火药

你的胸中有酒樽、马匹
块垒、日月、山川和灰

有心脏和白色骷髅
有蝴蝶标本和黑暗居室

伪和平的射灯照着
啃过疆域、咬过界石的

牙齿

言外之意，潜台词，是这首诗所携带的最重要配置。诗言志，看到的当然重要，但看到的产生诗意，组合为一个意义的整体，需要几个功夫：一是意象的挑选，哪些符号、元素可以入诗，哪些不入；二是意象的整合，入诗的符号、元素，如何组织，产生意义，更需要巧思。

显然，诗人可以随意吸纳世界之物入诗，这个能力相当不易。可以猜测，这首诗的灵感来自参观一座博物馆，一座收藏古代中国器物的博物馆。刀剑、编钟、沙漏、竹简、指南针、火药，一系列物件，都是中国古代文化标志性的符号。符号的典型性是一首好诗的标志之一，特别是名词意象。名词意象在古诗中是核心要素。"白日依山近，黄河入海流"，除了"依""近""入""流"四个动词，"白日""山""黄河""海"四个元素都是名词。"即从巴峡穿巫峡，便下襄阳向洛阳"，"细草微风岸，危樯独夜舟"，名词占据主打地位，而"渭北春天树，江东日暮云"，全部由名词构成。从首行到结尾，7节13行中，竟然有28个名词意象，全诗成了名词的陈列，真和博物馆这一诗题相配。28个名词划分为左右两列，简直就像展厅的两侧，一列是历史遗留物，编钟、刀剑、火药、酒樽，似乎在向人诉说着既有歌舞升平又有刀光剑影的复杂历史；一列是消失的人，白发、勾践、苦脸、白色骷髅，又提醒人们历史的残酷无情。一列是无情物，一列是有情物。本来这首诗的情感是很节制的，几乎没有什么感情流露，让我想起零度写作，但当这两列名词意象所指向的历史框架浮现以后，一部春秋大戏式的连续剧似乎正在上演。这种阅读感受与刚开始所看到的名词的平静，形成了极大反差。诗尾句最给力，"伪和平的射灯"揭开歌舞升平的假象，"啃过疆域""咬过界石"的"牙齿"，则分明在说历史"吃人"，其人道主义悲悯情怀同反对战争倡导和平的主旨就可以被领略。结构上，以头发始，以心脏和苦脸续，以牙齿终，将人的轮廓平行于诗的轮廓，颇具匠心。

还特别喜欢这首诗的两处技巧，一是"左边的青丝，右边的白发"对李白诗句"高堂明镜悲白发，朝如青丝暮成雪"的巧妙化用，另一处是"啃过疆域、咬过界石的牙齿"，"咬"这个动词的运用，以及其带出的力量感和历史感，能佐证百年新诗在技巧上的日益丰富和成熟。

特邀点评：师力斌

我看见未来

》 杜绿绿

1

我有感受未来的能力。我从一只灰猫残缺的尾巴
察看它第二天将去的草丛，一个女人拉着孩子
往椭圆形的铁盘里倒鱼骨。鱼骨也有未来。
它穿过灰猫身体落进下水道，随着污浊的水流入江水。
江水不停，往南汇入大海。鱼骨回到它诞生之地。
我看到，几天后我站在阳台上，面对山顶阴沉的天空
忘记已发生的事，为什么不呢？
往昔像海水里浮起的根根鱼骨，抵着未来的喉咙。
足够让我哽噎的尖锐感，同样属于未来。
我知道海水的未来在寒冷里汇聚成冰，
等候撞击。破碎。一块冰离开群冰。
透明的块状物即将变成气体，离开海，
仿佛我们离开深爱的人。

2

我看到很多未来。闭上眼，未来的风吹草动

在我眼眶里打转。有时我看见了，

仅仅让它们只存在于看见。我像忘记过去一样

安置这些还来不及发生的事。比如说

一星期后的清晨，我会去市场买菜

必须路过一家物流公司后门，

几台破旧的卡车与依维柯停在那儿，我没有数

我被围住了。我陷在数字的排列中，

该如何计算才能更快捷走出去。搬运工蹲在台阶上抽烟。

他们讨论着盒饭里的肉不够多，米粒太硬

然后，他们扔掉烟头开始干活。

他们没有看我。他们将板车上的货物倒在我身上，

那种铁质的，有四个小轮子的拉货车

它们一般刷成蓝色。它们碾过我的脚，

哐当哐当，像巫师的摇铃晃个没完没了。

可我不想疼，不想听见。未来出现得太早，

让我疼了太多天。

3

看见，这个词对于我来说是个提醒，

就像落日提醒第二天会来，

不管你是否拒绝，黑夜总要结束。

这一次我同样看见，冬季的大雾很快会扑来

我在雾里动摇，水汽停在我的短发上

我的嘴唇涂了口红，橙色的

像这场雾降临前的好天气，夕阳在孤山身后

恋人们吃着对方眼里的光。

我也曾看见光，我闭上了眼，

我也曾睁开眼，被光灼得看不见未来。

4

我从沉睡中醒来，又立刻陷入迟疑的眼泪。

长夜带给我们未知。过去与未来之间狭长的缝隙，

像把精心打磨的刀，

雪亮的刀，切割我们与你们联系的刀。

你们属于上一个季节和下一个季节，

你们的手在天台上剥瓜子，

抚摸叫唤的斑点狗，你们和朋友在经验里忽略我们。

你们有玻璃上滑动的水滴和转身，

你们有不同的心事和习惯，

你们说不出话，词语在你们的胸膛中敲打

它跳不出来，它不断地变化音节

它有着模棱两可的形状，你们心中的泥潭

使它失去向上滑动的能力。你们，

只能在我们的观察中沉默。

你们奔跑，雨水灌进高领毛衣

像爱人轻轻咬着你们，从干燥到达湿润。

这就是未来，我早已看见。

5

当我二十岁时，我怀疑过我看到的未来。

科学让我敬畏，我没有信仰

我在睡前读《圣经》只是为了平复喜怒，

没有神给我任何启示。三十岁时，朋友领我去教堂

我在赞颂中痛哭。没有神爱我。

我前排的人在唱，我后排的人在唱

孩子在唱，老人在嗫嚅着唱

他们的手交叠在一起。他们拥抱自己，

他们的眼镜和智慧，他们的手帕和善意

他们向我张开翅膀，呈现出一个清晰的世界。

我想，我需要这种明确。

我试图走向他们，却被风推出了门外。

我走进风里，

我看不清落叶上写满了什么字。

6

我在失败中寻找一种可能。你们看，

我到今天还保持着儿童的品质，

走路弹跳、摇摆，

我笑起来像是不曾看到未来的阴影。

而阴影笼罩我。昨天晚上，异常寒冷

我一碗又一碗热汤喝下去，

忍着眼泪，坐在书桌前翻看一本书：

"问题不在于我们的感官印象会哄骗我们……"

书页有些污渍，台灯发蓝的白光照耀着每个字

它们凸起来，在纸上战栗

触动我的眼睛向下凝视

我的固执，我分辨不出的去处。

我取下眼镜去洗脸，模糊中依稀看到

镜中的身影弯成一张弓，随时准备弹出去

像窗外传来的呼唤声，在风里折成碎片。

7

我再次确定，我一直寻找的真实过于冷酷，

就像被大雪压塌的一个个公交站台

一个个倒下的乘客，

我倒下、站起来，

我心如刀割，而毫无意义。

8

我为我的虚弱感到羞愧。我时常害羞。

在未来，我听到一首动人心弦的乐曲

我坐在厕所里的木凳上安静听，

在心中努力记下每个音符，到了这个岁数

我终于有点明白，

我不想忘记任何一个瞬间。好的，不好的。

哪怕只是一个清晨的偶遇。

我在十一月遇见迷乱的桂香，

夜晚与夜晚的无言，你不了解。

我那时还不是我。

我在冬天遇见雨，一只扶我的手出现过两次。

这是个不算大的手掌，却温暖、有力，

我摩挲着它，像是提起心肠去触摸一块

火上锤炼的铁。我害怕啊，

未来的事我早已洞察。

我在未来会再次遇见你，我看到了。

我明白，我也仅仅是看到了。

点 评

这是一首技术和思想水乳交融的诗，也是一首叙述和议论行云流水的诗，在当下诗歌写作中，极富某种典型性、样板性。"未来"不是一个容易处理的主题。稍有阅读经验的读者，很轻易地能想起食指的那首名作《相信未来》。但作者让我们惊喜，他给出了完全不同的答案和气质。

在宏大的选题下面，诗人没有去宏大，而是用一些具体而真切的场景触动精神的杠杆，然后把思绪和想象撬了起来。都是从小处着眼的。第一小节从猫吃鱼开始，进入到未来的话题。第二节是去菜市场途中所遇，第三节是大雾来临之前的经验性联想，第四节显然与下雨有关，第五节是教堂所见，第六节夜读书，第七节大雪，第八节偶遇。八节之中的具体情境大致源于日常生活，有些地方甚至可以捕捉到具体的生活场景，如夜晚在台灯下读书。由小见大，见微知著，这首诗精神蹦极的落差，相当之大，也相当惊艳。

开头一段就能抓住我，从一个细枝末节看到未来。从猫的尾巴，蹦极到大海，世界就是一个食物链。空间上的自由转换，熟练的技巧相当默契地配合了作者飘逸的思绪。这一段的写作其实很有难度。如何将"未来"这样抽象的主题落实到诗句之中，是一个考验。诗人经受住了考验，从一块鱼骨的细节开始，诗句的镜头从猫的特写，到下水道的近景，到江水的中景，到大海的远景，"鱼骨回到它诞生之地"，非常巧妙的一个组合段。

抓住敏感而细致的东西，就能动人。敏感，细腻，是一个好诗人的指标。这首诗的作者一定属于敏感类型。"书页有些污渍，台灯发蓝的白光照耀着每个字 / 它们凸起来，在纸上战栗 / 触动我的眼睛向下凝视"，"你们有玻璃上滑动的水滴和转身"，"恋人们吃着对方眼里的光"。"战栗""转身""吃着"三个动词传神极了，颇有古典诗歌中"炼字"的神韵。一句好诗就是一根生机勃勃的树枝，就是一片姹紫嫣红的花园。八节中，每一节都有这种抒情的场景细节，有些画面令人动容："在未来，我听到一首动人心弦的乐曲 / 我坐在厕所里的木凳上安静听。""你们看，我到今天还保持着儿童的品质，走路弹跳、摇摆，我笑起来像是不曾看到未来的阴影。""这是个不算大的手掌，却温暖、有力，我摩挲着它，像是提起心肠去触摸一块 / 火上锤炼的铁。"随处可见的金句，就像闪闪的磷光使长河灿烂，宏大的未来主题似乎都被分解在这闪闪的磷光之中。

和食指《相信未来》的信心满满不同，这首诗充满了犹疑、徘徊、复杂、纠缠不清，甚至是难以名状却又浮现眼前的丰富心理。而"我再次确定，我一直寻找的真实过于冷酷"就好像主题句统领全篇，繁复而不零乱。

特邀点评：师力斌

雍和宫

» **李 琬**

现在，胜负已决，黑暗完整，

如蒙茸、潮湿的蕨，钻出

地铁仅剩的空洞，再次进入

定期服药的耳朵，风的笼子震动，

金刚鹦鹉欢叫，流泪，

逝去的烟雾跳上跳下，看守

大洋上漂流而来的绝美之城。

有时疯狂而静谧，像白蜡般的奇观，

有时也了解风的清醒与渴意，

在一天中逼仄的顶点，胡同召唤

它遥远的莫合烟兄弟——入场券

带来了明亮的异邦，乐手的年龄

必须耗尽，像杯中的西班牙小麦

封锁几片新晋的舌，扭动

它柔软、金黄的腰身——你惊呼，

这够不上万种的风情，不够好的

解决方案，低音的鲈鱼不会

闭目参禅，仍在与变凉的牛尾猜拳，

眼看内城的胃接近衰败，只能

扩大内需，加印防腐的荧光章，

替摇滚女青年的纤手按捺几种

无意识的怀疑。哦，脖颈的草莓

被数据的噪音捏碎，那动物

带血的足迹完成最后一种

无法处理的图案。你向我展示

健康与节制，为被俘的午夜

保留适度枯竭，当窗外的柿子树

自发摇曳，却收到四合院广告的提醒：

"你对于你的果实而言还不够成熟！"

都全无关系。即兴中的候选者

等待那漫长的信号灯变换，像催促

怎么也不会早点出发的双脊马

匍匐间超越众多埋葬的心。

点 评

　　相信这首诗可以有一百种解读。但它不妨碍我的独断专行。对于这样的诗，我干脆把判决权交给感应，因为本来就是在对感应说话。我去过雍和宫，但从这首诗完全找不到我去雍和宫的感觉。也算一个路数吧，这首诗或许更能反映诗人的特色，即以繁复的意象取胜，以联想和想象为能事，将我们常见的事物敷陈出一种陌生化的效果。是的，繁复的意象，无边的联想，让我重又想起李金发和朦胧诗。与坐地铁、穿通道、经胡同、到雍和宫，再回到租住的小院的感觉很难完全一致起来，而这正是诗的出发点：呈现一个完全不同的雍和宫，或者换句话说，雍和宫所带来的复杂信息和体验，可能被你们完全忽略了。诗歌帮我们留住，甚至扩展。在这首诗中，或许一千位旅游者加起来，也没有如此之多的丰富感受，但诗人以他异常敏感的心做到了。我在前文中说他敏感，发现还是为时过早，在此才发现，他有百足章鱼般的庞大敏感系统。在一种连猜测加想象都不能弄清的旅游路径中，他给出了不下20种感受或印象："胜负已决"仿佛游览是一场较量，"黑暗完整"又仿佛某种执念完全不可战胜。后边几十种感受，应作如是观，即在去往精神战场途中，收集和体验到的种种情景或心绪，触觉的："蒙茸、潮湿的蕨""风的笼子震动"；听觉的："金刚鹦鹉欢叫""鲈鱼……仍在与变凉的牛尾猜拳""脖颈的草莓被数据的噪音捏碎"；视觉的："防腐的荧光章""摇滚女青年的纤手""烟雾跳上跳下""大洋上漂流而来的绝美之城""柔软、金黄的腰身""带血的足迹""漫长的信号灯""双脊马"；味觉的："杯中的西班牙小麦，封锁几片新晋的舌"；幻觉的："明亮的异邦"。当这些意象放在一起，就好像你同时在全世界的多个地方旅游观光，又同时置身于十几个不同的场合，地下隧道，十字路口，音乐会的舞台正前方，四合院的柿子树下，不一而足。一个被现代城市五光十色、五花八门的事物包围的、难以招架的主体形象呈现在眼前，既有烦躁、惊异、疲惫，还夹杂着吃喝玩乐种种的小快感。"匍匐间超越众多埋葬的心"，这个结尾，既有一种比下有余的草根自得，还有一种众生皆苦的深切同情。

特邀点评：师力斌

千纸鹤

有一种美，美到惶恐

有一地雪，留下一行深深浅浅的足迹

有一只灰色的小猫它在研究鱼缸里的气泡

有一方白纸，它走过时梅花落下

有一些温暖的梦陡然变得荒凉

有一天，你莫名地落泪了，哭了 10 分钟

10 分钟里你哭得才像个女人，哭得一塌糊涂

然后，擦擦眼泪继续生活吧！

有时候，我说些违心的话

你知道这不是我的本意

我的本意是：在这里和你玩

我们疯跑，在麦田里，在悬崖边，

从纽约归来的霍尔顿守望我们。

有一些夜晚我像个溺水者，需要沉下去，却升起来

风就在我的窗外，石头和小偷开始走动

细雨是垂直落下的，而大豆朝所有的方向呼吸

我读杂志和野史，我读清人写的小说

我喜欢卡尔维诺写的《意大利童话》

我想拯救从我面前走过的哲学系女孩儿

我讨厌正史，我认为所有的朝代都是一个朝代

从它们的兴盛到衰败，像海子割走他的麦子

秋风扫走落叶，白雪将大地覆盖

有一间房子，曾经充满欢笑，现在空了

有一张大床，曾经飞起来，现在安静下来

这是你用过的茶杯，这是你坐过的沙发

有一部最好的电影，没有故事也没有情节

在捷普·甘巴尔代拉眼中，罗马，一座寂寞之都

而在另一部小说里，雪子姑娘只出现了两次

点 评

　　这是一首描写失恋的情诗！全诗从开始到结尾，诗人都在用一些看似和篇目毫无关联的语句在描写，实则一直都贯穿着一条情感的主线，一条失恋的疼痛主线、回忆主线。这从诗中的某些语句元素就能得到感悟："雪、远去的脚步，一只灰色的小猫、研究鱼缸里的气泡，落梅、陡然变荒凉的梦"，再到"夜晚需要沉下去却升起来的溺水者"，一直到后面"空下来的房间和安静下来的大床、成了寂寞之都"。整条主线布满了一种"斯人已远去，独我寂寞怅然"的心酸心痛。诗中有对过往细节的真情回忆，也有对现实睹物思人、触景生情的心境描写，虽然看似杂乱无序，其实所有的描叙一直都围绕着"失恋"这个主题。伤心——追忆怀恋——解释独白——空虚寂寞，这些失恋的情结，诗中都有一定的表述。不过是作者以诗人特有的跳跃式思维的语句来描写罢了。如果是没有经历过类似心情的人来读这首诗，可能会产生些隐晦的感觉。其实，全诗的表现方式还是很有连贯性的。千纸鹤一直被很多人作为一种爱情的象征物或承载物在吟唱，这首诗以此为题也应是如此吧。

点评网友：给我时间

夜　晚

» 江　非

夜晚了

我们将用眼皮将眼睛盖住

白天是细细的睫毛

我们将用黑亮的眼睛看自己和别人

一直到死

我们坐在灯下织毛衣

也将一点点中药织进去

一针一针，就如好好地记下那些从前的名字

我们将毛衣穿在身上，最里的一层

就如生者穿着死者的友谊

我们在旧的事物上睡着

在新的事物上流逝

有的旅途已经结束

更多的路途还没有开始，每一个

回家的人，都有一支曲子在为他伴奏

每一个坐在家里的人，都像一个误闯进客厅的人

那客厅，在别人的家里

　　诗歌《夜晚》文本呈现出一种异质性，这根源于诗人把握世界、观照生命、反思日常的独特方式。夜晚了，诗人闭目养神，找到幽微的光芒，不经意间重新发现了夜晚的黑暗，诗中"我"抽离了白日的喧嚣繁忙，脱离日常思维，白天我们睁眼清楚地分辨出自我与他人，从生到死日夜反复，由外到内无限轮回。夜晚与白天，闭眼与睁眼，生与死，呈现出时间的流逝与生命的感喟。而诗意的过程则是要揭示个体生命的归宿，揭示人们终极命运的过程，这种发现是触目惊心的。诗人进一步展开，并引向更加深刻凝重的命题。我和你曾经坐在灯下一起织毛衣，画面温馨彼此深情关爱，我为你悉心熬药，希望病能早些康复（直到病人逝世），我们用心一针针织，一点点熬，深情谈论着曾经历的人和往事，重新记下那些逝去的人。生者和死者像毛衣上网状的线条那样拥有各自的时间，"毛衣穿在身上，最里的一层"，贴紧灵魂。我们穿上共同织就的毛衣，家人之间的贴心关爱和记忆中的时光贴在我们身上，留在我们心里，就如逝者生前温情的友爱，温暖的记忆战胜伤痛与无助，鼓励生者好好地活下去。正是时间的这种深渊性质，生者和死者才在平行、交叉、隔断的时间迷宫中交错不清。接下来生者与死者的交错关系，被置换为对新旧事物的复杂关系的思考。表面上，夜晚我们回忆着和你一起织毛衣、熬药、谈话的情景慢慢睡着，所有经历的事物从旧的变成新的，时光在过去的记忆中不断流逝，岁月在新的生活中逐渐老去。我和你，所有与逝去的亲人温馨相伴的人生旅途已经结束，而未来还有更多未曾开始的生活，即将开启新的陪伴。实际上这是对流逝之物与生命状态的把握和思考。最具哲学意味的诗句在结尾：极致的思念转化为哲学判断，温情的旋律，将伴随着回家者的路途。每一个坐在家里的人，误闯进自家或别人家的客厅，都是空间意义上的，诗句背后隐藏的实际仍然是对时间命题的哲学思考。全诗"夜晚"作为诗人思考活动的缘起，在诗人的思考中，夜晚所潜藏的光芒被诗人发现，这种光芒是哲学意义上的，它们构成了夜晚的黑暗，即时间之网织出的生者与死者，已逝之人与未来之物之间交错不清的关系，以及它们最终的命运。

特邀点评：任毅

伽利略的眼光

» 梅丹理

伽利略第一次用望远镜观察月亮

看到许多大大小小的圆圈

本来无法知道那是陨星撞出来的坑

但他发现这些圆圈的轮廓

靠近光源的一边带着一条黑线

不靠近光源的一边是一条亮亮的弧线

伽利略刚好学过素描，知道光影法的观察方式

受过艺术熏陶的眼光很快能判断出

这些圆圈应该有深度，是一个个陨石坑

在这个时候，理性和审美走上了一段共同的旅程

看到陨石坑的人，跟月亮的真实存在拉近了距离

能感受到月亮那种亘古如夜的寂寥

能够对比出我们生在地球上有多幸运

为什么地球几乎没有陨石坑？

难道柔美的空气也成了我们的保护神？

理性借助审美，对月亮的处境有所体会

那种无情的暴露，那种永远没有风吹雨打的荒凉

那种无法孕育生命的死寂，而我们一生

跟那种死寂要擦肩而过不知多少次？

这点就为月亮增添了不少神秘的色彩

在人类仰首观天的长河中

都会站在古代观星者的肩膀上

凭着天上一颗光秃秃的特大卫星

能够对比出自己家园有多么了不起

其实，我们本来能够直觉到月球的荒凉

并借鉴那种荒凉来热爱自己的家园

甚至把荒凉解读为宇宙间一种神圣的本质

让月亮成为众多寂寞心灵的一种互相挂念的镜子

我们还要仰赖它的荒凉，让人间变得温暖一些

后来伽利略不过是提醒了我们一下，

他确定了我们本来就能意识到的事

这就是人类特别神秘的地方

点 评

　　《伽利略的眼光》，诗歌借伽利略的理性与审美眼光确认月球的荒凉，在对比中倡导热爱地球家园，呼唤人间温情。伽利略是意大利 16—17 世纪著名的数学家、物理学家和天文学家，他 1590 年第一次用望远镜观察到月球上的陨星坑，发现其中光影弧线的变化，理性观察和美学眼光共同结合，发现了月亮上"亘古如夜的寂寥"，他还对比了地球的幸运和月亮的不幸，明确月亮是一个没有"柔美空气"保护的死寂星球。诗歌对比了月亮和地球人类的不同遭遇：无情的暴露与生命的孕育，荒凉死寂与风吹雨打的丰富变幻。由于地球大气层的保护，我们才避免了被陨星陨落所撞击，才避免了地球生命毁灭的遭遇。当然，多少次撞击而形成的月亮也带给人类对神秘宇宙的探寻。在人类天文学的历史长河中，对比月亮，人类曾直觉地发现人类家园——地球的伟大，对生命的呵护，对人类的无限关爱。我们要借鉴月球的荒凉，珍惜地球这个人类共同的家园，免于地球生命毁灭死寂的命运，避免宇宙间神圣的荒凉本质，还要借助神秘荒凉的月

亮寄托人们寂寞心灵之间的相思与挂念，"但愿人长久，千里共婵娟"，用理性与审美的光芒照亮人类心灵的荒凉。500年前，伽利略用理性观察就确定了人类审美的直觉：月宫的寂寥与人间的温情。这种理性审美的意识正是人类探索神秘宇宙认识反省自我的伟大之处。今天的人类更应该珍惜地球家园，秉持人间关爱。

诗歌从伽利略证明"日心说"发现月球荒凉的独特眼光着笔，在科学与审美之间找到了近代与现代相通的人类终极关怀，生态主题、人道思想水到渠成，层次井然，是难得的一首佳作。

特邀点评：任毅

汉江秋汛要过堤

» 骆 家

1

人们彻夜燃灯守江
他们拉着些婆婆妈妈的家常话

我在为生我的人守灵
诵读抄经

2

枯水季节
堤坝上鲜有人迹
汛期一走
立即拔棚屋

生我的人要上山了
哥捧照片、我抱灵位
灵车一动

立即拆拱门

3

夏天我回汉陪她的时候
她的饭量跟我一样
尽管是左手握勺
她也能走几步
莲花开着荷叶青青

十月我只能往分水看她
搓她的手，为她揉腿
抱她上厕所
她无力，但喜欢我跟她多说话
莲蓬老了荷梗枯瘦

4

失去、亡故
绝对、绝望
就好像太阳落山后
黑夜接踵而至

语言、哭声
都穿上了孝衣
而寿衣前跪着的我

反倒成为道具

5

那大雨天
被她收了
天旋即放晴

毕竟
她去天堂与三爷和天儿
团聚

6

她走的时候
我为她抄的经还未完成

前进村中年道士进来的时候
我刚好诵读了一遍经

7

我退掉机票
只留给她一些最后的时间

她带走腐烂

并把所有的明天留给我

8

江堤散落的小块棉花田里
叶子葱绿、花朵开放、棉桃沉甸甸
最后的一朵棉花炸开却已拼尽浑身气力

我仿佛也死过一次
因为与她的诀别
我奄奄一息

9

田野凋敝
到处是倒伏的晚季稻
麻雀顾自哀鸣

我一直无法握暖她的手
留她冰冷
我必须孤独

10

无法忘掉 ICU 那个夜晚
我和姐护送她回家

只想让车不停

最后我喂给她几小瓣甜柚子
而她要姐抱着她
走时如佛

点 评

　　《汉江秋汛要过堤》（组诗）中，汉江平原是诗人的故乡，全诗抒发了秋汛时节母亲病逝前后我内心的痛苦与葬礼上的感怀，这种哀伤与绝望仿佛就要漫过江堤淹没未来的人生。

　　汉江秋汛，闲适的乡民彻夜燃灯守护江堤，我在为亡母守灵祈祷。

　　我夏天回汉陪她，她用左手吃饭，还能走动。然而十月汉江秋汛分水时节，生命的转折点到了，妈妈病倒了，我细致地看护瘫痪在床的老母，她喜欢和我交谈，表现出对生命的留恋。

　　母亲逝去，黑夜降临，我们哀痛而绝望。葬礼上人们说着哀伤的语言，痛哭流涕，表现孝心，我跪着却成了葬礼上的道具，无法宣泄心中的悲痛之情。葬礼那天雨过天晴，母亲的亡灵将去天堂与三爷和天儿团聚，生者和死者将得到宽慰。我也将继续为母亲抄写诵读经文，祈祷她早日升入天堂。我推迟返程陪伴母亲最后的时间。母亲留在地下化为泥土，带走了我们过去的记忆，把未来的日子留给了我。

　　江堤棉田，母亲曾经种棉采棉，拼命养育家人，直到最后一口气。此时的生死诀别让我伤心欲绝。晚稻倒伏，麻雀哀鸣，"感时花溅泪，恨别鸟惊心"，临终时的双手逐渐冰冷，从此再也不会温暖，留下孤独的小儿子独自哀伤。深夜，我和姐从重症监护室护送母亲回家，她吃了儿子喂的最后几瓣甜柚，在姐姐的怀抱里走了。母亲走得如佛般甜蜜、从容、平静而安详，灵魂定然会升入天堂。

　　诗歌用汉江秋汛、江堤棉田、莲蓬荷塘，烘托母亲病逝带给儿女的哀伤、绝望和无奈。情感真挚决绝，一唱三叹，线性结构，抒情略显单调。

特邀点评：任毅

独　语

》 **江南雨**

在这个北方寒冷的冬天
我想说出木炭、阳光、生铁和
那些被风雪掩埋无名的人
我要说出那些动物和植物
在迁徙途中落入陷阱
死亡的壮烈，一场大雪屏蔽了现场

风雪过来的时候，所有的树都在弯腰
那些野性的风试图揭起
树木身上用来御寒的矜持和
凝固的泪水
现在我想说出生命的短暂、脆弱
说出这个词，我的头发白了

我还要说出，大地身穿孝衣
父母的脸上全是风霜
说出生存的艰难、妻子和儿女
说出柴米油盐，衣袖灌满烟火
一个中年男人一身风霜

站在风雪中

点 评

　　这首诗歌给我的总体感觉，是在表达一种与严酷命运抗争、英勇无畏的精神，是一首反映百姓草根现实生活的赞歌。诗的开头，时间、地点和背景已经不言而喻，而"那些被风雪掩埋无名的人＼我要说出那些动物和植物＼在迁徙途中落入陷阱＼死亡的壮烈，一场大雪屏蔽了现场"，正是极其深刻地揭示了作为平凡普通的百姓，即使经历生死历练，也依旧是默默无闻，无声无息，甚至已看不到他们为生而搏击后的真相。第二段则是表达诗人深深的忧虑和无限的同情怜惜。"所有的树都在弯腰"足见风雪的严酷无情，联想到"生命的短暂、脆弱"，诗人却爱莫能助，无力回天，因此陷入深深的痛苦，只能无言以对，"说出这个词，我的头发白了"，是灵魂被极度震撼后诗人精神世界的矛盾纠葛，是极度的忧患所致。但即使风雪严酷，寒冷紧逼，诗人也并未因此而屈服。诗的结尾笔锋逆转，正能量彰显无疑。怀着对母亲、妻子、儿女的无限深情，怀着对平常生活的无限热爱，"一个中年男人一身风霜＼站在风雪中"，何等坚强，何等威武不屈！无语胜过千言，春天终会来临。我相信，所有经历过严酷磨难的人，都会和那个中年男子一样，笑傲风雪，走出严寒……

点评网友：张维仲

悼陈超

» 千 澜

现在是黑夜
我伸手关掉白炽灯泡的开关
如同你关掉肉身的开关
刹那间，我的家一片漆黑
无处不在的黑暗有助于我们认识星群
落叶飞旋着穿过更高更大的空寂
沉重的窗帘被夜幕合上了
倘使我能在黑暗中出神
或耐心地等待进入未来
我也将忘却
那缝缀在我身上的人类的呓语

我不相信有超然物外的存在
但显然，你已在另一种持久的光中俯视大地
我像犹大一样活着
我讨厌自己像讨厌一块年久的伤疤
我活着就是对你的出卖
假使你不会责怪我的不明不白
我将活在你的一行诗中

像你批评中一个尖叫的短语

像你书籍中出现的渐渐缩小的远景

然后一切复归于沉寂

听到这个消息时正是黑夜

别人家的灯火把我留在黑暗中

留在有风吹过的大街

那里只有词语在旋转，在燃烧

路灯把我拉长

我抬头看见每一层楼都熄灯了

只有宇宙的圆屋顶上

一架卫星独自亮着

像是我在夜里读书的窗口

大家都知道你去了外省

没错，你去了一个更大的课堂

星座们整理好桌凳

像幼儿园的小朋友一样

耐心地听你讲解山峰上的雷声

讲彗星划过苍穹的光芒

我眺望窗外

世界被一片宁静的混沌包裹着

路不见了

白色电线嘶嘶作响

从巨大的城市通向遥远的市镇

而在寒冷的尘世，整夜回荡着一只云雀的叫声我反对一切形式、一切理由的自我毁灭行为，哪怕是以诗的名义。没有任何人有权利拿走生命，别人的或自己的。因此，对古今中外的自杀型诗人，我一直保持高度的警觉：死，有时的确是一件简单的事，比活着，比勇敢地、坚韧地活着容易多了。诚然，一个活生生的生命从我们的眼皮底下，从我们生机勃勃的生活中消失了，再也不回来了，这实在是一件令人悲伤不已的事。《悼陈超》这首悼亡（友）诗，节奏哀婉而平静，从黑夜——还有什么比死亡更长久的黑夜呢——开始，从黑夜结束。当诗人伸手关掉了白炽灯泡的开关，似乎就建立了一种平行宇宙的关系，诗人陈超也关掉了一座开关——"肉身的开关"。自此以后，一种双重的黑夜，始终笼罩着我们，笼罩着全诗。在"漆黑"的夜里，落叶和沉重的窗帘加深了黑夜的背景，而高不可及的"星群"，仿佛能带来一丝希望，那是另一种"持久的光"吗？请注意，这儿的"俯视大地"有着特殊的能指意义，它是"星群"或"一架卫星"之光，也是坠落之光。但是，我不同意接下来的自责："我像犹大一样活着／我讨厌自己像讨厌一块年久的伤疤／我活着就是对你的出卖"。活着，好好地活着，胜过一万次死亡。就像里尔克所说的那样：没有什么胜利可言，挺住就意味着一切。

特邀点评：向以鲜

爱一个男人有多难

» **青蓝格格**

我天生是没有儿子的命
所以，我爱
一个男人的时候
会启用我想象中的我爱儿子的
那种爱
但我爱儿子的那种爱
用在去爱一个男人的身上
仿佛无边的
浪漫主义和枯藤
所以，我爱一个男人的感觉是
失败的

爱情里的失败
可以将一片大海的浪花
覆盖
我想象中的儿子
就是浪花
我告诫自己一定要活得更像一片
海——

成为海我就完美了

可以浩瀚

可以柔软

可以用广袤的水打一场爱情的战争

从而逃避生命的

劫难

如此盛大的

一场战争

需要用一生去完成

——倘若时间不够，我还有来生

来生，我一定会成为一个

有儿子的女人

我渴望一个男人爱我，像爱他的母亲或

女儿

爱一个男人其实并不难

爱一个男人

只要心中有爱就足够了……

——如果不够

那就，再隐藏，一团，坠落的，火焰……

相当于我又享受了一次

分娩……

当一个女人深爱上一个男人时，这个女人实际上已经爱上了三个男人的角色：父亲、情人和儿子。撇开弗洛伊德（Sigmund Freud）的理论或劳伦斯（Herbert Lawrence）的小说不说，生活的经验告诉我们，炽烈的爱情就是这样。在女人眼中，父亲、情人和儿子是神圣的三位一体，难以分出彼此。《爱一个男人有多难》是一个沉浸于爱，或者渴望着爱的女人所写的诗篇。爱一个男人有多难呢？诗中一开始就提供了一种不可能的可能：我天生是没有儿子的命。但是，恰恰是这种命定的缺陷，让诗人产生了一种强烈的弥补意识——她要像爱儿子那样爱她的男人，这是我听到的最朴实的盟誓了。但问题是，她没有过儿子，她并没有爱儿子的经验，在想象中，她视儿子的爱为爱的最高级别，她要将这种至高无上的爱，移植到、投射到对男人的爱："那种爱／仿佛无边的／浪漫主义和枯藤"。用海来形容那种爱的广大和无有边际，这是可以理解的，但诗人除了想到海，还想到了一根或一丛"枯藤"！这就有点儿不好理解不可理喻了，但恰恰是这种不可理喻之处，诗人写出了独特的内心中先验的"失败的"荒芜感。诗歌写至此，都很好，接下来却显得枝蔓了。我个人认为这首诗从总的格局来看，并不算一首完美的诗。尤其是到了后半部分，忍不住的说理稀释、摊薄了本身的诗意。如果将全诗的长度压缩一半，也许会更好。但是，这样的诗行，仍然再次打动了我："来生，我一定会成为一个／有儿子的女人／我渴望一个男人爱我，像爱他的母亲或／女儿。"

特邀点评：向以鲜

我的祖国

» **泥 巴**

题记：

孩子尚小，和他谈到祖国时写了这首诗

儿子，你问到了祖国
我指着碗里的面条告诉你
小麦来自北方大地，用山东的机器磨成面
在南方的市场轧制，售卖它的人是福建的
祖国不是南北遥远的地域
是把各处的人、物勾连在一起，互通生息

儿子，你问到了祖国
我把妈妈拉过来坐在一起
妈妈年轻的时候漂亮，如今满是油烟气息
祖国不只是勤劳不只是善良
是你的付出总有你爱的人感激

儿子，你问到了祖国
我翻开祖爷爷的遗像小声说给你
我的爷爷是个放牛的，建国后才有资格种地

儿子，你不要怕，祖国不是悲伤

祖国是经历过悲伤后的勇气

儿子，你问到了祖国

我就来说说你

你任性，倔强，贪玩，还保有童年的稚气

你完全像个孩子，但这些性格都不是祖国

这是祖国希望你永远保管的东西

点 评

　　这样的题目，没有经验和控制能力的诗人，是写不好的。好在，这首《我的祖国》没有写成抒情诗，没有写成空泛的理念诗。首先，诗人找到了一个很好的，很巧妙也很个人化的诗歌场景：孩子尚小，和他谈到祖国时写了这首诗。也就是说，这是一首建立在父子对话基础上的一首纪实诗。看来诗人深谙剪裁之道，将儿子的问话尽量减省，一句带过（"儿子，你问到了祖国"），重点在于父亲的回答。父亲告诉儿子关于祖国的事理：通过碗里的面条，父亲对儿子说，祖国虽然辽阔，有北方有南方，有山东有福建，但祖国并不遥远，就像碗里面条的生产一样，祖国把各处的人与物勾连在一起，互通生息。诗人找到了一种让全诗生长下去的内在机理，所以之后的段落顺理成章，给人有一气呵成之感。也就是太顺了，反而给诗歌带来影响。尤其是祖国与妈妈、爷爷或孩子的联系，没有摆脱寻常套路，虽然里面也有着诗人自身的家族记忆，但仍然未能力挽狂澜，未能于寻常中彰显奇崛，致使本诗缺少意外之喜、意外之意。

特邀点评：向以鲜

爬鸟岛

» **龙玉薛**

没有自然风。我插上电源线，用吹风机将班公湖的天空吹一吹。如果时间富裕，一个人果断去爬鸟岛。

在岛上，我将用汉语跟斑头雁、棕头鸥聊聊关于边境和祖国。整个下午，它们听得很入神，忘记了飞翔。

点 评

　　"我插上电源线，用吹风机将班公湖的天空吹一吹。"看似荒诞不经，却又有一丝幽默诙谐。至于"果断去爬鸟岛"，则表达了诗人一种强烈的对于祖国领土当仁不让的决然热爱。神来之笔还在下一句"在岛上，我将用汉语跟斑头雁、棕头鸥聊聊关于边境和祖国"，而这一句当中也暗含本首诗的诗眼：汉语。是的，诗人用汉语跟斑头雁、棕头鸥聊天、交谈，在表达班公湖领土归属方面，可谓不着一字，尽得风流。汉语本身就是中华民族的一个根本文化符号，个中玄机，不言自明。当然，那些鸟儿也是有灵性的，自有一颗归属之心，"它们听得很入神，忘记了飞翔"。所以如此，那是因为它们听到了乡音。纵观整首诗歌，寥寥数笔却包含宏大的主旨，以一种貌似漫不经心的话题切入，于诙谐之中暗含凝重，于轻松之间暗自发力，品读此诗，鸟儿忘记飞翔之喻，也让人瞬间沉醉在一首古曲之中，大有"鸥鹭忘机"之感。

点评网友：细阳瘦马

中科院力学所微雨中捡枣

》 晋 力

真正统治这个世界的是

意外，它比庸常还多见

今天上午，忙于赚钱的全球并不知道

有甜蜜掉落大地

一层头破血流的红枣

平铺在京城的水泥地面

残缺不全的红色肉体，既是土著

又是从天而降的难民

你恰好路过

像面对电视画面里的欧洲边境

前来越境的人群纷乱如蚁

罪魁祸首的来历却一向不明

每一种生命都有归宿

但如此密集地碰到你，肯定是天启

啊，你这四十五岁的幸福孩子

顺手把它们捡起，却无法递给饥饿的兄弟

　　日常生活中的"意外"场景，常常会"统治"我们，给我们"天启"般的感触、看见，我们甚至会体会到一种"甜蜜"。如诗人所说，那一地的红枣，犹如"有甜蜜掉落大地"。这意外的情景，是一种"甜蜜"的收获。

　　但这收获也是沉重的。随即，诗人的想象，由此"甜蜜"转为"头破血流"，转为"残缺不全的红色肉体"这种灾难性的场景。可能因为"微雨"，那红色的流淌，犹如流血。破碎的红枣，"平铺在京城的水泥地面"，仿佛是一群受害者。这意外的情景，让诗人想到的"从天而降的难民"。在这里，诗人的想象不再是普通日常生活场景，而是关乎国际性的灾难，一种对于当下人类命运的关怀。

　　第三段叙述者出现在画面之中，"你"置身于此场景，仿佛"面对电视画面里的欧洲边境"，仿佛这一地的红枣，是"纷乱如蚁"的"前来越境的人群"，"你"潜在的思考是：谁是灾难的"罪魁祸首"？

　　诗人虽然没有给出这个问题的答案，但却认为此情此景，也是一种生命的归宿。而当我们遭遇这样的灾难情景，或者什么事物引起我们关于灾难的真切想象，这也是有意味的，是一种恩赐，是一种"天启"。它迫使我们思考：思考自身命运，思考人类的命运。

　　相对于那些难民，"你"是"幸福"的，"你"想关切那些"饥饿的兄弟"，但这种关切却无法传递。这是"你"的遗憾，也是人类的一种悲哀。

　　这种关切与关切之间的无法传递，有一种悲剧的张力，这种张力使这首诗变得不凡：它不只是一次日常生活的场景复述、在日常生活场景中的小感悟，它更体现出可能在"中科院力学所"任职的诗人，他的一种大视野、大情怀和更深的忧虑。

特邀点评：荣光启

金　鱼

》 伏枥斋

于是我们的叙述者开始摆拍。调整光照的
角度以求，达到一种天然的平衡感
玻璃并不是完完全全的透光体，克莱齐奥
深知这一点。他下笔的时候特意将书桌右侧的
窗帘全部收起，让更多的阳光进入房间
它们会经过各种实体的折射最终，汇集于
案头的一只欧洲灰浮法玻璃鱼缸之内

像舞台上打出的顶光，主角们开始登场
那些十八世纪才从遥远的东方国度传入的生物
鲫鱼的异化体，摆动着如名媛的鲸骨裙般的尾部
一场璀璨的舞会在圆形的玻璃容器中开启

它们向左、向右。慢三或者快三。节奏的变化
让表演更加的富有层次感。现在，时间已经到了
十七点，太小的角度让阳光不得不收回它的
诚意。能见度在降低，我们的华丽的宫廷演出即将
落下帷幕。

一种说不清进化还是退化的生物演变过程，造就了

金鱼的诞生。而它们的命运也将和自己的主人一样

在一张书桌或者一方斗室前，失去大江大河

又好像转瞬便拥有了全部的时间和宇宙

点 评

这是咏物诗，又是一首关于写作和写作者的诗。

不知道作为实物的金鱼以及作为象征的金鱼，是不是克莱齐奥的偏爱。在这首诗里，"金鱼"似乎是克莱齐奥写作过程的参与者。作家在写人的历史与命运，而这历史与命运，似乎那美丽的金鱼缸也有反映。

诗人的笔触非常细腻，让我们对克莱齐奥的"金鱼"有非常具体的感知。克莱齐奥犹如导演，鱼缸是舞台，金鱼们是主角，"一场璀璨的舞会在圆形的玻璃容器中开启"。金鱼们演绎了一场华丽的宫廷演出。

金鱼富有层次感的游动／"表演"，是极有意味的。金鱼的命运与作家的相似性是，都失去了大江大河，只拥有狭小的生存空间；而更有意味的相似是：虽然空间狭小，却以独特的舞姿，转瞬之间，又常常拥有"全部的时间和宇宙"。

金鱼作为一种观赏鱼类，自有其美妙之处，但也不免让人对其命运与生存方式生出许多怜悯，很少见到这样的视角：那鱼缸，不是静态的，而是动态的，金鱼的游动，有不断呈现美与意义的生成性；美丽鱼缸里的舞姿，是一种启示。

在一切对金鱼、对文学写作者及对金鱼和写作者之间关系的书写中，此诗堪称视角独特，观察细腻，言辞华美，意味深长。

特邀点评：荣光启

我身体里长着一株北方杨树

》冰 宇

题记：

你能痛苦，就说明你对生活还抱有希望！

（路遥语）

1

现在我就站在母亲的坟前，雪
掩盖了山川河流，一望无际地
渲染着一场旷远而阔大的
苍白与困惑。冷风无孔不入

我颤抖着手，拔去那些已经
干折的坟头衰草。像拔去母亲
饱经风霜的颗颗银丝，捏在手里
我听到了它们如骨断裂的脆响

跪下去，面对母亲双膝跪地
一根尖利的草茎划到了我的脸颊
"站着做人，做个堂堂正正的人"

崖上挂垂的冰凌如刀，胸窝刺疼

2

树那么静，干净的天空下站着雪山
黄土高原的雪山，母亲的坟丘
坟丘长成的雪山。天堂里母亲微笑
是浮在雪山上的一片浩荡天光

我行走在雪山，一片苍茫
在洁雪铺展的煌煌纸笺上，身影
孤独如一条疑问句。此刻
我的身体里除了积雪，就是骨头

野风吹过来，黄昏的风
有着犀利的言辞。带着乌鸦呱呱啼吼的
神秘语言，自我的魂里飞起来
又扑棱棱的，瞪着惊恐的眼睛飞出去

3

母亲，躺在坟丘里的母亲
站成雪山的母亲。散射天光的母亲
我不能向你发出任何叩问，夕阳
落坠暮晚，是一口喷向大地的血

月光惨白。惨白地失语
多像即将撒手人寰赶赴天堂的
母亲的脸。寥星遥远
是开在天幕的一朵朵明灭诡谲的花

窗灯亮起来。光影落寞凄索
失去了慈祥和温存的母亲的窗户
无论如何，让我找不到清晰的归路
踩过一个个歪斜的雪印，脚步踉跄

4

在听到第一声犬吠之后，耀眼的光
温暖如阳的淡黄色的光撞出了门
从头到脚瀑在我身上，醍醐灌顶
雪和世界一同被关在外面，还有星月

"明天还有暴风雪呵，别走……"
二叔满脸皱纹，晶亮如灯的眼睛
让我读到了凉薄人世的怜惜与温暖
和一切善良的物事，闪烁的灿烂生命

我打开门。让雪映进来风吹进来
我渴望劲风万里，大雪如银
我知道：有一棵风姿挺拔的北方杨树
长在我的身体和一望无际的明天

人在世间的情感，对于母亲，恐怕是最深厚的了。而母亲的去世，里面的悲痛与失落，可想而知。但诗歌不是个人日记，不需要淋漓的眼泪，诗需要以意象化的语言和境界说话，好的诗歌，它在克制的叙述中言说出胸中汹涌的悲痛。

纪念母亲的作品，很容易坠入滥情，有的容易流于平庸。《我身体里长着一株北方杨树》这一组诗，有深切的情感，有"旷远而阔大的"意境，结构分明，言辞有力，意义深远，是纪念母亲的难得一见的好诗。

第一首是在母亲坟前的祭奠：画面和情境非常开阔，细致的叙述，有着刀锋一样的冷彻与力度。像"雪/掩盖了山川河流"一样，诗人叙述出一种掩盖在"胸窝"的那内在的疼痛。

第二首是诗人视角的自然转换，开始写周遭的环境，以四周"黄土高原的雪山""母亲的坟丘/坟丘长成的雪山"来言说对母亲的思念；母亲的离去，使"我"一无所有。

第三首是诗人思绪的自然流露，诗人思想失去母亲的家；"窗灯亮起来。光影落寞凄索/失去了慈祥和温存的母亲的窗户/无论如何，让我找不到清晰的归路/踩过一个个歪斜的雪印，脚步踉跄"，母亲是家的实体，又是家的象征，母亲的离去，也让"我"失去"归路"。

第四首写奔丧结束，"我"将重新踏上旅程。人世间的艰辛依旧，"明天还有暴风雪……"亲人的劝阻让人体会到一种"怜惜与温暖"，感受到那些"善良的物事，闪烁的灿烂生命"。虽然风雪依旧，但"我"还是要启程：母亲虽然不在了，但母亲的话语和形象已经"长在""我"的身体里，像一棵坚韧挺拔的北方杨树，它使"我"在面对未来，有了信心和力量。

对于诗人来说，还有什么，比这样的馈赠，更珍贵的呢？而对于母亲，还有什么方式，比孩子能以这样一种信心和力量面对明天，更能纪念？

特邀点评：荣光启

很 快

» 周西西

商玉客栈的酒是快的
快是一种缺陷，不是美德
为了跟上节奏，我不得不用更快的口气
篡改方言的出生地，以此证明
理想先于生活到达目的地
与一切无形之物对峙，我都深陷必败之局

说起来天气无常，这么快就冷了
我喜欢山间的果子胜于酒杯里起伏的心跳
我喜欢杯壁上挂着的酒滴，像潜伏在体内的泪
我喜欢的雪，迟迟
没有从月亮上落下来——
有些事情，还没来得及开始，就已经结束

他乡月亮打了个踉跄，很快下落不明
北风浩荡，像夜色笼罩南北湖，也笼罩众生
树林上空闪烁其词的星星
看得出夜晚很快，人世很快，它看透
但绝口不提无辜者的无辜

很快，被过路的云朵遮住了脸

　　这首诗名为《很快》，诗如其名，诗句行走的节奏也是明朗轻快，诗人心绪宣泄得畅快淋漓。"节奏快"是当今社会的主要特征之一，不管人们承认与否，或褒或贬，它都客观存在，人们为求生存，谋发展应予以认可和适应。加之诗人是异乡逐梦之人，对此，诗人有其独特的个体体验。诗歌第一节，诗人借酒入题，对酒之快及欲引申的快做出评价："快是一种缺陷，不是美德"，并迅速做出应对："为了跟上节奏，我不得不用更快的口气／篡改方言的出生地，以此证明／理想先于生活到达目的地"，而后获得一种启示："与一切无形之物对峙，我都深陷必败之局"，这里的"无形之物"应是指代现实社会存在的规律、规则等制约力。或许，在诗人眼里生活就像一个酒局。第二节，延续第一节的酒意，诗人道出了快节奏生活模式下的真实心境：宁静、甜美的"山间的果子"胜过令人激情起伏的酒，诗人向往着平静安详；酒场表面快意，而内心潜伏着不为人知的泪，生活的高频率挤压难免会带来一些伤痛；而一些追求、期待的美好只是一闪而过，未曾实现，甚至未能付诸行动："我喜欢的雪，迟迟／没有从月亮上落下来——／有些事情，还没来得及开始，就已经结束"；整首表达诗人失落的心情。第三节，接着诗人把"很快"的意境引向更广阔的空间：他乡、星空、南北湖、人世，烘托之下心境更为苍茫；还把这些快节奏下的体验触及更多人：众生、无辜者、星星。"它看透／但绝口不提无辜者的无辜"，这是诗人结合自身体验，在细腻观察后的论断，有些失望，有些悲观，当然也留给读者反思的空间：如星星有没有提起无辜者的勇气等。全诗三节，均以"很快"为诗的背景，离乡之惆怅伴奏，诗人从应对到失落，再到失望，再现心路历程。读者心情也随着一起两落，最后似乎还有继续下坠的感觉，单从诗歌本身角度来看，这样写也有它的美感，也许这是诗人过于专注个人情绪宣泄的缘故。

点评网友：诺言飞

红砖楼

》 一　行

今天我只想念

红砖楼的颜色。——铁锈一样的颜色，

寒凉、深暗，构成了

我童年生活的主色调。

在它花生皮般的包裹中，

我们营养不良，像蔫掉的仁儿

往阴影里成长。

楼道永远是潮湿的，台阶

散发着苦醋似的气味，

像是花生内部的黄曲霉变，

从外面是嗅不到的。

老鼠从四楼逃到一楼，被孩子们

追打，尖叫着跳起，血溅到

剥落了白石灰的内墙砖头上——

而在外部，同样发生着

两种红色的重叠：这幢楼

变冷于幽深的暮光。

每个夜晚，矿上的探照灯

都要照向这里，有时会来回

扫射，像在辨认着什么。

那时我会从屋里跑到阳台上，

向远处江边的光源眺望。

自从那艘装载了二十余人的

运砂船沉没之后，整座砂矿

都被一层无法驱除的黑暗笼罩。

清晨，阳光一点点

将整幢楼的红砖铺满，

却没有带来些微的暖意。

直到我离开那里，那红砖楼的红

仍像凝固的血一样，不肯流动。

点 评

　　这首写童年记忆的诗以叙事的笔调营造出一种强烈的画面感，不是静态的画面，更像是一部写实风格的电影中的画面，镜头缓缓地推移，从近景的特写（红砖楼和它的红砖）过渡到远景（江水和砂矿），逐渐形成抒情的景深。这个景深的内核，是作者的一种用心——将个人的成长经验与历史理解融合在一起。"红砖楼"的形象，联系着一段已经"褪色"了的当代史，对应着一个物质匮缺、精神上也很单调、"营养不良"的年代：砖的颜色与时代的色彩彼此重叠，前者由此成为后者的提喻。对于那个时代，不同人的记忆存在着巨大的差异，有的人认为那是"阳光灿烂的日子"，而在这首诗里，它却像那些陈旧的红砖楼一样，"寒凉""深暗""潮湿""凝固"，即使被清晨的阳光铺满，也仍然"没有带来些微的暖意"。这显然是一种高度精神性的感受，它来自于隔着时空距的回顾（"直到我离开那里"），和这种回顾里贯穿的启蒙性的视野。因此，诗中"向远处江边的光源眺望"的意象，既是真实的经验，又无疑带上了某种象征意味。

　　这首诗展示出纯熟的技巧，将相当个人化的经验与一个"精神世代"

的集体记忆交织在一起，当一个时代落幕，就像诗中那些红砖楼一样"变冷于幽深的暮光"，也是一代新人重新开始精神探索的时刻。20世纪80年代初有部著名的小说叫作《晚霞消失的时候》，正与此诗的这一意象相似，也是从那时起，这样的个人成长史和精神史的叙述与书写绵绵不绝，已经形成当代文艺的一个深远脉络。然而这首诗特别之处在于它的第一句："今天我只想念／红砖楼的颜色。"它把这首诗引入了一种更为复杂的思想境地：为什么作者"今天"会"只想念"（不是更为中性的"想起"）这似乎更应被他弃绝和否定的历史与记忆？如果这不是那种生理性的感伤情绪所致，那是否提示了，这些童年经验带给他且与他的精神自我内在相关的，除了那些负面的事物，还有某些更潜隐的直到今天才得以正视和珍视的内容？这一表面上看似自相矛盾的表达，恰好使此诗逸出了以往的类似书写，而成就了一种意识上更为丰富和开放的品质。

特邀点评：冷霜

我是要到人群中去

» 江　汀

我是要到人群中去。
我决定穿过黑暗的地下通道。
头顶上的石块沉重而斑驳，
我想到，这是在光熙门。

时间仿佛被静静地消磨。
我恍惚看到天空的浅蓝色。
但出现的是广告牌的闪烁，
它昭示了一个别处的黄昏。

黄色的窗户，朦胧的星，
我的精神寄存在何处，
这是曾经寒冷的街区。

我曾得到的体验，如此短暂。
好像秋日的蝴蝶，在雾霾中，
它们的名字往天上飘浮。

　　这首不严格的十四行诗像一出小小的心理剧，富于沉思气味的诗歌声音和诗中"我"的孤独者形象为它铺展出一个有着纵深感的舞台。开头两句用简洁的句式和密集的仄声字配合决断的口吻，以及"沉重而斑驳"的石块的形象，织就一种严肃的氛围，暗示出丰富的精神心理内容："到人群中去"显然有着特别的寓意，也许，"我"希望从孤独的内心生活中挣脱出来，与他人和外部世界发生联结，"黑暗的地下通道"来自城市日常经验，在这里也是幽深内心世界的隐喻。第二节进一步延伸了这一隐喻，以对穿过地下通道看见另一端天光的描写来表现精神上的自我克服与逾越，"时间仿佛被静静地消磨"一句也同样以穿过地下通道时心理时间的长度来喻示精神历程的长度。

　　在这个令人印象深刻的开头里，作者也有效地调用了现实中的地名。"光熙门"是北京13号线地铁的一站，此诗也正是取材于进出地铁穿过地下通道的经验，而"光熙门"这三个字的字面形象恰与"黑暗的地下通道"构成了强烈的对比。当它出现在第一节的末尾，无疑也折射出作者的内心渴望。然而，他看到的并非耀眼的光芒，只是都市中庸常的"广告牌的闪烁"。在短暂地接触到实体的体验或幻觉之后，一切仍朦胧如雾霾，精神仍然无处归依。诗的结尾那飘浮的蝴蝶的名字（比飘浮的蝴蝶还要虚幻）的意象，与第一节石块的意象对照，一重一轻，也正对应着物质世界的坚硬冷漠，和精神领域的脆弱茫然。

　　这首诗以城市日常经验为素材，刻画和呈现了一种精神性的经验，一种试图冲破自我的努力，这个努力最终失败了，然而，当作者审视这一经验，并将之成功地转化为一首诗，从"演员"变为"导演"，他显出了艺术上的诚实和敏锐。

特邀点评：冷霜

骨 事

» 山 语

1

彝人爱讲骨事
彝人必讲骨事

2

我的妈妈在命运之途行走了 73 年
第 73 年竟成了生命的尽头
于是她就躺在这个尽头开始燃烧
在 2017 年 6 月 6 日的午后
一座木烧烬
一个妈妈化烬
只剩下火红的一地碳
所有的烟都去了天上

我的女人背来了圣洁的水
我和兄弟开始以青枝蘸水

轻轻地泼洒在那一地碳上

火炭的火慢慢隐去

妈妈的骨渐渐闪露

妈妈的骨苍老苍老的骨

妈妈的骨纯真纯真的骨

妈妈的骨善良善良的骨

妈妈的骨美丽美丽的骨

妈妈的骨上如满天繁星

妈妈的骨下如雨后春笋

妈妈的骨留在妈妈身后

我们拿起了七双筷子

七双蒿秆筷子

七双白布缠头的蒿秆筷子

我们开始夹拾妈妈的骨

我们接好了小小的白布口袋

头骨先进

腰骨跟进

脚骨随后

我的妈妈顿然以骨的形式开始完整

3

妈妈的骨背在烧火老人的身上

熟鸡蛋背在我的身上

熟羊肝背在我的身上

燕麦面背在我的身上

荞麦酒背在我的身上

我们朝着遥远的故地出发

4

坐过该坐的车

翻过必翻的山

蹚过应蹚的水

我们来到了瓦西拉达

一座向阳的坡地

一个家族的骨地

爷爷的骨在这里

奶奶的骨在这里

爸爸的骨在这里

祖祖辈辈的骨在这里

我们蹲在地上

摘七片索玛叶

七个神圣的皿

荞麦酒祭上

燕麦面祭上

熟羊肝祭上

熟鸡蛋祭上

我们面朝东方

我们松开口袋

妈妈的脚骨自然着地

妈妈的腰骨紧随其上

妈妈的头骨依次最上

永远挺立吧妈妈

"随父擀毡去吧妈妈

随母织布去吧妈妈

送你送到此了妈妈

…………"

我们开始起身

我们开始离开

我们不再回头

一只雉鸡振翅飞走

一阵烟花响彻山谷

毕摩告诉我

爆声代我言

"亲爱的爸爸

妈妈已到你身边"

点 评

初读这首诗，觉得它的语言很质朴，但似乎又不止于质朴。诗中对母亲葬仪极其具体的呈现背后，隐含着一种有关诗歌功能的很古老的理解：诗歌是对最重要的个体或公共经验的记录与铭刻。这首诗展开的方式，与作者安葬母亲的过程一样，透显出一种分外虔敬的意味。诗行的推进，诗句的排比，就如同朝着遥远的故地跋涉的脚步一般庄重，也使得诗本身在再现葬仪过程的同时，成为一场文字的葬仪，并成为葬仪的一部分。当"妈妈的骨……"或"荞麦酒祭上……"不断重复，我们就像是能听到作者在葬仪进行时口中的喃喃。"祭如在"，这样的近于民族志式的写法饱含抒情意味却又相当节制，在我看来比很多空具现代诗躯壳、修辞浮泛的同类题材作品更为动人。

这首诗对汉语的运用也让人意识到作者的身份。"一座木烧烬／一个妈妈化烬"，这样的表达不合汉语常规却颇有种别致的表现力，也应当与汉语并非作者的母语有关。因此，这首诗里提示了多重语言维度的存在：汉语，彝语，以及作为此岸与彼岸世界沟通中介的毕摩的语言。回到诗的开头，"骨事"就是"祭事"，就是逝者之事，之所以彝人"爱讲""必讲"，或许是因为在一个传统仍然存续、神灵始终在场的世界里，那些逝去的人并没有远去，就像诗中"妈妈的骨"从松开的口袋里依次出现而后挺立的意象，会让人不由得想起电影《寻梦环游记》里那个幻美的死后世界。

特邀点评：冷霜

写意：中国工业园（组诗）

» 龙小龙

题记：

"工匠精神"的弘扬，为新时代的中国工业注入了新
的内涵。2017年7月，中央电视台将高纯晶硅、可燃冰、
高铁、大飞机四大中国制造并列，以"这些中国技术，
正在领跑全球"为题进行了报道，因此笔记将视觉聚焦
在新时代的晶硅工业园。

中国制造的高纯晶硅
我看见一种有形或者无形的力量
集合着一支队伍
某种一盘散沙的状态终于凝聚成固体物质
具有前所未有的质感和硬度
引领着时代的元素周期

我看见原始的蛮荒与粗野
经过洗礼、合成、精馏、冷凝和还原
经过深层次的围炉夜话
达成了一次又一次的理解与默契
弯曲的道路被工匠精神的热情拉成了

笔直的梦想

我看见种植的黑森林，和小颗粒的阳光
中国的金钥匙，打开了西方的封锁
赋予大格局的意识形态
那闪烁的半导体，正满怀笃定的信念
走向岁月的辽阔
工匠精神：一双手
我要写到一双手
是它，把原野里分散的沙粒汇集在一起
放进熔炉里整合
完成了一次次灵魂和品质的重塑

是它剔除了那些管道里的锈迹和霾尘
去除了不合时宜的因子
使空气格外清新，大地呼吸均匀
江河的血液畅行无阻

淬炼阳光的手
让冷硬的生命发光发热的手
一双手，让伟大诞生于平凡的缔造者
一尊立体的雕塑
有一种建筑叫作还原炉
排布整齐的团队。从一座座银色的熔炼炉
小小的玻璃窗
可以看到那些燃烧的信念和理想

形成声势浩大的正能量

一座座晶硅还原炉
就是一个一个倒扣的小宇宙
酝酿着万物生机
是的，大凡高贵的品质
都是外表冷漠，内心多情而炙热

俨然岁月的熔炉。当高压下的电极
闪电一般穿透了化合的状态
析出游离态的晶亮
像纯洁的辞藻，沿着火红的诗意
幸福地生长
高高矗立的精馏塔
一支支矗立向上的大手笔
有力度也有性格
仿佛随时可以饱蘸白云和风雨
抒写一曲大地之歌

但又像水彩画
简约，唯美，而不失灵动
是写意的山峰或挺拔的工业树
站在风里倾听江河

我曾不止一次地在塔前留影
将高高的精馏塔

几何的图案
作为人生最生动的背景

一种静止的高度
在蓝天下，发出耀目的银光
高纯晶硅硅棒
刚从熔炉中走出来的时候
我便抑制不住激动了
健硕的硅棒，有一种涅槃后的强大气场
直逼人的内心

多少个轮回和迂回
成就了它完美的精度和温润如玉的光泽
那质地，分明是
用汗水蒸发的荣耀和内涵

它的能量无以表述
据说，切开神奇的硅棒
就能够得到一片片深邃的海洋
一方方洁净的天空
蕴含阳光的内核
我看见远方的沸腾
也看见远方在静静地等待
等待一种叫作硅片的物质
将一片一片蓝天覆盖在辽阔的水面上
用身体的全部

激活它们构思已久的梦想

一片整装待发的多晶硅
内心热烈地运行着
与伙伴们结盟成整齐划一的团队
每一颗奔突的晶粒
用蕴含阳光的内核
重新定义新时代的渔火星光
巡检工人
有男的，也有女的，巡检工没有性别
没有年龄界限
只有一种特征相同
举手投足之间，透射出严谨和细致
以及"一颗保持冷静的心"

把望、闻、问、切的中医原理搬到生产现场
把温度、湿度、压力等各种参数
记得滚瓜烂熟
善于透过表象看本质
更善于从微观中辨别出大趋势

他们，是最实在的艺术家和哲学家
是朴素的工匠
是不善言辞的语言大师
长年累月的逡巡
练就了他们独立的品格和爱的敏感度

　　组诗中的每一首要独立的同时要共同构成整体。诗人仿佛拿着摄影机带我们走进一座晶硅工业园，用文字记录他的所见所感。他先将"镜头"对准晶硅，后来又特写车间劳作的手。接着镜头后拉，从还原炉到精馏塔。然后从外景逐渐回到细节，最后落脚到"人"。每首诗画面不断变化，全景式地展现了充满活力的工业园场景。每首诗内部视角更富于变化。真实的镜头只能在客观的三维世界移动，而"文字的镜头"则不受时空限制。如"我看见原始的蛮荒与粗野……"一句，这台"摄影机"从文明进步的高度来"俯瞰"当下高纯晶硅的生产，点明了其重要的意义。"一支支……大手笔…… 但又像水彩画……"一句，诗人通过意象的构图将镜头极速后拉，把描写对象精馏塔从眼前推离，带我们走向广袤大地。一会儿镜头又前推，停留在水彩画前。这种技法在诗歌中运用自如，让全诗充满灵动之气，巧妙地实现了"写意"的艺术目的。对园中"人"的赞美让全诗充满人文关怀。

点评网友：芦冰

我爱生生死死的希望和幻灭

» 李 瑾

我爱这悲怆的大地，爱一只大鸟自傍晚
掠过黎明，爱树木静静地站在微水湖畔
不谙世事。当然
我也爱灯火和废墟，爱它们历历在目的
尽头、不可磨灭的起始，爱这种空洞的
踏实
——一些事物注定消失在相爱里
我爱这种状态：人人互不相识，又胜似
旧友，他们抬头仰望星辰，低头便落入
尘埃，他们不生不死
替时间熨平人世的一些起起伏伏
我也会悄悄爱上伤心，爱上鲜有的快乐
爱上这个凡尘中属于人的泪眼，和它们
浩浩荡荡的收集者：
哪一种泪水还没有流过

每日每夜，我爱生生死死的希望和幻灭

　　这是一首以最强烈的宣告方式直接抒发的抒情诗。这点从赤裸裸的题目就能看出："我爱生生死死的希望和幻灭"。这是彻底的直白的宣告，整首诗都由这种"爱的表白"构成：1.我爱这悲怆的大地，2.爱一只大鸟，3.爱树木，4.爱灯火和废墟，5.爱不可磨灭的起始，6.爱这种空洞的踏实，7.我爱这种状态，8.爱伤心，9.爱快乐，10.爱泪眼，11.爱生生死死的希望和幻灭。这首十六行的诗中，出现了十一遍作为动词的爱（还有作为名词的爱）。可以这么说，这是一首宣言诗，一首表白爱的诗。

　　一般来说，诗歌都会讲含蓄。写法上都讲究曲折，暗示，隐喻，都会把情感隐藏起来。就是说深怕太直露了没韵味。所以，直露是某种犯戒。而一个诗人明知这是一种普遍的禁忌，还这么故意犯戒，那就是艺高人胆大了。而这种诗本身也是可以险中取胜的。直白诗取胜的法宝就是它的激情，它的可以冲破边际、可以破除禁忌的高昂、激越、真挚的情感，那种惊人热情。它靠的是这种热情的感染力。这种诗歌美学是一种情绪的激发和感染，而不是身临其境的领悟。它需要高超的语言修辞技巧来把情感的力量表现出来。

特邀点评：雷武铃

时间的秘密

» *夜 鱼*

摩挲了好半天棺木的外婆，小脚颤巍巍

踱进敞院，心满意足地坐在靠椅上

暖风掀起构树果腐烂的气息

混合新木的桐油味

如果风再大点，还可以带来

远处田野的芬芳

这是某年秋日的午后，我刚满九岁

对生死尚无概念

所以当外婆不再说话

我当她又睡了。歪着头不说话的外婆

让时间变得无比缓慢。我盯着

那一地腐烂的构树红果

并不知道影映于我瞳仁的

是寂灭也是圆满

更不知道外婆的，我的，还有整个世界的

时间，正噼啪噼啪

往下落

　　这首《时间的秘密》是一首写场景的诗。它没有直接谈论时间，而是通过这个具有多重时间意味的场景来透露时间的秘密：它的气息，它的味道，它的阴郁，它的必然。这场景的时间因素：外婆，棺材，构树腐烂的红果，秋天，九岁的我，睡着，生死。这些场景透出了时间的意味。同时，这场景是一个回忆中的场景。回忆本身也是带有时间性的。当时对"生死尚无概念"，意思是现在对生死有了概念。是知道时间和生死之后，回忆那尚未开始领悟时间和生死概念的前永生时间。

　　从前面的分析可以看出，这首诗由两个层面展开：一个是场景本身的描写，一个是带着回忆性的追述。就描写一层来说，外婆摩挲棺木，外婆心满意足坐在靠椅上，歪着头不说话，这些都很惊人。就回忆性追述这一层来说，以为不说话的外婆又睡了，这点惊人。这两层意思结合得挺不错的。两次写到构树腐烂的红果："暖风掀起构树果腐烂的气息"，"那一地腐烂的构树红果"，有强烈的暗示意味。其中写到的气息，构树果腐烂的气息，桐油味（棺材油漆），田野的芬芳，这三种气息融合在一起这几行非常强烈："暖风掀起构树果腐烂的气息／混合新木的桐油味／如果风再大点，还可以带来／远处田野的芬芳"。尤其是"混合新木的桐油味"这样的语言非常有质感。

特邀点评：雷武铃

花椒树抑或我的祖国

》 亮 子

我愿意这样站在祖国的大地上

以一棵花椒树的姿态

只需要一块根茎大小的土地

但，养育着我的肋骨和皮肤

根紧紧握着脚下的土地

迎风而立

我有一个个春天，怀抱祖国的枝枝蔓蔓

花椒树抑或我的祖国

我只能这样抓住你

并用浑身的针刺撑起落日余晖

我有满身的清香与热泪

在七月，在火热之中怀抱大海或者太阳

我站在祖国原地

向森林、岛屿和沙漠张望

这些我没有去过以及念及的故地

我激动地捧出太阳般的体香

一旦夜晚来临

我就藏在有月亮的圆肚皮里

向祖国立正、敬礼，唱国歌

还要嗅一嗅九百六十万平方公里的庄严与静谧

尽管我的渺小与她隔着千山万水

这是一首颂歌，赞颂祖国。这样的颂歌已经有很多了，基本上形成了一套现成的语汇：黄河，黄山，长江，长城，名山大川、著名古迹的列举。因为祖国辽阔无边历史悠久，经常让人抓不住重点。同时对祖国之爱有一种共同的情感和热情，经常抓不住自己独特的着力点。这首诗从哪些方面来颂歌祖国的？"我就藏在有月亮的圆肚皮里 / 向祖国立正、敬礼，唱国歌 / 还要嗅一嗅九百六十万平方公里的庄严与静谧"，藏在月亮肚皮，是儿童心理的童话想象，立正、敬礼，唱国歌，像是少先队员或军人。其他的词语有：大海或者太阳，森林、岛屿和沙漠，这些都是体量很大的事物，一种整体名词。歌颂祖国确实很难，很难找到自己独特的词汇。

这首诗的独特之处是找到了"花椒树"这个词，或者说形象。这是一个自我比拟的形象。把自己比作花椒树，脚下很小的土地和祖国的大地相对照。然后写春天，夏天七月怎么样。但有点费解的是，为什么选花椒树作自我比拟呢？花椒树带刺，耐旱，能生长在很贫瘠的地方，结出红色的果实，作为调味品。花椒树在我们的诗歌传统中少有出现，因此这意象本身很不错，这选择应该意味着它带有诗人自己独特的生命体验。但在这首诗中，这里的花椒树没有展示出其独特性，似乎可以用任何一棵树将它替换。同时花椒树作为一种传统诗歌语言中的陌生树种——它的分布很广从西南到华北都有生长——它的典型性和象征性也有待于在诗中建立起来。当然，歌颂祖国的诗确实太难写了，但一旦写好，那回报也是巨大的，它将被广泛传唱，如《歌唱祖国》一样，每当唱起都让千百万人热泪盈眶。

特邀点评：雷武铃

背光而坐

» 三色堇

那么多的影子挤在一起——
有草木，有涟漪，有火的种子
有闪电的霹雳，有悲辛与清苦
寂寥挨着寂寥，雾霾挨着知命
假象挨着瘟疫，时间挨着轮回
满地的暮落挨着淙淙流水

腐烂与新鲜的事情，都可以遗忘了
包括铁钉一样的记忆，雪夜浪漫的残骸
光阴背面的东篱与隐菊
可以淡，可以忍，可以大慈大悲
可以根深而无须叶茂，可以素心而倦怠喧闹
可以静观婆娑安顿自己的心灵与悲喜

如果你能放弃江山与王冠
你能抵御火焰的出场，无以匹敌的繁华与虚狂
以洁净之心面对我们的最初与最后
也许，我们应该感谢这斜坡上的阴影
感谢光的背面，让我们懂得转身，懂得自省。

《背光而坐》这首诗，三个小节，层层推进，哲思深远，给人以启迪。

第一小节，写背光而坐的发现。题目交代了写作的缘由——"背光而坐"。那么，背光而坐会出现什么样的情况呢？从视觉感知上来说，当然会看到影子。于是诗人开笔第一句便直奔主题，"那么多的影子挤在一起"，干脆利落，毫不拖泥带水。这些"影子"，无论是具象、抽象，无论是眼前所见还是回忆，都蒙上了一层晦暗、冷寂的苍郁感。"一切景语皆情语"，诗歌意象是诗人情感的镜子，由此，可以看出作者此时的心情也是比较压抑、阴郁的。

第二小节，写诗人由影子得到的启示。我们可以体会到作者曾经历的美好与痛苦。也许是感情，也许是职场，抑或是一切曾令人疼痛遗憾的和美好美丽的过往，这些都已不重要，重要的是此时作者已经十分笃定豁达，认识到人应该像淡出繁华的东篱隐菊一样，淡泊，隐忍，慈悲，安静地沉潜，以此获得心灵的宁静。

第三小节，诗意进一步向前推进，承接第二小节的启示。诗中"我们的最初与最后"，是"人出生与死亡"的含蓄表达。当我们找到了生命的真正意义所在，那还有什么可以困扰我们吗？当然不，这样的人生即获得了大喜悦、大自在。那么，对促使我们转身和自省的"斜坡上的阴影""光的背面"，也许就要心怀感激之情了。最后，诗人点出"光的背面""阴影"的积极意义，转换角度看问题，感情调子由开始的低沉阴郁转至高昂明朗。

此时，再品味诗题"背光而坐"，就会发现，这绝不仅仅是"背对着自然光"而坐，而应该是以"光"比喻人生的顺境，光明前景。那么"背光""阴影"，就是人生的逆境了。在身处逆境时冷静思考，发现世界的实相，寻找人生的真谛，以豁达开阔、淡泊笃定之心笑对风云，诗人用这首小诗形象生动地告诉了我们这个道理。这首诗，内在的逻辑线索和感情线索并行，由表象到本质，由低落到明朗，有层层推进之妙，给人以深刻的启迪。意象繁复，跌宕跳跃，语言张力较强。

点评网友：寒意

小山坡

» 路　也

下午三点钟，我仰卧在小山坡
阳光在我的上面，我的下面，我的左面，我的右面
我的前面，我的后面
阳光爱我

太阳开始偏西，我仰卧在小山坡
在我的上下左右前后，隔年的衰草柔软又干爽
这片冬末的茅草地如此欢喜
一个慵懒的人

我仰卧在山坡
坡度不大不小，刚好相当于内心的角度
比照某个诗句，把自己当成一只坛子
放在山东，放在一个山坡上

仰卧望天，清风、云朵、蓝天、喜鹊
一道喷气飞机拉出白色雾线
它们按姓氏笔画排列得那么有序
我还望见虚空，望见上帝坐在云端若隐若现

天已过午，人生过半

我独自静静地仰卧在郊外的茅草坡

一个失败者就这样被一座小山托举着

找到了幸福

写山坡的诗很多，有的写着写着，诗就陡起来了，这首也是。

如果不细读，却也看不出什么奇崛之处，无非就是晒太阳。可是写好了，其中也有学问。第一节，"下午三点钟，我仰卧在小山坡"，可能真的就是下午三点，可是你读到最后，发现这个时间对应了某个人生的节点。为何是"小山坡"，不是"大山坡"？这也可能是写实，躺卧的原本就是小山坡，没什么奇怪，可是唯有"小山坡"，才与"我"的身量相适应，"阳光爱我"，这四个字收得不错，有一种新鲜的直接，作者也不会主宾倒置，说"我爱阳光"。

第二节顺承，进一步交代该交代的。关键词是"冬末"，这为"仰卧"提供了一个季节理由，以及如此进行身心享受的合理性。到第三节，意思明朗了一些。

作者写到"坛子"，又写到"内心的角度"，这个"角度"不妨理解为看待世界的角度，存在者"敞开"的角度。正因为某种程度的"敞开"，"我还望见虚无，望见上帝坐在云端若隐若现"。当然也望见实物。所谓"按姓氏笔画排列"者，是一个社会现象，是成功者的排场。同时也就自嘲了自我的渺小，所以在最后一节，"一个失败者就这样被一座小山托举着／找到了幸福"。读到这里你就能明白，作者为什么特意标示"小山坡""小山"了。不过，被小山"托举"的幸福也无疑是真实的。正因为被"托举"，"我"才能成为那个"坛子"。一个"慵懒的人"因为抵达了艺术，因为某种敞亮，而成为"坛子"，他也一样拥有生命的真理，拥有美，以及某种"迥然不同之仪态"。

特邀点评：唐翰存

猎 枪

» 冯　娜

我默记它的顺序：开膛、填进火药铁弹子、上膛
捂着左眼模仿真正的猎人怎样用一只眼瞄准
一只鸟掉下去，山林抖过之后跌进更深的寂静
铁质的冰冷，冒着生灵附体的腥气
成年后我常常会在人群中嗅到这种气味
我知道扣动扳机的时刻和走火的瞬间
我知道在一个不允许私人持枪的地方
太多人空着的胸膛

点　评

　　"铁质的冰冷，冒着生灵附体的腥气"，这是诗中形容猎枪的，我看用来形容这首诗本身，也可以。因为这确是一首有"腥气"的诗。从我的价值观来看，这种血的腥气在写作中是可批判的，因为血气太甚，就变成罪的证据。

　　据说蓄养血气（血性），是为了保持和张扬人生的某种野性。可是，人生的野性在许多时候，不也值得去怀疑？

　　如此说来，不是要否定这首《猎枪》。如果否定了，还点评它作甚。我的微词尽管需要保留，但不得不考虑另一面，即抛开作品的价值倾向，而谈它的事实逻辑，它的表现性。评论家有时批评作家，说他们擅长写黑暗，写心狠手辣，缺乏人性的明亮。这话不错，揭示了某种写作病象，然

而，追求真实也是文学的一个向度，如果世界还存在那么多黑暗，人生还有那么多心狠手辣，你不去描述，或不善于表现，往往会变成一种无能的逃避，一种掩人耳目的虚美。因此，那些写心狠手辣的、血气声张的作品，如果它有力地表达了人的真实、存在的隐秘，就不能简单否定它。

就如这首诗。或许我对作者在诗中流露出的价值倾向，有重新探视的必要。"我默记它的顺序：开膛、填进火药铁弹子、上膛"，这没什么问题，是要准备打猎了。"捂着左眼模仿真正的猎人怎样用一只眼瞄准"——等一下，"捂着"左眼而不是"闭着"，说明"我"还没学会，并非训练有素，也并非"真正的猎人"，所以"我"才要去"模仿"。"一只鸟掉下去，山林抖过之后跌进更深的寂静"，尽管是生手，还是把一只鸟干掉了。这只鸟是现实中的鸟吗？不一定。"更深的寂静"仅仅指自然的山林吗？也不一定，也可能喻指生活中的某种状态。接下来就是"铁质的冰冷"和"生灵附体的腥气"，令人望而生畏。"成年后我常常会在人群中嗅到这种气味"，注意是"成年后"，也就是说，那种残酷和冰冷发生在成年之前，后来遂有了厌离和反省的可能。"我知道扣动扳机的时刻和走火的瞬间／我知道在一个不允许私人持枪的地方／太多人空着的胸膛"，借着持枪和禁枪这一现实矛盾，"空着的胸膛"被活活标出。仅仅因为空缺一杆猎枪吗？似乎是，又显然不是。那么缺"野性"？在此，我宁愿将"野性"这个词置换成"野生经验"或"野生精神"，一种很强悍、很个人主义的东西。

实际上，这也是一首强悍的诗。

特邀点评：唐翰存

所有的五谷都在这一天集合

——写在腊八节前夜

» 吕 游

所有的五谷都在这一天集合

在锅里，母亲把它们放在一起

像小时候，把我们姐弟七个

放在小小的炕上，七个出窑的瓷器

脸皱着，妈妈一个个洗干净

像洗这些五谷杂粮，只有这一天

四季是团聚的，冷和暖

在一个锅里沸腾，只是少了黑豆

弟弟代替黑豆种在地里

今年，还是不能回家

点 评

"这一天"，指的是腊八节。作者在腊八节前夜创作此诗，带有纪念的性质。

纪念往昔的岁月，纪念苦难和温暖，纪念一个人。

令我感到欣慰的，首先是这首诗里有"苦"，却不贩卖苦，而用一种节日的幸福轻轻遮盖了苦，用亲情化解了苦。"所有的五谷都在这一天集合／在锅里，母亲把它们放在一起"，开句就很温馨，有难得的丰盛。接着意象一转，"像小时候，把我们姐弟七个／放在小小的炕上"，转情于人了，运用诗歌里常见的比喻和通感。"七个出窑的瓷器／脸皴着，妈妈一个个洗干净／像洗这些五谷杂粮"，比喻和通感没有走得很远，借助某个关联，又回到"五谷"上。"只有这一天／四季是团聚的，冷和暖／在一个锅里沸腾"，这算是补叙。所谓"四季是团聚的"，首先是指四季出产的谷物，在腊八粥里团聚。围着腊八粥，亲人团聚。

"只是少了黑豆"，这句出人意料。团聚而有缺憾，是一种谷物的事实，同时也是这首诗突然产生的奇特之处。第二节更出其不意，"弟弟代替黑豆种在地里"，真是离奇，诗歌可以如此朴素平静而又扎心地表达？弟弟"代替"黑豆，黑豆可以长出来，弟弟却"今年，还是不能回家"。弟弟死了，他的死以及与黑豆的关联，叫人难忘，并导致永远的缺憾，沉痛的纪念。

一首诗的感人力量，也由此延伸。

特邀点评：唐翰存

到 达

» 哲　敏

不是为了哪一首诗，我站在那里

为了灵感而制造离别，突然就消失了

沉沦能为最后一首诗制造风雨

让人陷落的是微光露水

但多少人生曾与此相关

我的全部，他们如影随形

如此紧贴着，那种甜足够吗

一样的密度，均匀流转

一样的到达，我为之写作命运之诗

在虚拟的格子里，虚拟的昨日

那些暗沉沉的名字涌向苍凉晚暮

也是无限的芬芳啊，起伏着，凝聚着

把我推到很远很远。属于孤独者的

就在这旷野里一个人拼命地交还给他

又如何呢，一首诗，一些故事

写下了，就长大了

不需要一种宽慰与应答，走上前来

用放弃放掉我，用收留留下我的无声

此诗题目隐蔽，带来的问题是：它是印象诗吗？主题是什么？尤其"到达"是什么？要评它，就要明确回答这个问题，不能用印象解释印象，用晦涩解读晦涩。

《到达》不是印象诗，但有印象的壳。它的主题是人生感怀，借"到达"这个隐蔽的象来表现。说它隐蔽，是因为"到达"的实体表述仅有句极易被忽视的"我站在那里"轻点了一下，这是此诗故意掩盖的技巧部分。诗人一开始隐晦地构造了一个"到达"的情节现场：她离别之后，到达某处，站在了那里。然后各种人生怀想和感悟纷纷袭来，交织一些表面发散但内在统一的忆述型实像和情怀性虚像，穿插感念，最后重归释怀。至此，作者真正要表达的主题才完成了：她的人生"到达"了一个阶段、一个境界。她为此感怀了一番，并获得了到达此处的一种释怀：用放弃放掉我，用收留留下我的无声！这便是此诗的扣题之核。那到了何处呢？比如中年，比如事业家庭爱情告一段落。

首句写得巧，很有迷惑性，是一个诗语诡计，一个陈仓之术，它的目的并不是表达"爱诗"，而是构造切题的表层现场。"不是为了哪一首诗，我站在那里 / 为了灵感而制造离别，突然就消失了"是倒装语法，正解为"我（到达后）站在那里，不是为诗寻找灵感而离别的"。那她为何离别呢？一种解读是她积累了太多令她想走出去消解的东西，这是实解，就是她真的出走到了某地，是个实景现场。另一种是虚解，即理解为人生抵达了某个阶段的比喻：我告别并消失于昨日时光，到达并站在了那里。

值得一提的是，除首句提到诗是醉翁之意外，后部提到的诗和格子，也只是回顾内容之一，与其他实像属性一致，主要用途是充当感怀元素，而不是"表明对诗的热爱"（但也有此从属作用）。

点评网友：古道

佛

» 国　哥

关于轮回、壁画、藏经的洞窟
牧羊人知之甚少
他只对他的羊群感兴趣
迎面走来的僧侣，双手合十
如果不是那只瘸腿的羊失踪了
他们可以坐在沙丘上
预测一下皮毛价格和不远处的灾情

牧羊人神色慌张，他不像年轻的僧侣
他没有信仰，像一株被羊群啃噬的草
当他在鞋底碾灭最后一口旱烟，天空
也暗了下来，现在的问题是
那只羊始终没有找到

我在读《大悲咒》的时候，总把那些梵文
错看成一只只失踪的羔羊
错看成牧羊人的焦虑和悲伤
我希望归还它们，展开经卷
哪怕不再有一个字

关于佛的知识和描述是浩瀚的，堪比恒河的沙粒，一个潜心精研的学者熬白了头发而最多只能知悉某些皮毛。如此，对于一个牧羊人来说，这些知识更是远离他的生活。他只关心自己的羊群，它们鲜活地存在，毫不在意出家人和他们的世界。他们之间的关系更多地局限于日常的交易和对周遭环境的感受。显然，作者笔下的牧羊人是一个没有信仰的人，"像一株被羊群啃噬的草"，卑微而无足轻重，因此，他实际是最值得被关注的对象。在我看来，佛家智慧的精义在于爱和慈悲，这种智慧如同奇妙的光芒普照芸芸众生。《佛》一诗的最后一节便体现了由智慧而衍射的悲悯心，作者似乎在告诉我们，生命本身要高于烦琐的知识与僵死的文字，唯有在入世的前提下才能提升出世的意义。"羊"是一个象征，它与世无争，纯洁、和善、柔弱和谦卑，羊的失踪也意味着人的生命丢失了某些价值，更令人沮丧的是，"那只羊始终没有找到"。因此，抒情主人公在沉默的文字中读出了某种疼痛，期盼"牧羊人"（亦即在红尘中奔波与挣扎的你我）找回自己的"羊"，尽管那几乎已成了一个遥不可及的梦想。

特邀点评：汪剑钊

羽毛球不能等于无

» 宋烈毅

我感到是一个个绒球的

路灯在夜晚照着两个打羽毛球的人

两个锻炼身体的人

或者两个无事可干的人

羽毛球不止飞在他们之间的距离

也有跑偏的时候

羽毛球故意跑偏的时候

另一个人乐意在路灯下

弯腰捡着，羽毛球不能等于无

但我在楼上望着，在一种羽毛球等于无的

观望里觉得他们太有意思

他们完成很多动作

有时张牙舞爪的样子

确实让我开心

我又觉得他们和我在白天里的

某种姿势相似

手里总是抓着，但每次都抓了个空

　　《羽毛球不能等于无》从一个现实场景入手，并以一种漫不经意的口吻展开。两个在夜晚打羽毛球的人进入作者的视野，他们或许是锻炼身体，或许是因无所事事而找点刺激，而羽毛球的起落则象征着人生的抛物线，它的到位与偏离也对应于现实中人们对所设目标的实现或落空。这首诗让我想起卞之琳那首《断章》："你站在桥上看风景，看风景的人在楼上看你。明月装饰了你的窗子，你装饰了别人的梦。"该诗以风景为引子，通过"看"来探索人与人的关系，关注主体与客体之间的挪移，以及在挪移中自我的丧失和美的衍生，短短四行却包含了无穷的寓意，既为存在主义理论提供了例证，又赋予相对论一层诗意的解释，而且还有一种神秘主义的启示。相比之下，在《羽毛球不能等于无》中，作者的目光走过的是另一个路径，在"看"的过程中致力于捕捉生命的意义，在羽毛球非功利地来回中领悟到人生某些无谓的"进取"，看似收获满满，实际不过是一场虚空。这种感慨有点儿消极，但信念中的"不能等于无"却蕴含了积极的正能量，恰如死亡并不是生命的终结。

特邀点评：汪剑钊

绿皮火车

》 唐小米

每节车厢都映出夕阳通红的脸
这是一辆批发落日的火车

一个河南女人用方言教训她泛着阳光的女儿
又用方言安慰吃奶的儿子
她肥硕且疲惫
光泽如身旁空空的
皮革书包

她在嗑瓜子，果壳堆在脚下
她的孩子在尖叫
像把空中的果壳踩碎了

这陷入恶作剧的孩子
一路尖叫
一路踩在她母亲扔下的果壳上
火车也来凑热闹
火车碾着回忆
把踩过的果壳又踩了一次

是的。仿佛一个又一个落日碾着铁轨

把踩过的果壳又踩了一次

　　在高铁出行赢得速度的时代，"绿皮火车"是寒碜的，寒碜得如同一个来自乡下的女人。物之卑微的存在暗示出书写对象生活于底层的现实。这首诗整体上以"赋"之铺陈展开，但同时充满了暗示，其中如"夕阳""河南""方言"像标签似的指向了某种泛社会的评价。需要说明的是，它们并不意味着地域性歧视，而是隐含着对生活在那片土地上的人们的怜悯。作者用近乎白描的手法介绍"河南女人"身体的笨重和行为的粗俗，她对女儿与儿子不同的态度，折射了一种古老而蒙昧的认识——重男轻女，实际也是传统意识中的一部分糟粕。或许正是来自某种贫困的生活背景，她的行为也远离文明的状态，"嗑瓜子"并且吐了一地。诗歌在此由现实主义转入了某种超现实的创作，"果壳"变成了一个象征，让"火车"也来"凑热闹"，虚与实便在词语的流动中相互缠绕，逐渐把诗思向前推进。末二行是一个缩结，也是主题的提升，"碾"和"踩"在重复中加重了它们自身的分量，它们昭示的是生命中不可承受之"重"，让读者透过贫困和肮脏的现象去体味贫困的内心，凸显了作者批判的立场。

特邀点评：汪剑钊

雨水节

》 颜梅玖

窗外，雨沙沙地滴落

我躺在床上

从一本库切的小说里歇下来

去听那窗外的雨声

房间里开着暖气

细叶兰第二次开出了

一串粉紫色的小花

厨房里煲着一小罐银耳羹

香甜的味道弥漫了整个房间

一整天了

我沉浸在小说的细节中

在时间的表皮上

雨自顾自地滴答着

均匀而有节奏

书中那个老摄影师的身份困境

汇同着它，一起垒高了我的惶惑

这回，是应和

使我感到不安和不快

诗人与一本小说度过了一整天,但结局并不愉悦,而是不安和不快。这一天恰巧是雨水,是立春过后的第二个节气,气温回升,冰雪融化,降水增多。外面正好是沙沙的初春的细雨,室内一派和谐温馨的场景:细叶兰开着紫色的小花,厨房银耳羹香甜的味道弥散满屋——这是美好的现实,是"在场"。但一本小说打破了表面的宁静,让诗人惶惑、不安和不快。这是哪本小说?库切的,有关老摄影师的,那就应该是《慢人》了。其主人公保尔·雷蒙特是一名退休的老摄影师,因骑车被撞,右腿截肢,小说大幕因此打开。"书中那个老摄影师的身份困境",因作家伊丽莎白和护士玛丽亚娜的介入,引起了主人公自我和超我的矛盾冲突。库切表达了一个残疾老人的欲求和渴望,更深层次地讲述了人类如何在这个世界立足,以及如何更好地扮演自己的角色的问题。

当然这里还要注意"垒高"和"应和"两个词,与之相关的就是"雨",这是本诗的中心意象,也是解读本诗又一重要路径。它如帘幕,暂时隔开了诗人和外部现实世界的联系。雅克·朗西埃说:"开凿自己的坟墓,所以当世界的声音太过嘈杂时,诗人们有时会戴上耳机,感受自己的存在。"此刻,雨就成了诗人的耳机。雨本身就代表一种愁绪和悲苦,"在时间的表皮上/雨自顾自地滴答着/均匀而有节奏",雨亦如铜壶滴漏,摧毁一切,默无声息,加重人的衰老和死亡。残疾的老摄影师就这样在雨中向诗人走来,加重了诗人的惶惑不安,引起诗人对自身命运的哲思与浩叹。有人说,诗的外表要自然,内在要汹涌。这首诗无关宏旨,轻声慢语,似波澜不惊,却触及了人的生命永恒的命题。一场小雨,一本小说,到底引发了诗人内心多大的波澜起伏,我们无从得知,但正如作者颜梅玖所说:"事实上诗歌就是诗人的生命的情感经验,是存在之思对生命本身的深度探究。"本诗诚如斯言。

点评网友:张益军

想起的诗

» 马　累

想起一些细微的事，
比如，家乡的麦子开花，
被麦芒扎痛的信仰。
再比如，河面上旋起的清风
无人领略，卑微的肉身
却注定承受一个时代的错疚。

而更多时候，我会想起
这样的场景：
午后洒满阳光的天井里波浪般
浮动的树荫，
父亲手背上粗重的汗毛，
母亲腿上浆洗得发白的蓝色粗布裤子，
零乱的木桶，
水泥板上摊开的玉米，
桐枝间密密实实的鸦巢……

如果不是为这些活着，
我就不会像现在这般安静。

很多时候，我们对诗意的提炼与演绎，都源自于对生活的深切忆念与默默感恩，源自于对生命行旅与心灵起伏中那起起落落的情绪烟火的捕捉与燃放。与此同时，生活中有无诗意，其实与生活本身的关系并不直接，因为生活作为"物自体"，它无法站出来自我发声。生活的诗意，说到底是人类主体观照生活和触摸生命的结果，也就是说，在诗人对生活诗意的表述中，无时无处不袒现着主体性的特征。这首《想起的诗》，正可以视为对上述观点的具体说明。

诗人以"想起"为题目关键词，意在强调其诗情的来历与记忆相关，与曾经的生活踪迹相连，而不只是无根无据的情绪构想和心灵呓语。诗人先是用两节的形式，交代了能"想起"的生活中闪烁着诗意光亮的部分。首节以"细微的事"为领起，言述了曾经生活中微细的点滴在心灵中的鲜明印痕，"家乡的麦子开花""被麦芒扎痛的信仰""河面上旋起的清风""卑微的肉身"等等意象，都是对"细微"这一形容词的说明，尽管这些陈列之"事"，其实并不"细微"，不过在诗人述来，相比宏大的生活本身而言，这些事项又不能不说是"细微"的。第二节用"场景"来统摄，"洒满阳光的天井"里"浮动的树荫"，"父亲手背上粗重的汗毛"和"母亲腿上浆洗得发白的蓝色粗布裤子"，以及"水泥板上摊开的玉米"，等等，乡土生活的真实情景历历在目，让人不免生出亲切而温馨的阅读感受。

最后一节可以看作前两节的总结和升华，这样的结构设置，很容易让人想起艾青的《我爱这土地》，而诗歌的结尾两句，"如果不是为这些活着，/ 我就不会像现在这般安静。"也会让人忍不住记起艾青的"为什么我的眼里常含泪水，/ 因为我对这土地爱得深沉……"这样的名句。尽管该诗的结尾句不如艾青的出彩，但有这样的诗句来总括，诗歌的境界也一下子被抬升了许多。

特邀点评：张德明

春熙路的月亮与模特

》 程一身

一个暂住在金科北路的人
乘地铁 2 号线去春熙路
一抬头，看见月亮像个熟人
悬在两座高楼之间
夜色分布均匀的黑幕上
像个实心句号，那么高
贴着一个亮灯的窗口
墙上的巨幅模特顶天立地
似乎奢华富足就是幸福
路人在她的俯视下不断走过
乘电梯更上一层楼
他感到仍被俯视着
巨量的财富突然让他羞愧
他感到月亮也在俯视他
他感到墙上那个模特的原型
就住在月亮旁边的房间里
面对月亮他已无心抒情
他感到他置身在月亮与财富
交织的光芒中。是的

月亮照着诗人也照着商人
但此刻他感到到处是商人
商人却不知道他曾来过

点评

　　"春熙路"是成都最为繁华的商业地段，是喧嚣都市里最为炫人眼目的物质化符号。《春熙路的月亮与模特》正是以"春熙路"为诗情延展的具体场域，来生动而具体地敞现一个诗人的眼目所见与内心所思，让人领悟到在物欲横流的尘世浪潮里，怀揣远大梦想与追求的穷酸诗人所具有的尴尬与不适的精神样态。

　　这首诗将现实与想象杂陈，将自我与他者比照，将物质与精神交织，构筑出令人感到真实又不无窒息之感的意义空间。在这个空间里，诗人重点陈述了两个闪烁光亮的事物，一个是"月亮"，它亘古恒在，永远放光，照理说，恒在的月亮对待世间万物，本无厚此薄彼之用意，因而有"月亮照好人也照歹人"的说法。映入诗人眼中的"月亮"，最初也是无甚恶意的，诗人描述她"悬在两座高楼之间"，像个"熟人"似的。诗人写到的另一个发光的事物，即为模特，这模特在城市的繁华空间里，呈现为"巨幅"的艳照，她居于高大的楼墙上，"顶天立地"，性感的身体明艳照眼，撩拨着人们心间汹涌的欲望，同时也似乎在暗示过往的行人，"奢华富足就是幸福"。囊中羞涩的诗人从她身下走过，会不自觉地露出诸多难堪与不适的窘态，就可想而知了。"以我观物，故万物皆着我之色彩"，受此影响，诗人不仅感知到模特对自我的俯视与羞辱，而且也觉得月亮仿佛成了俯视自己的自然之物。

　　本来，面对皓然明月，诗人本可以心念万端，激情满怀，诗才会如浩浩江水汩汩不断的。只可惜，这明月沦陷在都市的物语里，淹浸在物质的沼泽地，与模特女郎的销魂巨画构成相互映衬之关系，它不再激荡起诗人奔涌的诗情。诗歌的结尾三行，言说的正是诗人摆脱不掉的某种难堪困窘之局面。面对此情此景，我们不禁要问，这真的就是正常的吗？我想，《春熙路的月亮与模特》这首诗最大的价值，或许就在于能激发人们去深刻地反思这并不合理的现实存在。

特邀点评：张德明

天津·后巷

》 香 奴

我想起后巷的时候

其他街巷都是空的

喧哗都是静的

酒水都是投放过迷迭香的

灯光昏暗里，麦子弟弟唱完了那个夏天

我和非非一直喝到，一座城的繁华开始疲惫

面色苍白

我们凝视着彼此一夜间的苍老

拥抱里，时光的马匹突然一动不动

性情温良

蓄长发的男子背影，好看的牛仔蓝

妙龄的少女，羞怯的腰肢藏进宽大的亚麻衬衫

尽管喝吧，后巷没有心机和老谋深算

没人仔细分辨风韵犹存还是

徐娘半老。有人送你十元一枝的玫瑰

你就说出奥古斯汀并表示

有多爱枯萎的香槟色，那些纯净的嘴唇飞出

频繁的热吻，在清凉如水的夜寒里

涌动的暧昧都被善意地接受

谷子和桃花，也曾经在后巷歌唱过

那些不能记住名字的歌者，我都用草木标注

还有乐器，从吉他开始一字排开

直至马头琴、图瓦鼓、喝空的酒桶

鼻子发酸，空气里飘满了

会哭泣的、被拉长的、形影孤单的词语

座位上的你我面容模糊得

像似曾熟悉的一幅肖像画，绝不深谈

一个夜晚紧接着一个夜晚

我们听着那些纯净的噪音

在没有白昼的后巷，我们用酒，用咖啡香烟

用漫无边际的光阴

赞美田野，乡村，清澈的河水

其实我们都知道，后巷的一半属于虚幻

而另一半

只有那个叫老何的男人知道

点　评

　　天津的后巷，那是著名的酒吧区，是白天正常、安静而夜晚喧哗乃至
疯狂的地方。也许，在快节奏的城市生活中劳碌的人们，尤其是那些情绪

与思想异常活跃和丰富的青年人，需要找到一块地方去释放和发泄，将内心的喧哗和骚动倾尽、倒空，才能更踏实地走向新的生活。《天津·后巷》就是对这样的释放场所的写照，就是对到此消费和发泄的青年人某种生活时段的曝光，某种精神情态的显影。

诗歌采取总分总的情绪散发结构，来展开对后巷的记忆、描摹与想象。首节为总起之部分，"我想起后巷的时候／其他街巷都是空的／喧哗都是静的／酒水都是投放过迷迭香的"，借虚实相生、动静比照的修辞策略，凸显了后巷在自我心头所占据的独特的精神地理位置。接下来，诗人以三节的篇幅，着力展现后巷酒吧里的歌与舞、醉与笑、酒与色、迷幻与失意、喧闹与孤寂。虚与实的交织和摩擦生意，再次成为诗歌表意的主要修辞技能。诗中实写的部分，既有真实可唤的人名，如"麦子""谷子""桃花"等等；也有酒吧里常见的物件，如"吉他""香槟""咖啡""玫瑰"等等；也有酒吧间缺少不了的身体语言，如"凝视""拥抱""热吻"等等。虚的部分，则是诗人在嘈杂的酒吧里，面对迷狂与疯癫状的人类活动而展开的联想与想象，如"一座城的繁华开始疲惫""拥抱里，时光的马匹突然一动不动／性情温良""空气里飘满了／会哭泣的、被拉长的、形影孤单的词语"等等。虚与实的交错和互动，将后巷酒吧的现实境况和精神含义加以生动彰显。

最后一节回到了后巷生活述说的主体——"你我"。我们在那里曾经将青春和浪漫一次次激荡而出："一个夜晚紧接着一个夜晚／我们听着那些纯净的噪音／在没有白昼的后巷，我们用酒，用咖啡香烟／用漫无边际的光阴／赞美田野，乡村，清澈的河水"，不过我们也清醒地意识到，"后巷的一半属于虚幻"，酒吧世界的癫狂与发泄，并不能替代平常生活的循规与蹈矩。相对于日常生活，诗歌称得上是一种另外的存在空间，它可以容纳我们在日常之中很难存活的思想、情感与想象。在希绪弗斯式的庸常生活令我们常感困顿和乏味的时候，诗歌提供了心灵的释放地带和精神的逃逸之所，它每每让我们摆脱庸俗生活的困扰，获得新鲜的精神营养，打开崭新的想象的窗门。感谢诗歌，让我们的生活在日显庸俗和疲累时，总是能得到较好的调剂与不断的翻新。

特邀点评：张德明

垂钓者

» 土 钯

石座成泥时，渔翁口吐莲花万朵化作鱼
晴空，突降大雪、雷鸣、石雨
渔翁竖起，以胡须折了钓竿、金钩
螺纹钢的渔线，串起满河道的尸骨和垃圾

座石已西去、火种尚在，足以煮雪温酒
点枯木铆成舟、叠纸马为坐骑
泼清酒化为甘露，令沙漠献出绿洲
闪电为软梯。征途上，渔翁没扬一粒灰尘

点 评

　　诗作的第一部分就极力渲染神话色彩：石座化作泥，渔翁化作鱼，作者对天气的描写也为呈现一幅超现实主义画面增添了几笔颜色。在这样的画面之中，已化作鱼身的渔翁以躯体为工具来制作武器——"以胡须折了钓竿、金钩"。渔翁以自我牺牲的奉献精神，将捕猎工具改造成了鱼儿们生活环境的护具。"渔翁与鱼"本应该是猎人与猎物的关系，此时此刻却融为了一体，化为一个富有力量的环境守卫者，这种形象与角色的转换体现了作者对于在生态的天平上处于弱势群体的一种感同身受、一种移情。

　　诗作的第二部分，作者的手中仍握着神话故事中象征着希望与人类文明的火把，"火种尚在"。然而，故事里的渔翁仿佛被时光洗去了浮躁与轻狂，已成长为一袭袅袅白衣的墨客，有着"煮酒""点木成舟""叠纸为马"的恬静淡泊；亦像是一位得道成仙的仙子，有着为世人带来甘露与绿洲的博爱。

这首诗的主人翁只有一个，那就是"渔翁"，虽然它的身形千变万化，它的使命只有一个——守卫生态环境。

这首诗的意境充满着超现实主义的神话意味，其中渔翁与鱼的转换、幻境与现实的交接、富有力量的"刚"与恬静包容的"柔"，都蕴含着对生命角色的反思、对生活环境的反思、对维护生态平衡良策的反思。

点评网友：Bai Bright

翻 译

》 水笔翔飞

我母亲过往的苦难，我觉得完全能塞满
一整列火车，和它轰隆隆的漫长时间

我觉得苦难，不，是苦难们
自诞生之日，便像附着了一块胎记

那些身体上的黝黑或暗红，我觉得被奔驰的火车
携带着，路过了田野、城市、许多地方

还在和历史，一同前进
还在和窗外一闪而过的晨昏，相互慰藉

那辆绿皮车，我觉得不仅装载着我母亲的
"似乎一个时代的母亲、父亲，都在里面"

我觉得苦难这只粗大的土碗，结实敦厚
即使摔破了，亦带着不灭的中药味……

我甚至觉得，我应该摊开一张纯洁的纸

翻译点什么。比如这个早春，如我所见——

"我苍老的母亲，在楼顶上撒下菜籽
始终弓着腰，手抖颤，嗫嚅着

这跟当年她在一大片国土上
撒下知青岁月，没什么两样吧？！"

点 评

作为一直从事现代诗的翻译者，这首诗不仅特别吸引我的眼球，而且也在满足着我的好奇心。因为汉语的语言性格与词性特征，"翻译"这一词语担当着名词与动词的双重角色。名词的"翻译"毋庸赘言既是对一种行为的命名，也是对学术和学问的一种界定。而动词的"翻译"所包括的内涵相对丰富了很多，比如文字翻译（笔译）和口译，还包括现在各种媒体中的机械性的自动翻译甚至机器人翻译等等。《翻译》作为这首诗的题目，其立意非常新颖，尤其是对有翻译经验的读者而言，更能为他们带来无限的想象力。这首诗的句首从母亲的苦难写起，把母亲的苦难比喻成"能塞满一整列火车"和"轰隆隆的漫长时间"，更为鲜活的比喻则是把"苦难"形象化为"胎记"，使这首诗一下子变得活生活色。在有限的诗歌语言中，贴切、准确和生动的比喻对一首诗十分重要，它既能看出一位诗人的才华，也决定着一首诗的成败。在这首诗中登场的"绿皮火车"和"知青岁月"是中国几代人的集体记忆，前者穿梭在苦涩的分别与欢乐的团聚之间；后者是中国现代史上的一块褪不去的疤痕。这首诗如果翻译成外语，"知青岁月"有必要为外国读者添加注释。如果从诗歌写作与个人经验的关系性来看，这首诗的作者很可能是"60后"或"70后"。

特邀点评：田原

远行的人春雨霏霏

» 高　明

走不动的老人，搬不走的墓碑
就让他们留守在时光里
守候流水般空寂的乡村
日暮降至
兴致而归的羊群，攥着薄薄的黄昏

每株庄稼上
都能找到生活里隐匿的幸福
只要我们足够认真。渐行渐远的人儿
都有一道无法愈合的伤痕
在老人们的脸上勾勒出沟壑纵横的皱纹

我眼前的这片热土啊
正在一步步沦陷，荒废
披上柏油的华丽外衣
心间的沃土却从来都不缺少诗情，画意
和绿色的纯真

天空很蓝

如一道过路的忧郁

静悄悄地，小心翼翼地

染色给

路过田野不知所措的一朵白云

我们得祝福他们

像一只小小蜜蜂亲吻

春风中的花蕊

就如老人沧桑过的日子里

也曾泛起过波澜不惊的涟漪

远离家的人，只留下令人猜测的背影

和婆娑成行的

眼泪

把亲人打包闷进心里

从此每个夜晚都会春雨霏霏

点 评

在中国数千年文化浸润中，伤春思归早已成为文人的一种传统，乃至积淀为一种文化无意识。春雨霏霏，本是一个美好的季节。"春雨贵如油"，在如此诗意的季节，当躬耕南亩，共享天伦之乐，方不辜负此韶华。然而，迫于各种现实原因，人们尽管有万千不舍，却终要离家远行，霏霏春雨，道不尽人间的无尽哀情。王夫之在评《小雅·采薇》"昔我往矣，杨柳依依。今我来思，雨雪霏霏"时，曾讲到"以乐景写哀情，一倍增其哀乐"。该诗同样以乐景写哀情，两相对比，自然形成一种内在张力，给人以无法体会得到却又无法言说的痛楚。

诗人具有较为深厚的诗歌素养，无论是诗题还是诗行中的诗歌意象，都不难看出。诗题《远行的人春雨霏霏》就化"昔我往矣，杨柳依依。今我来思，雨雪霏霏"而用之，并将二者综合为"远行的人春雨霏霏"这一主题。"兴致而归的羊群，撵着薄薄的黄昏"一句也有化用《王风·君子于役》中"日之夕矣，羊牛下来"的味道，牛羊返家，而人却要远行，又是一个简单的对比，哀乐却从中生矣。此外，诗人更是坦言，第五节"我们得祝福他们／像一只小小蜜蜂亲吻／春风中的花蕊"是受张枣诗句启示。"博观而约取"，不失为诗歌写作的催化剂。

　　诗人首节以"走不动的老人"、"搬不走的墓碑"、"空寂的乡村"、夕归的"羊群"等意象群，点出了农村空巢化、留守老人等社会化问题，也在一定程度上奠定了全诗的感情基调。然而，诗人悲伤却并不消沉，在二、三、四三节中，诗人认为乡村从来就不缺少"诗情""画意"，只要"足够认真"，就能找出"隐匿"的"幸福"。然而，无奈的是，大多数人并没有认识到这一点，尽管知道带着"无法愈合的伤痕"，还是依旧"渐行渐远"。知与行的分离，进一步深化了无可奈何又无可言说的哀伤。在第五节中，诗人以宽容的心态，祝福这些远行者，同时也指明，只有经过时光的打磨，人才能更好地懂得生活。诗的第六节卒章显志，通过他人的眼光与远行者个人的体验的综合，再次深化主题：远行的人给别人留下的是"猜测的背影"，只有自己才知晓走后的"每个夜晚都会春雨霏霏"。

　　"诗歌是强烈感情的自然流露，它常常起于诗人平静中的回忆。"《远行的人春雨霏霏》这首诗的最大优点，就在于它能引起读者的共鸣，产生共情。

点评网友：董运生

霍金，你好！

» 商　略

我们仍处在一次爆炸的冲击波中
身不由己地溅落向未知的安身之处

我们是飞向一枝雨后的桃花？
还是洞穿某个潮湿滚烫的胸腔？

那个在宇宙之外点燃引线的人
感觉只过了短短几秒

我们却以为经历数十亿年的生生死死
并获得了伟大进化

宇宙膨胀的尽头如丝绸撕裂
发出破碎的哀鸣。那里也将是我们停止的地方

那里有真正的热寂——既热烈又寂静
膨胀和坍塌的因果轮回

基于我们有限的思维和认识

启发我们的或许是佛陀，或许是那个点燃引线的人

这意味着爆炸不止一次
而是回声般同义反复。爆炸一经确认

我们便能听到爆炸后的死寂
也将听到死寂后的一声鸟鸣

这宇宙中每一样事物的终点
都有着我们所不了解的空虚和寂寞
（并且总是被另一样事物所替代）

点　评

　　2018 年 3 月 14 日，当代最有影响力的物理学家霍金（Stephen William Hawking，1942 年 1 月 8 日出生）去世。此诗可视为一首向霍金致敬之作。

　　霍金对于很多读者而言，最有名的著作当数《时间简史》，此书探索宇宙的起源和归宿，其副题就是"从大爆炸到黑洞"。大爆炸理论对于今天的人来说，是一种常识。但事实上这种认识却是一种颠覆性的、全新的世界观。"大爆炸宇宙论"认为：宇宙是由一个致密炽热的奇点于 137 亿年前一次大爆炸后膨胀形成的。现代科学界，曾经普遍不相信《圣经》所言，宇宙是有一个起点的（《创世记》开篇即云："起初，上帝创造天地。"宇宙有一个"起初"，有那个"in the beginning"的状态）。这一时期的西方科学界普遍坚持宇宙和物质是恒定不变、无始无终的，因此对于所有涉及说宇宙和万物都"有一个起点"的理论一概不予承认。大爆炸理论带来的信息非常令人震撼：宇宙有始有终（传统的"因果轮回"观可能在"坍塌"），那么，是从哪里开始的？（真的有那一位"在宇宙之外点燃引线的人"吗？）如何有终点，那么这个终点，对我们意味着什么？（在基督教世界观中，上帝末日的审判，可能是事实，不是无稽之谈。这也是好莱坞

许多灾难片的取材根源：末日可能是真的，上帝的审判可能是真的。）回到这首诗中，诗人说"这宇宙中每一样事物的终点／都有着我们所不了解的空虚和寂寞／（并且总是被另一样事物所替代）"，既然我们如此"不了解"，那迎接我们的，到底是什么？现在我们应该如何回应？

当代世界，向我们展现出无比丰富、复杂的时间观和空间观，当代汉语诗歌，也应当处理我们正在遭遇的新挑战。当代诗坛，我们读到了众多的乡土田园想象、城市生活叙述的诗篇，而这首诗，似乎是一种新的诗歌形态。它建立在对科学与世界观的一种新认识上，然后以个人想象和日常生活经验来展开这种认识，既是理智之诗，又是想象之诗，同时，也流露出对人类命运之忧虑，又是情感之思。这种新的诗歌形态很有价值，值得关注。

特邀点评：荣光启

感 遇

» 蓝 紫

1

我从哪里走来？身后的山村

已成模糊的画面，距此地两千公里之外

这些年，努力挽留的事物

在陆续离开，容不得不舍

春兰葳蕤，桂花皎洁

与少女的心情多么合拍

那时我们坐在林荫里，抬头望月

星空在眼神中幻灭

我向哪里走去？身后的脚步

携带着荒原。如果衰老意味着失去

梦想是搁浅的破舟，波纹即使荡漾

也是徒劳。你看，岸边的

桃花、樱花被风吹起

草地上滚动着那么多色彩鲜艳的头颅

2

是否该回到树林深处？把魂灵从体内取出
迎风悬挂，抖落积聚的愁虑
或者将躯体风干，挤出多余的水分
呼吸因寂静而空灵，让体内
长出新的心肺和肠胃
鸟儿在高空鸣叫，传达尘世未了的情意
树木默默生长
满地花草，装饰一个又一个春天

鱼儿遨游深池，飞鸟栖息高枝
蜉蝣麇麇成群，一生的凄美只供留恋
你经过街道、超市、酒楼
境遇似乎并不比蜉蝣更幸运

3

于无眠之夜，睁眼看着
韶华流水，将手抚上额头
光阴随手肘流动，却抓不着
侧耳倾听
仿佛传来久远山村夏夜的蛙鸣
我们追逐萤火虫，至池塘之外
双脚踩着旧时的风水

从星空灿烂，到雪地空茫

路上的麦秸、稻穗、稗草和菜锅

是时光藏身的地方，它们即将放弃我

想起杨朱子"徒然泣路岐"，惶恐之中

我想追上去

双脚根本不听使唤

4

我将在哪里遇上另一个我？天际的孤鸿

掠过海面的波涛，把自己嫁给天空

翠鸟身披彩色羽毛，独自站立于一截木桩

尖嘴上挂着一片鱼鳞，并不惧怕

暗处的猎枪

它有没有感觉到危险和孤独？

如果来一壶酒呢，是否可以找到

隐藏的另一个？酒气缠绕躯体，长出

更多的枝叶，你越来越柔软

捂着耳朵蹲在墙外

把自己俯向尘埃

5

另一个你在梦里重现，抱着自己的影子

隐身于黑夜

远处的山村如今空无一人

人们在迷雾般的命运里，成为自己的过客

他们脚步匆忙，听不见彼此的叹息

他们醉倒在异乡的马路上，不愿意醒来

可我还得继续往前走

前方，罂粟花用妖艳诱惑我

鼓动双翼，犯下过错

我又是否爱上这体内的困倦？这阴霾

笼罩的世界，锈蚀身边的城墙

也附带锈蚀了我

这随时间而病残的手、足、躯干

我能反抗什么？除了安心地承受

未知的终点，何时抵达？

风暴从远处滚来，我无从躲避

6

我准备重新出发，于畴昔之夜

无论向前或向后，都不是归途

万物在阳光下生长，悄悄走向它们的死亡

光线经过枝叶，地上满是亮斑

周围歧路遍布，会有谁带我穿过丛林？

我该借哪一颗光斑，照亮路途的幽暗？

旷野沉默，仿佛这是一个人的星球

我所谓的出发，难道更像逃离？

我已洗静心扉，并不在意虫蚁与蚊蝇

林木茂盛，仿佛藏着谁的前世

那白雾之中，有长头发的女巫

要到我的躯体里找寻白骨

点 评

这组《感遇》，诗题有古意，但作者的想象、意象和语言却是非常现代的，处处透着奇诡与新异。同时值得注意的是，诗作有一个非常佳美的结构。

"我从哪里走来？身后的山村 / 已成模糊的画面，距此地两千公里之外……"这是诗思的开始，一个关于生命起源与自我存在价值的永恒问题。而诗作的结尾是："我准备重新出发，于畴昔之夜 / 无论向前或向后，都不是归途。"全诗 6 组，是一个完整的结构，最后的"重新出发"，也是对开始的"我从哪里走来"的回答：继续寻求，继续追问。"周围歧路遍布，会有谁带我穿过丛林？ / 我该借哪一颗光斑，照亮路途的幽暗？"

而每一首诗之间，明显有一定的意义结构。第一首是"感遇"之始，想象的展开主要在身外之世界，而第二首则是回到自我、向着灵魂之内："是否该回到树林深处？把魂灵从体内取出 / 迎风悬挂，抖落积聚的愁虑 / 或者将躯体风干，挤出多余的水分……"第三首是时间的变化，是"于无眠之夜"，是在"星空"之下。

前面三首可以说是在自我之内展开想象性的叙述，从第四首开始，有思想角度之转换："我将在哪里遇上另一个我？天际的孤鸿 / 掠过海面的波涛，把自己嫁给天空……""如果来一壶酒呢，是否可以找到 / 隐藏的另一个？"那"另一个"我可否遇见，可以作为灵魂的出口，作为自由之路？第五首是第四首的进深、是场景转换——"在梦里"是怎样的情形："另一个你在梦里重现，抱着自己的影子 / 隐身于黑夜……"第六首是全诗的结束，也是对第一首的回应："旷野沉默，仿佛这是一个人的星球 / 我所谓的出发，难道更像逃离？／我已洗静心扉，并不在意虫蚁与蚊蝇／林木茂盛，仿佛藏着谁的前世／那白雾之中，有长头发的女巫／要到我的躯体里找寻白骨。"

　　元代杨士弘编《唐音》曰："感遇云者，谓有感而寓于言，以摅其意也。"又曰："感之于心，遇之于目，情发于中，而寄于言也。""感遇"是一个很好的诗题。它可以是任何一首诗的题目：有感于遇到的事情、事物。但这首诗的作者，在处理一番"感遇"之时，没有让这种感觉的流淌过于随机，而是在一定的结构之中，这使得这首组诗很是别致：既有叙说"感遇"的自由与灵动，又有形式上的限制与相关意蕴的追求。在古今"感遇"诗写作的传承上，作者奉献了一次很好的尝试。

特邀点评：荣光启

两块巨石

» 秋水文心

我这一生，生死交替

要么坚挺，要么软弱

有时，傲娇得爱谁谁

有时，又反复躬着混浊的身子爬行

我这一生，一会儿火一会儿水

要么闪电，要么枯燥

有时，被大火里外燃烧，被海水多次呛死

有时，干渴在枯井旋即埋葬

我这一生，不是早死了一秒

就是晚生了一分

总是被抛在各式站台，心似海月如钩

心肺手脚子宫乳房腰肢哭和笑

都没有搁置在各自的意愿上

黑夜里，两块抵触的巨石

一动不动较劲，血泪四溅……

点 评

　　文学作为对人的状况的描述，世界性的现代文学中，有许多言说人的内在痛苦的作品。比如奥地利诗人里尔克（Rainer Maria Rilke，1875—1926）的名作："不：我的心将变成一座高塔，／我自己将在它的边缘上；／那里别无他物，只有痛苦／与无言，只有大千世界。

　　只有一件在巨大中显得孤单的东西，／他时而变暗，时而又亮起来，／只有一张最后的渴望的脸，／被摈弃为永远无可安慰者。

　　只有一张最远的石头脸，／甘于承受其内部的重量，／而悄然使之毁灭的广漠空间，／却强迫它日益趋于神圣。"（《孤独者》）里尔克的痛苦（他也将描述为"石头"），最后指向一种盼望："毁灭"之后，"它日益趋于神圣"。在中文的语境里，我们缺乏对这位神圣者的认识，但我们也不乏许多描述人的内在痛苦的优秀诗篇。这里我们读到的"两块巨石"应该算是。

　　作者的想象特别丰富，诗中出现多个精彩的意象，比如"要么闪电，要么枯燥""被大火里外燃烧""被海水多次呛死"，最让人触动的当然是那"一动不动较劲，血泪四溅"的"黑夜里，两块抵触的巨石"。这种想象，使人里面的痛苦显得巨大而有动感：那痛苦犹如两块巨石永恒的碰撞（人的这个痛苦是有重量的、有意义的，里尔克也是在这个意义上用了"石头"意象，这个痛苦所指向的不是虚无）。

　　诗歌需要给读者感受，让读者感受到言说对象在感觉、经验和想象等层面的"具体性"。作者关于痛苦的描述，是非常具体的："心肺手脚子宫乳房腰肢哭和笑／都没有搁置在各自的意愿上。"另外，作者的叙述，在语感上也显得娴熟，比如"我这一生，不是早死了一秒／就是晚生了一分／总是被抛在各式站台，心似海月如钩"，读起来很有节奏感。在主题、意象、想象和语言等方面，这首诗都表现出作者在现代汉语诗歌写作方面一定的素质。

特邀点评：荣光启

立春日

》高红艳

被冻住的河水的微波，就在今日
就在今日
又荡漾起来。虽然四周依然——
一片萧索

如果，通过相机使它再次凝结
我必须——将这错误删除

河边的残冰上有一只小小鸟停驻
它尖尖的喙在冰上敲啄
还未等你走近就轻灵地飞远

一条鱼翻着白肚皮漂浮在水面——
这春天门槛前的草率的死亡

几只野鸭子一会儿拖着两道水纹
浮游嬉戏，一会儿又钻到了水下
留下一圈圈涟漪，走着走着
你看到冰面和水面此消彼长

暗自较劲，又好似温柔地
相互环抱

点 评

立春，预示春的开始，蓬勃的春天还要历经乍暖还寒的环复而明媚开来。就如诗中第一小节所描写的，冻着的冰河微微解化，可环顾四周未改冬日萧瑟的景象。

然而，自然的法规与推进力是任何外界因素也不能阻挡并与之抗衡的。"如果，通过相机使它再次凝结／我必须——将这错误删除"就是此番意识的觉醒。

世事变化就如这季节更替带来的改变，引发人们猎奇探索的兴趣，继而思虑自身个体在变化着的环境中的适应和生存问题。

小鸟浅尝辄止式的试探，标示了一种处世态度，即略知表意，不求甚解。第二种则是鱼留给我们的启示，有一类很认真很执着的人，抱着积极进取的心态也付诸行动了，但鲁莽胜于思辨，结果只能是令人惋惜和遗憾。

最后一小节所呈现野鸭子的表现应最为推崇。不冒进，不轻易言败，探索中有方法并随时修正前进的方向，越走越通畅，最终达到与新环境的融合。

全诗短小精悍，诗人分别以"小鸟、鱼和鸭子"三种生物所表现出来的三种形态喻比，形象地说明了万物众生"适者生存"这一颠扑不破的道理。

点评网友：悠悠我心

巴弗奴斯挽歌

——献给被遗忘的法朗士，这首诗源于一个他讲过的
故事

» **严 彬**

在遥远的尼罗河沿岸

盛大文明的降临和衰竭之地

雄壮的亚历山大城建立

面具的黄金被掩埋，被熔解

权力的白银重新刷满墙壁

在王族、富商和新祭司的室内陈列

六百年间，尼罗河多少荣枯

多少肥沃的泥地中故人掩埋

家族更替，老妇新死

纯种的孩子长在摇篮里

卑微的人在河岸分娩

尼罗河在红色、黄色和黑色的地上流淌

摩西的后人在迦南地生根发芽

他的后人中有平民、圣徒、乐师和娼妓

六百年间，那些着苦衣的人不断出生
他们四处寻觅，汗水和血
流在苦刺枝干粗糙的皮上
他们数落和背负自己的罪恶
他们对前世的记忆最深
沿路回忆过去的生活，父母和邻居的言行

那过去的罪是什么？
——黎明之前的疯狂，黑夜中的甜蜜
对饥饿的忍受不够
没有柳条抽自己的背
没有梦到神圣的莲花和葡萄树
在一朵金色的野菊面前停留太久

"但溃疡和创伤是肉体的装饰
沙漠中处处开满花朵"

而尼罗河的水最终接纳了他们
遥远的沙漠降下磨难又赠予甘泉
在树枝的窝棚和地底的巢穴中
他们找回了自己，找到了共同的父亲
长夜如此冷清，豺狼在外流离
他们长守住自己

称呼相邻的人为兄弟和姐妹

面对太阳呼唤共同的父亲，仁慈的神
那些舍弃的并没有离去
农民开垦出菜地，牧人放养羊群
但他们限制自己的食欲，甚至限制呼吸
只在傍晚时闻羊群的奶，进食菜羹

他们仍保住了自己的身体
就像保有了罪，为了侍奉和修行

亚历山大的巴弗奴斯就住在这里
成为昂地诺埃最有信念的人
和他的二十四个门徒在一起
如果你去过他的棚屋
如果你听到过他深夜的忏悔
你也会愿意跟随他，如同跟随天上的神

而他曾享受过多少奢华
接受过多少世俗的流言，甜蜜的诱惑
在父亲那闪光的财富面前
最优秀的诗人也向他高颂赞美
那时他多么无所顾忌
几乎忘掉曾因囊中羞涩在一个女人门前徘徊

直到真理的剑穿过他的身心
成为一个全心接受了各个他信仰的人

就那样成为虔诚的巴弗奴斯
肉体的快乐在他身上慢慢消退了
日复一日重复着苦行
日复一日回忆从前的生活
那羞愧和比羞愧更深的痛苦延续着巴弗奴斯
使他成为一个全新的人

拥有过的，不是甜蜜，是蛇的红芯
野路边被玷污的菜汤
当他记起自己的情人，那些在晚宴和
白日的颂歌中见过的朋友
他给予怜悯，在告解中试图救赎
偶然他还会想起爱，那未经迈进的门

在某一刻
他甚至挑战了维纳斯

那就是她啊！不洁的黛依丝
那道他曾经为之停留的大门，那少年的羞涩
和人人都有的欲念——那门背后的女人
就是美丽的黛依丝，妖艳的黛依丝
男人们为她流连和狂欢
女人们对她恨之入骨

天资优越的黛依丝生活在人世的魔汤里
就像男人们生活在贫穷和富贵里

整日作乐的黛依丝有她的银色房间、粉丝装饰
有钱的人轮流供养她——人尽可夫的黛依丝啊
竟然也是神的门徒，维纳斯的女祭司
享有世间独特的美

谁能改变失心的黛依丝？
谁能拯救坠落的黛依丝？

而作为神，维纳斯又岂会错误
又怎会蒙上自己的眼睛
任凭她那最得意的使徒在人间祸患
去争那天上的光环（与堕落）
也许是人们信奉了她
去追随她的七色裙摆

或是美丽的黛依丝增添了自己的美
以睡梦和无所顾忌的白天挥霍她的美
偷食更多祭坛上的苹果
将门前的葡萄树全部砍伐
或是她将荣耀之书焚毁
忘掉了爱的箴言：

"爱是赠予，更是纯洁自己的身心
不和那不爱的人同床共枕"

当棚屋中的巴弗奴斯为往事忏悔

在往来的人群中看到起舞的黛依丝——
她已经成为亚历山大的妓女
甚至成为他昔日朋友的情人
虽然拒绝了来自亚历山大的全部来信
将自己的栖身之地掩藏

他仍然不能不想起黛依丝
十五岁时他也曾那样迷恋她
在自我的悔过中他又听到神的训诫
如今他远离苦海，身着苦衣
对一切无所求，唯独洗刷自己
全心全意信奉自己的神

"仁慈的人尚且拯救一头狮子
她愈是有罪，我愈是应该可怜她，搭救她"

善良的巴弗奴斯陷入困境
他已是昂地诺埃修道院院长
人们都称颂他的修行和美德
在尼罗河的那片沙漠，人们说
他是离神最近的人，是骷髅地的光环
当他想起要去拯救少年时的梦

那被黛依丝烟熏的唇，甜蜜的乳房
梦中的罪恶和梦中女郎燃烧……
以仁慈之名拯救堕落

以爱之名拯救荒淫
他为此痛苦，首先说服了自己
又去找他智慧的巴莱孟兄弟

"鱼放在干地上会死去
修道士离开他们的小屋，就会背离善良的决心"

但善良的巴弗奴斯依然说服了自己
将经书和修道院一一托付
什么也不带，只身前往那熟悉的城
黛依丝和巴弗奴斯的亚历山大
哦，他那颗仁慈的心啊
就像少年去寻找他的梦中情人

在风沙和荒漠中行走
穿过血水流过浑黄的利比亚河
因为神的庇佑，他在野兽的墓地中走
为了纯洁的德行，他绕过富足的村舍
拒绝同路人的布施，飞鸟的音讯
他着草鞋在炽热的岩石上走

这一切都是为了黛依丝——
"神的新妇啊，请跟我走"

在沿路的传言中他得到黛依丝的消息
那些落魄的男子因为穷酸诋毁她

——那只斯芬克斯的蝙蝠，无家可归的妓女
坐在车里头戴金项圈的男人轻浮她
——我们的朋友都要享受黛依丝的欢愉
巴弗奴斯加紧赶路，为了提前抵达亚历山大

黑夜中他跪地长叹
哀愁像苍耳沾满他的脸和黑衣：
可怜的黛依丝，是什么让你如此
你也曾是亚历山大母亲的好女孩
你也曾饮深井中甘甜的水
请你听我说吧——

"你为何迷恋歌舞和情欲
为何不珍惜你的美，哪怕做个普通人"

现在，没有谁能阻止巴弗奴斯寻找黛依丝
就像男人寻找他的女人，骑士寻找走失的妻子
这对他来说也是有益的修行
巴弗奴斯在埃及的土地上绕道而走
来到那要被遗忘却又如此熟悉的亚历山大
他的出生之地——领受罪恶之地

在黛依丝从前的门前停留片刻
回忆那位迷途中的少年，回忆少年如何辞别父亲……
他提醒了自己，不是以爱欲，而以正义之心
敲响黛依丝那所宅子彻夜尖叫的大门

"忙碌的黛依丝不在家"
——她的仆人在门内回答

当他在群星下祈祷，神给了他启示：
"去你的故人那里，找回那个穿红衣的人"

丧失自我的人才会赤身裸体在地上跑
漫无目的，在人堆中大声说话
他们如此可怜，不明白生活的方向
没有寄托，不知道信仰为何物
有时他们吃地上的甘草，嚼树上的叶子
离开自己熟悉的小屋，必将摔倒在路上

而美丽的黛依丝何止如此
她在别人的宫殿中舞蹈，坐在客人的大腿上
与心灵对比，她将自己廉价卖掉
为了追求所谓的情爱，她尽纳朝她走来的
男人……亚历山大的黛依丝如此可怜
她褐色水晶的眼中蒙上一层一层污浊

"堕落的人千千万万，仁慈的巴弗奴斯
你为什么选择拯救黛依丝？"

"我奉天主之名
愈是罪孽深重之人愈是可怜
我愈要拯救，我所收获的也更大"

这是巴弗奴斯对自己说的话

他在故人门前等候多时，傍晚时见到老朋友

闲谈中听到一个女子荡漾又寂寥的歌声

那就是他的黛依丝

她在侍女的簇拥中来到正厅

仿佛已是这位故人家中的女主人，披着数层长裙

如巨大的红石榴，如移动的小型火山

她的眼神轻佻，言辞傲慢

在一把镶嵌蓝宝石的巨椅上斜坐，面对故人巴弗奴斯

巴弗奴斯原谅了她

在银色大厅说出她的全部恶行

"仁慈的主仍会接纳你

在苦行中赦免你的罪，赐你做神的仆人"

黛依丝对自己过去的事并不懊悔

"我只是做着一个柔弱而孤独的小女人

我的幸运在于得到了维纳斯的眷顾

她赐予我爱和美，俗世的快乐——我错在哪里"

巴弗奴斯强忍自己的悲伤

在曾经爱慕的女子面前，紧握昂地诺埃的手杖

"你为何顽固不化，看不见身边的魔鬼

你本是良善的女子，如今却流连于男人之间

抛却那虚妄的美和爱吧，随我去圣洁的各各他

尼罗河的水会养活并洗净你"
这样的对话经历了几天几夜
黛依丝由傲慢变得疲倦，由任性变得伤感

她在维纳斯的神像前痛哭流涕
日落前回到自己的房间
为了争夺这位美丽的女人黛依丝
黑夜以天使和魔鬼的幻象同时现身
在眩晕中她打碎自己的梳妆台，脂粉溅到墙上
黎明前以一封长信向往日辞别

去街头找到在露水中过夜的修士巴弗奴斯
——同样的阳光洒在他的脸上
黛依丝容颜依旧，巴弗奴斯已经衰老
早出的妇人顶着牛奶和蜜从他们身边经过
亚历山大六百年来的金色在方形屋顶上展开
在这样的早上，一位不洁之人即将消失：

"带我去见你们的父亲
告诉祂我要成为祂的新妇，并请为我改名"

巴弗奴斯在梦中已经见到一切
他的神在远方的山上向他显灵
醒来时手上有一件黑色素衣
曾经朝思暮想的黛依丝就伏在自己跟前
她的眼中是泪水、悔恨和哀愁

仿佛从前的一切都消散，一切都消散

"现在就带我走，去你们尼罗河畔的小屋
就像回到摩西的出生地"
"那里没有美酒和情爱，没有维纳斯神像
你是否做好了准备，黛依丝"
"是的，神父，我已打碎美神的雕像
我已经背叛了美丽的维纳斯——而你那里有什么？"

——沙棘果，泥墙，带刺的柳条，赎罪的十字架
尼罗河水日日流淌……

什么是罪？
——出生。哭泣。进食。出走

什么是路？
——迷途。魔鬼。幻想。大风

什么是人生？
——时间。走路。赎罪。死亡

什么是死亡？
——黑夜。忏悔。节制。爱

什么是爱？
——自我。痴狂。别离。永恒

什么是永恒？

——约旦河。迦南。光芒。平静

…………

巴弗奴斯回到尼罗河岸

继续他从前的修行

因为重新见到女人、爱欲，荒淫的亚历山大

在夜里听到过往日的回声

他将鞭子挥得更重

驱赶心中的秘密

直到黛依丝穿上真正的苦衣

直到她亲手建好自己的小屋

直到每晚听到告解和哭泣

直到她消瘦

直到她枯萎

直到死亡来临

神与神的谈话重新开始

尼罗河的水将黑衣人冲走千百次……

点 评

　　这是一首关于信仰与救赎的叙事诗。故事发生在埃及的巴弗奴斯和他
要拯救的女性黛依丝身上。巴弗奴斯原是一位沉湎情爱的少年，青春期爱

慕黛依丝。黛依丝为绝世美女，令众男子倾倒，"人可尽夫"，后来是亚历山大的妓女。成年后的巴弗奴斯做了昂地诺埃为人称颂的修道院院长，他"是离神最近的人，是骷髅地的光环"，赎罪后的他，"想起要去拯救少年时的梦"，他想拯救黛依丝。于他而言，"仁慈的人尚且拯救一头狮子／她愈是有罪，我愈是应该可怜她，搭救她"。然而，拯救的道路并非一帆风顺。黛依丝依然沉醉于虚妄的情爱中不能自拔，"我只是做着一个柔弱而孤独的小女人／我的幸运在于得到了维纳斯的眷顾／她赐予我爱和美，俗世的快乐——我错在哪里"。二人经过几天几夜的对话与自我质疑，黛依丝终于心灵觉醒，皈依了天主，为之竭尽心力而衰老的巴弗奴斯则继续修行。

这个故事或者当作寓言来读，它类似《圣经》中记载耶稣拯救妓女和众人的故事，也与俄罗斯小说家列夫托尔斯泰的长篇小说《复活》或是曹禺的戏剧《日出》等有着某些相似的情节。罪与罚，弃恶从善，向上修行，巴弗奴斯的成圣和黛依丝的洗罪，无不说明人性只有经过净化，才能达到完美的极致，获得心灵的自由和个人的新生。

这组由十九首诗组成的诗歌，文字精练，语言富有节奏感，结构严谨，故事推进有序，诗人的思考使诗歌的内涵深刻，如第十三首，对失去自我者的描写，"丧失自我的人才会赤身裸体在地上跑／漫无目的，在人堆中大声说话／他们如此可怜，不明白生活的方向／没有寄托，不知道信仰为何物／有时他们吃地上的甘草，嚼树上的叶子／离开自己熟悉的小屋，必将摔倒在路上"。再如第十八首，是充满回味和令人反思的短诗，隽永深刻。这组诗是近年不多见的、有相当容量和写作深度的好诗。

特邀点评：陈卫

相 信

》 赵 飞

在炭河古城，一座吊桥上，
系满红丝绸，每根绸带坠着一块
桃心小木板，把吊桥装扮成一座虹桥。
人们在桥头簇拥，等待工作人员放行：
每次只准五十人上桥。
我也想到桥上走一走，吹吹风，
到桥对面的小阁楼登高望远。
当人群开始蠕动，我被推搡着上了桥，
一上桥，空间明朗，桥下的绿镜子，
呼应着蓝天，反射着阳光，
绸缎飘扬，并且，每块小木板上，
都写满了祝福与祈愿。
这样的事情十年前我也做过，
在海南三亚，一棵长寿树下，
我买下红丝绸，写下祝语，系在树枝上。
当时写的什么我已忘记，
应该是为亲人祈求健康长寿之类，
正如这座吊桥上大多数人写的一样。
在距离桥头五米远的地方，突然，

我的目光被重重叠叠的小木板中的一块吸引，

在它露出来的右侧心室，用黑色笔迹竖写着我的小名

一个亲切的昵称。仿佛听到了呼唤，

我走过去拿起小木板，看到它的左侧，

写着另一个我熟悉的小名，

在这两个名字之间，是"友谊永存"四个字。

我微笑着想：这真是巧啊。

我放下小木板，幽悠向前，

扭着头张望河面，河水延伸着，

在空旷的视野里有一种辽远的飞扬，

像红飘飘的丝绸一样要飞到天上。

当我走到桥尾，登上小阁楼，

眺望着西周遗址，古城墙，烽火台，

想着那个戏谑的周幽王以及褒姒的哈哈大笑。

我忽然开始惦记那片小木板：

莫非真是他写的吗？

那个青梅竹马的小伙伴，

大学时期曾经给我写信，

写总有一天我会躺在他身边的人，

那个被我拒绝并长期忽视的人，

真的是他吗？我呆立着，

忽然升起一种相信，

我必须返回去辨认那笔迹。

我返回，一眼就看到那两个稚气的叠音名字，

仿佛正在翘首以待。

我再次拿起它，仔细盯着那字迹，

很工整的楷体，溢出一股秀气，

在小木板的背面，写着2018，

我努力回忆十二年前的那些信件，

那个人的笔迹，我确信它们出自同一双手。

点 评

　　这是一首以散文笔法开始的诗，诗意的涌现在于不经意。全诗叙述了"我"在炭河古城，一座吊桥上看到许多祝福语，如海南三亚的旅游所见。这些，平铺直叙，诗意了了。当"我的目光被重重叠叠的小木板中的一块吸引"，诗意由此生发："黑色笔迹竖写着我的小名 / 一个亲切的昵称。仿佛听到了呼唤，/ 我走过去拿起小木板，看到它的左侧，/ 写着另一个我熟悉的小名，/ 在这两个名字之间，是'友谊永存'四个字。"散文式开头的诗歌，至此犹如一个小戏剧，高潮到来。接下去的大段文字，展示了内心起伏的情感波澜，经由回想、自问、确认，再确认，另一个主人公的形象由模糊而逐渐完整："那个青梅竹马的小伙伴，/ 大学时期曾经给我写信，/ 写总有一天我会躺在他身上的人，/ 那个被我拒绝并长期忽视的人。"作者很懂得方寸之间如何突出重点，注意凸显细节和关键信息："很工整的楷体，溢出一股秀气，/ 在小木板的背面，写着2018，/ 我努力回忆十二年前的那些信件，/ 那个人的笔迹，我确信它们出自同一双手。"时间虽然跨越十二年，数行诗句，记录完整，人物形象在记忆中重现。

　　这首诗还有一个特色，自然且巧妙地将历史故事（"想着那个戏谑的周幽王以及褒姒的哈哈大笑"）化作了现实背景，时空穿插中产生出"戏中戏"的效果，使暗恋这出小戏剧有了更大的暗示能，气氛得以更完美地渲染与烘托。

特邀点评：陈卫

我曾在河上四处漫游

» 琼瑛卓玛

我小心维持着对爱情最后的渴望

如同清晨六点被乳白色香味包裹着的河道

有一个时辰，我看到您从它身旁的樱花丛中轻轻走过

把绣着名字首字母的蓝布衬衣

从水里捞起。

无休止的沉默是三月河面未化完的浮冰

远处有一头小鹿

划破黑暗，冲着您——歌唱

正午时分我悄悄绕过它后边

听到有人在水底窃窃私语

等到黄昏来临，这里就被夷为废墟！

点 评

这应该是一首描写女性单相思的诗作。仅看题目中"四处漫游"几字，就先将主人公那种对恋人思之迫切，顾而寻见，欲求还止，只能把爱恋藏在心底的复杂矛盾心理定格下来。接着按此线索逐层递进，把主人公的心理活动细致入微地展示开来。诗中前二句着重勾勒了主人公对爱情的期许，那就是："如同清晨六点被乳白色香味包裹着的河道。"为什么这样

作比？我试想，早春里晨曦初露的早晨六点钟天才蒙蒙亮，经过一夜露水浸润，微微蒸发的潮气泛笼着薄雾，空气中自有的草木味道，散发着自然的香气，还未被晚些时候人为与外物冲撞的环境干净而又纯粹，这恰如之于一切物质之上的精神层面意义上的爱恋是单纯又美好的，令人陶醉的。显然，被暗恋者对于自己成为心仪对象并不知情，而主人公貌似也并不想捅破这层窗户纸，只停留在自我意念中：我只知道我爱你就够了，所以她为了得见心上人，肯定是下了功夫，了解并掌握一些对方的行为习惯："有一个时辰，我看到您从它身旁的樱花丛中轻轻走过。"在所倾慕之人走过的地方，远远地观望已经是很大的满足了。这符合恋爱中人的心理，爱一个人便默默地关注他，能见到他的身影心情便是愉悦的。这种情感体验很纯粹很美好。至于为什么主人公并不想让对方知晓自己的心意，肯定是有所顾虑的。是世俗所诟病的年龄上的差距？抑或是所处社会阶层的距离让主人公停下了脚步？不得而知。而诗中又有所提示："把绣着名字首字母的蓝布衬衣／从水里捞起。"绣着名字的衬衫必是私人定制产品，并不是普通工薪阶层所能及的。也许就是因为地位悬殊，才让主人公发乎于情，止乎于世俗定式。三月未化的浮冰，喻为冬春两个季节交叉交替中。以此定义主人公的思想也在游移摇摆中挣扎。小鹿，是常用于男女情爱中的一个意象。主人公经过无数次的忐忑，终于鼓足勇气向爱恋者发出爱的呼唤，但还没等对方意会到又退缩了。更让人始料未及的是"等到黄昏来临，这里就被夷为废墟！"，与倾慕者得以相见的媒介不复存在了，那这份感情也只能永远成为永久遗憾了。全诗叙事流畅，笔触细腻，把恋爱中的女性心理刻画得丰富而又形象，很有带入感，让读者置身于情节发展之中，跟着主人公的感情脉络而一并体会。

点评网友：兰质冰心

木 头

» **陈 亮**

父亲每每伐掉一棵树

都会用斧头仔细削去枝杈

然后竖立在墙角阴干

新鲜的木头

会散出极浓烈的香味

甚至在深夜里

还发出咯咯地响动

让我以为它们会逃跑

慢慢地，它们消停下来

直至变成一根彻底沉默的愚木

——父亲走后的一个冬天

因为空落和寒冷

我开始用这些木头取暖

当我把它们劈开

扔进炉膛

这些木头竟吱吱喊叫着

涌出热泪，并把它们

浓烈的香味迅速充满屋子

仿佛在告诉我

这么多年，它们并没有死去

点 评

  这是一首典型的咏物诗歌，这是中国古歌的传统。借景抒情，看似是很通常的一种文学表达，在不同的作者手下，会产生不同的反响。在这里，木头不是木头是父亲的灵魂，是借助那些带着声音的木头的细节的感触表达着儿子对父亲的思念。那是父亲生前砍伐的树木，立在那里，沉默了很久。似乎已经和父亲一样去了另个世界，但当我听见炉火中发出的吱吱的喊叫时，木头涌出的泪啊已经和我的泪混合在一起，你不知道谁是木头，木头为谁，你和木头成为同一种。这是抒情的最高境界，物我两忘。但有多少人在诗歌创作中最终能够达到物我合一物我两忘呢。这首诗歌里体现了这样的难得的品质，也同时提升了这首简单诗歌的品质。

  每首优秀的诗歌都有其高潮部分，这些部分常常充满了想象力。其实诗人的高下是有天赋高低的。想象力就能判别。

  当读到这样的诗歌，你的心会忽然一热，因为这里透着一个儿子真挚的思念。在父亲走后的一个冬天，寂寞悲伤的儿子，要用木头取暖。自然的描写既是在表现当时的天气，同时也敞开着一个人内心的悲戚。

  接下来，我们看到的木头都复活了，它们像人一样的叫着喊着，这让我想起了诗歌前几段中的细节描写，那些被父亲砍下来的树木立在墙边吱吱叫的场面。这些熟悉的画面是回忆，是对过去父亲声影的回顾，只不过借助这些沉睡的木头复活了。

  看似简单的拟人手法，木头在诗人笔下是情感的导体，是父亲的复活，是承载着爱的生命。这就是创造，也是想象力极度发达的表现。

特邀点评：马知遥

完美的囚徒

》 **李小洛**

现在，我承认

我自愿来此

并跟随众神的脚步

模仿，顺从

并恰好地融入她们

融入花园，八月

这薄凉的夜色

香气，翡翠，和一汪

静止泛蓝的湖水

这里，除了身体之外

没有别的家

而现在，前世在哪里

不去想。也不看。因为我知道

即使去，也认不出所有的真相

有时候，接受一个错误的世界

错误的人，远比寻找答案更为简单

不能说所有听到看到的

都是幻象，真正的爱和自由

也从来没有出现过

如此完美的花园，每一道矮墙

石头，都堆砌得恰到好处

当夜风吹向花园的尽头

没完没了的小路上

天使，魔鬼。神明放置在

各个路口的统领

早已准备好巧妙的骗局

前来安抚，导引我

上帝他仍然牢牢掌管着一切

包括那封来自未来的邮件和密信

仍有一条绳子不可摆脱

总是走上死胡同

只有在睡眠以后

才会没有丝毫的察觉

相信自己就是一株最完美的植物

没有任何的机会再来一次

而说出真相，又将会被否认，驱赶

经历前所未有的黑暗

现在，我承认我自愿来此

并终其一生

我承认我和其他人一样充满好奇

深爱着这世上诱惑人心的一切

且追逐和纵容，一座完美的花园

完美的监狱，身为囚徒

你，绝也不会发现自己身在其中

点 评

这是一首从容的诗歌，几乎诠释着个人的历史，从充满希望，到历经磨难，到看透一切的失望，到淡然地领受并秘密地接收，到恬然地享受这个并不完美的生活、这个并不完美的世界，甚至心甘情愿地成为被驯服的命运的囚徒。所以这首诗歌中宗教救赎的深刻意味就出现了。因为有对生命的永恒的思索，就有了哲学的深度，但诗歌不是哲学，她需要形象来说话，所以，"我"成为其中重要的角色，"我"带领着你观察体验着一生，后来我们发现命运是一样的。

如同一个导游，诗人开篇表达了自己最终淡然接受并恬然的心境，意境优美充满自由的想象。"我自愿来此／并跟随众神的脚步／模仿，顺从／并恰好地融入她们／融入花园，八月／这薄凉的夜色"，多么自然优美的诗句啊。第一段后诗人以倒叙的口吻，表达曾经的矛盾与挣扎，看透世界万象后的接受和归于平静的心绪。

"上帝他仍然牢牢掌管着一切／包括那封来自未来的邮件和密信／仍有一条绳子不可摆脱／总是走上死胡同／只有在睡眠以后／才会没有丝毫的察觉／相信自己就是一株最完美的植物／没有任何的机会再来一次／而说出真相，又将会被否认，驱赶／经历前所未有的黑暗。"这是这首诗歌中最坚实的部分。我们的命运被无形之手牵引，无法摆脱，现在也一样。但似乎这就是宿命，最关键的是内心的无奈是对现实真切领悟后的失望：说出真相又如何，不过是被再次否定和驱赶。这似乎将生活和历史中的种种都做了最为概括的总结。这诗歌同时又具有《圣经》的味道。一个内心有仰望的人，眼中才会充满对世界的和解和宽恕，才会有如许美妙的体验和精彩的句子，在此我不用引用了，这首诗歌该一再朗诵，直到你也陶醉其中。

特邀点评：马知遥

致 R

» 洛 婴

你积水的眼睛里，草出没
"一切已经不能更坏"，我能在你
坚硬的骨头里，摸到这些刀刻的象形字
突兀地表达着悲哀

时间仍只是幻影，多少有些留恋
过去的二十五年，爱像一只酒瓶
内心盛满了酒，一直安静地醉
你握它细长的颈部，就像握住它的秘密

我亲爱的故事，在更西的地方
你像一只为寻找猎人而疾驰的鹿
你饮弹，流泪，在黄昏里低语
谁看见了？

而在这冗长的一生里，有人轻轻吐出
自己的骨头，认真地刻下了你

　　这首深情的爱情诗复活了我久违的感动，来自诗歌永久的抒情传统的感动。有人说现代诗歌一旦抒情就失去了先锋性。其实诗歌最关键的元素还是真挚的情感，以及表达情感的方式。再先锋的诗歌失去了情感的内核，充其量不过是一具干尸般的缺少水分的形式探索。"爱到骨头里"，这首朴素的诗歌就是对这样一个再通俗不过的誓言的形象化的表达。在诗歌《致R》里，我读到了忧伤，读到了爱的无奈，诗人的巧思和深情有机融合，让我们忘记了诗歌的技巧。看吧，爱是一瓶精致的酒，她令人沉醉，令人安静，令人无法自拔。爱人如同一只疾驰的鹿，美丽的鹿用其一生都在追逐俘获她的爱人。诗歌对爱情浪漫的诠释，让我们看到了一种极致的爱，不顾一切的爱，甚至知道那种爱会致死，但心甘情愿。

　　诗人一开篇就用坚硬的句子抓住了阅读的兴趣：

　　你积水的眼睛里，草出没／"一切已经不能更坏"，我能在你／坚硬的骨头里，摸到这些刀刻的象形字／突兀地表达着悲哀。

　　眼睛如同深潭，里面有青草出没，这是明澈的眼睛，但已经死去，我只能在你的骨头里触摸到那上面镌刻的"爱"。这爱满是悲哀的颜色。我爱的人已经远去。接着诗人用爱的酒瓶、疾驰的鹿表达着对爱视死如生的痴往。我无法想象一个二十五年的过去藏着怎样一种海誓山盟，藏着怎样的刻骨铭心，让诗人的语言和骨头一样坚硬，内心如刻刀一样锐利，而这些都为了爱而存在。

特邀点评：马知遥

声音的门徒

» 成 婴

这么多内心声响，流淌到我们的唇边、手上、扭动里
那么多前世隐微的心流，今天来到笔端、锁孔、乐器间

夜色里谁曾对我们清净诵唱，来世返给谁蜜和乳的滋养
去年播撒的蒲公英，很快长出十倍的羽翼——

你见过咣当一下把身心点亮的句子？
她曾作为一个金色的音片，连缀时代的补丁？

一世又一世，好像没有尽头，我们听，一切音声
声音出入我们的心耳，我们和一切音声相和应

来来去去。声音寂灭，我们听，忘了听到什么
我们听。空荡音，妙音观世音，梵音海潮音

写下、奏出、画成、墨就，世音既出，你与虚空合一
任其轰鸣、翻滚，任其流逝
——你是虚空，又是音声，一切陀罗尼

既不是虚空，又不是音声，你是入道之门

亲爱的，见过、听闻过，佩过，触碰过的

是你的副本，在此合一

"言为心声"，心声还表现为肢体语言，如水般"流淌"在"手上、扭动里"。诗歌将心声质感化，那笔端流露、乐器弹奏的也是前世就有的心声。心声在传递，并在播撒中滋养接受者，如"蜜和乳的滋养"，又如那"把身心点亮的句子"，就是心声表现出的效果。心声又能听觉化，表现为音声。音声是社会中存在的重要的媒介形式，音声不绝，"一世又一世，好像没有尽头"，入耳入心，与我们相应和、交流。

同时，"声音"也是虚无缥缈的，转瞬即逝的，诗歌由此进行深化或延伸。"声音寂灭"，我们时常听后便忘记，又联想到佛禅方面的梵音，一切音色成为虚幻空荡的能指。这样，除了音声，那音声形式化的"写下、奏出、画成、墨就"，也是虚幻的显现，声音"你与虚空合一"。既然音声意味着空无，它就表现得更加顺其自然，"任其轰鸣、翻滚、任其流逝"，但是，诗歌在做佛思禅悟时并没有走向虚无主义。

最后一节对上节的"你是虚空，又是音声"进行反驳、纠偏，音声"既不是虚空，又不是音声"，这正是"不落两边""不执于一端"的禅思维，它使音声成了参悟的对象，成了"入道之门"。

诗歌由心声言及声音，再由声音的特征言及梵音、虚空的声音，最后归结为对声音的禅悟，印证了诗题目《声音的门徒》，由声音悟禅悟道。《金刚经》说"若以色见我，以音声求我，是人行邪道，不能见如来"；但也有因一声鸟鸣、截断话语的当头棒喝而大彻大悟。这首诗歌正是从纷繁复杂的尘世中抓住声音进行构思，意象深邃，境界阔远，诗意蕴藉，耐人寻味。

点评网友：大畜

雏 菊

》 **莫卧儿**

银河里的星星在春天

时常因为决堤改道

奔流到地球上来

地铁十号线安贞门站口

她遭遇了一场小规模瀑布

怀抱刚买的雏菊

和怀抱洋牡丹的女友

肩并肩站在电梯上

轻松倒带回二十年前

高中生的单车

摩擦着地平线的睫毛

小野花雾气一般弥漫在大裙摆间

再没有比意大利做经线

地中海做纬线更诱惑的网了

面前 Lancome 广告牌红唇的弧度微妙

泄露是否需要挣脱网绳

成为这个时代的悬念

而春菊、延命菊、玛格丽特之花

这些孪生名片听起来

比季节更有说服力

地铁站里的她们

有着刚刚觉醒的胴体

只等一节呼啸而来的车厢

插入锁孔，咔嗒一声

秘密机关洞开

点　评

　　诗题"雏菊"，是指花，还是指人？在我们记忆中，状物写景，通常不会停留在物与景；状物写景的目的往往在于人与事，或者情。闻一多1922年10月在美国写过一首名诗《忆菊》，是通过对菊花的风俗化、历史化，对菊花进行非现实化、理想化的艺术处理——"秋风啊！习习的秋风啊！／我要赞美我祖国的花！／我要赞美我如花的祖国！"《雏菊》与《忆菊》有着多种不同的面向。通读全诗之后，你会发现，诗人既在写雏菊，又在写"怀抱刚买的雏菊"的"她"及其"女友"，还有就是"春菊、延命菊、玛格丽特之花"这样一些如花似玉的怀春女子；也就是说，全诗既写花，更重在写美丽的充满青春梦想的青年女性。20年前，还是高中生的她们，骑着单车的她们，就大胆梦想着超越现实、放飞青春梦想的远方（"高中生的单车／摩擦着地平线的睫毛／小野花雾气一般弥漫在大裙摆间／再没有比意大利做经线／地中海做纬线更诱惑的网了"之寄寓）。而眼下，她们被一阵急促的春雨逼进了北京地铁（此乃开头几句诗所写），面对"Lancome广告牌红唇的弧度微妙"，她们的思绪彷徨于感性与理性、自由与规约之间，"成为这个时代的悬念"。"只等一节呼啸而来的车厢／插入锁孔，咔嗒一声／秘密机关洞开"，洞开她们"刚刚觉醒的胴体"。这需要机缘、"节点"、力量、情感和智慧。而这一切，均在等待中，在渴盼中，在不期而遇的"不期"中。总而言之，这首诗写的是年轻女性刚刚觉醒的身体意识、青春意识、爱恋意识和生命意识。它们因为朦胧而美，因为真实而美，因为美丽而美！

特邀点评：杨四平

墁坪的黄昏

» 杨胜锁

要不是赵三娃端着饭碗

站在他家院子里

隔着篱笆墙远远地朝我喊了一声

要不是我斜靠的一根篱笆桩

咔嚓一声断了

要不是河滩上一簇簇的芦苇

它们在晚风中轻轻摇晃

像我心中的隐痛

我还真以为，我眼前的墁坪

是一幅浓淡相宜的水墨

要不是远处的炊烟

和更远处的山萸开得隐隐约约

要不是今天黎明时分

一个要树苗的人打来电话

把我从睡梦中叫醒

我眼前的墁坪

我还真就给忘了

这是一年之计的春天

要不是哗哗的流水声

和三根朽杨木搭成的小桥

让人感到眩晕

要不是在八年前

在这座小桥下，深不足一米的河水里

淹死过一个老人

我还真想不起，我眼前的墁坪

是我来墁坪几十年之前的墁坪

还是我离开墁坪

几十年之后的墁坪

点 评

对记忆、历史、时代、现实、生活这些所谓"宏大题材"的处理，我们的诗人好像已经能够驾轻就熟了。仿佛那是"史诗""长诗""大诗"写作架构之事！"墁坪"是一个名不见经传的小地方，但对诗人而言，它比较重要，毕竟几十年前诗人就来过，后来离开了，现在又来了，至于为什么来了又离开，离开了现在又来，这些都不足为外人道也。诗人感兴趣的是，这个"墁坪"与他生命发生过多种交集的历史与现实、记忆与当下、真实与虚幻之多重交织。它们通过全诗反复使用的"要不是……我还……"的抒情模态和叙述逻辑建构起来，而且这种模态和逻辑内部也不是铁板一块，而是根据情感的跌宕起伏、意绪的轻重缓急而做相应的调整——第一节用了3个"要不是"，第二、三节用了2个"要不是"，这是"变"的部分，而"不变"的是第一、二、三节诗里都只用了1个"我还"，这就使得整首诗在结构上能够"稳中求变"，在逻辑上"疏密得当"，在旋律上既有主调又有变奏。正是因为如此，诗人"一个人的墁坪"就像当年刘亮程的"一个人的村庄"那样碎片化地、诗意地建构起来了。

特邀点评：杨四平

李白路过的回山镇

» 洪　烛

一朵荷花回头，看见了蜻蜓

一只蝴蝶回头，看见了梁祝

一首唐诗回头，看见了李白

李白也在这里回过头啊

是否能看见我？我是李白的外一首

一个梦回头，就醒了

一条河回头，意味着时光倒流

一条路回头，一次又一次回头

就变成盘山公路

一座山也会回头吗？

那得用多大的力气？

回山的回，和回家的回

是同一个回字。即使是一座山

只要想家了，就会回头

我来回山镇干什么？没别的意思

只想在李白回头的地方，喝一杯酒

酒里有乾坤，也有春秋

这种把李白灌醉的老酒，名字叫什么？

还用问吗？叫乡愁

　　常见一些诗人，面对一个词或几个词，通过对它们的发音、结构以及所承载的历史文化，生发漫想，行诸文字，终成诗篇。最有名的当数兰波的《元音》。他就5个元音字母写成这首著名的十四行诗，并将其呈献给阿波里奈尔。这类写作叫"词生词"式的诗歌写作。《李白路过的回山镇》也属于此类，但又不像《元音》那样完全"纯粹"，而是掺入了一些"杂音"。好在现在已经有人提出：一切好诗皆"杂"。这种"杂"不是混乱，而是在诗歌文本内部不同的声音在相互纠缠搏击并最后形成相生相克的和谐体。这首诗始终扣住"回山镇"的"回"字，从镇上的动植物"回头"写起，写到李白的"回头"，最后写到"我来回山镇"，这是构成了整首诗一个完整的叙述流程和抒情骨架。尤其是前面3个虚构的意象和场景，写得收放自如、意味无穷。它们得益于诗人在此使用了将"受事者"前置的写作技术——"一朵荷花回头，看见了蜻蜓"，其实是蜻蜓停留在一朵荷花上；"一只蝴蝶回头，看见了梁祝"，其实是梁祝变化成了蝴蝶；"一首唐诗回头，看见了李白"，其实是李白创作了唐诗。正是它们使诗人想起了回山镇的若隐若现的一切。它们也是促使诗人来到回山镇的真正原因——那剪不断理还乱的文化乡愁及其传统文化的感召力量啊！当然，如果把"一只蝴蝶"改成"两只蝴蝶"，把"一首唐诗"改成"几首唐诗"，从诗的表达上看，似乎更"准确"些。

特邀点评：杨四平

布达拉

》 **西德尼玛**

红山顶上的石头
是海水抛弃的石头
九百九十九只潮湿的眼睛
黑夜里格外明亮

谁来丈量石头的高度
是谁东面扔下的绵羊
石墙下分成碎骨
是谁西面扔下的鸡蛋
墙脚完好无损

石头内部的黎明
擦亮了赞普往返的马蹄
河两岸琴声不断
亲人们找到了香火
找到了自己的方式

石头流动如潮
石头下堆满日子

人们从月亮中醒来

黑夜纷纷落地

温暖了石头的骨头

温暖了双手

温暖了一千间

人神同乐的居所

黎明的王子

抛开了孤独的天窗

神剑指向的山外

只有火光和女人

只有四面来的战歌

身披黑色的旗手

鼓声中无法逃脱

故乡背靠石头

让时间死而复生

山下的村庄

从丰收中醒来

乳房济济

长袖飘扬

刻满雨水的石头

欲望把你染成红白两色

日落下海螺吹出的袈裟

望穿了天际的羊群

天际只有人们，只有巫师

石头上空
诗歌飞翔
每一条河流
潮湿了石头内部的故人

神的家宴
填饱了四方的亲人
石头与杨柳中心
众神的呼吸细细弯弯
滋润了土地上的翅膀

云中的石头
人神供奉的天灯
歌声引来雪花时
雪域的母亲
忙碌于每个眼神中
家园内外鼓声四起
青稞田间的琴声
不知流浪了多少个世纪

石头上的石头
太阳的邻里
人的双手
捧着一颗恒星

从故乡穿过庙宇

从此，神鼓内外

人类的姊妹

伤痕累累

从泪水中醒来时

幸福等了多久

山围绕石头三圈

石头围绕人们三圈

人们围绕石头三圈

暮色中的音乐

围天空三圈

虔诚人在石头中

找到了自己的大门

进进出出

日出日落

为人类储存道德

点　评

　　首句以拟人化的意象，托出贯穿于全文的线索——石头。而这个石头又是处于一个具体而微的位置"红山"上，对于藏族人来说，红山又称玛布日山，是可以与观世音菩萨的圣普陀罗山媲美的，因而红山也就被赋予了慈悲的胸怀以及几分神秘与崇高，在这样一种高度上来立足，便为下文的细数历史，抒发广博高远的感叹做足了准备。同时，从红山上的石头入手，也是对标题布达拉主题的呼应——布达拉宫坐落于红山南麓，所以这一合一张形成了一个极为有力的起章。而这个石头，又是被"海水抛弃的"，这里暗示自然地理的现象，即几亿年前的青藏高原是一片汪洋，同时也为下边的"九百九十九只潮湿的眼睛"——澄澈而浩瀚的海水遗留下的俊拔的高原后裔的纯净的满含泪水的饱满眼睛，做了一个铺垫。而用"黑夜"一词，奠定了一个主调，让整首诗在一种藏蓝色的映衬下进行，带有一种极为浓烈的高原映衬下的苍凉与历史感。最后的"明亮"又象征着藏族人对光明美好未来的祈愿。

从第二小节开始，诗人开始用一种历史的眼光审视这座不伟岸但却无比神圣的山，首先用一对设问和其富有回环色彩、矛盾而值得思考的回答来为赞普颂赞干布做铺垫，形极其伟大而开拓性的事迹。而后将赞普的事迹用一种原始的史诗性的文字进行表达，同时加以神化、夸张，"神剑指向的山外/只有……四面来的战歌"。而到了第七小节，便又引入另一层，"欲望"使得布达拉被分为"红白两色"，暗示着布达拉作为西藏权力的象征，饱经风霜洗礼，西藏的动荡，让那澄明的天空"只有人们，只有巫师"。这一切的苦难终将终结，当"每一条河流/潮湿了石头内部的故人"的时候，我们在思念仓央嘉措的同时，又迎来了格桑嘉措，七世达赖借清政府的力量平定了叛乱，为西藏迎来了几百年的和平，西藏也从此与中原接轨，成为真正意义上和睦的一家人。"家园内外鼓声四起/青稞田间的琴声/不知流浪了多少个世纪"，歌舞升平的西藏，人民日益富足，是神灵的庇佑，也是一代又一代西藏儿女努力的结果。这一切也使石头看在眼中，石头通灵，通往人们精神的归处。"人类的姊妹"——那些山川草木，那些鸟兽鱼虫，也是和和美美，滋养生息。

诗歌的最后，用古老的谶语"绕尼玛堆三圈会带来好运"，以山绕石头，石头绕人，人绕石头，各自给各自带来好运结束历史的描述，为下文的抒情"在石头中……为人类储存道德"蓄势。而最后一节，又给了人们一个思考，石头中的道德是什么，是布达拉中的慢慢的经轮吗，是布达拉象征着权力与标准的威严吗？显然，都不是，那石头中的道德，便是藏族人那种纯洁、质朴、猛烈而善良的人类的道德本源。全诗从布达拉着手，上升到全人类的道德上，以一块石头覆盖全文，以那种坚毅果敢的"石头"品质来抒情，表达了对西藏的美好向往，对人类道德的反思与自白，不愧为一首绝佳的抒情诗。

点评网友：铁寒宿

民间音乐

» 吴　晓

童年的燃烧，像隔年的红翅鸟，
她的蹁跹舞姿润泽土地的光芒。
我倾听来自青石和金鱼里的声音，
这圣歌般的流动直入心腑。
众神的黄昏悠久而纯洁，和谐如秾，
土地在苏醒，一个民族在歌唱。

双目失明的圣者，迎着月桂树而来，
先知的脚步里叙述赎救的寓言。
事隔多年，我仍能看见昔日的罂粟花秀色如玉，
而她的羞怯就是我怀想的理由。
另一种怀春的精神已接近崩溃，
一次童年的遭遇与音乐有关。
我们冠之以天鹅的歌与牧人的经历多么相似。
一个同源的回忆使黑色的蝴蝶疯狂。

迷信音乐的人来自民间，
久居成仙，离乡是神，
最初的表达倾注五谷的冥契。

我看见他们常常欢聚一堂，

在丘陵的屏障上，

种植这些天堂里的笑声和燃烧的红翅鸟。

点 评

　　音乐有声，却无色无味无形。这首诗的作者，使音乐插上翅膀，有了红翅鸟的颜色，使音乐扎下根，有了月桂树的芳香，更使音乐随物赋形，有了青石、金鱼、天鹅、黑蝴蝶等优美的造型。似乎只是为了说明一个道理：民间音乐是有根的，接地气的，与万物同在。越是土生土长的音乐，越有可能成为真正的圣歌：既像众神黄昏时的感叹，又分明是"一个民族在歌唱"。民间音乐哪怕只是由一个人（譬如双目失明的圣者）完成，也注定具备大合唱的辽阔，有一群人、一个民族甚至全人类再加上众神作为背景并且伴奏："迷信音乐的人来自民间，／久居成仙，离乡是神，／最初的表达倾注五谷的冥契。／我看见他们常常欢聚一堂……"诗人通过民间音乐跟那些发生在遥远时空的人与事交流，因为只有这洋溢着原始美感的旋律才能使古老的情感得以复活。正如神话是人类童年时代的产物，民间音乐则呈现出一个生机蓬勃的青春期，它使农牧社会里对天、地、神、人之关系的猜测与信仰上升到艺术的高度。这音乐的先河，最大程度地丰富了当时人们的听觉，并发掘了人性中抒情的天赋。每个民族都拥有不同的民歌，其特色能显现这个民族的性格。民歌应该是其成长史最忠实的记录，哪怕记载的大多是民间的事件、人物与情感。几乎每个民族天生都是载歌载舞的，只要是诗人，就会被天籁般的音乐感动，为歌唱者而歌唱，其实意味着对美好时光的挽留。只有原汁原味的音乐，才能使时光倒流。而诗人也不简单啊，能使几近失传的民间音乐重新响起，成为人间的神曲。

特邀点评：洪烛

菜乡小镇

》 辰　水

题记：

自20世纪80年代，我的家乡兰陵县，约有50万人依靠高科技种菜，30万人下江南卖菜，从而走出了一条特色小康的新路子……

1

愿为脚下的土地松绑

意味着平原与河流，湖泊与高山

被解放，解开捆绑在它们身上

那一道道的枷锁

最初是一个人，然后是一群人

再后来便是成千上万的人……

它们是黄瓜、大蒜、莴苣、芹菜、辣椒……

鲜活而有着草根的一生

2

土地有着它的颜色，正如五颜六色的蔬菜

构建一个多彩的世界

日月光华，旦复旦兮

青青蔬菜，悠悠我心

家乡的山川像一幅偌大的拼图

在碰撞与交汇中，土地的神奇显现

每个人几乎都是神农氏

变幻出一个多姿的菜园

阳明江畔，迦河两旁

一个个田园的梦——

日出而耕，日落而息

耕耘者带来瓜果和蔬菜、云彩与落霞

3

冬日的暖阳。一个个温室大棚

就是一个个小小的工厂

阳光与雨露，带来成长的好消息

一天一变样的蔬菜

像孩子露出峥嵘，健康而茁壮

从视线的另一头，监控器里看到水、温度、养分……

它们的加载和运送

调节一个小小的世界，如在掌心里

控制一个寰球

4

一个菜篮子的颠沛流离
也是一次饥饿的旅程
记忆是如此清晰，祖母数次为掉在地上的饭渣
无法捡起来，而哭泣过——
历史的悲剧绝不会重演。改革开放之后
土地被释放出高分子的能量
把菜篮子装满，把菜篮子装上卡车
丰富的、优质的、新鲜的……
像故乡的风，吹进城市
在超市里，那一棵棵新鲜的蔬菜
都拥有童年般的眼睛

5

寻找路径，车轮在前进
GPS 将幸福定位到每一辆车、每一个人
那在春风中穿行的蔬菜
那在车轮上移动的每一寸故土
都是喜悦，都是新的增长点
都将日月与大地的光华，运送、传播……
而在故乡，种植者必将
再次叩问土地——

春天播下的种子，秋天将再次收获

或许更快些

在新的技术下，某种神秘的力量

将修改传统的命运

6

北寿光，南兰陵

一方水土养育一地勤劳的人民

青砖绿瓦，别墅成群

新时代，从白色的宫殿到蘑菇森林

哪怕是严寒的冬季

吹过来的都是一种春天的风

春潮涌动，我看到了家乡五彩斑斓

蝴蝶飞舞，蜜蜂采蜜——

劳动以忙碌的姿态进行

一个个菜乡的小镇，星罗棋布

像珍珠，像一个个欲乘风飞天的风筝⋯⋯

点 评

　　打开《菜乡小镇》这首诗，先读题记，有点担心也有点好奇，如此现实的题材，作者将如何驾驭？近来我读了大量描写绿水青山或新农村的诗歌，自己也深度介入过这类题材的创作：1月初与陈崎嵘、赵丽宏、王久辛、曹宇翔、汪剑钊、李浔、陈勇、姜念光、刘汀、肖水、董玉方11位诗人，参加浙江出版联合集团、中国科学报社、《人民文学》杂志社主办的浙江采风，用半个月完成诗歌合集，3月11日就出版并在北京召开"绿水青山就是金山银山——诗集《大地的回声》出版座谈会"。我深知这也是一种"有难度的写作"。和怎么写相比，写什么同样是一种考验。《莱乡小镇》这首诗的开头，奇峰突起，使我油然而生敬意："愿为脚下的土地松绑／意味着平原与河流，湖泊与高山／被解放，解开捆绑在它们身上／那一道道的枷锁……"真是大手笔。把现实写出了史诗的气势。借助浪漫主义情怀、现代主义技法来写现实，比单独以现实主义来写现实，更能产生化学反应，而不只是物理反应。我把《莱乡小镇》视为新时代的新田园诗，它讴歌了土地，讴歌了土地养育的农作物，更讴歌了这块土地上的人："最初是一个人，然后是一群人／再后来便是成千上万的人……／它们是黄瓜、大蒜、莴苣、芹菜、辣椒……／鲜活而有着草根的一生……"农民和农作物一样是有根的，因而一样充满活力。这又是以现实主义来写故乡，比单独以浪漫主义来写更具体、更厚重、更有质感。最重要的是，作者对家乡的感情，为其驾驭这一现实题材提供了神力，多有神来之笔。可见情感才是诗人的力量之源。

特邀点评：洪烛

夕照前的杏树

» 张　晟

只有我蹚草声。

我从山谷向上走，临近山脊处，一棵杏树静立。

树枝纷披，结满红红果子。

一架木质梯子依靠在树干上。

它与枝条一样黑，却比一棵树更久远。

梯子横穿的短木凹痕明晰。

那么多人沿着梯子爬上去，一步步，缓慢或迅速。

果子跳动，在人手指间或头顶。

那么多人最终轻轻离去。

而梯子沾满莫名的芬芳。

我也将沿着梯子爬上去，接近或高于树冠。

也将随一小部分果子一起消失。

在夕照来临之前。

点　评

　　读《夕照前的杏树》，我下意识地涂写两句感受：人往高处走，高处
有红杏。相对于山谷，山脊是高处。相对于平地，梯子是高处。相对于树

干，树冠是高处。相对于落叶，果实是高处。高处是诱惑："那么多人沿着梯子爬上去，一步步，缓慢或迅速。／果子跳动，在人手指间或头顶。"高高悬挂的果实，忽而遥不可及，忽而近在咫尺，跟世间所有美丽的梦想一样，将面临兑现或幻灭。"那么多人最终轻轻离去。／而梯子沾满莫名的芳香。"诗中的"轻轻"，让我联想到徐志摩的《再别康桥》："轻轻的我走了／正如我轻轻的来／我轻轻地招手／作别西天的云彩……"以及"悄悄的我走了／正如我悄悄的来／我挥一挥衣袖／不带走一片云彩……"这里的黄昏静悄悄，因为有离别。《夕照前的杏树》作者，也在体会类似的"归去来兮"："我也将沿着梯子爬上去，接近或高于树冠。／也将随一小部分果子一起消失。／在夕照来临之前。"《红楼梦》里，最打动贾宝玉的一句话是什么？"赤条条来去无牵挂。"是宝钗念的《寄生草》里的句子："……漫揾英雄泪，相离处士家。谢慈悲剃度在莲台下。没缘法转眼分离乍。赤条条来去无牵挂。那里讨烟蓑雨笠卷单行？一任俺芒鞋破钵随缘化！"一下子就把贾宝玉给电住了。徐志摩果然和贾宝玉一样是历经沧桑的情种，也悟到了人生的真谛，无意识地把这句话改写成一首诗，即《再别康桥》。再别康桥之后，他还会遇见新的云彩，更多的云彩，只可惜最后还是一场空。不知贾宝玉告别大观园是否挥了挥衣袖？他已换上了宽松的袈裟，清风满袖。不管是黛玉的痴情，还是宝钗的温柔，都像西天的云彩似的，曾经拥有，却无法带走。《夕照前的杏树》也充满禅机啊，涉及存在与虚无、拥有与失落、相逢与离别。也许作者并未写到这些或想到这些，只是展示了有限的场景，却使人产生无限的想象。杏树的光与影，以及预留的大段大段空白，都在鼓励读者的再创造。

特邀点评：洪烛

秋风起

» 吴投文

秋风起，我从阁楼里下来
敲钟，一下两下叮当
蝉声的羽翼稀薄

西风来得早哇
有人撞上南墙不回头
独自叹息

草木抵住最后的凋零
却是一个恍惚，又一个恍惚
掩饰果实的迟疑

我钟爱这些发黄的草木
那么脆，天空晴朗
少妇走过庭园里落叶的嘀咕

我和一只蝴蝶的魂有什么区别呢？
舞一下，又一下
河水在远处静静地闪光

梯子已成朽木，我只有沉默

蚂蚁爬上一节

就有一节的恐慌

点 评

　　看到这个题目，很容易让人想起"无边落木萧萧下"这句诗。这首诗从蝉的悲鸣、发黄的草木、庭园里的落叶、蝴蝶的魂，一一烘托出了秋的萧瑟与悲凉，进而给全诗奠定了低沉的情感基调。第一节，敲钟，钟声代表着时间的流逝，而中国又有句俗语"当一天和尚撞一天钟"，诗人好像是对未来失去了信心，让人想到，生命不过如此，那么就得过且过吧。但第二节，诗人在感叹时间飞速流逝的同时（"西风来得早哇"），却又表达了自己依然坚持着当初的梦想，为了梦想，即使撞得头破血流，但仍不放弃（"撞上南墙不回头"）的决心。第三节，草木抵住最后的凋零，诗人似乎在向世人表明，自己一定会坚持到最后，虽然有时会动摇，但对未来还是抱有希望。第四节毫无疑问，诗人是热爱生命的，秋天虽然萧瑟，但秋天的声音（"落叶的嘀咕"），颜色（"发黄的草木""天空晴朗"），却无一例外地得到诗人的钟爱。第五节，蝴蝶是美丽的，蝴蝶的魂也必然是美丽的，既然我和蝴蝶的魂没有区别，那么一生即使很短暂，也要努力舞动出最美丽的人生。第六节蚂蚁，暗喻人如蝼蚁，梯子又代表着向上，可诗人却又在紧张，纠结，似乎在担心，随着年龄的增长，是不是会辜负了这一生？整首诗，诗人都在找寻生命存在的意义，还有诗人对未来的迷惘，对梦想的坚持，这些心理都通过上面一个又一个的意象展现，从感官到视觉，使诗人的这些感情全部得以释放。

点评网友：凡星

午夜书

»蓝海鲸歌

许多人常常陷入孤独，并引发焦虑

被一张无形之网束缚，无法挣脱

可我，却偏偏对这种流行病具有了免疫力

每到午夜，当我因伏案而神疲体倦

常常打开窗户，抬起头，望一下星空

这种习惯，已经坚持了好多年

以至于成为一种不可或缺的仪式

而每一次遥望，都注定会有新的感受

我确信：以我小小的窗口为起点

发出一条射线，沿目光的方向，向宇宙无限延伸

穿过无尽的星际尘埃和暗物质，最后

必将抵达某颗和我栖居的地球一样的星球

必将抵达某座和我生活的一样的不起眼的小城

必将抵达某个和我的小窗一样的窗口

那窗口后面的灯光下

必定也有着一个和我一样热爱诗歌、沉迷思考

习惯于仰望星空的智慧生命

我们共享一种默契：

每当夜深人寂之时，两双眼睛遥遥相对，目光相互撞击、缠绕

进行一种无声胜有声的纯精神交流

彼此感受对方灼热的体温和呼吸

想象对方脑海中正进行着的有关宇宙和生命的终极问题的追索

你看现在，远处的那颗星星眨着眼睛

我确信，那是他（她）在亿万光年之外向我发出的讯息

而在他（她）的眼里，我亦是如此

我们就这样相互感染、相互汲取

从生到死，生命中盈满了青春的活力

整个宇宙也因两颗心的同频共振具有了意义

而温暖和幸福更是荡漾于胸，波逐浪涌

源源不断

点 评

　　诗歌《午夜书》，首先书写了诗人午夜常常抬头仰望星空以战胜人与人之间的隔绝、孤独和焦虑。人们在一个充满竞争和世俗的功利的网络中被束缚，无力挣脱，而我以浩瀚的宇宙为参照，时常反观自己的内心，发现自身的平凡和渺小，不会妄自尊大，开阔胸襟；我与另一个星球上的我展开对话，其实是与自我灵魂的对视、内省和互参，保持沉静和清醒。其次，每一次遥望都会有新的发现，在我的想象世界里，充满自信，我对宇宙中另一个自我的渴望与期盼，帮助我战胜了孤独和焦虑，当然也有对现实中自我的肯定，人类的智慧通过诗与思抵达生命的智慧之境、澄澈之境。最后，我们共享一种默契，我与宇宙的对话交流，充满智慧的热情。我们对于宇宙和生命的终极关怀，正是人类自省的智慧。光年这个概念，是时空转换的概念。在想象世界里，个体生命与宇宙之间相互感应，汲取智慧吸取力量，获得心灵的共鸣。人与宇宙可以相互交流沟通，相互慰藉，使我们获得温暖与幸福，最终战胜孤独和焦虑。

特邀点评：任毅

渔村听雨

不知是谁擂响了十万面鼓

不是白鹭，不是野鸭，也不会是桐花

桐花的喇叭已经吹出了最后一口香气

桃花和鳜鱼都躲起来了

只有流水被反复捶打，一边奔腾一边呐喊

只有河床和水底的石头一声不吭

一架硕大的古筝在我卧榻之侧

弹奏《十面埋伏》。十万只手拨动筝弦，急急如令

此刻，只有渔村的灯火是安静的

我在翻读十七首《秋浦歌》

却没有找到任何一首关于暴雨的句子

点　评

　　诗歌《渔村听雨》，是在书写"我"在渔村枕着江水，倾听一夜的暴
雨。诗歌共分四节。第一节，十万面鼓，使用比喻和夸张的手法，写江上

暴雨声势凶猛，渔村的白鹭、野鸭藏匿和桐花凋谢的景象。第二节，李白《秋浦歌》中赞美的桃花落了，鳜鱼都藏起来了，然而暴雨，冲击着江水奔腾呐喊，诗人用河床、石头的静，反衬了暴雨的气势。第三节，用古筝曲《十面埋伏》，十万只手拨动筝弦，比喻暴雨声响，急急如令。第四节，眼前，渔火宁静，我在夜读李白的十七首《秋浦歌》，李白笔下，岁月之愁、怀乡之愁、人生苦短、怀才不遇的哀愁，在秋浦的美景中得以驱散，保持了内心的宁静。此时，暴雨下的渔村灯火、白鹭野鸭、馨香的桐花、凋落的桃花、隐藏的鳜鱼、古典的诗句，给我慰藉，使我也回到了内心的宁静和平和。整首诗，化用了李白《秋浦歌》中的古典意象和宁静心境，来反衬现实中渔村暴雨的凶猛气势，在动静衬托、古今对照、现实与心理的映衬中，实现内心的宁静，是一首奇妙的好诗。

特邀点评：任毅

垄上行

» 中原诗客

午后的风微凉，和我一起走在田野上；
田野安静，麦子葱绿；坑坑洼洼的小路，长满了野草。
在一株株麦子面前，尽管我一再弯腰，还是显得不够谦恭；
我知道，高过麦子的那一段距离，装满了虚伪；

风走得很慢，它在草尖上晃悠，它在麦芒上躲闪；
不远处，一只花喜鹊站在光秃秃的坟茔上，充满疑惑。
花喜鹊不明白，把生命种进土地，为什么没有长出果实？
而村子里的小孩越来越多，看见它就会端起弹弓。

在一座石桥上，我把风拦下来，一起休息；
桥下的流水并不寂寞，一条小鱼正大胆地挑逗；
我开始不安起来，芦苇丛中的一只白鹭，已经偷偷抬起长嘴巴。
接下来的事情我不忍看，转身面向红红的夕阳。

一天就要结束，风儿早已不见了踪影，我还在田野里；
用不了多久，这些麦子就会成熟，那只花喜鹊一定欣喜若狂。
关于生命的思考，留给夜晚吧，我和麦子达成协议；
当她们倒下的那一刻，我会用双手，小心地捧起她们的孩子。

　　诗歌《垄上行》，是一首借助夏日风景书写生命与死亡主题的哲理诗歌。诗歌一共四节。首节，夏日午后的风微凉，伴我走在田野上，田野上生机盎然，麦子葱绿，小路长满野草，我对这一株株麦子，一再弯腰，表达了对自然生命的无限谦恭，人自以为高高在上的认识和理解，其实都充满着虚伪。第二节，风吹野草，吹过麦芒。花喜鹊在光秃秃的坟头上，发出人们共同的疑惑：人埋进土地却长不出新的生命。而新生的小孩对着喜鹊端起了弹弓（人类对自然生命的攻击）。这里充满了人类对于死亡与新生的困惑和矛盾态度。第三节，石桥上我在乘凉，却发现桥下流水中，一条小鱼面临着芦苇丛中白鹭的死亡威胁，红红的夕阳，也是生命垂暮的象征。这是人对于死亡的警醒与焦虑体验。最后一节，诗人预言这些麦子即将成熟，丰收来临的时刻，它们都将倒下。自然生命的死亡与新生，将带来花喜鹊的欣喜（大自然的生机活力），实现了人与自然的和谐。"凉风"意象，是伴我行走的大自然的象征。全诗借景说理，层层深入，从谦恭质疑到疑惑攻击，从死亡焦虑转到生死转化，最后归纳到人与自然的和谐相处，卒章显志。

特邀点评：任毅

河流的分形

》 上　河

矮凳生白发，生农事寂寂
和白鹭三两只，养鱼人敲破了铜锣
也赶不走。我砍倒烟囱，重返
青苔抵死苦守的红砖。巷路狭长
有谁在远方握紧清风

河道桑叶入秋。疾风灌满了他的耳朵
这腐朽的一生，已摇晃在桃木盒里
几乎耗尽。落日练习这死亡，也像他
要构筑水上房屋，要重复着崭新——
一个分形的他，仍然为黑夜撑开入口

一切都在分形，不必等你归来
我就占卜了这窗外紧随千年的月光
她不是空白，她流到哪里的静谧屋檐，哪里
就会有几枝干净的芦苇回到书页，哪里
就会走出一个你

诗中的"河流"写实为河，不停地改变方向改变姿态，而又不停地滔滔奔流；"河流"虚指为生活，纵使千变万化地"分形"，也不过是一个个要熬过的日日夜夜。形体或许囹圄于"矮凳"之上，忍"白鹭""破锣"之烦扰，甚至"砍倒烟囱"，放下理想，回到起点。但人最终都是白发苍苍向木盒，耗尽一生时光。不等天地，河流要分形；不等你我，生活要分形。"河流"也喻人，破碎在孤独里，也要支起伤残的躯体，"为黑夜撑开入口"，放苦难远去。"清风"自远方来，"巷路狭长"里诗人翘首以望，可又把"落日"看成"死亡"，尽显悲伤。在痛苦里挣扎，在无奈里拼命，但要相信；亘古相随的"静谧月光"里，在思索的孤独里，还有战胜迷惘，不被"分形"的你。

点评网友：珍西

击掌曼德拉

》 晓　娅

题记：
——开普敦俯瞰罗本岛有感

多么辽远的海域
你却只有四五平方米的领地
浪花翻滚着忧患迎击堤岸
疼痛是肉体摔打礁石
盘错在历史上的烙印

潮涨潮汐分隔了种族的色彩
你的灵魂从青芒时节就被肆虐地冲刷
从教堂、学校到街头和监狱
两洋交汇之上骄阳的烤炙
锻造你赤子情怀
多么焦渴的撕裂
福音没有哀歌亦无人弹起
就这样
你沉静在孤岛上思考了18年

阳光不属于你

海风不属于你

自由更不属于你

27年，时针漫长成僵硬

以黑人拉着白人马车的速度行走

从17世纪卑屈至20世纪末

胸怀四大洲的广阔和蕴积

每一天都将蔚蓝贴服在心灵的底层

你常常独自腾空而出

站在人民和破陋的铁皮屋之爱里

鲜血凝固并渲染了赭红色的非洲殖民土地

见或不见

毗邻生命门槛的海岸线

正默默延伸着沙滩上的鸥群

它们随时等待振翅飞扬

每当漆黑降临

自由的哨歌

集结于你萤火不息的呼应

奏响独立而又统一的

七个音符

而你

始终在拥抱

拥抱满是歧视、血腥、暴乱、不平等的

世界给它以长者之爱

以平等和文明的济世规约

以诗吟哦国际政治人物，这毫无疑问是一首国际题材的诗歌。创作国际题材诗歌，显然是有难度的，需要有国际视野，需要有高远志向，需要有强烈的政治意识，还需要有深挚的人文情怀。这首诗在这些方面都做得很成功。诗人选取曼德拉这一政治人物为歌吟对象，以其用生命来换取黑人权利的历史壮举，倾吐对历史人物的咏赞，对世界和平的呼唤。该诗从曼德拉的牢狱生活起笔，通过历史与现实的相互对照，借助诗情饱胀的词句，艺术呈现了黑人领袖生活的煎熬、内心的强大和精神的伟岸，写出了曼德拉以自己的苦痛来换取黑人的自由与平等的伟大举动。诗歌中的隐喻修辞运用极为娴熟，诸如"浪花翻滚着忧患迎击堤岸／疼痛是肉体捶打礁石／盘错在历史上的烙印""见或不见／毗邻生命门槛的海岸线／正默默延伸着沙滩上的鸥群／它们随时等待振翅飞扬／每当漆黑降临／自由的哨歌／集结于你萤火不息的呼应／奏响独立而又统一的／七个音符"等诗行，都是全诗中极有分量的艺术表述。这样的表述既从整体上有效提升了诗歌的美学成色，又拓展了诗歌的艺术境界，增强了其内在的韵味。这些充满诗化气质的描述，与其他写实的陈述交融在一起，整首诗由此显得气韵生动，情真意浓，达到了感人肺腑的表达效果。此外，诗歌中的数字使用，"四五平方米""18年""27年"等等，也显得简洁有力，这既是历史的真实写照，又从时间和空间的双重维度生动揭示了曼德拉为自由和和平做长久抗争的英雄行为。

特邀点评：张德明

海绵的重量

» 梅　尔

当你把年轻的理想抱在胸前
海绵的重量就是翅膀的重量

当爱得难舍难分
当事业的波浪及至胸前
当果树一定要开花结果
海绵的重量就是飞翔的重量

当贝壳一定要上岸
海潮一定要涨涨落落
当樱花一定要在四月盛开
海绵的重量
就是左手倒右手的重量

当美洲注定要被发现
指甲注定要长出来
当布鲁诺注定要被烧死
海绵的重量
就是一克脑的重量

当乳房注定会丰满

秃鹫注定会苍凉

沙漠和绿洲注定同时存在

海绵的重量

就是一片云的重量

海绵的重量在每个人的心里

像蓝天的重量

大海的重量

空气的重量

像一颗心思念另一颗心的

血液的重量

点 评

  这首诗里，"海绵"成为人生的标画剂，成为自然万物的显示器，成为内心世界的外化形式。物理常识告诉我们，自然形态的海绵，本身并没有多大重量，但当它蘸上其他事物，比如水、油等，它的重量就会大幅度增加。这首诗从不同角度来写"海绵的重量"，正是依托于我们在物理世界的某种认知，并在这种认知的基础上，进行了合理的联想和想象，铺展出诗意的呈现了。第一节是陈说"理想"的重量，当海绵沾染上理想之水，它就显出了特别的"重量"，这"重量"就是朝向远方，不倦地飞翔。第二节直言人生中"爱情"与"事业"的重量，此节中的"飞翔"与第一节的"翅膀"有相同的意味，都表明人生中的许多事项：理想、爱情、事业，都需要不停地追求，永远向上。第三节交代了"自然"的重要，自然世界有自己的发展规律和运行轨迹，遵循自然规律才是合乎天道，"左手倒右手"看似轻易，其实也别有玄机，这以轻御重的身体语言，其实也暗示着某种特别的"重量"的。第四节言说"历史"的重量，历史有法则，历史有规律，但这法则和规律都依赖于人类的智慧，所以诗人说，此时海绵的重量，就是"一克脑的重量"。第五节强调相生相克、矛盾统一的平衡哲学在世间的合法性，由此及彼，我们会联想到，爱与恨、生与死、明与暗、世间与空间等等，一系列事物的对立统一关系，这正如"一片云"，它是轻与重的复合体。最后一节是总述，强调了"重量"的主观性意味，重量因人而异，同样的事物在不同人的心灵之中有着不同的重量。整首诗以物理常识为基础，在心理意识处做文章，还有很有意味的。

特邀点评：张德明

沿着河边

» **王清平**

沿着河边弃物，
生活攀上我久未理睬的青枝，
悠荡似乎不爱新奇的嘀咕。
水哗哗流向永不断流，
不去变大一条小河，
将碍眼的灰心稀释。
未来的消逝总还在出现，
十几块瓷片映入眼帘，
在新清澈和新茫然之间。
神秘的惊骇终究要来到
更加广阔的此地：
或许从未有过这样一条小河
在荒野上孕育出
远方早已熄灭的一团火。
把人声一点点唤回。
此刻只有回家，
令这方圆一公里失望的空气
不去朝阳北路上犯罪，
将这哗哗流水拎至半空，

发出小河发不出的呼啸。

　　"沿着河边"，这是生命行走的隐喻，更是思考人生的直写。在诗歌表达中，"河流"意象往往具有耐人寻味的深意：它终日不停流淌的身影，总是成为人类时间的证词；它由近而远的流向，总是将人们的思绪带向无穷的远方；它清澈可鉴的姿色，成为人类以此鉴照自身的镜像。这首诗是面对河流的思索，是诗人逡巡于河边而生出的内心世界的反思与醒悟。全诗起承转合的结构线索异常明显。"沿着河边弃物，/生活攀上我久未理睬的青枝，/悠荡似乎不爱新奇的嘀咕。"诗人以此起句，似乎在告诉读者：过去游荡的生活，并不令人满意，面对一川奔涌向前的河道，内心不觉有了愧疚和怅惘的意念。在这首诗里，河流某种意义上正是时间的比喻性符号。接下来，"水哗哗流向永不断流，/不去变大一条小河，/将碍眼的灰心稀释。/未来的消逝总还在出现，/十几块瓷片映入眼帘，/在新清澈和新茫然之间。"意思是说，时间在马不停蹄地疾走，而"我"不思进取，昏庸度日，辜负了青春好时光。如果说上述是诗歌的承接之处的话，那么诗歌接下来就进入了"转"的部分："神秘的惊骇终究要来到/更加广阔的此地：/或许从未有过这样一条小河/在荒野上孕育出/远方早已熄灭的一团火。/把人声一点点唤回。"这是自我幡然醒悟的表达，也是人生发生转向的契机，远方那团"早已熄灭的一团火"，并一条小河所孕育，生命复归的希望重新被点燃。最后五行为诗歌"合"的部分，所谓"回家"就是指回到生命的初衷，重新鼓起人生进发的船帆，以便去收获希望和未来。整首诗思路清晰，情绪运转较为顺畅，给人以启发。

特邀点评：张德明

水车谣

» **寿州高峰**

傍晚，村里人都在看云彩
浮云在墙头上燃烧
又被浓深的庭院慢慢熄灭

躲在麻栎树后面偷看翻墙的人
我的饥渴与生产队长的饥渴稍有不同
乡村已变得难以忍受

水车是木胎的蛟龙，驮着嫩白的脚踝
池塘清浅，可以看见鱼虾的影子
我在木梯上轻轻咳嗽了一声

月光下，麦秸铺成的屋顶依然是白的
草帽也是白的
如果被雨水淋湿，它们就会稍稍变黑

水鬼今夜翻过了第七十二口塘
我贪恋泥淖时的温暖
仿佛睡在前世的一具棺木里

　　这首诗发生的时间是晚上，也是中国20世纪七八十年代之前的一个晚上，从"水车"和"生产队长"的身份可以看到诗的"年代"，生产力的落后，生活的沉闷与死寂。那时候的人们是有过对"云彩"的渴望的，只是被所在的那个时代无情地熄灭掉了，但还是有一种裂变，"我"对生活的饥渴，"生产队长"对爱情的饥渴，"乡村已变得难以忍受"，扪心而问，路在何方？"水车"代表的是当时的社会现状，也是一种落后的模式和观念，它已是"木胎的蛟龙"，驮不动年轻的心。而对于现状之精神和物质的匮乏，人们又都违心地隐藏了各自的思想，"我"只是无奈地胆小地轻咳一声，已是不小的进步。月光下的乡村，有着自然的美，它的白也有着雨后的变化。所有这些，只为最后的叙说做铺垫，"水鬼"是民间迷信的水中的东西，这里借来应该是表达一种未知的事物和力量，历经磨难，逃脱了"我贪恋泥淖时的温暖"，追求新生，同时把自己的现状定性为"一具棺木"，反衬水鬼的勇敢无畏。这首诗，看似写的乡村的夜，实则写的是当时如何思变的社会，可以说，诗中出现的事物都有所指，虚实相生，耐人寻味。读读整首诗，再回过头读读诗的题目，正好对号入座。

点评网友：非月

我想赞美的事物一般都很轻

» 杨薛龙

我想赞美的事物一般都很轻

因为沉重，我赞美它们

我赞美过雨水，是想卸下我身体里

含铅的云块，赞美过雪花

因为荒芜，等着一片白的覆盖

我甚至，险些就要去赞美你

拎着一整只皮箱的家

还有他乡闪着刀光的月色

但是，赞美一次无根的流浪

比赞美孤独，需要更大的勇气

流逝的光阴里，挤满了虚无的面孔

它们因为卸下重力而轻盈

我时常趁着夜色去那里寻找

打听轻的下落，我拜访过清风

拜访过湖水一般的仰望

在那里，包浆的记忆，隔着岁月

将苦难裹上一层淡泊的云彩

让它们获得上升的浮力

可我往往只是找到一些积攒多年的落叶

它们蒙着枯竭的金黄

我不敢用轻易的手指去触碰它们

我怕它们碎成一地，想赞美

都捧不起来

点 评

"我想赞美的事物一般都很轻"，当我看到这个标题的时候，心里有一种别样的感动。人生大概是一个追逐的过程，很容易在追逐中迷失，肉身会变得沉重，沉沦于俗世的尘土之中。诗人有一种难得的清醒，在人生的轻与重之间，标举一种轻逸的飞翔的姿态。这就是一种诗意的人生。因为俗世的沉重，诗人赞美一些轻逸的事物，"我赞美过雨水，是想卸下我身体里／含铅的云块，赞美过雪花／因为荒芜，等着一片白的覆盖"，雨水是寻常之物，却代表一种清洁的精神，可以帮助诗人卸下身体里含铅的云块。雪花也是如此，它的洁白和轻逸可以覆盖诗人精神上的某种荒芜。

诗人的内心有一种特别的光亮，他以谦卑的姿态仰望一种值得信赖的生存方式，他所赞美的事物何尝不是自己的精神栖所？诗人抵制世俗欲望的沉重，他有一种脱离世俗的精神上的超脱，"拎着一整只皮箱的家／还有他乡闪着刀光的月色"，精神上的超脱与世俗之物的沉重恰恰是一种鲜明的对照。这种对照把诗人的仰望衬托在一种澄明的诗性境界中，"它们因为卸下重力而轻盈／我时常趁着夜色去那里寻找／打听轻的下落，我拜访过清风／拜访过湖水一般的仰望"。诗中有一种精神的流浪，同时也有精神的自由，他并不妥协于世俗的苦难，乃至"将苦难裹上一层淡泊的云彩／让它们获得上升的浮力"，这就是一位诗人的生存方式。

此诗包含着很深的人生感叹，诗意凝聚，结构紧凑，耐人咀嚼。尤其是结尾的几句，"我不敢用轻易的手指去触碰它们／我怕它们碎成一地，想赞美／都捧不起来"，把诗人内心的敬畏升华在清洁的生命境界之中。

特邀点评：吴投文

走甘南

》 谢新政

出门的那一刻，一场雨从江西赶来，为我送行。

只有甘南，读懂我的心思，用阳光勾兑的青稞酒，逼出我骨头里的寒。

梅里雪山，赠给我一条洁白的哈达。

我学会了第一句藏语：扎西德勒，扎西德勒。

月亮升起来。这高原的月亮，像被雨水洗过，照得见寺庙和诵经的僧人。

一面经幡，在我的梦里飘了多年。

我不会诵经，但我有一颗虔诚的心。

一条白龙江，融合了多个民族。

郎木寺像镀了一层黄金。对岸的格尔底寺，升起了炊烟。

泉水清澈，那是从地心里流出来的。

像一面镜子。蓝天、白云，在波纹里晃动。

我相信，有一条隐秘的路是通向天堂的。几只黑色的秃鹫，在天空盘旋，升起又落下。

在玛曲草原，我的心开成一朵金莲花。

从纳摩大峡谷出来，我看清了我的前世今生。

一处世外桃源，暗合着我的起点和终点。那些飞翔的鸟，把我的想象带到了高处。

雪还没有落下来，山昂着头，仰望着天空。

西梅朵合塘像一位藏族少女，穿一身的蓝色长裙。

天是蓝的，从雪山上走下来的黄河，在这里，走出了靓丽的第一弯。

蓝色的尕海湖，是神清澈的眼睛。

抬头三尺有神灵。神在鹰的翅膀上，激荡起一圈一圈的涟漪。

夏季，黑颈鹤、黑鹳、大天鹅、灰鹤、雁鸭，这些远道来的鸟，像我们一样，听从了神的召唤。

山像一头壮实的牦牛，在湖水深处游走。

空气中，没有一丝尘埃。氧分子是甜的，树木呈一种宗教的走势。

在一滴水里，我们洁净得像刚刚出生的婴儿。阳光，轻轻地拍打着我们的后背。

月光下的桑科草原，安详、寂静。

我的爱是一匹狂放不羁的野马，在月光下喘息，被你的花香诱惑。

熊熊燃起的篝火，在狼的目光里战栗。

糌粑，烤羊肉，青稞酒。那颗远古的星辰，多像狼的眼睛。

我放开缰绳，马奔腾而去。

格桑花开了，河流奔涌。马蹄踏过的地方，星星陨落。

扎尕那，一个原始的村落。半山腰上，木楼层叠。

在海拔 3000 米的山上，我呼吸困难。一条蛇，缠住了我的脖子。

风吹动着经幡，他们红扑扑的笑脸，为我切除了疼痛。

多少个午夜，我还梦见了她们。水一样的身子，头戴银饰的桂冠。

从贡唐宝塔里出来，走过大夏河上的木桥，拉卜楞寺都在我的眼里。

我敞开心扉，把心里的佛晒了一晒。

在甘南，我看到最多的是寺庙，是插在玛尼堆上的经幡。

大夏河像一部经书，石头圆润，水珠清亮。

一位穿着红衣的僧人，赠我一串佛珠。他瘦小的身子，像一面幡在晃动。

我记不清他的脸，是长方形还是椭圆形。

离开甘南，我没有带走什么，也没有留下什么。天空那么蓝。

你是否还在风中，等着我的消息？

点 评

《走甘南》看起来像一首纪游诗，实际上却有更深一层的意蕴，在纪游的外壳下隐藏着诗人沉思的面孔。诗人在甘南且行且思，风景不断地扑面而来，又不断地退到身后，他思绪纷飞，在行走中趋赴思想的远景。如果说一般的纪游诗更多地停留于风景的描绘，此诗则把风景内在化，更多地在心灵的空间展开自我对话，大体上是一种独语式的性灵书写，自我情感的投射非常强烈。景语即情语，诗人的笔下之景已非实写之景，而是心灵之景。

此诗在虚与实、情与景的关系上处理得相当到位，就其实质来说，还是主体与客体的对照关系。诗人有极敏锐的观察，诗中的景物都有生动的面目，有甘南丰沛的地方气息，另一方面又无处不有诗人个性与思绪的印记。诗中不断地闪过甘南的风景与风物，带有写实性，但写实却被控制在恰当的尺幅之内，风景都笼罩在诗人的思绪下，诗人的思绪随物赋形，"一切都着我之色彩"。

此诗的一大优点是语言上的特色，长句的使用契合于诗人行走中的心绪，似乎漫漫长途没有尽头，但诗人终究要向这一切告别："离开甘南，我没有带走什么，也没有留下什么。天空那么蓝。/你是否还在风中，等着我的消息？"诗的语言有一种开阔的敞亮感，有极大的涵括力，甘南的风景与诗人的思绪都包含在语言的绵长中。此诗有七节，篇幅并不短，却并不显得冗长，各节之间契合无间，自然流畅，诗的情思空间饱满，个性的棱角也非常突出，不失为一首耐读的好诗。

特邀点评：吴投文

母亲的样子

》 西鎝铃铂

题记：

向母亲节献礼。祝福天下的母亲，快乐安康！

年轻时的母亲
一只手抱着我，一只手看书，备课

她把书打开，用一只秤砣压着
看完一页，秤砣拿开
翻一页，再压上
突然，她把我放在膝盖上
两只手捧起书
声情并茂地朗读起来
嘈嘈切切错杂弹，大珠小珠落玉盘
胸腔里荡起的涟漪
怀里的我，一起同频共振着

二十多年后，我当了母亲的时候
也是这个样子
把书和儿子，一起搂着

　　诗人对母亲的记忆肯定很多很多，而诗人从无数个记忆中调取了母亲抱着她读书这一记忆，从中不难想到，母亲抱着她读书不是偶尔的，而是经常性的。母亲在诗人幼年时期，一只手抱着她（从这里可以看出母亲是很爱自己的孩子的），一只手读书，这在无形中就在诗人幼小的心灵里播下了热爱读书的种子（这对诗人产生了很深远的影响，诗的第三节就印证了这种影响）。然而，生活并不是轻松的（秤砣这一意象的出现让人感觉到了一种重担），作为一个女人，更作为一个母亲，生活里要工作，还要照顾孩子，事业家庭两不误，母亲用她坚强努力、积极向上的精神给幼年的诗人做出了榜样。（母亲是热爱工作的，她在照顾孩子的同时，也不忘记备课，所以母亲应该是一个很优秀的教师。）母亲用她自己的言行感染着年幼的诗人（这胜过千言万语的说教），所以当诗人也成为一个母亲之后，诗人又去感染她的儿子，这就成了一种精神上的传承。通过此诗，我们可以知道，诗人很爱自己的母亲，虽然整首诗没有华丽的语言，但句句都透着诗人对母亲的爱，这是任何华美的语言都比不上的。诗虽短小，但真情长。另外，诗人更借助此诗向世人展示了在孩子心目当中母亲的榜样作用是巨大的。这就是母亲的样子。女子本弱，为母则刚。这就是天下所有母亲的样子。

点评网友：老先生

我看到的野花

》 雷 霆

在悠长而散漫的山沟里，我看到的野花
开在溪水的两旁。风只是在上面吹来吹去
此生少有的庇护，多么像浩大的王宫啊
这不要命的黄，是官道梁唯一的尊贵

对于闲置不语的尘世，花是我伤心的美
从高出地面的部分算起，加上我俯身的尺度
我和山丹花，蒲公英，龙舌兰说的悄悄话
也刚够关注柴胡轻启的嘴唇。羊群出没！

山上的羊群，比石头更寂寞，它咬紧山崖
仿佛咬住人间欲弃不舍的良心！风一样柔和的羊毛
亮出卑微的温暖，展开越来越单薄的家族史
你看到的花是有背景的花，开了就是一抹痛

一辈子的功名，什么是旧的，什么又是新的
粗布和丝绸有共同的故乡。清凉的水沿河而去
是为了远方的嫁妆。这路上缺衣少穿，这路上
风景不显赫，你得搭上少年时代的那些心事

高高的雾霭，庇护干燥的岩石，山榆树有宝典

风也吹不到的低啊，安放什么样端庄的尘埃？

当散漫的山沟收养了这一群沾亲带故的野花

我只是路过啊，你这样盛大的场面不该为我奢侈

点 评

　　该诗以极为抒情的方式，通过诗人眼中观察到的山沟里的野花，在第一节就情难自禁发出喟叹"风只是在上面吹来吹去／此生少有的庇护，多么像浩大的王宫啊"。那么，在诗人心中，当下看到的"野花"已不是普通的花儿，而是"这不要命的黄，是官道梁唯一的尊贵"。在普通人眼中原本低贱的野花此刻在诗人眼里却显得如此"尊贵"。由此带动读者继续观察第二节、第三节："花是我伤心的美"、山羊是野花的背景，一步一步深入，不知不觉被诗人挑动了思考："一辈子的功名，什么是旧的，什么又是新的／粗布和丝绸有共同的故乡。清凉的水沿河而去／是为了远方的嫁妆。这路上缺衣少穿，这路上／风景不显赫，你得搭上少年时代的那些心事。"这真是再回首，已惘然。人生有时浮有时沉，少年心态看花是花，中年时看花可能就是非花了，所以才有那一声："这不要命的黄……"让我们记住这几个字吧，这不要命的黄！费孝通教授曾说，中国社会从基层而言，其本质是属于乡土性的。亲情、恋情、乡情等等通过诗歌这样一种"特殊的管道（文本形式）"得以宣泄抒发，从而更好地挑动人们内心深处的情感体验。《我看到的野花》分为5节，从"我"看到野花，到"花是我伤心的美"，到"你看到的花是有背景的花，开了就是一抹痛"，再到引发"少年时代的那些心事"，才有了最后一节的惊动与顿悟——"我只是路过啊，你这样盛大的场面不该为我奢侈"。当一个人对着大地发出这样的感叹，这不正是诗人对泥土、对草根怀着深深的敬畏和回馈吗？这同时也是诗人对神性的回归和赞美！

特邀点评：顾北

光　辉

》 **韩玉光**

一座山峰的美德

一条河流的美德，我们一辈子也学不到。

夜宿常德，那个叫善卷的先生

托梦给我——

不要再争来争去了

每一天都有迷人的光辉

再多的人

也享用不尽。

他推开窗户

指给我看

那些上山的人，下山的人

从来不能带走一座山。

那些渡河的人，投河的人

从来不能带走一条河。

我懂了

大地的美德

我们一辈子也挖掘不尽。

生，或者死

只是一个人

一生，分两次献身其中。

点 评

　　阅读《光辉》，我们首先得搞清楚"常德善卷先生"。善卷，今山东菏泽市单县人，传为尧舜时隐士。他辞帝不受，归隐枉山（今湖南常德德山），德播天下，成为中国道德文化的渊源。有了这个认识，我们就知道诗人所言"光辉"何意。当人性光芒普照大地，我们才知作为普通人的"渺小"。诗人将善卷先生的道德典范与山峰河流相比拟，借此告诫人们"不要再争来争去了／每一天都有迷人的光辉／再多的人／也享用不尽"。古往今来，许多诗人通过吟咏人性之美来抒发个人特有的体验，本诗开辟了一条蹊径，喻理于禅。"托梦""推窗"都是诗人内心触动的动态描摹。感谢生活，诗人通过一次偶然的感悟，让读者与诗中的美和爱相遇，让人性的温暖照亮心灵，从而拥有表达的愿望，你看："那些上山的人，下山的人／从来不能带走一座山。／那些渡河的人，投河的人／从来不能带走一条河。／我懂了／大地的美德／我们一辈子也挖掘不尽。""挖掘"用得太好了。善卷先生的美德就是大地的美德，这是我们一辈子也学习不完的。其实，诗人夜宿常德，感知善卷先生的呼吸就在身旁，已经领悟到自身的渺小了，只不过，一首好的诗歌，往往并不总是自怨自艾，而是跳出个人放眼众生，在立意和造势上站得更高更广也更能打动读者，就像自由的呼吸，从容地吐纳，道德高地是如此浑厚宽广，值得一个人用一生去膜拜、学习，所以诗人才说，不管生死，都愿意"献身其中"。

特邀点评：顾北

昨天，老村长死了

》 **强 波**

昨天，老村长死了

那个当年我偷了生产队的两个苞谷

抓住我猛踢几脚的老村长

那个当年我饿得两腿发软

给我一块苞谷面干饼的老村长

那个为了把三百亩坡地建成水平梯田

天刚亮就在高音喇叭里叫骂村民的老村长

那个为了给公社粮仓超计划缴足公购粮

不给村民口粮的老村长

那个为了让村里学校的孩子不饿肚子

偷偷发放贮备粮被公社书记批斗了三天三夜的老村长

那个为了带头落实计划生育政策

先把自己老婆送到卫生院做结扎手术的老村长

那个分田到户后还整天在田间地头巡视

操心经管别人庄稼的老村长

那个直到七十岁后还为村民排忧解难

调解邻里矛盾处理家庭纠纷没有职务的老村长

老村长老村长老村长老村长

昨天，老村长死了

整个村子的男女老少都在哭

老村长没有儿子，背丧牌文告的是他唯一的女儿

按照农村风俗，老村长算是绝后了

点 评

　　一首谁都读得懂的诗，它的好正是在于直接的情感抒发，以情动人。在我阅读它时，我想象着自己站在舞台中央，背景幽暗，眼角湿润，大声诵读："那个当年我偷了生产队的两个苞谷／抓住我猛踢几脚的老村长／那个当年我饿得两腿发软／给我一块苞谷面干饼的老村长／那个为了把三百亩坡地建成水平梯田／天刚亮就在高音喇叭里叫骂村民的老村长／那个为了给公社粮仓超计划缴足公购粮／不给村民口粮的老村长／那个为了让村里学校的孩子不饿肚子／偷偷发放贮备粮被公社书记批斗了三天三夜的老村长……"诗人以一长串密集的排比，刻画一位大公无私、与民谋利的村长形象，成功地将读者拉回到那个灰色的年代，对于20世纪五六十年代出生的农村读者来说此情此景应该不会陌生，在《昨天，老村长死了》一诗中，诗人可以说是"泛滥"地对老村长抒发感恩之情，通过层层铺设，这样一位令人敬重的村长形象站立起来了，然而，诗人并不愿意停留在一味地刻画上，而是为了最后一小节的升华："老村长老村长老村长老村长／昨天，老村长死了／整个村子的男女老少都在哭／老村长没有儿子，背丧牌文告的是他唯一的女儿／按照农村风俗，老村长算是绝后了。"我请求你们注意诗人的用词"算是——绝后了"，在诗人潜意识里，村长的存在已经成为一种庇护的象征，而老村长死了，也就意味着庇护所的坍塌，这是一种精神意义上的坍塌，诗人多想老村长"有后"，老村长的人性光辉必须有后人承继，但现实却是老村长"算是绝后了"。整首作品在强烈的质疑之中结束，却留给人们深深思考。老村长真的绝后了吗？其实，我们在读出诗人无限愁绪之时，已经隐约感知到了，如果有灵魂轮回，那么诗人自己正是"那个人"！

特邀点评：顾北

戴雷锋帽的女子

》 **杨清茨**

斑驳的朱红大门吱呀开了

铜环生着经年累月的锈

一位戴着口罩的女子

姗姗而出

屋外的风

刮得凄厉

衰怨如泣

头顶上的天空

因风的狂戾而变态的蓝

睹不见的冷空气中夹杂着酸臭

仿若拼了命的随风往肺腑钻

女子微皱起眉

四下寻找日常深绿的大垃圾桶

锥心的冷啊

女子系紧欲被风刮走的帽子

那顶粉色的雷锋帽

复古元素与时尚范儿的矛盾物

将垃圾重重丢入垃圾桶的女子

拍拍手，迅速转身

黑色的塑料垃圾袋里

躺着两双金银双色跟的意大利船鞋

默泣着遗弃的心塞

十年前的这般二月春寒料峭

女子绷着修身的仔裤

光脚踏着灿灿亮的耀眼跟鞋

赤裸裸挥洒不畏疏枝冷的火力

再回不到从前了

女子轻叹，看了眼脚下的雪地靴

厚重得如同后海湖上的冰场一样真实

决然插上风狂推的大门

逝去的花期，即使已被岁月漠然

紧闭的东厢房里

有一朵花骨的小身影

专心擦拭着紫砂貔貅上沾满的灰尘

纯净容颜如同和田的羊脂白玉

羽毛般浓密的睫毛下，星眸扑闪地述说着

生命的轮回

前世的续约

　　雷锋帽的时尚与复古，暗示着女人的过去与现在。十年前的她在春寒料峭的二月光脚踏着亮灿灿的高跟鞋，显示出十足的活力与青春的激情。如今的她，在狂风与寒冷的催逼中，在令人难忍的酸臭的侵扰中，穿着厚重的雪地靴、戴着口罩出门扔垃圾，皱着眉轻叹着回不去的岁月与青春。一个女人的十年，两种完全不同的气质与风貌。纵使一项雷锋帽可以展示时尚与魅力，却终究无法掩盖蹉跎岁月在女人身上留下的痕迹。斑驳的朱红大门与生锈的铜环是岁月留下的足迹，紫砂貔貅上的灰尘是时光流逝的身影，意大利船鞋被丢弃是女人对青春与时尚的告别。然而，这一切并非意味着女人的衰朽与青春逝去的凄惨，诗的结尾那朵纯净容颜的花骨的小身影，是一个女人另一段生命历程的象征，她也许不再活力四射，不再时尚年轻，但历经岁月的洗礼，她变得成熟稳重、心境平和，于是当她戴着那顶雷锋帽时，会显示出复古的魅力。那生命的轮回与前世的续约，正是一个女人从青春延续到中年的魅力，是女人内在精神气质的延展。纵使青春逝去了，但内心的宁静与平和却不一定是十年前的青春少女所能拥有的。我们，终究要向岁月妥协，与生活讲和。

点评网友：晓楠

夜　雨

》 庞　培

黑黑的房子里别无长物
只有一场雨
仿佛有人把豆粒撒在屋顶上
空气里有夏天特有的晶莹

我要到雨天的窗口收割自己
但雷声仍在阁楼上和怪物格斗
一分钟，楼梯崩塌
茫茫雨雾，如同尘埃

雨仿佛从怪物的刀刃上甩出
黑黑的房子里，勇武、嗜血、怯懦
看不见的格斗
灌满了风暴

突然
一个灵魂从另一个灵魂里站起来

　　我一向认为诗歌所传递出的"异质性"倾向十分重要。何谓异质，异质就是反常态、反惯性等所形成的"反差"效应。《夜雨》这首诗，乍一看，好像是一首被许多诗人惯用的"雨事"。然而，当我们细心品味诗中"从另一个灵魂里站起来"的雨，我们就会为诗人把惯常的雨打出"常规"、为雨设置"第二环境"的写法而叫好。

　　《夜雨》的第一节有二处"状物"的描述，比如"豆粒"与"晶莹"，这个状物描述为"雨"定下了"声势"，也为下一节"我要到雨天的窗口收割自己"以及"一个灵魂从另一个灵魂里站起来"设置了"格斗"的平台。从第二节起，诗人从雨的常态性描述中"脱身而出"，设置雨的"第二环境"，让长驱直入的雨有了被"阻截"的反冲力，引入一场"幻与在"并存的物与物、人与物之间"灌满了风暴"的格斗，一场常态的雨骤然变身为一场反常态的"雨事"："一分钟，楼梯崩塌/茫茫雨雾，如同尘埃""雨仿佛从怪物的刀刃上甩出"。

　　的确，诗人，古往今来，他（她）属于自然，又高于自然。在他（她）自己的经验、感知、灵性、知识的能量中，他（她）自己就是自己的"秩序"，因而，世间生生灭灭的生灵万物都布满着"人格化"的力量。《夜雨》作为一首隐喻性极强的诗歌，那一系列"被想象"出的"雷声仍在阁楼上和怪物格斗"的幻象就应该理解为一种命运和世家。因为《夜雨》它完全不是依照规律性来实现"雨"的式样，而是由颠覆现实秩序、命运驱动以及意志调配来实现人与物、物与物、人与世界的一场"格斗"。

　　从《夜雨》的写作，我们还看到了诗人擅长运用的"隐喻"，其实就是对这个世界的重新命名。那么，既然是命名，就很少有人是冲着真相而去的。试想，若是沿着真相而去，那么"黑黑的房子里，勇武、嗜血、怯懦/看不见的格斗/灌满了风暴"的激越与想象将会被类似于巨大的真相"黑子"所吞没。因此，诗人要想"一个灵魂从另一个灵魂里站起来"，就必须将秩序推倒重来，打破常态，赋予生命"重生"的机会。

特邀点评：卢辉

故　乡

》西　左

1

不远处，悬挂在枯草上的露珠，逼草叶交出
身体里的泉眼。纵然，这里石漠成灾
纵然，李白曾将月亮吟哦成刀尖，刺向人间
悬挂在枯草上的露珠，不是鹰荒凉腹部的井
而是天空的漏洞

喜鹊飞来了，立在瓦檐，抖落下那么多亮光
太阳喷发的火山灰，沉沉覆盖住所有事物
匍匐向尘埃的，是万物从体内抽出的灵魂的光线

瓦檐下，有人从出生那刻，为自己准备好离骚
江水；准备好黄金的转盘
——怪圈中飞转的向日葵，身披命运的枷锁

屋前的树，因生锈而掉光叶片
因生锈作茧的人在千里之外，孕育乡愁的蝴蝶

树伸向天空的枝干，夜晚，结满繁星点点
倒影长进土地，沦为向下生长的人类的软肋

2

少年的牛咀嚼雪。牛从雪里出来
山腰极冷，牛心肠极热
少年的牛在龙洞山下饮月亮，饮水面的白银

星辰，倒悬头顶的万家灯火
每一盏灯，对应大地棋盘上
一枚枚棋子，走卒。天地间
有宏大的叙事，孤独

两岸枯草，即将萌蘗一茬新愁
草的骨头快不过锋刃，锋刃快不过春风
春风中，草命疯长

少年的牛因匮乏而贪婪
饮浩浩汤汤慈悲的大河
直至饮到河的苦血
少年的牛是这条河的补丁
大地的伤口

少年把牛赶进月色，背部垮下满地黄铜
少年把牛赶进村子，赶进一部泛黄的史书

少年拿着鞭子走在牛身后

走在少年身后的神，拿着闪电

3

有人提着行李，从眼睛的岩石里挤出泪滴

有人缓缓上车，背影像场大雨

有人隔着车窗举起挥别的手，手指如掉光叶片的枝干

使人联想到枝干上空的寒鸦，雪

留在故乡的妻子儿女，像散养的牛羊

留在故乡的父母，身体的某个部位，常年熬着药罐子

留在故乡的土地，贫瘠，桃花每年开如人们付出的心血

留在故乡的草木，一叶一个死结

留在故乡的青山，有祖先的姓氏

留在故乡的河流，一部骨血的源头史

汽车往东。故乡往西

往东是大海，是林立的电子厂……

往西到处是他们熟识的路，但脚下却无路走

汽车往东。车上坐着的不是人

而是运往工厂的零件

诗人写故乡有多种写法：有及物的，也有不及物的；有在场的，也有不在场的；有经验的，也有超验的；有既定的，也有设定的。如此众多的写法，说到底，究竟是"等身"的，还是"等心"的，从这首《故乡》由"万物从体内抽出的灵魂的光线"来看，它更多的是"等心"的"故乡"。

诗人用现代人的视角来照彻古人的境遇，又用寓言化的式样来反观现代人的心境。这样的"有缝"察识，"无缝"对接，使新旧融渗之后的"异彩"跃然纸上，更使得故乡的"等心"效应有了神性的光芒。

在我看来，一首好的寓言诗或"穿越"诗，奇特的语汇转换，奇峻的古今浑然，往往都能独当一面。比如，《故乡》里的"因生锈作茧的人在千里之外，孕育乡愁的蝴蝶""少年的牛是这条河的补丁""有人隔着车窗举起挥别的手，手指如掉光叶片的枝干"，这些奇峻的诗行，正是以现代人的视角来透视过往，融渗万象，使一种宽远的生命与刻骨的命运在诗中交相辉映。

当不少诗人热衷于及物的"碎片化诗歌"之时，这首《故乡》的那些"含混、驳杂、隔岸"的不及物状态，却营造出另一番的"情感脉冲"和"寓意指数"："星辰，倒悬头顶的万家灯火／每一盏灯，对应大地棋盘上"。在这里，灯火与棋盘交织成故乡的"深图景"。在诗人的眼里，这既是一种本能的释放与归依，又是一种自潜与挣脱，这样的"纠集写作"，使得《故乡》保持着写作的"隔岸"和诗意的"晶体"，由此衍生出"另一种诱惑"。

的确，诗歌创作中的幻象与世象交替、寓言与现状勾连、超验与经验匹配，这样的"交错"，这样的"纠葛"，需要一种强大的"精神观照"、强有力的"精神抵达"和明晰的"精神指向"，就这一点而言，《故乡》做到了。另一方面，《故乡》不少诗句用"古境"反切到"锐意"十足的现代思想，避开了因"古典意象"而导致的"积淀性""指向性"的文化积淀，这样的诗不因为寻古而把"现代"掏空。

与世界对视，与万物交谈；与故乡交心，与时空同居，这是我看好《故乡》的真切感受。当然，如何让寓言性、戏剧性的诗歌场景真正演变为诗人"等心"的故乡，单靠天性、经验、认知、想象的"积淀"所形成的"气场"是远远不够的。就《故乡》而言，如何加入有效的"史迹"，使古今的"穿越"点更殷实、更鲜明、更具有穿透性，这才是具备史诗风范的基本品质。

特邀点评：卢辉

一只猫走过光明巷

》**宋 煜**

曾经，我与一辆相向而行的汽车

把一只试图穿过光明巷的猫

逼到街道中央。生死一瞬

它决定避开我的电瓶车，却

遭到了汽车的碾轧，看似毫发无伤

的猫，仰面摊开在光明巷的街面上，粗短的

前臂，在空中无望地挠了挠

我别过头，继续赶路，后面的车流声

潮水一样碾过去。

后来，我依然常常走过光明巷，那只猫

的肉身和血污，被阳光和风反复涂抹冲刷后，早已消失无踪

只是我总感觉有双眼睛，在暗处

盯住我。有天我确认了那个眼神

它从街边的矮墙上下来，步履缓慢

却灵巧地避开行人和车辆。走到街对面

看我，等我步行穿过光明巷。我站在原地

不知所措。所有的行人、车辆，冒着热气的小吃铺

被晒得吱吱响的大树，仿佛都成了审判官

是的。众目睽睽之下，我成了一个真正的刽子手

我的心被丢到街上狠狠疼了一次。

点 评

"我的心被丢到街上狠狠疼了一次"，这是《一只猫走过光明巷》留给我们的疼痛与诉讼。一首好的诗，能够在荒诞世界与现实存在之间产生强大的"错位"张力，这种生与死的"张力结构"正是这首诗值得称道的地方。

这首诗围绕着"一只试图穿过光明巷的猫"，因"决定避开我的电瓶车，却 / 遭到了汽车的碾轧"而展开了一场生与死的诉讼。在诗中，诗人行走在此在、彼岸以及疼痛、自赎的境地："只是我总感觉有双眼睛，在暗处 / 盯住我。有天我确认了那个眼神 / 它从街边的矮墙上下来，步履缓慢 / 却灵巧地避开行人和车辆。走到街对面 / 看我"。很显然，猫的死，对"我"此在的纠缠乃至颠覆，使"我"无地自容。更有甚者，"所有的行人、车辆，冒着热气的小吃铺 / 被晒得吱吱响的大树，仿佛都成了审判官 / 是的。众目睽睽之下，我成了一个真正的刽子手"，真正的"精神诉讼"在这里达到高潮。很显然，这首诗的"伦理"功效正是在于它所传递出的：人与物、人与世界相互干扰、相互依附的矛盾被"我"的"伦理本能"推向了极致。

是的，一首好的诗，要保持好人性的丰富性和复杂性，保持心灵的"润泽"度，就必须以事态的推移和精神的贯注，直达事物的本质。《一只猫走过光明巷》看似一只逝去的猫的"眼神幻念"对现状的有效颠覆，其实是在颠覆中牵引着读者进入"可预见"的伦理评判。特别是"众目睽睽之下，我成了一个真正的刽子手"的那种"矛盾的因素"在诗人的笔下演绎出眩目、纠集和浓烈的心理现场，形成不同境遇、不同判断、不同境界的"伦理情结"，使这首诗在瞬间呈现出理智与感情的复杂经验，供读者去评判，去思考。

特邀点评：卢辉

事物的耽搁

» 王　心

关于方城一隅，视线里几条断崖延展

折枝青草覆满沙丘，这一点预谋

足以起降杂羽的鸟，卸载它复调的啁啾

五月已然引发整区的暴雨，让蓝樱和紫玫集结

让色彩嬗变的阶层幻觉，像临时的主人翁

忙于抹平美学的地方语病

失去分秒的捷足动物，在长坡尽头

一跃扑向玻璃花瓣

如要描述夜，可以借用的圆石不多

透光的词，变韵后一颗颗喑哑下来

就像看着你远去，就像深植于土中

乌云里的人，曝晒在中途

因为体内的盐分过于昂贵

只能结晶为一种单向的遗忘

当故意目盲者攀比纯银之锁

被物的平均领域囊括，忽视完整的白昼

我等待，那些暂停争论的片刻

伸手触摸未知，与野生的力量搏斗

尝试驯化巨大之物

一个人一生理解的，近似的世界，矿脉和物种

如同树脂固化，把我裹在易形成的认识里

安于反复的伤痛

可以模仿的事物越来越少

只为每夜涌起的江水

初夏便有绵长的耽搁

点 评

这是一首哲理诗，全诗四节从不同角度层层递进地阐释了"事物的耽搁"——其深层的意指是人类认知的局限性而带来的困惑、伤害与痛苦。虽然诗中的意象比较陌生晦涩，但却出奇制胜、耐人寻味。第一节前三句呈现出的大自然的空间已令人心痛地被抹去了原有的丰富多彩与个性多元，充满了残缺与假象。

第二节的视角由空间的维度转向时间的维度，夜在诗人的想象中是浑圆温润但又通体发出暗光的圆石，正像那些在历史的时间长河中磨砺出的词汇，但粗暴的变韵让这些词汇喑哑。最后用"目盲者""忽视完整的白昼"讽刺追求"物的平均领域"、毁掉自然的多元性的不理智行为，能感知"完整的白昼"才能了解宇宙天地无可比拟的广博与强大，才能了解自身的渺小。

第三节显然诗人表达得更加直率，诗人却以"众人皆醉我独醒"的旁观者视角清楚意识到这正"如同树脂固化，把我裹在易形成的认识里"，以有限的认知搏击无限而强大的"未知"，藐视自然与宇宙的结果令人战栗。"只为每夜涌起的江水／初夏便有绵长的耽搁"，诗末两句平实素朴，却又意味无穷，颇有"江月何年初照人"的悠长，无人能够阻止时间之流的涌动，所有的努力也只是让不息的"江水"稍有耽搁而已。

点评网友：冰冰冰雪

蛾

» 黄蛾黄

整个夜晚

它趴在那里，一动不动

它来自无可记忆的地方

仿佛就是你的婴儿期

人，花了几乎永恒一样长时间

一无所知躺在摇篮里

如此的不可思议

今天的你

难以理解，成长所获知识

只不过是一只蛾

所携带的金粉

你捏过翅膀的手指

有一种滑腻

随着它翅膀低低颤动

沐浴光的投影

你只能不动声色地接受

接受它的表面意义

当这不寻常的事情并没有发生过

从某种程度来说，对于日常生活能建构意义这一观点，我并不信任。或许确实有一个高于日常生活的世界，一直在用孤独与坚定托起人类赖以生存、延续的意义。以此类推，对于新诗的日常性，我的判断也是审慎的。在泥沙俱下的日常性书写中，意义的打滑与缺少已是寻常景观；换言之，新诗要容纳、处理日常性的题材并不困难，但如何从中攫取出独特的意义，却在考验一位诗人的整体功力。

可喜的是，在这首《蛾》中，诗人对日常性的观察是有效的。"蛾"是一个连接日常生活与意义世界的按钮，诗人用凝视的行为启动了这枚按钮，揭开了日常、个体、意义之间存在的联系与断裂。我们看到，"蛾"的源头与人的源头有某种神秘的联系，"无可记忆"与"婴儿期"，都暗示了一种空白状态的尴尬。诗人的观察并未止于此，她继续写到"成长所获知识"也是尴尬的，在日常生活中它似乎起不到什么实际作用，"只不过是一只蛾／所携带的金粉"。面对这样的断裂，敏锐的诗人却隐藏起了内心的波动，"不动声色地接受／接受它的表面意义／当这不寻常的事情并没有发生过"。可见，诗人所选择的姿态，同样处于沉默和失语的尴尬中：明白，但却无言，最终不动声色地接受。这样的书写，显然不只停留在题目所示的"蛾"上，全诗从日常性出发，落脚点却并不只是日常性，而是在逐步地比照中完成了对日常性的提升。在这首诗中，我们对当下新诗的日常性书写，未尝不可有新的期待。

特邀点评：杨碧薇

用寂静熬药

》 维鹿延

在冷风中行走，可能是我做过的最大一件善事

像一只鸟飞过空寂的城郭，它的体温无私地渗入南北宽阔的
天空

世事皆冷的时候，有一颗温暖的心多么令人沉醉

这时，身边的无语也可以入药，带着寂寞的心跳，熬出苦涩
的梦境

我如此感觉到了暮光的低垂，仿佛悄然关着一道空门

整整一条街道都没有更多活动的迹象了。季节正在承受新的
磨损

如果我能找到人间的隐秘，就能避免家园疾病缠身

年轮坦然变化着数值，让腐朽者垂死，让幼婴发出哭声

点 评

这首诗的起承转合，有一种刀锋般的干脆。阅读的时候，我仿佛听到
快刀斩过丝麻，那种速度与声音令人着迷。这种"阅读的音效"，与作者

独特的语感息息相关。他就像一位游侠，在句子之间游走；所经之物，该拎的时候拎，该扔的时候，也会毫不迟疑地扔下。诗歌第一段以"在冷风中行走"为言说核心，第二段却并没有直接承续第一段的主题，而是另起一路，从"世事皆冷"写起；第三段似乎与前两段又没有什么联系，要表达的无非是"季节正在承受新的磨损"，然而，"如此"一词却在提示读者，这一段中诗人抒发的感受，正是从前面两段中来；第四段又跃上了新的台阶，从"如果我"写起，以自身抱负／期待（"让腐朽者垂死，让幼婴发出哭声"）收尾，至此，快刀方才停止了舞动。

　　四段文字精巧的安排，看似各个独立，实则松中有紧，散中有聚——它们都在为"用寂静熬药"站台。其实，面对"用寂静熬药"这个主角，诗人的脚步并未无端地偏移。这样的写法中，正包含着我所偏爱的断裂性与跳跃性。按照胡戈·弗里德里希的说法，断裂与跳跃不过是现代诗歌的基本质素。但汉语新诗自诞生起，就与"散文化"这根无形的绳索脱不了干系。在"新诗散文化"的干预下，新诗的断裂与跳跃一直没能走向彻底。或许正是基于对"新诗散文化"的警觉，学者、批评家敬文东才看似偏激地提出，如果将一首新诗中的上一行与下一行相连，仍然能读通，那么，它就不是诗。这样的说法或有待商榷，但却将新诗对断裂性与跳跃性的诉求推到了我们面前。从这个角度来看，《用寂静熬药》或可作为一个行之有效的参考范本。

特邀点评：杨碧薇

我听到了我多年以前声音的回声

» 善 卷

我听到了我多年以前声音的回声，
他在睡梦中醒来，步履匆匆，
好像放弃过这个世界的一个人，
又回到了他曾经短暂拥有的虚空中。
他在走进我的房间之前，
叩了叩我悬于暗中的微明，
他从那儿推窗而进，
弹落了我长烟中燃烧的寂静。

我知道他真正找寻的并不是我，
而是一种声音回声的回声。
如果我此时就这么死去，
也许他会把我抱在他的怀中。
如果我在他的怀中死去，
我们都记住了我们曾经喑哑的一生。

新诗要往高处走，自然少不了对自我的探寻。《我听到了我多年以前声音的回声》正是一首对自我进行探寻的诗。在诗中，"我"有一个"分身"，即"我多年以前声音的回声"。这个"回声"（"他"）包含多重身份象征：多年前的"我"、多年前的"我"尚未抵达的那个"我"、未来某一天将会照面的"我"……无论是哪一种身份，这个"回声"都有一种陌生感，"他"既属于"我"，又有逸出于"我"的部分。"我"对"回声"的困惑，也是对自己，尤其是对自我内心的困惑。在诗中，作者较好地把握住了"我"与"回声"之间的二元关系，不但突出了二者之间的缥缈，也控制住了二者之间的契合。要知道，契合尤为可贵，它证明了诗人不仅善于发现，还具有对自我的和对诗的双重识见。

这首诗在声部上也值得玩味。当诗人在处理自我探寻的题材时，最常见的方式是自我剖析，这样一来，诗歌的声音就倾向于独白。但在这首诗中，正如关键词"回声"所示，声音是"有去有回"的，诗人不只是在独白，也在进行倾诉。最终，"我"与"回声"共同构成"我们"，用整一的姿态向读者说话。至于在诗的表述上，我认为这首诗还可以再简练一些。当然，瑕不掩瑜，诗中呈现的陌生的自我之境，为新诗中"自我探寻"这一母题加添了不同的色彩。

特邀点评：杨碧薇

坟山上的湖

» 河空里的醒

你要我发现隐藏自己的绝好地点
不是人海，是烟雾。当全部郁积的
忍耐，在一瞬间到达崩溃边缘
谁会在潦草的视线中，暧昧的眼睛里
看见自己的急迫与拘谨，带着
锱铢必较的清醒与决意。谁又能
看见这山以自己的悲喜，笼罩我们

"人时"是一道漫长的斜坡
我们会在哪儿遇见？一个人坐在山上时
山是空的，风韵犹存的脸，不甚清晰的轮廓
没有任何坟土的气味，为我提醒
过世者的遗梦，会不会变成坟堆里的
另一个诅咒？唯有一起行走，山才会
像我们一样急于和岁月攀谈，为存在
找到更好的证据，有别于那些挣扎与沉吟

生动的变化随风而起。胆小害事的昆虫
也在意风吹木帘、落花飘零、光影斑驳

而湖水给你另一种待遇：要你嵌入

永久的睡眠，无从逃遁。但只在转瞬

那里便有什么在闪烁着移动，央求

其他物体让路。当那些草木依次向

两边分开，是什么抵达了你印象的中心

叫山上的谜团纷纷破解？是山的灵魂

在无情的光线里赤身而立，什么都不

关心？莫非这就是大自然的难言之隐？

　　不管这个世界是如何纷繁复杂，如何倾斜，但还是实在的，需要我们坚守。《坟山上的湖》反映的世界有些缥缈，有些朦胧甚至模糊，但诗人依然清醒着，并没有被浓雾迷住了双眼和锁住心扉。这首诗传达给我们的信息很多，灵与肉的抗争，人与自然的不和谐，大自然中各种生命的博弈，但最遗憾的是生而为人，不能隐藏于茫茫人海中，而需要借助似是而非的烟雾来遮掩自己的灵肉和思想，这并非在选择逃避，而是在勇敢地面对。

　　或许，诗人对人生的失意和对生命离去的无奈，经受着长期的忍耐，但总有排解或爆发的时候。他想通过坟山、烟雾、湖等意象，以暗喻他所处的环境是触摸不透的，需要冷静思考，细心品味。

　　诗人积极的人生观，是一种孜孜以求的探索态度，他不是一味地"挣扎与沉吟"，而是付诸行动，进而达成灵与肉的融合，人与自然的和谐，即"天人合一"。

　　为此，诗人又苦苦思索，何处突围？又如何突围？他生怕灵肉被无端流放。诗人感恩"山的灵魂"的启示，是大自然给了诗人灵感。

　　整首诗的意境比较凄美，诗意朦胧，但文字隐晦，令一般读者难以触摸。好的诗歌作品，不需要华丽的包装和太多词语的堆砌。阅读一首歪诗，就像剥一颗包菜，剥开一片片叶子，剥到最后也没有发现有一颗内核。好在《坟山上的湖》虽然朦胧难懂，但细细品读，还是可以找到诗歌的内核，触摸到诗人的精神的。

点评网友：广东冷梅

中国好诗歌

金石开 主编

喊出心底的热爱

热爱

下册

天津出版传媒集团

百花文艺出版社

图书在版编目（CIP）数据

中国好诗歌：喊出心底的热爱．下/金石开主编
. -- 天津：百花文艺出版社，2024.1
ISBN 978-7-5306-8607-2

Ⅰ.①中… Ⅱ.①金… Ⅲ.①诗集－中国－当代
Ⅳ.①I227

中国国家版本馆 CIP 数据核字 (2023) 第 172745 号

中国好诗歌：喊出心底的热爱（下）
ZHONGGUO HAO SHIGE：HANCHU XINDI DE REAI（XIA）
金石开　主编

出 版 人：薛印胜
责任编辑：张　雪
封面设计：鸿儒文轩
出版发行：百花文艺出版社
地址：天津市和平区西康路 35 号　　**邮编**：300051
电话传真：+86-22-23332651（发行部）
　　　　　　+86-22-23332656（总编室）
　　　　　　+86-22-23332478（邮购部）
网址：http://www.baihuawenyi.com
印刷：三河市华东印刷有限公司
开本：640 毫米×960 毫米　1/16
字数：390 千字
印张：29.75
版次：2024 年 1 月第 1 版
印次：2024 年 1 月第 1 次印刷
定价：158.00 元（上下册）

如有印装质量问题，请与三河市华东印刷有限公司联系调换
地址：三河市燕郊冶金路口南马起乏村西
电话：19931677990　邮编：065201

年轻的雨

» **卢 鑫**

年轻的雨绝望地落下。
而灵魂青草开始蓬勃、苏醒。
当我漫步在大钟寺令人心碎的街巷，
突然间看见了你。

我跟你走在雨的缝隙，
身上也毫发无伤。
你越走越快，把情绪挂在雨丝。
情绪开花，随风而来。

你在冥思，依然戴着那顶老帽子，
依然想存钱，些许往事略过心房。
你从北至南，一路撤退，
退进生活的大战场。

所有崛立的建筑都从你身旁踏过，
街巷渐渐为夜色笼罩。
天际回响。风儿穿梭。年月更迭。
枯叶在记忆里卷起狂澜。

街灯滴水。我离你越来越远，

从你眼里看到童年。

你就这样大步走回小时候，

背着煤炭去故陵。

时间召唤，腾空飞跃，倏忽如宇宙转瞬。

历史的羊正在月光下吃草。

点 评

　　一场雨，引发了灵魂的觉醒与时间之思。这是一场"年轻的雨"，而关于走在雨中的"我"，则或许有两种猜测：其一，"我"已不再年轻，已饱经沧桑，在与"年轻的雨"的相遇中，看见了时间的踪迹；其二，"我"也是年轻的，正如雨的绝望，对称于"我"所置身的街巷的心碎，对于时间，"我"充满了迷惑。

　　在这样的抒情氛围中，"我"看见了"你"。如果说这首诗之前的部分是种序曲，那么这"看见"的时刻则意味着全诗真正的开始。尽管"我"是否年轻难以确定，但是"你"饱经磨砺、富有时间的质地，这一点则毫无疑问。这样的几行诗便是证明："你在冥思，依然戴着那顶老帽子／依然想存钱，些许往事略过心房／你从北至南，一路撤退／退进生活的大战场"，空间上显性的撤退，赋形了时间上隐性的消磨。在这场"年轻的雨"中，"我"与"你"不期而遇。这是空间的奇遇，更是时间的奇遇，正如这场雨，是空间，也更是时间。

　　这首诗最启发我的地方在于，如何书写时间，经由恰当的结构性力量，而呈现出有效的历史感？瑞典诗人特朗斯特罗姆诗云："记忆看见我。"而在这首诗里，在"年轻的雨中"，"我"看见了"你"，看见了时间之谜。

特邀点评：李海鹏

想你的时候我和自己靠得很近

》 **康承佳**

想你的时候时间很安静

只有猫打着鼾

梦见隔壁的姑娘和明天的早餐

这时候阳光也在走神

在树影和树影之间

想你的时候我也很安静

看天看云

看风声穿过丛林

枫叶打量着自己影子

直到残红褪尽冬天来临

想你的时候我和自己靠得很近

窗户半开烛火微明

我斜靠在书架旁重复地听着

厨房里自来水漏滴

滴滴往下的声音

想你的时候

我确定自己是失重的

想你的时候

整个世界都在走神

点 评

　　面对这样的作品，我想，我们既不必遵循宋明理学谈论《关雎》时"颂后妃之德"式的道德评判，也不必遵循元诗意识，将这种思念视作诗人对诗本身的求索之隐喻。对它最好的读法便是坚持一次新批评的原则，即，破除意图谬误，将这首诗当成一首情诗来读，无论这是否符合诗人自己的意图。

　　如此读来，这首诗很自然就会让人喜欢，它给出了一种美妙的氛围和体验。正如全诗第一行所呈现的："想你的时候时间很安静"，它的书写源自思念，它是这首诗的动力学来源。然而更为重要的词还并不是"想你"，并不是这一动作，而是这一动作所带来的结果——安静。这首诗之所以迷人，正在于它以安静取胜，以安静而营造出美妙的抒情氛围。其实当我们思念一个人时，也可以内心躁动，那么对时间的感觉想必也随之骚动。而在这首诗中，"我"在做出"想你"这一动作时，时间感却是由不安静归于安静，这看似平常，实际上暗中体现了诗人的抉择。这抉择源自诗人经验与言说的有效整合，昭示了艺术的准确性，正因如此，这首诗的"安静"才如此迷人。可以说，一切精妙的艺术中，都包含着艺术家精妙的抉择；善于抉择，是艺术家最重要的天赋。

　　《想你的时候我和自己靠得很近》为我们提示了该诗的另一个关键词——失重。在安静的抒情氛围中，做出思念动作的"我"渐渐失重，这意味着"我"与世界之关系的重新校准，这次校准在诗的言说中发生，"失重"便构成了这首诗的最高真实。"失重"带来的是"失神"（走神）：你、我、世界三者之间的结构性关系发生了变形、调整、校正，在安静中，思念与言说拥抱在一起，仿佛一场游戏。在思念中等待，在等待中，似乎一切都变得不同。罗兰·巴特在《恋人絮语》中有妙言："等待，是人类最古老的游戏。"

特邀点评：李海鹏

投 江

——致屈原

» **陈鱼观**

为了走到这里，我已用去
很多种开始。无论起点还是终点，
都只是一座桥的两端，
错乱的纹理纠结在掌心。
一个下午或靠近黄昏，
云急速地聚拢，将人类困在城市。
我用阳光擦洗眼睛，在一段流水中
辨认失散多年的兄弟。
树上披满绿色的毛发，看不清他们的表情，
藏于右肩的黑痣隐隐作痛。
一颗石头从水底爬起，
朝天空张大嘴巴，疯狂地喘息。
焰火堵在喉咙之下，灼烧废弃的时间，
沿无人处流放。

掏空的瞬间足以容纳世界，
水做的花瓣簇拥而来，拍打着陌生的旋律，
新娘缀满无名的水草，

凌波微步，为了一场偶然的相遇。

篱笆插遍了夹岸，

阳光不再可信，所有窗户已经关闭，

没有一滴消息能抵达这里，四周生长着坚硬的悼词。

我不禁发笑，用无语鄙视他们关切的面孔，

贩卖廉价的同情。

对于死亡我一直讳莫如深，

今天就用它闭关、打坐、提炼寒冷——

为人类送行。直至水面漂着

被吸干的骨头，然后挤进一段臃肿的函道，

从此河水波澜不惊。

夜和它的水草绞在一起，

淤泥铺成的床褥安放我最后的信任。

航船顶着白色的旗幡逆流而行，

当经过身旁时，马达哒哒，

溅起的水花像一篇祭文，

上面誊着我读不懂的诡秘，

纠纷落叶被反复卷起，放不下的恐慌。

我躺在这里，四肢向远处摊开，

青筋浮出脸上，隆起的白色毛巾棱角分明。

除了一群多情的苍蝇，

衣裳已被隐藏，人们不会找到这里，

我将接受火，来为一缕青烟

立传，或者不知所终。

　　这首诗的典故，对于任何以汉语写作的人来说都再熟悉不过：屈原投江，在中国文学历程中被不断地提起、重写。即使在中国新诗史中，对屈原的改写也并不鲜见。因此，面对这样的诗歌，最让人期待的便是从改写中流露出的新意。

　　这首诗的改写会让我想到鲁迅《故事新编》的意味，诗人在想象中虚构了屈原在现代时间与心智中投江而死的情景。第一节中最吸引我的是这样几行："云急速地聚拢，将人类困在城市／我用阳光擦洗眼睛，在一段流水中／辨认失散多年的兄弟"，被困在城市中，构成了现代社会中人类的基本状态，在这首诗里，这种围困构成了屈原受困楚国的当代神话变体。事实上，屈原不仅受困于楚国，而且受困于世，受困于他所处的"诗人皆醉"的时间之中。在这节诗里，"兄弟"一词提示了诗人与屈原之间面对时间之困的共情，诗人的经验转化为屈原的经验，二者在诗中达成了对时间的辨认。而第二节新颖之处在于，诗中出现了女性的影子："水做的花瓣簇拥而来，拍打着陌生的旋律／新娘缀满无名的水草／凌波微步，为了一场偶然的相遇"，这充满了阴柔之美，为屈原之死平添了些许唯美主义色彩。这一元素的加入，可以说很有新意。如果我们了解西方文学，就会从这女性形象中想到莎士比亚戏剧《哈姆雷特》中奥菲利娅之死的场景。我想，诗人对这节诗的处理，想必受到了莎翁的影响。这让人玩味，只可惜这节诗的后半部分未有效发展这一元素。相比于前两节，第三节的书写则相对常见一些，可以让人联想到贾谊在长沙《吊屈原赋》的典故。这一点上，诗人抒发的异代同悲之感似乎与贾谊并无什么不同。

　　总之，这首诗关乎时间，关乎差异巨大的时间里汩汩相传的情感。在这个意义上，逝者如斯，时间也是一种恒常的感情，正因如此，回忆才显得动人。孟浩然诗云："人世有代谢，往来成古今。"有时候，一代代回忆者的回忆行为本身，比被回忆者更伟大，更迷人。

特邀点评：李海鹏

进　山

》　武雷公

我已备下，一场

封山的大雪，酒壶，以及

炭火跳跃的炉子

要是你们进山，最好

不要把猎枪，带进来

狼已绝迹多年，好多年

已经不曾听过它们的嗥叫了

现在，只有可数的几只黑鸦

孤单地，在雪地点灯

要是，你们在雪野踉跄慢行

听到异响，不要惊慌

那是风的骨节在响

穿过矮树林，别忘了

捎回我砍下的枯柴

我准备，动用它们

煮一些秋天的蘑菇，给你们

做下酒菜

傍晚时分，你们靠近我的院子

有犬吠，不要惊慌

它眼角挂着冰凌，是为了

忘记一段刻骨铭心的爱情

老友们，让我来

给你们掸掉肩上的落雪

多谢你们，冒着严寒

进山探望

我已备好了，点点热泪

和一座雪山的空寂

点 评

山就是诗人自己，进山就是与作者的心灵接近、交流。

大雪封山，诗人有种疏离感，也可以看成诗人对生活世界的体验。山是冷的，里面有炭火跳跃的炉子，是作者一颗火辣辣滚烫的心。

为什么风的声音会让人惊悚？门前狗的吠叫让人惊慌？表达自己就那么难以被人理解？展现真实的自己就那么让人害怕？我想到贝多芬不习惯欢笑的欢笑让人觉得古怪。诗人的心因为敏感而情绪旺盛，这些心的触须或因执着而摩擦着铮铮作响，骨鲠的品格太不合于俗，这声响，起于诗人自己与社会的撞击、理想与现实的碰撞。

在雪山中柴火是相当宝贵的，为了灵魂的交流，作者放弃了肉体的取暖，动用那些枯柴，颇像李白"五花马，千金裘，呼儿将出换美酒"的气度。作者用秋天的蘑菇做下酒菜，拿出了最好的食材，是作者要分享的最动人的故事和诗歌，我似乎听到交谈的笑声。

傍晚时分，那条狗为了以往刻骨铭心的爱情流泪，泪水已经冻成冰凌，那些难以忘怀的往事在作者心中翻腾。作者要亲自给老友掸掉肩上的雪，可见作者是那么关心爱护自己的朋友，对他们冒雪进山充满感恩。作者将以一颗纯粹而炽热的心和老友相见。

点评网友：向飞

晚安，少年

» 丁　鹏

城市之光，透过手机向你低语
你失眠，因为你是一截导体
电流伴随你的指尖溅起细浪
指尖滑动，刷屏的二手真相
眨动睫毛，像一棵春天的稗草
像你在游戏中死去，又复活
晚安，少年。夜的电压平稳
躺回床上，手机放到座充上
摄像头在凝视你，你阖上眼睑
当心跳撞击地球，你飞起来
穿过星云，抵达宇宙的边缘
站到她的面前，像过去一样
你亲吻她，和她分享你的悲伤
晚安，少年。明天的屏幕里
楚门会逃出他所热爱的城市
你也会打通最难的一道关卡

　　过去，有多少人一起床首先要摸眼镜。而现在呢，可能多数人一睁眼首先要找的就是手机。某种意义上，手机已经成为人们身体的延伸。通常人们都是从身体的异化来讨论这个现象，而通过诗歌的形式来转换这一现代生活情境的似乎并不多见。因此单就选题而言，《晚安，少年》足以令人眼前一亮。

　　包括题目在内，"晚安，少年"在诗里一共出现了三次，凭此也不妨将这首诗切分为"游戏—入睡—明天"三个部分来看。这种"三段式"的思路其实很容易敷衍成一篇分行的作品——从游戏场景入手，拽回现实，再勾兑一些想象和议论。这其实是写诗时很容易落入的陷阱。《晚安，少年》这一构思其实是由少年在夜半玩手机、打游戏而来，诗人由此延伸到"虚拟"与"现实"的对立关系上来。这种延伸其实也未见得新奇，不过诗人在这一矛盾之间填充了丰富的情感，不但摆脱了写作上的窠臼、陷阱，而且使得作品真正成为一首"抒情的诗"。"透过手机向你低语""夜的电压平稳""楚门会逃出他所热爱的城市"，可以看得到，在"三段"之外，诗人一直在徘徊地诉说自己的情感，玩手机似乎也只不过是他夜静失眠时排遣复杂心绪的一种手段而已。手机的一端是"指尖""睫毛""眼睑"，是活生生的自己；另一端则是无边的"城市"，是喧嚣、嘈杂的外部世界。手机以及失眠的自己将这二者连接在一起，自己不过是"一截导体"。在第二个部分，"少年"不再玩手机而躺回床上，可是心事却一点也不消停，"飞起来／穿过星云，抵达宇宙的边缘"，甚至显得更加乱糟糟的不可按捺。所烦为何事呢？"站到她的面前，像过去一样／你亲吻她，和她分享你的悲伤"。显然，现在已不同过去，"你的悲伤"已经无从和她一起分享。这是作品在第二个部分交代给我们的。在这里，作者仿佛是又一次开导自己——"晚安吧，少年"。无论多么"热爱"，都不得不抚平过往，都不得不走出虚拟的围城，就像电影《楚门的世界》里的情节一样。现实很残忍，但现实的王道却也正是战胜残忍——"打通最难的一道关卡"。在第三个部分，作品完成了对自己的劝勉，也实现了作品意义的升华。而所有这一切都浓缩在箴言一样的"晚安，少年"之中。这正是所谓的"言有尽而意无穷"。

特邀点评：冯雷

缘溪行

» **舒丹丹**

若能由源头掬水而饮
又有谁会抱怨山路迢远
在溪头村，要确信你的脚踪
始终跟随溪流的泠泠之声
确信青山在侧，流水不腐
枝叶永远不会厌倦太阳
当鸟雀的鸣啭穿透阴影
光像果子一样可以采摘

无人知晓你走了多远的路
才能解开身体中隐形的捆缚
像牛尾若无其事地掸走忧郁的飞蝇
像被山石割破又愈合的溪水
一路自由地饮风
将那未经按捺的生命的律动
渗入每一棵生长中的茸桃和青李
让初夏也为你浓郁

　　"掬水而饮""山路迢远""青山在侧""流水不腐"，这是中国人最熟悉的四字格，也天然流溢着中国人最熟悉的古风格。读着《缘溪行》里的山水林鸟，不禁让人想象到古代的某位翩翩公子一路踏歌行吟。总体来看，《缘溪行》写得非常明快、潇洒。传统诗词中的山水自然大多都是被人格化的，《缘溪行》中的自然景物也是如此。作品采用第二人称"你"，既可以看成是诗人同林鸟、溪水对话，也可以视作是在和自己进行沟通。

　　作品共两节，第一节大致可以看成是叙事、写景，第二节则更侧重借景抒情。

　　想要在"源头掬水而饮"，所以诗人傍着溪水一路逆流而上，沿途溪水泠泠、树林阴翳、鸟雀鸣啭，阳光像细碎的银子一样从树叶的缝隙间撒落下来。诗人的景物描绘非常生动，特别是"枝叶永远不会厌倦太阳"这样的表达，把客观的景象主观化了，极具诗心。事实上整个第一节虽然是写景，但由于"你"的领起而建立了一种对话的氛围，所以处处都体现着诗人主体的视角，作品所呈现的景色完全是经过主观心情过滤、转换的。

　　作品的第二节更侧重于生发情感，闲散、自然。诗人并不因长途跋涉而嗟叹，相反视这种轻松、自由的远行为精神的解脱，认为"能解开身体中隐形的捆缚"。后面的两个比喻句写得也很传神、到位，"像牛尾若无其事地掸走忧郁的飞蝇／像被山石割破又愈合的溪水"。溪水、清风是不会为世俗的烦恼、忧愁而动容的，那些糟糕的心情在亘古而苍翠的自然面前立时显现出庸人自扰、不值一提的原形。也正因此，寄情山水才成为一个常写常新的话题。让自己"生命的律动"与"茸桃和青李"、和自然同频共振，完全以一种无功利的审美情怀检视自然，梳理自我，这和徐志摩的《翡冷翠山居闲话》何其神似。这也正是作品轻松、俊朗气质的内在由来。

　　当新世纪诗歌大多以现代主义的方式叙写城市经验时，这样简单、清爽的作品读来也的确让人觉得"清凉一夏"。

特邀点评：冯雷

我愿意就此隐形

》 **海 男**

我愿意，就此隐形，像那些书中的故事
只在阅读、翻拂、忘却中
获得幽暗的一夜。我累了
那些从内陆上岸的路，通往我的
来世。我咀嚼着这渐渐上升中的秋色
泥洼中我走了很远，才看到了
胸前佩戴银器的妇女生活
她们中的部分人已老去
更年轻的一代人已经失去了割麦子的手艺
抽屉、耳垂、暗器中滑过一阵雨声
男人、女人世世代代划分了性别之后
才开始了以泥土和水为界
秋天的冷，使我想起瓷器
想起冰凉的原始森林。我愿意在你怀抱呼啸
秋风猛烈地摇晃……

在一个人人都竞相"刷存在感"的时代，诗人却说"我愿意就此隐形"。何以如此呢？答案就在于"我累了"。可以说"我累了"正是这首诗的"诗眼"所在。贯穿整首诗的，是许多描述这种心态的词语，"隐形""忘却""幽暗""秋色""泥洼""老去""失去""秋天的冷""摇晃"，这些色彩、力度相似相近的词把整首诗捏合成一个整体，它们一起告诉世界"我累了"。赋予感觉以形体，这正是诗歌应有的表达方式与特点。"就此"是一个切分时间的节点，作品后段的"划分性别""开始以泥土和水为界"也不妨视作是对这种"节点意识"的呼应。"就此隐形"意味着在这一刻挥别难过、失落，继而通过"内陆上岸的路"去探寻"我的／来世"，去想象自己生活中的其他可能性。诗人进入这种抒情状态的起点非常耐人玩味，"阅读、翻拂、忘却"，这一系列动作都在无声的"幽暗"中闭阖。"像那些书中的故事"一样，这昭示的是一种一边翻书一边出神的神态。很自然地，诗人驱策着灵魂，在"秋色"的掩映之下，开始命运的演绎，这是和《神曲》、和《红楼梦》相似的表达方式。然而同所有古老的故事一样，这种演绎最终得到的都是令人颇为不悦的结果，一如作品里"泥洼""老去""失去"所传递的。"划分性别""开始以泥土和水为界"——再次跨过界线、节点之后，作品里的疲惫、失望甚至还有所加强。"瓷器"可能意味着易碎、碎裂以及疼痛，"冰凉的原始森林""猛烈地摇晃"这两句中，除了将至冰点的温度之外，不应忽略的还有方向莫辨、陷入困境般的彷徨、焦虑乃至惊恐。"在你的怀抱呼啸"，"怀抱"于"我"而言，可能既是失望、疲惫的根源，而且同时又是无所挣脱的困境所在。唯其如此，方才渴望能够"就此隐形"而去吧。细细读来，结尾几句其实充满张力。

特邀点评：冯雷

这悲伤并不是我的

» 梁子非

是否曾有过这样的时刻?

当你凝视着某一件静止之物

无端陷入沉思

有时只是一只空杯子

会突然被一种悲伤的情绪侵入

那感觉像是在掘一口井

凿穿了沙土和岩石

一下子被涌出的水灌满身体,又黑又冷

杯子与你的边界逐渐模糊,并无限扩大

悲伤也继续扩大,汹涌成一条黑暗的河流

偶尔闪着发光的鳞片

我坚信这悲伤并不是我的

就像水并不属于杯子

它一定来自于某个深渊

带着某种神秘而重大的使命

反复冲击沙岸上的每一粒微尘

我只是他们中短暂的一部分

任凭潮水一点一点漫过我的身体

又一点一点退去

有时会有人留下温暖的字迹

有时会带来彩色的贝壳

更多的时候，什么都没有发生

除了发生本身

就像此时，这只空杯子

被一只手注满水

又被一双唇一饮而尽之后

终于安静下来

点 评

此首诗所描绘的"悲伤"，并非个人的、狭隘的、具体的，而是带有人类的群体色彩，是人类普遍的、概括性的生命体验。某一个突如其来的时刻，"无端陷入沉思／有时只是一只空杯子"，在这样寂静的时刻，人陷入了思考——对自己生命和他人生命的思考，而这些思考以回忆为支撑，"温暖的字迹"和"彩色的贝壳"，即回忆中美好的所在，然而放在整个的时空的观照下，它们不过和"我"一样，转瞬即逝，美好的消逝，是引发"悲伤"最直接的缘由。"悲伤"更深沉的含义，即是诗中所言"什么都没有发生"，不管是美好的还是平常的体验，将其放在广阔的时空之下来审视，都渺如沙粒，存在而又消失。"这只空杯子／被一只手注满水／又被一双唇一饮而尽之后／终于安静下来"，悲伤之意变得无比广阔、巨大，因为它是整个人类共同的生命体验，所有个体的喜怒哀乐、生命痕迹就像这杯水，出现，然后消失，不可违抗，不可挽留；反过来，我们却又执着地要在"杯中注水"，这种执着更显"悲壮"，犹如西西弗斯周而复始地推动石球上山。

点评网友：海之远

我的雨和种子

》莫 非

我的雨和种子沉浸水中
我的花儿落满敞开的枝梢
我的命在闪电的后面雷打不动

那里生死靠着同一把椅子
那里饥饿的孩子给一头猪割草
那里相爱的人相隔一片无边的星芒

我的河水四面散去拦不住
我的麦蓝菜和鹌鹑不用打招呼
我的梯子够高了却够不到一棵瓦松

那里的灯芯草一片漆黑
那里清晨在池塘里不见踪影
那里的兼葭挡住了那么高的莲蓬

我的台阶不在台阶上
我的老槐树招来好大的风
我的废墟里长满了青苔和青蒿

那里有云无须注意的事项

那里前前后后分不清前后

那里时间在一根藤上曲折穿行

鸟啊你在窗外叫树叶飘零

人啊你拿走我的尺子做什么

万物啊——归还词语这般寂静

点 评

　　从形式上看，这首诗有两个特点：一是，诗中没有标点符号，句子里也没有间隔。这意味着，它不是一首慢诗，不是一首需要不时停顿、逗留的诗。它的语感和节奏比较快，抒情性比较强。二是，它用了排比句，前面几节要么以"我的……""我的……"起头，要么以"那里……""那里……"起头，但语句格式交错，并不显得呆板，最后一节又变化了。

　　题目叫"我的雨和种子"，这里，"我的"这个定语很重要，说明"雨和种子"的个人性、独一性，以及在他者眼里的与众不同。实际上，这首诗的确炮制出一个异样的诗意世界。一切事物看上去都有些反常。许多看上去有些别扭的句子，似乎对应了某种情绪与意识反常的别扭，甚至绝望。"我"为什么需要"飘零"？唯其如此，"我的雨和种子"才有存在的可能，抑或那"雨和种子"本不湿润繁盛，本就是一种"飘零"？另外，"尺子"的出现有何意蕴？是人作为"万物的尺度"而被拿走人之为人的某种主体性了吗？与其说"拿走"，不如说"归还"，就像万物"归还词语"而成为万物自身，或者万物在某种言说里消弭，只剩下虚无，只剩下"这般寂静"。

　　以上这些，都是这首诗的费解之处，或者是它吸引我们进一步思虑的地方。

特邀点评：唐翰存

二月书

» 江书廷

二月平胸。不及皇家的制度、典章
它的内涵点不燃锦绣山后的一盏枯灯
无言的皇帝下山去了，在一棵青条上还原他真实的身份
他把江山留给狐，狐留给獾，獾让给了流水的情节
可是，二月不是三月，不是春深时的词浓情堪
它只是星星点灯，东风补漏斑驳的缕衣，雏燕托出穿堂的
旧问

二月尝浅，它的流水不敌鸦声的浩瀚
也不及它的清亮。无限的可能是一只流莺的猜测
薄霜犹低，碑帖甚深，轻花拾不回去春的诗函
马蹄踏溅着泥泞的歌谣，古道策反了疏淡的村庄
天空简单，巉岩挂起的灯笼照亮了远山，却让近水更黑
你无法相信，二月是赤脚行走的流浪的孤鹰

二月是被折分的情怀，一半是长笛追赶的挂念
像飘飞的叶，依然回望故土的苍茫
一半是酒话钉入肉身的疼痛，牵扯出它年的蟋蟀与潮声
井栏围攻了岁月。屋檐渡远了年华。

爱人的脸书是减春的对联，两两相近

我苦着你的三更的远，你渡着我的孤单的寒，二月啊

年来年去，二月是踪影不定的消息

指尖凝芳，推敲你的午夜的觉醒、凌晨的返回

足音葱茏，碰伤山冈上的瞰望、鞭梢上的流放

二月啊，你是我的身前的大雪、身后的惊鸿

志向不酬，孤怀独运的坚守与辽阔。长空一叹

我记取了水的弯腰、石的深喘，以及地长清明雨，天弄小乔船。

点　评

　　专门挑出这首诗来，是要肯定它的价值。它体现了某种中国化的写作。长期以来，新诗语言中的翻译体、欧化体比较泛滥，在打破汉语的惯性表达、引入异质语言因素从而增加汉语的活力、丰富性的同时，也丧失着中国诗歌的体统。有一些诗人意识到了这一点，并且在书写上做出巨大努力。他们的作品，有中国的诗意伦理，有汉语的美感，有恰当的意蕴。这首《二月书》，即是有如此体统的作品。

　　读第一节，"二月平胸"，这词很现代很当下，但它不是搞怪，是要承接后面的内容："不及皇家的制度、典章／它的内涵点不燃锦绣山后的一盏枯灯"，那种华贵、气派和姿色丰韵，与二月无关。"无言的皇帝下山去了，在一棵青条上还原他真实的身份／他把江山留给狐，狐留给獾，獾让给了流水的情节"，皇帝下山，返归自然，空出江山，动物和流水轮流坐庄。这是大写意，也有大故事。"可是，二月不是三月，不是春深时的词浓情堪／它只是星星点灯，东风补漏斑驳的缕衣，雏燕托出穿堂的旧问"，此回笔，很雅致，同时很"清醒"地回扣二月，缕衣不整，旧问穿堂。

　　读第二节，同样的意象浓郁，以及修辞上的讲究。"二月尝浅"一句，仍是对第一节意思的接应。其中有一种"不过犹及"的美学，有一种"所得"与"所失"交互辉映的意趣。"无限的可能是一只流莺的猜测"，前面已说"不敌"了，现在尽管"猜测"，却也有了某种诗意的张力。下面，

"薄霜""碑帖"与"轻花""春的诗函"相对，相关于"二月"，又分别向各自的语义向度上分离。"马蹄踏溅着泥泞的歌谣，古道策反了疏淡的村庄"，此处，在动与静、有为与无为之间，又暗示出某种事件感，看上去有事发生。也因此，才有了下面的情形："天空简单，巉岩挂起的灯笼照亮了远山，却让近水更黑／你无法相信，二月是赤脚行走的流浪的孤鹰"，"照亮"即是守望，向着"远山"，而守望者面目不清，心境晦暗。"近水更黑"既是写环境之实，实则也是人物心理的映照。守望者心里的忧患，并非没有来由，因为其所思虑、盼归的"孤鹰"，已历经磨难，没有了翅膀，不会飞翔。

第三节顺势而出，同样的诗意背反，并且进一步加深"挂念"与"回望"的意味。那种"被拆分的情怀"，缘于流离，缘于契阔之别。人在两头，各自牵挂。"长笛追赶的挂念"，尚是古意用语，而"酒话钉入肉身的疼痛"，则为颇具新意的话语创造，同时，作为"蟋蟀与潮声"的主格，并没有脱离总体言语氛围而"出格"。"爱人的脸书是减春的对联，两两相近／我苦着你的三更的远，你渡着我的孤单的寒，二月啊"，这里，减春对联的"两两相近"与"三更的远""孤单的寒"，又形成一种词语的张力关系，通过"苦""渡"二字及其宾格，又让语义的处身感互反，形成患难中的命运共同体，感叹由衷而发。

第四节，"年来年去，二月是踪影不定的消息"，情绪依然惆怅，意象依然繁复迂回，古典味浓重。需要注意的词语是"流放""惊鸿""志向不酬""长空一叹"等，这些词语说明，作者所纠结的二月的情绪，不仅仅是"爱人的脸书"那样的小思念、小感发，还有更为广阔的东西，比如家国情怀，比如对宇宙苍生的感念以及对自我命运在天地间的喟惜。"长空一叹／我记取了水的弯腰、石的深喘，以及地长清明雨，天弄小乔船"，这里的"水""石"，其实可以置换为"我"，所谓物我同一，感同身受，遭遇都是一样的；这里的"地长清明雨""天弄小乔船"，都发生在"二月"这一特定的时节之中，与前面那么多的意象构成连绵不绝的图景，激起作者的古意与今意，生发中国式的诗统观。也因此，这个"二月"分外值得书写，是谓"二月书"。

特邀点评：唐翰存

灯塔记

» 西　厍

满载砂石的浙籍或苏籍驳船
从西来的小泖港拐入掘石港
它们在锚地靠岸，卸货，停留一夜

如此，驳船不断地犁开河流
犁开风雨和星辰，来了，又去了
如此，河流每一天都得醒着

甚至每一秒钟都醒着，都在更新
冲鼻的水腥气和激浪拍岸的崆崆声
无异于河流的脉搏和喘息

河醒着，灯塔就必须醒着
且必须目光如炬，像一尊男神那样
不舍昼夜地守在水道的纵横交汇处

它更像个沧桑阅读者
习惯于默读和记忆
河流的每一页，它都烂熟于心

它记住了每一艘驳船的编年史

和河流的断代史

横流竖流，潮起潮落，都在它脚下

防汛堤上散步的人们走过灯塔时

习惯性地抬头，然后气定神闲地消弭

于暮色。暮色一片苍茫

点 评

之所以选《灯塔记》并且点评它，是因为这首诗里有让我感到比较新鲜的东西。作者写驳船、灯塔，这对于身处北方内陆、跟海洋事物没打过什么交道的我来说，有一种新鲜感。作者写得也不错，比较及物，比较接水气，还有一些独特的艺术发现，这是它的优点。

《灯塔记》里，从"小沲港"到"掘石港"，驳船"锚地靠岸，卸货，停留一夜"，"冲鼻的水腥气和激浪拍案的哐哐声"，"防汛堤上散步的人们走过灯塔时"，这些描述都具象，有物性，带给人新鲜的质感。"如此，驳船不断地犁开河流／犁开风雨和星辰，来了，又去了／如此，河流每一天都得醒着"，也仍然是新鲜的，只不过带有隐喻性。至第四节，"河醒着，灯塔就必须醒着"，仍然是不错的句子，连同后句，生发也自然。

最后一节不错，虚实变换，至"暮色一片苍茫"，看上去很自然。

特邀点评：唐翰存

冈仁波齐

» 方书华

星空在上，我眼中的雪山

有如湖面上的一朵云彩

有如藏语中的一段祈愿，冈仁波齐的

寂静，是经幡上扬起的风

悄然传递着大地的余温

从峡谷中传出的箫声

是雪水与卵石的拥抱

这人迹罕至的荒凉，融化了

多少陨落的暗火与星云

从 219 国道左拐，一直向北

石头如脆骨，一声声浅浅的低喊

消弭着我内心的坚韧

所有惊起的尘土，掩饰我

颤抖的双手，也让路边的

苜蓿草泪流满面

我的奔赴，是救赎与朝拜之间

迷失于爱火之中的人形

一路磕着长头的藏女，在巴嘎的

山丘上慢行，漆黑的手指深进泥土

匍匐之间，黯然摩擦着火焰

我审视这千山万壑的荒芜

这虚构的寂静荡气回肠

这亿万年前海洋深处的绝响

这不断消逝的呓喋与呼告

有如蘸满圣湖的水温暖写经

冈仁波齐，我将余温暗暗给你

许多毁灭的欢愉正在消融

石头和沙砾在缝隙里亲吻

那远处闪动的金光

是温暖的上师开示的祥云

我用赤裸的脚丫上路

绝处必有天籁

群山骨肉相连

颠沛流离的天边，新月升起

颤动中，黎明在喘息中复生

点 评

很高兴看到有西藏题材的诗歌入选每日好诗，这是一首带有浓烈抒情色彩的朝圣诗。诗中的冈仁波齐位于我国西藏阿里地区，藏语意思为神灵之山，是雍仲本教、印度教、耆那教和藏传佛教共认的神山，常年在此处转山的国内外信徒络绎不绝。诗人抒写的是月夜兼程赶到冈仁波齐朝圣时的所见、所闻、所感，在转山中实现了灵魂的净化与升华。

诗人的视角是"由远而近"。最先留下深刻印象的是远远看到星空下白白的冈仁波齐雪山，还有小河中的雪水与卵石、路边的石头、惊起的尘土、磕着长头的藏女、苜蓿草、石头和沙棘、远处闪动的金光等等。从中可以看出，诗人对冈仁波齐向往已久，带着高山仰止、景行行止的心情，终于接近了梦中的神山，有点近乡情怯与忐忑不安，并刻意压抑着澎湃的情感。

诗人的听感是"由静到动"。在车上多重感官并用，在看到美景的同时，整体感受到冈仁波齐的主调是寂静的，映衬了神山的神秘。路途中耳边夹杂着雪水与卵石"拥抱"时产生的"箫声"，车轮碾压路边如脆骨的石头，发出一声声浅浅的低喊，消弭着"我"内心的坚韧。这里，诗人被抑制的情感逐步释放，联想到青藏高原诞生隆起于大海，仿佛听到了亿万年前海洋深处的绝响，这是一个曾经孕育无数生命的地方。诗人虚构的寂静荡气回肠，隐藏着无数不断消逝的呢喋与呼告。

诗人的手法是"由景带情"。全诗大量运用了比喻、拟人、通感等修辞手法，把看到的、听到的带入强烈的个人情感。第一节中把雪山比作云彩，把云彩比作祈愿，把寂静比作风，既有听音类形，还有看形类声，逐渐酝酿着情感。从第二节中"颤抖的双手""苜蓿草泪流满面"等，可以看出诗人情感失控爆发，直抒胸臆，道出这次为了救赎而朝拜，这是此行的真正目的。第三节里诗人从激动中平静下来，冷静审视这千山万壑的荒芜，感慨亿万年前这儿曾经是生命的乐园，却在时间长河中有如蘸满圣湖的水温暖写经，激动的心绪渐渐消弭。第四节中诗人的情感再次热烈，在金光与祥云的引导下，用赤裸的脚丫上路转山，体验新月升起，沐浴黎明复生。诗人经过内心的挣扎，在过往的尘埃中洗礼，在绝处寻到天籁，在迷失的爱火中涅槃，与冈仁波齐的情景融为一体，于朝拜中实现了灵魂的自我救赎。

点评网友：勿囵昕蔚

筷　子

» 黄　梵

筷子，始终记得林子目睹的山火
现在，它晒太阳都成了奢望
它只庆幸，不像铺轨的枕木
摆脱不了钉子冒充它骨头的野心

现在，它是我餐桌上的伶人
绷直修长的腿，踮起脚尖跳芭蕾——
只有盘子不会记错它的舞步
只有人，才用食物解释它的艺术

有无数次，它分开长腿
是想夹住灯下它自己的影子
想穿上灯光造的这双舞鞋
它用尽优雅，仍无法摆脱
天天托举食物的庸碌命运

我每次去西方，都会想念它
但我对它的爱，像对空碗一样空洞
我总用手指，逼它向食物屈服

它却认为，是我的手指
帮它按住了沉默那高贵的弦位

当火车用全部的骄傲，压着枕木
我想，枕木才是筷子的孪生兄弟
它们都用佛一样的沉默说：
来吧，我会永远宽恕你！

点 评

　　如果以具体的物象来标示中国的文化，我想筷子必与围棋麻将等一起进入前十的名单。近代以来会通东西文化者（如辜鸿铭、林语堂、孙中山等人）均以为，仅就餐饮文明而言，中国的筷子较之西方之刀叉要进步得多，刀叉意味着"野蛮杀伐"。因此，林语堂不无嘲讽地说：英语中没有"美食家"（gourmet），而只有童谣里的"贪吃的肚子"（Greedy Gut）。筷子的说法出现较晚，估计不会早于宋元。在明清小说（尤其是在大家十分熟悉的《红楼梦》）中，开始大量使用筷子一词，有时也称"筷箸"，以此提示筷子的前世今生。这首《筷子》是一首典型的咏物诗，托物言志，这是中国诗歌自古至今的传统，本诗也依然没有脱离这个传统。古人也有不少写筷子的诗，著名的清代才子袁枚就有一首名叫《咏箸》的诗："笑君攫取忙，送入他人口。一世酸咸中，能知味也否。"但是，我们现在看到的这首筷子诗，显然已摆脱前人的窠臼，别开生面，令人耳目一新：它像餐桌上的伶人，有着修长的腿，并且踮起脚尖跳芭蕾……它想分开长腿，想夹住灯下自己的影子，它想穿上灯光造的舞鞋……尤其是将筷子与枕木视为一对孪生兄弟，不仅拓宽了视野，而且也让一双小小的筷子染上一层更为壮丽的悲剧色彩。筷子虽小，意义非凡，如果远离祖国去了西方，想念筷子就是想念故国。

特邀点评：向以鲜

给小草读首诗

》 **李拜天**

为了活在珍贵的人间，我必须低下高傲的头颅

按住内心的澎湃和诗歌，假装随波逐流

只有来到旷野，面对一棵棵小草

才能抛开一切顾虑和禁忌

像风一样自由自在。呓语、说笑、读诗，想大声就大声

想怎么读就怎么读。完全不用顾及任何人的感受和议论

那一片荒地，由于熟悉了我的声音

我每次到来，小草们都排成诗歌的队形

让我尽情地阅读

自从开始给小草读诗

我就彻底理解了那个对牛弹琴的人

点 评

　　先从这首诗的结尾说起："自从开始给小草读诗 / 我就彻底理解了那个对牛弹琴的人。"那个对牛弹琴的人叫公明仪，是战国时代一个贫民音乐家，弹得一手好七弦琴。在著名的《牟子理惑论》中就记载了公明仪对牛弹琴的故事："公明仪为牛弹《清角》之操，伏食如故。非牛不闻，不合其耳也。转为蚊虻之声、孤犊之鸣，即掉尾、奋耳，蹀躞而听。"对牛弹琴

在现代的语境中，经常指称那些找错了对象、白费心思的行为。然而对牛弹琴的意蕴并不止于此，即使在牟子的记载中，也并不是说牛就听不懂音乐——非牛不闻不合其耳——你得弹牛熟悉的、喜欢的音乐才行！牛在这儿，代表着自然的物象，代表未受人类污染的纯粹之物。牛不仅通人性、懂音乐，而且心无杂念，全身心地投入（掉尾奋耳蹀躞而听）。牛，是我们心灵之琴的忠实倾听者。所以，清代大画家石涛就说："世上琴声尽说假，不如此牛听得真。"在《给小草读首诗》中，牛变成了小草，操琴之人变成了诗人，琴声变成了诗歌。显然，这首诗歌的原型（Prototype）应该就来源于牟子的故事。在旷野上，诗人面对一棵棵小草，可以无所顾忌地朗诵他所喜欢的诗歌，想大声读就大声读，想怎么读就怎么读。诗人抛开了尘世的一切羁绊、一切干扰。那片荒地，几乎成了诗人理想中的朗诵剧场，一座开放的生机勃勃的诗歌剧场。那些数不清的小草，排成自由的队形，它们才是世间最好的诗歌听众，它们才是世间最爱诗歌的听众。我曾写过一首名叫《很想对牛弹一谈》的诗，则似乎表达了另外一层意思："在一头沉默大师面前／无论多么真诚，都是一个装字。"

特邀点评：向以鲜

一个追绿皮火车的人

》 寂寂秋草

一辆绿皮火车带走了什么，在喀什噶尔
胡杨还在那里
石头城还在那里
喀什噶尔河立在风沙中

天山在佛偈中
一个年老的僧侣走出庙门

用翻阅经卷的双手在盐渍的土地上栽种麦苗

阳光带着锈蚀的沉默涂在帕米尔
涂在逃出山体的岩石
涂在褐色的僧袍

暗含的佛性的光洁
在一条河上。由远而近的只有风

也只有风，能带来年轻的回音

云端上的母羊，在喀什噶尔河

向天山下跪，向昆仑山下跪，向塔克拉玛干沙漠

下跪

做完一天功课的老人，坐在暮色中

僧袍与身后的土地融为了一体

点 评

这首诗主要抒发了一种渴望走出大山追逐梦想却又十分依恋故土的情怀。

诗中的故乡有胡杨、石头城、喀什噶尔河和巍峨的天山，然而这片苍凉肃穆的土地却又是那么的贫瘠、闭塞和落后，只有年老的僧侣耕种盐渍的土地，而且"也只有风，能带来年轻的回音"。正是这样，"我"便渴望打破这古老的锈蚀了的沉默，冲出大山去追逐梦想。

然而当"我"真的要远离故土而去时，"云端上的母羊"也仿佛跪了下来，而"我"则默默看着暮色中的老人与土地，这不正流露出"我"对故土的感恩与不舍吗？

其实，这种远离故土逐梦的情感体验在当今社会十分具有普遍性。这首诗的现实意义正在于展现了这种情感——永恒的乡愁。

点评网友：宵风

团结湖

》 王季峰

站台以自己为圆心，圈存住流浪的行人。

每一级台阶都在沉睡，与深渊做伴，把每一个陌生的脸庞照得

透明。水滩里的街道，在苦涩的喉结里被唤醒。熟悉的嗓音蔓延到发白的路灯下，

到街边小摊的桌角，到槐树滴落的雨水。柔软，让人睡得沉醉。

失衡的视线，越过结满青苔的车辙，被紧锁的铁门

遮蔽。流水的宴席，微醺的酒杯，节制的轻叹，直到车辆的尽头徘徊。

若隐若现的噪鸣将幻想的形状禁锢在手掌。呜咽的夏虫，从黑暗中凝望，

目光黏稠在暗的边缘，像是人类，穿透幻觉的墙。

似有似无的波纹，灌满长夜的空旷，在碎石间生根。

帷幕落下，隔断诉说与聆听，使每一次的对谈都捉摸不定，生出佝偻的影子。

回响在湖水侧面发生，不时摇摆的树桠，搅动着向内的念头。

街牌远了，屋顶远了，

嘈杂远了。宁静在平行线上延长，获得自己的质量。

每个转角都是沉默的寓言。屏息的瞬间，湖水与乌云的连接断裂了。

新生的光打破重合的梦境，稚嫩地生长在阴郁的裂缝中，窜进已经堕入枯旧的心脏。

啼啭着，迎接一个盛大的节日，浮现出未来时刻——

重新体验生活！

点 评

　　《团结湖》一诗一改以往赠答诗的简约笔法，用馥郁铺张的笔势来尽现心中的万千情怀，这就使它从惯见的欲言又止式的酬答诗中独立了出来。这首诗的表现优势，我总结为三点。一是铺叙之美。诗人将街道、入夜、湖边等时间与空间上的几番情节，都不吝笔墨地加以细致描摹、陈述与点染，让我们深深体味到与嘉朋欢聚时刻内心的波澜和情绪的流踪。二是镜头之美。诗人并非启用无边际的想象来凸显情感，而是将情绪的波纹暗自缀入细致描摹的景观之中。对于场景的描绘，诗人简直有摄影家般的功底，他似乎自带了一盏聚光灯，以此照亮眼前诸景，并向我们作精彩展示，如这样的描述："失衡的视线，越过结满青苔的车辙，被紧锁的铁门／遮蔽。流水的宴席，微醺的酒杯，节制的轻叹，直到车辆的尽头徘徊。／若隐若现的噪鸣将幻想的形状禁锢在手掌。呜咽的夏虫，从黑暗中凝望，／目光黏稠在暗的边缘，像是人类，穿透幻觉的墙。"诗人引领我们观看眼前的各种景色，甚至连夜间细碎的声音，他也让我们清晰地"看"见了。强烈的镜头感，将我们带入景物深处。三是用语之美。这首诗有惠特曼式的汪洋恣肆，有一泻千里的表达魅惑，但铺陈虽多却并不显啰唆累赘，纵横捭阖而不显散漫冗杂，可见诗人的美学功力是深厚的。

特邀点评：张德明

一棵歪脖子树

» 起　伦

我不服膺于临湖那一排妖娆的垂柳

如烟，如织，迷失在光与影的细节里

我关注一棵歪脖子树

它渐渐离开队伍，独自站在一边

我看见，它照了好长时间镜子

仿佛一辈子。我相信它终于认清自己

连同每片叶子，纹路清晰得令人发指

在世相越来越模糊的天气里

我不知道为什么要走近它

如果不走近它，它只是一个苍茫的背影

现在我走近它，走近它的孤独

恰好它仰天吐出一口长气

吐出我内心压抑的一生

我腾空的身体，正好移植这棵歪脖子树

是的，我想我在一种虚构的自由里

完成了与它南辕北辙的整合

我说不清因为什么。也不想说清

就像我毫无理由写下这首诗

而无理才是合理

点 评

　　《一棵歪脖子树》这个题目是足够吸引人的，诗人选取的物象也具有了诗的潜能，因此凭直觉我们都可以意识到此诗会写出一些新东西来。"歪脖子树"绝不可能是树中的精品，但它很可能是某种独特的存在。这种独特性，也就铸就了它引人注目、让人难忘的价值。在诗中，诗人没有细致描摹此树的丑态，而是深入其内心，展现它的孤独——"我不知道为什么要走近它/如果不走近它，它只是一个苍茫的背影/现在我走近它，走近它的孤独"，这就不只是客观描述树本身，而是将主体的情感也带了进去。诗歌某种程度上正是主观情感客观化，以外在事物来折射内在情感的艺术品种。歪脖子树是否丑陋，是否孤独，作为树木本身是无从感知的，我们觉得它丑陋和孤独，是因为我们将自己的情感附着在这棵树上了。诗人在此采用了"以我观物"的烛照方式，故"万物皆着我之色"，歪脖子树的顾影自怜、苍茫、孤独等情状，也就获得了某种合理性。

　　这首诗的情绪并不繁复，甚或说还有些单一，但它的结构安排还是较为精巧的。诗人先述"妖娆的垂柳"，强调她们"如烟，如织"的曼妙姿色，接着将"歪脖子树"推到镜头前，展现它的孤独和落寞，继而着重点染其孤独本色，让它在我们审视的目光中不断得到强化，最后又以退为进，"我想我在一种虚构的自由里/完成了与它南辕北辙的整合/我说不清因为什么。也不想说清/就像我毫无理由写下这首诗/而无理才是合理"，它暗示我们：那无意识的冲动，或许正是生命本能的自然凸显。

　　某种意义上，"歪脖子树"构成了人类自我的一种精神镜像，从它的身上我们能观察和体味到人类自身的生存和命运。其实，卑微的人类生命个体，哪一个不是一棵"歪脖子树"呢？但每个人都有独立的价值，每个人都有存在的理由，这是毋庸置疑的。不惧外在的风雨，挺住，这意味着一切，是歪脖子树的命运，也是我们每个人捍卫生命尊严的必由之径。

特邀点评：张德明

云顶寺

» 阮宪铣

寺在山上。进山最好
每次步行，让石阶山路不断出汗
排空山谷一般青翠的空灵

但我不是香客。我只是
喜欢诵经声那么恢宏辽阔
喜欢照见蓝得像镜子一样天空的倒影

喜欢有时候，到菩萨面前站一站
请他们原谅这一周的过错

之后，像哭过的内心
心中特别温柔。像雨后的青山
心尖上挂着翠色的露珠

我爱这里高处世俗的生活，像寺院
厨房里洗净的蔬菜，像遇见春天
刚剥出壳的豌豆，肥嫩、纯真
一颗，一颗饱满

本心善良

　　喧嚣的尘世，让人五官污染，内心嘈杂，这样的情状下，进入山寺修身养性，或许是很多被日常杂物惊扰的人求之不得的。这首诗以《云顶寺》为名，正是要彰显俗务缠身的人们内心深处的某种渴求。诗人说他本不是"香客"，入寺并非有所发财升官祛灾防病的直接企图，而是想来此环境获得内心的洗练和情绪的松弛。不过从此诗简洁、纯朴的话语道白中，我们依稀能感受到其间幽幽散发的某种佛理禅意，由此揣度诗人对佛家旨趣有着不小的习练和领悟之功。这首诗的最初三节稍显平淡，"排空山谷一般青翠的空灵""喜欢诵经声那么恢宏辽阔""喜欢照见蓝得像镜子一样天空的倒影"，语句都并不新奇，甚至可以说有些平庸，不过，诗歌越往后越发精彩，尤其最后两节，令人过目不忘。"之后，像哭过的内心／心中特别温柔。像雨后的青山／心尖上挂着翠色的露珠"，这里的比喻生动、贴切，而且有着极为浓郁的禅意和诗味。最后一节用语干净，形象简单朴素，但也不乏禅味。"我爱这里高处世俗的生活，像寺院／厨房里洗净的蔬菜，像遇见春天／刚剥出壳的豌豆，肥嫩、纯真／一颗，一颗饱满／本心善良"，"本心善良"与出家人持有的"慈悲为怀"巧妙沟通，既是对"豌豆"的人性化写照，又回应了本诗的禅意化主题。整首诗由此显得和谐而完整，洁净朴素而又意味深长。

特邀点评：张德明

尼傲：阳光聚集的地方

» 北 乔

我走在这个叫尼傲的山村
整个清晨都在我身体里
飞过的鹰，带走完美的曲线
丛林里，鸟鸣虫叫唤醒了轻雾
影子还在夜晚的怀抱
我来到圣泉边，双手捧起泉水
喝一口，洗洗脸
一片透明中有了我

立于山腰的白塔，如朝圣者
从人间向山顶向天空高举灵魂
慢慢转动的经筒，谁在翻着经书的一页又一页
悬挂的经幡，正在打坐
一位老人走过，经幡点点头
那一身藏袍里，有整个人生
包裹村庄的当下和所有记忆
墙上藏族风情的图画默默注视这一切

河水奔跑，来不及与岸告别

岸很知足，孤独的是河水

彼此亲密无间，巨大的陌生世人皆知

我站在桥上，我走过这座石拱桥

想起喝下的那口泉水

一些美好在我身体里晃动

路边的野花安静而矜持

正在抚慰黑夜流下的泪水

今天是阴天，这个早晨没有阳光

大自然的声音都在

我的脚步声丢在昨天，或许

在明天的某个地方游荡

人们说藏语尼傲的意思是

阳光聚集的地方，其实

尼傲本就是穿过黑暗的阳光

我，也成了一束光

点 评

　　诗人描绘的是一幅安宁的晨景图。

　　诗一开始描写的仿佛早上起来打开门出去散步的情景。首先是整个村庄都被清晨环抱着，早起的雄鹰振翅翔翔，在天空划过美丽的弧线。接着，视线从天空落到了地面，丛林里有鸟鸣虫叫和还未散去的雾，夜晚的影子还残留着。这里的"轻雾"和夜晚的"影子"是伏笔，与后面的"今天是阴天"相呼应。接下来，视野由开阔壮大的远景拉到近景，"我来到圣泉边"，视线落到了"我"身上。"我"捧起泉水，喝了一口，"一片透明中有了我"。此时，平凡的泉水被诗人赋予了圣洁的光环，变为"圣泉"，只是喝一口都能使人"透明"。这里的"透明"与诗人歌颂的光相照应，象征着澄澈、圣洁、明亮的圣物。

第二节画面再次移到了远处，落在"白塔""经筒""经幡""老人""藏袍"这些具有宗教色彩的意象上。从圣洁的自然晨景到圣洁的精神与信仰，诗歌意境提升到另一高度。"老人"和一切具有宗教色彩的物品都是崇高精神和信仰的化身，"那一身藏袍里，有整个人生"。"老人"既是朝圣者、传教者，也是宗教和信仰的代表，同时还是见证者。他一生漫长的岁月见证着尼傲这个村庄的历史，见证着村庄的人与事，见证着朝圣的故事，也见证着人世与沧桑。"老人"通常是智慧与故事的代言者，受到人们的尊重，在这里他更是厚重的岁月与精神文化的代表。

第三节画面拉得更远，落在水与岸上。水是流动的，常被用来喻指时间的流逝；岸是固定和静止的，常被用来象征守候。因此，诗人说"岸很知足，孤独的是河水"。在当代纷繁的世间，能够守候净土与安宁，放弃名利和各种各样的追求的人很少。像岸一样默默坚守自我与圣洁、追求精神与信仰的人是知足的。河水永远在流动，它失去了驻足和停靠，只能孤独地一直往前流去。河水象征的是那些在人世挣扎浮沉的人。

最后一节来了个大反转，前面描写的都是美好、圣洁的景物，这里突然说"今天是阴天"。如果诗人没说是阴天，我们都会自然而然地认为这是一个晴朗的阳光将要突破层层黑暗的清晨。突然出现的反差，形成了强烈的对比，带来了一种冲击。因为今天是阴天，所以，"我的脚步"停留了在某个"昨天"或"明天"，"我"更愿意留在美好的时刻。在最后，诗人点明了此诗的主旨"尼傲本就是穿过黑暗的阳光"，是"阳光聚集的地方"，因此诗人也将美好与圣洁的自然之物赋予了它。即使是在阴天，它本身就象征光，将穿透一切黑暗，照亮整个大地。在这样一个超然物外的圣地，诗人感觉自己"也成了一束光"，俗世中的纷纷扰扰都被光驱散了。

整首诗歌颂的都是这种"光"的精神。诗人所选取的意象和场景都围绕这个中心展开。虽然没有超乎想象，也没有炫目的技巧，但是诗人营造了一个令人向往的安宁的自由的天地。

点评网友：黎昕

水中的父亲

» **吴友财**

父亲说要教我游泳
那是很多年前的事

母亲说他游得好
我至今也没见过

不能在小小的池塘里游吧
不能在浅浅的水渠里游吧

父亲是个好木匠
方圆十里的木匠都没他手艺好

他做的农具会说话
他做的桌椅会唱歌

他的手指有的已不能伸直
皮肤上刻满了永恒的裂口

不是所有的木头

都会在水上漂浮

为什么我还愿意相信
父亲在水中永不沉没

点 评

　　这是一首充满巧思的怀亲诗，说的是往事，说的全是怀念。诗人在不动声色地对往事回溯时，充满了美好的情愫。父亲说他要教"我"游泳，但他为什么一直没教呢？诗人没有回答，但给读者想象的空间。也许是父亲没有时间，也许是根本就没有游泳的环境。后面的段落，诗人宕开一笔，不继续说游泳，却说到了父亲是一个木匠，且手艺很好，所做的器具能活灵活现，表现出父亲心灵手巧的一面。结合起来就有了诗意的暗示，那就是作为父亲的他迫于生计要不断地从木头中刨食，养家糊口，他可能身怀绝技却永远没有时间去教给我。

　　在这里诗歌的张力就在不断推进。也许父亲已早早离开人间，也许父亲因为生活的压力已经不能再做什么。但在作为孩子的"我"的眼中，父亲一直就在身边，一直和木头为伍，而且和木头一样拥有漂浮的能力。

　　诗歌中富含一种由此及彼的联想，让我们感受到了汉语之美。游泳和木头，木头和木匠，这些看似相互并不关联的词语，因为生活、因为人物而有了潜在的情感内容。诗歌中有这样几句：他的手指有的已不能伸直／皮肤上刻满了永恒的裂口／不是所有的木头／都会在水中漂浮

　　这样精细的肖像描写，让我们看到了一个勤劳而又贫困的父亲，看到了岁月磨损之后的艰辛。诗人在潜意识中把父亲比作一根木头，一根开裂的枯木，一根在生命之流中浮沉的木头。这样拟物化的表达更具冲击力，我们从中看到了悲悯，更看到了无奈和酸楚。

特邀点评：马知遥

致微笑中有着金属光泽的人们

» 李　想

那些走南闯北上天入地钢筋铁骨的人们

那些与骄阳为伍汗珠顺着脸颊直直掉落一地的人们

那些在滚滚热浪中头痛胸闷艰难呼吸的人们

那些让汗水和焊花交相辉映呈七彩光芒的人们

那些垫上硬纸壳席地而睡睡姿惹人怜悯的人们

那些穿戴帽子手套靴子棉质工作服下隐藏性别的人们

那些全副武装戴着防毒面具酷似生化部队的人们

那些用凉水冲头抱着水桶对嘴酣饮的人们

那些背负身心劳累压力深藏父爱母爱的人们

那些大汗淋漓背上衣服印着盐巴图的人们

那些在 360 度无死角暴晒中仍祈求不要下雨误工期的人们

那些从早六点忙碌到晚八点除了工作只想着喝水的人们

那些踩在可以煎鸡蛋的滚烫钢板上气焊作业的人们

那些吃着馒头白菜粉条煎豆腐狼吞虎咽的人们

那些在工棚里只穿裤衩裸露健美先生肌肉的人们

那些躺在床头拿手机视频通话或当家庭影院的人们

那些每天挤在三轮车面包车里准时进厂做工的人们

那些深感艰辛困苦却仍在拿到薪水那一刻露出笑容的人们

那些总在比赛中演出中技高一筹胜过我们的人们

那些闻讯赶来小心翼翼为我拔掉脚底板扎进的钢钉的人们

你们在烈日下的默默坚守

是城市最有温度的真实和美好

点 评

这是一首写给底层民众的诗歌，是为劳动者送上的赞歌，是细致、强烈观察和感受，并凝聚情感浓度的歌咏，适合朗诵给所有正在受苦受难的劳作者、贫苦者、离乡背井者。人们在这样的文字前不能不思考，我们日益美好的日子，日新月异的城市建设，不仅仅只是城市白领的创造，更有那些被忽略的广大劳动者的贡献。

全诗22句，其中前20句构成了强烈的排山倒海般的排比。这样的形式追求若没有实在的内容支撑很容易流于形式，但在这首诗歌里，我们看到的是实实在在的观察、实实在在的现实、实实在在的人生。前三句是总起句，概括了该诗要表现的对象：那些城市中卖命的建设者。后面的17句基本上就是对这些表现对象具体细微的群像展示。我们看到了那些建筑工地上常见的骄阳下的锻造工人、焊工；见到了那些疲惫而没有温床的打工者，他们在硬纸壳上睡觉；见到了为了生计隐瞒性别的人们和她们的无奈；看到了在重度污染的场地上，打扮如生化部队的工人们；那些没有基本的生活条件，干渴无奈中饮用生水的人们；在生活重压下不能不把思念藏在心底的人……诗人独特的眼光、敏锐的感知，让他的笔下迅速地形成了一系列艰苦劳作者的形象。

对这些形象，没有太多的渲染和直接赞美，诗人客观地呈现就够了。最后两句其实可以不要，只需要让读者看到呈现的内容，就足以使他们感到震撼。

这些为了生计的人们，他们的生活现状如此窘迫，其实需要更多的人去关怀，他们的境遇也需要更多社会力量来改善和提升。作者不用说什么，其中的关切和质疑性的批判就在其中。诗歌就应该有这种担当。

特邀点评：马知遥

一碗白米饭

» 向阳白

四十八年前初夏的一天
我问——

妈妈
桌子上有碗白米饭
我能吃一点点吗?

儿啊
今天不能
家里就这一碗饭
妈妈要留着
等下生弟弟的时候吃
吃饱了饭
妈妈才有力气啊
你出去玩吧
玩一会就忘了……

这是对那个饥荒年代里常常可见的饥饿场景的记忆。而这样的记忆又是那么痛彻人心。诗人基本上是用了白描的手法，基本上看不到任何修辞手法的使用，而看似简单的诗歌却有着无法承受之重。48年前发生的事情，作者还能记着，是因为当时实在太饿，想吃一碗白米饭。看似母亲的一句话让孩子心寒，但更让人心寒的是为了能够在生产中有点儿力气，一碗白米饭几乎成了救命饭。

儿啊／今天不能／家里就这一碗饭／妈妈要留着／等下生弟弟的时候吃／吃饱了饭／妈妈才有力气啊／你出去玩吧／玩一会就忘了……

这一段诗歌，包含了母亲多少的无奈和酸楚。作为母亲，肯定是把最好的东西给孩子，但这里，母亲却拒绝了孩子，因为那是家里最后的一碗米饭，那是为了生了孩子以后能够有点力气照顾孩子们。物质的贫瘠让那个时代的人们几乎过着饥寒交迫的日子，而贫困的家庭不断地生养孩子，造成了家庭生活的狼狈图景。

重点还不是对历史的复原，更为深刻的是，在吃和不吃的选择中，母亲选择了自己吃，这样的举动在看似难以接受的情节中注入了一个贫苦母亲的睿智和无奈。在靠着玩耍遗忘饥饿的故事中，我们看到了一个时代给人们留下的创伤。整首诗歌没有太多的抱怨和华丽的想象，有的只是对母亲的回忆，对母亲当时平实话语的回忆，看似没有波澜的写作却能掀起读者内心的波澜——对故去岁月的忧伤追忆。

特邀点评：马知遥

吃　面

» **石玉坤**

"来碗面，大碗的，咸菜面，多放辣"
寡淡的生活偏好重口味
洗窗工杨的木在面馆的木椅上坐下
汗腥味像一群散开的苍蝇

卖药的汤莉捂着鼻子绕过去
开麻将馆的杨二婶嘟哝着绕过去
卖彩票的汪一财瞪着眼绕过去
只有背书包的马小丫冲他笑了笑

像一个犯错的孩子
杨的木起身选择面馆的一个角落
蹲下，一张劳动的脸
那么忍气吞声

"在金鹰大厦高大的玻璃幕墙
他像被一根绳子拴着的蚂蚱
不断挣扎。一把刷子，给每一双眼睛

蓝天，给每一次眺望远方"

微笑的马小丫在作文里这样写道

　　《吃面》撷取了底层人们生活的一个片段，围绕洗窗工杨的木在面馆吃面这件事，刻画了同处社会底层但身份不同的人的神态反应。

　　面馆里活现的歧视和鄙夷，不同于我们通常见到的那种发生在身份悬殊的两个阶层间的情况，而是发生在同一阶层内部，并且这种"歧视的暴力"造成了一种集体的驱逐效果："像一个犯错的孩子／杨的木起身选择面馆的一个角落／蹲下，一张劳动的脸／那么忍气吞声"。在这里，主角杨的木的位置发生了一次空间变化，他从面馆的木椅子上（众人视线的中心）移到了角落（失去位置感和被遗忘）。

　　一般情况下，其他诗人写到这里可能就停止了，但本诗作者另辟蹊径，非常出色地运用小女孩的善意合情合理地将洗窗工杨的木的工作情景展示给读者，制造了"诗中之诗"的戏剧效果。这额外追踪和溯源的一笔，将我们的视线引至另一幅画面。

　　另外，本诗保持了一种写作上的伦理感——对真实生活的挖掘。在面馆店上演的一副"世相"（现实的真实），以及小女孩笔下对杨的木劳动的肯定和赞美（诗意的真实），使杨的木的故事具有时空的真实性；杨的木本人作为洗窗工的一根被绳子拴着的挣扎的蚂蚱形象构成了诗人写作对象的真实性；而本诗的结构安排则加强了一种诗歌结构上的真实性。小女孩作为善良的天使，正是诗人真实良心的化身，也是写作本身得以确立意义的见证。洗窗工的生存处境或许正是那些绕过他的人的生存处境的一个缩影，只是这个缩影碰巧被诗人敏锐地捕捉到并写进诗里罢了。杨的木以及那些绕开杨的木的人们，或许从未真正正视过自己的处境，而这也许是诗人留给我们追问和反思的契机。

点评网友：L.N.J

每一顶草帽下都有一个相同的父亲

》 阿 成

小满之后，天气渐热——
山上的、田中的、地里的活儿
多起来，在乡村，草帽派上了应有的
用场——那种草编的，或黄或灰的
带着太阳的香味和人体汗味的，在粮仓或
墙壁之上歇息多时的帽子，被男人们
一把抓起，扎扎实实地扣在了
脑袋上……

他们戴着草帽锄地、施肥、割草，抑或
用柴刀砍去田边的杂灌和芭茅，有时在
泥水飞溅的田畴中犁田打耙、栽秧割禾
肤色黝黑，衣袂飘飘，仿佛是同一个人；

——埋头劳作，半天不说一句话，远远
看去，不知是哪一家的男人哪一个人的
父亲，当归乡的人匆匆穿过田畈，要喊
一声，却不知要喊哪一个，于是不得不
三缄其口——

其实你喊或不喊都一样——乡村夏日
每一顶草帽下，都有一个
相同的父亲。

点 评

　　一般来说，诗的可贵之处在于表现个性，表现特殊的事物，表现诗人对于世界的独特发现、理解和感悟。在布罗茨基看来，诗是对个性的捍卫和守护。但是，在某些情况下，诗也可以是对共性的表现。譬如这首诗，就是以对乡村父亲们的共性的发现而打动读者。这首诗里的父亲是复数的，是"男人们"，是"他们"，他们戴着同样的草帽，做着相同的工作，"锄地、施肥、割草，抑或用柴刀砍去田边的杂灌和芭茅，有时在泥水飞溅的田畴中犁田打耙、栽秧割禾……"，有着相同的黝黑的肤色，甚至也有相同的性格，"埋头劳作，半天不说一句话"。这些父亲们"仿佛是同一个人"，以致归乡的人"要喊一声，却不知要喊哪一个，于是不得不三缄其口"。从这些共性的表现，一个乡下孩子会从中认出自己的父亲，他的沉默、负重、任劳任怨的品格。这是这首诗的成功之处。但是，这些共性的发现，却需要诗人特殊的眼力；而把这些共性表现得动人，也依赖于诗人自身的形式表达能力。也就是说，诗中共性的表现仍然依赖于诗人的个性。另一方面，诗歌对个性的表现，也是为了揭示普遍的人性，揭示人性中对真、善和美的普遍的向往。这可以说是诗的辩证法。

　　本诗的语言基本上可以说是朴实、准确而有表现力的，但也有的地方还有待斟酌。譬如，"衣袂飘飘"用在劳作的农民身上，既不协调，也不准确。

特邀点评：西渡

婚　姻

» 憩　园

像梦里，悬崖到处都是。

你不断跳悬崖（或类似悬崖），跳入光亮。

它有轮廓，因为亮着，不能确定其深度。

每次跳完，你又从里面升上来

继续跳，变换姿势跳。跳过来跳过去，

死不了，跳崖的恐惧明显如初夜。

现实中，你不该这样操作，即便二楼，你都颤抖

如某种临危的小动物。有人不信，在桥上，在楼顶

在树上，跳下去，死了，我为这些死难过。那么难过。

比较梦境和现实是没意义的。它们没尺寸，可是

谈论一尺、三尺、六尺却是有必要的。

相较而言，我喜欢游离之物。你有忧伤，我也有。

忧伤突然显现，像感到幸福那样

进入醒着的洁白。在十一月初的清晨，我感受最多的

是内心的悬崖。陡峭而且芬芳。现在，我们坐在这里。

并不多话。在野兽的眼里跳过来跳过去。

这首诗的标题叫"婚姻",但正文却没有明显谈到婚姻的词句,诗人对于婚姻的某种观念、想法或感觉完全是通过其他类比的形象暗示出来的。"暗示"的"暗"是要藏,"示"却是要显,"暗示"就是藏与显的平衡。这首诗的作者,应该说,很好地掌握了这个平衡的技巧。

这首诗一共十七行,可以按六五五分为三部分。第一部分六行,写梦中的跳崖,它让人恐惧,但没有危险,跳下去,还可以从里面升上来,"继续跳,变换姿势跳""不断跳"。这六行对梦境的描写很传神,"它有轮廓,因为亮着,不能确定其深度",在梦里跳崖就是"跳入光亮"。如果作为婚姻的一个类比形象,这些描写可以说是多余的,是修辞的浪费和多余之物,但作为诗,这些描写又具有特殊的价值。因为正是这些描写使梦中跳崖这个类比形象摆脱了散文的、应用的需要,而具有了诗的独立的、审美的价值。

接下来的五行写现实中的跳楼、跳树、跳桥,它是一次性的、不可重复的,因为它有一个确定的结果——死。然后诗人说,"比较梦境和现实是没意义的。它们没尺寸,谈论一尺、三尺、六尺却是有必要的"。梦没有尺寸,现实却是有尺寸的,然而从意义的角度而言,现实也没有尺寸,因而无法比较;但从实用的角度而言,现实永远无法绕开尺寸。这两行是对前九行的小结,显示了诗人对人生和现实的洞察。

最后五行应该是进入婚姻的本题了,但作者依然采取迂回的策略。"喜欢游离之物"的"我",对进入某种确定的状态感到犹豫,这种犹豫的心理状态带来忧伤。"你"也是如此。而这种忧伤是伴随幸福感一起出现的。这些叙述让我们猜想,"我"大概正面临是否进入婚姻状态的选择。它就像一座内心的悬崖横亘在"我"面前,"陡峭而且芬芳"。"我"是跳呢还是不跳呢?如果跳,这座悬崖可不像梦中的那座,可以一再重来;如果不跳,它却以幸福的名义召唤你。"我"和"你"最终以延宕无为来代替决断,"我们坐在这里,并不多话"。"跳过来跳过去"是一种心理游戏,而不是实际行动。也就是说,"我们"把现实游戏化了。在这种游戏中,"我们"让现实与梦发生了连接。

特邀点评:西渡

采　撷

» **刘振周**

踮起脚，她的指尖
就要触摸到自认为的果子，
其实那只是花蕾，青涩的蕾壳包裹如小房间。
她天真烂漫，只会叫嚷："果子，果子啊。"
那没什么不好，当世界落寞如枝头的山茶花，
在寒冷之中如我与之都需要一些阳光取暖，
那夜里的梦魇都被她摇摆的小手驱散了。
这并没什么不好的。
是的，我们都需要香甜的果子，
和玩耍的方法，包括人造园林
——沉默的自然。

点　评

　　一个幼小的孩子，把没有绽放的青色蓓蕾当成了果实，并感到由衷的
欢喜。这首诗呈现的事实不过如此。但这不成其为诗，虽然，它有某种诗
意的成分。退一步讲，即使我们承认它是诗，它也是某种前现代的诗，一
种天真状态的诗。让这首诗成立的，不是这样一种天真的诗意，而是诗人
对这事实的评论，而这一评论是经验的。事实上，这首诗的主体部分不是
事实的呈现，而是对事实的评论。诗人只用了四行的篇幅来呈现事实，而

用多一倍的篇幅对事实加以评论。诗人首先说"那没什么不好",肯定了孩子所体现的天真状态。接下来,进一步阐述肯定的理由:"当世界落寞如枝头的山茶花,／在寒冷之中如我与之都需要一些阳光取暖,／那夜里的梦魇都被她摇摆的小手驱散了。"在这个略嫌繁复的长句中,诗人用一个比喻和一个修饰语带出了成人经验世界的状态:寂寞、寒冷。在诗人看来,孩子的天真恰如阳光给这个寂寞、寒冷的成人世界带来了温暖,甚至驱散了"夜里的梦魇"。为了强调这一肯定,诗人在第八行重复了一遍"没什么不好"。最后三行是进一步的评论,"是的,我们都需要香甜的果子,／和玩耍的方法,包括人造园林／——沉默的自然"。孩子和成人都需要香甜的果子,但孩子可以自发地创造果子,而成人则失去了这一自发的创造能力,而停留于失去了可能的现实中。为了解决这一困境,诗人吁请我们向孩子学习"玩耍的方法",在远离自然的现实中创造精神的人造园林,一个内部的、沉默的自然。

这首诗的主题虽然是肯定天真的状态,但写法上却不是天真的,而是依赖于成熟的、经验的状态"思"的运行。这也是很多现代诗的一个基本矛盾:写法上向思、向经验不断趋近,主题上却保留了对天真状态的向往。

这首诗略有瑕疵的地方是"在寒冷之中如我与之都需要一些阳光取暖"一句。"我与之",两个指称代词,一文一白,不协调;前面加了"如",又使句子不通。不如说得更朴实一点:在寒冷之中,我和它都需要一些阳光取暖。

特邀点评:西渡

海边书

》 慕　白

我闲居已久
整日无所事事
如果你也有空
请来跟我一起去海边走走

酒只够两个人喝，人多了不行
明月还剩许多，只管拿去，只是天
在海边黑得越来越早了

我不是来度假的
我对孤独深度过敏
一风吹草动，我都深感不安
房门没有上锁，你推进去就是

昨夜桃花盛开，醒来发现又是在做梦
大家都很匆忙，谁也赶不上过去
人生有如候鸟，爱自己就是爱他人

我懒得出门，已无天命之忧

没有那么多为什么，写诗是无用的
我从没有过逐鹿中原的野心
我只珍惜眼前，我爱的和爱我的人
我和海水不一样，爱就深爱

点 评

  这是一首看似平常却容易深入人心的诗，它道出了当下人的矛盾、纠结、甚至彷徨的心态，甚或直穿现代人心病的病灶，从而期盼回归本我情致。热闹时心生浮躁，喜欢安静，渴望"面朝大海，春暖花开"，而一旦达到某种"有闲"而宁静的境况时，却又感到孤独寂寞，故而诗中的"我"便有了"海边"的独语，以及希望有人"一起去海边走走"的吁请。"闲居"或"无所事事"标示物质层面的"无忧"，"无忧"让精神层面得以实现更多的渴求。而人心理及性格的多重性便会造成精神生活更多的纠结与杂糅。显然，诗人巧借了李白的"酒"和"明月"，"举杯邀明月"是"我"消除孤独、焦虑感的常态，因之"酒只够两个人喝，人多了不行"。这句诗有两层意思：其一，酒剩下不多，因为平时都让"我""邀明月"了；其二，只有两个人才能多喝，才能喝得尽兴。"明月"或许常看，或许看多了有审美疲劳，故而便有了"明月还剩许多，只管拿去"。而后诗人直言"我"之孤独感（"我不是来度假的／我对孤独深度过敏／一风吹草动，我就深感不安"），也就能敞开心灵之门，邀你相伴（"房门没有锁，你推进去就是"）。第一、二、三节文字紧凑，互相关联，述说了当代人人生的某些普遍性的精神征候，也为后两节的感情生发提供了合理的理由与依据。于是，便有了后两节的"昨夜桃花盛开"的梦想，便有了"人生有如候鸟，爱自己就是爱他人"的启迪；便有了不求功名，回归自我，珍惜当下，珍惜爱与所爱的人生感慨。

点评网友：黄辛力

大觉寺归来

黄昏时分，一个废墟谦卑如
人生的空白还从来没有
在你面前如此安静过；

半山腰多娇一个自然的角度，
俯瞰交替远眺，乾坤的极限逃不过
有时，缓冲带在历史中藏得太深；

而人心一旦缥缈，自我难免会
投靠深奥；看上去，生动多于冲动，
但总差那么一点，才是灵魂出窍。

或者，地平线也不过是一道门槛；
借着山风，古老的遗风吹进来，
将巨人的悲伤过滤成沉浮太偏僻。

　　诗题"大觉寺归来",有两个重心:一个是"大觉寺",一个是"归来"。前者暗示诗人从日常生活场景来到了大觉寺这个佛家法地,意味着诗人的精神向度处于一种收缩和内倾状态,不再勇往直前一味地向外扩张,反而躬身向内探求,而这种向内探求也不能一蹴而就,其探求的过程就像唐三藏西天取经那样历尽艰辛,直到归来良久才有所感悟。

　　那么,诗人到底悟出了什么呢? 通读文本,我们可以用"自在"二字加以概括。"自在"的具体表现,或者说诗意,呈现的是什么呢? 在诗人笔下的这四节诗里,有四种禅境。

　　人生终老,如一日之黄昏,如一堆堆建筑物之废墟,如人活一辈子下来感觉到的空空的通透——赤条条地来,又赤条条地去! 如世间所有繁华喧嚣之后的安静。

　　如果说本诗第一节是从时间角度进行感悟的话,那么第二节就是从空间角度继续进行参悟。这节诗关键的诗眼在于"半",在佛家那里,半就是全,就是俯仰、远近、缓急与乾坤。

　　第三节诗聚焦到了苍茫时空中的人自身。外在世界难以把控,而精神世界也不是那么容易掌握,因为其深奥之无意识和感性之生动与冲动。如果不是有理性的最后规约,灵魂就有出窍之可能! 这里实质上写出了人在感性与理性之间踩钢丝之困苦——一方面看上去很美,一方面提心吊胆!

　　最后一节从自然之山风联想到文化之遗风。在这两风吹拂下,所有的一切,包括"巨人的悲伤",人世之沉浮,都被"过滤"掉了,留下的只是像风一样的空空与匆匆!

　　综上,从诗题的暗示和指示,到诗歌主体呈现的佛家四重禅境,在这首诗中一路行来,也是匆匆与空空,有无互现,诗禅互释,妙若莲花!

特邀点评:杨四平

不一样了

» 黄小培

一切都不一样了。
现在思考着的问题、做着的事
和上一刻不一样了，
它们吸收着时间的水分，
在慢慢成为另一件事。
低飞的燕子从南方归来，
倾斜的翅膀和飞离时不一样。
同样的书，读进了新的故事里，
同样的爱融入渐渐老去的身体，
同样的心情沾着新鲜的露珠。
这世上只有上一刻是永恒的，
只有万物的流转，一直都是这样，
去年的树结出今年的果实，
往事里的风吹落现在的泪水。
橘子吃不出童年的味道，房屋
散去了过去的气息，
眼泪里尝出了新的滋味。
这个清晨的鸟叫深深浅浅，透过树丛
的光线深深浅浅，

照在不一样的脸上。

一切都不一样了，

大地年年长出相似的草木，

大地年年从泥土里拽出更多。

点 评

这首诗的诗眼是开头的三行诗："一切都不一样了。/ 现在思考着的问题、做着的事/和上一刻不一样了"。诗眼，在整首诗的结构里具有统摄功能。诗题"不一样了"，表明诗人关心的是不一样的状态和事物。诗人对"异"感兴趣。换句话说，"异"是诗人的兴奋点，是诗人可能焕发出灵感火花之所在。普通人希冀"求同存异"，而诗人期盼"求异存同"。这就是诗人异于常人的心理机制。正是在求异心理机制驱使下，诗人心中的"一切"，也就不是字典意义上的"一切"，而是带限定条件的"一切"——"现在思考着的问题、做着的事"。

这首诗有"同样"与"不一样"、"过去"与"现在"、"旧"与"新"三组对立关系。它们共同摇曳着推进诗歌叙述进程，充实着诗歌自身的结构和肌理，进而彰显全诗的艺术与思想张力。

"这世上只有上一刻是永恒的"。"上一刻"即成过去，或许会成为历史。而眼下的"这一刻"和未来的"下一刻"都是流动不居的。诗人区分这"三刻"的目的是想表明，人间万事万物处于永恒与嬗变的变奏之中。我们还可以从这里找到新诗史意义上的历史回响，即朱自清所谓"刹那主义"。他说："生活的各个过程都有它独立的意义和价值——每一刹那有一刹那的意义和价值。"同时，他提醒人们要把握现在，但又不是及时行乐，而是要积极面对人生。

特邀点评：杨四平

撒哈拉的甘露店

» 向以鲜

我想在撒哈拉开一爿
甘露店，夜晚只卖
秦朝明月汉代的茶

我的顾客，除了骆驼
饥饿的狼群，还有
偶尔造访的诗人

我想在撒哈拉开一爿
甘露店，白天只卖
唐朝热泪宋朝的冷饮

我要从沙砾中挤出春天
从白骨的河床上刮落
唯一的甘甜

撒哈拉，因为作家三毛，已经成为我们这一代人的文化地标和文学记忆。诗人以此为题作诗，有点使用当代文学典故的意味，很容易唤起人们的回忆与共鸣。

但是诗人既没有按三毛的经典叙述"照着说"，也没有"接着说"，而是"反着说"。撒哈拉是荒漠、酷热、贫瘠、贫困之地，然而，诗人要在如此不毛之地开一爿"甘露店"，夜晚卖茶，白天卖冷饮，而这茶、这冷饮，是自秦代到宋朝的中华传统文化。尽管顾客可能只是骆驼、狼群和诗人这样一些"边缘性"的人与动物，但是诗人依然执着地将其所经营的事业进行到底，目的只是为了"从沙砾中挤出春天 / 从白骨的河床上刮落 / 唯一的甘甜"，即从荒漠之中"创造"春天，从死寂之中"开创"生命的甘甜。

特邀点评：杨四平

麻　雀

» 许　敏

带着广大的愿力在飞

飞得那么急促，惊恐

从一处低矮的树丛到另一处低矮的树丛

半边脸喧哗，半边脸虚幻

几乎无暇顾及黄昏落日的

巨大，庄严。

没有一处天堂肯收留它们

也没有一块碑石想过纪念它们

死了，除了骨头成灰

什么也没留下

一只，即是无数只

一生，亦是永生

有时，在斑驳的草地

在肮脏的沟渠边

在城市的一小块漏下阳光的空地上

它们嬉闹，争吵，亲着，搂着……

那种瑟缩的爱，略显拘束的

亲密，你在蒙垢的窗玻璃

后面，突然感到内心的

不忍。岁月天真无邪

你也曾充当过稻草人的角色

白日做梦，夜晚失眠

颠倒的生物钟里，几只麻雀，一闪而过

季节陷于变声期，有无限的辽远

和寂静。严寒将至

一阵大风，一场细雨，在庸常的生活里

迂回，律令不可抗拒

时光如此决绝，你略显忧伤

但也获得了平衡力

此时，公园里

湖水泛白，灵魂趋于洁净

一群麻雀，向一座年久失修的教堂飞去

大地的心，空空荡荡

你不想——独自度过寒冷的冬天

点 评

　　诗的主题十分明显，麻雀隐喻着处在社会底层的人们，愿力代表对生活的美好向往。尽管"没有一处天堂肯收留它们，也没有一块碑石想过纪念它们"，但它们仍然带着广大的愿力在飞，飞得自得其乐，而且不忘相互嬉戏，相亲相爱。诗人臧棣曾说，诗对世界的抵抗，非常重要。此诗用口语化的语言，借助麻雀这个意象抒发了一种悲悯的人文关怀，"你也曾充当过稻草人的角色"语带忏悔。全诗语调气息始终连贯，无断裂或戛然而止的痕迹。很喜欢这类刹那间便能击中人的灵魂并引起强烈共鸣的诗歌。

点评网友：沧海一粟

赠忧伤的晨鸟

》 陈 虞

这里居住着"忧伤的晨鸟"

当太阳升起，光芒像利爪挑破窗帘

他仍在另一个世界滞留

堆砌的书籍、交织的印刷品

满地，甚至筑向屋顶

像农夫的草垛

像山民过冬用的柴堆

仿佛砖块，砌起的巢穴

在虞山脚下，他已远离他的故乡很久

但从前的日子仍会经常来访

停留在他的早晨

有时候他会站在梦外凝视

仿佛一转身就可以回去

回到遥远的俄罗斯

杭州城里人声嘈杂的服装市场

回到上海滩繁华的街道

和心仪的人同行

路过一间老式咖啡馆

两个人坐着互相对视

心想着叶芝，不必再吟唱"当你老了"

四十多岁我已经是老夫

像苏东坡，骑着马吟唱

发一些少年狂妄

而他的朋友们在屋里高谈阔论

抽着烟谈论诗歌

时光最终在堆积的碗盆上落下

黄昏的一缕光在厨房间滞留得很短

这时他回到他的朋友们中间

用乡音唱起了黛玉焚稿

点 评

　　在"致大海""致青春"之类命题早已普及之后，读到这首"致晨鸟"的诗，我还真以为是写给小鸟的。普希金可以致大海，当代诗人也可以致小鸟，所有的诗从表面上看是致万物，其实都是致自己，自己永远是第一读者。仔细读完《赠忧伤的晨鸟》，才发现所谓的晨鸟是鸟又非鸟，既可以比喻朝阳（"太阳升起，光芒像利爪挑破窗帘"），又可以代指某个人（"在虞山脚下，他已远离他的故乡很久"）。如果说诗中的这个神秘人物与其外号"忧伤的晨鸟"有什么命中注定的联系，那就是一样的浪迹天涯，游走于梦想与现实之间。遥远的俄罗斯、杭州城、上海滩，都留有他的影子。其实是留有他的记忆、记忆里的自己。读到结尾"这时他回到他的朋友们中间，用乡音唱起了黛玉焚稿"，我若有所悟：云里雾里的这个"忧伤的晨鸟"，要么是作者最要好的一位朋友，要么则彻底是作者自己。所有的诗人，若无自恋，则不可能那么激情澎湃地爱这个世界。所有的诗人，正因为爱自己，才可能像爱自己一样爱别人，乃至爱别的诗人。不管是叶芝、苏东坡还是林黛玉，对于我们这些诗人来说，都是超越时空的朋友，都是一个又一个知己，一个又一个自己。

特邀点评：洪烛

黄泥小道，及我的乡村叙事

》 谈雅丽

一个安静的、适合叙事的傍晚
一条黄泥小道通向莲塘和稻田
丛山之巅倾斜下来——
将影子倒映于黄昏的湖水

晚餐后母亲蹲在水池边洗碗
父亲站在药房收拾白天晒的陈皮白术
他把龟板放在最上层的抽屉
侄儿骑一辆红色的自行车冲上陡坡
又风驰电掣地冲了下来
左右乡邻和颜悦色问我家长里短

少许灯火照亮小镇，深秋之夜
有时候昏暗也是一种心情
清寂中有狗吠传来——
卖家具的邻居年后搬进城里
他把房子锁好，钥匙搁在母亲的手上

母亲在堂屋唠叨昨夜突降的暴风雨

镇上傻儿来喜因雨回不了他的小屋

就在人家偏屋的棺材里睡了整夜

点 评

　　《黄泥小道，及我的乡村叙事》，叙述的都是凡人琐事，其优势正在于此：有别于田园诗里的乡村、风景画里的乡村、牧歌里的乡村，一笔一画、入木三分地勾勒出乡村生活的诸多细节。这是最真实的乡村，原汁原味，不添加任何味精、色素、水分，连诗的必需品——幻想，都尽可能当作泡沫过滤掉。作者用最笨拙的办法，完成了最聪明的诗人无法完成的任务——素描乡村，并且产生意外的效果。原来诗还有另一大必需品——爱，作者不仅没有放弃，而且加倍投入。有了爱，什么都有了。有了爱，什么都无法忽略，无论一人一事、一草一木、一针一线。我也跟作者一样有爱，我也一样更爱这平凡的乡村、平静的乡村、不化妆的乡村，因为缓慢而更像是永生，因为逼真反而像是更高难度的梦境。尤其本诗结尾，让我触目惊心，感叹良久。"母亲在堂屋唠叨昨夜突降的暴风雨／镇上傻儿来喜因雨回不了他的小屋／就在人家偏屋的棺材里睡了整夜"，棺材与床，生命与死亡，无知与先知，似乎打破了界限。这是小说家也编不出来的故事，却是生活亲自动手写出来的诗。

特邀点评：洪烛

父　亲

» **羽　青**

一位煤矿退休三十五年的老工人。

长年的地下挖煤

使他背驼如弓

他总是踩着日子的两端

一端是黑色是死神

塌方、瓦斯爆炸等意外事故时时发生

一端是彩色是希望

走出矿洞就迎来了阳光

一寸一寸的

照着一个黑头黑脚黑脸黑手的人

自由和希望就写满一双亮眼

五个孩子的他

下班后又挑着粪便行走在一大片开垦的菜地里

像抚育他的孩子那样

精心耕耘

每月，我们只能见一次父亲

准确地说，

更喜欢见他沉甸甸的自行车

喜欢自行车后面的大麻袋

麻袋里满当当地挤着馒头糖果

还有各种瓜果蔬菜

甚至还有余温尚存的湿面条

——那是他用菜票从食堂买下来的

食物的香气就找到了最理想的对象

父亲喜欢泡功夫茶

下班后回到矿工平房与工友闲聊

干瘪的嘴一口一口地喝着

这是他一天中最快乐的时光

尔后他就看着门外一树一树结着果子的苦楝树儿

十四岁那年我考上了县中后

父亲连同一台工友合赠的挂钟提早退休回到了家乡

（煤矿工人特殊工种）

叮当叮当的钟就跟随父亲有节奏地生活

母亲从此多了一名土地的坚实守护者

一百多棵柚树苗开始散落在乡村的五个地方，开花

如他的五个孩子天各一方

——大女嫁至邻县蕉岭、二女邻村随时可归、三儿在深圳、

四儿（我）在东莞、五儿提早去了天堂

我和一个兄长及两个姐姐一样

从未见过汕头的爷爷奶奶

父亲也不清楚他们长什么样

——据说他们已经走了很多年

父亲在五岁时就成了孤儿，被好心的邻居当猫狗一样收养

十八岁前，

他的世界像煤炭一样黑

十八岁后，

他的世界开始住着阳光

——人民政府向他伸开双手

让他进了梅县矿务局丙村煤矿称子岌采煤一队

从此，他的青春他的一生就与煤炭为伍

我仿佛看到那时的父亲

眼睛像漆黑的夜里堆得山一样高的煤发着光

一闪又一闪

母亲一生盘踞在梅县山区一个叫"银钱"的小山村

砍柴烧火

种菜养猪

犁耙田地

样样是好把式

三百首山歌唱熟了三座山头

母亲单薄的身影

常常被山上的杂草掩盖

被晨钟暮鼓敲醒

她总是一头挑着希望一头挑着大山

流淌了一个世纪的梅州周溪河水和我一样

永远在记忆深处烙印她徒步二十公里、挑米到县城我求学的

宿舍的身姿

父亲回乡成了母亲的最佳拍档

他们将中年、晚年的爱筑在田埂、山塘、小河……

满地虎头虎脑的西瓜会拧开了脖子羡慕地望着他们

此时母亲的山歌就充满了灵气

曾经扯痛她的旧时光

变得温存

在日月轮回中我们已经长大

像兽一样啃噬过父母骨头的往事

一去不返

可八十六岁的父亲还喜欢用赤脚丈量故乡那一寸一寸的土地

和时光

他的一百棵柚果树、二口鱼塘、十九只鸡、五只鸭子还虔诚

地守望着他

——如同他守护着这片土地

八年前，我们在街上买了新房给他住

可他习惯了村里的劳作

每天早晚有事没事他都要往返镇、村两个家

陪伴他的是一辆八十年代的自行车和建筑工地用的斗车

他习惯光着膀子蹬一辆自行车或赤脚推斗车，

将积蓄满罐的尿水往山脚下的柚园里送

他说这个是农家肥料无公害，对柚子树最好

车子吱呀吱呀地上坡或下坡

起起伏伏中，

看上去只有五十多岁的他，背影像一个小黑点

就隐进了山林里……

现在，我也差不多到了父亲当年退休的年龄

可我还喜欢回到老家后一边听听父亲的唠叨

一边帮他剪手指甲、脚趾甲

我们共同守护着失去母亲后的时光

点 评

　　这首写父亲的诗，不仅篇幅（行数）超过了一般意义上的短诗，而且写法上也突破传统的模式，罗列了大量原生态的细节，颗粒大且密集，与我们习惯了的诗歌光洁温润的皮肤相比，更像是粗粝的砂纸，所过之处，有痛有痒，有血有肉，有情有义。这无形中增强了诗歌的摩擦力，摩擦力也是一种力量。空泛的抒情容易导致道路湿滑，深奥的哲理容易使车轮空转，而丝丝入扣的叙述，因紧贴现实，则一步一个脚印，让人无法忽视。这是"生活流"的写法，比"意识流"更具体、更真实，也更有震撼力。就像泥沙俱下的黄河，从天而降，一往无前。如果黄河里流淌的是纯净水，固然清澈透明，干净多了，但也将失去那种摧枯拉朽的气势，冲击力大打折扣。这首诗的成功，正在于加入许多"非诗"的因素，使其看起来不像诗，更像分行的散文。不像诗的诗不见得就是失败的诗，不像诗的诗不见得就不是诗，它没准是一种有意识的探索：对传统美学的突围，对中规中矩诗学的刷新。就像贾平凹写过的"丑石"，丑到了极处也就美到

了极致。不要对"非诗"元素一概拒绝,"非诗"有时是一种积极的扩张主义,拆除了诗的门槛,拓展了诗的疆土,与时俱进,与时代俱进。这首写父亲的诗,作者可能并没想那么多,他完全被情感所驾驭,一吐为快。黄河改道,也是一吐为快。情感是诗的生命,对于诗歌而言,合情必然合理,先有写什么才有怎么写,所有出于抒情需要而修改的美学交通规则,都天然具有合法性:这才叫自然而然,否则就是不自然。美的最高境界,不是别的,是自然。这首《父亲》正是因为真实与自然而感人,譬如结尾"我也差不多到了父亲当年退休的年龄",直至"我们共同守护着失去母亲后的时光",好像是大白话,朴实无华,但对于情感,再也找不到比白开水更好的饮料了。只有白开水才不会使情感有一丝一毫的变味。

特邀点评:洪烛

风与海

》 秦　汉

那时，风隐匿而来
船在天际的下面
海的眼睛看见他轻拂海面的脚步

微笑的海有一个梦
辽阔的面庞贴近弯曲的红唇
宛如上帝接受她顺从的子民

淡化的海水滋润干瘪的子宫
高大的楼宇从母腹里诞生
道路告别脚下的泥泞

纤细的血肉渐渐隆起
升入天穹，蚂蚁抬头仰望
呵，这风的世界

他跳跃着脱去外衣，皮肤的喧嚣流入海的耳郭
多么熟悉，那旧时的庙堂沉寂多年的钟声
激起白色的巨浪穿过海的梦境……

那艘船驶出平静，告别往日的风光

这时雷声宣告："风是一世的青烟

而大海是永恒，是黎明"

　　这显然是一篇洞悉人类历史同大自然之间的关系的诗作。此诗通篇贯穿着三个尤为关键的意象——风、大海、船，诗人由此而展开了描述：将风喻为"一世的青烟"（在此即人类的历史），将大海喻为"永恒"，而在这一世之风的推动下航行于永恒之中的那艘船，自然便是象征了人类本身。

　　既然已大致上摸清了此三者的联系，不妨回到诗首：人类的历史当时是从一种十分"隐匿"的情况下才展开了漫长的航行的，颇有冥冥之中的意味，而此刻大海尚欣然接纳、包容人类，因为人类尚顺从于它。

　　到了诗歌的第三、四节，便由一片本来祥和的航船场面生生切入了人类蓬勃发展的高潮。诗人借"高大的楼宇""告别泥泞的道路""血肉"及"干瘪的子宫""母腹"这些再明了不过的形象充分暗示了现代文明对大自然造成的伤害，和大自然是人类文明摇篮的身份，而诗的深意在此便得到了首次的扩张。接下来，诗人又再次借用蚂蚁的微小视角大胆反衬出巨大的瞬息万变之风，仿佛在从侧面说："人类的历史在大自然面前不过是稍纵即逝。"进而一声"呵"，既像是来自于蚂蚁这位旁观者的不屑，同样是出自于诗人无可奈何的口吻。至此，情感交织、矛盾剧烈，诗意达到了顶峰。

　　诗歌的最终一节将航船的视角慢慢牵回，但已是人类之船航行至未来的一副画面了（"驶出平静""告别往日的风光"）。这里不仅在诗歌的结构上形成了完美的首尾呼应，而且是人类历史在时间维度上的一次深刻的呼应。

点评网友：白露未晞

秋 日

吹过天空的风，也吹透你的身体
乱云散，尘埃落，村庄隐入迟暮
绛紫的金钟花敲呵敲，落日一点点变凉

秋来疏更疏，藤蔓转动头顶的银河
在琼浆酿成之前，孤独有十一种颜色
葡萄闪烁的光，被黑暗的枝条吸附

幼兽和蝴蝶，只相隔月光的转身
一场雪完成了远山的神话，鹰从不现身
安慰之诗轻如羽毛，又重于群鸟飞过

睡入草丛的老者，婴童也唤他不醒
草随他身体生长，荒凉漫过骨头
时光在慢慢收拢他，而不是轻轻带走

　　在世界文学史上，关于秋天的诗歌不胜枚举，著名的如宋玉的"悲哉，秋之为气也"或里尔克的"谁此时孤独，就永远孤独"，对秋天极尽渲染和感叹之能事，从而拥有广泛的影响。本诗作者在处理这一题材时所用的语调是缓慢而沉静的，恰好与他（她）意欲表现的秋之萧瑟和寂寥非常吻合。从诗歌的语言来看，作者似乎曾经把较多的时间倾注于中国传统的"词"这一文体的研读和学习，字里行间都透露出那种唯美主义的余韵，"乱云散，尘埃落"，"秋来疏更疏"，仿佛就是从柳永、李清照、秦观等人的口中翻滚而出的。不过，本诗作者不是王静安先生，更不是纳兰公子，他选择的是经过"五四"精神淘洗的现代诗之路，其古典主义的意味只是诗的起点，目标是要在书面语和口语的结合中完成诗的重铸，这一点在诗的最后一节得到了很好的体现，"草随他身体生长，荒凉漫过骨头"是纯然现代主义的言语，语势自然又能激发读者的想象。末句"时光在慢慢收拢他，而不是轻轻带走"，读来似乎平静，但透出了一股强劲的摧毁性力量，就如同艾略特在《空心人》中所宣称的"世界毁灭，不是因为轰然巨响，而是来自嘘的一声"。

特邀点评：汪剑钊

岸

» 栗　鹿

傍晚时分，我被河流匆匆带离城市。
水流似乎遵循某种目的，
将我引向星球的隐秘。

我看到故乡反向运行。
水草丰满，雁丫失语，错落的旧梦
建筑起崭新的十月。

倏尔，一个轻浪将我揽入淤泥
我看到河底升起庆祝的烟火——
两位少年隔岸举行婚礼，
仪式对称得恰到好处。
但他们曾经错失的亲吻，却无法重新获得。

岸边的白马已不再饮水，它们将遁入
更深的季节，率先抵达一场突如其来的葬礼。

我不禁去想，死去的人们都在哪里生活？
夜幕低垂，河水渐冷。我回忆起一件往事：

捕鱼为生的亲人就是这样消失在湍急的河流中。

我猜想他依旧会在黑暗中悄悄布网，
捕捉狡猾的旧梦以及隐忍的忧郁。

他会在不为人知的地方不断撞岸
直到明日像花瓣尽落，河流也忘却了他。

至此我已不再担忧自己的命运，
也停止了对这场流向的幻想。
就像城市已近干涸，并不使人留恋。

点　评

　　本诗的开篇颇有意思，不说抒情主人公自己离开了城市，而是说河流将他带离了，从而化"主动"为"被动"，调整了主观的视角，为叙述增添了少许客观性，从而将抒情置放在一种克制的语调中。故乡的"反向运行"似乎在暗示着什么，于是，引出了"失语"和"旧梦"，以婚礼和葬礼对比出现，怅惘的情绪跃然纸上。诗的后半部分承接前述的"反向性"调子，描写了关于死者的想象和追问："死去的人们都在哪里生活？"在诗句稍显偏离时，诗人又适度调整，回到"河"的航道上，以捕鱼的亲人之死继续由实入虚的陈述：他在冥界延续生前的工作，只是打捞的已不是鱼虾，而是"梦"和"忧郁"那种抽象的存在。"撞岸"是以尘世的艰辛对另一个世界的照应，实则还是抒发对现实的不满。本诗的末句耐人寻味，"就像城市已近干涸，并不使人留恋"。人类科技文明愈来愈发达，但生存的状态却愈来愈糟糕，"干涸"的城市不仅不会让人留恋，最终还会给人类带来毁灭的后果。这或许就是《岸》的题旨所在。

特邀点评：汪剑钊

布 吉

» 木 叶

布吉在世界的另一处栖息。他和我隔着菩萨和神像、

拼音与繁体汉字。太平洋不动声色,赤道灼热如一首刚写就
的诗歌。

深山寺庙的早晨,我紧裹冬衣,跟在一群僧人的后面诵读
经文;

布吉赤着夏天的脚,跑来跑去,在他身后,沙滩明朗,好像
铺了一层炼乳。

他看不见我,除了棕榈树、掠过头顶的航班,

哪怕顺丰快递转达的呼吸已经分不出国界。

月亮在头顶旋转如巨大的孤独。逐渐变冷的月面上,中国的
嫦娥

是否还在眺望着长城、古代的武夫和外国的生活;

是否会忧郁地对吴刚指点正在缓缓移动中的雾霾? 布吉说,

他手里的书上完全不是这样说的,玛雅人口口相传,潮汐
临近,

可以用一根撑杆，飞掠而起，撑过广袤的太平洋，还可以

在弹起的一刹那，用足心中的意念，顺势来到嫦娥的面前。

点 评

　　阅读这首诗之前，我特地上网查了一下，发现深圳有一个叫"布吉"的地方。据说，布吉的得名与俗称"布隔"有关。三百多年以前，当地有一个莆隔村，而客家话中"莆"与"布"发音相近，到了清朝中期，它逐渐被叫作"布隔"村。20世纪初，广九铁路通车，设立了"布吉站"，于是，"布隔"因此改称为"布吉"。但是，在认真地读了两遍之后，我发现此"布吉"非彼"布吉"。它似乎是一个人名，名字的持有者好像是一个信奉佛教的善男，他"赤着夏天的脚"在明媚的沙滩上奔跑，而"我"则跟随着僧人们诵读经文。与此同时，他又是"看不见我"的，这更增添了一份"故弄玄虚"的神秘。第四节由"月亮在头顶旋转如巨大的孤独"进行转折，诗句跳跃到"中国的嫦娥"，进而又把场景放到了北美，书写"玛雅"这一曾经抵达人类文明高峰而今却遭遇衰落命运的文明，重申了意念的力量。全诗至少涉及了三种文化，有着明显的杂糅特性，而诗行也仿佛有相应的混杂特征。无疑，这首诗对我的判断力和既有的知识积淀构成了一种挑战，它似乎在自动写作中肆意地挥发写作的快感，随着词与句的率性组合，诗的题旨几乎在这种自由中丧失了。编辑把它推荐给了我，而此刻的我，只能把最终的裁判权交到读者手里。

特邀点评：汪剑钊

雷声，或者语意

》 南　秋

这么长久的雷声
却不见大雨落下
我必须引以为戒了
至少，我必须认真地倾听
剖析它们的来路

这多么像长嚎之人却不见眼泪落下
这多么像蓄势已久的朗诵却不见一句台词
这多么像一座大房子敞开着却不见一人出入
这多么像道士忘我地念念有词地做法事
却不见一名至亲在场
这多么像长篇巨著中未有一个主角现身

或许，这世界只是个虚拟
只有雷声是真实的
或许，恰恰相反
雷声虽然通天，却未必通晓人间
或许，雷声言不达意
我们已经入木三分

　　诗的题目是并列关系的两种事物，"雷声"是一种意象，象征表面的、具体的现象和形式；"语意"指抽象事物，指的是现象、形式所蕴含的内在的实际意义。"或者"表达一种选择或判断的不确定性——既然雨点小，雷声如此"长久"这一现象蕴含着何种意义？全诗也围绕着这个疑惑进行思考和"剖析"。

　　第一段运用了中国古典诗词"兴"的手法——先言他物以引起所咏之词。由闻"雷声大雨点小"这一现象，引起"我"的疑惑和思考。"雷声大雨点小"只是个别现象，诗人以此为"楔子"，延伸至对现实世界各种普遍现象进行思考，由点到面进一步展开富有哲理的思考，这就推进出诗的第二段。

　　第二段五个排比句中都包含着转折，有两重作用：一，"却"字引领的转折，是形式与意义的脱离，"却"字前后，分别是形式以及本该由这现象形式所包含的真实意义；二，连用五个排比，借鉴了古典诗词"赋"的手法铺陈直叙日常生活中的例子，表达了已经发展成一种普遍常态、随处可见的现实。五个排比句，读来重复，诗人借此加重了批判的感情色彩，所有的现象、行为动作都是一种"语言"，词不达意，或者言不尽意，或者索性失去了"语意"。此段是对本诗主旨的明显递进和延展。

　　第三段是全诗主旨所在，一方面起到点题的作用——三个"或许"与诗的题目"或者"呼应，"或者""或许"表达诗人对所"剖析"问题的答案的不确定；另一方面又呼应第一段，作为"我"对雷声进行"剖析来路"，结果便是第三段的三个"或许"——充满不确定性，没有绝对的答案。人间（人类社会）比天（自然世界）更复杂，雷声或许在表现大雨将至这种自然现象上"言不达意"，然而人们却将人间万事表演得"入木三分"。"入木三分"一词用以反讽人们自以为是地陶醉于表面的真实，全诗的主旨在反讽中得以升华——为何诗人在一番"剖析"之后还是不确定呢？也许这"剖析"本身也是"言不达意"的，所以"剖析"只是个单纯的动作，或者流于形式，即便把"剖析"演得入木三分，其实并未触及事物的深层意义，所以并不能得出确实的答案来。

点评网友：豫小夏

空

"空"忽隐忽现
有时我们捉住它，想将其
刻上花纹，放在炉内烧制
做成好看的器物供奉起来

这很难。

我们没有耐心做这么难的事
月牙瘦小
爱也变得稀薄
一个孩子黯然坐在石阶上
拿着瘪掉的气球
"空"就站在她周围

点　评

　　这首《空》的成功就在于把"空"具象化且拟人化。空本来是虚的，属于感觉上的，作者却把它变成了可视可感的小东西。而且可以在它身上雕花纹，可以把它放到炉内冶炼，这空就成了犹如瓷器的器皿，这空不仅有形，还有美。

我们可以把这首诗看成是咏物诗，但咏的不是瓷器，也不是任何好看的器皿，而是空以及由空引申出的空茫、空落等情绪和感觉。于是，有着空腹的器皿在这里只是喻体，是拿来比喻和摹写"空"的感受的，于是这空就有了美感，有了可言说的参照物，也让这首诗有了新意。

把一个人空落的心境和感觉变成美和诗，是有难度的，这是人性的弱点（譬如没耐心等等）使然。更多的时候，人只能像"一个孩子黯然坐在石阶上／拿着瘪掉的气球"，无奈无助地让"空"这种黯然的情绪弥漫在周围，而且越来越大。

这个结尾写得很好，像电影镜头一样生动的细节是更清晰的明喻，不仅放大了、具象化了空，也让这首诗有了诗眼。而且这样的表达自然贴切，弥补了第一节些微的生硬。

特邀点评：李犁

目睹一只鸟的死亡

» 衣米一

榕树下，它扑打着翅膀
但飞不起来。它开合着尖喙
但发不出声音

昏黄的路灯没有照亮它的身体
而是在它的周围形成一个光圈
它在暗处，挣扎

树很大，光很大，世界很大
只有它，是小的
它倒在一小块草皮上，闭上眼睛

我，一个路人。伸出上帝之手
要救它，带它回家
为它准备一个纸盒，小米和水

但它已经筋疲力尽
安身之所，食物和上帝都来得太迟
它像一个来历不明的难民

死在它不熟悉的国境线上

　　好诗能够传染，我读《目睹一只鸟的死亡》，就被这首诗中沉郁的情感所打动，浮躁的情绪一扫而空，内心泛起的是一种对万物的悲悯，也激发我产生对世界核心意义的追思。这看起来是一种小题大做，但是诗歌的意义就是让人在疾行中突然驻足，让人在了如指掌的生活里突然感觉到茫然无措，继而质疑并重新为这个熟悉的世界命名。这就是一种情感、思想、感觉的刷新。

　　同时这首诗也启示我们，好的诗歌未必要技术上多么惊人，好诗最根本的是来自于人心和人品。在对一只濒临死亡的鸟的关怀、怜爱以及拯救的过程中，人性在发光，在彰显。在一个悲凉的事件中我们看到了人间的一丝暖意，在脏乱差冷又鸡零狗碎的诗歌现场里，这首温暖的诗就显得非常珍贵，甚至奢侈。

　　这首诗也提醒我们，在人的情感最激动的时候，写诗是不需要技巧的。情感奔涌，就是灵感在喷发，诗人的工作只要是本能地记录和梳理就称职了。如果用《二十四诗品》来给这首诗定格，那就是悲慨。悲中有愤，愤中有力，力中有心，心中显境。所以苦练技术，不如培养人性。当美好的心灵被现实所刺痛或照耀，那些绝美的金句就脱口而出了。

　　正因为这首诗是有感而发，加之以上这些元素，它最突出的一点就是真。真实最触动人心，而真情不仅是诗歌的驱动力，更让诗人能体贴入微地深入到事物的中心，最后让这诗作饱满而柔软，平实而有力。

　　　　　　　　　　　　　　　　　　　　特邀点评：李犁

空谷意念

》 柳　苏

马放南山之后
我只问草的长势
不问朦情

寒舍。文栝梁，泥壁的沉香、红粉
一概失去沁人心脾的气味
自从时光流露出疲惫的表情
蓬勃的心也随之老气横秋

良骥是武夫的坐骑
不再驰骋疆场，不再追赶硝烟和黎明
意念已变为空谷
闻不得足音，养不得马匹

有草就让它啃食去吧！
再骑马不骑马
一时半会儿还说不准

　　柳苏的《空谷意念》表面上写的是马和武夫，实际上隐喻怀才不遇者。马放南山后，失去了用武之地，只满足于有草吃的得过且过。良骥被流放，曾经驰骋疆场的武夫不再追赶硝烟与黎明，虚度时光、无所作为的悲情溢于言表。"自从时光流露出疲惫的表情/蓬勃的心也随之老气横秋"，这不能不说是怀才不遇者有翅难展的无奈和迷惘。有了前面的铺垫，"意念已变为空谷"就水到渠成。诗的最后一句是诗眼，起到了画龙点睛的作用，看似漫不经心，其实意味深长。"一时半会儿还说不准"，给马和武夫留下了一线希望，但又很渺茫，他们的命运掌握在别人手里，看人眼色，仰人鼻息，纵有飞越千山万水的本领，又能怎样？言已尽而意无穷，余味绵绵不绝。从《空谷意念》可以看出柳苏诗作的风格，其很好地继承了《诗经》的现实主义传统，每一首诗都是源于生活的体验和感悟，总是回荡着现实悠长而沉重的声音，具有思考、唤醒和批判的力量。

点评网友：王立世

花间辞

» 洹河四月

迎春之花
阳光还不够温暖，会有一些鲜艳的色彩打破荒芜和寒冷
在寒意还未退去的静美之时，迎春花开出金黄的花朵
像阴暗的夜空突然亮起了星光

窗台上玻璃瓶的清水里，它的枝条一点一点地绽放
释放出冰和雪
枯萎总会到来，一切才刚刚开始啊

在我惋惜时，柔荑般的根须在透明的水中
与我隔着透明的玻璃
预示着某种真实——你所喜爱的它们并没有远离
清明之花
艰辛、无奈总是多于喜悦
院子里桃树幼苗的成长，依然在无声无息地发生着
仿佛一切都可以用来生长、开花、结果

清明节的小路上点缀着星星点点的野花
细雨将它们清洗得明亮而淡雅。多美啊

尘世疼爱每一个不幸的人
山丘上的油菜花一层一层的，填满这幅巨大的油画

天地如此之美，父亲的坟墓隐在其间
这一切让我们像一次久别的重逢
儿子站在我身边，他稚嫩的脸上反射出金黄的光晕
二十多年前，这里跪着一个少年
他曾厌恶鲜艳的色彩
素美之花
一切涂抹得温暖而安逸
母亲坐在门口，坐在夕阳的光辉里
额头上雕琢般精致的皱纹，轻微渗出汗珠

香椿树上挂着丝瓜和南瓜的花朵，正在结着时光的果
如果在春天你会闻到香椿嫩芽
和白色小花的清香
月季花在窗台下，它的鲜艳替代了叹息和苍老
这些不会喊疼的孩子，都有着朴素的名字

这一切，你不会想到贫穷和四十岁开始的孤独，不会想到
曾经三个年幼的孩子，也不会想到风湿、颈椎病和半夜
辗转反侧的失眠
这些被深埋之后，随着期望的样子破土而出
人间的花总是会多于哀愁

　　这组诗写了几种花，花在这里是一种暗喻。但这首诗的成功不是几种花的象征性，也不是对她们的刻画之深和想象之远，而是在写花的过程中流露出的情绪和思想，那是低沉的，也是深邃的，更是唯美的。这是作者对世界万物的看法，其中有自己的人生经验和体验，让人有点伤感，更多的是无数的缅怀和无限的永不熄灭的未来和美好的期待。所以，这种伤感就有了美感。

　　因此，伤感之美就成了这些诗的特质，也是这组诗的成功之处。因此暗喻在这首诗中并不重要，各种花的姿态也不重要。而由"迎春""清明""素美"之特质引发出的感叹不仅重要，而且成了这几首诗的"诗尖"，是诗的最尖锐的部分，也是最核心的部分。譬如深刻地体验《迎春之花》的命运中，突然来一句："枯萎总会到来，一切才刚刚开始啊"；《清明之花》引发诗人感慨"尘世疼爱每一个不幸的人"，以及儿子在父亲坟墓前的一段白描和自言自语；《素美之花》最后一段，写花只是表面，背后是写自己的人生（"你不会想到贫穷和四十岁开始的孤独，不会想到／曾经三个年幼的孩子，也不会想到风湿、颈椎病和半夜／辗转反侧的失眠"），最后抽象出"人间的花总是会多于哀愁"这人间真理。这些感叹是评述，也是在说理。相对于一般的诗来说，它缺乏形象化，但它饱含深情，又切进了命运和真理的核心，是心灵上刮下的血和肉，因此直逼人心，让灵魂震颤，让这些看似跟花无关的理性之句超越了花的精神，成为这首诗最耀眼也最有力量的部分，而花仅仅是引起"所咏之辞"的一个媒介。

特邀点评：李犁

大意如此

> 张 琳

有些东西，生来就是大的，比如大海
有些东西，至死也是小的，比如小草

还有一些东西
我认识她时就老了，比如老家

我，正慢慢经历着
从小到大，再渐渐衰老的过程

——我的一生
就像一棵小草，想起大海，如临故乡

点 评

　　这是一首充满智慧和灵气的诗歌，似乎信手拈来，却显示出不凡的观察和人生阅历。在大与小、轻与重、老与少的对立中，诗人为我们展示的是人生的自然规律。也正在看似关于生老病死的轻轻叙述中，加入的是凝重的对老与死亡的思考。面对生命时的豁达也可以从诗人纡徐的叙述语气中得到传达：并不是所有的东西都生而平等。有的生来就伟大，大到无边无际；有的生来就弱小，比如年年荣枯的小草，不知名的小草；我们知道的伟大很有限，我们更多的人如同小草一般度过一生。伟大只是能够想象的事情，似乎与自己总是无关。这也许就是普通人的宿命。还有的东西，刚开始认识就老了，诗中老家的比喻如同脑筋急转弯，诗人在这里聪明地表达了对故乡的认识。对精神家园的认同，是因为她的古老和神秘，她一开始就和作为主体的我们拉开了距离并产生了美感。

全诗只有四段，每一段都成为上一段的补充和推动，让诗歌的情感浓度一下下增强。从大海到小草，从小草到故乡，从故乡到衰老，诗歌中将几个常见的意象单纯地排列出来，画面简洁，充满了大与小的反差，给我们呈现出一幅画：在一望无垠的大海边，一株小草迎风而立，而她的故乡在海的那边，模模糊糊。诗意的画面、诗意的空间感，形成寂寥和空灵之美。

好的诗歌常常不用特别夸张的手法，有时候冲淡或者说简约也是一种美的境界。在那里笔墨不多，空白处都是可以想象的空间。如同中国画的留白，又如同黄昏时夕阳下的湖面。尽管呈现即可，来不得半点喧嚣。安静的文字里有更大的激情涌动。

特邀点评：马知遥

秋日赞美诗

》 梁书正

秋天到了，稻谷金黄

弯腰晒谷的母亲

如拜佛般虔诚

远处的田野

起伏着等待收割的果实

它们低垂的姿势

是对大地的感恩

高空中，落日圆满

隔壁二楼的小媳妇在光芒中

怀抱婴儿，解开扣子

点 评

在远近高低中，在不同的空间中，发现美，找到美，定格美，我从这首诗歌里强烈地感受到了镜头语言的魅力。

有的诗歌我们看不到技巧，通过整体的诗意传达打动你；有的诗歌如同精彩的文学教师，通过娴熟的技巧应用告诉你该如何写诗歌，如何写出动人的诗歌。这首诗歌属于后者，能从中细细分析出诗人的写作技巧和意图，但这丝毫不会损伤它作为一首好诗的重要性。

其实，换成一般人，秋天里的麦穗、成熟的果实已经是再熟悉不过的意象了，很多诗歌中已经无数次描述过它们，如果想出新意还真难。但诗人突破了传统诗人的表达习惯，不拘泥于秋天农庄实景的描述，不着意于浮泛的抒情，而是精心挑选深秋最动人的画面。

于是我们看到近景中虔诚劳作的"我们的母亲们"，她们是秋天里最勤劳的人，用一辈子的劳累抚育大地上的儿女；在金色的晕黄的大地上，她们弓腰的姿态是对劳作的最美礼赞；那些结满果实的枝头，都沉甸甸的，她们垂下头去，不是骄傲和不满，而是对土地最深情的报答。一个画面里是永远动人的母亲形象，一个画面里是永远值得提倡的感恩之心。在简单的两个段落里却有着动人的联系，那就是母爱和报恩的原始母题。浓烈的亲情和报恩主题的画面呈现还不够，诗人借助第三段第三个画面把这一主题做了强调，那就是镜头上摇，定格在落日余晖里，从容的媳妇哺育怀中婴儿，这是人类永恒的话题：从土地中繁衍后代，延续生命。这又是对前两个母题的深化。赞美母亲—感恩土地的怜悯—感谢生命得以延续。所有人都不能丧失对命运和土地的敬畏之心。同时我们也需要时时怀着对大自然的感恩之心。

在秋阳里，这些画面几乎成为我们眼中最美的景色，而这样的景色无须高声唱喝，就已经充满了赞美的味道，具有神圣的意味。

特邀点评：马知遥

中年登记簿

» 琵琶舟

我无法描述的沉默是褐色的山峦

正好有大风袭来，正午过后

迷人的光线变幻着形状

他们行走其间，一脸茫然

他们的身后紧跟着一大批逃难的白昼和黑夜

有时，他们坚强无比，宛如磐石

菊花的香气又长又密

鸟儿的影子，受到上帝的垂怜

冰雪，雾气，小溪，大河

——他们都是水做的精灵

兔死狐悲。中午走了，早晨走了

落日，炊烟，疾病，连绵起伏的山峦

将他们紧紧地抱住

放进布口袋里，然后，扎紧

尊严已经死亡，日子模模糊糊

一个属于中年人独特的记忆

一桌荒唐的晚宴，一盘时间的悲欢

聚集在一起，在他们的体内

不断敲响晨钟和暮鼓

　　这是一首生命的中年低唱。有点儿悲壮或悲凉的基调。诗人动用了已经不常见的处处可见的象征手法，用密集的意象表达着人到中年的景况。诗人借助对午后阳光中的景致的描述，表达着人生的中年正如正午过后，一场大风洗劫了人生。行走在阳光西斜的路上，脸上开始茫然，有时候会表现出坚强无所畏惧，有时候也能感受到大自然美好的垂爱，人与大自然合一。但好景不长，喧嚣和热闹是属于别人的，如果被放逐深山之中，需要走绵延无尽的山路，而且被这样末日的场面紧紧包围，一个人的尊严在自然的轮回中陷入颓唐和不堪的境地。这样的中年时光是诗人由其自身特殊的生命体验获得的。这也许并不代表所有人的中年，但中年人的焦虑和不敢老去的倔强呼之欲出。

　　诗人借助场景的象征意味表现中年人内心的黄昏和末世感。

　　最后一段，诗人更是把这样的颓丧和不情愿和盘托出，表达了内心复杂的情愫。你无法道明其中的隐情，但能触摸到一个灵魂的呐喊（一桌荒唐的晚宴，一盘时间的悲欢／聚集在一起，在他们的体内／不断敲响晨钟和暮鼓）。只有在意识到中年来临后，才能体会到生命的黑暗感，才能感受到一生中那些荒唐和悲欢，才会反思时间的裁判，才能五味杂陈，感受到和鼓点一样催逼的时间之手，它轻拍着我们每个人的钟鼓，让人感受委屈、不满、理想的缺失、壮志凌云的失落；让人感受成功的喜悦、美好的事件、淡淡的青春记忆等等。当这一天来临时，坦然面对又如何？诗人没有给我们答案，却在引而不发地发起一场黄昏的预约。

特邀点评：马知遥

晚秋的晚

» 黑　泥

草木身体里的小马达
放弃轰鸣
小雪大雪正在赶往南方的路上
趁此时，黄叶尽情地
下着金色雨

村庄如一座停摆的老钟，蹲在
夕阳的灰烬里
田野一次又一次，舒展
黯淡空旷的羽翼

走在寒冷的晚风中
雁鸣成群结队漫过头顶
身边河流的琴弦，又瘦了一圈
清澈的旋律，低于泥土
低于晚秋的黄昏

唯有蟋蟀的鸣唱，似炊烟
一再升起

它们的歌声，牵来

一个宁静霜花的星空

这首诗写的是晚秋的傍晚。从宋玉开始，中国的诗词创作就有了悲秋的传统。但这首诗不落俗套，没有感时伤怀，而是写出了晚秋给自己带来的真切感受。

诗人把抽象的感觉转化为具体画面的呈现，让我们通过他所描绘的画面来体会那种感觉。诗人描绘傍晚的图景时采用了比喻、拟人的修辞手法。第一节中，"草木身体里的小马达／放弃轰鸣"，"小马达"让我们感到草木顽强的生命力，"放弃"一词写出了应对生命自然终结的从容；在诗人笔下，晚秋的肃杀之气没有了，就连雪也是"赶往"南方去，雪也是有热情的；"萧瑟兮草木摇落而变衰"是秋天常见的场景，而诗人却写"趁此时，黄叶尽情地／下着金色雨"，这是多么美丽的图画，"趁此时""尽情"是说"黄叶"要抓住这最后的时刻，在生命行将终结之际展现出自己最后的美。这几个画面让我们感到纵然草木枯萎、黄叶落尽，秋天也是有生命的。第二节，把"村庄"比喻成"老钟"，把"田野"比喻为大鸟，"蹲""舒展"都是一种安然的姿态。

诗歌前两节只是从视觉上来写，后两节则是视听结合。晚风寒冷，雁群飞往温暖的所在；尽管"河流的琴弦""又瘦了一圈"，也还能奏响"清澈的旋律"。"唯有蟋蟀的鸣唱，似炊烟"，运用了通感的手法，把声音写得如在眼前，具有形象性；诗歌的结尾归于宁静，余韵悠长。

这首诗语言清新，语调舒缓，如落叶盘旋于空中，不紧不慢。比喻、拟人、通感修辞手法的运用，十分巧妙，把画面描绘得形象可感。一些词的运用也可圈可点，如"放弃""赶往""尽情""漫过"等，都能够很好地传达出诗人的情感，可见诗人笔触之细腻。

点评网友：何人斯

水淹橘子洲

» 谭克修

我帮副驾驶位置瘦弱的身体系好安全带

他安静地坐着

由于对城市过于陌生

有些兴奋，一路上左顾右盼

也有些怯意

好像不再是

有着古同村粗嗓门的男人

车开到橘子洲大桥

他望着宽阔的江面啧啧称奇

作为村里有名的木匠

很好奇这么长的桥怎么建起来的

我们的目的地是橘子洲的石像

他看石像的眼神很虔诚

也看到石像周围的橘子熟了

但我们的车冲过大桥的临时警示牌

驶入橘子洲时

这里已被洪水淹没

只剩下一些高的橘树

将树尖上的青涩小橘子奋力举出水面

父亲瘦弱的身体

不知何时已从副驾驶位置消失

　　这首诗的意蕴较为复杂。看似不动声色的口语化的叙述，里面可能隐藏着作者想表达的深意。有几个意象特别值得注意。第一个是"父亲"，相对于那个被认为是伟人的人的"石像"，"父亲"显然更真实，他是活生生的肉体的存在——作者两次以"瘦弱的身体"这一意象来表达、一个非常具体的动作是"我帮副驾驶位置瘦弱的身体系好安全带"。

　　"我"带"父亲"来游览风景名胜橘子洲，但看到的却是"水淹橘子洲"的情景，"……但我们的车冲过大桥的临时警示牌／驶入橘子洲时／这里已被洪水淹没／只剩下一些高的橘树／将树尖上的青涩小橘子奋力举出水面"，这是一种令游客失望的情景，不知在诗人的心中，是否意味着现实、历史与时间的某种颓丧？

　　诗作的结尾再次回到"父亲"："父亲瘦弱的身体／不知何时已从副驾驶位置消失"，作者再一次以"瘦弱的身体"来描述父亲，作者也没有交代"父亲"为何已经消失、消失在何处……这个结尾使读者的阅读期待一下子被悬置（没有出现口语化的抒情诗结尾常有的某种抒情）："父亲"的消瘦与橘子洲的被淹、不能观摩的石像与"消失"的"父亲"等意象组合之间，构成了一种对话关系，也引起读者在此思考："水淹"意味着什么？"消失"的"父亲"或者"父亲"之"消失"又意味着什么？

　　无论是从口语化的叙述还是朴实的抒情等角度，我们约略能看到此诗作者在诗歌创作技艺上的不走寻常路、在诗歌言说上的某种高妙旨趣。

特邀点评：荣光启

告　别

» 王家新

最后一次上了坟

（他们最终又在一起了）

今晨走之前，又去看望了二姨

现在，飞机轰鸣着起飞，从鄂西北山区

一个新建的航母般大小的机场

飞向上海

好像是如释重负

好像真的一下子卸下了很多

机翼下，是故乡贫寒的重重山岭

是沟壑里、背阴处残留的点点积雪

（向阳的一面雪都化了）

是山体上裸露的采石场（犹如剜出的伤口）

是青色的水库，好像还带着泪光……

是我熟悉的山川和炊烟——

父亲披雪的额头，母亲密密的皱纹……

是一个少年上学时的盘山路，

是埋葬了我的童年和一个个亲人的土地……

但此刻，我是第一次从空中看到它

我的飞机在升高，而我还在

向下辨认，辨认……

但愿我像那个骑鹅旅行记中的少年

最后一次揉揉带泪的眼睛

并开始他新的生命

点 评

这是一首返乡之诗。人每一次返回故乡，都是在寻访、温故自我的足迹。成年之后的中国人，常常有渴望荣归故里的心理。有人在文字中言说故乡，其实是为了添加人自身的荣耀，"人"在这样的文字里，常常遮蔽了真正的"故乡"。

如果说这首诗里有一种对故乡的情感的话，那可能是怜爱、是同情——"机翼下，是故乡贫寒的重重山岭／是沟壑里、背阴处残留的点点积雪／……"；甚至是哭泣——"……是山体上裸露的采石场（犹如剜出的伤口）／是青色的水库，好像还带着泪光……"

但这也许是一种最深切的对故乡的情感，它是疼痛的，是对故乡与自我的疼痛。作者在说到童年岁月时，用的词语是"埋葬"（"机翼下，……／是一个少年上学时的盘山路，／是埋葬了我的童年和一个个亲人的土地……"）。这个词与诗作开头的"合葬"共有一种意味：贫寒的故乡，伤痕累累的故乡，我的青春我的亲人，一个个都在这里埋葬，它带给我的，几乎都是沉重的记忆。

诗中那些括号里的话语，也颇有意味，这是作者心灵的独白、自我与自我的对话，让情感在叙述中自然流露。这首诗虽然篇幅不大，但却饱含细处的深意，在整体意蕴上更有一种美妙的起伏。

特邀点评：荣光启

老　家

» 董春花

又一个亲人走了
三个已走两个

一缕阳光从窗户漏进来
尘埃悄无声息地孤独着。父亲
埋头蹲在角落，如无助的孩子
烟圈里，脸上的皱纹
更深了

再次劝父亲随我去往他乡
他盯着窗户前母亲用过的
缝纫机，始终
不发一言

又要起程了。我一只脚刚迈出
院门外，篱笆上那朵
孤零零的牵牛花
就抖了一下

　　中国人口老龄化的问题越来越严重，与之相应的问题是：除了社会保障方面不断得到改善，老人们还可以怎样在晚年多得一些安慰？儿女的相伴？但事实是：中国农村，普遍的情况是，因为生计的原因，能干活儿的人基本上都去城市打工了，留在村庄里的多是老人、留守儿童与看顾留守儿童的妇女。孤单、凋零，是中国部分农村的景象（"一缕阳光从窗户漏进来／尘埃悄无声息地孤独着"，这是极好的意象）。

　　"又一个亲人走了／三个已走两个"，家里现在可能只剩下了"父亲"，如今，曾经是家长的父亲，"埋头蹲在角落，如无助的孩子……"父亲离不开这个家，这里有他的生活与眷恋，"他盯着窗户前母亲用过的／缝纫机，始终／不发一言"，父亲的眼神以及他眼里的这些事物，所展现的生活画面……作者笔触简洁，但里面蕴藏着足够的生活细节与人物心理，读者很容易在这里受到触动。

　　更令人受到触动的是最后，"又要起程了。我一只脚刚迈出／院门外，篱笆上那朵／孤零零的牵牛花／就抖了一下"，这在江南农村特别常见的、卑微的牵牛花的小小颤抖，可能是作者心尖上的颤抖，也是能够引起读者心灵颤动的一处精妙笔触。作者在诗作的结尾之处，以一个小小的意象来表达心里对故乡、对父亲的巨大眷念，举重若轻，从中可见作者以朴实的口语来言说深切的情感、经验的功夫。

特邀点评：荣光启

第七日

》 **宫白云**

第七日，终于陈旧，一秒也没有停留。

云朵和飞鸟，一千声奢华的秘语，变形为一千幅

新鲜的烟消云散。云尽处

马群涌了过来——

侠客回到天上。银色的马鬃，银色的雪，

更美的痛楚望着我，一条河流望着我……

从绝到望的尽头

我看见了你——

和我一起回到第六日。

秋深，也凉。

午后浓荫，挺拔的语感，必要的荷尔蒙

瞬息的无穷，值得反复引用。

第五日的花朵

是白色的，白得耀眼，试图提醒其他颜色，

它是水做的，是雷电的幽灵，

可以含苞，可以盛放。而夜风正把那时的花瓣吹过地板

枯萎的暗香，让午夜有点微醺。

第四日的雨，来自江南，

一个少年从梦中醒来，他臂上的青龙

成为可见，成为雨意充满房间。

第三日的巫师，他的读心术使日子变短，

短得没有黑夜，只剩下起伏的剧情与长长的人生。

第二日加快的心跳，挟裹一生的眩晕

拴在石头上的心——

阅读上面所有的青苔。

第一日的危崖吞噬庞大的深渊

时间死了，它活着。

一棵成熟的银杏给我金黄的微笑。

它体内的白果，

通过去壳、去心、蒸煮，回到胃，

成为一剂良药。

点　评

　　诗歌可不可以追求更多的艺术表达方式和效果？答案自然是肯定的。但要在有限的文字或篇幅内，把它们逐一表现出来，并达到完美的呈现，这显然又是艰难的。

　　《第七日》从表现形式上看，采用了叙述常用的"倒叙"表达方式，便有了电影里常用的"慢镜头"表达效果。通过一帧帧诗人高度提炼的"形象语言"的镜头，带给我们生命、人生、生活等凝重的沉思与反观。

　　我们都知道，生命是无一例外的从"诞生"到"死亡"，再到"诞生"的循环往复。在这亘古不变的往复中，我们本能地生活着。这平常无奇的生活，既是幸福的、快乐的，也常常痛苦着、悲哀着。就像冥冥中客观存在的那道"魔咒"，我们始终无法逃离它，也无法破解它，这或许就是我们常说"人生如炼狱"的最直接感慨。

点评网友：半城山水半城诗

十 月

》 程 陌

整个十月，我都在重复同一个主题：
死亡、对弈以及颓败的星光。
我看见众多亲人的名字，他们，
作为人类的棋手，生命的亮度已熄灭大半。
祖父又出现在我梦里，
那时，光曾占据我们身体，
我们经过的钟楼、鼓楼以及大雁塔下的喷泉
都粼粼地闪动在童年的某个晌午。
雪后的冬天，城市、港湾、驳船、
高高隆起的雪堆
曾冻结在你我的世界之间，
秋天撕下的第一片树叶被无限地拉长。
光越来越淡，在黑暗里相互燃烧。
我醒来，翻身转向自己的反面。
越来越浓的树影，像马的肺部，
照亮我业已枯萎的身体。
窗外的雨有折枝般猛烈，
我起身，在书籍中寻找救赎。
锈色的黎明松动，世界疾飞如一只雨燕，

海浪抓住窗外渔船马达般的轰鸣

从我的床头缓缓地退去。

而在此之前，谁在呼唤我的名字

却拒绝我回到他们中间。

点 评

　　诗歌《十月》是对亲情的悼念，充满了人过中年的生死感喟。诗中，生与死、得与失、成与败，多重主题交织在一起，立意隽永，情思绵长。这和意大利导演朱塞佩·托纳多雷著名电影《天堂电影院》一样，呈现了亲情与奋斗、幸福与哀愁之主题的一曲挽歌。影片中，多多告别家乡小镇只身到都市打拼获得成功，然而他却无法丢失初恋与亲情，当他重回故乡参加老放映员克瑞多的葬礼并见证老影院的崩塌时，家乡亲人们为他保留了当年最初的爱与梦想。奋斗的得失与亲情的坚守、游子的执着与故乡的深情令人动容。本诗开篇"整个十月，我都在重复同一个主题：/死亡、对弈以及颓败的星光"，十月处于秋冬之交，生命枯萎，趋向严冬，经历了众多亲人的生命挣扎，日渐衰败，生死轮回，兴衰交替。"星的陨落"象征着生命的陨落。人生中生死相对，成长与颓败也是相对的。独自在外打拼的诗人，梦见某个阳光明媚的晌午，祖父又出现在身边，那时他还健朗，光彩照人，他牵着童年的"我"一起走过"钟楼、鼓楼"，"以及大雁塔下的喷泉"。梦醒了，"我"反观现实中的自身，为了生计打拼奔波，也日渐枯槁，就像马匹奔腾时急剧起伏的肺部，抛在身后的树影越来越浓郁。窗外暴风雨吹打着树枝，就如"我"灵魂中骚动着的激情。"我"站起身在阅读中寻找宁静，抑制心中的欲望、世俗的诱惑，在十月深秋的暴风雨和阅读怀想中缓缓平静下来。而"在此之前"，奋斗打拼的欲望曾召唤着"我"，亲人们激励着"我"，他们也曾狠心地拒绝年轻的"我"回到他们中间。"我"终于明白，他们鼓励"我"前行，又时时关爱着"我"，呼唤"我"早日归来，正是这种纠结与牵挂，让"我"在沉静中找到漂泊灵魂真正的救赎。

特邀点评：任毅

雷家村纪事

» 曾纪虎

我从现在看到以前，1994 年的时候
我拖着一个翻盖的破樟木箱爬到山上
那时硕士李伏明是这里的一个传奇人物，现在还是
不过他老了（他自己就是这么声称的），体重增加
一群人从雷家村穿梭下来，井口边上的（是吗？）樟树
占据了村子的一大半天色

老天从雷家村一只灰母鸡残缺的翅膀上
察看知识与善意的未来，但是不久，我与另一同事
在夜色中穿过，在一阵犬吠外加兽类零星的鼻息中
他谈到他与一个有夫之妇的办公室恋情
我记住了当夜的、尖锐感的、属于未来的，月光
我用一种拉美诗歌的夸张将它写入诗句

我还是要回到这个在白天无比丑陋的村落
回到一排排死去的各类小餐馆
回到财源大酒店某人的离奇死亡
我们就是某一个在小排档喝低端白酒讨好某一批人的酒客
就着这夜色，让我们再一次讨好这些无所畏惧的人，他就是

你身边的某一人

那些第二天将死去的草丛，看到了两条铁轨的到来
农夫们趔趄步履，在雷家村的巷道上，碰到了散步晚归的人
我们几乎彻夜散步，几乎，每天，让大脑缺氧的散步何其
珍贵
加深了南方与北方的概念，还有
椭圆形的铁盘里倾倒了阴沉的天空
但是，在山顶上，露天舞场的旁边，头顶上的圆月如群冰中
的瑰宝
那是 1994 年的冬天，我年满 22 岁，体重 51.5 公斤

我要忘记已发生的事，为什么不呢？
我要相信可靠的知识，为什么不呢？
我要忘记我被围住了，我陷在绝望的排列中，为什么不呢？
我要让深爱的精神活动汇聚为可以打量的潜流，既然我可以
——为什么不呢？

所以，我能想到，雷家村边上有某根浮起的鱼骨
有某一桩将变成气体的苟且恋情
有某条白底黑斑的土狗，它边上一道蓝色
有某个不够好的恋人、丈夫、父亲，某个教书的人
某对死去夫妇的不够好的年近五十的儿子

诗人从现在看到以前，回忆24年前徒步爬山来到学校所在的雷家村社区，遇见了传奇才子、硕士李伏明，他是一名老成持重、深刻独立的知识分子，才华出众，就像井口边上的樟树一样在校园里卓越超群。

24年前的诗人和身边的同事们守在这荒凉的宿舍区——雷家村。现在这里各类小餐馆已一排排关了门，还有学院路上财源大酒店学生离奇死亡的案件。但当年的青年同事们都喜欢在小排档喝低端白酒，谈论往事，表达对学校草创时期这批元老的敬意。当今的夜色如初，诗人愿意再一次去致敬这些无畏荒凉偏僻、我们身边勇敢的开拓者。

往事无法忘怀。四个否定性反问，强调无法忘记二十多年前的往事。学校初创时的历史真实成为可靠的记忆，因为这所大学曾经的荒凉封闭，我们也曾陷入单调绝望的论资排辈的煎熬等待之中，但深爱汇聚成一股生命的潜流，对探讨真知、化育桃李的深爱情怀汇聚成奔涌的力量，仍将推动我们坚守并前行。

所以我能想到那些年，雷家村边上曾经有过李伏明老师耿直的人格魅力，想起某一桩终将随风飘散的失败的苟且的办公室恋情，想到一条白底黑斑蓝色条纹的土狗（蟋蟀），想到自己：一个守在这里的，不够完美的恋人、丈夫和父亲，年近50，父母已经故去的教书的男人。经年往事，在回忆中慢慢清晰。

特邀点评：任毅

蜗 居

》 李 品

在玻璃上，读阴天和雨讯。

当秋日降临。泡过水的日子晾在阳台上

允许它们带着回忆，褶皱，泛黄

在灯火里，读那些没有写下的名字。

秋风的荒原，允许叶子

忍住眩晕。树木沉默，在低温症的人间烧灼

允许秋虫想起一生。伏地，彻夜喊疼

在柴米中，读所有长出翅膀的诗句。

允许苦辣用大火快速翻炒，允许酸咸

在文火上慢慢熬煮。允许味蕾

打开一切。剩下时间

给筑梦者的餐盘摆上经霜后，甜蜜的奥义

在敞开的纸扉，读远方和宁静——

思想的崖岸，峻峰林立。允许苍鹰

向更远的山巅遨游，而夕阳

这枚古老的浆果，在秋风上立起一个陡峭的暗喻

　　《蜗居》是一首冥想之作。面对秋天的自然风景，诗人展开联想。阴雨天诗人蜗居窗内，阳台外秋雨连绵。接下来七个"允许"，主体意识强烈，实现了人与自然的融洽对话，形式上构成排比结构，一气呵成。人的主体自觉，赋予自然风物以情感和思想。日子泛黄，充满曲折的回忆，我在灯火里想念那些永远怀念而没有写下的人事的名称。阴雨中人的沉静孤独跃然纸上。秋风中的原野一片荒凉，树木静默，枝叶摇晃，天气转凉，葱绿的叶子开始变成仿佛烧灼的火红色。秋虫衰鸣，贴伏在地上，彻夜鸣叫，似乎在回想春夏时节长出翅膀飞翔的自由。落叶秋虫，从视觉到听觉，万物凋零，生命苦短，让人感叹。我意识到，人生的艰辛苦辣如大火翻炒，来势凶猛暴烈令人痛苦；生命中的辛酸苦涩如文火熬煮，惹人辛酸感伤砥砺人心。此时我独自蜗居在家，可以烹饪些美味盛满精美的餐盘，可以品尝独自创造的甜蜜美味，正如世间万千的筑梦者，历尽辛劳，遍尝人生百味苦辣酸涩，最终才会创造出诗意的甜蜜来。诗人在空白的纸张面前敞开心扉，在宁静中阅读书籍，瞭望诗和远方、理想与未来：人类思想智慧的结晶，书山峻岭，群峰林立，令后人瞻仰学习，攀援向上。秋风中，夕阳古朴如甜美的坚果悬在天空，只有奋力向上的苍鹰才能飞抵更远更高的山巅，携手夕阳。山势陡峭，只有能够忍耐苦辣辛酸、孤独寂寞的奋斗者，才能品味到人类智慧中最甜美的浆果。诗歌中，落叶秋虫警醒人们生之短暂，各自珍惜。生活百味，苦辣酸咸甜，启发人们筑梦人生只有耐得住辛辣酸涩，忍受孤单，才能品尝探索的欢乐，抵达人类智慧的巅峰。

特邀点评：任毅

丁酉年春回乡即景

» **杨铁军**

杨树叶子乍见

淡淡的鹅黄，一整排

迎道杨的戮力同心，

才勉为一丝春天的

勤恳。坟地上野草正荒。

远山的黛影

入不了回忆的法眼，

佛塔寺庙的浮屠

盘绕一群经文的燕子，

叽叽喳喳奢度黄昏。

苹果园或樱桃园，

追问被时代厌弃的

小麦田。

枯水期的河水啊，

我站在土崖高处看到你，

斑鸠的呱呱一遍遍

催促刀尺，再被土塬

空阔的回音器放大三次，
酸枣的枯枝扑哧一下
扎破了我的手指。

看到了你我才理解
深深的孤独，虽然历代有人
埋在周围，满面黄土
盖不住他们受苦的皱纹。
依然是你九曲十八弯
不减分毫。昨日宛然今朝。

历史掩埋了皇亲国戚，
在这片贫瘠的风水宝地，
有人挖出了瓷碗、兽骨
也有人挖出了印章的风流，
而它让我捡起的却是
一枚童年的黑漆皂角，
不知这些重见天日的丧器，
有否怀念地下的风光？

生活在这里，
有黄河裹挟，
这很难说有什么好处，
但你没得选择，
四川人来过，
为你抵御日寇，

河南人来过，

为你捕捉鲤鱼，

三门峡的泥曾为你

无谓地倒灌渭水，

传说中的大禹

站在这棵柏树下眺望，

为你疏通了命脉，

到如今，哪怕你

空空的体内

已无天下的富足，

在你的无底之心

大海依旧徒然无边，

在你生命的中途，

我亦觉得你的流淌

加深了个人的

枯寂

一艘渡船奋力挣扎，

哒哒哒，斜斜冲向上游，

然后在航道的中央熄火，

借着水势漂到对岸，

写成一个草草的人字，

水流激烈，起灭一眼眼的

漩涡，二十分钟左右，

缆绳缠住一颗摇摇欲坠的

柳树，在松软的河岸

临时刨开一个渡口，

手忙脚乱地放下吊板，

一脚踏上灵宝县的柳林。

点 评

　　这是一首带有强烈地域色彩的诗歌，所以，要读懂诗中所描写的人文、地理环境就要先了解一下灵宝县这个地方。灵宝县位于豫秦晋三省交界处的河南省西部，南依秦岭，北濒黄河。整首诗的感情基调是低沉的、压抑的，回乡的脚步是沉重的，让人看不到轻松与欢快。"坟地""野草，枯水期""空阔的回音""黄土""空空的体内""无底之心"……这些对故乡的描写无一不让人深切地感觉到了诗人的孤独、寂寞、凄凉之感。

　　这首诗由七个小节组成，前三节写实，写景，中间三节写史、写过去，最后一节又回归现实。读这首诗，就犹如展开一部诗人故乡的历史画卷，古代的、近代的、现代的，一幕幕、一点点地展现在读者眼前，由此可见，诗人对自己的故乡应该是热爱的。所以，诗人才会对故乡有这般深刻的认识与了解。前三节写回乡路上所见景色，在心里就不由自主地与儿时记忆中的故乡做着对比，故乡的发展变化很大（苹果园或樱桃园，追问被时代厌弃的小麦田。），诗人为回乡却见不到这个时节故乡应有的小麦田而感到伤感、失落（初春时节，正是小麦返青的时节），（远山的黛影，入不了回忆的法眼），一切都变得陌生。那浓浓的乡愁似乎再无可依托。一股孤独、落寞的心情就此而出。没有改变的，只有故乡那些厚重的历史。中间三节写故乡的历史，写故乡有着风光的历史，也有苦难的过去，但这些，都消散在历史的时空，只有黄河水依旧奔腾流淌，不改它九曲十八弯的姿态。将自己的乡愁放在一个广阔的历史时空里，诗人有自豪，有痛心，有期待。而最后一节，船终于靠岸，船，代表着人生漂泊之意，不管在外多久，故乡，永远是那个可以随时停靠的港湾。手忙脚乱，一脚踏上故乡的土地，让人感受到诗人"近乡情更怯"但又迫切的心情。

点评网友：凡星

灰尘抄

» **马迟迟**

灰尘又一次洒落在我居室的地板上

洒落在窗玻璃、电脑以及

墙壁周围的旧书架上

它们飘落，在我日常的每个时辰

它们甚至进入我书籍的内页，进入

一扇关好的橱窗碗的沿面

这些空气中，细小的浮尘

以一种看不见的速度增殖

它们分泌、排泄

在我生命每一道裂缝的阴影中存在

使我不被察觉，是它们过于微小的体积

没有重量，摆脱引力。只有此刻

一束从阳台斜射过来的光

让我看见它们，在世界的各个角落

在我的东西厢房，所有不被曝光的事物的暗面

它们逐年沉积、生长，纷纷扬扬

被人清扫之后，又会飘落更多的

这些粉尘，令我的每一次擦拭

都充满徒劳。因为它们早已

覆盖住我表面的皮肤、呼吸

深入我肺核的黏膜

黏附骨髓……

　　赋予这首诗力量的，是对一个现象的详尽描述。浮尘无孔不入地洒落、覆盖器物的日常经验，被单独地拈出来，注视，在注视中浮现出对异化、死亡的惊骇。无须过多的想象，因为这不是一种向上、喜悦或感恩，而是恐惧、下沉。首行"灰尘又一次洒落在我居室的地板上"，显示作者已经过某种抗争、拒绝，即清洁的工作，无奈地注意到这个事实。"又一次"，把一个日常的、不被人注意的现象不轻不重突显出来。"在我日常的每个时辰／它们甚至进入…进入…"深化这种"不应该"的感觉，"它们分泌、排泄"，灰尘竟成为异在的、闯入的生物，"在我生命每一道裂缝的阴影中存在"，这闯入的异物与诗人生命关联。也有一些所谓的"分析"，但分析是为了加深陌生感，是卡夫卡的手法。"只有此刻／一束从阳台斜射过来的光／让我看见它们"，诗人从惊骇中凝聚心力，借着阳光看清这异物，"在世界的各个角落／在我的东西厢房"，从客观世界到"我"的地盘，到"所有不被曝光的事物的暗面"，一个注视的自然过程和偏离。末句"因为它们早已／覆盖住我表面的皮肤、呼吸／深入我肺核的黏膜／黏附骨髓"，词语再度偏离客观，表现出强烈的主观性，这是一种聚焦的手法。

　　由于主题的压抑，这首诗缺乏诗歌应有的意兴，呈现一种末日论的景观。但这是强烈的主观性——悲观的情绪造成的。整首诗表现灰尘仿佛已主宰一切的恐怖图景。灰尘无疑是时间和死亡的隐喻。

特邀点评：李建春

风 声

» **龙少小羽**

有时候，风会从树枝间不断吹过
落在枇杷树下的草地里
落在开花的刺梅上，刺梅开了多久
没有留意过。我已经忘记细数过的黄昏
是否带有空白的记忆
就像此刻，我想数数一株
并不完美的刺梅
在五月的傍晚，起风之后
在天空被晚霞变得，不那么明朗的时候
仿佛一世寂静，都在这时落了下来
沿着用久了的日子，和打皱的棉麻裙
落在花苞上，落在已经枯萎的干花上
应该从何处数起，已不再那么重要
过程都是经历。你仰头看见星空
也可以低头听见虫鸣
细雨过后，就站在刺梅花下
听—听风声

与自然和时间相对待的淡漠的感觉，是一种禅意。禅意不必是瞬间的感悟，也包括无所悟。一种安然，不起波澜。而一任自然在我眼前经过，两不相扰。但是不无亲切。它是它，我是我；它不是它，我不是我。一种泯合的状态。这正是人在自然中的本然状态和意义。

《风声》这首诗是中国禅诗和田园诗传统的延续。"我已经忘记细数过的黄昏 / 是否带有空白的记忆 / 就像此刻，我想数数一株 / 并不完美的刺梅"，平淡的语调，造出什么"要事"也没发生、不必发生的语境。"在五月的傍晚，起风之后 / 在天空被晚霞变得，不那么明朗的时候"，这种描写，带着毋庸置疑的感恩和欣喜。"仿佛一世寂静，都在这时落了下来"，平地起惊雷。但是又极恰切。因为时间的计数已没有意义了，时间已成为永恒。"沿着用久了的日子和打皱的棉麻裙"，"日子"是被"用"的，不经意地说，细想还是有智慧的。"打皱的棉麻裙"显示为一位年轻的女性，文静而懒散。"花苞"和"干花"并列，也是缺乏时间尺度的表现。"你仰头看见星空 / 也可以低头听见虫鸣 / 细雨过后，就站在刺梅花下 / 听一听风声"，散淡的性格落到了实处。这几句虽好，但也感觉意兴没有展开，也许是因为没有真正的悟，缺乏一种开阔，向高远处走的感觉。

特邀点评：李建春

致尼尔，我死亡诗社的兄弟

》 郑泽鸿

让我忘掉这一场大雪吧

尼尔，你没有死去

哥特式塔尖，丛林回荡的钟声

还有你大声朗诵的梭罗的诗句

噢，尼尔，我死亡诗社的兄弟

活在勃发的激情里

纵身演绎钟爱的戏剧

拿来，手鼓单簧管萨克斯

我愿为你奏响剧中的华彩

我愿站在书桌上，高喊青春，喊你的名字

噢，尼尔，我死亡诗社的兄弟

船长在前方召唤呢

看哪，空中自由挣脱的鸽群

往梦的远方扑翅

噢，尼尔，我死亡诗社的兄弟

漂流在你的漂流

刚果河的闪电划过金色足迹

黑土地传来沸腾咆哮

轰隆隆的雷声就是剧烈的心跳

噢，尼尔，我死亡诗社的兄弟

让我忘掉这一场大雪吧

你没有死去

点 评

　　此诗因一部电影《死亡诗社》的角色尼尔的死亡而焕发出不可思议的生命自由的想象。称尼尔为"死亡诗社的兄弟"，是诗人深入了剧情。大雪，哥特式塔尖，丛林中回荡的钟声等，络绎不绝的意象，营造出浪漫、崇高的氛围。被哀悼者朗诵梭罗诗句的细节，进入诗人呼唤的此刻，耀眼的激情使死者获得了永生。"纵身演绎钟爱的戏剧"，无疑也来自尼尔生前的故事，竟使写诗的当下成为剧场，"我愿为你奏响剧中的华彩／我愿站在书桌上，高喊青春，喊你的名字"。

　　"噢，尼尔，我死亡诗社的兄弟"，重复的招魂式的呼唤，"船长在前方召唤呢／看哪，空中自由挣脱的鸽群／往梦的远方扑翅"，这三行诗句语义丰富。"船长"似乎来自美国诗人惠特曼的诗句——联系到惠特曼，此诗的高声调就得到了解释。"空中自由挣脱的鸽群"，飞翔的鸽群被想象为尼尔"挣脱"肉身之后获得自由，类似于道教的羽化。"漂流在你的漂流／刚果河的闪电划过金色足迹"，刚果河上的漂流似乎暗示尼尔的经历，但是也不确定，因为这首诗倾向于抹去"现实"的痕迹，把记忆的碎片提升到形而上的层面。"黑土地传来沸腾的咆哮／轰隆隆的雷声就是剧烈的心跳"，尼尔的生命进入大地和天空，成为神一样的存在。同样重复的"让我忘掉这一场大雪吧"，把这位"死亡诗社的兄弟"的生与死描述为时序轮替的一种现象。

　　《致尼尔，我死亡诗社的兄弟》无疑是一首阅读、朗诵效果俱佳的诗，但是情景和技法都太特殊，给人难以判断、不知深浅之感。

特邀点评：李建春

逆　行

»　**孟醒石**

器物之美，在于手工

淘洗、拉坯、绘画、雕刻、烧结

黑陶之美，在于镂空

让光线照进幽邃的内心

人到中年，在于通透

接纳风雨，也接纳筑巢的燕子

我的余生，偏要逆行——

熄灭炉火，抚平刻痕，擦掉画迹

停止拉坯，不再淘洗

一步步，从黑陶返回胶泥

在黄河故道，和那些白骨埋在一起

你中有我，我中有你

点　评

　　这首诗有托物言志的意味，诗人从"器物"写起，言其美感在于"手工"，即从原料经历"淘洗、拉坯、绘画、雕刻、烧结"一系列工艺，最终成为一件艺术品的过程。我们的前半生也是如此，起初是拳拳赤子不谙世事，随后一点点通晓人情冷暖，一点点琢磨自己。而人到中年，应如黑陶，外表素雅，内心光亮。"足下之年，甫在不惑"，能分辨事实，凡事了然于心，又沉静淡然，诗人便是如此。他"接纳风雨，也接纳筑巢的燕子"，不惧坎坷，不改善良，他的心境，就如同那句"已识乾坤大，犹怜草木青"，细腻、通透而又温柔。

读到这里，本以为诗人会继续歌颂沉静通透的品质，第二段却是话锋一转，直言主题"逆行"。诗人以陶器自比，要摒弃一系列烦琐的工艺，"从黑陶返回胶泥"，返璞归真。

能写出这样作品的诗人，一定对"道"有着独到深刻的理解，他的沉默朴素里，有着"难得糊涂"的通透和"拳拳赤子"的澄澈。《逆行》之题，乍看似倒行逆施，实则是开悟之后的返璞归真，这种"悟"，来源于生活的磨砺和诗人不改初衷的细腻内心，使读者愿闻其详。

点评网友：猫叔

蝴蝶之书

» 梁雪波

乌云下的书店是忧郁的，如孤岛
——一只迷路的蝴蝶
闯了进来，在暴雨来临前的
短暂的晦暗中，飞过旋转的楼梯
和轻叹，在尖绿的竹叶
与黑色的书架间上下翩舞

它的翅膀比拂动的书页从容
对称的乐器，此刻绚烂
寂静如午后的阳光
——世界似乎并没有改变
所谓另一个半球的风暴
折叠在某本旧书的预言里
或深藏于宇宙一样幽邃的内心

很难说水面上漾动的波纹，真的
与你无关；那湖心亭的锦瑟
奏弄的芳菲，莫不是一个翕动的梦？

沉坠于时间深海的潜水钟

从久远的幽闭处升起，一种绽放的声音

淹没了奔逃的耳朵

哦，这幻念之美应当感恩于误读？

是否倾斜的雨线也只对应着空空的长椅

蝴蝶与书店：一场错误的相会。

被急雨打开的书，又被燕尾

剪断了章节，撑伞的人带走彩虹和花蕊

带走你植物学的一生

没有蝴蝶飞舞的书店，将是贫瘠的

犹如丧失了秘密的词

吊灯下，只有潮湿的文字绝望地发芽

只有雨水从四面八方汇聚，在这

阴翳的书店，杀死蝴蝶的书店

只有一块生铁在雨中发出腐烂的光

点评

　　这首诗的优秀之处在于，它不仅用优雅细腻的口吻描述了一个艳遇般的故事（一只蝴蝶与一间书店在风暴前的从容邂逅，以及在暴雨中的凄美幻灭），更值得一提的是，作者借这两种诗意形象相互间的辩证运动，编织了一则依靠诗歌来揭示的生命寓言。全诗遵循着相遇的逻辑，共分五个小节，犹如生命小调里五个急遽转换的和弦。第一节描述了故事的起源，风雨欲来之时，蝴蝶与书店在冥冥的宇宙法则中建立起一种独有的联系：前者为寻求庇护，后者为打发孤独，在短暂的"晦暗"和"旋转"中，激起了宇宙相似物之间的"翩舞"。第二节生动展示了这种知音的语言，如同"对称的乐器"，演奏"蝴蝶效应"的曲谱，生命的翅膀扇动，沉静的书页便沙沙作响，那里连接着"另一个半球"，这一切可能只是心上某个念头的迅速起伏。第三节潜藏着"庄生梦蝶"的渴望，它泄露为"水面上漾动的波纹"，并将这一杆心旌声学化，一种倒置出现了：潜水钟淹没了耳朵，现实人生被一个瑰丽的梦所覆盖。第四节，暴雨已至，蝴蝶与书店的奇缘顷刻间各自飘零，诗人启用了反思性的形象语言来解释这场"错误的相会"。第五节，蝴蝶遁去的书店犹如一只蜕去内容的空壳，残骸般的文字在潮湿中孕育新的可能性，速朽的故事在哀悼的气氛中透出浇不灭的曦光。从诗的标题来看，《蝴蝶之书》可能在暗示，任何一只走进坟墓的蝴蝶，都是一本再生之书的主人公。词语的世界如此，生命的宇宙同样如此。

特邀点评：张光昕

一个卖啤酒的画家的罗曼史

》 张白煤

在松花江畔游荡
在松花江畔看夏夜的月亮
在松花江畔和爱你的人
一起，吃他亲手烤的各种串儿

谈论着足球、蔬菜种植、工笔画和炖带鱼的九种方法

爱情都是形而上的
在电话的另一端大雨滂沱

兴致勃勃，讨论
应该去哪一家店比较干净
应该摆放什么样的花朵比较有情调
应该在床上，还是咖啡馆见第一面

在语言的中间，是山海关
闯王已经破城
西直门外的烽烟绕着煤山

请问你，今晚要不要打电话

你在卖啤酒的空档里回复：亲爱的，我要看完 12 点的足球才
回家

在松花江畔，你和你的兄弟们闲得无聊

其中一个，会在两个月后死亡

并且顽皮地对大家说：

我走以后，

明天不会回来，后天也不会

再也不会回来的

是今夜的月光

是你为女朋友画的晚餐

厨房里，飘着大列巴和罗宋汤的浓香

在另一座城市的月光里，女朋友为她的小孩读一册儿童故事

那场景是温馨的吗？

并不是人人都这么看

电话扑通一声

将所有的爱情挂断

没有理由，也没有征兆

一个卖啤酒的男人，在松花江畔

沉睡，据说他身上没有一百块钱

　　谁都能读出来，这首诗讲了一对经历异地恋男女的爱情故事，从甜腻中开始，在无奈里结束。诗的标题为《一个卖啤酒的画家的罗曼史》，怀念有之，反讽有之，叹喟有之。在整首诗中，地理名词不但标明了故事鲜亮的空间感，而且也是情感矢量的缝合点。"松花江"，在当代汉语诗歌中已渐渐被抽取出其革命历史意味，此诗还原了它的日常审美价值，并尊重这个形象的开放性。松花江畔的爱情故事，不浪漫都难：月光、烤串、恋人絮语。但"松花江"却天然保持了它的边陲感，浪漫和甜蜜都是临时的，作为卖啤酒的画家的恋人，她终究要回到自己的城市。诗的第三、四节，追忆了这场恋爱的开端和条件：电话是必不可少的，正像麦克卢汉所说"媒介即信息"，它决定了这对恋人第一次见面的场合，也拉近了二人的空间距离，填充了他们的私人时间。以电话为语言的中介方式变得异常重要，它几乎就是恋爱中的女人的空气。在西直门和松花江之间，作为中点和要塞的山海关变得异常重要，尽管相隔遥远，但"我"的边界终于被爱情的"闯王"冲破了。直到打电话成为一个问题，直到电话这种条件之上又施加了条件，月光、画家承诺的美餐，另一个朋友的亡灵，只能在空中孤悬。直到恋爱中的女人在她自己的城市有了女儿，这难道不是一次滚烫的爱情热线突然挂断的声音吗？而她曾经爱着的画家还在松花江畔卖着啤酒吗？这首诗虽然以一种覆水难收的悲剧调性结尾，但却让我们深刻体验到了爱情与空间、情感的变易和缘分的错置。无法对接的时空中，只有电话在空响，或是永久的忙音。

特邀点评：张光昕

关于明天

» 时兆涛

谈及明天，我习惯性地低下头
一部分憾事被埋到梅花树下
而剩下的被锁进抽屉
无法摊开自我的人怎配谈论明天
谈霾，谈南飞的雁

放下茶杯，你我在长桌两头对视
故事最关键的一句被你擅自剥离
关于明天，或者说未来
没有谁能比一条河流更接近真理

你遗忘在桌沿的烟头
未燃尽前被捻灭
而每一团雾都像今早的雨
喋喋不休地说冷

但我所能做的
只是添一件厚衣服
过粥一般热气腾腾的生活

波德里亚号召我们，要把每一个明天都当作一个人生命的最后一天。"明天"，堪称诗人的词语乌托邦，许多诗人都力图在诗中与它一较高下，想用语言征服"明天"，但真正写起来，却并非那么容易。比如这首诗的作者，一提及"明天"，就不经意地低下头。"明天"是何处的一座"故乡"？无奈它早已成了无可定型的异乡。"一部分憾事被埋到梅花树下"，此句看似余味酽浓，颇有加分优势，不过，只要熟悉张枣《镜中》的读者，定能心领神会——"只要想起一生中后悔的事／梅花便落了下来"——这里的"憾事"，虽不及"后悔"传神，但似乎还存着一分野心。把"梅花"落下的轻盈，翻转为深埋在树下的沉重，让"憾事"徒增更多堆积的矿物感，也算一点创新。然而后面一句"无法摊开自我的人怎配谈论明天"，实在像极了柴静的金句："没有在深夜痛哭的人不足以谈人生"，两者都充满了教训的口吻，在一首好诗中要不得。后面，"谈霾""谈南飞的雁"，貌似都是从（凋零的）"梅花树"这个自然意象所建立的逻辑线索上生成的，但在这里读来，稍显生硬和赘余。当第二人称出现的时候，诗的品相渐入佳境，直到又一句不大合拍的句子出现——"没有谁能比一条河流更接近真理"。这里究竟要说什么呢？河流除了代表它本身，还暗示着什么呢？时间？方向？生命？力量？历史趋势？在此处的语境中，它的意思实在是模糊的。后面甚至还出现了病句（抛却这动作本身的矫饰性不谈）："你遗忘在桌沿的烟头／未燃尽前被捻灭"，要么是"燃尽前被捻灭"，要么是"未燃尽即被捻灭"，这里的讲法自然出现了语法问题。剩下的几句，当属全诗中最为精彩的处理了："雾"和"雨"，显然都是令人战栗之自然物，但诗人使用了移情，两个制造寒冷之物，居然也会"喋喋不休地说冷"。可见，这里出现的绝非自然的寒冷，而是社会和人心之寒冷，它比"雾"和"雨"更加侵入骨髓。在这种情境之下，再提"明天"，那可能是一种极其遥远和困难的体验；在这种遥远、困难和寒冷面前，渺小的我们只能拿出不大于肉体的激情，认清自我和现实，采取积极行动，丢掉幻想和懦弱，亲力亲为地创造出"热气腾腾"的生活。

特邀点评：张光昕

说　死

》 黍不语

十年前，她丈夫去世时

她没日没夜号哭

有人时她嚎给别人听

没人时她哭给自己听。一声一声

细数磨难和委屈

后来有同龄人去世

她也仔细哭一阵，怜悯一阵

最近两年，村里仅剩的

几个同龄姐妹，相继往西

她开始不再哭，连一点

该有的人情

都看不出。只用平常的语调，告诉我们

在儿死了

娇儿死了

就埋在那里。喏。就那里

她用的是她们的乳名

她告诉我们她们死了就像告诉我们她们回家吃饭了

一样

她是我乡下的奶奶。有点

长寿的奶奶

她跟我说起时已经不像这个世上的人

　　黍不语的这首《说死》打破了诗与小说之间的界限，一种文体的越界意识和小说的叙事手法给这首诗增添了丰富性，在有限的篇幅里形成叙事张力。换句话说，这是一首形式的诗或披着诗外衣的小说。与其说诗人是在叙述一些死亡事件，莫若说是在剥一颗灵魂的洋葱，丈夫去世、同龄人去世、同龄姐妹去世的死亡事件间断发生，形成一次次重击，死神在不断地叩门并带走了至亲至爱之人。说死，就是控诉死的无情，就是消解死者带给生者的伤痛。诉说无数个"他者"之死，就是延迟或阻拒死临到"自我"身上。诗句或许传递的是这样的信息：诉说身边渐次离开人世的人，其本身也离开了人世。奶奶身边之人的离去，正是她的每一个部分的辞世。直至，她自己也被死所吞噬。而这首诗的结尾达到了叙事的高潮，解开了诗要诉说的关键点——奶奶之死，达到了小说中所谓的"结尾的艺术"的高度。说死，看似是奶奶在轻描淡写地说别人之死，实则是"我"要举重若轻地说出奶奶之死，奶奶之死的沉重感，无形地消弭于奶奶诉说他人之死的叙述中了。整首诗，作者的不言之言，正是无声而深情地说出了奶奶的死。

点评网友：纳兰

矿苗之美

它们，细微的有色金属矿物颗粒

带着金字旁的弟兄或者姐妹，深灰色的叫铅

亮黑色的叫钨，紫褐色的叫锡

亿万年的沉默和黯淡，一一容怀在心

不是它们不够谦卑，也不是它们惯于退避和谦让

年光漫久，习惯了慢慢沉思，幽幽向往

不曾期盼一跃而起，也不曾奢望光芒万丈

致密的拥挤，无边的逼迫，它们无言以对

在坚硬胜铁的包围面前，习惯保持坚强的记忆

记住那些成全它们的大地深邃

它们暗自发光的心灵，隐约闪亮的身子

如若单粒游离，流于大风或者大水

往往轻得可以忽略不计，飘零无依

因为光芒，它们结成苗木的形状和姿势

遵从古老的纪律，怀存天赋的宿命和秘密

不吐露忧怀和叹息，暗长在大地深处

因为简单、细微、单纯和无瑕

它们构成的光芒之美，是时空中的不朽之美

美得无忧无待，甚至令人绝望

"矿苗之美"作为一首诗的标题，让人眼前一亮，其本身就给人一种新奇之美。这也是理解此诗的枢纽。矿苗并非读者习见的日常之物，作为一首诗的题材，实际上具有某种挑战性。此诗呈现出来的矿苗之美，显得真实而有想象的流动感，在粗略的写实中化抽象为具象，读者似乎可以触摸到各类矿物的质地和色泽。诗的开头写道，"它们，细微的有色金属矿物颗粒 / 带着金字旁的弟兄或者姐妹，深灰色的叫铅 / 亮黑色的叫钨，紫褐色的叫锡"，大体上是一种描述，但诗的分行和语感的处置相当得体，并没有滞塞在矿物的直观性上。这三行非常紧要，后面的想象均由此展开。

"亿万年的沉默和黯淡，一一容怀在心"是一过渡句，转向悠远的时空，向读者敞开矿苗隐秘的身世，并引发对矿苗之美的感叹和感慨，来得非常妥帖。矿苗的前世今生都汇聚在诗人的笔下，但这一切都结合在实与虚的缠绕上，何处为实，何处为虚，似乎都闪烁着想象的光斑，容不得读者分辨二者之间的界限。究其实，诗人的想象是一种超越于实之上的创造，实与虚的融合带有情感的混沌性，实际上是想象赋加的另一重形象，其对应于世界的丰富性，其中包含着由变形变异所带来的模棱两可的渍迹。矿物长久地沉埋于地底之下，它们有自己的记忆，"致密的拥挤，无边的逼迫，它们无言以对 / 在坚硬胜铁的包围面前，习惯保持坚强的记忆 / 记住那些成全它们的大地深邃"，当裸露于地表，它们的美质就会唤起读者诗性的萦怀，"因为简单、细微、单纯和无瑕 / 它们构成的光芒之美，是时空中的不朽之美 / 美得无忧无待，甚至令人绝望"。

此诗带有咏物的意味，却不是一首直奔主题的咏物诗。大体而言，诗人笔下的矿苗之美是一种精神品质的象征，也是一种无言之美，在沉默中敞开美的充实和丰盈。诗的想象灵动，吻合于语言的畅达与洗练，值得品味。

特邀点评：吴投文

大裂缝

» 田　湘

像一个人，非要狠心地在身体里
撕开深深的口子，在伤口上
唱歌。非要用斧头将躯骨砸碎
让它长成造型各异的玲珑

更像一首诗，非要拿掉一些丰盈的词句
将它掏空。非要制造不明不白的闪电
让抒情的雨雪落下，把衰老的词
复活成新的病句，每次
我读到这里，就像听到陌生的狼嗥

点评

　　一首诗如何写得新颖？此诗算是一个极好的提示。诗的两节分别对应一个新奇的比喻，一是大裂缝"像一个人"，一是大裂缝"更像一首诗"，本体和喻体之间跨得有点儿远，表达的效果就颇不一般。关键还在于，诗人没有停留于两个比喻的表层喻义，而是往纵深处开掘，在奇崛的想象中，把大裂缝承受的痛楚转移到人类的处境上来。这就是一首诗的深层喻义。

　　显然，大裂缝并不是地表上的沟壑，而是一个人身体上的伤痛，更是一个人精神上的伤痛。当一个人伤痛的时候，恐怕不需要过多的词语来表达，最深的伤痛往往是无言的，只能默默承受。一个哀伤的眼神就如同身体上的伤口，是"在伤口上唱歌"；更像一首诗，是一首诗里"陌生的狼嗥"。读这首诗，有一种让人惊心的感觉，似乎大裂缝在一张纸上延伸，延伸到我们的脚下，继而延伸到我们的身体里。此诗呈现出一种险峻的生存处境，是人生的苦境折射在一面镜子里的幻影。

一首诗如何写得简洁，并不只是一个语言表达的问题，实际上也关联着想象的有效性问题。在诗歌写作中，语言与想象两位一体，相生相成。此诗写大裂缝，在想象上有出其不意之处，在语言上也有陌生化带来的新奇效应，二者的结合恰到好处，经得起品味。此诗两节九行，写得相当开阔，境界不俗，实在不易。

特邀点评：吴投文

词　语

你迷恋词语，胜过其他的事，

搬来或移走它们，塑造出各种风景。

不管早晨，还是晚上，坐在

本来是饭桌的书桌前——

上面堆满书、稿纸、笔记本和诗集复印本。

头脑里一阵风暴搅乱凉开水似的生活，

一只只黑蜘蛛接连爬上

稿纸的空白地带，

还有一个词应该更适合这里。

外面，太阳伸出千万把灼热的剑，

一生中，多少天会这样过去，

你从不可惜，本来就该如此。

电话没有动静，楼下的街区

遥远得像是乱世的战火。

世界轰响，人群轰响，绞肉机轰响，

眼里都是黄色的脸，愁苦而警惕，

哪里缺少你那一笔悲凉？

喉骨容易碎裂，词语没有声音，

你慢慢坐下来，等待下一场风暴来临，

... 597

伸手抓住阴暗天空中的闪电，

钉在纸上，排成一行行汉字。

点 评

　　这是一位诗人日常生活的写照。从诗中的描写来看，诗人的生活相当窘迫，甚至没有一张专用的书桌，把一张饭桌当作书桌使用，"上面堆满书、稿纸、笔记本和诗集复印本"，但诗人的生活却是平静的。他"迷恋词语，胜过其他的事"，整天沉迷于用词语"塑造出各种风景"。排列词语几乎是他全部的生活，代表他精神追求的完整性。词语在他的笔下不断裂变，创造出一种自我安憩的生活方式。对他来说，"楼下的街区 / 遥远得像是乱世的战火"，他以一位诗人的本能护卫内心世界的宁静。

　　但世界终究是不完整的，到处都充满着喧嚣，生命的残缺触目惊心。"世界轰响，人群轰响，绞肉机轰响，/ 眼里都是黄色的脸，愁苦而警惕"，生命的这种异化形式是钉在诗人心里的一块伤疤，诗中的悲悯正来源于此。诗人作为美的塑造者，同时也是世俗生活的抵制者。诗中流露出一种深刻的悲凉。面对物欲横流的生存景象，诗人感到难以抑制的悲伤，却没有退缩到自我保护的盔甲里去，而是"慢慢坐下来，等待下一场风暴来临，/ 伸手抓住阴暗天空中的闪电，/ 钉在纸上，排成一行行汉字"。这就是写作的意义，也是一位诗人存在的价值。

　　此诗可以看成是一位诗人的自白书，是作者对自我的激励，其中包含着对写作价值的护卫。诗中的叙述语气舒缓，带有沉思的性质，似乎可以看见作者自己的影子。这是一首有品位的抒情诗，诗中也有叙事元素的穿插，抒情与叙事结合在诗的境界的圆融上，耐人寻味。

特邀点评：吴投文

我所热爱的是这些尘埃

» 白鹤林

我所热爱的是这些尘埃，沉重的微物
因为承受力而坠落
在割裂的光影中呈现庞大的思维

我所热爱的是这些尘埃，灵魂的抚摸
死者创造的短暂的欢乐
梦境中少年重复的恐惧与漫游

我所热爱的是这些尘埃，永恒的守护者
作为时间的最后仆人
偶然间读到关于诅咒的书籍

我所热爱的是这些尘埃，上升的载体
从大地、噩梦、雨季、棕树上坠落
开始另一次美妙的旅行

哲学辩证般的诗化语言，尘埃是微小细微的颗粒，可人呢，也不过是茫茫宇宙中的尘埃。"沉重的微物／因为承受力而坠落"，把简单的物理原理用诗歌的语句表现出来，又像哲学思辨般指出尘埃属于天外来物，属于宇宙的一部分。"在割裂的光影中呈现庞大的思维"，如光棱镜般的物质成像把尘埃放大得千奇百怪，人们好像看到了尘埃在透入的光照下所呈现的纷繁复杂的状态，也暗示着人类大脑无限的可能和天马行空的想象力。

诗的最后部分阐述了物理自然的原理：尘埃细微，轻于空气的上升，重于空气的下降；又有如道家的原理：轻气上升，浊气下沉，把人生中的不悦、不好的境遇都展现，可棕树会带来胜利的花语，这些都是人生历程中应该经历的过程。从艰难到容易再到成功，每一步都是自我上升、自我学习的过程，"开始另一次美妙的旅行"。当尘埃落定，你所经历的所有，都会变成你人生最宝贵的财富，但也不过是人生旅途上另一个起点的开始。

点评网友：童超然

烈　日

》吴少东

礼拜天的下午，我进入丛林

看见一位园林工正在砍伐

一棵枯死的杨树。

每一斧子下去，都有

众多的黄叶震落。

每一斧子下去，都有

许多的光亮漏下。

最后一斧，杨树倾斜倒下

炽烈的阳光轰然砸在地上

点　评

很喜欢这首《烈日》，相信明眼人一看，大概也会喜欢它。我将它推荐给诗友卜卡，卜卡说它是一首"小品诗"，有况味，有境界，有学识。

我认为还要加上一个"发现力"。作者在一种日常景观中，很客观地，发现了一种非日常的东西。这种发现不仅体现在眼光，体现在见识，还体现在描述的自然到位。

"礼拜天的下午，我进入丛林／看见一位园林工正在砍伐／一棵枯死的杨树。"开头即进入叙述，所叙述的场景也很平常，没什么稀奇。如果要注意，需注意一个时间点——"礼拜天的下午"，说明是在周末，"我"是在一个闲散的而非工作的状态下入景，看见了"闲事"。还需注意"枯死的"这个修饰词，在下文中有用。"每一斧子下去，都有 / 众多的黄叶震落。"此为写实，也没什么稀奇的。既然是枯死的杨树，叶子自然是"黄叶"。"每一斧子下去，都有 / 许多的光亮漏下。"这也是写实，可是让人感觉有点不一样了。借助于斧子猛烈的外力，先是"黄叶震落"，然后"光亮漏下"，描述出后者，已非纯自然的发现了，见识发挥了能量，开始呈现自然现象背后的隐喻关系。这黄叶与光亮，原来是一种对峙的、紧张的关系，它们之间，甚至存在你死我活的斗争。那棵枯死的树，也许就是死于烈日，死于光的炙烤和侵蚀。树死了，黄叶还在顽强地存在，还想支撑起什么，还想荫庇起一片阴凉地。可是在斧头的砍伐下，黄叶一片片落败，光亮一点点获胜。"最后一斧，杨树倾斜倒下 / 炽烈的阳光轰然砸在地上"，这是一个残酷的结果，是烈日的全然胜利，也是残酷的胜利。当阳光"轰然砸在地上"，我们分明能感受到一片土地的疼痛。

诗到最后，描述的已经不是一种自然现象，而是一个事件。作者发现了这个事件的惊魂惨烈。他一边发现，一边注入自己的思考。然而整首诗又是客观的，是自然主义的描述。作者通过自然主义的描述达到非自然的言外之意，让人觉得高明。

特邀点评：唐翰存

与天空相对而坐

» 付 炜

一种永恒的眩晕，在我眼里，晃来晃去

天空过早揭示了生活的苍白和庸碌

那些闪光的喻体，正消弭在

此刻的虚度中

他说他内心的猛虎早已放归南山

我们生来携带沉默，热爱静止中的事物

而我们又是如此地，恐惧孤独

总在人群中喃喃自语，古老的

天空在我们头顶，一样恒久，一样无意义

点 评

邵雍在《观物篇》中说："以天地观万物，则万物为万物；以道观万物，则天地亦为万物。"这是一种大境界。随着主体视野的扩大，此前深宏的事物会产生相对性，从而成为造物的一部分，不断接近终极。

此诗虽未言道，却端详了天空。所谓"与天空相对而坐"，是将人从天空之下调离，让天空成为"目光的对象"。天空被打量，它成为物，它成为"我"眼里的物。"相对而坐"即是获得了对等，天空被物化和具体化，有了对话的可能。天空成为能够对话的客体。这样的题目，看上去是有气象的。

"一种永恒的眩晕，在我眼里，晃来晃去"，此处，"永恒的眩晕"，当然是指天空，以及发光的天体。当人仰头，那种光感早已存在，或一直存在，不像生活中短暂存在的事物，所以从人的主观感受来看，它是"永恒的"。"天空过早揭示了生活的苍白和庸碌"，此句幽峭，语义反常。按照一般逻辑，天空映照的生活，同样是有光芒的，可作者却说"苍白和庸碌"，并且归咎于天空的"过早揭示"。"过早"这个词和"永恒"暗应，因为永恒，一直都在，所以"过早揭示"就等同于"一开始就揭示""一直在揭示"。"苍白和庸碌"，暗应的是"眩晕"，或许在作者那里，此二者形成一体，是同一种感受，或者形成比照，是天空的眩晕感比照了生活的另一种样子。"那些闪光的喻体，正消弭在/此刻的虚度中"，说"喻体"而不说"本体"，因为所指已非天体，而是生活中看似天体那样闪光的人和事物。"此刻的虚度"，也即此刻的眩晕、此刻的苍白和庸碌。消弭即是被埋没，被散失，成为存在中的不存在。

"他说他内心的猛虎早已放归南山"，第二节只有这一句，它的语义逻辑，是顺着第一节写的。既然"内心的猛虎"不再，"闪光的喻体"也就再无从谈起。需要注意的是，第一节人称代词是"我"，此句的人称代词又是"他"。他者为谁？是天空，另一个自我，还是对坐中的第三人？通俗化理解，还是指第三人为妥。下面的"我们"，意指"我"，还有同类人。

"我们生来携带沉默，热爱静止中的事物/而我们又是如此地，恐惧孤独"，此语又从第二节来。既然"内心的猛虎早已放归南山"，剩下的也就是"沉默""静止中的事物"，或者反过来说，因为生来携带这种气质和性格，所以内心的猛虎也留不住，迟早要放归。然而在另一方面，"恐惧孤独"作为次生感受，又从何而来？是因为世界的猛虎还在，它对"沉默"和"静止中的事物"造成胁迫，抑或，生活的苍白和庸碌本身就令人恐惧孤独？"总在人群中喃喃自语，古老的/天空在我们头顶，一样恒久，一样无意义"，结尾很清醒，看上去很消极。天空虽能"揭示"，但却并不能对这样的生活予以拯救。天空只是天空。天空不创造人间的意义。或者说，天空之所以古老、恒久，就是因为天行有常，它超越人间所看重的那些意义。

特邀点评：唐翰存

放河灯，或星光

》 **希　贤**

放河灯了，水面上点点星光
其中一盏是你

你离开那年，我九岁
最后一口抄手，你不吃了，要走
外婆把你的身子放平，让我去报丧
多少年了，一个女孩凄厉的哭声在我体内久久不散

风吹着我的小县城
回家的路是新的
老房子却没拆——我还能回来

你的家，匿藏了我人生的天真和不安
你的家，也是我的家——
我活捉过一只有鳞片的小怪物悄悄放进楼下的花坛
花坛里你种的草莓一露头总被我抢先吃掉
我和妹妹眼瞅着邻居弄丢了自行车后座的凉拌鸡窃喜地将它
装进肚里
我偷偷舔舐你屋抽屉里的白矾以为自己快要死去

……做过的"坏事"没从指缝间溜走，我却在不断失去中将时光耗尽

　　要怎样说你才能听到呢

点 评

　　相对于某些复杂的诗，这首《放河灯，或星光》写得相对简单。简单而成为诗，并且成为有"动情点"的诗，就不错。能将某个事象描述清楚，将一种情绪传达到位，哪怕简单，哪怕没有很高深的意思，只要具备一定的诗性，就是值得坚持的创作路径。

　　"放河灯了，水面上点点星光／其中一盏是你"，开头就很简单，同时也很清晰。一看，它是追忆一个人的，带着思念。"你离开那年，我九岁／最后一口抄手，你不吃了，要走／外婆把你的身子放平，让我去报丧／多少年了，一个女孩凄厉的哭声在我体内久久不散"，第二节直接将读者带入生活，带入生死场。"你不吃了，要走"，这一句，有鲜明的儿童视角和儿童体验，连同接下来的一句，令人读着扎心，无比惋惜。童年经历着童年的天亡。一个九岁孩子在那种场面的所见、所听，一定是刻骨铭心的，会长久留在记忆深处。"风吹着我的小县城／回家的路是新的／老房子却没拆——我还能回来"，这一节意思果然顺回来了，又是成年人的口吻，是时隔多年的说话。生活环境变了，时空变了，但能从县城回到老房子，说明回忆还有处所，还能实实在在地发生。

　　最后一节，意象突然繁复起来，长句子也出现，结构形式方面，似乎跟前面三节有些不搭，但意思是相通的。诗人通过琐细繁复的情景排列，让我们领略到历历在目的童年细节，也领略到作者在此处倾诉的欲望。只不过他的倾诉，并非说给读者听的，而是说给那个小女孩。"……做过的'坏事'没从指缝间溜走，我却在不断失去中将时光耗尽"，某种人世的沧桑感，很实在地流露出来。"要怎么说你才能听到呢"，这最后一句，很朴拙，却也打动人心。作者念念不忘的"你"，作为逝者，作为童年的伙伴和永远的亲人，变成这追忆的唯一诉求——她宛若还在，还能听见。

特邀点评：唐翰存

薄情的人在秋风里沉默

» 李满强

不要说秋风是无情的篡逆者，他其实
是有情有义的王。在死亡的大幕拉开之前

他命令轻薄者，低下头颅。他呼唤寡言者
举起了各色旗帜。它催促那野草

长成了箭镞的模样。他驱赶着流水
加入悬崖上悲壮的合唱——

而一株中年的野菊花，在盛大的秋风里
头顶白霜，兀自端坐。有着拒人千里的薄凉

点 评

　　一首好诗总是在跳跃，似断而又相连。诗人以"秋风"这个意象为
线索，串起了"轻薄者""寡言者""野草""流水""野菊花"等意象，使
得全诗散而不乱，这些意象都有着隐喻的意思。诗人李满强的诗歌《薄情
的人在秋风里沉默》，给我们提供了一个较好的文本，让读者的思维顺着
文字的路标在探索、在丰盈，引起了我们对这首诗、对季节，或对生活的
思考。

诗人为什么要选取秋风为主要意象，这不能不让人思考。多数人会说秋风无情，诗人反其道而行之，他笔下的秋风是有情有义的，让诗歌一下子具有了新意。秋风在行动，在死亡的大幕拉开之前，他命令轻薄者，低下头颅。这不就是让万物抓紧时间成熟，早日硕果累累吗？低下头颅是为了感恩脚下的土地。他呼唤寡言者举起了各色旗帜，要我们学会表达自己的内心世界。来日无多，行胜于言，否则会错过一时、甚至一世。秋风是秋的信使，最懂得秋。

　　小诗妙在结尾段引入了"野菊花"这个意象，菊花是花中隐逸者，更何况是"野菊花"！在盛大的秋风里，它头顶白霜，兀自端坐。它既与前面描写的事物一致，又显得特立独行。似乎诗人还在告诉人们，在季节之秋来临，在人到中年的不惑之时，我们有时要加入社会的主旋律，积极行动创造物质财富；同时我们还要守护好自己的节操、自己的精神家园。那些在秋风中不曾行动的人，是薄情者，将是社会发展的看客，是火热生活的旁观者。

点评网友：周起

松风吟

» 黄　斌

那无色无形的力推动了所有的松枝却只是空白

呵你看几乎所有的松枝

都书写出墨绿酣畅的一撇

或一把把有凹槽的弯刀一闪

一匹马飞速跃过只看得到马尾

一群马忽闪而过也只看得到马尾

还有马蹄它们只是旋转中密集的声音

这来自天外的无色无形的力是抽象莫名的力

它没有名字只有实体

它只有精神没有肉身

它一身的蛮力找不到能够用尽的边界

它没有自我的肖像五官扁平如湖面

它狂飞乱舞的四肢掠地而过却无法现形

它在松针上找到珍贵的飘荡着的线

在松果上实现了稀有的可以立定的点

在松枝上隆起了阳刚之美的肌肉

在粗大的树干上找到了骨骼和皮肤

它喜极而泣终于获得了一具血肉完整的生命

但其实这或许只是一首歌或一首琴曲

只是一次偶然的实现或附体

虽说短暂但真实不虚不是梦幻

还有我一个碰巧听到这场松风吹拂而过的人

捡起地上的松针双手捧起如细小的香烛

而满山的山地松和马尾松

不少都是百岁以上的长者

它们一直都是这样站立着

像刚刚款待罢一个过境的客人

当风停下的时候它们的树枝

如拍了拍手恢复了平常习惯的样子

点 评

　　梅兰竹菊松，这五君子在古往今来的诗词中被吟诵，关于松风也有许多绝句，在这古老的物象上着墨是"向难度写作"。对老主题如何写出新意，是考验作家智慧以及能力的标尺，写不好就会在前人的思想与美学境界里拾人牙慧，吃点残羹冷炙。

　　《松风吟》的新意在于诗歌意象的新奇性，诗人笔下的"松风"是"一匹马""一群马""一首歌""一首琴曲"这些意象组成的，此外还有"香烛"、长者、过境的客人。把松风的不可视变为具体的物象，变成可视的、可触摸的，这就是智慧写作，就是高于一般性的写作。

　　《松风吟》诗境开阔，气势雄壮也是可赞之处，让诗境幽远阔大的根本是诗人对事物本体认识的深刻性。诗人表面上是写松与风，其实它内核表现的是人生的追求，以及精神的高洁，更多的是写出诗人对事物变化的豁达态度。"当风停下的时候，它们的树枝／如拍了拍手／恢复了平常习惯的样子"，这是诗人理想中的人生态度，一切随遇而安，一切平常如风，持有这样心境的人，自然诗歌就有了有别于他人的美学表达和思想性。

　　只是我想提醒诗人，需要注意诗歌写作中的泛散文诗的问题。

特邀点评：李云

暖　窑

» 钟华阳

我拔腿开始奔跑……
奔跑在盛夏八月的一个清晨
天还未大亮四周一片灰蒙蒙
我遵照长者的吩咐
一手抓着把干稻草
一手拿着火柴
向着黎明时分的黑暗山林奔去

晨雾中山径依稀可辨
急促的脚步声打破林间宁静
惊起的飞鸟扑啦啦从树上飞起
"呱"的一声老鸹凄厉惨叫
吓得我不由打了个激灵
凄厉的还有那一声声唢呐
在身后不远处正尾随而来
我仿佛看到跪求请来的八位抬棺人
把新漆的棺木抬上了肩
我的二哥躺在里面
亲人们的哭声伤心欲绝

二嫂和小侄儿女的嘶哑哭喊

撕心裂肺……

撕碎了这八月黎明阴沉的天空

又一次止不住泪如雨下

内心的悲痛让我忘却恐惧

甩开步子继续奔跑

不顾一切向山上爬去

我要去暖窿

我要先行一步赶到山上墓地

钻进冰冷的窿中把稻草点燃

那是二哥的安息之处

熊熊燃烧的火光

是能给予二哥的人世最后的温暖

我不停地奔跑

奔跑在一九九二年八月的一个清晨

那一年我的二哥殁年三十三

我一路狂奔

泪流满面……

点　评

暖窿也叫暖坑，这种习俗在我的家乡也有。暖窿与死者有关，与生者有关，与亲情有关。这是生者为死者做的最悲悯、最充满善意的事情。

我的作家朋友余同友用小说写过类似主题的作品，叫《暖坑》。用诗歌如何写？看到这首《暖窿》时，我心里揪紧，皮肤过电一样惊悚。

这是首好诗，好就好在它是真情写作，诗中写到"我"为殁了的二哥去暖窒的过程，从诗里传出"二嫂和小侄儿女的嘶哑哭喊"，传出"凄厉的唢呐声"，老鸹惨叫"呱"声，传来暖窒的稻草燃烧的灼人火光，并且这火光是人世最后给予"二哥"的温暖，这一切都是弟弟泪流满面在为哥哥送行时的心碎举动。因为是真情写作，故此，读者自然产生化学反应般的情感反应，就是在诗人的倾诉中而动容、动心、动情、落泪。

这是首好诗，好就好在诗人选择角度的独特性。没有落入俗套，没有重复别人的写作路子。诗人找到了"暖窒"这个角度，并从细节上构建诗歌体。一首诗找准好的角度是成功的关键所在，"暖窒"是独特的习俗，独特就有特色的因子，寻找到这样的因子，是每位诗人都要做的功课。

这是首好诗，好就好在它的画面感和节奏，诗里呈现的是清晨灰蒙蒙的黑山林，是新漆的棺木，是火光，是老鸹和阴沉的天空，这些色彩相互作用和对抗，给人压抑、沉重的感觉，也弥漫着死神的气息，很好地给这首诗定下悲哀的基调，此外诗歌节奏是缓慢凝滞与快速推进并存，一边是"我拔腿开始奔跑""我不停地奔跑"，一边是缓慢的出殡行程和暖窒的细节陈述，这一对矛盾体，又造就了慢与快在对峙中产生的差异之美。

特邀点评：李云

废弃工厂，断垣残壁聚众狂欢

» 王 江

他们从坍塌的地上站起，从倾斜的睡眠苏醒

在杂乱的天空下，一个个现身

他们穿戴一样的衣帽，抽一样的烟

咳一样的痰。他们守护着不喘气的烟囱

风化成城市死皮。嗜酒的父亲

曾经在地上，用闪耀酒光的螺丝刀

教我颜体笔法。他不知道

家属区宿舍，门上对联已如九月的叶

飘落在十月的风里。糨糊的印迹

斑驳树干，淹没了麻雀留下的记号

众生无处归巢。他们是他们的雕像

每晚聚众狂欢，狂欢他们的狂欢

在历史摇滚乐中闪现昔日光芒

这个残阳如雪的黄昏，我陷在时间的容器里

向厂门口静静吸烟的看守大爷问好

然后鼓动风欢呼，鼓动雷呐喊

在金属碰撞火星四溅的梦中

迎接他们，一次又一次的开场

当 20 世纪 90 年代国有企业在现代化工业进程中转型发展或破产分崩离析后，留下的不仅是残垣断壁，还有那一代企业的人，他们何去何从，他们的命运周遭是什么状态，诗人在凝视他们和他们曾生活的工厂和家属区后，用素描的手法，勾勒和还原那段历史和现状，其中有阴影的重叠和留白的高光，使我们读到远逝的背影和熟悉的生活。

我推崇这样的诗，一是，诗人就该关注民生，并真诚地为他们抒写和记录，当那些工厂职工没有了工厂，他们情感的失落、留恋、落寞和无奈，是应该有人为他们抒怀的；二是，诗人不仅是时代的讴歌者，也应该是人民的吟唱者，当一些陈旧的管理方式随着工厂的破败而烟消云散时，曾经在工厂里创造财富和辉煌的人们，也该有诗人去为他们的一生深情吟唱一曲；三是，这首诗哀而不伤，不颓废不沮丧，给人们希望，这也很重要。在结尾处诗人写到"然后鼓动风欢呼，鼓动需呐喊／在金属碰撞火星四溅的梦中／迎接他们，一次又一次的开场"，这其中是有着昂扬之声音的。

写诗要言之有物，要有历史观，要有对社会发展中人的命运的把握和审视，这十分重要。在场！在现场，在生活现场和社会发展的现场去创作去思考，这十分重要。

特邀点评：李云

海之门：在日月湾所思

》 **赤 环**

凭借海浪的疯狂孤独无声地撞击着我
此时谁在海岸上分享多情的海风
在日月湾海的热情把我拥抱而所有的意义
也在这里迟迟回升包括我内心无光的火焰

天空和海水是极致的蓝渐渐的海潮声
从渔家姑娘的呼唤中醒来我僵硬地站在海边
看见强烈的阳光几乎要穿透我的心脏和海的心脏
我多想把对远方的思念种在海滩上然后涌起浪花

也许是我经历得太多记忆有些厌倦但我知道
道路和大海一样没有尽头但我更清楚日月湾
是大海边一座去了就不想离开的驿站
我在心中已经默默地刻下了她美丽的名字

点 评

　　《海之门：在日月湾所思》是一首典型的借景抒情诗。此诗看似写景，实为抒发诗人个人的情思。我们说诗人是多情的，这大概就是说诗人面对名山大川、江河大海，往往会生发出心中之情——豪情、幽情、美好之情、忧伤之情等等；面对世间的一切变化，诗人自然是敏感善咏的。"海之门"日月湾带给诗人的不是平静，而是大海猝然而至的千万种感受，这感受可能连诗人本人一时间也难以条分缕析，样样明白。面对这海的世界、海的门户，诗人的情感开始跳跃——"我多想把对远方的思念种在海滩上，然后涌起浪花"。显然，一时间各种情感纷至沓来。

诗人也感觉到难以承受，或者力不能逮，所以就极力地想要为这眼前之海景在短时间内难以融入找到解释。诗人的经验只是个人的经验，然而必将引导读者的经验；智慧的读者，再从这些经验里抛弃成见，开发出新的经验，从而完成一次读诗之旅。

从整体上来说，这首诗是让人愉悦的，其语言也有信手拈来之妙，于朴实中显出精致和精确；唯一不足的是大海太大，海之门太深邃，诗行太短，短短的十二行诗句难以将眼前之景与心中所思深入发掘。最后，诗人回归游览观景的初衷，回归日常本心，算是为全诗做出了一个平淡但还算真实的注解：日月湾"是大海边一座去了就不想离开的驿站/我在心中已经默默地刻下了她美丽的名字"。

这份平淡，也只有在内心的波澜壮阔渐渐平伏下来之后才能得到，才算具有生活经验的平淡，也才算是虽不十分壮美，但却颇有几分真实且落到了实处的平淡。

网友点评：马太角

我降生的速度非常缓慢

——致莲子

» **老 贺**

这二十年
我们经历了多少个阿增祇劫
这个院子
盘踞着多少故国乡土

时间从往事开始
九月的风缓缓吹入斑驳的门槛
九月的绸衫渐渐想起前世的奶味儿
九月烛火慢慢收紧夜的空旷
九月的少女静静等待着白发苍苍
等待高原上的我一个一个降生
从唐古拉山脉的子母河
到腾格里沙漠的枣树林

我降生的速度非常缓慢
在南唐只降生了月光的散碎银两
在晚明只降生了风尘的单薄命运
在大海的家谱中只降生了

一个个流逝的面孔

因此有祖先的鬼魂嘱我

只有减肥与抒情

才能改变家乡的风水

我家乡的风往南，我家乡的水往北

我家乡的从军大道通往母亲的遗忘

与父亲小心翼翼地耳语

在漫长的降生中

我途经同仁、尖扎、四喜与妖僧

途经集体麦收时，镰刀与死亡落了一地

我横渡残年、功名、悬山与辩难

横渡李生的迷梦

隆务河红蝶骸骨

国道上厚地高天

左边，一个牧羊女

拦住黄昏，吟唱花儿

右边，一个秋天

趴在草上

成住坏空

点 评

　　依我看，任何文学体裁的"我"在有限的符号空间里都比不上诗歌种类的"我"可以那么庞大、那么通达、那么精深，《我降生的速度非常缓慢》这首诗中的"我"就有驰思广达的特点。那么，如何让驰思广达的"我"不至于沦落为概念的"我"，这就大有文章可做。就这首诗而言，诗人以"高原上的我"为线索，巧设了视域与时间、史迹与族群、宿命与故土三个层面的"我"，多角度、多方位、多侧面呈现了"高原上的我"那丰满的式样：既是"子母河""枣树林"，又是南唐的"月光"、晚明的"风尘"；既是"横渡残年、功名、悬山与辩难"，又是"横渡李生的迷梦"；既是"前世的奶味儿"，又是"一个秋天／趴在草上"。如此繁复多样的"我"，无疑向人们敞开了另一个世界。

由此可见，诗中有乳名的"我"，有故国的"我"；有时空的"我"，有耳语的"我"；有沧桑的"我"，有高蹈的"我"。如此众多的"我"交叠在一起，形成时空地域的"我"、沧桑豁达的"我"、穿越古今的"我"、百折不挠的"我"。正是"等待高原上的我一个一个降生"，也正是"在大海的家谱中只降生了／一个个流逝的面孔"，我们才能领悟到诗题"我降生的速度非常缓慢"这一过程的真谛，这缓慢的过程不正是"厚地高天"的"我"、盘踞着多少故国乡土的"我"最真实的写照吗？

当然，这首诗中的佛语，比如"阿增祇劫""成住坏空"，要融入寓意情境和特定语境中进行有效铺垫，才能避免局部阅读"受阻"的感觉。

特邀点评：卢辉

光阴谱（组诗）

》流 泉

一月

"杀死它们吧，这废墟上的孤独"

在一条河流的拐弯中，
卸下全部泥沙，并与这尘世的每一根白发
擦出火花

以照耀。背负所有未完成
让夜色像死一般睡去，而我独立
苍茫

——致敬，匍匐的大地

二月

没有人怀疑
春天是一场病，有人用消亡替代

重生，又有人用青草

替代了荒芜

谁在沉溺

谁就在磨镰

我看见——有一列小火车拖着

白色的烟雾，哐当哐当

开过了二月……

三月

希望它

能为受难的人

卸下肩背上的石头，惊慌和恐惧

欲望和爱，希望它挣脱

彼此的灵魂

让一颗心，一个被冷雨浇筑的

三月，从宽恕中

走出来

四月

三月刚过

四月就为春天修好墓园

青草，为故人绿，也为故人枯

拔草是后来者的事

等不及返回故园，父母已动身

为先人斟酒

备好的纸烛，风声涌荡

三两云朵，照见阴阳路，其实啊

阴阳不过一张小黄纸

烧起来，是青烟

不烧起来，就是人间之生活

记得去年清明日

父亲对我说——多少年过去了

他梦见的，全是

儿时事

后来，我看见了

有一把青草，绿绿的，长在爷爷奶奶的

坟头上

拔下的时候

它们的根茎，有一汪水，清亮亮的

仿佛岁月

——从不曾老过

五月

肉体在起锈

昨夜那一排新鲜的露水，并未制造更多的

铁的闪电……
大地啊，彷徨
倾斜的我们，在翻阅卷毛边的
辞典

当我们背过身，战栗中的哭泣，正好落在了
黄昏的缝纫机上——

六月

旷野消瘦
恰如在路边等待的稚童
一阵肥胖的蝉鸣，从树上落下来

必经的岔路口
生了锈的指示牌，正在等待一场风的辨认

——而我
不得不接过五月的鞭子，去赶
十二月的马

七月

冰被冰隐藏
大火，顺势烧起来
哦，这一万里的空茫，影子被影子

灼伤——

蝉声，一粒
接一粒，图钉一样，钉在
大地发烫的
脑门上

——"未完成的诗句，都是写给小刺槐的……"

八月

满大街都是叫桂花的人
我要找的桂花，肯定不在大街上

我终于签发通缉令
——"有桂花者，偷走一颗水晶心，明晃晃"

凡提供线索之人
均奖：桂花饼十只，桂花汤团一碗

通缉时间：即日起至人犯归案
风，解开秋天的红绸衫

九月

九月的稻草人

怀揣虚火

一个空心的圆满，替旷野

浇灭太平幻象。此时，有人更衣

有人要做大国的情郎

只有切开冬瓜的人，偏居事物的远端

与厨房和四散的碗筷

形成某种交响

狮子一样踹开季节的流浪汉

在剩饭残羹中找到

梦里的黄金。一盏橘灯，像一个迷途的词

再次返回，挂在大地的

嘴边。而我们无力粉饰的美景

恰好对应，暮色倾斜

渐渐下沉

十月

麻雀沉默

而我们，正悄悄吞下镰刀、日落，以及孩子们手上的弹弓

十一月

只有十一月

乌鸦才会在圣玛丽教堂的尖顶上

收拢翅膀，也只有十一月

在中国的一座叫作丽水的小城里，才会有乌鸦一样收拢翅

膀的

悲伤，在为一条河流之重建

挖掘，新的

方向

——此际，瓯江辽阔

白鹭低回……

十二月

一次回望

一次颠覆

小火车，嘶鸣着远去

一连串的汽笛声中，我不再望眼

欲穿……

——爱情，理想，故乡

写下的这些诗句

越来越短……红灯笼

老去，屋瓦上的苍穹，越压越低

当日子衰老不再光芒照彻

我宽宥了落日，和日落中两鬓的白发……每一分钟急促的

喘息

最后的表白，卡在了

喉咙里——

而沉默

正在大地铺开，一片金黄色的落叶

掉下来

点 评

　　在古典诗歌中，关于时令的诗行，人们耳濡目染的名篇金句不在少数。那么，现代诗要想跳出时令诗"应景"的一面，就必须在时令的自然属性、社会属性、文化属性、历史属性和人本属性的聚焦点与延伸点上做足文章。就拿这首《光阴谱》来说，时令已成为这首诗寓意和情感的"润滑剂"。这一年十二个月，诗人已将其当成虚拟事件里的"情感时令"和"寓意时令"，这种不限于"时令应景"的光阴谱，着实让人眼前一亮。比如，一月"每一根白发／擦出火花"，二月的"春天是一场病"，三月"从宽恕中走出来"，四月"为春天修好墓园"，五月"肉体在起锈"，六月"一阵肥胖的蝉鸣，从树上落下来"，七月"影子被影子／灼伤——"，八月"满大街都是叫桂花的人"，九月"怀揣虚火"，十月"麻雀沉默"，十一月"瓯江辽阔／白鹭低回……"，十二月"我宽宥了落日"。这一幕幕似光阴而又不止于光阴的"情感时令"和"寓意时令"，跳出了当下不少时令诗"应景"的一面，给人以情感"时令化"、寓意"时令化"的审美感受。

　　由此可见，《光阴谱》将一年十二个月里的"时令"，与"情愫""时令"与"人文""时令"，与"社会""时令"，与"伦理"，巧妙地结合在一起，不管是"宜心宜物"的时令，还是"恰好对应"的时令，不管"空茫"的时令，还是"闪电"的时令，正是在这"时令"多种属性相互融渗、相互干预、相互对应的"节点"上，诗人对时令有了全新的命名与合理的主张，这是《光阴谱》难能可贵的一面。

　　当然，时令不可能成为情感、寓意一一对应的"等价物"，有关时令更深层次、更殷实的主张还有待诗人更诗意、更深入地破解和演绎。

特邀点评：卢辉

在科尔沁草原

》 阿 雅

1

沿着马头琴的旋律，我找到了
前世的马群，拴马桩的旧主
找到了一株草里的河流、旷野、马蹄声
一个奔跑的清晨和傍晚

在科尔沁草原
就要关不住体内的豹子了
他要喊出山脉的走向
风的悲泣和嘶鸣
喊出陡峭的命运里，一个个草原般
苦难而壮阔的一生

2

想起自称马一样的女子
她率直、美貌，用河流写诗

想起那个笔名布木布泰的室友

她安静，内敛，有着绿色的微笑

她长发和眼睛里倾泻出的星光，如酒

…………

她们都是草原的女儿，有着草原般朴素的高贵

我是草原的半个女儿，邻草而生

一身草色，一棵草心

半生草命

夜深人静时，我把一株草紧紧地

抱在怀里

3

坐在草地上，身体的山川瞬间被充满

和天马行空的空一样

和胡思乱想的乱一样

一些发音像孩童的奔跑

但并没有被说出

周遭的空气被酒浸过，被云朵和大雪滤过

她们和我的心猿意马偶尔点头

在眺望和低头的瞬间，我听到一株草

说出了她的苦痛、爱

和回声

4

草原的夜空是红唇的盛宴
那么多的星光如吻扑下
在哗啦啦的声响里
你已找不到自己的脚该迈向哪儿

迈向哪儿都是起伏的波涛漾出好看的梯子
越过纷扰、旧日子、被生活一再挤压的肉身，进入
大自然的交响
随着潮声，放出虫鸣、狼嗥
放出鸟的欲望，一颗颗
空阔的心

就让眼泪幸福地流吧，看星光一点一点
洗着草原上的一切
把万物送向快乐的更高处

不去想是否会坠落，其实此刻，坠落
也是一种极致的美
是的，此刻，我怎么爱你，爱这个人间
都不够

《在科尔沁草原》很讲究诗歌的崇高性。一方面，诗歌的崇高性必然有着极强的严密性并产生一个相对独立的世界。就拿《在科尔沁草原》来说，它的"崇高性"其中的大部分东西都借自现实世界，即科尔沁草原，使诗歌彰显的空间越发显得神秘多姿。比如"沿着马头琴的旋律，我找到了／前世的马群，拴马桩的旧主／找到了一株草里的河流、旷野、马蹄声／一个奔跑的清晨和傍晚"。另一方面，这首诗的崇高性所彰显的是"抒情生产力"，诗人断然略去一般写作者眼中恒定的自然物象，仅捕捉那种瞬间闪现的诡奇心象，来体现其"抒情生产力"的魅力。比如"我是草原的半个女儿，邻草而生／一身草色，一棵草心／半生革命／夜深人静时，我把一株草紧紧地／抱在怀里"。

由此可见，这首诗的"崇高性"以澎湃的激情、沉醉性的史诗意识对科尔沁草原进行神启般的情感召唤和寓言警示。诗人要让"科尔沁草原"成为可临的空间、可摸的时间，有可触的视角、可探的奥秘，组成一个人人都想抵达的"诗歌图景"和"内心法则"。的确，与草原对视，与万物交谈；与世界交心，与时空同居，这是我对《在科尔沁草原》所引发的诗歌"崇高性"的再认识。

当然，要将诗人自身的天性、经验、认知、审美"积淀"成一个独特的"草原气场"，达到诗歌的崇高性，就这首诗而言还远远不够。真正的"草原气场"，是人的天性、经验、宿命、认知、审美等对草原"过滤"之后所呈现的"神性世界"。在此与作者共勉。

特邀点评：卢辉

遇见萧红

» 单江雪

举报！这柴火干瘦，雷电无法劈出火焰

接来的风，安置在墙角，夜晚亮起月亮

清白的村庄继续维持表象

把鸡鸣封住，铃声、闹钟通通关闭

如此，我们促膝长谈，脱掉累赘的皮肤

抖落一生的雨水和花瓣

在河水里洗漱、哮喘、擦亮梳妆镜

不置可否的很多道理，生长成顽固的藤蔓

从一枚骨骼里传播，沉默寡言的倔强

撕掉聘书和红装，把头发剪碎，荒草野蛮

覆盖孤独的路径，从红漆零落的木门冲进城市的岸

反复试探，攥紧大洋伶仃的土布包

在几个男人身上来回检验，那些血肉连亘的真理

自得用流浪、遗弃、病毒交换

冬天砸向红色的卡其色长袍，雪在不堪一击的纤维上啃噬

大半个中国飘摇，风如影相随

轮船和炮火，流浪的犯人，罪名不明的犯人，以及，被道德

追查的犯人

　　这层层的罪名，变成语言的刀柄

　　大多时候，是向着自己，偶尔，拿来切一个窝头

　　高粱做的，有黑土地的冰冷和腥甜

　　死亡是漂浮的花朵，炙热的锅炉，一汪澄澈沸腾

　　蒸汽在叫嚣，呼兰河，呼兰河

　　呼兰河鲜血淋漓，父亲，母亲，恍惚而过的几个爱人

　　满目的冰雪和慈悲

　　黄瓜花笑着爬得更高一点，喇叭花也更像一把小号

　　一瓢井水洒向天空，白鸽飞去

　　海浪便拍打过来

点 评

　　诗歌开篇"举报"二字，先声夺人！略带顽皮和自嘲的味道。对整篇的灰暗基调起到一种缓冲，甚至撕裂的特效，透露出主体人物锋芒毕露、个性倔强的一面。萧红是民国四大才女之一。著有自传体小说《呼兰河传》《生死场》和《小城三月》等。但她的生活确是颇多磨难。童年时父爱和母爱的缺失，导致她生出了极强烈的叛逆心理。潜意识里，为了弥补这种缺憾，长大后的萧红一直都在寻求自由，寻求爱，并在得到爱和失去爱的恶性循环中辗转，流离，反复受伤。然而，她骨子里的坚韧就像大东北冰天雪地里的一棵野草，只要春风一吹，便会迫不及待地投身另一场繁华。萧红短暂悲凉的一生，颇受争议。有人说她"作"，有人说她"堕落"。《遇见萧红》便是一种深层次的"懂得"。诗人与萧红惺惺相惜，大有同病相怜的架势。

点评网友：紫梦微醺

流水上的剪影

» 陈波来

流水上，一些事物的剪影

认出了我，比如各种步态的人，惊飞的鸽群

方正的海关大楼，远远投来的入海口大桥……

它们认出我，我肯定是它们眼中

一个没赶上流水的剪影

它们在流水上，一下就慢了脚步，像亲人

一样不舍，看了我最后几眼

我顿生悲凉，有再次被遗弃于人世的感觉

点评

　　这首诗的结构非常清晰，是一首典型的变奏曲式诗歌。诗歌一上来就交代了构成整首诗的主题句："流水上，一些事物的剪影/认出了我，"这个主题句由一些基本部分构成，即流水、事物、剪影、认出和我。它们没有任何的修饰，非常简洁、直接，骨骼一样支撑起这个主题句，没有任何多余的血肉。它的节奏也与此相称，非常干净利落。接下来的第二个句子（虽然诗歌中并没有句号，但意思层次很分明），就是这个主题句的发展和变奏，就是对"事物""我""流水""剪影"这几个基本构成部分的发展和重新组合；首先是"事物"变得丰满、具体，用列举的方式详细说出"各种步态的人，惊飞的鸽群/方正的海关大楼，远远投来的入海口大桥"认出了我；然后是"我"得以扩张，"我肯定是它们眼中/一个没赶上流水的剪影"，这个对我的扩张，其实又折回来，对"流水"和"剪影"加以重新组合，我成了"没有赶上流水上的剪影"。这里出现了新的成分，"没有赶上"，是对我和流水以及流水上的事物的关系的一个界定。第三个句子，是对那些事物的发展，"它们在流水上，一下就慢了脚步，像亲人／一样不舍，看了我最后几眼"，还是在流水上，看我（认出我），但给出了新的极为要命的内容"像亲人／一样不舍"。最后一句落到"我"之上，"我顿生悲凉，有再次被遗弃于人世的感觉"，悲凉，遗弃于人世，结合前一句的亲人，没赶上，还有流水所含的消逝感，我们可以感觉到悼念、自伤的情感。

　　整首诗意思发展上非常清晰，所使用的几个基本成分反复出现，回环往复，但每次出现又添加一层新的意思。像音乐主题，非常简单的几个音，有着极为丰富的表现力。特别是最后两句，在抒情的强度上达到了让人黯然神伤、惊心动魄的境地。这首诗尽管只有八行，却做到了单纯而又丰富、清晰而又迷离，是一首非常美妙的诗。

特邀点评：雷武铃

拾棉花的母亲

》 北　君

一朵朵棉花，一朵朵温暖的火焰
在我的掌心，在初冬的冷风中
燃起经年的闪电和疼痛

雪落高山霜搭洼。那一年
母亲说，该到采棉花的时节了
霜打暮秋，垄上的棉桃
一夜间睡醒，开口说话
说出白，说出温暖，说出爱
说出时光里的千千结

那个时候，母亲扎着围裙
一整天都在棉田里劳作
灵巧的双手在棉枝上飞舞
一朵朵棉花塞进胸前
高高地隆起，如同身怀六甲
母亲起身捶背的瞬间，落日镕金
一幅母亲铜版雕像浑然天成

多年以后，耗尽一生的母亲

在一朵朵棉花的簇拥下

沉沉地睡去，任由一轮轮落日

把记忆深处母亲的雕像

一次次涂改、剥蚀，直至删除

这是一首怀念母亲的诗，一共四节。第一节是一个起兴性质的题引，第二、三节是回忆性质的母亲拾棉花的具体内容，分别由"那一年"和"那个时候"引领，前者是母亲说话，棉花说话（顺承着母亲的说），后者写的是母亲干活儿时的形象。第四节是母亲去世后对她的怀念。这样的四节就意思的发展来说是很完整的。

这首诗的诗意基础是建立在棉花这一意象、拾棉花这一劳动与母亲的形象以及与母亲的情感关系上的。这种关联很有说服力和表现力，因为棉花所含的温暖和母亲的温暖有一种非常贴切的关联，棉花在这里既是一个很好的隐喻，又是一种很普通的、很真实的生活必需品。而母亲拾棉花的劳动场景也最适合作为母亲一生勤劳的写照。这首诗在情节发展上很连贯，比如第三节和第四节的关联，母亲干活儿时被落日的光线照射成雕像的模样，母亲去世后安葬在棉花田里，被落日的光照亮，和作者记忆中母亲劳动时的形象重合在一起，这一切进行得非常自然。这首诗在一些语言描写上也照应得不错，比如一开始的"一朵朵棉花，一朵朵温暖的火焰"和"在初冬的冷风中／燃起"。这种语言上不是特别用力但却有自己意图的写法也体现在全诗的结尾处——"把记忆深处母亲的雕像／一次次涂改、剥蚀，直至删除"，"删除"这个词在整首诗的温情之下显出一种严酷。整首诗围绕着棉花意象发展得很平稳，需要注意不要因为过于平稳而变得平淡。

特邀点评：雷武铃

我会在黎明之前醒来

》高宏标

太阳没下山，我一直没有动笔
白花花的人世间，有一对男女准备谈恋爱
狗在寻找最后的那顿晚餐
乞丐没有收工的打算
孩子们奔跑在回家的路上，一辆公共汽车
挤满了疲惫的夕阳

没有大事发生，所有的细节
都揣在我们的心口，我们也无法
从一些小事中逃离，看着羊群自由地吃草
又被主人强制性地赶回羊圈
我们多幸福，像一只羊
我们多无奈，像另一只羊

夜色逐渐变黑，远处的山峰向我们袭来
我们不会停止，练习在黑夜里奔跑
练习在奔跑中擦亮身体的颜色
我不再气喘吁吁，坐在一张安静的白纸之上
一个人写，一个人讲

所有的星星都会在我的对面，眨着眼睛

我的房间亮过所有的白天

你们都已安睡，我在你们的梦中

寻找微笑、稻谷、语言，以及拥抱的双手

我会在黎明之前醒来

把自己像启明星一样，贴在天空

点 评

这首诗有点特别，是一首关于写作或和写作相关的诗，"我一直没有动笔"，"没有大事发生，所有的细节／都揣在我们的心口"，"坐在一张安静的白纸之上／一个人写，一个人讲"。作者的这个写作行为是和时间相关联的，一开始就是"太阳没下山，我一直没有动笔"；第三节"夜色逐渐变黑"，这时候，作者在黑暗中才开始写，在写的时候"星星都会在我的对面，眨着眼睛"；第四节承接前一节，说这种写作是在世人睡着的时候进行的，"我在你们的梦中／寻找微笑、稻谷、语言"。再细致地阅读，我们会发现这种与时间相关的写作其实是和光明与黑暗相关，在太阳还没落山，世界上还有光，人们还在活动着、清醒着的白天（白花花）的时候，是没法开始写作的，它需要在夜晚的黑暗中才能进行。但这在黑暗中进行的写作又产生光亮和光明——"星星都会在我的对面，眨着眼睛／我的房间亮过所有的白天"。写作最后的结果是"我会在黎明之前醒来／把自己像启明星一样，贴在天空"，意思是写作要变成黑暗中的光明。

那么，这是一种什么样的写作呢？或者说，在这首诗里，写作有着什么样的意味呢？这个写作的人是我，一个人，而写作要面对的是很多人（或动物）：恋人、狗、乞丐、坐公交车回家的孩子、羊群、沉睡在梦中的人。这写作是与这一切相关联的。写作在这里有着一种广阔的、深远的象征意义，象征着与世界的特殊的神秘关系。这首诗的意思整体来说是可把握的。但也许由于其象征性的表达方式，整首诗的效果稍显含混抽象。

特邀点评：雷武铃

吉普车行驶在草原

» 辰 汐

秋天的吉普车行驶在秋天的草原

但我们拉上窗，却什么都没有看见。

达里诺尔湖畔永远有一个神秘出口

藏在 009 号公路的尽头，立着石碑

它上面写着：历经潼关，抵湖底或苍茫。

迷途之中，白牧羊犬站在高高的山冈

被落日牵着投进了倾泻而来的夜色中

蒙古的草原、马匹和情人，都停留

在曾经照亮了古战场的月色中，还有一位

骑着白马的少女，在梦境中抬起了头

四个刚劲有力的车轮，带着匈奴人的铁骑

轧过钟鼓破碎的早晨，一只狼的哀号有如

灰色天空中一串碎玻璃碰得头破血流

我们说，这是大块的荒原被染成了死亡的黄色

我们说，这是荒凉的石头从未有过的尊严

但这也是，一辆秋天的吉普车

心无旁骛地行驶在秋天的草原上。

　　秋天是萧瑟的季节，更何况是在"秋天的草原"。开篇，一种辽阔的时空感和寂寥的荒凉感一下子跳入眼帘。而一辆"秋天的吉普车"作为现代文明的"游客"、一个外来者、一个做时空旅行的人、一个思想的漫步者，打破了草原的平衡。拉上窗帘，看不见的是窗外的景色，但是灵魂和思想依然跨越时空而游走。那些历史已经过去了，但是它们从来没有真地消失掉。"历经潼关，抵湖底或苍茫"的迷途，对于时空旅行的意义，或者对于历史记忆的意义，以及对于一个探秘或者怀念过往的人的意义，是什么呢——恐怕首先还是要回归一个旁观者的角色。这里是游牧民族世代生活的大草原，也是有过辉煌壮丽和血泪伤痛的古战场；这里既是一个民族和国家的历史片段，也是一个女人的日常生活。

　　去和匈奴人和亲的那个"骑着白马的少女"，面对的是异族和他乡。"四个刚劲有力的车轮／带着匈奴人的铁骑／轧过钟鼓破碎的早晨，一只狼的哀号有如／灰色天空中一串碎玻璃碰得头破血流"分明表现的是一种武力的压迫感，这更加渲染出了一个女子面对自身命运的无助感。"我们说，这是大块的荒原被染成了死亡的黄色"既是现实秋日的草原景色，同时又是历史本身的客观命运。"我们说，这是荒凉的石头从未有过的尊严"，当历史重新被后人触摸，当历史中身不由己的、走向无助的、悲剧命运的人物重新被我们审视，一些沉睡的东西复活了。我们不但有同情，更有无比的尊重。作为一个诗人，可以去感受、回溯和讲述逝去的历史，甚至可以给予历史非凡的意义，给予历史人物崇高的荣誉。但是实际上不是后人对前人的给予，而恰恰相反。这种作用本质上是单向的，因为过去可以影响未来，但是现在不能影响过去。因此追怀历史上的古人先是激起了心绪万端，最后也终于释然了。因为，现在和过去是两条互不相交的平行线。对此，作者是有着非常清醒的认识的。所以诗的结尾才说"但这也是，一辆秋天的吉普车／心无旁骛地行驶在秋天的草原上"。

点评网友：萧灵均

悼念父亲

» 拾　荒

父亲没有了

上天吹熄了头顶的灯盏

我在人间每一步

都成了夜路

四周黑漆漆的

站在哪里

都看不见我想找的人

人们藏匿着

大地只留下了我

孤零零地一个人

最后一句话

和我大哥说

照顾好你娘

和我二哥说

照顾好你娘

和我娘说

你要好好吃饭

我被堵在了回家的高速路上

一句话堵在了父亲的身体里

擦不得

树皮，筷子，豆腐

银杏叶，8月26，去授贤

父亲写在墙上的文字

突然成为天堂的密码

一直以来

我们自认为最了解父亲

可是，父亲走了

留下我们面面相觑

没有人理解这些文字

后面隐含的秘密

这些文字，在墙上

代替父亲活着

一个都不能擦

擦去了，就会像父亲

再也不回来

我梦见爷爷带走了父亲

我说大约60岁

母亲说是的

我说很清瘦

母亲说是的

我说慈眉善目

母亲说是的

你爷爷死的时候就是这样

我梦见一个朦朦胧胧的人

领走了灵堂上的父亲

父亲起身离开

低着头，没有说一句话

我想独自坐一会儿

白菜活着

萝卜活着

辣椒活着

地上落叶稀疏

冬天还没到

我的父亲死了

从现在起

父亲疼爱过的人间

我开始崇敬

父亲记恨过的人间

我开始原谅

父亲从乡下来看我

从六楼望下去

父亲就像

五彩画布上一滴墨

他在那里旋转

手足无措地

找不到应该着落的位置

从六楼望下去

父亲突然变得很小

小成一个城市可以忽略的尘埃

他浮在那里

浮在门卫呵斥的声波里

我从未想过

从六楼望下去

从一个城市的窗口望下去

在庄稼地里那么高大的父亲

突然变得那么小

小成一个要人呵护的孩子

稻草人

庄稼生长的土地

现在生长着钢筋和水泥

满地散乱的砖头

更像是荒芜，现在是五月

稻草人应该站在田野

土地被征后

父亲仍固执地保留了农民的习惯

时而手搭凉棚

时而往手心啐口唾沫

其实父亲已老得瑟瑟发抖了

草帽泛黑的边缘让他更像稻草人

这样的假设有欠妥之处

父亲苦大仇深的样子，的确把

一地的砖头，当成了一生的荒草

他弯腰直腰都像在做最后铲除

有人在喊：嗨，老头儿

嗨，那个老头儿

和父亲一起除夕夜守岁

两个男人像两块木炭

各自守着炉火半边

煤球块偶尔炸裂，啪地一响

夜色深黯

偶尔有过路的车灯从门缝照进来

像是生活伸进来的一根火柴

一张脸皱纹纵横

另一张脸正在皱纹纵横

一条河流正在接近另一条河流

群星闪烁，银河为什么叫河

如果悲伤里没有泪水

才是真正的心碎

好在我和父亲都还在人间

裤脚高挽。偶尔相互

清洗双脚的泥泞

陪王丙现去晒谷场转转

乡亲们黑压压一片，人声鼎沸

那些一代一代逝去了的

连同一代一代翻晒过的稻谷

曾经一遍一遍覆盖整个晒谷场

农民手拿镰刀时躬身致歉

一面消灭秸秆，一面收留秸秆的骨灰

像讲道义的土匪

而他们最终获得土壤的宽容

此刻的晒谷场长满荒草

几个霉烂的草堆模拟历史遗迹

王丙现坐在我从南乡带来的马扎上吸烟

王丙现是我父亲的学名

"他们都叫我王丙现"

父亲用手一遍遍描绘当年的盛况

他把那些不存在了的人

一个一个重新点名，让他们在晒谷场上集合

四十八岁的孩子

和老爸一起在街头吃了早饭

我还没来得及擦拭嘴唇

老爸已率先掏出几张

皱巴巴的零钱

和老板结账

说两个人

说还有那个正在擦嘴的孩子

老板很错愕

大概是从未见过这般

老气横秋的孩子

现在和老爸一起

走在回家的路上

和来时一样

老爸走在前面

我稍后一些

父子俩仍然很少交谈

一如小时候

父子俩默默地走在放学的路上

点 评

　　这首长诗，主角是父亲，该诗用几乎倒叙的手法，为我们回忆了一个逝去的父亲，同时还有连带着的对父亲悲伤的怀念。诗歌中质朴真诚的情感读来令人动容。

　　在《悼念父亲》中，诗人渗透在文字中的是绝望的心情。天突然塌了，到处都是黑暗，所有的人都因此离开，父亲的离开让他当了孤儿。这样的表达可谓到了极限：父亲一去，整个世界似乎都去了。这里是儿子的绝望和伤心，是无可奈何的悲痛。在诗的第二节，我们能够看到一个悲情的画面，临终的父亲对儿子一一留言，而最后一句堵在了父亲的身体里，因为那是"我"被堵在回家的路上，留下了永远的遗憾。这样的伤痛不是文字能够表达的，诗人用一个"堵"字表达了现实的残酷和无可挽回的最后的别离。诗的第三节还是写父亲，写父亲离世后给我们心理上的影响。那些墙上留下的生前父亲的笔迹，成了最后的纪念。不能擦的原因，就是心灵中永远无法丢弃的亲情。那是能够纪念父亲最后的印记了。悲伤可以是这些不起眼的文字，悲伤可以是堵车造成的最后无法相见的遗憾，悲伤是整个黑暗般的孤单。诗的第四节是父亲死亡事件的延续，是诗人情感的继续延展，是悲伤渐渐平复后的舒展，想象奇特干净。日常万物成了可以对话的角色。"白菜活着 / 萝卜活着 / 辣椒活着 / 地上落叶稀薄 / 冬天还没到 / 我的父亲死了 / / 从现在起 / 父亲疼爱过的人间 / 我开始崇敬 / 父亲记恨过的人间 / 我开始原谅

父亲让我选择了爱和宽恕。父亲的死救赎了儿子的内心世界。崇敬和原谅就是选择了敬畏和宽容。这需要从小我中走出，有一笑泯恩仇的豁达，而父亲的死给了"我"这样的能力。这是亲情的力量。诗的第五节更是从回忆的视角表达对父亲的怀念。从楼上看下去，从乡下来看我的父亲面对门卫的训斥时的六神无主，那样仓皇的无奈让儿子感到无比的内疚，那个时刻来自乡下的父亲显得和一个幼童一样。当父亲去世时想起这样的往事，儿子内心的心疼溢于言表。此外诗的第六节、第七节都表达了那个过去岁月中父亲面对转型时期的拆迁和土地征用时小人物的失落。一个时代过去，一个人的故事就在一次次变革的时代中落幕，而无法打捞的孤独感充斥了父亲的后半生。尤其在诗的倒数第二节，作者描写了一个温情的画面：老父亲抢着付钱，脱口而出的是对我"孩子"的称谓，表现了父与子之间浓浓的情谊，而这样的情谊还是以一前一后行走、一路无语的中国式父子形象来诠释。沉默的父亲，无言的父亲，48岁中年人的父亲，他去了，当你会神时才发现，作者是在写记忆中的父亲，而且记忆越清晰，内心就越疼痛。近乎直白的表达里，诗人情感的深沉触动人心。

特邀点评：马知遥

我生命中接受的第一记耳光

» **钧逸大师**

记忆中的生命应该是始于 1966 年冬天的某个早晨，

之前怎样喝奶怎样学步怎样独自扒公交车，

都是听人口述的，我没有印象，似乎是另一个人的故事。

那天我把一粒弹头圆钝的黄铜质手枪子弹投入取暖用的火炉中——

这粒子弹在我衣兜里把玩有些时日了，是用一个围着纸圈的蛋糕换来的——

数秒钟之后一声爆响，煤炉只剩下一层铁皮。

母亲的惊悸和抓狂现已无法准确描述，

记得最清晰的是她头发上蒙着白色的炉灰，仿佛瞬间变成了奶奶。

确认我完好无损后，她给了我今生第一个耳光。

这是我所有记忆的开端。

我没有本事把自己的经历讲得头头是道，凑成一部三卷本的大作。

当我填一份简历时，总是需要在草稿纸上重新推演一次我的人生；

何时何地何人作证，如此等等，像是在考证别人的经历。

我的人生应该肇始于子弹爆炸的那个早晨，

当然也险些结束于那个早晨，还有那一记烙入记忆的耳光。

从那以后几十年，猛然回头一瞥，其实也很简单，

就是一串断断续续或现实或隐形的爆炸和耳光。

这就是我生命的意识流。

按当前流行的量子纠缠理论推导如下：

待我的肉身灭寂后，这股意识流仍将不朽。

它升腾至大气层外，或远至数光年的地方，

不断播送着有关爆炸和耳光的信息，直至纠缠上另外一具肉身，

把这股意识流植入他（她）的脑海！

点 评

　　这首诗以散文化的笔法写"我生命中接受的第一记耳光"，实质是写自己生命中第一次令自己震惊的体验。幼年的诗人将子弹扔进火炉发生爆炸，险些酿成大祸，这一事件给自己留下了深刻的印象。它是个体生命记忆的真正开始，却也是个人生命险些结束的开始，这样的一个"点"，为全诗的展开打下了良好基础。

　　如果仅仅是写这一次事故，也有意义，但是意义并不大。作者在数十年后蓦然回首，发现人生"就是一串断断续续或现实或隐形的爆炸和耳光"。如此便具有了人生的内涵和厚度。人生，着实少不了意外、挫折、打击、困难等等，起伏曲折，峰回路转，如此构成了一个人的生活道路与命运。关于人生"就是一串断断续续或现实或隐形的爆炸和耳光"的发现让人震惊，思之却又入情入理，让人颔首称是，能够引起人的共鸣。

　　整首诗疏密有致，张弛有度，由具象而抽象，由个别性而普遍性，耐人寻味。

特邀点评：王士强

成　长

» 倪璋孚

一串音符从五线谱中逃逸，飞往
半空，稳稳地立于几根电线，欢呼
或者雀跃，只为庆祝新生以及自由
湛蓝的天与洁白的云都往回退，成为
黄昏歌舞场的布景，夜莺与麻雀竞技
乌鸦也撕扯着自己的老嗓门，柳树下
河边的电线杆旁路过两个少年，谈笑
上树捉鸟，下河捕鱼，旧事何须重提
今夜几颗石子被弹弓射出，义无反顾
瞬间击落，一地的月光，还伴奏着蛙鸣
满河的涟漪跌入一片片鸟羽，越陷越深
远处的炊烟是母亲的召唤，浪子回头
罪愆在欲望气球的膨胀中升空，炸裂
一声惨叫撕破浓稠的夜幕，流星划过
几行清泪流过少年稚嫩的面庞，忏悔
一夜之间，小鸟在哀鸣中长大，母亲
爱怜的目光，是灯塔的守望，大地苍茫

　　成长既是一个不断得到的过程，也是一个不断失去的过程，而得到的与失去的相比往往又不成比例，所得大于所失。因为，一个人得到的只是一个、一种，所失去的却是其他更多的可能性，究其实，成长是一个逐渐丧失可能性的过程，而死亡，则是可能性的终止。这也正是人们为什么喜欢怀念过去的原因，人们怀念的，是已然逝去、承载着个人记忆的生活状态，以及充满可能性、对生活充满想象的自己。

　　《成长》一诗，写的正是对过去时态生活的回望。作者显然有着丰富的乡村生活经验，湛蓝的天与洁白的云、夜莺与麻雀、乌鸦、柳树、电线杆、上树捉鸟、下河捕鱼、弹弓、蛙鸣、炊烟……林林总总，充满自然而深挚的感情。失去的是单纯、美好的，却也无可挽回。而在此后，"罪愆在欲望气球的膨胀中升空，炸裂 / 一声惨叫撕破浓稠的夜幕，流星划过 / 几行清泪流过少年稚嫩的面庞，忏悔"，成长不可避免地带来自我与外界关系的改变，并伴随着过错、失落、挫折、悲伤等等，这是成长所不得不付出的代价。"小鸟在哀鸣中长大"着实是一种常态，包含了对生命真谛的发现和领悟。当然，在这其中，成长的过程也包含着爱与关切，包含着平和、安然与温暖，正如诗中所言"母亲 / 爱怜的目光，是灯塔的守望，大地苍茫"。

　　全诗有着对于成长的真切回望，对其认知也较为全面、深入。当然，就我个人的感受而言，整首诗对于诗意的锤炼和磨砺尚显不够，语言、形式等方面的处理也有进一步提升的空间。

特邀点评：王士强

立冬日

》 千纸鹤

出去淘金的人就快回来了
沉默寡言的小路拾到许多热切的目光
又被一层层白霜咽下

出去念书的人也快回来了
不下蛋的鸡还不知愁地蹦跳着
刀锋正在磨石上就着冷水折腾

种地的人终于有时间喝茶、听小曲、打麻将了
泥土将露出石头的面目
溪流一退再退,退成月亮的眼泪

站在高岗上,看北风在天地间奔跑
这孤独的狂欢在为回娘家的雪花探路
天空的脸色又暗了几分

我开始细数内心藏下的一道道风景
它们如草原盛开的花朵
习惯了以微笑面对死亡

冬天意味着一年中少有的农闲时光，也意味着一年一度的亲人团聚。"沉默寡言的小路"暗喻空巢化乡村留守生活的孤寂，因为子辈都外出淘金了，而孙辈都出去读书了。即使是"喝茶、听小曲、打麻将"恐怕也显得太过单调。因此留守的老人日夜翘首期盼子女能够突然来访，而不是来一次一年一度的例行节庆。"刀锋正在磨石上就着冷水折腾"，似乎只有想到团聚的时刻，在筹备团圆饭的时候，生活的气息与活力才能够浮现。但是这"许多热切的目光／又被一层层白霜咽下"，因为出去的人只是"快回来了"。冬天水落石出、寒风凛冽。"溪流一退再退，退成月亮的眼泪／站在高岗上，看北风在天地间奔跑"，冬日的场景以它本来的面目出场，也暗示了一种沉重的心情。因为每一次归来，并不一定意味着团聚。生活让人们暂时分离，但是时间带来的死亡会让回家的希望落空。"这孤独的狂欢在为回娘家的雪花探路"，也许外出的人能够回来，但是留守的人却不会再等待。顿时，一种"子欲养而亲不待"的痛楚升起，但是我们不得不，而且也应该学会，"以微笑面对"。

网友：刘林 123

老南瓜

» **宋朝阳**

乡下舅婆送来一个老南瓜，样子呈
不规则的长条形，像牛腿，说是牛腿瓜
表层极粗糙，好像布满斑驳的岁月粉尘
必须使劲刨，因为它的皮实在太厚
再剖开，必须更用力，因为它高密度的
肉身更为坚硬。只有打开它的内心
才可看到，鲜红的瓤、鲜红的柔软

乡下的舅婆 70 多岁了，她的样子
就像老南瓜一样又老、又土
我都好久没去看望她，她却惦记着我们
她或许没想太多，但我却忽然感到
这世间，还真有一种事物
越土越珍贵，越老越值钱
甚至有钱也不一定买得到

这老极了的牛腿瓜，多么绵密香甜
难能一见的味道简直好极了！只是
舅婆临走前，怎么也不要我的任何回馈

她低头，眯眼，在鲜红的南瓜瓢中仔细捡拾

那沾满血丝的南瓜子，粒粒细小

颗颗饱满。她说

要将它们重新带回土地

点评

从中国古典诗学来看，《老南瓜》是一首极为标准地贴合"赋比兴"手法的诗歌。诗的第一节就是一种典型的铺陈，诗人以乡下的"舅婆"送来一只南瓜领起，继而描写南瓜的特征，说它有一点儿像牛腿，遂命名其曰牛腿瓜，令人不禁莞尔。接着，他又写道，瓜的表皮非常粗糙，犹如岁月留下的痕迹，布满了世间的尘埃。"皮太厚"则进一步说明瓜的老陈，倘若需要剖开的话，就比较费事，需要使用更大的力量。至此，诗的走向开始出现了微妙的变化，"赋"悄悄地向"比"转化了，坚硬的"肉身"一旦打开，它就袒露了温柔的内心——那鲜红的"瓢"、鲜红的"柔软"。抒情主人公的立场也发生了偏移，由中立的陈述转换成了对舅婆的赞美，由物及人，指出在"老"与"土"的外表下，爱与善良有着弥足珍贵的价值。随着时间的流逝，它们愈加"值钱"，也愈加是金钱无法衡量的东西。诗的第三节则是由衷的"感兴"，在抒情的语调下，塑造了"舅婆"这一只为给予、不求回报的形象，就像南瓜一样，外表失去了青葱亮丽的美，但内里却是香甜的。这里，诗人再次以细节来凸显主题。分别时，作为礼尚往来，"我"希望有所"回馈"，但舅婆什么都不要，只是带回了南瓜子，它们虽然微不足道，但有饱满的灵魂。末句，舅婆说要将它们重新带回土地，有着深长的意味，既是自然地实写，但更喻指善的种子要再一次播撒。

特邀点评：汪剑钊

临 高

» 安 琪

临高：椰子树粗枝大叶

我要像椰子树苗壮成长

我要把你接进我的诗篇就像你迎我进

你的五月——

空气中都是热辣辣的情意

烤白薯的香

烤红薯的香。剥开五月

一只金龟子

匍匐在金沙滩酒店清凉的瓷砖地板上

被我顺便装进手机

临高！视野所及皆是风景

茅草茂盛

仿佛传说

波罗蜜头顶着头从树根一溜儿

挂到树梢

插一根拐杖也能开花啊临高

海水了解秋刀鱼也了解海面上

每一道皱褶，海水了解夜晚牛蛙对牛的呼唤

也了解诗人们打捞诗句的心

一张白色的大网

撒向星空或者撒向我

我不会挣脱

我是 5 月 17 日蓝色临高的那枚

上弦月

秘密地酣睡在你们的梦里。

这是一首记游诗，它应该出自诗人的某次采风活动。临高是一个地名，它是海南省下属的一个县。平时，这个地方阳光充足，但同时也高温多雨，物产丰富，椰子、波罗蜜仿佛是该地的象征物，装点着一道道海岸风景线。五月，北方还处在初春的慵倦之中，有的地方甚至还沉睡在晶莹的冰雪之下，但这里已经掀开了夏日的喧嚣。置身于这样的环境中，诗人不由得发出了抒情的感叹，为这座小城的活力所刺激，期望自己能成为当地的一个居民，充分呼吸惬意的空气，欣赏如画的风景和享用鲜美的食品。"插一根拐杖也能开花啊"，这是一个富于想象力的比喻，它把不可能在诗中转化成了可能，借此极写临高之美，也极写临高的生命力之强旺。诗的末尾以梦作结，向前推进，作者再一次陈述对这座城市的留恋，以美好的月亮之"酣睡"营造温馨的氛围，表达了对美的臣服。

特邀点评：汪剑钊

留在纸上的诗是一首诗的遗址

》 **高鹏程**

时间带走了它的气息、温度和光泽。
只留下一具躯壳。（不久以后，也许会化成骨殖，腐烂
也许，有的部位会成为化石）

之前，它们曾经焦灼于他的胸腔、头脑，充满
血丝的眼球
存在于他写下它们时
笔画的轻重，每一行字的缓急
以及敲击键盘时的达达声中。

其中一部分，在试图诞生之前
他就让它们消失了。
那是最隐秘的，它抿紧了嘴角。

一首留在纸上的诗
是一首诗的遗址。他带走了其中的快感、痛苦和绝望。
时间和雨水带来了荒草

他渴望有人能够找来，但却在沿途

布下了重重迷雾。

而合格的读者是一个考古学家
穿过荒草、时间和雨水
他打开了语言的封土
文字的墓砖

最后他打开了修辞的棺盖
它还在那里
一首成为骨骸的诗，兀自颤动它的骨指。

点 评

从诗题来看，这是一首与时间有关的作品，然而诗人却通过对空间的描述来对其加以展示。整首诗的内文实际是在介绍一首诗从积淀、酝酿至书写，再到最后完成的整个过程。与通常"一首诗的诞生"之呈现不同，作者将这个过程暗喻成一具肉身的形成、消亡并重生的各种变化。令我惊讶的是，他（她）具有外科医生似的冷静、沉着，不带感情地陈述罗列"骨殖""胸腔""头脑""眼球"等，仿佛它们已经脱离了血肉，孤立地存在，并孤独地离开诗的结局。这首诗写出了很多诗人的感觉，那就是成形的作品与当初的设计和期待留下了一大段距离，我们写下的只是诗的片段，虽说有所弥补，但不曾根本性地完美呈现，许多美妙的元素在"写"的过程中流失和隐匿了，包括与之相伴的那些快乐、痛苦、希望和沮丧。于是，诗人发出了"诗的遗址"的感慨。所幸，我们还有合格读者的存在可以满足诗人内心的遗憾。他像一名出色的考古学家，打开墓穴，拨开尘土，扫去修辞的枯叶，从中可以捕捉到诗复活的可能性。

特邀点评：汪剑钊

我也不会放弃爱了许久的人间

» 青　铃

你来得莫名其妙

走得也莫名其妙

仿佛只是来送一条小路

让我莫名其妙地爱上忧伤

镜子爬满了皱纹

阳光下找不到你的影子

月亮被打碎

星星撒得到处都是

你让我把路竖起来

竖成梯子

梯子竖到房顶是另一条路

还能再高吗

再高就是天空

人间很黑

有星星落下来

有人许愿但我不会

我知道你不会为我放弃天空

我也不会放弃爱了许久的人间

点 评

本诗为一首爱情诗，虽淡雅清新，但却饱含人生哲理：我爱你，但绝不会为此而在爱情里变得卑微，失去自我；我爱你，但不会因此放弃自己的原则跟生活去迎合你；我爱你，但不会要求你为我放弃自己的生活和梦想。

"你来得莫名其妙，走得也莫名其妙"，说明两个炽热的心撞到了一起，化学般地就产生了爱情，年少的"你"突然就毫无征兆地闯入了"我"平静的生活，并扰乱了"我"的心绪，可"你"突然间的离开让我莫名其妙，"仿佛只是来送一条小路"表明年少的"你""我"尚不懂爱情，尚不懂得珍惜守护！"让我莫名其妙地爱上忧伤"，其实并非莫名其妙，那还是因为爱情，因为"我"爱"你"。

时间渐渐流逝，"镜子上爬满了皱纹"，而"阳光下找不到你的影子"，"我"的生活里已经没有了你，可"我"还依然爱着"你"呢！"月亮被打碎，星星撒得到处都是"，"你我"的生活被"我们"变得混乱不堪，而彼此的心也已伤痕累累！

于是"我们"开始妥协，"你让我把路竖起来，竖成梯子，梯子竖到房顶是另一条路"，"你"让"我"改变"我"生活的方向，让"我"与你更接近，"我们"开始尝试着走进彼此，可"还能再高吗？再高就是天空"，那样的话"我"就不再是"我"了，而"我"也根本不喜欢天空，诗句表现了"我"的愤怒与绝望。

点评网友：枕上轻寒窗外雨

炉 火

》 江 浩

你有没有利用
危险事物的秘密
比如将柴油桶横向
锯开，在桶里砌
一个炉膛
这外圆内方的家什，它的前身是
为了隔离火，现在也是

我常在炉口烤火。把双手
短暂地，贴在炉壁上
看火苗托紧壶底，催生水汽
有时，我凑近炉口拨旺火焰
帮没有熟透的红薯翻身
俯下身子的那一刻，火光
把影子，重重地推倒在
身后潮湿的泥地上

有时，我挑一根树枝
把火，从炉膛里请出来，点烟

有时，会有火星掉下来
烫痛我

　　看到"炉火"一词，我总想起叶芝的名诗《当你老了》，想起其中的经典情景——"炉火旁打盹"。一定意义上说，炉火常与人们的晚景颓唐、对外在世界奢求不多的精神境遇密切关联，它总带着老年的气息，让我们生出岁月蹉跎、此生不久的感叹。

　　不过，这首名为《炉火》的诗，却并不聚焦于颓唐老景的慨叹，而是暗示人与事物之间无处不在牵连的关系。火对人类生活的重要性不言而喻，没有火，人类的发展将寸步难行，这是一点也不夸张的。在诗歌中，诗人巧妙追述了炉灶生成的原由，又复述了自己与火打交道的几件"往事"，揭示了人类与火之间随时随地的关联。火有时服服帖帖地为人服务，有时又无意间将人烫伤，这是与火长期打交道的人都曾有过的经验。诗人并没有用繁缛的语词和密织的意象来交代这一切，而是多用简笔，多用白描，一切的话语似乎都是信手拈来，对事件的叙述也只取其概要，取其精魂，并不详述其过程，从而有效地完成了诗歌叙述的抒情功能，避免了叙事可能潜存的烦冗、拖沓乃至淡化诗意的表意隐患。

　　这首诗的三个节次中，相比较而言，第二节写得最为到位，对情绪的拿捏和意象的取用都恰到好处，诗意也显得较为浓郁。第一节描述并不够精练，第三节又过于简单。如果三节都能如中间那一节那样处理得当的话，这首诗歌的艺术成色将会更高。

特邀点评：张德明

苦槠树

》 路 云

以爷爷为标准，父亲回应树的年龄，
你爷爷的爷爷说他小时候看着这树时，
也是这般大，三人合围差两拃，
苦槠树在推测与悬疑中找不出变化。
它越过记忆的边界，成为树和神的结合体，
你照例成为丈量的标准变成满爷爷，
接着说树身就这般大，两年结一次果，
果子比土李子还大比核桃当然小，
掉进上西塘的声音，能揪住人的耳朵，
比扔一颗同等大的石头更清脆，
比眼波中的一丝欢乐更确切，
水花更小，比梦之队的任何一个好手，
更懂得跳的奥秘。站在岸边，
不会把手掌想象成阔大的叶片，
但双手在千里之外，被一阵山风吹动时，
你会立刻想起捡苦栗子的欢乐。
这时，苦槠树就会以树神的名义，
取消时间地点的限制，取消苦槠的
称呼，取代链条般的爷爷，

自动成为一个标准，拒绝你修改，

当你不再掰着指头，它就不再以你为前提。

长长的睫毛小过针叶，偶尔掉下一根，

即便落在想象中，也不会留下影子，

但它会躲在某根草茎上，眨眼睛，

凡看见的，怎么都归于故乡的版图？

故乡以满天星星为果，更多也更明亮，

将脖颈的限度取消，但为何限制你，

沿着凹损的塘墈走向那棵苦槠树？

通向树的小路被绵羊刺野竹蔓和枯草霸满，

它们以主人的名义告知，砍刀插在硬柴堆中，

生疏的刀法敞露在尖刺严厉的目光之下，

几道血痕证明，你的双手比不上爷爷，

他无数次，齐斩斩，斫出路面所必需的空间，

这些在你眼中曾是必然的部分。

如同这棵树，必然与故土连成一体，

作为宇宙牌钟表上的一根秒针，

代替你的手指，测算出树种比人种更古老，

如果你抬头、仰望，它必助你完成一跃，

瞥见神，它斫出的完美空间藏在时间的影子中，

与发条无关，难道与这般大的算法也无关？

点 评

百年新诗中的植物书写是极为常见的，诗人之书写植物，并不在于植物如何具有秀美抑或挺拔的身姿乃至有诸多用途，而在于植物与人类的

生活、记忆、存在等发生了极为内在的关联，换句话说，新诗中的植物书写，表面看来是写植物，其实是以植物为线索，展开对人类情感和生命的某种寻思和喟叹。《苦楮树》就是这样一首借对树的描述来展示人伦情感的表达。

诗歌中的树，目睹了长辈的生活历程，成了村庄发展史的独特见证者，它有如"神灵"一般，被庄户人所仰望、所敬奉。它是故土历史悠久的象征符号，也是乡人友谊长存的重要物证。它的长期存在，俨然成了故乡人心灵的向往和精神的源头。整首诗里，诗人尽管对这棵古树感慨之情良多，敬畏之心油然，但他能有效地控制自己内在涌荡的汩汩深情，用朴素的叙述娓娓道来，心间的激情被兑换成平静的家常话语般的平实文字，一路铺展下来，足见其文学功底的深厚和诗歌处理能力的恰当。

如果要说不足的话，这首诗歌在叙述的字句间，如果能放入一两句掷地有声的概述性话语，巧妙点明树与人和世界的深度关联，或许会更为出色。我的意思是说，全诗还显得稍微平了些，尚缺乏情绪的起伏和表意的顿挫，需要用一些更有声有色的语句来将诗意加以调谐和提升。

特邀点评：张德明

空白地带

» 蓝夜河汉

夜光划出空白地带，并没有
任其荒凉，只是未明确种些什么
静寂莫名侵蚀，想去澄清岁月
的误解，那些曾命令我的流亡
还未出现，久未归家仅是一种唤醒
符合心灵史教程，以及命定变数的严苛
松针上的尘沙，在云层，在遗忘处
总会保持清澈的光彩，顿悟喷出
水的射线，让呼吸做出抉择
偶尔停下来的旋律，绕梁三日
始终不离天边月，云隙试图开窗
画出极简地缘，使光清晰起来
清洗悬浮尘世，和寂寥的蔷薇
一个人占据一块空地，同声音交谈
等候逝者的出现。群鸟开始低飞
荡开万物晦暗，像暖风吹来
艾略特的荒原。末日在何处
哪里是断面，一切自今天开始
雨丝、叶蔓一并收拢

围观者聚在天上，废弃了之前的预判

点 评

　　诗歌常常是"无中生有"的艺术，诗歌中的诸般情景、各种物象，或许并非现实中实有，而是诗人借助神奇的联想与想象力铺衍出来的。可以说，是别具一格的想象，让诗歌"无中生有"的计谋最终得逞。《空白地带》一诗正是想象的产物，诗歌对接的并非人们常见的社会实际，而是折射着诗人所能想见的心灵现实。"夜光划出空白地带"，以此为开首之句，既直接点明题意，又牵引读者去想象夜光划过的空白地带，会有何种意想不到的情景，会给人带来怎样的惊奇与触动。

　　接下来，诗人述说了夜光之下略带晦暗色彩和神秘气息的事物，以此来间接传递诗人隐秘的"心灵史"，表达诗人在光影斑驳的暗夜里内心的波动和情绪的起伏。这其中，"群鸟""叶蔓"等几个意象富有深意，它们或许并非诗人亲见。实际上在暗夜里，若不特别留意，群鸟和叶蔓是无法被人们的目光能真切睹见的。但它们是诗人用想象幻拟出来的，尽管它们也确乎会存在于夜的暗角处、神秘的幽暗地带，但因不是直接现身于人的视线之中，总归带有某种虚的印痕。这两个意象从动物和植物两个层面拼合了夜晚的生命世界，鸟的"低飞"与叶的"并拢"，让人觉察到夜晚的某种力量和玄妙。

　　这首诗独节成篇，有一气呵成之妙。各种情形和景象的组构较为合理有序，促进了诗意的有效生长。

特邀点评：张德明

病 中

» 苏 省

败叶覆盖朽木，流水逝去春秋
西风中，更多高处让位于来自至远的天光
这斑驳洞穿的苍生
并没有在意自己将猛虎选举为王

病中人也不在意余生长出哪一种年轮
宽处欢愉松软，窄处线条间
木质坚如铁骨。我并不在意此生
被打造成哪一种器物，却在意世间有无好匠人

黄杨，香樟，水杉或榉树
总有一种制度，令它们如此罗列在我四周
不计短长，弗言悲喜
被啃噬，披风霜，对寸土余生仍不存疑

悲秋常作客，多病独登台
我并不在意与他们并列于山林之间
却在意猛虎长啸
绊倒在哪一处铁骨横生的枝节

　　读《病中》一诗，我刚刚大病初愈。可能别人并不一定能读出其中的复杂滋味，但对于经历过一场人生重大考验的我而言，却能从中品出太多的人生况味。病中及病后，我写过几首小诗，恰好与此诗的意象或意蕴形成互文对应：《大诏令》中夕阳般的"赤豹"对应此诗中的"猛虎"，"自己的王座"对应此诗中的"选举为王"；《一毫米的幸福》中"辽阔"与"细微"对应此诗的"宽"与"窄"。写得最痛的那首《你在哪儿，我就在哪儿》对应的则是此诗"黄杨，香樟"一段。这种对应当然是一种巧合，却也只有在体验过生死的人之间才会有这样的巧合。当我读到"我并不在意此生／被打造成哪一种器物，却在意世间有无好匠人"这样的诗句时，被一种强烈的锥心的感觉所笼罩：这是一个经历了怎样的生命悲欣的人，才会写出的死灰一样冰凉的诗句；又是一个多么追求完美的人，才能写出这么热烈的诗句啊！即使走到了那一天，走到生命的尽头，他也要走得富有诗意，走得拥有美感，走得具有匠心。他不一定要那种奢侈的帝王似的"黄肠题凑"，也不一定要尘世的那些雕龙画凤，但总有一种"制度"，总有一些不会遗忘的制度，"罗列"四周。写至此，我觉得诗人已经彻底得到了解脱，不，不是解脱，而是超脱，超迈，甚至是超度。因此，来自于杜甫沉痛之诗的"悲秋常作客，多病独登台"，就别有一番痛定思痛的寂静、硬朗与不熄不灭的虎虎生机。

特邀点评：向以鲜

雪落白马寺

> » 毕俊厚

大雪来临，白马寺内真的藏了几百匹白马
寺前寺后，满院子的白马
咴咴而叫

寺院偏厢房，一个僧人，在入定做功。另一个僧人
手敲木鱼，也在做功

大雪无声。白马的蹄子溅起千堆雪
又轻轻落在寺院里
寂静，无声

只有木鱼"啵啵啵"地，一直在喊疼
只有从天而降的白马，仿佛一匹匹经卷，绸缎似的
一层又一层码在白马寺的身上

点 评

一千九百五十六年前，也就是东汉永平十年（公元 67 年），汉明帝刘
庄派使臣从印度请来了迦叶摩腾与竺法兰两位高僧，随之而来的有白马驮

来的众多经卷。那时的汉朝还没有专门接待佛教僧侣的地方，于是二人就暂时居住于鸿胪寺。鸿胪寺本是在典客及典属国基础上设置的涉外机构，主要负责处理外事及少数民族事务、执掌宾客朝会礼仪等。自张骞凿空西域之后，汉室与外国文化的交流日益频繁，鸿胪寺的地位也日显重要。但是把两位以国家名义延请来的高僧安排于这样一个人员较为庞杂的地方，并非长久之计，也不利于高僧们从事清净佛事及译经活动。次年（永平十一年），汉明帝在洛阳城雍门西专门开辟了一处馆舍，让迦叶摩腾与竺法兰移居其中。为了纪念白马驮经的艰辛（郦道元记载说榆櫒盛经白马负图），便将此地称为白马寺。后来中国的佛教庙宇都称做寺，即来源于鸿胪寺，白马寺也因此成为我国第一所佛教寺院。现在白马寺中还遗存一对宋代青石马，形体伟壮，姿态庄重，造型写实，刻工极其简洁明快。这首《雪落白马寺》写的就是这座中华第一古刹，但是作者采取了删繁就简的方式，摒弃了白马寺的纷纭历史，直端端和盘托出白马寺的主角（白马是白马寺唯一真正的主角）：在由几百匹白马构成的白马寺中，除了白色的马，白马的蹄子以及白马的蹄子溅起千堆雪之外，引人入胜的还有白马寺中的两种声音——白马的"唳唳"叫声和僧人们手敲木鱼"啵啵"喊疼的声音。这两种声音的交替或同时出现，并没有给白马寺带来热闹的气象；而且不仅没有带来热闹，而且带来的反而是更加的"寂静，无声"——这完全是王维所喜欢的那种"空山不见人，但闻人语声"的寂静。由白色而及声响，给人一种白茫茫世界真干净的感觉。可惜写到最后，诗歌没有能够完全跳脱开来，"绸缎似的"一句亦未能出人意表，境界与笔力略显弱了一些。

特邀点评：向以鲜

白 狐

» 山东老四

我是暗红的深秋，是阴天挂在柳树上

我是湖水敞开大门，是风尘女小何正在投湖

我是写字楼窗户探出一颗脑袋，是电梯间机油味

我是海底捞风筝线，是火锅沸腾刹那

我是一群人木然的表情，是蹲在楼梯口乞讨的江西人

我是一口瓷碗，是碗里的钱或命运

我是此时方圆一公里内的夜

我是一只小狐狸，平坦穿过湖边

窜进一座楼里，窜进一口锅里，窜进时间里

那些流动的事物，牵挂心如刀割

我静静看着自己，这一平方公里的绒毛和雪白

作为最美的白狐，不断穿梭的姿势是我的命

点 评

清代才子袁枚写有一部奇书，名叫《子不语》（又名《齐谐》），其中写的全是人们闻所未闻的奇谈异事，并且里面有大量的狐仙鬼怪，和其前辈蒲松龄的《聊斋志异》有很多相通之处。其中有一则故事讲述一个美得惊人的狐仙冒充观世音而被人膜拜，充满了现代黑色幽默。世事本来如此，亦狐亦仙，亦人亦鬼，亦狐亦佛，善与恶、美与丑并不是那么容易

区分开来的。就如同苏州上方山寺院中的那座坐在锦幔中的观音，很灵验，却总是勿许人见。为什么呢，因为"塑像太美，恐见者辄生邪念故也"。《白狐》诗中的白狐，又是一只什么样的狐狸或狐仙呢？我怀疑作者是在写字楼里，一边听着影视流行歌曲中的狐仙传奇，一边想象着各种可能的狐仙身影。狐仙虽然是异类，并潜藏着不为人知的危险性，但总的来说，狐仙还是善良的，并且深得人类的恩宠。《白狐》的作者应该是一名女性，或者至少内心中弥漫着女性的柔情吧！白狐很白，出现在诗中却是一片"暗红的深秋"，是挂在柳树上的"阴天"。这样的感觉，和人们通常印象中的白色狐仙完全不同，那么幽暗、那么成熟、那么不可捉摸。作者始终固执地以第一人称的口吻，试图让我们相信，并试图向我们暗示，白狐的前世今生：这只窜进时间里的"最美的"小狐狸啊，她是（我是）投湖的风尘女子小何，还是从写字楼窗户探出的某一颗脑袋？她是（我是）蹲在楼梯口乞讨的江西人，还是方圆一公里内的黑夜？她是（我是）诗人自己，还是穿梭不停的命？这命，不仅是白狐的，不仅是诗人的，也是我们的。如果是命，就得认，当然也可以起来反抗。

特邀点评：向以鲜

白　鹭

》 孤山云

它是我的白鹭，而不是沃尔科特的

尽管沃尔科特的白鹭更加奇异、迷人

当妻子手指着它，叫出白鹭名字的时候

我的身体就遭遇了一次电击，一股高压电

势不可挡，针一样穿越我的灵魂

白鹭悠闲自适，于夕阳的余晖里

而我，被疲惫奴役着，寻找栖身之所

我们彼此多么不同啊

它振翅飞了起来

提起了它的影子，洁白的影子

于江面盘旋，划出优美的弧线

我已经多少年没有想过飞翔的问题了

中年的肉身，裹挟着太多的杂物和异端

被过剩的欲望坠着

我被一个奔跑的少年，抛在后头，越抛越远

难怪妻子不时地提醒我要加紧减肥

我气喘吁吁地处理着积攒下来的血脂、血糖

和无名的猜忌，莫名的懊恼与忧愁

我要用一根银针，扎进肚皮，注射希望！

白鹭又落到了滩涂上，句号一样的停顿

也许它刚才的飞翔

只是展示给我看一看，或提供一种神启

生活自有它的精彩

现在它收拢了翅膀，静止于流动的江水边

它不再是一只白鹭了

而是一块白色的石头

只有石头的内心，才可以容纳火

我也曾试图让自己安静下来

但我要多么费力才能把自己内心掏空

我的内心常常是坚硬和锐利的

那是因为我暗藏了过多的铁

铁的复制品，过多的雷鸣，闪电，兽的嚎叫

和狐假虎威的风声鹤唳

空下来，多么好，空谷足音是另一场音乐盛会

空谷幽兰是另一种美丽

静谧与爱，在喧嚣尘上的另一面

从一间房子的幽暗中走出来

进入有阳光的一间

光亮因无私，才破解了黑暗

我走进过自己的内心吗？或者说走出来过？

右手夺过来的，是不是左手想扔出去的？

左脚踏上的，是不是右脚死活都不肯跟进的？

我真的活得这样拧巴吗？

是，还是不是？还是不愿意承认，说出？

装作一副快乐无比的样子，比快乐更快乐吗？

喜欢皮影戏的真实还是假象？

我是否在分身？分身后哪一个代表真实？

泪水是屈辱的净身术吗？

谁的推拿术逼近了真相，而手法更廉价？

丝毫不假，我经常称一称我的肉体有多重

那么，称过灵魂吗？灵魂能称吗？

灵魂如果也是世间一个俗物，它将怎样达到永恒？

永恒又是什么？是时间吗？时间是不死的射出吗？

人死后将皈依何处？上帝何在？亲朋何在？

这些问题，我面前的这只白鹭会不会给出答案？

白鹭正在喝水，它停在当下，是一种大自在

它喝水时的脖子，弯成一种叩问方式

和我多像啊，简直就是我

四月将过，许多花都过了盛花期

桃花，杜鹃，风信子，季节错过去了

不必有太多的遗憾，岸边的石榴花过一段时间

一准会如火如荼。枇杷，杨梅已经挂果

关于这一点，父亲说过，没有什么事值得后悔

命运只是一个玩具，横着来，竖着来

都要陪它玩下去，既然已经摆开了棋局

结局是另外一回事，棋子黑白分明

而一只白鹭抓捕一条鱼，它们的关系多像命运

它会扑空，父亲说，但没听说有饿死的白鹭

江边有人为鱼而战，他们没有看见我的白鹭

我的白鹭在天空，在水面

在一张纸的纯白里面

在小提琴音似断又起的空隙里面

孤独而隐身。如同在一首诗之中

唯一一处的感叹号

这已经是很久远的事情了，一只白鹭又落在

我的窗前，它认出了我

咕咕的与我打招呼

我此时已然学会了平衡术

一手握着我的幸福，一手握着我的痛苦

昨夜我再一次梦到了白鹭，白色的羽毛披着霞光

我曾在黄山看过日出，第一道金黄射出之时

就是这种滚烫感动

我拼命抑制着自己的颤抖，寒冷瞬间就被洗掉

白鹭的白，像是圣母的微笑

我曾在母亲递给我的本子上练习写字

那是一块怎样洁白的大地啊，我的脚印稚嫩

歪歪扭扭，而母亲微笑着，鼓励着，端来茶水

莫非这只白鹭是母亲幻化而来？

我曾在一场大雪之后，在旷野上行走

从陵园回来，大雪还没有被踩压过，还很松软

像一颗柔软的心，你不忍伤害

那么，是时间，还是空间；是活人，还是静物

一度把雪地踩实，表面又光又硬，无声无息
而白鹭的嘴，犹如一把红红的剪刀
它一点一点替我剪掉，脚掌上不知什么时候
磨出的老茧。我行万里路，看过万种风情
白鹭啊，想必你也仔细打量过人世
用你黑色如炬的眼睛。你一定看见过水之柔
水之怨、水之爱、水之怒
但你说，无论什么时候，你都不能离开这条江
我是一只水鸟啊！
我懂了，你在梦里赐予我的意义

再一次看到白鹭。在朋友的画室里
他在作画，时光是另外一支画笔
画布上现出了一条江，不怒不喜
悲欢两忘。这符合他的年龄和性格
生活是一副上好的草药，治愈了他火爆的脾气
然后，来了，来了，我的白鹭再一次降临
它停在一块大一点的石头上，张开翅膀
再也没有其他的事物了，没有杨柳之依依
没有宝塔之俊伟，没有人，就没有钓鱼者
没有观望者，没有身影匆匆，一闪而过
他最后题写了名字：孤独
孤独是谁的？是他的？还是白鹭的？
那只白鹭是振翅起飞，还是慢慢收拢翅膀
我想说只有人才会孤独，万物不会
只有我们把自己看得如此高等，万物不会

它们天然地交融在一起

无论亲人、朋友、陌路人，还是天敌

它们有自己爱的抚摸、恨的眼神

与天地交流的方式

我还没有来得及说出，我就看到

我那只白鹭，迎着霞光，飞了起来，飞了起来

我笑了。你说的是白鹤亮翅，而不是白鹭亮翅

白鹤和白鹭是两回事儿

白鹤是一种象征主义，长寿，安详，被人喜爱

被张贴在老祖母幽黑的镜框旁边

白鹭的外衣是它自己的，没有更换过

破了自己补起来

自由和随意也是两回事儿

我们常把不随意当作了不自由

而让自由的严肃成了随意的随意

中国的月亮和美国的月亮也是两回事

我在洛杉矶看月亮，我说，那是中国的月亮

美国的朋友很诧异，他说，NO，月亮没有国籍

我说有，我的月亮永远是我的月亮

家乡的月亮永远区别于异乡的月亮

树叶的动，永远是风的鼓吹

但风不能停下来等你，一旦停下来，它就死了

白鹭知道，那日入山，我把灵魂

寄在寺庙修行，独自带着肉身游玩

直到日垂西山，自我才回到我

端午节也是这样，自从屈原进入一条江后

端午节就比屈原还有名气了

嘘，不要发出声音，我的白鹭飞回来了

盘踞在我的体内，闭目假寐，我要留它一会儿

点 评

　　第一节中，作者一眼所见的白鹭自然是"悠闲自适"，漫步在"夕阳的余晖里"，由物及人，联想到自身的疲惫不堪、生活的无奈，不禁满怀伤感，但对待人生总不能一直消沉下去，最后作者要在这疲倦的身体中注入希望，重新带给人一种积极昂扬之态。第二节，如果用一个字概括，非"空"莫属，承接第一节最后的昂扬之态，对于如何活出白鹭的悠闲自适，作者给出了空的答案——"只有石头的内心，才可以容纳火""光亮因无私，才破解了黑暗"，充满哲理的文字升华了要放下一切的蝇营狗苟，追求内心安宁的精神内涵。第三节转而以拷问自己的方式，来探究自己的内心，是否真的可以做到自由；尤其是一连串的诘问，如排山倒海呼啸而来，不给人喘息的机会，直击内心，最后点到白鹭，自然是水到渠成。第四节，作者转而联想到，桃花谢后自有石榴花的灿烂，人生"没有什么事情值得后悔""要陪它玩下去"，转而一想，联系前文，自然有一种看淡一切、超然物外的隐士之态，如同作者心中的白鹭，他人不得见，"孤独而隐身"，更加深了白鹭即诗人的感受。特别是最后，白鹭与诗人的相遇，体现了诗人与白鹭精神的融合，不然何以相见？

　　第五节，以梦中的相遇为契机，整节诗篇充满了新生的力量。面对"磨出的老茧"，白鹭的嘴也可以替我们一一剪掉。纵然是人海浮沉，只要内心空灵，便有了如新生一般的力量。永远不要放弃对生活的希望，就如同那只白鹭"无论什么时候，都不能离开这条江"。第六节，画室相遇，诗人显然已经与白鹭同在，内心早已超然，正因为如此，诗人对独孤看得更加深刻透彻。

点评网友：红叶寄情

北京西路的银杏树

》 格　风

北京西路一带

又开始掉头发了

那里的银杏树

庭院，风景和人群

十一月的阳光

匹配于前女友

一杯咖啡的内心戏

"黄金在天空舞蹈

命令我歌唱"

长头发的前辈诗人

坐在石头上

北京西路

为他们准备了

丰盛的晚餐和排比句

足够他们

大哭一场的秋风

秋风中的乐器

银杏树卸下整整一条街

整整一个夏天的爱情

遍地金黄

照亮走过来的人

走过去的人

擦肩而过和突然转身的

分行排列的脸

停在他们的句子中

整个秋天

也像他们的苦吟

一点点掉光

所有的头发。

　　此诗最直观的感觉就是富有想象力，用比喻的手法营造了一幅秋日银杏叶落的画面，并且景情互相代入，互相穿插，情景交融，透露出作者对内心微妙情感的回忆和思考。作者将落叶比作头发，将叶落声比作乐器发出的声音，生动有趣，让读者自然产生想象，富有吸引力，给情感表达增添了色彩。坐在石头上的长发前辈诗人，在秋日的胜景中感受着秋的美好和悲伤。金黄的色彩很鲜亮，很明朗，照亮来去的人群；秋风有点凉，落叶有点伤，秋天到了，夏天的一切都已发生变化，就像夏日般浓烈的爱情也不复存在。作者将这样微妙的情感穿插于描写秋日银杏的诗中，情景交融，以景抒情，富有阅读感和认同感。最后写到擦肩而过和突然转身的脸，停止在诉说的秋风里，就像这悲伤的乐章，秋天，也这样在呻吟的伤感中消失。这秋天也像一个人的生命，在自然规律中经历它应有的过程，也给人们带来思考。整首诗情景交融，感情层次分明。于银杏秋景中，将自己的青春，前辈诗人以及擦肩的路人分别代入，既表现了秋的特点，又抒发了几种不同的情感，富有吸引力和感染力。

点评网友：幸子小姐

和母亲大声说话

》李文明

七十三岁老母亲
电话里告知
寿衣、香烛、孝服都备好了
重复细说存放的地点

接话说了我自己的事
母亲说没有听清
我把嗓门调高八度
母亲说还是没有听清
只好把嗓门又调高八度

与母亲说话
嗓门越来越大
每说一次
我的心就虚一次

　　母亲关心自己的死，儿子关心自己的生。母亲为自己准备了寿衣、香烛，甚至帮儿女把孝服都准备好了。这面对死亡的态度，出自那些朴素的灵魂，就像秋天的植物做好了凋零的准备——它有多朴实，就有多优雅；它有多从容，就有多安宁。在这种从容、优雅的表象下是一种朴素的生命哲学，这种生命哲学把生老病死归之于自然，生是自然，死也是自然。有生之中，对这种生命哲学领会最深的是植物，因为它们和自然几乎相等。动物次之。当死亡不在眼前时，动物从不去想自己的死亡。面对死亡时，动物要奔逃，要挣扎，但是当死亡真正来临时，它们就坦然接受。对死亡最不安、最焦虑的是人，他们总是不断地想到自己的死亡；死亡参与到人的生命之中，变成人生命的一部分，甚至变成人生命的内核。人从死亡学到爱生、惜生，这种爱生、惜生使一些人变得高贵，成为生命的主宰，也让一些人变得卑微，成为死亡的奴隶。而那些朴素的、单纯的心灵对于生死有一种先天的领悟，这种领悟帮助他们获得一种植物般的耐心和信心，从容对待生死。诗中的母亲拥有这一份领悟，所以对待死亡的态度非常自然，毫不做作，儿子的表现则有些矫情。当母亲谈到自己的死时，他有意用话岔开，母亲不满于他的这种态度，就说听不见，迫使他一遍遍重复自己，终于败下阵来，承认自己的心虚。两种对待死亡的态度，有个人领悟的因素，也有年龄的因素。人越老，对死亡的领悟越深，就越能从容对待死亡。然而，也有一些人越老就越怕死，在死亡面前越猥琐，把本来应该从容的、"夕阳无限好"的晚年变成自己和家人的一场噩梦。从对待死亡的态度，我们也可以反推一个人的生命境界，凡从容对待死亡者，其生命境界必高贵辽阔，反之必狭隘凡庸。

特邀点评：西渡

如果不是那只鸟……

如果不是那只鸟，从更广阔的世界飞来
划一道漂亮的弧线，下降、收翅
像一个平稳的句点落在那里仿佛一下子
占据了世界的顶点；像先知凝练而神秘的语言
传达上帝的旨意，语气平淡——

晦暗而稀落的雨，保持了适当的距离
鸟与我之间存在着美的无限可能性
也就是说，已在窗后久久站立的我
曾经因鸟的缺席长时间徒劳无功。
如果不是那只灰色的鸟，我也不会注意到
在七八百米距离处弃置的三脚架，
尽管钢铁与周围丛生的荒草格格不入
尽管风吹来，草柔软地伏倒又立起，
那锈迹斑斓的金属倔强地不为所动。

如果不是那只不知名的鸟，我不会
为自己找到合适的位置。
下午的时光又细又长，我站在窗前

任凭体内的某些器官慢慢地弯曲、弯曲

那力量迫使我低下头再弯下腰去，

我抵抗，努力站起，并将自己从窗口扔出

像将一团垃圾扔进世界

如果不是那只鸟，突然闯来，"啾——"

我也不会听到自己体内这一声鸟鸣，

它犹如一声集合的号令，上帝和我

迅速各自归位到三脚架的另外两端，

体内的力量立刻折断，消散

（或者一秒前体内的声响不是鸟鸣，而是

一根木棍干脆的折断？）

这时候鸟依旧保持沉默，保持

与我和上帝同等的距离

倔强的钢铁在雨中闪现出晦暗的光……

点评

　　鸟对于人是一种启示。它的飞行的能力，它与天空的亲密关系，它的辽阔的视野，都使它成为一种具有灵性的存在。那些长途跋涉的候鸟，它们非凡的方向感，它们的阅历，它们神秘的团队精神，更时时唤起我们内心的感应。诗人与鸟的关系尤为密切。庄子以鲲鹏隐喻心灵的自由；李白以大鹏自诩；波德莱尔以信天翁自喻，写出诗人于天空的自由、于人间的笨拙；戴望舒以乐园鸟写诗人人间天上的不懈追求；艾青用一只鸟来表白对故土的深情。知道这些，我们就能理解为什么一只鸟"从更广阔的世界飞来"会给一个"长时间徒劳无功"（诗人说这种徒劳无功正是由于鸟的缺席）的诗人带来重要的生命启示——它"占据了世界的顶点：像先知凝练而神秘的语言／传达上帝的旨意，语气平淡"。鸟的语言不仅是神秘的，而且是神圣的，具有这样的力量和生气：一声鸟鸣"犹如一声集合的号令，上帝和我／迅速各自归位到三脚架的另外两端"，折断此前折磨"我"、迫使我"低下头去再弯下腰去"的阴暗力量，终使"我抵抗，努力站起，并将自己从窗口扔出／像将一团垃圾扔进世界"。

鸟所拥有的这种力量从庄子到李白，从波德莱尔到戴望舒、艾青，一以贯之。但诗人笔下的这只鸟却有所不同。无论庄子和李白的大鹏，还是波德莱尔、戴望舒的信天翁、乐园鸟，它们都是天空的生灵（虽然波德莱尔的信天翁是被水手们捉住了，落入了残暴的人间，但终还是在一个"自然"的环境中），艾青的鸟拟人的程度更高一些，但终究还是穿行于自然的环境，而诗人笔下的鸟却出现在一个非自然的、人工的、钢铁的环境中。它栖落在一个弃置的钢铁的三脚架上，在那里说出它的预言，并把那里变成"世界的顶点"，战胜了阴暗的环境：废弃的钢铁，晦暗的雨，丛生的荒草，不怀好意的风。最特别的是，本来对人充满敌意的钢铁，在鸟鸣的感召下竟然在雨中闪现出晦暗的光，变成了人的意志的象征。这就是斯蒂文斯所说的，用一种内在的暴力去抵御外在的暴力。由此可见，诗人笔下的这只鸟实际上是诗人想象力的一个象征。

特邀点评：西渡

记闻一多在西南联大刻石

» 王　健

七张嘴从石头里向你
说话
五个孩子的饥啼之声让你
心碎

你发誓要从石头里要口粮
锐利的刀锋，在
坚硬之处开沟播种
你用月光灌溉庄稼
月光养育的粮食
含辛茹苦

从此，你迷上了字
你在龟甲上挖掘字
你用刀的风暴打磨字
你寻找字与字之间的
格律之美

白天你在黑板上写字

写《诗经》《楚辞》

晚上你在石头上刻字

写别人的名字

你也在纸上写字

你的字里有火、有愤怒和

叹息

秋风苍劲，山河易色

唯翠湖安静不变

你刻啊，刻

你夜以继日地刻

直到刻出了血

刻到子弹在石头里

开了花

点 评

　　抗日战争时期，百业凋敝，民不聊生。著名爱国诗人和学者闻一多先生也不例外，他在西南联大翠湖之畔，挂牌刻石治印以贴补家用。该诗一、二两章并没仅仅停留在这个层面上，作者通过对"刻石"的联想，艺术地诠释了闻一多诗作《七子之歌》那种忧国忧民的主题思想，以及闻一多对那些强加在中国人民头上的不平等条约愤怒的控诉和悲怆的情绪。

　　"失养于母，受虐于异类"的七子中——澳门、香港、威海、九龙、广州湾（今天湛江市）、旅大（旅顺和大连）、台湾，尤其澳门、香港、台湾这"三个孩子的啼饥之声",令闻一多更加"心碎"、更加担忧,因为相较于那"四个孩子"来说,这"三个孩子"离母亲祖国有些远。第三、四、五、六三章,艺术地概括了闻一多一生在《诗经》《楚辞》、甲骨文、新诗格律美诸多方面的成就,写得感情饱满,有血有肉。中华民族自古以来就有的那种"不屈不挠,反抗侵略,反抗压迫,热爱和平"的精神,在闻一多身上充分地体现了出来。第七章通过提炼、升华闻一多"威武不屈,富贵不淫"的精神品质,再一次向世人证明:江山可以易色,而我中华民族固有的民族之魂必将寿于金石,永不褪色!精诚所至,金石为开。今天,正义的"子弹"终于穿进"顽石",打败了邪恶,在中华大地上开出了和平、友爱、进步的繁盛之花。六个一度失去怙恃的孤子,已经回到了母亲的怀抱,我们有什么理由敢不倍加珍惜、呵护她呢?而早日实现两岸统一,必将是每一个血气方刚的华夏儿女义不容辞的责任!诗作运用比喻手法直抒胸臆,感染力强。当然了,如果不太了解、不怎么阅读过闻一多的一生事迹和诗文,没阅读过《诗经》里的"凯风"和"蓼莪"的话,这首诗赏析起来会觉得有些"隔"。

点评网友:淮上风

我的父亲母亲

» 姜博瀚

1

在洋河在宾贤

或者胶州其他地区

父亲的名字常被一些人说起

我的名字差不多也会被人说起

对于祖先，我倒是也曾

听到村民们说起

他们蹲在冬日阳光的角落里回忆

一袋旱烟的工夫

吧嗒着整个家族史，他们像是我的亲戚

我父亲的名字是他祖父所起

我的名字是我祖父所起

我祖父的名字是我祖父的祖父所起

我父亲的过去

现在。他在那块土地上失去了记忆

他站在讲台上讲一辈子地理课

永远不知道埋葬身躯的坑在哪里

多深，多大尺寸，门旁写着怎样的对联

只是像花朵有风呼唤他的时候

他周身的那些风景，引不起他的丝毫关注

母亲说，一直沉默的父亲

走进了这片旷野。

2

母亲出了一地的胶白

小雪这天，母亲忙了个大早

她先是把街上的干草

一捆捆抱进来，铺在猪圈

又一捆捆搭在鸡窝棚

直到早晨八点才停下来

把我叫醒，母亲把一盆热乎乎的水

端到我面前，给我点上胭脂

圣洁的白落在干草垛

我问母亲：天上下面了，是母亲种植的麦香

从窗帘的面料穿过，射透窗户

猪圈里像是节日的温暖

胶白撒在猪槽里，咔哧咔哧的咀嚼

那白色的乳汁，二十头小花猪

这。可是母亲一年的收成。

那时我所想的，所有的这些爱——

我喜欢看着母亲干这些活儿

她总能干得很漂亮

把家，把猪圈，把鸡窝

打扫个干干净净

看一场小雪，初来乍到洋河的

爱意。在天空舞动的灵魂

点 评

写父母的诗，历来不少，大多都真挚感人。但诗歌仅仅真挚感人是不够的，天下父母都一样，天下父母也都不一样。他们的阅历、人生、个性以及对待孩子的爱等，内涵或许相近，但表现却千差万别。诗人只有抓住这些差别，才可能写出新意。

《我的父亲母亲》写父亲，"站在讲台上讲一辈子地理课"，却不知道埋葬身躯的坑在哪里，有多深多大，这说明父亲对自己的工作全身心投入，从未思考过自己的身后事，"他周身的那些风景，引不起他的丝毫关注"，生活中的父亲，只是一个沉默寡言的人，就这样朴实善良地活了一辈子，最后走进了这片旷野，留给村民们的却是永远说不完的话题。

写母亲，却只选取了一个下雪天来写。小雪这天，大清早母亲就一直在忙碌，"她先是把街上的干草／一捆捆抱进来，铺在猪圈／又一捆捆搭在鸡窝棚／直到早晨八点才停下来"，看得出母亲是一位细心勤劳的女性，因为天气寒冷，她尽可能为牲畜搭棚铺圈，让它们能获得温暖。母亲也关心照顾着我，"把一盆热乎乎的水／端到我面前，给我点上胭脂"，家中因为有母亲，才有了温暖，充满爱意。在这样的日子里，"看一场小雪，初来乍到洋河的／爱意。在天空舞动的灵魂"。读到这里，诗歌戛然而止，但我们似乎可以看到如同雪花般圣洁的灵魂在天空舞动。

幸福的人生，大多和父母有关。因为父母，生命才变得如此美好。诗歌已经超出一般意义上的打动人心，对父亲母亲的歌颂都蕴含在这些不起眼的细节之中。这让我们真正懂得，爱是生命的本色，也是生命崇高的意义所在。

特邀点评：蒋登科

白　狐

» 沙　代

入夜，沙沙的脚步声响起。
她来了。不知她是如何躲过那些陷阱的。
就设在农场边缘的树林里。
专为她设，在可能经过的地方。
简易的铁夹、固定于木桩上的绳套、
树枝铺好的坑要联合捕杀她。
这样做也是为了保护我这个夜读的少年，
在众乡亲眼里，
我还未曾沉沦。

我是暑假住进来的，
一间苹果园子西南的毛坯房里
待农人黄昏回家后，替他们看农场。
报酬是，我可以独赏夜景，
和在稠密的林间搜寻猫头鹰。
带着一些书，即使不读也安心。

不是真的，但她来了，
从一株槐树的根部溜到稀疏的篱笆外，

一身白，如服丧的女子。皓月下，

她在犹豫在徘徊。有时屏息驻足，仿佛在听我。

在考量和确认新来者之前，如一贯的那样，

她不便贸然进入。

直到躲在窗户后面的我，再也忍不住，

因不敢咀嚼而含在嘴里的酸果释放出的

酸汁刺痛我的味蕾，我发出了声响。

向外望时，她已了无踪影。

第二次来时，

我盯着她拖着带伤的身子从篱笆的破损处

来到院子里。她美到令人窒息，

伤处仿佛是痣，而轻盈的体态像是一朵云。

暗夜里，她发着光。

那双媚眼清澈之中又略带羞涩。

我知道她不是来偷我的，因为我年少愚钝，

尚不懂得男女之情。

尽管有人一再嘱咐我：所有的狐，都是美少女。

但我确信：

她为院内的蔬菜而来。最纯的兽，

井台边的水槽里饮水后，恋恋不舍地去了。

暑假结束的夜晚，

我希望能再次见到她，从苹果园四周的荆棘丛，

寻到树林的边缘。遥望众多的墓地，

那最终归宿之所，那时，我还不敢去。

最后，我怀着失望，
在孤单单的床上睡着了。

但我分明希望的是，如农人所说：
她渴慕我的文采，在农场的树林里，她偷看过
我学古人吟诗的样子，那一刻，
她人之心复活了，并确认我是她理想的夫君。
每晚，她都会变为俊俏的小姐来与我幽会。
起灶一桌酒席，
读书为我掌灯，饮酒为我把盏，
为我濯足，为我宽衣，拥我入眠。
更希望如农人所说的，我将死于最后的形容枯槁，
在她夜夜取走我的精华之际。

但她没有出现，也许已被搏杀，也许
故意躲开我。只在我林间写诗的习作纸上，
留下一封无字的情书：
要我不要先期死；并恭喜——
我会爱上很多女子，但都不是她。

此等尤物
来源于何样的城，
何样清澈的法律和纯净的政府，
把她秘密地安置在我必经的夜晚，
要她与人相恋时，与我相恋了，
要她取走我的生命时，她聪慧的手，

只取走我身上的语言。

爱的恩人，你是否还在某个窗口窥视，

犹豫于用炙热的情加害夜读的少年，

或者已转世为妙龄少女，放弃学业，

在某本书里，或某个论坛中，用曼妙的文字诱惑那些初学者。

那就冲我来吧，我还未长大，

还在土坯房子里，等你

用低处的池塘或高处的美景来制造我自杀的假象。

某本书、某个论坛里。

文字的野性会被我反用来约到你。

点 评

　　这首《白狐》，像一个忧伤而浪漫的爱情故事，又像一篇情节曲折离奇的小说。只不过诗人通过诗的语言和手法来实现。这首叙事诗既写实，又有大量幻觉、虚构等细节，表现了白狐带给"我"期待和幻梦。

　　诗歌为我们讲述了一位少年暑假住进一间苹果园的毛坯房替人看护农场的一段经历，虚构了白狐出现的种种场景。白狐带给"我"的是大量的幻觉和想象，诗人甚至虚构出白狐倾慕"我"的文采，并且爱上"我"，"我们"之间有一场惊心动魄的人妖恋。

　　这首诗像少年的梦境，朦胧而纯洁，但又充满渴望和诱惑，又像成年人的期待。与其说诗人是在写白狐，不如说是在写梦想。那种美不可言、亦真亦幻的情感体验，总是充满吸引力，但终究是可望而不可即。当我们从梦中醒来，才发现那些痛苦与欢乐都是一种虚幻的情绪。正如《金刚经》中所言："一切有为法，如梦幻泡影，如露亦如电。"虽然"我还未长大，/还在土坯房子里，等你/用低处的池塘或高处的美景来制造我自杀的假象"，但这种美好的追寻还在，诗人会以文字的方式、诗的方式，继续他的寻觅。

特邀点评：蒋登科

乌蒙山顶的牧羊人（外一首）

》 范文武

1

寒风在大山丫口

呼呼地吼叫

喊醒了隆冬

沟壑　山坡　山梁上匍匐的姿态

刹那间猎猎站起响应

一群群羊儿散落在草地

像是牧羊人挥鞭三响

甩下的星星云朵

在晨辉里翻滚着

乌蒙山峰一劈开

流淌出怒江　金沙江　澜沧江

2

蓝天清浅，岁月荒凉

小草铺天盖地

茫茫天涯

簇拥排列成辽阔的风景

组合汇聚的千军万马

在离天最近的地方喧哗

寥廓的原野宣示了生命的存在

我匍匐于草地

看见欢喜的目光

掀起一道道柔软的波浪

我仰躺在草上

听见窃窃的私语

讲述冬季雪花到来的消息

苍茫天际　山风荡漾

一只鸟儿被风吹起

翅膀在天地间划出优美的弧线

点　评

　　《乌蒙山顶的牧羊人》是一幅视野开阔、粗犷苍凉的牧羊图。乌蒙山顶的牧羊人出现在大风呼啸绿毯铺地的大山之巅，他"挥鞭三响"，那些散落草地上的羊群，便如"甩下的星星　云朵 / 在晨辉里翻滚着"，于是，整幅画面便充满了动感，山坡起伏，羊群奔跑，"乌蒙山峰一劈开 / 流淌出怒江　金沙江　澜沧江"。牧羊的画面充满了诗意的浪漫，也流淌出洒脱奔放的气息。诗中有画，画中有诗，景中融情，情景交融。诗人借一个牧羊人写活了草地，写活了羊群，写活了山峰和河流，写活了大地和天空。

　　第二部分带给读者的同样是一片自由而广阔的空间，"蓝天清浅，岁月荒凉 / 小草铺天盖地 / 茫茫天涯 / 簇拥排列成辽阔的风景"，在世人眼里，这里离天最近，原野上的一切都蓬勃生长，如同"汇聚的千军万马"，彰显着生命的活力。就是在这样的环境下，"我匍匐于草地／看见欢喜的目光／掀起一道道柔软的波浪"。置身于浩渺无垠的空间，人更是渺小的，但此刻，静下心来，可以感受天地之间的大美，这些美可以让人忘掉世间的一切；静谧之中，才能够听见大地的私语、时间的消融、季节的轮回。"苍茫天际"，唯有"山风荡漾"。此景此情，远离红尘，超脱俗世，人容易跳出小我，也容易回归内心。诗歌意境因为人与自然的相融、心与物的沟通而显得辽阔苍远。

特邀点评：蒋登科

归　途

»　于　飞

深秋，一群健壮的牛走在马路上

它们身上画着红叉

在此之前，我从不知道

这是条通往屠宰场的道路

寂寥蜂针般来袭，一群牛背负着

整个天地间的孤独走啊走

很多年了，它们总是毫无防备地闯入我的归途

让我羞于谈收获和驯服

让我一次次在人潮中醒来

点　评

这首不足十行的小诗干净，硬正，瞬间就将诗人自己领悟到的某些真理性的东西呈现在了我们面前。

这首诗开始于一个偶然的特殊情境。"我"在回家的途中，与一群"身上画着红叉"赶往屠宰场的牛群猝然相遇，与它们擦肩而过或默默同行了一段时间。而后"真相"的呈现，诗意的生发，都有赖于自我对此情境的凝视、反思和回忆。自我的处境和诗中精心提供的特殊情境、归途中的"我"与奔赴屠宰场的牛群共同处于一个思想、情感的场域中，形成相互对照、相互激发的隐秘关系。"寂寥蜂针般来袭，一群牛背负着 / 整个天地间的孤独走啊走"这是过渡性的两行，由对独特情景的审思过渡到自

我的抒情阶段。之前四行俭省而小心翼翼地把这个事件作为意象（事象），初步打开，自我的震惊、悲悯深隐于事象背后，可以说是"冷态叙事"。末三行则在这些叙述、铺垫背后做了抒情的飞跃，很快进入诗的本真世界，在那里抒情、言志、思想。"很多年了"，将时间视点拉到多年以后的现在、未来，实际上是超越了当时的具体情境，意在告诉我们，一时发现的真相其实是人生的常态，有超时间性的意义。

那么，诗人发现的这个"真相"到底是什么？实际上它既不玄奥，也不冷僻，很近人情。人生而为人，在这匆匆忙忙的世界上渴望、执着、奔走、爱与恨，无非是走在通向死亡的道路上，哪怕是踏上意义有别的，给我们希望和温暖的"归途"。所谓"向死而生"！"夫天地者，万物之逆旅也；光阴者，百代之过客也"，"人生如逆旅，我亦是行人"，这是中国古人的经验。西方哲人普遍认为，人生从一开始就是一个面向死亡的行程，恰是在这个过程中，人凭借思想审视世界与自我的关系，渐渐发现、塑造"自我"。诗人在生命的旅途中，猝然与死亡相遇，瞬间进入一种敞开状态中。这是多么痛的领悟，这针刺中有虚无，有悲哀，还有难以释怀的不舍。

还足以称道的是，这首诗中有很多朴素的、低调的悖谬性搭配。悖谬搭配是英美新批评比较看重的修辞手法，是生产、解读文本的力量。但是，我们的诗人将其内化了，使用得更为谦和、自然，几乎使人难以觉察，在修辞中有一种反修辞的张力，这是汉语诗歌常见的一种追求。比如，"一群健壮的牛走在马路上"，一般情况下，"牛群"走在田间、山路上，而"马路"是充满现代化意味的，这就预示了某种异常情况的存在。配合"深秋""身上画着红叉"这些富于象征深意的细节或意象，悖谬搭配的张力就隐隐地流露了出来。直到第四行"这是条通往屠宰场的道路"突然揭破真相，带来震惊效果。后面牛群"背负着／整个天地间的孤独""毫无防备地闯入我的归途""羞于谈收获和驯服"，都是震惊高潮过后抽丝剥茧般的低调抒情，温和地包裹了悖谬搭配的锋芒，形成醇厚绵长的感染力。

若跳出这首诗看，"寂寥蜂针般来袭，一群牛背负着／整个天地间的孤独走啊走"这类表达还未臻于至善，创造力、先锋性还不够强烈。

特邀点评：程继龙

荷塘坐

》 黄挺松

浮荷，尚未释放出要找到我的
那个湿润的词。寂坐稍久
我失身为飞鸟和游鱼掠过风光
他们交水为天。我匿名其间

不以分秒，时间慈怀着他的伦理
零雨星天外。幸好有某个刹那
我惊醒于觉得，那片荷叶的裂口
未能含住的水珠，径直溅落池面

再次直起身体，远处青木匆匆
抬着晚霞，在收罗走慵倦的楼阑

点　评

　　这首小诗写得娴雅、慈和，犹如隐藏在唐诗宋词中的绝句、小令，有悄然动人的风致。

　　我想，诗人肯定是在现代都市、风景区与一池浮荷相遇的，在那静对红绿，坐了一会儿，就着一点现代人的游兴，生发成了持久、完整的审美体验，且默然汇通了中国诗人的心性、趣味，拥有了中国风格、中国气象。

经过这么多年的探索、实践，我们忽然发现，传统、古典并不是在后面追上的，而是迎面撞上、默然汇通的。到现在，新诗也逐渐结束了一味和传统分裂、对峙的关系，诗人们普遍意识到，在汉语和诗性的意义上，不管是新诗还是旧诗，都是诗，我们完全可以建立更为完整的概念，拥有更为恢廓的视野，获得更具超越性的姿态。这首诗就在一定意义上做到了这一点。

诗人拥有了更为强健的现代生命意识、审美素养以后，反向、更为自主地以古人的态度、趣味面对世界，赏玩花鸟虫鱼，使得新诗呈现出浓郁的古风、古意，这是近年来的一个潮流，也是新诗进一步走向成熟的表现。

首节，诗人坐在塘边，面对浮荷的书写，颇有李太白"相看两不厌，只有敬亭山"的情致。实际上符合道家"心斋""坐忘"的精神，也和禅家"无我""空纳万境"的追求一脉相承。"浮荷，尚未释放出要找到我的/那个湿润的词"，这是"以物观我"，在"坐忘"中逐渐忘掉物我的界限，但还留有语言的残存意识，"我"与"荷"的关系体现为"荷"以一个"湿润的词""找到我"。后来慢慢进入"齐万物"的境界。自我化身"飞鸟""游鱼"，时而嬉戏，时而隐没。

随后时间意识也渐渐泯灭。天地万物的关系呈现为和洽、温润的"慈怀"状态，甚至连弹指而过的"瞬间"也洞开了一片丰富、迷人的净土。这时候，那个表里俱澄澈的我心，仿佛获得了神妙的能力，连最细微的声音都听得到，最短暂的光影都捕捉得住。那个优游的自我（只是自我的表象）就像"返景入深林"那样捕捉住了荷叶上一颗水珠的溅落，一颗水珠中有整个大海，这自成一个灵动、浩大的世界。诗末像宋词小令常见的笔法，用风景替代抒情，延宕开去，留下一个和缓的、富有召唤性的结尾。

特邀点评：程继龙

冬 日

» 廖淮光

院子里杂草铺开，在风中集体呼喊着号子

扶住摇摇欲坠的土墙

紧锁唇齿的石磨，像被远方卸下的一副车轮

在村庄饥肠辘辘的絮语里

抱紧最后的方言

抱紧倾斜的一米阳光，一小片弧形的温暖

像极了我安坐在檐角的老父亲

双手隐藏在袖套里，迷糊

头顶陈旧的棉布帽子，因为系带脱落

半边帽檐沿着密布的皱纹耷拉下来

掩盖住生活的急流险滩

掩盖住时光里的春风得意

在那些呼喊的号子里，安静如石磨

点 评

　　读这首诗，忽然想到"最后的乡村抒情"这个题目，无疑，这个话题是有些沉重的。

　　诗人很可能是在设想或回忆的情境里，进入天寒岁暮的乡村，故乡的那些零落的杂草、呼号的北风、摇摇欲坠的土墙，共同构成荒凉的，有悲壮意味的存在。而这些东西，并非外在的风景，而是自我的家园，生命曾养于其中，精神赖以持存的场所。因此，这种悲哀、隐痛就有特别的意义。故乡的荒芜，是人生最悲哀的事情之一。

诗人紧紧抓住"石磨"和"老父亲"两个核心意象，展开了这种沉痛的抒写。这二者，一物一人，由物及人，形成了相互映照、阐发的隐秘关系，也可以说，"石磨"是另一个父亲，父亲的化身。有乡村经验的人自然知道，"石磨"与粮食加工密切相关，是生命得以持存的必需之物，而且它坚固、永恒。"像被远方卸下的一副车轮"，这实际上是通过巧妙的修辞，把离乡漂泊者的处境喻示了出来。可以想见，曾生于斯长于斯的乡村，如今物是人非，一片萧条，只有"石磨"守在那里，闭口不言，抱紧最后的方言，见证最后的离弃，直到永远跌入沉默、喑哑的境地。人与物之间建立的关联、情谊，因为人的离去、变故而溃败，湮灭，这当然也会引发人的哀伤，甚至人生意义的反蚀。

"安坐在檐角的老父亲"成为另一个意味深长的素描画面或长镜头。在"石磨"和"老父亲"之间插入的"抱紧倾斜的一米阳光，一小片弧形的温暖"，是荒凉背景里一抹难得的亮色，代表了故乡给游子的温暖和安慰。父亲像一尊雕塑，一个最后的守望者的剪影。他的套袖、棉布帽子、皱纹都是百年来诗人、文学家反复言说、描绘的，具有经典的意义。"父亲"这个母题、原型蕴含了游子对故乡最直接、最复杂的感情。"时光里的春风得意"正是历史的滚滚的车轮、时代前进的号角，反衬了故乡和父亲的没落，反衬了历史进程带给我们柔软内心的残忍。

确实，这是最后的乡村抒情。在现代化、都市化的历史进程中，原有的田园、乡土、邻里、人伦、信仰都被完全新型的社会模式所取代，完全可以说这是"三千年未有之变局"。诗人们反复地吟唱着这一大变局中的喜怒哀乐，这是百年新诗史上最重要的情感类型。只希望，我们在走向陌生未来的必然路途中，不要将那些美好遗失得太久。

特邀点评：程继龙

一个叫雨兰心的人，在南京明城墙

》 **雨兰心**

烧砖的人走了，每个窑匠的姓名还在

修筑明城墙的人

抬着自己的尸骨筑成高墙，也走了

下令筑墙的朝代，在夜更的寒声里远去

后来，那些积劳成疾的青砖

只生长荒草和爬山虎。而爬山虎是

挥动草书的翻墙者，扶壁而上

它们的爪指潜伏着风

诵读着明城墙最残破的一页

烽火落在辽远里，剩下青灰色的面孔

是谁站在古城墙下，回嚼着数百年烟火

此刻像有玄武湖边上的风吹来

我摸了摸这些砖头冰凉的缝隙

触痛了一道还在继续生长的伤痕

前后左右，现代的古城墙

只剩下一墙春意，满腹涟漪

　　现代诗的形象化更多的是一种意象的构成，而非物象的构成，这是诗歌不断生成和不断向其本质逼近的体现，也是现代人通感性、隐喻性、思维性更发达的体现，是一种哲学性的对于艺术认知形式和语言形式的自觉性的形成。本诗在弃绝咏史诗多发议论的缺点的同时，一切表达也以"意象的形象化"而进行，是表现的，而不是"物象的形象化"，即再现的。其意象的突破性、新奇性甚至奇崛性，体现为语言形式本身的陌生化，把距离很远的事物连接组合在一起，以意象化的形象的新奇性，实现着语言的陌生化，实现着一种艺术想象的形式美。

　　各意象单元直接体现为连接式、直接的词语组合，而意象单元之间则是间断性的、语句的组合形成意象层级，各意象层级通过有机"拼贴"的篇章的组合，从而实现着意蕴或寓意的单独载体和整体化存在的统一。"爬山虎"的意象是一种虚化的称呼，是替代的修辞，它的寓意是具有忧患意识的古人，还是一种忧患文化（潜伏着风）的延续呢？他（它）是活跃躁动的（翻墙的），也是急切挥洒的（草书的）一种人格力量的体现。这种人格力量，还体现在"烽火落在辽远里，剩下青灰色的面孔"的抗争方面，也让人想到发生在20世纪30年代的残忍的大屠杀和艰苦卓绝的抗日战争。"是谁站在古城墙下，回嚼着数百年烟火"，这是一个设问的修辞，当然是诗人，但这是一种"超我""大我"的存在。"此刻像有玄武湖边上的风吹来\我摸了摸这些砖头冰凉的缝隙\触痛了一道还在继续生长的伤痕"，"我"的直接出场，由历史到现时代，"玄武湖边上的风""摸了摸这些砖头冰凉的缝隙""继续生长的伤痕"，表现着一种忧患文化的延续性。

点评网友：申文军

母　语

》草　树

从北卡罗莱纳州机场
我转机去休斯敦
一个脸上布满皱纹的"空奶"
对着我叽里呱啦

我和她仿佛隔着
一道看不见的玻璃墙
惶恐之时，她竟粗暴地
把我的行李箱拖到机舱外
.

我想起国内的空姐
微笑美丽而微甜
我这才骤然感到母语
有着母亲般的关怀

到达休斯敦已近傍晚
得克萨斯州的上空
挂着一轮圆月：脆薄，昏黄
像一剂已经退热的膏药

用我对一首好诗的理解，我认为好诗的第一点，就是主题必须明确。草树的这首诗，题目《母语》就很醒目，而文本更是满满的正能量，与一些崇洋媚外的人格修为来说，不亚于是重重一击。我认为好诗的第二点，是语言要美。作者的语言不夸张，起笔就是"从北卡罗莱纳州机场／我转机去休斯敦"——开门见山，从而引出"一个脸上却布满皱纹的'空奶'／对着我叽里呱啦"——一点也没有多余的笔墨，了然简洁中，把时间地点人物事件交代得清清楚楚。也是这"叽里呱啦"的余音，更让我们感受到母语的亲和力，当然这是后话。诗人仅用"空奶"与"叽里呱啦"就完成了铺垫，可谓早已胸有成竹。就从这几行文字里，我认为诗人的语言是形象而富有张力的。

而第二节似乎更神勇——我和她仿佛隔着／一道看不见的玻璃墙／惶恐之时，她竟粗暴地／把我的行李箱拖到机舱外——显然这是矛盾的冲突了。这里可以试想一下，如果你对外语不熟悉，无论你怎么叽里呱啦，即使内容再丰富，听不懂，那也是白搭。此一段，对主题的开拓可谓水到渠成，并且也很有说服力。第三节"我想起国内的空姐／微笑美丽而微甜／我这才骤然感到母语／有着母亲般的关怀"，不要说，这一段就是和上一段的对比了。人在受到不公正待遇时，总会拿公正来说事，就是世界这么大，不在世界走一走，又怎能感受得到祖国那母亲般关怀的可贵？这对比正道出东西方人文关怀的差距，同时也间接道出了诗歌主题的真相——不管怎么说，于世界上行走，还是祖国这个词最亲切，服务也最好而完美。

点评网友：群言堂笔

卖头发的母亲

» 西 浔

收头发的男人说

母亲的发质不好，顶多给二百块

母亲不愿意，开始和男的争论价格

她要求再多给一百

那刚好够我高中时一个月的生活费

作为儿子，我十分清楚

母亲的发质确实不好

因为她七天才洗一次头

那样就可以省更多的洗发水

如果你是一个城里的女人

你肯定不会理解我的母亲

你不会理解一个乡下女人

为了省钱和挣钱会"脏"到什么程度

而代表女性特征的长头发

在乡下，在母亲那里

它不具备任何性别指示

更不具有美的含义

它只是一个源头，一个经济的源头

它就像一条丰富的河流一样
源源不断地为贫困的家庭带来收益

母亲要求收头发的男人
把她的头发剪得再短一点
剩下的头发越短，被剪去的头发就越长
而换取的价格就越高
买头发的男人拿着剪子
一把就把母亲留了一年多的头发剪了去
母亲突然间看起来就像个男人
而这确实又是她另外一个角色
父亲在外打工时母亲也曾是我的父亲

等到下一个春天的时候
母亲的头上就重新长出了长长的头发
母亲又可以把她的头发再次卖掉
母亲的头发就像地里的韭菜和庄稼
一茬又一茬的
而母亲的身体就是故乡的那片土地
我们就这样源源不断地
从母亲的身体里汲取养分
直到母亲变得和她的母亲一样
安静地成为土地的一部分
成为我们的故乡

《卖头发的母亲》是一首以叙事取胜的诗。坤，以厚德载物，其德厚之极。

诗的第一句就是一个冲突："收头发的男人说 / 母亲的发质不好，顶多给二百块"然后整首诗就是围绕着这样的一个冲突展开，讲价，争取，展示贫穷造成的赤裸裸非美学原则。多一百块意义重大。

"而代表女性特征的长头发 / 在乡下，在母亲那里 / 它不具备任何性别指示 / 更不具有美的含义 / 它只是一个源头，一个经济的源头 / 它就像一条水源丰富的河流一样 / 源源不断地为贫困的家庭带来收益"，母亲卖头发就像余华《许三观卖血记》当中的许三观卖血一样，成为解决经济困难问题的方式。这首诗抓住了活生生的底层人们生存的最简单的逻辑和演绎方法，后面的整体升华显得根基扎实、理由充足。我们知道，越是简单的东西越扎实，越是最基层的东西越坚硬。

这一节恐怕是抓到了非常精彩的感觉："买头发的男人拿着剪子 / 一把就把母亲留了一年多的头发剪了去 / 母亲突然间看起来就像个男人 / 而这确实又是她另外一个角色 / 父亲在外打工时母亲也曾是我的父亲"。

在整首诗的结尾，诗人把母亲作为大德形象定位得更加准确——"母亲的头发就像地里的韭菜和庄稼 / 一茬又一茬的 / 而母亲的身体就是故乡的那片土地 / 我们就这样源源不断地 / 从母亲的身体里汲取养分 / 直到母亲变得和她的母亲一样 / 安静地成为土地的一部分 / 成为我们的故乡"，可以说整首诗坚硬扎实，准确浑厚；身体发肤，气血精神，浑然一体。只是语言还能继续精练化，去掉絮叨感觉，或者把这种可能合理的絮叨感进行更恰当的控制，好让整首诗歌更加简洁。我们知道，越是简洁，其实就越有力量，越具备飞到很高的高度和飞很长距离的能力。你知道的，我不说废话，我说的是你不知道的。这是应有诗的品性。

特邀点评：李之平

对　抗

》 一　度

我的一生，都在积郁中
沾染对抗的坏习惯

如今，这些对抗过的事物
一起来反对我

就像墓碑反抗无言
没膝的小径反抗落日

瘦骨和枯死之间
选择合适的词，用于虚度

如何在瘦骨里找到病马？
在枯死中反对草木轮回？

点　评

　　《对抗》这首诗在矛盾里建造了诗人的意志和自我。它表现为一种内在的"对抗"，理想和现实，迷惘和觉悟，精神和物性，存在和虚无，残缺和完满……"我的一生，都在积郁中／沾染对抗的坏习惯／／如今，这些对抗过的事物／一起来反对我"，诗人用这样的词语来给生命的状态确定性质，它既可以是正价值的，也可以理解为反价值。表面看是反的，实际可能是正的，就像谦辞那样，自称寡人。比如"坏习惯"，比如"积郁"，比如"病马"，比如"枯骨"。这一切的背后是什么？是诗人的坚持，是一种价值、一种理想、一种磊落、一种纯粹，就好比骨头。这是诗人的骨头，内在的要求和信守。但是所有的一切似乎都在反对这种骨头的精神。就像是上升的精神会遇到物性的累赘，清静的源头会遇到汇集的污浊。

这首诗的语言是高度隐喻化的，这就限定了它的阅读者和理解面。还是那句话，诗歌需要专业的读者，也需要普遍的关怀。切面大而刻痕准，大概是理想形态吧。

特邀点评：李之平

雪中访灵谷寺

» 丁　琦

山下的黄金并不比山上的盐洁净

你也会小心踩着蘑菇的睡眠

和一条溪流软埋的枕头

你也会有契丹人、楼兰人的乡愁

误把矮松

像羊羔一样喜爱

把诵经当作戈壁的喉咙

你也会像石塔一样地说话

石象一样地行走

你也看见，爬上檐角的驼铃与麻雀

只隔半个轮转

江南不过是天哭泣时无意撒落的

手帕

山下的轮胎并不比野兽的脚印更洁净

锤炼黄金的思想

并不比春天

蘑菇长出菩萨模样的脑袋洁净

　　这首诗让我们面对名色的分别。这个和那个，一个小的和一个大的，一个觉知的，一个是实物的。那么，在这些细微觉知和概括里，诗人又准确抓住了什么？那原本的一个比拟"洁净"，那个基础的智慧源头。这就是禅要获得的精神境界：单纯，洁净，无碍，通透。

　　"山下的黄金并不比山上的盐洁净 / 你也会小心踩着蘑菇的睡眠 / 和一条溪流软埋的枕头 / 你也会有契丹人、楼兰人的乡愁 / 误把矮松 / 像羊羔一样喜爱 / 把诵经当作戈壁的喉咙。"

　　这段描述中，隐喻带动思维，或思维控制隐喻，跳跃着飞进。山下的黄金比照山上的盐，矮松比照羊羔，诵经比照戈壁的喉咙。之后，石塔、石像之于驼铃和麻雀急速从戈壁黄天转入江南意境，进入天地通明的循环中，正可谓：在万物生意的分别里，诗人要抓住无分别的那个实在。名色分别，但万法归一。诗的最后是一个更大的跳跃——"山下的轮胎并不比野兽的脚印更洁净 / 锤炼黄金的思想 / 并不比春天 / 蘑菇长出菩萨模样的脑袋洁净"

　　诗人否定了看起来更高级的思维，回到简单，回到原点。究竟是无分别的。一切的"比"都是识用的幻象，不垢不净，不增不减。这是这首诗的诗眼，在寺庙里起的话头。

　　这诗写得有点深奥，其实可以更单纯一些。在更简单的翻手里，风云已经涌动了。不必那么深奥。我始终相信，大道至简，常理是真理。

特邀点评：李之平

冬至，我交出时光的借据

》 **徐金丽**

这一天，风从左膝关节开始，往上
进入腰部，我就知道冬天真的来了
在端州，我依旧守着城墙围成的规矩
只让西江背着落日往前，和去年一样
想赶在风之前，拦截一朵菊花的凋谢
西江以北，有云没云，城墙上的披云楼
依然站在高处，接受阳光的摩挲
并守着时序的端口，瞭望岁月的深远
而在北门上方飞过时光背影的大雁
没能留下一片鸿毛，愿意接受风的旨意
接替落叶描摹季节的苍茫
天空已空，即使刨净城楼上宋瓦的青苔
也无法在颓圮的城墙找到合适的词牌
在长满胡茬的流年捻出云彩的诗意

说是冬至，可这一天的南方
其实还没依序交出事物出场的清单
只有虚空的风加重了城墙伤寒的旧患
城外的梅，还没能等来一场雪

这一天，我在清理年度水电和药费的收据

盘点被风揭露的细节，试算生活的平衡

然后从栖身衣柜的衣冠翻出形骸的替身

将总做白日梦的头颅囚在帽里

将落伍和脱序的脚踵用袜子捆绑

将韵律不整的心藏于民间偏方

再将低于冬天的心事捂在失语的药贴

在散乱的情节中打包即将到期的流年

是的，这一天，我还需要一个远方

在手掌被雪掩盖前，还能循掌纹的指引

让流年的包裹途经冬天的驿站

借着一支梅花的灯盏抵达来年的春天

我还需要一颗太阳，即使抹不掉雾霾

但让我在端州的每一天都能看见

证明自己还在尘世

这样，我就提早交出时光的借据

点 评

　　时光对于诗人，可以说是历久弥新的永恒主题。对于时光的写法，大致可以分为两类，一种是天地之大情怀：古有"百代之过客，万物之逆旅"的宇宙哲思，也有"前不见古人，后不见来者"的大落寞；另外一种是人生易老的个人感伤。徐金丽的笔法却是从个人的刹那感觉开端，抵达天地之间的博大情怀——"这一天，风从左膝关节开始，往上 / 进入腰部，我就知道冬天真的来了"。料峭的寒意是这样突如其来，就像我们对于时光流逝的感叹也是在一个特定的时刻产生。而这个所谓的"冬天"，既是指现实中寒冷的季节，也是指年老的脆弱和一首诗歌写作的契机。诗人本能地想要留住时光的脚步。"想赶在风之前，拦截一朵菊花的凋谢"，在美丽的事物消失之前，做最后珍惜的挽留。但是"大雁／没能留下一片鸿毛""天空已空"，所有的事物都像天空中的云彩；而这美丽的记忆，如果不是消逝，就应该酝酿出诗意。

在第二节，诗人暂时没有拿到未来的"清单"，于是历数自己的"旧患"。"这一天，我在清理年度水电费和药费的收据／盘点被风揭露的细节，试算生活的平衡"，这是诗人的一次内省，直面自己的灵魂。而对于自己的缺陷或者过错，作者毫无顾忌坦然地说出（当然是以变换的形式说出的）那些需要"药贴"和"偏方"的疾病。诗人就是这样检视自己的"形骸的替身""总做白日梦的头颅""落伍和脱序的脚踵"等等。

伤感地写冬天的人，如果不是心灰意冷，总是会忍不住去窥探春天。一个不放弃希望的人，总是要想起雪莱："如果冬天来了，春天还会远吗？"果然，在第三节，"我还需要一个远方"：一个灵魂旅行的地方，一个精神的皈依；或者简单来说，就是回家。而那棵原来没有等来一场雪的梅花化作灯盏"抵达来年的春天"。"远方""春天"还有"一颗太阳"，无不象征着新的生机和希望。郁达夫在《故都的秋》中写道："秋天，这北国的秋天，若留得住的话，我愿把寿命的三分之二折去，换得一个三分之一的零头。"而徐金丽为表示他对于这寒冬之后的春天的渴望，是这样收尾的："我还需要一颗太阳，即使抹不掉雾霾／但让我在端州的每一天都能看见／证明自己还在尘世／这样，我就提早交出时光的借据。"

点评网友：长歌当哭

再造的手脚

》 汤养宗

活过四十年后，看啊，世界又要配合它
鹰再次筑巢于绝壁，用一百五十天
重新打造一副身体，先是叩击坚石
废掉已弯的不能用的尖喙
再用新长的，啄出老化的趾甲
有了新爪，又一根根拔去翅膀上那排旧羽片

"竟可以对自己这般做手脚"
说这话的危崖倒立着，并真正被内心整理过
好了，一切又是全新的，新到
发现世界的脖子比原来的短了很多
什么是新叙述，只记得
那么老的身体，又是一座失而复得的花园

点 评

　　如果说经验高于语言的诗歌是常在方式，那么我想，《再造的手脚》即属于此类的咏物写实诗。它取材于鸟类中最长寿的一种老鹰，当它年至四十岁时，喙长触胸妨碍进食行动，爪子老化难以捕捉猎物，羽毛厚重不能飞翔远行，接下来要么衰弱等死，要么脱胎换骨获得新生。诗中的老鹰选择在绝壁上筑巢，用尖喙叩击坚石，脱去无用的旧喙；等长出新喙，再咬住趾甲一根根地拔掉；等长出新趾甲，再用爪子拔去一根根羽毛；剥离自己，减轻自己，净身再生，撕肉沥血的实质等同于凤凰涅槃。

第一节的叙述是目击描摹，过度的客观呈现往往不容易出诗意、出思想。角色、时间、地点、动作、细节和过程，这些类似于新闻性的要素拥挤在语言空间的结构中，对诗艺的伤害是明显的。但是也有好处，诗性，在这些具体细碎的雕琢中得以凸显。

第二节从目击的角度进入震撼的危崖，感叹老鹰"竟可以对自己这般做手脚"；然后，转为或目击者或危崖或老鹰皆可的叙述角度，"好了，一切又是全新的，新到 / 发现世界的脖子比原来的短了很多"，恢复飞翔能力的老鹰让世界又变小了。最后或许是诗人的自述角度，"什么是新叙述，只记得 / 那么老的身体，又是一座失而复得的花园"，可以理解为对于老鹰的这一番审视、表现，是视觉的文化的生态的"新叙述"。然而，叙述的理念和方式不重要，那样老的身体成为"一座失而复得的花园"，才值得记住。生活中由自己动手，把自己老朽的或行将就木的躯体改造成花园般的新生命，究竟能找到几许。在这里，更换角度的机智叙述，体现了诗人"在于思"的老道的功力。

《再造的手脚》着力的不是语言创造及其能指，其着力的是托物言志，把一个事物的某种生态和情状表现出来成为首要，然后抒发诗人的心迹志向。尽管其语言的断句、用词、节奏刻意回避着俗套的虚词连缀，但依然是铺陈式的故事描摹，其触景生情、有感而发的逻辑关联过于理性化，对现代诗由外向内呈现生命微妙的动能有所削弱，有意无意间把语言仅仅当成表情达意的工具。

不管写作者是谁，他的其他文本如何，就诗谈诗，《再造的手脚》的取材和思考富于深度，是生存经验和叙述经验的理性融合，但是它还未达到语言自觉和诗学经验的层面。

特邀点评：沙克

琴断口

» 车延高

不去考证那把古琴损坏的程度
只问，有没有人想去修复它
琴断口不仅是过去的地名
它有强调的口吻，在等一句对白
断过的弦可以在断过的地方接上
是啊，知音死了，还有那么多人要活
灵巧的指头为什么不劝劝生锈的心
水流向前，生者不该被昨天伤害
一个亡魂也不该让你拒绝活着的人
泪突然间醒的，从楚国的眼眶落下
月湖盛满夜的沉重，月影梳理野草
伯牙、子期就坐在记忆守护的坟上
灵魂洁净，两袖清风
真正的符号夷为平地，尘埃
覆盖一切
现在空和有是相逢一笑的剑与鞘
两颗心的想念缔约，废除了距离
琴断口，你的流水有韵
述说一柄古琴摔出的佳话

听话听音，我知道今天一定比昨天重要

弯腰，我把时间扶起

去古琴台拨弦，听高山流水

点评

　　流水不断，一如人的魂灵永远沿袭，伯牙断琴，成为高雅品质的通用象征。《琴断口》是一首怀古寄情的常规诗作，然而能把常规诗写得不寻常，使"手高"配得上"眼高"，便是卓越的智慧与力道了。《琴断口》凭空入笔，直奔题旨"不去考证那把古琴损坏的程度／只问，有没有人想去修复它"，上手就是神来之笔，"修复它"修复什么，也许是修复人性、品德、情操之类无形有魂的东西，诱人三思，发人深省。三至七句是以实写虚，从眼见为实的断琴口写到意念中的对白、断弦，写到虚实并存的知音、生锈的心，再写到抓不住的水流、亡魂，落地到"不该让你拒绝活着的人"，这是诗歌内在律动的精巧编排，把语言运行中的语质、语气、语感、语速、语义，合成为高超的语言驾驭能力。

　　"灵魂洁净，两袖清风／真正的符号夷为平地，尘埃／覆盖一切／现在空和有是相逢一笑的剑与鞘／两颗心的想念缔约，废除了距离"，无懈可击的"尘埃"的力量多么强大，让"空和有是相逢一笑的剑与鞘"，让可古可今的两颗心消弭了时空隔阂。想象与意象顺着意向的维度生发，连贯为人生哲思。

　　后面的是尾声，现实的断琴口"流水有韵"，传说的古琴"摔出佳话"——关键来了，究竟是什么"佳话"，显然不是知音间心神相予的老调重弹，而是——"听话听音……今天一定比昨天重要"。重要在哪里，在这里——"我把时间扶起／去古琴台拨弦，听高山流水"。他超越了一般的怀古寄情，变成了借古造情，拨响自己的高山流水。

　　诗人不只是用现代性的语法结构和意象连接，而且是用现代性的人生观和价值观，来演绎传统事物的永恒，踩着中国人写中国诗的精神所在，发出令人赏心悦目的和弦之音。

特邀点评：沙克

小青藤

» 世　宾

到了篱笆上，小青藤有了根据地
之前它小心翼翼，从泥土里探头
忍受昆虫的噬咬，艰难地
用几片嫩芽搭起了梯子

"只有阳光照耀的地方才值得活"
它从不掩饰自己的想法，它
甚至不能有丝毫的犹豫
因为怜悯从未在丛林的法则中产生

它被自由的意志带向了高处
柔软的触须最清楚四周的障碍，因为
它周围否定的力量具有高高在上的傲慢

小青藤攀上了篱笆，就拥有一片新天地
它看不见的脚爪，很快
就把那张绿色的大网
铺向所有的角落

　　《小青藤》开头即显示了微小生命顽强的生存，"到了篱笆上，小青藤有了根据地／之前它小心翼翼，从泥土里探头／忍受昆虫的噬咬，艰难地／用几片嫩芽搭起了梯子"，作为万物之一，说不上小青藤有什么特别之处，艰难过活的生物（包括人）多着呢。诗的第二节表白了趋光性的价值，"'只有阳光照耀的地方才值得活'／它从不掩饰自己的想法，它／甚至不能有丝毫的犹豫／因为怜悯从未在丛林法则中产生"，这就是说，小青藤得遵循丛林法则，坦然地抢占存在空间，争得阳光照耀，取得生长优势。

　　第三节忍不住地议论，"它被自由的意志带向了高处／柔软的触须最清楚四周的障碍，因为／它周围否定的力量具有高高在上的傲慢"，议论得在理在情，自由意志是一切生命坚韧的方面，本能地冲破阻扰否定自身的势力，这是自然界万物求生竞争的规律。显而易见的是，小青藤首先比喻的是人。

　　如果有一场狂风暴雨或者人为的扯拔，小青藤就可能夭折，然而写作者安排它"强者得胜"，安排它"攀上了篱笆，就拥有一片新天地"。如此一来，意境的营造变得扁平，或如线形的哲理：只要不畏困苦，终能抵达理想。"它看不见的脚爪，很快／就把那张绿色的大网／铺向所有的角落"，果然，蓬勃的生机来得顺理成章。

　　《小青藤》具有当下诗歌写作的一种共性，表达对象微小，语言运用和意象编造熟练，体察事物细切。同时，由于它太顺理成章而没有打开内在的能动空间，没有反映小青藤"争光占位"以外的丝毫活法，似乎显出价值观的些许俗常。如果用想象力和语言能力，掘现小青藤在地下的根是怎么生长的状态，可能就打开了有效的诗意空间。所谓独选角度、标新立异，说起来顺口，做起来的并不多。微物写作，要能出神，首先必须细至纤毫，其次要深入内里，最后要出乎其外。

特邀点评：沙克

松　林

» 向　晚

下午 5 点，在这个呆滞的窗口里

松林。像个羸弱的老人

缓缓地迈入迟暮

一生的懊悔、遗憾如影子

越扯越长

并且在风中，哭声也越来越响

忽然感到自己如一叶

下海的孤舟

——在面对尘世的大海时

如此沉默。当天空彻底黑暗下来

那松林的痛苦

几乎就是你的痛苦，在朦胧的

睫毛中，你看着它

一点点溶入夜空的包围

这比送别一位知己

还要令人心疼。你索性

回到下午

静坐的地方，可泪水还是落了下来

本诗通过神情、体貌、动作三方面的描述，将松树即将"迟暮"的情景清晰地推送到眼前。"一生的懊悔、遗憾如影子越扯越长，并且在风中，哭声也越来越响"松林被高度拟人化，它的"懊悔""遗憾""哭声"都被诗人借用过来表达自己。悲伤至此，缘何而起？这一伏笔唆使人去探求真相，从而增加诗歌的神秘感与吸引力。"忽然感到自己如一叶 / 下海的孤舟 / ——在面对尘世的大海时 / 如此沉默。"

诗人调转笔锋，将松树的画面调换成孤舟与大海。不难看出，这种虚化的意境使诗歌的主旨更加深入和开阔。诗人的"沉默"，是面对尘世的大海而不可溶入，因此凸显出这种"沉默"的不可抗性。正如阿桑的一首歌里所唱的："孤单，是一群人的狂欢。""当天空彻底黑暗下来，那松林的痛苦几乎就是你的痛苦"，痛苦的外延在悄悄地扩大，从松林的个性上升为与诗人一同感知的共性。

第二人称"你"，表明诗人对自己的冷静旁观、审视。诗人不入流，却因此承受近乎自闭的痛苦。莫名的恐惧与宁愿使身心有所被打扰的矛盾纠结在一起。"你看着它一点点溶入夜空的包围，这比送别一位知己还要令人心疼。"这是本诗的点睛之笔，是打开心结的钥匙。"一点点溶入夜空的包围"不是指单纯意义上的分别，就如同"送别一位知己"，而是松林成为夜空的一部分，失去了自我。

自古以来，松寓意高洁，是岁寒三友之一，有傲然的风骨。而此刻与黑夜俨然成为一体，从诗人眼前遁形。这也意味着诗人内心深处对某一种坚持定力量的丧失。"回到下午 / 静坐的地方，可泪水还是落了下来"，诗人被窗外夜的黑逼回到他原来孤独的位置，像一个孤单的剪影，有极黑的夜做衬底。那一刻，诗人的泪水是大写、特写的，带着一股冲击的力量呈现出喷发的状态，展现内心承受的巨大的撕裂。

点评网友：紫梦微醺

蟋蟀在歌唱

》江 离

当最后几片薄暮褪尽

蟋蟀开始了歌唱

先是我童年的瓦片下，带着

早晨永久牌清亮的音色

然后，是在废弃的冷轧钢厂歌唱

蛛网将它的声音凝结在历史亦真亦幻的露珠中

它在高架下歌唱，上面

厌倦了应酬而急着回家的尾灯

画出了红色的弧线

它在我们时代致良知的困扰中歌唱

也在没有任何保险的穷人屋檐下歌唱

安抚着夜半婴儿求奶的哭声

它在墓地歌唱，在来不及清扫的战场上歌唱

那里，相互搏命的敌人拥抱着倒在一起

城镇的灯火，像悬浮的岛屿

远处，风中浮动着蛙鸣和秋虫声

交织起另一片灯火，托管了听觉的迷宫

在夜的穹顶下，它们唱着，一棵棵树

像一众塔林，庄严、肃穆，在一片梵音声中

　　一个老题目要写出新意，确实不易。像"蟋蟀在歌唱"这样的老题目，说到底，还是要写出真实的生命体验，同时找到独特的表达方式，这样才能感人。此诗的不俗之处，恰恰在于真实，在真实里有诗人自己的生命历程，也有扩大到诗人自身之外的生命感叹。诗中有乡愁，却并不止于乡愁，而是通过蟋蟀的歌唱表达生存的沉痛感和徘徊于苦难之中的忧郁，因此，"蟋蟀在歌唱"，实质上是诗人对自己生命体验的抒唱。

　　此诗有一种极其自然的语调，不做作，不滞涩，全从意象的转换中流出。蟋蟀在夜间鸣唱，几乎诗中的所有意象都带有暗淡的色彩，不管是薄暮、废弃的冷轧钢厂、蛛网，还是墓地、战场、岛屿等等，都是如此。诗中的这些意象用得相当妥帖，对"蟋蟀在歌唱"是极好的烘托。另外，诗中的时空转换也是与这些意象的使用连成一个整体的。诗中既有历史时空，也有现实时空，二者又相互交错在一起，具有一种亦真亦幻的恍惚感。

　　此诗在结构上看不出特别的经营，但诗的整体感却很强。显然，这种效果是情感带动的一个结果，真挚的情感往往会凝聚有效的形式结构。写作固然需要苦心孤诣的磨砺，但情感的真实流露应该是最关键的聚焦点，形式结构与内心情感的协调最为重要。形式是情感的外化，情感真挚，自会形成内在的秩序。当然，写作是一种与生存相依的事业，对艺术的探索是无止境的磨砺。此诗的语言或可更简洁一些，真正凝练在诗意的内敛上，语言的铺排需要克制在情感的有效表达上。整体上看，以小见大，朴实中有深意，于亦真亦幻之中呈现出生命的庄严与肃穆，是此诗的一个重要特点。

特邀点评：吴投文

丁酉年登山偶遇放蜂人

» **俞昌雄**

蜜蜂有自己的道路，不同于崖壁上的
瀑布，也不像瞄准器里的白鹇
它们飞得很低，低到翅膀的反光
几乎陷入草木的呼吸
放蜂人比山里任何一棵植物都要来得
安静。这让我感到害怕
每当成百上千的蜜蜂飞离蜂箱
他也随即变轻，轻到不需要肉身
只留下明亮的轮廓
可是，正是那样一片漂移的光影
让我觉察到了什么才是山水的静穆
什么才是浮云的根
放蜂人走走停停，忽远忽近
从微微发烫的晌午到倾斜的黄昏
他一直都在那里，在山涧迂回的地方
在飞鸟的侧影里
他比泉眼空阔，又小于林间的风
蜜蜂逐一飞回，赶在天黑之际
密密麻麻的翅膀携着那巨大的嗡嗡声

整块山地如此沉重而斑驳

放蜂人把自己浓缩为一盏孤灯

牢牢地，安插在那战栗而不朽的黑暗里

点 评

　　在登山的途中，诗人偶遇放蜂人，这算不上一个特别的事件，但诗人却有特别的心情。一首诗的完成，往往与诗人某种特别的心情有关，此诗大概也是如此。这就带来另一个问题：如何把一首诗写得特别一点，使一首诗有别致的味道？可喜的是，此诗在这一点上做得很好。在诗中，蜜蜂、放蜂人、山景三位一体，呈现出葱茏诗意中的哲理内涵。是的，蜜蜂也好，放蜂人也好，都是自然中的诗意使者。说到底，诗中表现出来的，还是一种诗意的人生态度，是一种皈依自然的淡泊态度。对山景的描绘是必要的衬托，是作为一个背景出现的。瀑布、草木、黄昏、飞鸟等等，游动着神秘的光影，实际上也是诗人情绪上的印记。在此，自然山水就是一种心境。山水中有蜜蜂和放蜂人，相得益彰，这就是中国人神往的天人合一的境界。诗中还有一个隐含的观察者，那就是诗人自己。这实际上涉及一首诗的写作角度，诗人自己隐身在里面，貌似主要从客观的角度来写，却自有深情。因此，这是一首"主情"的诗，而不是一首"主景"的诗，带来的是情景交融的效果。当然，我这里说的隐含和隐身，并非完全"不在场"，而是指写得有克制，懂得在词语的冒险中保持和客体的距离。诗人如果把自己当作放蜂人来写，或者通过放蜂人的眼睛来写，恐怕就会破坏诗中画面感的完整性。另一方面，此诗的语言也有特色，散发着山间草木的气息，清晰自然，却有哲理的妙悟贯穿其中。

特邀点评：吴投文

金丝湾的树

» 唐朝白云

当我再次推开城市的灯火

驱车进入金丝湾

用一双趟过浑水的脚靠近一棵树

每一棵树都挺立　肃穆

当我用一双洗过木炭的手拥抱一棵树

每一棵树都挤过来　有的丢下几枚叶子

有的递上一把果子　当我用一双

害过红眼病的老花眼　凝视一棵树

每一棵树都像我用光了力气和火种的

父老乡亲　纷纷后退

有的退到了我儿时的小溪畔

有的退到了我童年的月光下

有的退出了时间

现在　冬夜放下三重帷幕

我心中的神灵　裹挟着风雨

升起星空　为万物盖上厚厚被褥

从诗中的描述看，从城市到金丝湾可能有一段距离，而这段距离恰恰给了诗人思考的一段时间。在此，时空的转换非常必要，表明诗人去看金丝湾的树有其心理动因。"当我再次推开城市的灯火／驱车进入金丝湾"，此诗的这个开头尽管诗人一笔带过，却是不可缺少的，尤其是"再次"二字中隐含着某种渴望，带有赴约的意味。

接下来的部分浓墨重彩地描摹树的形态，写得非常精彩。要把这些树写活，写得灵动而富有生气，确实不易。写得过实，会流于呆板；写得过虚，则会造成韵味的空疏，因此，要做到恰到好处的虚实结合。这对诗人无疑是一个挑战。这时候，在写实的基础上进行具有创造性和个性化的想象，就显得非常重要。可喜的是，诗人写得得心应手，金丝湾的树在他的笔下摇曳生姿，具有冥想的意味。每一棵树都是诗人的一段经历，或者来自诗人的生命感受，如"当我用一双洗过木炭的手拥抱一棵树／每一棵树都挤过来／有的丢下几枚叶子／有的递上一把果子"。在此，树已经不是纯客观之物，而是由诗人的情感投射所形成的意念之物，是主客观的奇妙综合。诗中有一种朦胧而晃荡的气氛，正是想象带来的效果。诗的最后"现在　冬夜放下三重帷幕／我心中的神灵　裹挟着风雨／升起星空　为万物盖上厚厚被褥"，显出高迈的境界，实际上也是一次冒险，但有前面的铺垫，就显得相当自然。

特邀点评：吴投文

守沧海的人

》 香　奴

今晚的月亮被渔女举高，形如
刚刚与母蚌分离的，珍珠

那光芒，令我眩晕
令我看清了铁锚和船舷
令我关注一只白鹭与另外一只白鹭的
团聚。白与白在月色里相互渲染
相互亲吻，相互消磨，相互妥协

我说给你听的话，波涛又说了一遍
并且帮我把冗长的表达层叠起来
排列有序，月光蕾丝制作了花边儿
微风一吹，就有致命的诱惑

得有多少倾慕者在此打算过
以身相许。像浪花冲向岩石
一个笑语，粉身碎骨

宋人的脚印还在白沙之间

明月几时有，还可以再问一遍
哦，我不想成为咏月的诗人
在阴晴圆缺里陷入语言的迷宫
或者跳进那三十万公里之外的虚幻

我要现在，眼前，来不及分辨
月光之刑还是良辰美景

若你当年确实说过要漂洋过海来
我仍然是人群里最后离开的背影

所有路过的人，都把我当作了
守沧海的人，海面上所有金黄的碎片
都是我无法打捞的缺失

你们的月亮在天上
而我的，将渐渐沉入海底

　　本诗的亮点在于意境之美与性情之真并存，开篇所描写的皎皎明月生海上，映照鹭影成双，构造了夜晚海上平和静好之境。但诗人并未满足于此时此景，他无缝地以自己的观点和态度对此景加以点缀，使诗歌在真切性情的加持下产生了独特的韵味。性情之真体现在她认为二人的相处之道为相爱、相伴、相妥协，月色朦胧间可见诗人如明镜般的心。接下来的情境也大体如是，波涛在呢喃，把"我"的真情诉了出去。"我"明明还有别的选择，却唯愿独守沧海，此为相爱、相伴；漫步海滩，海浪扬起白

沙，对月本当歌，可"我"不愿咏那阴晴圆缺，也无意计较欢悲虚实，只要"你"许"我"漂洋过海一诺，"我"便是最后离开的人，此为爱与妥协；明月虽耀眼，可"我"守的是沧海上不知是否存在的远归之人，守的是静影沉璧般纯洁的爱。从整体上来看，景物由远及近，情感层层深入、细化，再回味全诗，明月清风般的平和之境竟生出了凌霜之骨、不移之情。

点评网友：CM_NGAI

致

》 华 清

世间的万象中最适合你的比喻

是一座行走的旧房子。你的房间对于我

是如此熟悉，珍宝和灰尘

藏在哪里，我一清二楚，哪里有

温暖的炉火，安谧的密实，可疑而

拥挤的角落，你我都心照不宣

哪怕你一点点的颓圮，一点点残破

对于我，都是想死的温暖与高度

我必须相依为命的另一半，我的

有一点纷乱，有一点蒙尘，有一点

恩怨纠结的旧房子……你走来走去

步伐不再灵敏，节奏渐渐不再轻盈

但却成为我毕生最后的

唯一想安享终老的旧房子

点 评

题目就一个"致"字。致谁不说，下文也没有说。

只说是"你"，却也不似《荷花淀》中新媳妇问水生："怎么了，你？"

不似那种脉脉的语气与荷花带露的关切。这首诗称呼的"你",散发着长相厮守的岁月感以及相濡以沫的深情。

实际上,诗的意象表达也确实如此。"世间的万象中最适合你的比喻 / 是一座行走的旧房子",这里,"你"的喻体是"行走的旧房子",而不是"行走的荷花"之类,因为它与诗歌所要表达的时间主题相一致,并且恰当开启了下面的意象:房间,珍宝和灰尘,温暖的炉火,安谧的密实,可疑而拥挤的角落……这些与"旧房子"相匹配的意象,设置出一个生活化的场景。究竟"你"是"旧房子",还是"你"在"旧房子"里,都不重要了,重要的是本体与喻体同构,共同唤起一个生命空间、一个命运共同体。"我"在其中,同样作为房子里的在场者和当事人,经历着爱的厮守与岁月的衰老。这衰老之于二人,是心酸幸福的,也是安详知足的。"哪怕你一点点的颓圮,一点点残败 / 对于我,都是想死的温暖与高度",其中"想死的"这个形容词,用的极新异,也极有意味。"想死的温暖与高度",意味着甘愿到了何等地步?

"我必须相依为命的另一半,我的 / 有一点纷乱,有一点蒙尘,有一点 / 恩怨纠结的旧房子……"这个句式的转变,很自然又显含蓄,它包含叙事性,却又将故事推到几个词语的背后。所谓"纷乱""蒙尘""恩怨纠结",无不揭示命运共同体曾经的坎坷、爱的磨难、陪伴的不易。也正因此,"你走来走去 / 步伐不再灵敏,节奏渐渐不再轻盈 / 但却成为我毕生最后的 / 唯一想安享终老的旧房子",这结尾几句,就是自然而生的了。"步伐""节奏"仍在回扣"行走",虽然渐渐老了,却用"毕生""唯一""安享终老"等安顿生命的归宿。

这是一首中国版的《当你老了》,但表达上与那首经典诗歌不同。读着读着,时间和现实同时升起,"你"与"我"、"你"与"房子"生死交织,互为客体,诗的寓意很清晰了,但又有点模糊,读者由此会联想到更多。

特邀点评:唐翰存

司空山

» 育　邦

立雪人，沉默寡言
从贫乏的雪夜出发
拨开尘埃与人群
穿过空地，麻栎林

枫杨的树杈指向天空
槲寄生开出米黄色的花朵
思空者跨过卷篷桥
走向群山，走向暮年

月出空山，风从云中来
司空山上，他卸下衣钵
两手空空，心亦不再思空
野马飞越真理与存在的争辩

大千世界，十万生灵
在手掌间流进流出
冶溪两岸，鲜花怒放
此岸彼岸，已无分别

司空山在安徽，是一座名山。司空者，原为官职名称。

这首诗写司空山，却变"司空"为"思空"，取了其中的妙义。

作者也绕开"文化"，绕开山上山下诸多名胜古迹，雪月空明，单写自然意趣。这一取法，就值得玩味。"立雪人，沉默寡言／从贫乏的雪夜出发／拨开尘埃与人群／穿过空地，麻栎林"，一开篇，诗就写出了一个不同凡俗的形象。立雪人显然不是"程门立雪"的人，他立雪，特立独行，没有言语，因为心中早已持定某种东西，所以才敢从"贫乏的雪夜出发"。所谓"贫乏的雪夜"，可能是对"外景"的感觉，也可能指"立雪人"在某一时的生活境况。他不顾这些，"拨开尘埃与人群"，即是拨开纷扰的俗世红尘。

在第二节，"枫杨的树杈指向天空／槲寄生开出米黄色的花朵／思空者跨过卷篷桥／走向群山，走向暮年"，时间似乎已过了雪夜，转入另一个自然季节，让人不禁觉得时空恍然，然而诗歌语言又具象、清晰。"走向群山，走向暮年"，语义又恍惚了，可是既然"思空"，必向着某种修炼，持定终身。这是现在未来时态，"暮年"即终生的意思。至第三节，"月出空山，风从云中来／空司山上，他卸下衣钵／两手空空，心亦不再思空／野马飞跃真理与存在的争辩"，这另一重修身境界，很有见山不是山的意思。卸下衣钵，等于将什么都卸下了。从"思空"到"不再思空"，是彻底的空：空灵，空性，无自性。但作者没说人的觉知飞越，而说"野马飞越"。野马者，游气也。山中雾气飞跃，人在其中坐忘，什么"真理与存在的争辩"，都显得太是非了，太狭隘和低俗了。

"大千世界，十万生灵／在手掌间流进流出"，诗句自信而出，大有超凡入圣的感觉。哪怕只是想象的，也非常人之所能为了。"冶溪两岸，鲜花怒放／此岸彼岸，已无分别"，既超凡入圣，看具体风景，自是不同。此岸即彼岸，彼岸即此岸，都修正果，都能渡人。

不知作者是干什么的，能写出此等境界，让人另眼相看。但愿诗如其人，不负虚构。

特邀点评：唐翰存

通往秋天的路被汗水收留

» 鲁绪刚

如同深爱着一个人，我爱着

不太细腻的土地，一头牛穿过薄雾和露珠

在高粱地，扬花的穗子背向着风

一粒石子，摁疼了曾经干瘪的记忆

当我重新打量坡上坡下的庄稼，对生命

说出了真实，说出了太阳后面的滑坡和山洪

并在一片叶子的脉络上行走，呈现

犁尖上的花朵和金属质地，这是夏天

通往秋天的路被汗水收留

这个时候，诗歌的力量不如一只鸟的歌唱

不如一把镰刀，一只背篓可以装得下

苦难和喜悦，土地的厚实昭示着世界

用一捧芬芳，喂饱饥饿和太阳

点 评

这是一首关于土地或者说农耕农事的诗歌，诗人用比较雅致的题目"通往秋天的路被汗水收留"，统揽了自己对土地之上夏耕秋收等农耕农事的诗意表达。开篇以"如同深爱着一个人／我爱着／不太细腻的土地"，一方面直接进入主题，另一方面"不太细腻的土地"为全诗格调及质地做了铺垫，一头庞大的牛"穿过薄雾和露珠"，高粱地"扬花的穗子背向着风"，一粒石子"摁疼了曾经干瘪的记忆"，这些富有意蕴的细节，都直接从朴素土地上的事物直接指向浓郁的诗意，且不断丰富着和深化着诗意。当诗人面对庄稼，说出了诗意之下的"真实"，说出了太阳后面的"滑坡和山洪"时，诗歌从升腾状态跌落到残酷的土地的本真上，这也是一首诗的重要"变奏"。

但诗人充满了体恤和悲悯情怀，他沿着一片叶子的脉络行走的时候，还是发现了"犁尖上的花朵和金属质地"，于是夏天"通往秋天的路被汗水收留"了。诗意在花朵和金属质地之间，再次升腾而起，并点到诗题和主旨。然而这并不够，诗人正写着诗，干脆用诗作比，然而这个时候，诗歌的力量不如一只鸟的歌唱，不如一把镰刀，不如一只背篓，只有来自土地上的事物才能知晓土地的情愫和心思，才能装得下来自土地本身的"苦难和喜悦"，包括那些坡上坡下的庄稼！最后，诗人再次写到厚实的"土地"，用"一捧芬芳"，"喂饱饥饿和太阳"，这充满了直觉想象力的诗句，将整首诗提升到一个形而上的精神高度，这里有庄稼自然成长的写照，也有人类生存的渴盼，尤其是太阳作为光和热的源泉及图腾，更有一种袅袅升起的宏大气象。整首诗歌，意象组合有新意，情感有张力，左右开拓，上下错落，有一定的精神穿透力，特别是诗中有硬朗与柔软、虚与实、朴素叙述与华丽升华等的融合及转换，是一首丰盈、准确和很有质地的诗歌作品，很好表达了诗人对土地的一片忧戚和挚爱。

点评网友：胡坪

人是一根会思考的芦苇

» **岚心 520**

在爹妈心里
每天打百米长的苇箔挣十块钱比
每年掏六千的学费上专科学院实惠得多

十六岁的盛夏接受了枯黄的命运
向大地交出潦草的身影

一根根芦苇在她手里直了，顺了
整齐有序地走出小村，走向集市城镇
天蓝，云白，水清
而她修长的身材一躬再躬
直到弯成大大的问号

多年后
族人们转述这些的时候犹如蜻蜓点水

她的葬礼恰值隆冬
一生未婚，无儿无女
没有鼓乐齐鸣，没有送殡的队伍

只有满坡的芦苇

顺着风

　　出身贫寒人家的孩子，因为贫困而失去继续学习的机会。因为贫困，家长也会变得短视，无法督促孩子继续求学改变命运。有时候贫困能够打倒一个人前行的勇气，甚至可以推倒一个家庭，最后毁掉一个人。

　　这首诗歌运用客观展示的笔法，将一个人的命运寥寥数语几笔勾勒，展示的是一个悲剧的结局。

　　青春在 16 岁中断，一下子因为生活的压迫而在生计中愁苦和奔波，生活让她修长的身影变成大大的问号，靠着编织芦苇谋生，靠着清贫的土地把日子坚持过下去，其实就是把苦继续承受下去。

　　在中国，有多少类似的乡民们，为了家庭的需要，为了填饱肚子一生都在挣扎，一生都没有和苦难分手。在中国，有多少类似的少女，为了父母为了家庭，把上学的机会给了男童，自己过早地承担起苦难；在中国，还有多少孩子，把上学走出大山的梦想掩埋，因为他们已经无力让家庭再承担更大的艰难。

　　他们的同龄人在富足小康中成长，长大获得光鲜的未来。而她们因为无法脱贫而遭到白眼和唾弃，也如诗歌最后描述的：一生未婚，也就无儿无女。这话如此心酸。在中国传统文化中，养儿防老，繁衍子嗣，"不孝有三，无后为大"。这些思想还根深蒂固地传承的当下，一个人死后无人送终，成为一个中国人似乎最悲哀的话题。而这样的话题还在延续，还在悲苦的女子身上延续，在贫苦的人家代代延续。贫苦的命运不是注定的，尤其在社会急剧发展的当代，决不能容忍贫苦的继续蔓延，不能容忍因为贫苦而无法读书的命运的再次重演。这样的话说起来容易，但现实是残忍的。在我们目力不及的地方，还有多少人在重演着这样的悲剧。死后只有一片芦苇在风中，吹向她，似乎在为她送行，为她悲哀的命运呼号。

　　诗歌如同淡墨的中国画，画面上悲戚的芦苇就是少女的命运。

特邀点评：马知遥

爸 爸

》 泉 子

爸爸在离开故乡前
再一次来到你的墓前，
和你说说话。
这个看上去有些木讷的人，
越来越敏感而细腻，
他越来越耽于回忆，
也越来越愿意
去讲述你曾经的好，
包括一些之前
在你面前羞于说出的话，
并叹息于
自从你走后，
他的记忆力急遽地下降。
他说，他最担心的
是有一天再见到你时
已把你忘记。

世界上写亲情的诗歌总结下来应该可以写一部特别题材的文学史著作，这些亲情诗歌构成了人类永远不变的亲缘纽带，承载着丰富的人类情感。因为写得人多，所以要想把这类的诗歌题材写好，就显得尤其不易。

但文学的魅力就在于，所有的文学、所有的诗歌都是独特的，属于创作主体个性化的产物，所以，不同的主体就有自己不同于其他人的表现视角和情感表达途径。这首诗歌是亲人写给亲人的诗篇，更像一封信，娓娓道来，表达着作为"亲人"对亲人的思念。这种感情不是洪水般的暴发，而是如茶，需要时间和品味的心情。

这首诗歌的风格淳朴，技法被消隐到无形，看似自言自语的表白，却藏着深情。"这个看上去有些木讷的人／越来越敏感而细腻，／他越来越耽于回忆／也越来越愿意／去讲述你曾经的好"，有时候亲人之间的战争是看不见硝烟的，离去带走的是亲人的陪伴，带不走的是思念。在时，似乎不懂得如何表达，只有等到离开才感觉到永远失去之痛。一个本来内向木讷的人也开始话多了，在墓前他能说很多知心话，把生前没有说的话说出来。这就是骨肉，打不散，分不开。终于懂得和理解。

这首诗歌的最后一个段落是该诗的高潮，在木讷的父亲那里，墓中亲人所有的好，对亲人生前没说的话，都能说出了，似乎父亲已经得到了安慰，而且要离开故乡了，还不知道什么时候回来。这样的分别如同一场永远的告别。而亲人离去所带来的伤痛一直没有平息，因为一离开，父亲的记忆就开始衰退，他对此已经有所警觉，并最为担心的是如果时间长了，他会记不起亲人的模样。这用泪水才能化出的天然的句子，本身就浓烈到了深处，只有对至亲的人才能涌出。

情到深处人孤独。旁观的诗人，看着父亲的一举一动，却需要强压住内心的痛，用笔刀刻一样，写下内心真实的感受。

波澜不惊中全是思念和浓情。所谓"不着一字尽得风流"。此诗满篇无一个"情"字，却处处含情，实为上佳之作。

特邀点评：马知遥

钝　器

》 半夜闲

夜里刚刚睡去，旋即醒来
楼上住家在木制地板上拖动椅子
那种响声，是两个愚笨物体间
相互的抵触、相互的支撑

这些年我在时间里顺流而行
作为尖锐并迟钝的物体
身上涂抹一种称作世故的油脂
绝大多数剐蹭，被衰减至有痛而无痕

凌晨，楼上的钝器仍在钝器上行走
仿佛是我拖动自己，并竭力从体内抽离
那种难以割舍却不得不去
沉闷的摩擦声

点　评

　　咏物诗是中国诗歌的传统表现方式。借物表达诗人内心的块垒，借他
物而咏内心之辞。这首诗歌看似在写楼上钝物摩擦发出的声响，其实是在

表达俗世生活中我们渐渐丢弃的单纯和美好的向往，对成为时间河流中一个随波逐流的俗人，成为被世故包裹的麻木不仁者的不屑和挣扎。这首诗歌的意义就在于深刻的反省，语言中传达的巨大的张力，让我们不愿意轻易地将这首诗歌放弃。

我们在世界上生活，似乎必然在一次次的磨砺中忘记初心，甚至于将自己的世界观、价值观在世俗的关照下不断修改，甚至我们没注意我们丢失的是宝贵的情怀和真诚，我们用伪善和假面面对生活时，我们看似学会了保护自己，看似看淡了人间冷暖而独善其身，但我们失去了最好的为人的真、对美和善的追求，我们失去了生活的勇气和激情，这是最糟糕的事情。

诗人发现了这个问题，不断地反思自己，甚至在听到楼上钝器发出的声音时也联想到自己的命运和现状。后来，诗人把自己和钝器融为一体，好像自己就是那个被拖动的钝器，虽然笨重，虽然和周围还有无穷尽的摩擦，但他却不愿意丧失锐气，丧失自我，所以，他要在一次次和生活的摩擦中挣扎醒来，让自己从迟钝和麻木中觉醒，找回自己，懂得痛的感受，懂得勇敢地面对那些沉闷的摩擦声。因为生活就是如此，而我们选择坚强。

特邀点评：马知遥

回　家

》 宗　海

我们谈到了山脉，流水的小桥
和落雪的田野。谈到了破败的庄园
黑压压的松树林
以及羊肠小道上走来的亲人

谈到了即将到来的年关
谈到了每年
像非洲草原上成群迁徙的角马一样
返乡的大军

车站上肯定人满为患
摇晃的过道里充斥着方言和气味
无辜的行李
被推搡着，找不见北
……所有的焦灼
都只为早日在故乡低矮的门楣上
悬挂起
那一串串喜庆的灯笼

——我们坐在一家小酒馆里

言语低沉

像两只被风吹响的陶罐

我们是两个，丢失了故乡的人

点评

　　这首《回家》充满了丰富的细节，充分地证明了诗歌叙述的可能，可以说是和小说一样属于时间的艺术。因为时间不可能一下子完全铺陈出来摆在读者面前，而只能有序地推进，有条不紊地交代相关信息；所以叙述通过显现一些东西而隐藏另外一些东西，从而制造出悬念和戏剧性。这首诗的前三节都是描绘回家的场景，直到最后一节，我们才知道前三节的叙述根本就不是回家前的遥想，也不是一种关于对"那一串串喜庆的灯笼"的期盼，而是两个"丢失了故乡的人"在酒馆里的谈论。这就形成了一种非常强烈的出人意料的对比，戏剧性在这个时候扑面而来。原来一切关于回家的描绘最多只能算是回忆而不是希望，只能算是幻想。前文的描述没能水到渠成地流向《回家》，最终的结局却是无家可回。"言语低沉"是一种失落的沉重。丢失了故乡的人没有了归依，失魂落魄得"像两只被风吹响的陶罐"，空虚而忧伤。当然，诗作还留下了最后的悬念，那就是一个人是怎么丢失自己的故乡的？或许故乡还在那里，却已经不是原来的故乡了；或者故乡还在地图上，却已经失去了精神上的坐标。

点评网友：石沉大海

故　土

》 杨　键

故土
当可以凋谢的时候，
我还是个孩子。
在古老而金黄的枫树林里，
我十五十三岁的样子。
像河水上温和的微光，
伴着镇河的小兽，
天心楼空阔的钟声。
芦苇
过了许多年以后，我才发现
芦苇是天生的哀悼者——
每一杆也是一位慈母
安慰着我们心里的死者
至善至柔，同河堤上的柳树，
乃是时光中的精华。

　　《故土》一诗令我想起辛弃疾的那首词《丑奴儿》，青春年少的时候，世界的每一扇大门似乎都为自己而敞开，幸福也罢，快乐也罢，忧愁也罢，痛苦也罢，仿佛都有大把的时间来享受、挥霍或品味，甚至可以无病呻吟地"强说愁"。光阴荏苒，人到中年，当生活对一个人进行了足够的磨砺之后，各种活跃的情绪便凝结成了表面平静、实则湍急的体验。本诗也正如辛弃疾所说，"而今识尽愁滋味"，却只能故作平静地"却道天凉好个秋"。在回忆中重温旧时景象：那些个微光、石质的小兽和悠悠的钟声。当然，更重要的是咀嚼少年时代的美好与温馨。

特邀点评：汪剑钊

己亥元夕读辛稼轩

» **辛泊平**

闲散的功课，这一夜不知有多少人在读辛弃疾
从一首诗里确认节日，在一个韵脚中感受忧伤
纸上的灯火，在瞬间照亮暗淡的人生
让古老的人群有了现实的眉眼

我已经习惯在词语中寻找此生的意义
用一个词语抵挡另一个词语
用一种修辞修正另一种修辞
语法出自庙堂，词典在孩子手中

从饭店出来，孩子们大声背《青玉案》
"灯火阑珊"，我已无力追赶古人的脚步
而那个粉碎肉体的时间，蛇一般
紧贴着我，如影随形

点 评

　　或许是一种巧合，我在评点另外一首诗时，想到了辛弃疾的词。本诗的主题就是对稼轩词的阅读。这不能不令人感叹命运的神秘。辛弃疾是

宋代最具影响力的词人之一，有"词中之龙"之美誉，他在词作方面的辉煌成就与传奇的一生迄今仍为世人感慨和敬慕。众所周知的是，辛弃疾是宋词"豪放派"的重要代表人物，他的词旷放杰出、沉雄阔大，读来令人不时地会有"挑灯看剑"的快意。本诗的写作无疑与作者在元宵节时的一次阅读有关，触发灵感的便是数百年前对这同一个节日的记叙——《青玉案·元夕》。辛词状写了一个热闹的场景——"东风夜放花千树""宝马雕车香满路"和"凤箫声动，玉壶光转"，意旨却在词末"那人却在，灯火阑珊处"，表达一种独抱孤怀的高洁。王国维则将其引申为古今成大事、做大学问的"第三种境界"，实际也是生命的最高境界。本诗作者对此应是深有领会的，他通过阅读也产生了强烈的共鸣，立意为其进行诠释和再创造，把古典的韵味用现代汉语表达出来。相比之下，本诗已没有了辛词豪迈或悲壮的情怀，作者明确将落脚点放在现实生活的无力感上，因此此诗略显忧伤和颓废，写出了现代人某种心理疲惫的特征。但读者大可不必对此忧心忡忡，或许，诗人对词语的关注与打磨为自己寻到了一种新的生命意义。

特邀点评：汪剑钊

我的秦时明月

》 陈 功

一人一骑

草场只在想象中

那就喂它眼前的苍茫吧

请把露出来的马脚

收回，眼前版图太小

小到容不得别人插足

信不信马，缰绳说的不算

没有哪一盏灯能够拴住

四处飞溅的马蹄声

一城一池得失

不应该是陶俑考虑的事

我的秦朝，只在乎

深夜驰道

一个人的烽火

点 评

　　唐代诗人王昌龄有一首著名的诗作《出塞》，诗中写道："秦时明月汉时关，万里长征人未还。但使龙城飞将在，不教胡马度阴山。"首句仿佛拉开了一个历史的长镜头，渲染了明月边关的肃杀与苍凉，在一幅开阔的历史画卷中暗示了战乱不断的现实，次句对困苦中的百姓表达了深切的同情和悲悯，后两句希望朝廷起用良将，为人民生活的安定与幸福提供保障。该诗被称作唐诗七绝的压卷作品，篇幅虽短，但气象宏大，在平实的语言里充溢着雄劲、健朗、悲壮的气息。《我的秦时明月》应该与此有关，当然，它也有可能是因为受到了近年一部 3D 动画片的触动，但是，作者的目的并不在英雄主义、爱国主义的弘扬上，而是落脚在个体的存在感上。诗的开篇强调了"一人一骑"，并点明了"草场只在想象中"，把读者的阅读期待拉回到城市的现实中。接下来，诗人通过对熟语"露马脚""插足"和成语"信马由缰"的拆解式使用，让词语在流通中获得了崭新的意味。全诗的用语收放自如、张弛有度，因而拥有了一种自然的节奏。诗的末尾，故意在大中见小，将一个朝代与一个人对比，重新调整人们关于国、家与个人之间关系的认识，由自我推向整个世界，肯定了燎原之势形成之前的火星的价值。

特邀点评：汪剑钊

冬日吴大海观巢湖

》 叶 丹

那次在渔村吴大海，我学会了
两样本领：倾听和惋惜。
山路的曲折仿佛在提醒我们
可能来到了语言的边陲，
湖湾像一张弓，蓄满了拓荒者
投身渔业的激情。远远地，
耳道之中就被倾注了波浪
投掷过来的数不清的白刃。

向南望去，视线穿过树枝之网
落入湖面，树条摇曳，不知
是因寒风而生的战栗还是
因为夜巡的矮星霸占了鸟窝。
所以通往湖边的小径满是枯枝，
踩得作响，像壁炉里柴火的
爆裂声。"枯枝，轮回的抵押物。"
响声持久，和祈祷一般古旧。

"无论你对沙滩的误解有多深，

都不会削减波浪的天真。"
湖底仿佛有个磨坊，浪托举着
不竭的泡沫，像个女巨人
翻开她的经卷，续写每个
何其相似的瞬间。"镶钻的浪花，
是一种离别时专用的语言，
仿佛告别是它唯一的使命。"

最后，暮色混入了愉快的交谈，
我们起身时，注意到了星辰
隐秘的主人，发髻散乱的稻草人
独自回到石砌小屋，饮下
一次追忆之前，他指挥群星升起，
他并不打算将口诀教授予我，
直到我寄身山水的执着赛过湖水
亿万次没有观众的表演。

点 评

　　这首诗写作的背景是一次夜游。夜晚的背景让视觉退居二线，听觉变得敏锐。但湖水其实并不因为"我"的倾听而存在，也不因为"我"的倾听而有什么变化，因为湖水是独立存在的客观事物。湖水是自在的，它的表演其实并不需要耳朵和眼睛。这首诗和古典山水隐逸诗不同的地方在于，作者通过对湖水这个绝对独立客观存在的肯定而建立了一个坚实的现实基础。这时，诗歌并不需要"谎言"，也不需要强行捏造一个虚拟的"彼岸"，因为湖水是真实的，所以寄身山水是可信的，而诗意也就有了落实的可能。

点评网友：拨云见日

我所熟悉的事物越来越少

》 黄小培

这个世界提供的东西，让我
从小熟悉它，土壤、草木、河流、星空……
我知道它的善良与沉默，恒常与喧嚣，
我知道在我之前和在我之后
万物的生死与流动，
我还知道一年一年的落叶永远离去，
波浪推着波浪远去的方向。
它们的离去总有合适的理由，
合适的去向，一定是在某个地方
陆续汇合，组成遥远的故乡。
有时候望着眼前的事物，太阳和
星辰永恒燃烧，留下寂寞的空气，
人间的失去，像秋日的落英
被泥土接受一样平静。
放下过去的时光和大海，
一半在当下，一半奔赴远方，
它们究竟是在试图唤醒什么？
爱情和花朵，幸福和忧伤，
都有了新的内容和模样。

谁也阻止不了新事物的到来，

就像无法阻止一些事物的离去，

在无限的流动中接受新的恒常。

我所熟悉的事物越来越少，

时间推着万物流转，炊烟一样消逝，

在这广阔无声的湛蓝里，

活在往事重重浮现的世界上。

点 评

　　是一个人的独白，还是与某个人的告白？这个世界从来没有停止过变化。新的东西不断滋生，旧的东西不断消失，我们所熟悉的事物越来越少。对于个体生命而言，消失的事物总比新生的事物要多，消失的速度也比新生的速度要快，正如诗人所述，从小熟悉的土壤、草木、河流、星空……它们仿佛都在，仿佛没有什么改变，但又仿佛全都变了样。我们脚下的大地，还是小时候熟悉的大地吗？我们头顶上的天空，还是那个年月的天空吗？那些由落叶和波浪汇成的"遥远的故乡"，我们还能回得去吗？还有，我们所拥有的爱情、幸福和忧伤，甚至花朵，这些司空见惯之物，这些熟悉得不能再熟悉的，由于有了"新的内容和模样"，也早已变得陌生。这是一首缅怀之诗吗？他要缅怀那些值得缅怀的一切。这又是一首直面和拥抱新事物的诗，因为谁也阻止不了新事物的到来，就像无法阻止一些事物的离去。这又像是一首悟道的诗，一个经历了沧桑的人，一个看透了风云的人，一个胸中有波澜却又能保持平静的人，他深知生命的渺小，在"无限的流动中"，无论是在物理世界还是心灵世界，我们竭尽所能，也只能"接受新的恒常"。这首诗的好处是诗人始终以平静的口吻在诉说，并且有一种处变不惊的淡泊意境。缺点也恰恰在于此：缺乏刺痛神经的那种穿透力。

　　　　　　　　　　　　　　　　　　　特邀点评：向以鲜

给母亲的简短家书

> **» 陈钰鹏**

很少给你写信，仅仅是怕

你看到我歪斜潦草的字迹

会伤心，怕你会由潦草

想到潦倒。冬天了，北京却

不下雪，偶尔也有

沙尘暴，更常见是一些人戴着口罩

穿过雾霾。而我是

另一些人，足不出户，用书和琴谱

把自己围起来。这里不大，

却已足够生活，足够容纳我

吃饭、排泄、虚构

和睡眠。住得久了，难免不对北国之食

有些厌倦，难免不怀念你曾用粗手

烹调的鱼虾、蔬菜、贝类

和米饭。不过请放心，妈，我依然不挑食

也很能吃。忽好忽坏的

只有睡眠，凡我所虚构的

皆会梦见。我的梦，比别人的

要悲伤一些，偶尔也哭着

醒过来，走到半夜窗前

垂手看月亮，月亮升起，看到窗前

我垂手。这便是我一天中

最安静的时刻，它总让我想起

过去我们相依为命的

那些年，结束一天的工作，你带我在夜里

穿过整座城市。而我年幼，对月亮

充满好奇，你就用疲惫、沙哑的声音

回答我："月亮会

带我们回家。"

离开你之后，妈，我爱过许多

陌生人，可再也没有人，对我说过

类似的话。妈，我糊涂的生活

越来越模糊了，至今才懂：

原来记忆中最明亮、清晰的那部分，

一直由你来标记。

点 评

　　给母亲写信是件寻常的行为，但又是无比神圣的行为。我是多么羡慕那些还在给母亲写信的，还有母亲可以写信的人啊！我给母亲写信的事，已是快三十年前的事，最后一次给母亲写信，大约是在女儿出生后不久。此刻，当我读到这封《给母亲的简短家书》时，我好想也给天堂的母亲写一封信：母亲，你好；母亲，你好。因此，我首先要对这位很少给母亲写信的诗人说，要多给母亲写信，让她知道你是多么爱她。就算你的字再潦草，在母亲那儿，你也是世上最伟大的书法家；就算你的生活再潦倒，你的活着，在母亲那儿，你就是最大的成功——还有什么比活着更风光的呢！更不要担心你的房子不够大，你已经很富有了，有书籍，还有琴谱，尤其是后者，那可不是一般人能看得懂的，你的母亲以你为荣。在中国人的心中，母亲总是和可口的食物联系在一起，尤其是和北京的食物比起来，故乡的母亲所烹调的鱼虾、蔬菜、贝类和米饭，那简直是世间最好吃的无上妙品。人的味觉记忆或胃部记忆之力是极其强大的，《晋书》记载的那个叫张翰的人，在洛阳做官做得春风得意，有一天突然想吃南方故乡的莼菜和鲈鱼，便毅然决然挂冠而去。人就是这样，也应该这样，活得真实一些才好。很多时候，怀乡之行就是从胃部开始的。当然还有难忘的月亮，母亲的月亮，"露从今夜白，月是故乡明啊"！只要有月亮照耀，我们在生活中就不会糊涂，看事情更不会模糊。听，我听见母亲说："来，月亮会带我们回家。"

特邀点评：向以鲜

江边帖

» 何永飞

1

雾，填进江中，整个早晨深不可测

鸟的鸣叫，点住群山的穴位，一站就是数千年

窗前的云彩，证明神仙早已在此驻足

脱下尘世的悲和苦、恨和怨、恐慌和忧愁

生命被大地的热泪触摸，浑身充满力量和慈爱

2

很难说清，到底是流水硬，还是石头硬

有些流水进入到石头里，就再也没有出来

有些石头被流水打磨得只剩下一副瘦骨

上岸的石头，结束修炼，得道成仙

石头城，石头的部落，它们聚集在一起

商议如何去接纳和应对，人们各种色彩的目光

3

中华鲟，游过一亿五千万年，撞破激流

最终却游进了标本展览室，记忆就此凝固

江水的呼唤，搁浅在黎明的边缘

江很长，一直铺到天边，就像为消逝的鱼种

写下的挽联，哀悼我们不再回来的亲人和挚友

点 评

　　这首诗由三小节组成，相对独立，让它们彼此建立联系的是江水。第一节写云雾，第二节写江水中的石头，第三节写中华鲟。较为打动我的是写石头的第二节。我曾对人说，我们要对每一块石头，哪怕是一块普通的砂石，都要充满敬畏之心。因为，地球上最年轻的石头，至少也已存在了一亿九千万年。毫不夸张地说：人类的文明是从石头开始的。没有石头，也就没有人类的文明。正如梁思成先生在《中国雕塑史》中所言："盖在先民穴居野处之时，必先凿石为器，以谋生存；其后既有居室，乃作绘事，故雕塑之术，实始于石器时代，艺术之最古者也。"在人类的童年时期，石头曾是人类最亲密的伴侣和最重要的工具，那些来自大自然的石头，有着坚硬的质地，它能替脆弱的生命记录下印迹，保存住我们曾经的所思所想。流水与石头，是一对亲密的兄弟，又是一对难以分离的敌人，水滴石穿也好，水落石出也罢，一个柔软，一个坚硬，却互为因果。亦如诗人所说——"有些流水进入到石头里，就再也没有出来／有些石头被流水打磨得只剩下一副瘦骨"，这也是全诗写得最好的一处，但也由于这处写得出色，相形之下，其他诗行就显得不怎么出彩了。比如"上岸的石头，结束修炼，得道成仙"这句，好不好？也好，但是因为第一节中已经出现了"窗前的云彩，证明神仙早已在此驻足"这样的表述，再这样写出来，就自己消解了自己。

特邀点评：向以鲜

石鼓回信

» 独孤长沙

潜之兄，落花时节，又是一番肝肠寸断

崂山归来，除了砍柴浇地

我并未练就真正的穿墙之术

甚至胸口碎大石，也不会了

接连三个月的细雨，被浪费成一条河流

望气者、拿云者、垂钓者、投江者在此云集

整个下午，他们都在练习忧愁，表演深沉

临江草木葳蕤，不觉已是盛夏

但潜之兄，千万莫要问起前程

自早年乡试落第，我便不再读书

终日在庭院种葱蒜，写菊花，炖杂鱼

如若盘缠充足，我想去趟省城，研习岐黄

罢了！逸仙、树人或早有此想

近来泛舟于三峡，得见一女子

其父嫌我粗鄙，常做虎豹状、鹰隼状

终不得近身，为之奈何？

去日苦多，来日更是不甚唏嘘

王宝盖远走江浙后，雁城已如空巢

芒种过后是夏至，不知山中岁月几何

盼归。向知秋兄带好

诗词以境界为最上。这首诗需要通过反复咀嚼、仔细品味、认真琢磨、前后推敲，才能体会到那"言有尽而意无穷"的韵味。整篇诗作中，字里行间都流露出一种"风神气韵"，从作者的创作灵感中，我们能体会到那种"思无疆、意无穷"的境界。诗歌之趣，得之于情，喻之于文；字里行间，皆是友情、爱情、人情、闲情等真实情感的流露。诗的开头，一句"潜之兄"体现了与朋友的交好，语言诙谐幽默，以东晋隐士陶渊明的字号来别称友人，用典借名别出心裁。一句"落花时节，又是一番肝肠寸断"，借时节变换，以悲春之感来喻心中伤感，表达情思万千。通篇物镜、情景、意境，释家、道家、儒家，出世入世、亦出亦隐之间，作者挥毫泼墨，典故信手拈来、运用自如。诗人描绘了现世之人追隐、慕贤、思国、忧民的美好情感与高雅追求。此诗实是一篇用心、用神之作。

点评网友：水冰月

雨一直下

» 刘爱敏

雨一直下
——我站在你的门前，请开门。
你使用人类的语言和我说话。

你时而敲门，时而敲窗，
像微弱的光，
抱着我的身体往下坠。

我的父母已经死亡，你说。
我的爱人流落他乡，你说。
都怪这深不可测的风，你说。

我说：雨啊雨，你的一生
不缺少眼泪，人也一样啊。

滴下，流淌，之后无迹可寻，
缓慢而又迅速，
人类的真情实感莫不如此。

　　李金发笔下的"微雨"，戴望舒笔下的"雨巷"，均是中国象征主义诗歌里著名的诗歌意象。在李戴那里，雨下得不大，淅淅沥沥的，似烟似雾，如梦如幻，隐曲地传达出中国现代知识分子青春期的苦闷。

　　而到了中国当代青年这里，这雨下得更直接、更持久，也更大一些。这雨，既可以是自然界的"连雨"，也可能是诗人心灵世界里的"心雨"。如此一来，表面上看，诗人是写大自然的风雨，而实际上因为人性与物性相通，所以诗人虚拟"你""我"之间的对话，交流着同命相怜的苦情、愁情、悲情。诗的第三节里写道，在"深不可测的风"的作用下，父母双亡、爱人流散，天底下还有比这更悲惨的悲剧吗！倘若往深里看，诗人主体是分裂的，"你"只是"我"精神层面上的另一个隐秘的自我；因此，"我"与"你"之间的对话，其实是一场内心的斗争和辩白，是一场没完没了的心路历程的述说。一直不停下着的雨，只是某种外在不幸经历所引发的内在挫败感的外在投射。由此，诗人的生命意识（人与自然的关联）和天命意识（人与自我的对白）有机地融为一体。这就使得该诗不同于单纯描写景物的"应景诗"，也有别于纯粹暗示内心世界的"象征诗"，而是汇通了两者之优长的"包容诗"。

　　尤其是最后一节，写人类真实情感"缓慢而又迅速"地"滴下，流淌，之后无迹可寻"；这里的"缓慢而又迅速"写得比较巧妙，是那种"似是而非"的悖论。正是有了如此机巧的悖论，使本诗写人类复杂的情感就拥有了难得的张力，恰如杜甫所言："篇终接混茫。"

特邀点评：杨四平

清 明

» 李 犁

一个穿着中学校服的女孩在墓碑前抽泣

声音淹没在扫墓者的河流里

当赶集一样的人群散去，她还跪在那里

哭声露出来，像柳枝折断处的嫩浆

我感到有一条沟壑在加深

隔阻了车辆和一个母亲回家的路

我看一眼墓碑上的文字写着：

慈母：某某珍——

生于1970年4月8日

卒于2010年8月28日

大风中她的身影越来越小

像一把刀在石头上磨薄

点 评

　　一看到诗题《清明》，就会自然而然地联想到杜牧的《清明》："清明时节雨纷纷，路上行人欲断魂。借问酒家何处有？牧童遥指杏花村。"这说明，此种宽泛意义上的"互诗性"是具有普适性的。清明祭奠亲人的清明文化及其祭奠活动，具有悠久的传统，留下了无数哀婉的"清明诗篇"。

期间，"诗生诗"的写作现象也不少。这首《清明》从诗题到立意与此前很多写清明的诗具有异曲同工之妙。

前三句，与"清明时节雨纷纷，路上行人欲断魂"很相似，不同的是，那种古人"欲断魂"之极度悲伤，与今人"赶集一样的人群"之间形成了强烈反差：今人多了一份仪式感而少了不少庄重与肃穆。唯独一个中学生长久地跪哭在死去母亲的墓前，其悲，其惨，着实令人揪心，使人爱怜。诗人出于怜悯心，或者说，出于好奇心，上前一探究竟。这才知晓，她的母亲死时才40岁芳龄啊！第一节到此收束。为了放慢全诗叙述的速度，调节叙述的节奏，诗人只得另起一节。由此，第一节与第二节之间留下了空白，刚好使人停下来想想：为什么这位中学生长久跪哭不止？为什么只有她一个人来祭拜？她的父亲呢？她的其他亲人呢？她母亲是怎么死的？这些疑窦，对诗人来说，只要注意到了就足够了，其确切的答案已不那么重要了。

第二节进一步聚焦，呈现出这位祭母的中学生在诗人脑海里悲切的形象：她的身影像一把刀，在石头上霍霍地磨着，那刀越来越小，越来越亮，使人久久难以释怀。诗中始终流淌着朴素、温情的人道主义。此诗现实主义的人文关怀，使它在读者心中也会越来越亮……

特邀点评：杨四平

父　亲

》 马岭古道

到处漂泊，从最北的黑龙江
到最南的海南岛
从最大城市上海到最小的乡村
因为生活，在富春江边的小镇
居住了四十多年
他当时并不知道边上有一个人
也从其他地方来到富春江边居住
他不知道此人历史上鼎鼎有名
常在富春江边钓鱼，他不知道
许多名人常来看他的邻居
他只知道，这里有山有水有工厂
有养家糊口的固定工资
他不能和这位邻居一样，把一生
交给这座名山、这条名江
他不能到处流浪
老了，老了，他回到了
家乡的小河、家乡的小山
在曾是茶山的山上
找了一个墓地，说道

这才是我安放灵魂的地方

它的对面，有一条无名的小河

一些无名的小山

还有一条无名的县道走着许多无名的人

他们都和我父亲一样

怀揣着不安的灵魂东奔西跑

只是，有的回到了故乡

有的一生都在外地流浪

而我的父亲是幸福的，他在

最后时刻，把不安的灵魂

放在了寂静的山上

这里，开满了无名的茶花

我听到许多茶叶在说

这是我的父亲

点 评

这首诗既写了自己的父亲，也写到了别人的父亲，这就容易引起读者的共鸣。诗里写到自己的父亲像天底下大多数的父亲那样，为了生计，一辈子都在四处漂泊和打拼。等到老了，走不动了，有的能够叶落归根，回到故乡度过余生，而有的则客死他乡。自己的父亲是许多父亲中"幸运"的一个，当人到老年时，还能够回到无名的故乡。为自己挑选墓地，并最终如愿以偿地"安放灵魂"于开着茶花、长满茶叶的"寂静的山上"。

全诗没有什么象征、暗示、反讽、悖论，一切都是在平静的叙述中慢慢展开、缓缓呈现，最终不动声色地为读者勾勒出了一位寻常的父亲形象。

特邀点评：杨四平

远　方

我对未来和远方几乎淡漠了。

我只去过几次哈尔滨，

第一次，是送去南方上学的儿子，

我第一次看见飞机，我以为

它一直在那里等候我们，

后来我才知道它是前 30 分钟飞来的。

儿子在安检口向我招手，我木讷。

我夹杂在穿行的旅人里与儿子道别，

那是他第一次离开我们，去很远的地方。

刚刚降落的空少和空姐神采奕奕，

拉着拉杆箱，从我身旁走过

仿佛永远那么帅气漂亮。

我一年去几趟县城办事。

买种子化肥，和换二代身份证，

我上面头像一年老过一年。

时间已经把这个人碾碎。

现在他呈粉末状，格外细腻柔软。

从小村到小镇，我只有这么

一丁点的地方。我的庭院，

二月的末尾，乍暖还寒，

还在荒芜之中，但我仍感到

万物正在苏醒，我的葡萄藤蔓

闪闪发亮，根系在尘土里，

它正把黑暗抓得更紧。

你说："有机会出来走走吧。"

我说"会的"。年轻时，

我想去爱尔兰，手插裤兜

走过都柏林忧伤的街，

像布鲁姆和斯蒂芬，

那时，我读詹姆斯·乔伊斯的

《尤利西斯》。我读梵·高先生，

就向往北布拉班特的麦田和鸦群，

"我亲爱的提奥，如果你健在，

哥哥一定把你资助的钱十倍奉还。"

小小的荷兰，盛产郁金香，也出艺术家

伦勃朗被梵·高的光彩已然遮蔽了。

可是，安默斯特你真是太远了！

不然我真想去那小住几日。去你家，

据说现已改为"壳"牌加油站。

去看你的小书桌，我惊叹，

你就是在方寸的书桌上写下不朽的诗？

我坐在安默斯特的小咖啡馆，看到这儿

来的游客，他们都像我吧，为你慕名而来；

我想你在你孤独的花园里采撷，

准备制作天竺葵的标本。

"篱笆那边的野草莓"

嗯，狄金森，忍不住我想乐。

现在，我想最宜居的地方是英国，

法国浪漫的轻浮；罗马，一座寂寞之都。

英国，有莎士比亚也有勃朗特姐妹，

有剑桥，也有足球流氓，有绅士也有穷人，

有乡下的素朴，也有海岛把我们隔开…

点评

"我对未来和远方几乎淡漠了"，这首诗的第一句让我们立刻感受到一个上了年纪的人的苍老，由于自己对人生的经历，似乎已经失去了对"远方和未来"的冲动，而这两种事物正是激情的象征、对眼前事物不满的象征，是一种有关希望的乌托邦，同时也意味着漂泊。

"万物正在苏醒，我的葡萄藤蔓 / 闪闪发亮"，藤蔓抓紧的虽然是"黑暗"，但是这不是绝望，也绝不是脆弱，而是苍老的大地给予诗人的教诲，"根系在尘土里"，"我"依旧是土地的儿子。这时有人突然开始发出"声音"，无论是谁，这个声音在一个"苏醒"的季节告诉诗人，有"机会"——"出去"——"走走"。不是突然的旅行，他需要"机遇"，一个特殊的时刻。"出去"，从哪里出去？从眼前过于沉默的现实的狭小空间，还是诗人也许有所封闭的内心？生活向他张开了双手，诗人也需要以此回应生活。"走走"，一个极为奇妙的动作，它不需要太快的速度，而只是"走走"，一种有着自己节奏的漫步。一次旅途其实是一场"神游"，一次"出神"，正是缪斯赋予他的精神能力，虽然表面看起来显得"苍老"，但却是真正的幸福。

点评网友：陈觉民

漫游者

» 柳 燕

冬日的河水比秋日更寂静。把自己

在一个平坦的河床展开，放出心中青山

白云，放出自上游一路精心打磨的鹅卵石

放出一个沿河而上的漫游者，放出他佝偻的背脊

在一个更缓的河滩，漫游者拾掇一块薄大理石

抡圆胳膊帮助它用优美的水上漂方式泗渡

他的慈悲在河中央消失了，就像上帝的慈悲一样

只把每个人推向人间宿命，并未赋予他们抵达的途径

河流的源头是一座巨大的山，进山的林间路旁

有废弃的伐木场，木头在锯子下只剩突兀的头颅

埋在荆棘丛中，有树桩被连根拔起，作为

更值钱的根雕原材料，那些造型一般的，暴露在林中

蚂蚁们在上面建立了王国，它们的士兵列队而行

来来回回，不知道在忙碌着什么样的国事

泥土筑就的王国，有绵延不绝的城墙，像微型土长城

再往深处，野草越来越茂密，未被伐尽的杉木和山毛榉

之下，有一些稀疏的喜阴植物，蕨类或刺类

小灌木上的鸟儿们，拍着翅膀躲避不速之客

飞上高高的乔木，叽叽喳喳低头打量着闯入的漫游者

没有恶意啊。腐叶陈旧的腥味儿那么厚重，听听

野画眉，该原路返回了，山林最深处，是神的领地

"漫游者"在现代主义诗歌书写中具有特定的思想意味和文化内涵。在波德莱尔那里，城市的漫游者，是作为现代性的精神主体出现的。现代性的意义表述里，"漫游者"往往与城市连在一起，他们"关于城市的知识是实践性的和感官性的，是通过反复的身体感触而获得的"（塞尔托）。

不过，这首诗中的"漫游者"并不遵从现代性的历史本意，他并不游走于城市空间，而是逡巡于山林河道旁。如此的"漫游者"见到的景观，便与波德莱尔笔下的"漫游者"大异其趣了。

他看到了什么？有冬日的河道，有河流源头巨大的山峦，有山林旁废弃的伐木场，还有低处数不尽的野草和灌木丛，以及高处令人仰望的乔木。诸般景物并不新奇，也不神秘。或许，最神秘的地方，应藏在大山深处。

"漫游者"是精神的游牧者，是没有强烈现实功利的散漫客。这意味着，他并没有进入深山一探究竟的显在冲动和强烈意愿。

诗歌的收笔由此显得恰到好处，"听听 / 野画眉，该原路返回了，山林最深处，是神的领地"，既言明了"漫游者"真实的精神状态，又让山林的神秘性得以保留。

这首诗前面的句子排得太密，意象繁复多重，令人有紧张乃至窒息之感。好在结尾轻巧收住，给人带来一丝难得的轻松和快慰。

特邀点评：张德明

荒　凉

》茅林清茶

我一个人走在戈壁
越来越多的光芒在我身后推着我
越来越多的光芒在眼前复制

风，吹拂，吹拂……
如果不是吹响了我身体的乐器
我几乎不知道这就是，风

只不过我和戈壁上的任何事物一样
都呼吸着这空气
都搬运着这静谧
我们是如此的缓慢

点　评

　　"删繁就简三秋树，领异标新二月花。"以郑板桥撰写的这副楹联来比喻这首诗的妙义，我以为再恰当不过。这首诗写得很简练，意象并不繁密，情景并不丰富，情绪也不复杂。不过，删繁就简的表达之中，自有一种生命的神异力量在暗自涌动。
　　"荒凉"是戈壁沙漠的常态。由于缺少绿色植物，缺少啁啾鸟鸣，黄沙飞舞的戈壁，自然给人带来了不断强化的"荒凉"之感。自然，"荒凉"也并不等于空无一物，其实在戈壁，还有不少东西是极为充裕的，比如阳光，比如风。因此，诗人也用了"越来越多的光芒在我身后推着我／越来越多的光芒在眼前复制""风，吹拂，吹拂……"这样的语句来表现。

说到底，"荒凉"其实只是人类的一种心灵感受，也许并不是世间景观的真相。当内心的欲望过于强烈，对世界的欲求过于繁多，人烟稀少处、景物稀缺处，都将被指认为"荒凉"之地。而当人们抑制欲望，让心灵空下来、静下来，即便走在荒郊野岭，走在人迹罕至的沙漠，又岂能生成"荒凉"之感呢？

这首诗的最后一节由此就体现出深意。走在荒漠上的人，与荒漠上的其他事物一起，呼吸着空气，搬运着静谧。诗的节奏，是如此的缓慢。这从容不迫的举动，已经将沙漠的"荒凉"之意进行了颠覆，让人领受了适应环境的乐观、不惧荒凉的旷达。

哪有"荒凉"可言？理性的人生就是顺势而动、适时而为。

特邀点评：张德明

古镇，我不敢安卧目光

» 张建春

涂抹颜料的古镇，春天
我去看你。看你打开的方式
在小巷慢走的青苔上
匆匆开放花朵
我的背影躲在陈旧书包的夹层
一组初写的字，缺少行走的手足
考证半天，我仍是认不出
其中的面目，笑或哭泣
还是几株梧桐树老练，将季节
挂在最高处，让我刻下的印迹
栽进陈年的鸟巢
喜鹊报喜，抖动花翅膀
唤回岁月疾行的脚步
那时我真的很小，一匹青虫
吐出的薄丝，就将我拽起
在古镇的天空荡秋千
我的卑微留在石砌的台阶上
向上一级，我的身高
就长了一截，石有心跳

我听到了水流的声音，逝者

如斯夫，如古镇的铅华

再不会生长山中的石头

古镇我来看你，我不敢对着一朵花

把目光安稳地睡进去

古镇的春天，春天的古镇，这是诗意漫漶的时间与空间的交叠，这是引人入胜、令人遐想的神灵时光的到来。在这里的时间和空间中游走，就有进入童话世界的感觉。

诗人就这样如期而至，在春天，来到春光满地的古镇。这里的鸟儿传递喜讯，这里的树木有些年头了，显得如此的沉静老练。还有这里的秋千，荡漾起无数欢乐的秋千，以及石阶和水声。一切的一切，都在诗人目光中盛开，都在诗人的心灵视野里暂住，都美不胜收，令人欣喜不已。

事实上，古镇本身就是一个涌荡诗意的美学符号。描绘古镇，可以有千万条路径，可以容纳万千物景和人事。比如写那里熙攘的人流，写那里喧闹的市声，以及斑驳的古墙、灵动的飞檐和真真假假的古玩。但诗人显然不愿意做复杂的加法，不愿如此繁笔浓墨去点染。而是采用了做减法的方式，只用简练之笔，摹写出古镇春之景观。然后以"古镇我来看你，我不敢对着一朵花/把目光安稳地睡进去"作为收束。"不敢"这一否定语的出现，起到了神奇的表达功效，奇迹般地将古镇春意正浓、花事繁茂的图景敞现出来。

在当代诗歌中，以减法形式来取得加法意义上的诗意收获的作品，还有不少。这首诗没有将春景无限叠加，而是以"不敢安卧目光"来反向叙述，既极大丰富了诗歌的内在景深，又给人带来无尽的想象与回味。我认为，这样的艺术处理是值得肯定的。

特邀点评：张德明

再大的雪也不过是虚张声势

» 李 皓

那些虚幻的事物，譬如雪
在坦坦荡荡的春天面前
终究无法坐实，一场接着一场的
春梦，言不由衷或词不达意
像虚头滑脑的鲇鱼，了无痕迹
再大的雪也不过是虚张声势

不是所有喜欢雪的人，笑声
都那么卑微，被粉饰的刀柄
呈现出太平的利刃，而我有妇人之仁
自始至终不相信一语成谶，不相信
雪，其实是用来藏污纳垢的
在尘世，没有一枚雪花是清白的

没必要大张旗鼓，让雪花从积雪里抽身
顶多有一把辛酸泪，有隐忍之美
大路朝天，沟壑自觉放低了身段
鲜花退出了名利与粪土的纷争
那些貌似明亮的东西其实是一个污点

相信直觉吧，你一再容忍的北风

它撕破脸皮总有自己的道理

它吹着欢快的口哨，并不代表它的心思

没有怨怼和记恨，当他被东风取代

当雪花零落成泥，无论你怎么哀号

决裂，是你我在这个冬天再好不过的游戏

点 评

诗，对事物的观照不是照相式的描写，而且意象的内涵应该是发展的，甚至可以脱离固有内涵。有论者认为李皓对雪这个意象的发挥，与寻常认知不同，损害了雪应给予人的美好印象。

然而我觉得在这首诗里，雪依然是美好的。"不相信/雪，其实是用来藏污纳垢的/在尘世，没有一枚雪花是清白的"。而且，在第一节里，我看到了雪这个意象传统而经典的内蕴，那就是雪与春天的联系。我们一定要坐实雪这个意象吗？多少事物是"无法坐实"的啊！就像雪在春天一定会消融一样，虽然春天和雪之间有那么温存的联系。

雪，在李皓的这首诗里，是不是实写呢？我认为不是，它是作为譬喻提上文本的："那些虚幻的事物，譬如雪"。雪，在这里是个喻体。诗言志，所谓"志"就是思想感情。诗人被某种外界事物唤醒情绪或者借某种外界事物烘托渲染情绪。文学作品都会表现作者的情绪，但是在诗歌中，这种情绪常常表现得更集中、更剧烈。从头到尾将李皓的这首诗读一遍，情绪在一节一节升高。

点评网友：静铃音

我从远方带回众多颜色

» 陈允东

赶到德令哈，夜已无声
黑暗笼罩远处的山脉和戈壁
我们在一家清真面馆大声朗诵诗歌
司机默默饮酒，饮下一天的行程
他们的面庞风霜凝结

大片的雪和森林覆盖鸟兽的足迹
白色的呼吸从屋檐落下
灯笼挂在木梁上，是仅有的红
这里是雪乡，我不远千里来此
遁一片茫茫，照亮身体里沉默的河

在木栏围场，一群湖泊从天空降临
这天空庞大，高高的蓝，孤单的蓝
俯视人间的花、酒、连绵的草木
我经过这里，太阳、月亮、星星
经过这里，人们以此为众多湖泊命名

去敦煌的路上，要与沙漠相遇

那年老月深的黄铺在眼前

让尘世的恐惧不值一提

必须要从人类的血管里抽出一瓶烈酒

敬那一轮盛大的月，它清澈，看天圆地阔

走过的地方大于我，我总要适时归来

带回众多颜色，这颜色巨大

会在我的一生中停留，看我长出白发

也会在我成为困兽之时

说出活下去的秘密

　　诗人摒弃了游历诗大都局限于描述性的视觉意象的弊端，没有一味地在"像"与"不像"之间纠缠，而是将德令哈的自然属性、人的属性、社会的属性糅合在一起，并把德令哈不仅仅作为游历的视觉意象，还把它作为一个造化异象与心理事件互为交错的"精神生态"，由感念到精神的漫溢，让人联想到在生活之外另一个维度空间的牵引与召唤。

　　当然，像德令哈这样具备地域元素的诗歌，如何让这个地域元素更深地烙上"精神生态"的痕迹？仅仅将德令哈拟人化，给德令哈以时空，是远远不够的。一个有血有肉的德令哈，需要诗人重新去赋予，去命名，去装扮，去设定。因而，要想看到一个丰富的、有欲望的、有动机的、有感情的德令哈"时间态"，就必须走生存路线和生命路线，不再局限于德令哈冷寂、微明、幽深的语境，这样才能在读者的内心深处形成心理意义上的一道独特的风景线。

特邀点评：卢辉

鸟　鸣

» 乡下刚子

下午的阳光有点迟疑，阴云散了一半

树枝皮肤灰暗，像落魄的城里人

鸟鸣是潮湿而温暖的江南

从枝丫间散开。绿意

是足足的点滴，或脂粉

治愈或修补因过快奔跑而留下的皱褶

当一座古城变得摩登，谁不是

远超年龄的孩子？沧桑疲倦

此刻我一人坐在屋内，有点拥挤

如在夹板中，孤独是执行者，慢慢用力

玻璃杯中，茶叶，由枯黄变得翠绿

连春天也被动从喉咙流入内心

如果愿意，鸟鸣，请你从窗缝中进来

喝一杯茶，一杯酒也行。坐下来

让我告诉你故乡的旧事

麦苗返青的山岗有风吹过

老屋檐下，你的旧巢还能避雨

爱人羞涩。双亲健壮

我华发未生，火气尚存

《鸟鸣》这首诗，我很看好诗人对语境的"印象化"处理。诗人对语词的编码有着足够的幻影效果，就像是一张旧照片，它存放在心匣里可以慢慢品味。这首诗与生活常态保持着"隔"而"不隔"的阅读面，给人留下一种若即若离的印象效果。换句话说，这首诗不在于要给我们怎样的诗意核心，而是让读者去享受诗人语句编码的陌生感，我特别喜欢诗中的意绪串联和意绪的"统筹过程"。这首诗虽说没有进一步洞开生存的隐秘之处，但由于有着意味无穷的影像交映与人格情态，使它保持着一种媚惑的底色。

其实，《鸟鸣》这首诗歌在保持住一种媚惑的底色基础上，还在有限的空间里讲究语言效果。比如"老屋檐下，你的旧巢还能避雨／爱人羞涩。双亲健壮／我华发未生，火气尚存"，诗人巧用汉字特有的意韵所散发出的气场，沉醉于汉字之间那种相互链接、相互摩擦、相互砥砺、相互弥合的过程，并在这个过程中不断渗透，不断升腾，进而达到忘我的境地。应该说，语词的色彩、语词的声音、语词的意旨都是《鸟鸣》的"血液"，诗人通过鸟鸣把读者带入一个不用眼睛看而用心在翱翔的境界，来满足人们心灵的诉求：可临的空间、可摸的时间、可触的视角、可探的奥秘，让《鸟鸣》组成一个新的诗歌图景和内心法则。当然，在现实与感念交叉的时候，如何把现实中不可思议的东西，同我们当下生活的经验联系起来，并进行一番旁敲侧击，这是写好《鸟鸣》的难点。同时，在情、景、意、韵的均衡点上如何整体推进也是写这首诗应该考虑的问题，尤其是时光的饱和度和人间温情尚待盈满与蓄积。

特邀点评：卢辉

位置感

» 江　汀

谁能知道，一种正确的位置
究竟意味着什么？
如果谁对这个时代有所抱怨，
那么，这意味着他已经
来到公园门口，在广场上
遇见那些蘸水写字的老人，
那些书法爱好者。

"青山隐隐水迢迢"，
难道这些汉字与时间无关？
赶快凝视它们，那些
正在消逝的事物，
你猝然察觉光线的抖动。
多么奇异，谦和的老人们
正在拆卸地面。

努力站稳自己的位置，
仿佛不知道脚下的悬空。
一群轻盈的大象踏过水面，

仿佛它们已经信任一切，

正在揽起一扇光洁的镜子。

而我们，既然没有生活在画像中，

也许可能只是古代的残余物，

就像那一摊已经模糊的汉字。

它们是躯体，我们是灵魂，

我们只能用推测来自省。

我走遍广场，辨认一切

尚未消失的书法痕迹。

诵读，是时代在抽搐。

我得试着去理解它们的语境。

点 评

　　诗贵迂曲，如果赋是直陈其事的话，兴则是先言他物以引起所咏之辞。我们知道错位在现实世界中时有发生，由此引出的位置感，也便是中年人阅历世事后所生发的感喟。此诗以设问起句，将人导引至对人生和时代关系的思索。这首诗并不复杂，就是老人在公园门口、在广场上用海绵毛笔蘸水写字。在凡常事物中发现诗意，是诗人敏感的禀赋。这些书法汉字有什么特点呢？一是易逝性，关联于时间与挥发；二是位置感，笔画讲究间架结构，字也不能写到字上，要开辟新天地。诗人插上联想的翅膀，穿透了时间之门，古代圣贤和大象无形奔赴笔底。此诗没有就事写事，而是以事为药引，上升到哲学的高度，诗句内容既不空泛，又不照相式地记录。那些谦和的老人用心专一，他们可以"拆卸地面"，凭虚御风，穿梭于古代与现代之间，他们的书法往往是古典诗词，抒发着旷达的古意。解读它们，需要在飞速发展的时代凝神细观，努力辨认，更需要揣度诗歌创作所处时代的独特语境，而语境就是词的位置感。

点评网友：王智勇

我们曾那么努力地保持形状

» **默 帆**

傍晚时分纳凉时，我手腕上的秒针

在整个天空里顿了一下，接着继续行走。

仿佛黑暗中的一只打火机，

一开一关，冲洗着周围的事物。

我把从图书馆拿来的书放在

我的脚边。让它被天台上的风继续吹着。

天台上的椅子吱吱呀呀晃着，

我像个风中的受洗者，缓缓把感知抬出我的身体

让它在树林，街道，车流的每一处停留。

就像漩涡不停地在溪水中腐朽。

那些细小的事物多么快速地消逝了

如同我们在大地上堆积出的菌落，

眨眼间我们梦见的身体与目光一起

埋入地下。然后于黑暗中发芽

——那又是一次新生，接着埋头毁灭。

当蚂蚁与斜阳一起爬上我的手臂，

我看到它在光与暗的分界处，

迷茫地嗅着人类的汗味。

我想我们也不过就这样找着某件事物，

或是之后，再之后，无止境的路标。

那些终将易逝。我明白这些都无从争辩。

当目光往下延伸，在万物中

我聚焦出我自己。

"你也将如沙般被吹走。"

"而我们曾那么努力地保持形状。"

点 评

在一首诗中写出人生的风暴，实际上很不容易。当然有不同的写法，就像风暴本身是一种语言，有的是涌起的巨浪，有的被另一个巨浪吞没；有的是一朵浪花，被另一朵浪花放大。此诗却把人生的风暴内在化，化为内心一瞬间的感受，就像手腕上的秒针那么轻微地震颤一下，接着无声无息地继续行走。人生的许多故事，或者人生的许多事故，都被化解在这一秒里。一秒可能就是一生，一生可能就是一秒。实际上，一生可能是一个漫长的过程，但这一秒却有特别的意义，"仿佛黑暗中的一只打火机，／一开一关，冲洗着周围的事物"，诗人把这一秒放大为人生中的一个巨大事件，里面隐含着对悲伤的深刻体验，暗示人生的种种努力包含着虚无的实质。所以，诗人说："那又是一次新生，接着埋头毁灭。"

然而，人生到底又是一个不甘于失败的过程，如同西西弗斯受到诸神的惩罚，把巨石推上山顶，每一秒都是痛苦的承受，但将要成功时，巨石又滚下山去，于是从头再来，永无止境地推石上山，又永无止境地失败。此诗对于人生的慨叹，未必像西西弗斯那样绝望，有一种于人于事的清醒，正如加缪所说，"向着高处挣扎本身足以填满一个人的心灵"。诗人也说："我想我们也不过就这样找着某件事物，／或是之后，再之后，无止境的路标。"是的，人生向着"无止境的路标"前进，每一个人都显得渺小，又都在努力地辨认自己。

读此诗，我有一种触目惊心的感觉，总感到在平静的文字后面有风暴掠起。确实，此诗写得平静而充实，诗人似乎掩饰着情绪的波动，在恰当的细节上找到寄托。此诗语言显得相当精警，如"像漩涡不停地在溪水中腐朽"，不只是一个妙句，也像一句箴言。每一个意象都在抉择中确定自己的位置，有一种坚实的可靠性。诗中有一种克制的悲伤，诗人沉默地舔着自己的伤口，而他的眼睛里是一个人一生的幻景，正如诗人所说，"我聚焦出我自己"。

特邀点评：吴投文

一　处

» **方启华**

下班的路上，我经过一处孤岛

之所以说它是孤岛，是因为

它的存在与川流不息的北一环

格格不入，它像一个迷你公园

被设置在一条拥挤的道路边

它的身后是一处老旧小区

小区的人一定看不上这

至少被缩小了 100 倍的某处公园

所以没有现实的鸟群，只有

两只木制的仙鹤对眼相望

没有鲜活的物种，只有两只藤编的

小鹿，它们其中一只仰天长啸

另外一只小鹿羞涩地低头吃草

关于这草，我不得不承认

它是真实的，它是某个工人

从某处移植过来，同理可以推测

这里的花，也是来自某处

所以关于这座孤岛，我们可以

得出一个结论：首先它是孤立的

它是被拼接而成的，它是存在

于现实和虚幻之间的，它与我

有着一种仿佛命中注定的缘分

且它是可以写入诗中的，每次

路过，我都会想象自己是一个

伟大的诗人，我的眼睛，我的

鼻子和我的潜意识开始捕捉任何

带有诗歌的气息，比如睁眼或者

闭眼，或者是闭着眼睛倾听

除了连绵不绝的汽车鸣笛声和灰尘

我在努力寻找一种所谓

"传统的鸟叫声和现代主义的花朵"

我努力证明自己是正确的，就好比

我经过了这条马路，我孤立在这座城市

我在热闹的诗群说了我的某个观点

我开始反省和斗争，我望一切因果

可以扭转次序，我试着把黑暗剖开

去看看究竟里面是一点点光亮，还是

更加黑暗。我努力让自己静下来

认认真真地听听一朵花在开放的过程中

是否会发出微弱的喝彩声

点 评

　　一个人久居城市，大概很容易形成一种格式化的生活方式，以适应城市生活的格式化布局。但对一个怀有诗心的人来说，他就会产生某种特别的渴望，比如在城市的某处流连，希望发现某种去格式化的新颖的事物，但实际上很难摆脱这种格式化的生存状态。此诗的标题"一处"就有点特别，它表明一种无名的状态，一种被遗弃的状态，似乎也包含着无可奈何的叹息。现代都市人往往处于被孤立的原子状态，是与这种格式化的生存处境联系在一起的。因此，诗中写的虽是城市中某个处所，其隐喻的意义却具有普遍性。

这是城中一处不为人所注意的地方，诗人称之为"孤岛"或"迷你公园"，倒也显得非常形象。在城市逼仄的环境中，这里还算是另一方天地，"它的存在与川流不息的北一环／格格不入，它像一个迷你公园／被设置在一条拥挤的道路边"。身处闹市的现代人大概都有这样的经历，这里本来是市民休憩的处所，如今却被人遗弃。因为面积太小，这里"没有现实的鸟群"，两只仙鹤是木制的，两头小鹿是藤编的，草和花倒是真实的，但也是工人从某处移植过来的。"孤岛"中的一切都是"被拼接而成的"。这是一个现实中的一个场景，却又带有虚幻的性质。这样的场景在城市里随处可见，远离真实的自然状态，隐喻城里人精神上的某种枯竭。

诗人对这个环境的描写非常真实，诗中具有反讽的意味。诗人写得愈真实，反讽的意味愈浓。诗人对这个环境无可逃避，与它"有着一种仿佛命中注定的缘分"，所以，他想象自己是一个"伟大的诗人"，试图用自己的眼睛、耳朵、鼻子去感受这里的一切，努力去寻找一种所谓"传统的鸟叫声和现代主义的花朵"。当然这一切只是徒劳。人与自然的关系向来是诗歌写作中的一个重要主题。诗人天然地亲近自然，实际上是其真性情的流露。另一方面，这也是一个愿景，诗人希望在城市化加剧的进程中，人与自然都保持天真的状态。

特邀点评：吴投文

我尤怜爱那些不开花的植物

》 方 斌

在山肩。当他们惊呼于那一树的妖艳
我的目光却投向低处，黏住了
影子一样幽暗的一地苔藓

它们簇拥着石头，给它裹上一件时光的睡袍
像深褐色的血痂，缝合了大地的伤口
像一句蒙尘的箴言，微光难觅

是的，我尤怜爱那些不开花的植物
像怜爱沉寂的群山，爱隐忍的矿与托举
像怜爱河的源头，爱被遗忘的汇聚与孤独

匍匐者的释放从来就在黑夜，在冰冷的盲区
它们是羽翼下的气流，是秒针追赶的微乎其微

是荒野端着月亮的小塘，是对月的小哑巴
——这像极了我一生未吐一字的二婶
——此刻，我想好了为她写的墓志铭：

宋月娥，女。生于苦，卒于难

她用无语，为丈夫打造了另一条腿

她用无语，为一对儿女勾画出远方

拜托每一位善良的路人，她没有说的

请你替她说出来——

点评

　　为卑微者唱一首赞歌，对诗人来说固然是一种道义，却也是一种冒险。诗人本身如果没有贴近卑微者的人生体验，单有同情心也是靠不住的。在新诗早期，胡适写过一首《人力车夫》，他对人力车夫的人道主义同情就多少显得有点浅薄，到底压不住人力车夫心里的苦楚。后起的很多诗人在技巧上高出胡适不少，却同样没有走进卑微者的心里。当然，成功之作也有，如臧克家的《老马》，贴着老马的命运来写，在寥寥八句里看得见手脚贴地的农民的辛酸。

　　我这样说，并非要把此诗比作臧克家的《老马》，不过在写作的态度上，两者恐怕有一致的地方，就是用一种在低处生活的态度，感受卑微者的无言和无言后面的苦楚。

　　此诗的成功之处是写得适度，诗人把情感克制在修辞的恰当上，对称于卑微者内心的伤口。当人们"惊呼于那一树的妖艳"，诗人却把目光投向低处，牵挂脚下的苔藓。苔藓是卑微之物，却不是无情之物，"它们簇拥着石头，给它裹上一件时光的睡袍"，也像深褐色的血痂，缝合大地的伤口。古人写诗擅用"兴"的手法，"先言他物以引起所咏之辞也"，此诗也是，且用得非常妥帖，在一个对照的结构中呈现出卑微者的真实命运。诗中的宋月娥不正是像苔藓一样卑微吗？但在高贵与卑微之间，诗人的眼睛朝下看，所写就的就是一首关于土地的赞歌。这就是诗人的怜爱，可以唤起人们去关注"那些不开花的植物"。

特邀点评：吴投文

烧烤摊

» 王江平

烧烤摊
你到来时，天气已发生微妙的变化
但不妨碍，我们穿过小巷，转身投入

热浪卷起的巨大菌尘中
想来——我们已多年不见，必不可少的食物

会层层地筑起在你我之间。我们把想说的
冷暖好坏，都默认在里面，并嘎嘣嘎嘣吃出响声

吃，只是我们推心置腹的一部分。我还留意到
你悄悄从眼角，释放的几朵白云——可能我也有

我们曾经交换或者递来递去，直到天上的云层
足够厚，足以发动一场大雨，笼罩在我们的四周

雨里，有人在他闷闷的中年打出鼾声？
"多么恐怖！"这不，我们的整个下午

像纸屑一样，被乱风卷走。只有散尽的街道中

杯盘已碎，亚热带植物，迅速长满你坐过的空椅子

这是我此后大致记得的模样，还有知了，失控地

叫响着洗净的天空：知吾……知吾……知吾……

点 评

　　《烧烤摊》是一首有生活气息、有人情味的诗。诗人在不动声色中抒发自己的情感，并感染到读者。平凡的小事如此感人而有诗意，主要得益于诗人的构思。诗人在诗的第一行就让天气参与到诗人的表情达意和意境渲染中，从而实现他的诗意抒情。文本现实不是现实，"现实"成为"现实感"并诗意盎然，必须要通过语言、修辞、记忆、经验和想象力来加以实现。在这首诗的结尾，诗人写道，"这是我此后大致记得的模样"。当人们回忆时，总会添上一些东西；当诗人回忆时，他带着我们回忆。诗人既让我们置身现场，又让我们体味回忆和回味，妙就妙在他有效地选择了一个意向群。当然，要将内在的心理反应传达于人，光靠单纯的情感概念加以表述往往无法奏效。意象是诗与其他文学体裁最大的区别，这首诗中的意象饱含了情感的形态，具有拟情性，并且与情感和情境非常完美地契合，使诗人与友人小聚过程中的情感、情绪、思想都可触可感。并且，这种情感是起伏的、强烈的，虽然诗人力图克制情感的外露，但是情感及与其相关的人事的比拟物——天气及自然风物和它们的变化却是显著的、强烈的，得到突出的。诗人就这样在抑扬中使这首诗具有了张力。诗的倒数第二节，"我们的整个下午 / 像纸屑一样，被乱风卷走"，"亚热带植物，迅速长满你坐过的空椅子"，诗人又在借用自然现象况味人事：一切都会属于过去，若没有回忆，一切都会被遗忘；若不在诗中重温，人间的温情也会淡薄一层。

点评网友：齐凤艳

祖国的可能性

》 **黄劲松**

我在睡眠中醒来，思考祖国的可能性

那么，它可能是一个梦境

从长城到黄河，都在咆哮或者肃静

我从东北到华北，到华东和西南

经过了西北的山冈，沐浴了东南的风气

无论是北方还是南方，无论是东部还是西部

我都有一种赞美，在梦的星光中

成为无限的高度，成为追索和温暖

那么，我将打开我的窗子

看到街道和红色的墙壁，看到归家的人

提着袋子，像一个孩子般的纯真

在他们的字典里，一定存放着一串

祖国的名词，让他们铭记

在午餐之后，他们会默默吟诵并且感动自己

如果我离开这座城市，那么一定会被

另一座城市接纳，我的微小、卑陋和朴素的面貌

将会重新焕然一新，像真正的主人

被赋予了叙述的可能。那么，我的祖国

会越来越辽阔，如同我金属般的远行

通过了所有的城市和乡村，通过了

桥的认证、老虎的叮嘱，通过了

广阔的人群和他们手里的果子

而这苍茫的人世必将崛起在祖国的心脏里

点　评

　　祖国，爱情，亲情，生死等，皆属于文学创作的永恒主题。如何写出新意，是对诗人的一种考验。不少诗人躲避着这样的主题创作，因为，写不好就露拙了。这首诗的作者有着"向难度写作"的勇气，虽选择了"祖国"这个大主题来挖掘，但从一个很好的小切口来破题，即从个体人对祖国的真切感受入手来层层揭示——祖国与人的内在的关系以及个体与祖国之间种种不可分离的可能性和必然性。他用众多细节场景、典型物象、独特感受给予诗性呈现："我将打开我的窗子 / 看到街道和红色的墙壁，看到归家的人 / 提着袋子，像一个孩子般的纯真 / 在他们的字典里，一定存放着一串 / 祖国的名词，让他们铭记"，这些细微的工笔描绘使诗歌有了质感，呈现出静与动，潜流和波浪的节奏，让人读来亲切可感，不浮不假，是真情的流露。他对"我的祖国"寄托的希望是"会越来越辽阔，如同我金属般的远行……通过了 / 桥的认证、老虎的叮嘱，通过了 / 广阔的人群和他们手里的果子"等等，最后"将崛起在祖国的心脏里"。这首诗的主题在多角度、多侧面、复调的叙述和抒情中得到升华，产生应有的艺术感染力。这首诗的另外一个特点是使用了不少意境阔大的词，如黄河、长城、东北、华北、祖国、红色等，都是长期以来政治抒情诗用滥了的，诗人再次加以大胆使用，并成功地让它们发挥了应有的作用，但同时，他更多地写到"归家的人"，"广阔的人群"，"手里的果子"，"我的微小、卑陋和朴素的面貌 / 将会重新焕然一新，像真正的主人 / 被赋予了叙述的可能"，让思想在众多诗歌意象里流动和闪光，并最后完成对意境以及主题的雕刻和托举。这首诗在思想性和艺术性二者的结合上有新的探索，值得推荐，可能对写同一题材的诗人有一定的启发。

特邀点评：李云

余　晖

» 青小衣

光都奔向西天，聚拢，汇合
天空成五彩，开始失重，向西倾斜，坠落

落日沉甸甸的，越来越低
据说，它们要去的地方，是个极乐世界

我身上还有黑暗，它们不带我去

点评

　　古往今来，有太多诗人写了落日和余晖，"大漠孤烟直，长河落日圆"是，"天长落日远，水净寒波流"是，"千嶂里，长烟落日孤城闭"是，最短的现代诗《落日》"圆 / 寂"也是。《余晖》仅五行，前三行是一般性的景物描述，是平淡无奇的，是散文诗化的。一般的诗人均可以完成，可能有诗人还会比他写得更好。"据说，它们要去的地方，是个极乐世界"，陡然让我们有了一种流水坠崖的慷慨感和失重感，瀑布在目，心跳加速。诗的流淌在这里有了它的重量，这只是语言诗意的第一叠瀑；第二叠瀑，是它的结尾，即"我身上还有黑暗，它们不带我去"，读来感到人在自然界中的渺小和无奈，以及诗人对自己的内省和心灵审视。上帝说"要光就有光了"，这是创世纪造物的初始，"光"是人类生存的物质条件之一，"光"却在此时去了"极乐世界"，而"我身上还有黑暗，它们不带我去"，我的黑暗所指的是什么，诗人没有明确说出，我们能看到的是诗人的忏悔和自我救赎的诉求和独白。这首诗虽仅有五行，但内涵丰富，所指向的意蕴复杂多元，可以多向度、全方位去解读它。拉金说一首好诗关键在结尾，这首诗做到了。

特邀点评：李云

树名考

» **石 棉**

认识一种植物比写出一首诗

更令我期待。在陌生的树前驻足

它的名字暂时是个秘密

我用这个秘密消磨下午时光

真相不急着揭晓

大可以慢慢交谈。话题涉及

根系、花期、果实、气候

也大可以涉及一些与身世

无关的琐事。一下午，我与树的交流

多于人类，而它

与人类的交流多于其他树木

我不知晓，树与树之间

是否用得上提防之术

只确定我提防人类的技巧

用不到这棵树的身上

当最终得悉它的名字，从秘密中

走出来，其欣喜

不亚于从一场推心置腹的交谈

获得极纯粹的友谊

　　《树名考》的成功不在于写作技术层面的技巧性，而在于诗人对现代社会、现代人精神层面描写的思想性上。现代社会的快速发展引起现代人精神上的焦虑、人与人之间的不可信任性、友谊的殆灭、人与人之间相互设防和拒绝交流，这些业已是现代人普遍患有的现代病，诗人敏锐地发现这个被世人默认并践行的问题，他用手术刀似的诗歌语言，剖开社会的病灶，揭示现代人精神"癌细胞"的危害。这是个很可怕的现状，人与人之间提防，我只能与树交流，去猜树名，更可怕的是这种被诗人联想到的植物的世界，树木与树木之间也少了交流，现代人的现代病毒在向世界万物扩散和传播，包括树，这是诗人对现代病危害的深层次揭示，一般诗人只停留在第一个层面，人与人之间相互提防、警惕，而这首诗的作者显然思想深度与广度更深远和广阔。这首诗虽然揭开了病的内核所在、危害所在，指出现实情况严重，但它的基调不黑不灰，有亮色、有暖色"当最终得悉它的名字，从秘密中／走出来，其欣喜／不亚于从一场推心置腹的交谈／获得极纯粹的友谊"，有了这样的诗之思，诗就立了起来。

特邀点评：李云

冬日的武功

》 **阿明东白**

冬日的武功，

不需要五彩缤纷的装饰，

黄色就足以展示其纯金的价值。

北风呼号，

胜似千军万马在鸣嘶：

冰冻雪封，

看渭、沮、漆水在潜流不息。

冬日的武功，

神农的后裔依然有稼穑梦想：

炎黄的子孙更把茂陵的大风高唱。

而云中的汉节，

大唐的神韵，

马嵬的遗爱，

早已化作原上泥土的芳香。

冬日的武功，

不喜欢花言巧语的迷惑，

挺挺的白杨、交错的阡陌，

就尽显她的高洁与鲜活。

冬日的武功，
在拔节中安睡，
暖暖坑头、离离梦想，
希望于立春前放飞。

冬日的武功，
是正入浴的美女，
脱去旧装、飘洒精美，
一洗大西北的尘垢与耻辱！

冬日的武功，
焕发蓝田玉的华彩，
日雕月琢、历久弥新，
人民是绝代的天才。

啊，
冬日的武功，
我不凭吊你七千年的苦难，
只为你今天全新的追求：
我也不寻觅那虚幻的仙山琼阁，
只来灌注创造新时代的神力。

　　诗的题目《冬日的武功》，引人入胜，让人浮想联翩。"武功"，一语双关，既为地名，又容易让人联想到武力功绩，甚至军事冲突的本义，加上其前缀的"冬日"，让人蓦然而生一种千年沧桑、冬日肃杀的通感，营造了一种古远、厚重、沧桑的氛围。

　　诗的开篇似乎就呼应题目。"黄色就足以展示其纯金的价值"，起兴和点明主旨。"黄色"和"纯金的价值"不仅道尽了黄土地黄皮肤起源于此的地方特色和价值，还点明了赞美武功"纯金的价值"的主旨，引领全诗。

　　而最后的抒情，大有"俱往矣，数风流人物，还看今朝"的磅礴气势。不仅加强了"人民是绝代的天才"的赞叹，还讴歌了"纯金的价值"——"创造新时代的神力"，并展望"神力"将创造更加美好的未来，更提点了诗"贵"之处：要担负为新时代振臂呐喊的责任。

　　全诗抒情色彩浓郁，语感极富诗味，抑扬顿挫节奏明快，铺陈、比喻、抒情恰到好处。诗人虽然勾勒了武功的"武功"，但又表明"我不凭吊你七千年的苦难"，而浓重抒发"人民是绝代的天才""黄色"创造"纯金的价值"的赞美之情。每节"冬日的武功"反复出现，加强了整首诗歌的抒情效果。特别是最后一节直抒胸臆的抒情，把整首诗推向高潮。抒情虽然戛然而止，但余音绕梁，余味无穷。

点评网友：王干

群山之间

» 雪 迪

山鹿在低地的绿草里。
鹿角的蓝色请求客居人
带着模糊的心愿起身。

四月充满了想入非非的人。

远方，那些切开城市的河流
孤独地一起流动——
人群跟随人群，消失

在生锈的暴雨中。

旅行者返回。带着当地人
赠送的铁器和盐。
他叙述着像一棵树正在生长。

群鸟飞翔。像遥远的海滩上，一片伞。

　　从题目和正文诗句提示的经验看，这首诗的发生源自作者一次或者数次在山间的旅行。不过，作者并不必然就是诗中所出现的旅行者。全诗有着一个既在旅行者这类人之中却又超越于一般旅行者的全知型叙写视角，以及一种旁观者的疏离态度——他身体的旅行已经结束，但对于旅行的意义、旅行者动机与心态的反思却没有停止，于是有了这首诗，有了这首诗的克制、冷静、疏朗、干净。

　　全诗因为旅行者时空经验的变换而分成内容不同的两个部分：

　　一至四段是前一个部分，曾经在日常苟且的生活中"想入非非"的旅行者，此时恰恰置身于山鹿、绿草、蓝天构成的童话般美丽的旅游地图景之中，但却又因为即将离开此地而留恋不舍，并对即将返回的"远方"孤独的城市生活心生厌憎——"人群跟随人群""生锈的暴雨"这类意象都渲染了这种负面情绪。值得肯定的是，这前一部分的主题虽然处理的是眼前苟且的生活和"诗与远方"之间的关系，但采取了倒反视角的独特写法，把"远方"与苟且的城市生活结合起来，使得"远方"的意象反而失去了流行修辞中的理想意义，而"眼前"的旅游场景却恰恰具有"诗"的魅力，这种构思堪称自出机杼，别有新意。

　　四段后面的部分，所涉及的是从上一次旅行中返回日常生活的人们的状态和心理。因为旅行，旅行者看到了世界的美好、生命的美丽，更获得了新的视野、新的思维，获得了新生般的力量和积极生活的勇气——（"铁器和盐"／"一棵树正在生长"），与此同时，旅行者还展开了对另一次旅行的向往和想象——"群鸟飞翔。像遥远的海滩上，一片伞"。作为全诗的结束，这最后一句漂亮、开放，却又具有法度之美，因为空间感上有群鸟在上、花伞在下的立体互衬，且有"飞翔"之动与休憩之静的结合。在诗篇结构上，五彩"海滩"的意象恰与绿色山谷"低地"的意象相呼应，而又经过了转换。这些都说明，作者有着娴熟自如的诗歌创作技艺。

特邀点评：钱文亮

夜晚散步

» 冯　娜

我喜欢和你在夜里散步

——你是谁并不重要

走在哪条街上也不重要

也许是温州街、罗斯福路

也有可能是还来不及命名的小道

我喜欢你说点什么

说了什么并不重要

我能听见一些花卉、异国的旅行

共同熟识的人……

相互隐没，互成背景

我喜欢那些沉默的间隙

仿佛我并不存在，我是谁并不重要

你从侧面看过去，风并未吹散我的头发

它对我没有留恋

风从昨天晚上绕过来

陷在从前我的一句诗里：

"天擦黑的时候，我感到大海是一剂吗啡"

我喜欢那些无来由的譬喻

像是我们离开时，忘掉了一点什么

点 评

　　这首诗属于平中见奇的那类好诗。作者选取的题材是人们习见常闻的散步习惯，却又传递出自己独特的散步时的感觉、心态，写得颇为机智、从容而又坦白。作者从日常生活中体验并汲取生命的喜悦，通过"我"所喜欢的事物，自然而然地流露出诗人恬淡自得、悠然自在的随和个性。

　　如果望文生义，人们一般会以为这首诗大概要写写夜晚散步时经过的街道、商店、行人或者湖水、行道树、灯光什么的，那种简单的铺陈写实、那种比较平庸的没有什么想象力的日常生活流水账，但这首诗的作者聪明地避开了那种懒汉写作的陷阱：诗歌描述的起始场景虽然是在眼前、脚下，但诗人关心的却并不是身边景身边事，他的思绪飘忽不定，仿佛穿花蝴蝶，翩跹于往事（"温州街、罗斯福路""来不及命名的小道"）、回忆（"共同熟识的人""昨晚"）、想象（"大海是一剂吗啡"）与远方（"一些花卉、异国的旅行"）之间，从而带来一种灵动、飘逸之美；同时，这首诗也活画出诗人或艺术家在日常生活中典型的心不在焉的精神状态，因为这类人总是习惯于沉醉在自己内心的精神活动里，想想曾经走过的人生路，回味回味"从前我的一句诗"，或者全神贯注地要捕捉一个不期而至的艺术灵感……正因如此，"你是谁并不重要／走在哪条街上也不重要"，"仿佛我并不存在，我是谁并不重要"。那么，诗人认为真正重要的是什么？诗歌的结尾似乎就是答案："我喜欢那些无来由的譬喻／像是我们离开时，忘掉了一点什么"。是的，相对于一成不变的日常生活，变化是美的；相对于眼前此处，远方是美的；相对于必然的法则，偶然、自由是美的……而相对于被俗见常识、陈词滥调所麻木的感觉，"那些无来由的譬喻"是美的，是重要的。

特邀点评：钱文亮

哭　泣

» **向武华**

在河边哭泣的女人，有点空洞

也许她的哭泣毫无理由。在山上哭泣的人

站得那么高，他明显感觉不妥

即时跪下来啦，并高举瓷碗，洒下烈酒

在街上边急走边哭泣，一定事发突然

有人在剧院里，泪流满面

散场灯打开，他是多么难堪

最让人动容的，是一脸横肉的屠夫

扶着棺材在哭，他瘦小的母亲在内面

他的哭像在杀一头猪

不是所有的人都哭得出来

最让人想哭的话是，心里难过就哭出来吧

过了五十岁后，没有人好意思哭

一张脸都成铁块啦

有时，你想哭（写这话时，我就觉得特别难为情）

你顶多去找一个人喝酒

这样的人也不是那么好找

你还是想哭。来到河边，你即使哭出来了

也是那么空洞，你不知道为什么要哭

每一条过往的船，它的马达声都像怒吼

你更加不好意思哭

点 评

　　人有七情六欲、悲欢离合，欢笑、哭泣时时在我们之间发生。然而，同样的行为背后却有无数不同的故事和原因。很显然，这首诗的作者对哭泣的表象及其背后的个人心境、处境，有着自己独特的观察、理解和归类，所以，出现在诗歌中的哭泣者虽然处于具体的时空场景——河边、山上、街上、剧院里、棺材边……哭泣者甚至有具体的表情、举动和肖像——"跪下来""边急走边哭泣""泪流满面""扶着棺材在哭""他的哭像在杀一头猪"……这些描写生动具体地再现了日常生活中芸芸众生的种种哭泣形貌与状态，但是作者的旨归显然不在这些现实琐碎事情的复制，他更感兴趣的是关于人类生存的形而上思考，是通过个体生命此在的真实表现出人类本然性的孤独与无助。所以，诗歌中的哭泣者只是比较抽象的普遍概念，作者在诗中想表达的大概是一种大的关怀。

　　需要肯定的是，作者在对世间种种哭泣表象进行超越性观察与思考的过程中，实际上投入了深深的同情和悲悯。表面上作者是在写女人、有人、屠夫之类似乎与自己不相干的人与事，但从诗中所使用的字词句和修辞中，读者不难感受到作者自身饱满的生命体验与回味，例如"不是所有的人都哭得出来／最让人想哭的话是，心里难过就哭出来吧"，这显然不是没有沧桑感的年轻人能够轻易写出的；而倒数第三行诗的"空洞"不仅呼应了开头的情绪，而且"每一条过往的船，它的马达声都像怒吼／你更加不好意思哭"这最后的诗句更有反弹琵琶、一扫沉郁的振奋昂扬的气概。

特邀点评：钱文亮

清　明

> 》诗之梦人

年年去父亲坟头看一样的青草长高，
又看到周围鼓起几个掖在山腰的小包包。
几滴雨落在石碑上的痕迹，说明不了什么，
只是我们非要拿它唤作一种悲伤。
烧过的纸灰任风吹起，还有泣声也随风吹远，
唯独头顶的天空，照旧飘荡几朵浮云，
浮云下，我们哭肿的脸总面朝来时的村庄
少了一个人身影的村口，梨花正白。
纯白的梨花哟，真的，我不想借你的名义
再去凭吊游离的亡魂——
清明，算是一次被雨水洗净后的镜子
我们都成了镜子里装饰自己的野山和树荫。

点　评

　　清明节祭扫缅怀，对于以家族为单位的情感共同体具有传承孝爱与
感恩文化的意义，也为个体提供了梳理生命态度的契机。诗人以自然的诗
性感悟返照自身，语言富有张力，使这首诗超越了寻常诗歌的感伤模式。
诗的开头，如叙家常的语气引人迅速地入情入境。"一样的青草长高"与
"周围鼓起几个掖在山腰的小包包"，将草之生、人之死置于同样的空茫流

转中来比衬，使人顿生无比凄凉之感。"几滴雨……说明不了什么……非要拿它唤作一种悲伤"，可见情感本真的呈现，又看似矛盾地显露出对那种传统文化心理的解构意识。随后，诗人通过现象描绘提供了对此矛盾性的化解（"……任风吹起……随风吹远／……照旧飘荡几朵浮云"），是说我们投射于外物的悲情和一些人为因素，会由自然的深远流程得到消解。这种对自然的切实体悟，孕育着生命境界的升华。而"我们哭肿的脸总面朝来时的村庄／少了一个人身影的村口，梨花正白"，是把死之静默与生之洋溢放到一起观照，让情与景形成互补，寓示着生命主体意识的回归。"纯白的梨花哟，真的，我不想借你的名义／再去凭吊游离的亡魂——"，诗人终能旷达于生死，不再把梨花作为一个寄托哀思的象征符号，而是将其作为超越性的生命之光。诗人在清明的省思中得到了自然的感召，他所追求的新生像梨花一样清白纯真，像野山和树荫一样生机盎然，宁静安详。但这不是让人简单地去赞美岁月静好，而是让人时刻保持着新鲜的信念感和认真清醒的态度，达成生命之清明。

点评网友：忱子

沉香录

» 徐　敏

1

做错事，被母亲责打

夜半醒来，母亲正用热毛巾

敷我半边肿胀的脸

母亲自责：手真重！

一滴泪滴到我另半边脸上

2

学校早自习，由我带读

我读一句，全班同学

跟一句。母亲经过

站窗外听。放学时

母亲对我说：真好听！

春末，大学生，喜好文学与电影。

那天我们全家没有早餐

3

读中学时住校，到星期六
才回家。晚上母亲做饭
用大碗盛给我，碗底多了
一个鸡蛋和一坨猪油
母亲挨着我，不让弟妹靠近

4

弟弟半夜发烧，口渴找水
母亲起床，点着煤油灯
用搪瓷杯架上面烧
水烧开时，天有亮色
弟弟已安稳睡着

5

妹妹年幼，嬉闹时母亲逗她
说：我要死了，以后你跟谁过？
妹妹不知所措，瘪嘴而哭
母亲大笑。外婆从房里走出
以掌击母肩，嗔骂：
鬼打的，乱说话！
不想此事竟然成谶

6

妹妹学大人唱歌，不知母亲
在里屋，一个人有模有样
但词差曲荒
母亲憋了很久，肚子笑痛
才出来。妹妹羞得扑她怀里
不肯抬头，说：赔！赔！
母亲仍笑，连答：赔！赔！

7

端阳节，外婆徒步八里路
送来自家门前的栀子花
母亲喜不自禁，一朵一朵
浸到杯碗之中。满屋清香
母亲蹲到外婆面前，帮她揉脚
外婆的脚裹得很小

8

母亲到国营商店工作，不会
打算盘。村里老会计教她
老会计说，打算盘要些时日
母亲说，我三天后上班

上班第一天，主任夸母亲
没想到你算盘打得这么好

《沉香录》书写的是亲子之爱，作品的表达超离了时空背景，因此而显得像是一曲悠远的牧歌，作品清新、隽永、舒缓、简洁，甚至连悲哀也淡淡地掩藏起来，所以读《沉香录》总会让人想到废名，想到孙犁。

《沉香录》的作者徐敏是以记叙、讲述的方式来作诗的，全诗共八节，每节少则五行，多不过八行，是片札、散文诗？或者干脆说更像是今天"朋友圈"里的一条条记录。由此不禁让人猜测，也许这八节只是诗人精选的。八节实际上讲了八个小故事，合在一起塑造了一位温婉、慈爱、孝顺而又聪慧的母亲形象，让人感受到浓浓的亲子之爱。在母亲眼里，孩子是最优秀的，虽然只是在早自习领读课文却也让母亲感到无比的欢欣，驻足窗外迟迟不肯离去以致耽误了做早饭。在孩子眼里，母亲是无所不能的，仅仅三天不但学会了打算盘，还让主任连连称赞。如果说第一节、第四节是从顺路表现了母亲对子女的疼爱的话，那么第三节则颇有点反其道而行之的意味："我"因为在外读书而赚得了母亲的一点点偏心，这更凸显母亲对子女的疼惜。第六节也非常传神、精彩，妹妹天真，独自学大人唱歌"，妈妈躲在一旁暗自欢喜；被妈妈"搅局"之后，妹妹一头扎到妈妈怀里撒娇，天伦之乐莫过于此。第七节借洁白、清香的栀子花来叙写母亲和外婆之间的母女之爱，由栀子花我猜想诗人或许来自于南方，而《沉香录》里女性（外婆、母亲、妹妹）的柔美和南国的温郁似乎也暗暗扣合。诗人的遣词造句也值得注意，比如作品里的句子大多比较简短，可用连词的地方往往以逗号隔开；又如诗句中基本没有什么形容词；个别地方又选用了更具书面色彩的词语，如"瘪嘴而哭""喜不自禁""浸""之中"等等。作品的表达质朴却并不粗野，简单而又富于诗意。

特邀点评：冯雷

古老的事物

特别在四月，所有古老的事物都会抽离出我的身体

展开斑驳河床的酥软的胸膛，怀抱所有的美好

怀抱辛弃疾眼里妩媚的青山，怀抱追随陈与义东去的云彩

怀抱河边佝偻老者的唉声载道

甚至苦难，甚至悲悯

只有在雪山之巅，河流的故乡

废弃的猎人住所旁，折断的木牢，生锈的刀剑

听岁月无声的歌泣

松鼠跳跃的山涧，动物建起了王国

他们各自为政，没有恶意

它们早出晚归，不知道忙些什么，也不知为了什么

古林深处，那些庄严的古老的墓碑，留痕淡去

蕨类藓类植物都爬上大佛像

在厚实的胸脯，抱群。在那里，离佛最近，也最远

听着相同的慈悲

把所有人引向尘世，却从未赋予他们抵达宿命的途径

读《古老的事物》，让我想到了前不久读到的一组以"运河"为题的作品，两者气质相仿、旨趣相似，而且都同样对解读提出了挑战，因为诗人在作品里掩藏了不少东西，犹如诗人跳过了河却撤去桥板，弄不好便会以意逆志。当然，是"掩藏"而不是"隐藏"，好歹还留有几个桥墩，可供人们循着诗人刻意为之的踪迹去感受诗歌作者的情怀。

"辛弃疾""陈与义"，"斑驳河床""佝偻老者"，这些意象似乎隐隐暗示着这是一首向历史纵深处掘进的作品，而作品最核心的部分，我理解，就是苦难意识和悲悯情怀——"甚至苦难，甚至悲悯"。"斑驳河床"展开"酥软的胸膛"，这其中"怀抱"着"美好""青山""云彩"以及"唉声载道"，"青山""云彩"亘古不变，所谓"美好"可能转瞬之间便成为"老者"的哀叹，这正犹如历史的丰富与残酷。所以面对历史，人们才常常觉得自己渺小而可笑，常常生发出悲悯的情怀，"念天地之悠悠，独怆然而涕下"。从前彼此杀伐征战的人早已不知所踪，而"雪山""河流"依然如故，空留下"折断的木牢，生锈的古剑"这些残损不堪的遗迹"听岁月无声的歌泣"。"松鼠"这样不能建立文明的野兽为了生存而奔忙，那人呢？"早出晚归，不知道忙些什么，也不知为了什么"，虽然说的是"它们"，但更像是拿"那些庄严的古老的墓碑"做对比。"大佛像"上爬满了"蕨类植物"，文明已然失落久矣，一辈辈人忙忙碌碌又是为了什么呢，皆为名来、皆为利往？这是无法超越的"宿命"，还是有待超越的"古老的"局限？这些凝重的思考自然没有答案，唯其如此方才让诗人心生"悲悯"和"慈悲"吧。

特邀点评：冯雷

一年中的最后一个早晨

» 梁小静

声音锥穿，我游出梦的重重波纹

窗口微光显影我模糊的觉醒

楼上在悬挂、嵌合与分离

为什么新年了开始敲打呢

触目求新，人还是老样子

我暗中盯着，扪心

开春，你也开出新的心境吗

惺忪中，眼的瀑布断流

我摸黑下床，磕磕碰碰，仿佛客人

墙薄如窗帘

邻居的自鸣钟又要敲响

打六声半，我听见她摁响一桌的失灵

谋生的小方格中震动着

重复和加大力气，我在楼道里

呼应，耳背，提高了声音

晚睡不如早醒

隔着墙，我们各占一样

清洁车在窗下奔突，声泡浮来

生活的密度干粉般播撒

楼下的新飞人，和我一样

　　写生活的诗，往往都会流于情绪高昂的抱怨和过分抒情的套路。但这首诗不一样，诗人从诸多细节刻划入手，以时空顺序进行架构，以点带面，通过独特的语言、意象，白描生活场景，完成诗意构建。"声音锥穿"，有一种王熙凤出场时人未到声先到的震撼，尤其"锥"字用得很妙。诗的开头，诗人就形象地亮出了这把生活之锥，给全诗营造了锥生活和锥心的调子。第二节从第一节的"小我"过渡到现实生活熔炉的"共性"，与第一节异曲同工。内部环境已让人锥心，外来的"清洁车在窗下奔突"，"声泡浮来"，"生活的密度干粉般播撒"，简直让人窒息。生活，受到内外挤压，能怎么样呢？大家似乎都是"和我一样"。诗作至此戛然而止，但余音袅袅，诗意进一步升华。"和我一样"是全诗的立意和主旨，意在唤醒和激励人们走出麻木、困惑的生活境遇，使诗歌的现实主义人文关怀芳香四溢。

点评网友：王干

寻找池塘的鸟

》 **王学芯**

一只鸟从蚂蚁的洞口望去
望向深深的地底　用嘴喙
试图挖掘点什么东西

一只鸟清楚地记得这个洞口的位置
有着一个池塘　片片云彩
曾在水面上腾起

仿佛还有成比例的层次
四周的空间　纷杂斑斓　远处的
村庄紧贴着完美的树丛

而颈子和腰线上的蓝色羽毛
从水波上一掠过　就有透亮的光线
挂上了树梢

现在鸟找不到池塘　过来又过去
它只看到蚂蚁的爬动　川流不息地
在自己的食物里忙碌

蚂蚁的洞口很小很深

那里没有尽头　地下的池塘

也许是个空心的幻觉

点　评

主体（subject）的确立极大地影响着我们看待世界的视角。在观看时，从"我"的角度出发与从"他"的角度出发，获得的效果是不一样的。如果我们能大胆地抽去"我"，将主体位移给他者，必然会有新发现。

这首诗的巧妙之处就在于，诗人设置了一个新的主体（更准确地说，是主体代言人），即"鸟"。鸟的视角，就像一架移动的摄像机。"一只鸟从蚂蚁的洞口望去／望向深深的地底"，循着鸟的视线，读者看到了人在日常生活中很难看到的事物：洞口和地底。接下来，诗歌对主体的书写转移到了心理层面，"一只鸟清楚地记得这个洞口的位置／有着一个池塘"。鸟在寻找池塘（此处代入了重要的文学母题——寻找），而池塘正是本诗言说的重点。对鸟来说，池塘是一个美丽的存在；对诗人来说，池塘则是完美乌托邦的化身。

池塘在哪里？最终，鸟丧失了池塘，"现在鸟找不到池塘"；人类的理想和桃花源也不复存在，或许它们本就不存在——"地下的池塘／也许是个空心的幻觉"。诗人给出的答案是悲观的。在鸟的眼里，作为客体（object）的蚂蚁又使这种悲观感更加浓重，"它只看到蚂蚁的爬动　川流不息地／在自己的食物里忙碌／蚂蚁的洞口很小很深／那里没有尽头"，诗人想表达的是：对鸟而言，绝望感尚且如此；那么，对人（诗歌背后真正的主体）而言，永恒家园的丧失又会是一种怎样的绝望呢？

特邀点评：杨碧薇

弹琴的育邦

» 张永伟

从古琴上看见的，
不一定是埋没古人的青草。
也不一定是月亮。

一株花树，一个书生。
或许就是我反复弹过的梦境：
石头与江水。

其实，我常常不在这里，
在普鲁斯特，或乔伊斯的酒柜旁——
我悠闲地坐着，像隐秘的声音。

从百年孤独，到浮士德，
我已穿越无数的山岭与丛林。
有时候，几乎是一只狐狸引领着我。

为此，我要畅弹一曲：
仿佛我不是育邦，而是另外一个人。
你称我为莫扎特或俞伯牙，也无所谓。

　　自况诗是对"诗言志"的最好诠释。在这首诗里，诗人选用了"弹琴"这一动作来自况。熟悉中国古典文学的人都知道，"弹琴"是一种特殊的行为，它与修身养性有关，也与归隐山林、笑傲江湖有关。因此，"弹琴"绝不仅仅是弹琴，其背后还有着深刻的精神活动和文化旨归。

　　这是一首颇有难度的短诗。作为一名新诗书写者，诗人想通过"弹琴"来接续古典汉诗传统，但又不能沦陷于传统，而必须"弹"得不一样。这就要求诗人对"弹琴"这一行为进行新的创造。古人写到弹琴，往往与自然相伴，"独坐幽篁里，弹琴复长啸"（王维《竹里馆》）、"泠泠七弦上，静听松风寒"（刘长卿《弹琴》）。这首诗也写到了月亮、花树、石头、江水，对古典进行了回应，但"弹"的重心不在自然，而是在个人精神谱系上。"在普鲁斯特，或乔伊斯的酒柜旁""从百年孤独，到浮士德"，通过对个人阅读史的简要梳理，诗人"弹"出了自己的声音。在弹奏／书写中，诗歌实现了时间与空间上的大幅跨越，"我常常不在这里""我已穿越无数的山岭与丛林"。这种跨越既是诗人的内心景象，又是特有的现代风景，与现代的知识、速度、思想、美学进行了全面的对接。至此，诗人完成了对"弹琴"的现代改造，也在这一过程中印证了新诗的"言志"，呈现出一个独特的自我——"仿佛我不是育邦，而是另外一个人。／你称我为莫扎特或俞伯牙，也无所谓"。

特邀点评：杨碧薇

枕边书

——给沈念驹

》 **赵 俊**

青葱岁月里的普希金。长着
金色的封面。在身边慰藉
被荷尔蒙毒害的岁月。这并非
少年维特之烦恼。这是山乡少年
一种新的救赎：只有背诵这些
爱情的诗句，才能弥合城乡差距
而皲裂的心谷。在小镇的边缘
这些诗句，和夏虫的鸣叫一起
制造着晚祷的钟声。让我平静地
看着时髦的少女。即便她们是
上尉的女儿。我也会在书中变成
真正的贵族。用鹅毛笔写下诗篇
然后，制造一场并不存在的冗长决斗

遥远的回想：沉睡的百年孤独被按上
红色的手印。我在英溪河的杨柳边
轻嗅浪漫主义的芬芳。像泥土被燕之喙
带进人居。而低矮的屋檐逐渐被送到

挖掘机的铁胃。那无限消失的稻田
和它们一起构筑新型的居住环境
那立体的房屋拉升着人口密度
却再也无法让小镇青年，相信来自
俄罗斯的诗歌。他们也不愿意以
善意的唇齿，接纳染上俄罗斯气息的少年

在二十年后，你作为普希金的摆渡者
重新让远在天涯的我，回到小镇居室
回到那已被乔迁封存的枕衾。在我用
地方口音抚摸诗句的时候，我并不知道
你也曾在故乡度过寂寥的青春期。你甚至
没有这样的安慰。你在昏暗的编审室
成为艄公，为我运送这样的明亮
这是落泪的时刻：我们有多孤独
就多么需要诗的妖娆，魅惑苍白的生活
不再相信自我注定平庸。在寒冷的流放地
他也不曾熄灭过火焰。而我们即便在
越来越雷同的时代，依然会拥有青铜的质地
闪耀着寒光，变成对抗遗忘的冷兵器

点 评

这首交游诗也带有很强的"言志"性，还涉及对诗歌这一文体本身的认识，有一定程度的元诗特征。但我印象最深的是诗歌里独特的崇高感，那种带有异国腔调（此诗中表征为俄罗斯）的崇高感。

朗加纳斯（Longinus）认为，崇高感来自于庄严伟大的思想、强烈激动的情感、藻饰的技术、高雅的措辞、堂皇卓越的结构等几个方面。一眼望去，这首诗基本符合这几个特征，尤其是"我也会在书中变成／真正的贵族"等句子，更是加深了我的这种阅读印象。但细细比较起来，此诗的崇高感与朗加纳斯所言又有不同。例如，诗人的情感并没有过度的强烈、激越，他在言说上更平缓一些、偏智性一些，对忧患的表达也更"隐蔽"一些，"而低矮的屋檐逐渐被送到／挖掘机的铁胃。那无限消失的稻田／和它们一起构筑新型的居住环境／那立体的房屋拉升着人口密度／却再也无法让小镇青年，相信来自／俄罗斯的诗歌"……种种不同也证明了汉语新诗有丰富的美学可能。

若要指出什么瑕疵的话，我认为诗里的偏正短语太多（几乎每一行都有），过多的形容词会削弱诗歌的力度。总的来说，这首诗能给人以崇高的感觉，因为它坚持了某种永恒的、笃定的诗心和理想："这是落泪的时刻：我们有多孤独／就多么需要诗的妖娆，魅惑苍白的生活""而我们即便在／越来越雷同的时代，依然会拥有青铜的质地／闪耀着寒光，变成对抗遗忘的冷兵器"。

特邀点评：杨碧薇

回　廊

》 叶小楼

普桑般的形式美支撑起关于永恒的主题
——阿尔卡迪亚的牧人
从肌肉到血液都向内收敛着。
古典主义的回廊，一开始就浸透在
视觉隐喻之中，
略过一众婢女和弃妇
同形而上学联系起来。
然而声音，
那些尖锐的、震颤的、反复回旋的、
脱离了词项的、
能够被风吹远和拉近的，
那些在欲望中膨胀着
交织为潮水向你的平庸和无助不断挤压而来的声音
却揭示了
不可化约为直接被给予性的
他者
以及当下你被抛入其间
板岩石瓦上的苔藓，
路易十四衣褶间的铜锈

柯林斯柱头叶脉里的雨渍，

还有激荡在视距之外的高山与海洋。

此刻，

你堪堪理解着

那个林间漫步的老人将

先验的、解释学的、现象学的本体论

改称为"思"的心情：

巴黎，始终有些东西站立着，

有些东西行走着，还有一些

蒸发着。

阳光在下午五点半斜照进来，

我们由此照见自己

随着时间流逝而转动的人格，

始终有一部分曝在光里，

一部分隐在影中；

光影之外则是无限巨大的将来和过去不停奔赴现在

拱卫着我们的持存。

点 评

　　《阿尔卡迪亚的牧人》是17世纪法国画家普桑的经典作品，它是崇尚永恒和自然理性的法国古典主义绘画的典范，古典主义绘画以典型的历史事件表现当代的思想主题，这也奠定了这首诗借古喻今的写作思路。诗人所看到的回廊的古典主义作品充满了对生活的视觉隐喻，略过这些画作中所描绘的婢女和弃妇，诗人联想到现实中一些人形而上学的作风和行为，进而反向思考，用很多词语描述了什么样的声音才是揭示现实问题的声音，"他者"巧妙简约地对现实中所有问题进行了囊括。现实说理之后，诗人开始回味反思，开始体会本体论提出者的心情。巴黎是一个各种文化思想汇聚的地方，诗人所说的"东西"就是指各种思想，在时代的潮流下，这些思想有些站稳了脚跟，有些还在证明之中，有些则已经消失了。诗中的"阳光"象征真理，虽然在某一时刻真理不能揭示现实的阴暗面，但随着时间的流动，阴暗的一面终会曝光于世。

点评网友：柯霖

月圆之夜

》雪 橹

黑是我条绒布鞋上的颜色，我穿着它

在月圆之夜，渡过那片

村口的溪水、坟地和小树林走向山顶

溪水里有风骨清亮的闪电

坟地内有魂魄出窍的亡灵

至于小树林，它有秋天寂寥的落叶

和几只吞啖掉黄昏的乌鸦

那些来路的平坦或坑洼，逐渐向上

一条小道有荒草的覆盖和虫子的鸣叫

一堆花石头，是我曾经遁迹的白云

一丛野菊花，是我前世心仪的隐士

风声吹得无惊无怵，我

一次又一次丈量大地上高山的里程

它愈挺拔，愈让我用攀登征服仰望

它愈陡峭，就让我愈接近峰巅的光明之物

这使我的内心，愈浓稠

便愈获得了呈现的意义

　　新诗写作中存在一种无意识，即进步观念之下挥之不去的旧诗情调和散文幽灵。诗人们休想赶走它，只能推心置腹地认识、熟悉和揭示它，乃至与其成为至交和欢爱的对象。新诗既然从起跑线上被胡适确立为一种尝试精神，除了逐个品尝层出不穷的物与词之外，更要严肃咀嚼一下这枚无意识的硬核，在明知抵抗无果的前提下，让它为新诗做点什么，以便能让新诗更像新诗。新诗麾下作品灿若群星，泛滥无度的怀旧、仙游、乡愁、叹嘘和自谴以及各种段位的仁山乐水、坐地日行、悲天悯人、格物致知和情景交融，都风姿绰约地填充着旧诗幽灵无比饥饿的肠胃。《月圆之夜》描述了一次怡然自得、步步渐悟的夜晚登高。"我"潜入月下的夜影，化身为一双大道至简的黑色布鞋，犹如艺术家的墨点，穿行挥洒在乡间的自然物阵之间。所到之处，万物皆备于我，同时"我"也获得万物的庇护和馈赠——"一堆花石头，是我曾经遁迹的白云／一丛野菊花，是我前世心仪的隐士"——这串移动的墨点，一路化腐朽为神奇，踏入旧诗中士大夫的理想和至上境界。这种精神内容上的无意识，也无意识地规训了语言上的癖好。如果我们将这首诗的主体内容——卸除，那么最终像舍利子一样留存下来且难以湮灭的，无非是三个跟形而上学有关的虚词、三滴浓重的存在论墨点：即"有"（"溪水里有风骨清亮的闪电"）、"是"（"黑是我条绒布鞋上的颜色"）和"愈"（"它愈挺拔，愈让我仰望攀登征服"）。整首诗正是仰仗这三个各显神通、通力合作的虚词才宣告成立。但在新诗无意识的暗中催化下，三滴墨点逐渐融为一线，形成一道墨迹，让无意识的身条尽显。"有"，而非"无"，有东西在那里，等待辨认和定义，这是诗的本体论；"是"，而非"否"，它为存在建立意义，诗人是先天的命名家和阐释者，这是诗的认识论；"愈"，即进取、蜕变、自我更新或自我疗愈，而非恒定如初，也不走向破碎和枯萎，这是诗的生成论。月圆之夜登高的结果，看起来是通过跋涉和仰望去接近"光明之物"，只是揭开了诗的表层含义；然而登高实际是诗人工作对无意识墨迹的测度。一个无法驱散旧诗情调和散文幽灵的当代诗人，他不过是这串虚词的公务员，终身都在为"光明之物"背后那组漆黑的密码而殚精竭虑。是时候该脱掉那双穿了太久、走过太长的路的旧布鞋了，新诗的未来鼓励我们现在就赤脚上阵。

特邀点评：张光昕

独 处

» 叶菊如

1

芦苇愈发高大。一动不动的黑天鹅
突然举起翅膀
蹭了蹭黑夜一样的脖颈
慢慢地穿过草地……

在一截坡岸蹲久了
那一小块黑夜，会背到我身上

2

苍茫是因为三角梅举出浩瀚的花朵
而风匍匐在草叶深处——

不是我制造的这语境
我没有什么可以应和

3

黄昏，就是我说的这个样子
唯有寂静
唯有鸟群

我的宿命：看山看水
看远处的星光和灯火
看一个人在低处把现实分成了两个

点 评

　　《独处》分三节，风格浓郁而冷峭，像一组三联画，呈现出不卑不亢的情态。作者并未将独处的心境和想象压入孤绝，或索性释放成暗中偷欢的狂想，而是不言不语地将其混同成一种间离的观看。"我"的姿势降到最低，接近无为的状态，恰似一种透明的、虚薄的存在，这样便抵制了索债式的浪漫和无节度的抒情，找到了一种少见的角度，让独处的个体一分为三：在第一节中，在间离感和低姿态的视角下，"芦苇愈发高大"，珍稀的"黑天鹅"同样献出珍稀的动作，进入一段走神的时间。"我"长久蹲着，甚至比沉沉的暮色还低，于是出现一个精彩的句子——"那一小块黑夜，会背到我身上"——这似乎是一个现代的消极自我与环境之间的新型关系——"黑夜给了我黑色的眼睛"，这种表述不再被提倡；"我要用它（黑眼睛）寻找光明"，这种断想也被喊"咔"。米兰·昆德拉也用过类似的比喻，来重申人与世界的关系：那是蜗牛跟它背上的壳的关系。独处之际，黑夜（黑暗）不是光明的对立物或通往光明的踏脚石，黑夜就是我们降临在后背的那种不能承受之轻，芦苇或天鹅是另一端的砝码。诗的第二节，间离的力量加深加重，调走了无处不在的风，才能精确地观察到生命内部催发出精神的细微过程，这过程可用"苍茫"和"浩瀚"来形容：娇弱的三角梅里仿佛蹲着一个壮硕的运动员，以"举出"千钧重担的姿态，为新生命赋予诗一样的变形。面对这一切，诗歌这种人工技艺显得矫情和多余，似乎"没有什么可以应和"。那么，面朝土地背朝黑暗的诗人，究竟可以用诗歌"应和"什么呢？在第三节，出现一个与诗歌对等的词——黄昏。西斜的夕阳、柔美通透的晚霞、垂暮的岁时、燃烧殆尽后炉火纯青的生命……共同诠释了一种跟蒸蒸日上、更高更快更强相反的价值观，这刚好是"我"活着和写作的姿态，"就是我说的这个样子"。说，从蹲着的、匍匐的角度说，是一个独处的个体唯一的"宿命"，他参透了"看"的秘密：在"低处"锤炼过的语言，拥有劈开现实的能力。除了现存这个无力改变的现实之外，语言中的现实和独处的诗人共同守护着一种最低限度的美学（寂静、鸟群），也就能同时分娩出一种最高意义的伦理学，即那些隐藏在山水之间必然性命运的知识，相应地我们只能举出"唯有"。这个苍茫、浩瀚的词汇，为一条悲哉快哉的生命醍醐点睛。

特邀点评：张光昕

农民工的妞儿

» 闻小泾

她缩在墙的一角，面前是一方瓷片

她在认真地做着作业

清秀的脸庞，有着城里人的味道

做了一会儿，她就停下来

凝神注视着父母——他们在墙的另一角

努力地抹着水泥

有时伴着机器的切割声

——她的脸上并没有出现困惑或痛苦的表情

对这一切她似乎习以为常——

又过了一会儿，她干脆停下作业，跑到

母亲的身边，她母亲也停下手里的作业，陪着她

玩耍起来，小小的收音机里也响起了音乐声

——她母亲说，打小就带她

到工地上，她已经习惯了

今年 13 岁，念五年级。

　　初读起来，这首诗有些早期白话诗的影子，让人想起沈尹默的《三弦》和刘半农的《一个小农家的暮》等作品。平实浅淡的语言、白描式的勾勒、人生的底层关怀、拙朴中透着鲜亮的形象，这些都构成这首诗达到及格线的必要条件。在一百年后的中国，农民题材的诗歌似乎又迎来新的青睐和新的尴尬。所谓新的青睐，是指当代汉语新诗紧抓不放的道德担当和团圆承诺；所谓尴尬，是指这类题材既不能形成怀旧伦理，也无力开拓出新的解放精神，从而只能做无地徘徊式的自言自语。诗歌发展到今天，写作者内部意见分歧丛生，时时都能生出几位弄潮儿或先锋派，而不论东西南北风，当争论暂停或悄无声息之际，出类拔萃的创造激情很快被抛弃，道德正确性铺就了一个斜坡，通往一处"不坏"的洼地。这首诗的视点聚焦一个在工地上写作业的小女孩儿，如果说她身上反射着什么时代性的话，那就是她不再是那个梳着长辫子的"李铁梅"，亮出仇恨的目光；也不是黑白照片里在书桌前抬起头来的"苏明娟"，亮出渴望的目光。"缩在墙的一角"的"她"不再生成任何一种穿透性的目光——不论是穿透对立面还是锚定自我理想——"困惑或痛苦的表情"不再属于她，取而代之的动作只有"凝神注视着父母"，不远处正在干活儿的泥瓦匠。在各种具有穿透性和破坏性的工地噪音的包围之下，他们艰辛的劳动和古老的手艺不再被拔抹上神圣的光泽，也不再承担某些过于坚硬的、大于肉体的真理。他们无休止的劳碌和微薄的收入，只能勉强支撑起一个小家庭的屋顶，保存着一种"习以为常"的生活，被一台小收音机飘出的音乐度量着，被偶然的游戏填充着——用以抵挡那些迅猛的工业声音、阶层固化的水泥。农民工正从这种撕裂感中抠下几个铜板。很难想象在工地上写作业的小女孩儿将来会成为什么样的人，她没有态度，是感激贫穷？还是逃离贫穷？她现在沉浸于贫穷酿的蜜中。她在错位中溺水，在粉尘和噪音中度过沉默的童年。仿佛这里不需要更多的人，以及更多的道德关注。这里诞生了一种此时此地的诗学（与之相似的是天涯海角的诗学），忍受成了美德，内心移情成了日课，但个体的心智和反思是缺席的，对处境的态度亦是暧昧的。整首诗摇曳在青睐与尴尬之前，"念五年级"的小女孩儿马上要迎来身心的初潮、青春的风暴和自我的启蒙，读者会更期盼着一场伊卡洛斯式的飞翔。

　　　　　　　　　　　　　　　　　　特邀点评：张光昕

外　婆

》 卢鑫婕

药片是吃不完的
疼的时候吃，呼吸不了的时候吃
百无聊赖的时候，也得吃
你从骨瘦如柴的手指上取下银戒指
放在我的手心，上面是一朵花的模样
爱开玩笑的老太太，道别却说得这么认真
"外婆要和你们说再见了。"

画面裂成碎片，变成了割人的玻璃
在每一次经过医院的时候
在每一次看到穿着蓝粉色护工服的阿姨时
我总是把脚步放得很慢，我怕他们突然回头
我怕看到让我熟悉的面孔
像从前那样和我打招呼
"今天又来看外婆了吗？"

　　《外婆》一诗，从药片入手，不动声色地从记忆的静湖中切入深深的爱和痛。起笔"药片是吃不完的"似乎已提示了一种生命的无奈。接下来"骨瘦如柴""一朵花的模样"的戒指，以及外婆的临终诀别之言，从她的疼痛，从她的衰弱，从她面对死亡的坦然，把外婆对生之留恋、对亲人无尽的爱以及作者的情感和爱引到了记忆和心灵的深处。下段开头"画面裂成碎片，变成了割人的玻璃"，从外婆认真而平静的道别"外婆要你们说再见了"中陡然触发，似从平静舒缓的河流跌落深渊。生命和情感的瞬间破碎无情地击打着我们，无情地切割着我们脆弱的情感，触发我们内心的悲伤。在艺术性的构设上，这首诗上段以外婆的话"外婆要和你们说再见了"收结，下段以护工阿姨的话"今天又来看外婆了吗"收结，看似不事雕琢，其实无形之中通过形象把抽象的思维引向了一条情感的河道，仿佛是一种巧遇，却是情感、记忆、怀念和思念之情的融汇。通过对《外婆》的阅读，我们看到了一首具有抒情艺术特质的诗如何在情感的河道中实现人与人、人与世间、人与爱、人与美、人与思想情感的自然流泻和相遇。

点评网友：赵运祥

献给祖国的礼物

他们如此幸福的每一天，阳光温暖

雨水清凉。我拿什么作为献给祖国的礼物

童年在母亲怀里撒娇，看种子发芽

少年好好学习天天向上，听鸟声歌唱

青春像一只蜜蜂在花园里勤恳地干活儿

脱掉了乡村的泥巴鞋，穿上城市的工装衣

人到中年的我积劳成疾，但也不觉得痛苦

像一只蜗牛趴在城市的窗口

我不羡慕别人的生活

我只乐见他们的安乐

我的眼里有辽阔的大海

我的脚下是温暖的土地

行走，奔波，不是无端占有

蝶恋花不带走什么

蜂采蜜也完成使命

生如夏树之繁华，死如秋叶之静美

晚年也大好，回忆自己的一生，忙而不乱

正了自己的心态，做了别人的榜样

祖国啊，现在我没什么献给你

只是要在哪怕是最后的时光里

也要写下你从不放弃怀抱我时有阳光也有雨水的诗歌

点 评

　　《献给祖国的礼物》是一首向祖国以及诗人米沃什的名篇《礼物》致敬的诗。在阅读时，明晰的时间轴带给人以真切的感受，从童年、少年、青春、中年，一直到"大好晚年"，以劳动为基调，以平凡追求为精神主导，洋溢着向上、向善的动力。同时，这还是一首较为成功的打工诗篇。农民工诗歌近些年不断涌现，既是新题材，也是现实题材，这些诗作汇成和平建设时期中国城市的发展史，具有重要的在场价值和心灵纪实意义。

　　高尚，从来与地位和职业无关，只与信仰的坚定、精神的洁净有关。

　　诗作以设问起笔，"他们"指代的不仅包括出生、成长在城市的幸运儿，也包括所有生于这和平年代的人。诗人对自己的一生做了诗意回顾，他的一生是一个人的一生，也影射着无数人的一生。从农村到城市，转型期的劳动者，角色在发生转变。而作为城市的建设者，很可能面对的是被轻视，以边缘人形象出现，汗水和泪水常常相伴，甚至积劳成疾。然而，诗人不抱怨，对城市生活不以为苦，始终以温柔之心去看待城市，并在诗行中自然地流露感恩之心。"像一只蜗牛趴在城市的窗口"，"我不羡慕别人的生活 / 我只乐见他们的安乐"，这温暖的情怀正是新一代建设者奉献精神的写照。只因"对土地爱得深沉"，在这和平安定的土地上，每个人都是幸福的，都享受着阳光和雨水。非经丧乱，不知强国的意义。对祖国最好的献礼就是尊重劳动，尊重本职工作，尽己所能地去奉献。总体来说，诗作在艺术处理上虽略显直白，但因其真实，已贴近一首好诗的标准，因为饱蘸汗水和泪水的诗作总是打动人心的。

特邀点评：何冰凌

山风中两片纠缠着的羽毛

» **深　木**

你坟头的鸢尾花不喜欢旁边新建的搅拌场
那里有太多的水泥粉尘、污水和噪音
鸢尾花不喜欢你儿子就不喜欢
儿子不喜欢肯定父亲就不喜欢
（这话是母亲当年的碎碎念吗？）

我们走吧。不坐你孙子的轿车
那尾箱里空气污浊
我背你，像小时候你背我一样
沿途经过的地方
我会一一告诉你

父亲，小心点，要爬山了
山上好多不知名的花开得细细碎碎
带来的鸢尾花应该能种成活
起风了，父亲
我们是山风中两片纠缠着的羽毛
落日是漂泊的痛，请你
务必用另一个世界的黑遮住它

山路很长，我找不到一首为你唱的歌

小时候生病了或不高兴了

你就把我架在肩上

唱那些我听不明白的歌

"大海航行靠舵手……"

"公买公卖不许称霸道……"

可惜，我竟然不会这些

这世界还是一如既往的热闹

我却缺少了你当年的意气风发

你新的家就在太祖母旁边

感谢祖先，圈了那么大一块坟地

远方的第五重山下

原来有当年我们一大家子生活的老木屋

现在没有了。尊重你的教导——

人不出门身不贵。儿女们都出门了

贵不贵，一言难尽

今夜无眠

你众多的儿孙围坐篝火旁

父亲，乔迁志喜

我得用烟和酒装点笑容

我要去为那些唢呐击打出欢快的节奏

二十多年了，能有你同我们一起共度良宵

已经很满足了

明日你入土为安，儿孙叩别

香烛燃尽。父亲，你要把寂寞枕在头下

你要带着老木屋和母亲来到我的梦里

我们其实都一样，明月清风，他乡

已然就是故乡

点 评

《山风中两片纠缠着的羽毛》是一首悼亡诗，是诗人写给过世的父亲的。

通过以"羽毛"这一核心意象为媒介，诗作写景抒怀，表达了父爱的伟大和人子之哀，同时写出了生命中不可承受又必须承受的失亲之痛。在体式上，这首诗有叙事散文的特点，饱含深情，颇具技巧，放得开，又收得拢。诗作以细节取胜，从鸢尾花不喜欢搅拌站的喧闹和尘埃起笔，写出花与人的共情（"你坟头的鸢尾花不喜欢旁边新建的搅拌场 /……鸢尾花不喜欢你儿子就不喜欢 / 儿子不喜欢肯定父亲就不喜欢"）。父亲一生爱清洁，嫌弃车厢内污浊的空气，而喜欢山风扑面的清凉纯净。那一刻，儿子背着父亲上山，就像父亲在儿子小的时候将他扛在肩上，陪父亲走这最后一段旅程。山花开得细碎，那些移栽在父亲坟前的鸢尾花，盛开的样子极像羽毛，而此时父子二人也像风中的两片羽毛，彼此贴紧；生命脆弱单薄，又如此丰盈多姿。古老乡村的传承已经失去，"落日是漂泊的痛"，山峦重重，老木屋已消失，而逝者已走远，送葬的唢呐带来的是悠长的回忆。父亲的教诲言犹在耳：人不出门身不贵。开明的父亲认为儿女应该像鸟雀一样，长大了就要飞出去，飞出大山，飞向广阔的世界。而儿子像羽毛一般常年漂泊，备尝人世艰辛，最后慨叹，"我们其实都一样 / 明月清风，他乡 / 已然就是故乡"。在城镇化建设进程中，一代代的漂泊者，已不自觉地把他乡认作故乡，这就是加诸诗歌及人类命运之上的深刻的现代性困境。

特邀点评：何冰凌

长安行

» 顾　念

1

从一块城砖开始，长安是存在的
像春草
在白香山的诗句里往复枯荣
青苔整块整块地脱落，城郭
将岁月交付远方

2

月亮孤悬于城头，如一滴泪
夜游人游荡得像虚无，大片大片的黑
顺着墙根蔓延，顺着目光
蔓延。风铃在门洞里，用战栗
指引细微的星光

3

"我是行路的男子，我的睫毛上有露水"

长安在月下燃烧起来，我说我冷

我想让长安成为我的宿营地，可是我不敢说

长安是一个形容词，铺天盖地地落下

点 评

古今长安一片月，这首诗吟咏长安城。《长安行》意象古典，起笔陡峭，"从一块城砖开始，长安是存在的／像春草／在白香山的诗句里往复枯荣"，从城砖到长安城的草木，再到白居易诗歌里"离离原上草"的兴衰枯荣……暮霭四合，青苔剥落的古城墙轮廓，这些物象本身就是深沉的怀古幽思的载体。第二节写城头上的月亮，如泪滴一般，孤悬虚空，也像找不到方向的夜游者，内心积郁，连同那大片大片的阴暗，顺着墙根和目光"蔓延"。城门里有风铃草，与虚空中细微的星光相呼应。细腻真实的写景抒情，绘制了一幅光影交织的时空图景，这孤悬月也曾照过旧时人；旧时城郭还在，风铃草还在月下随风摇曳；古与今、新和旧、情与景统一在一起，惹人遐思。第三节，"我是行路的男子，我的睫毛上有露水"，写月下行路，睫毛上带着露水，一个寒冬夜行人的形象跃然纸上。在孤寂的羁旅行者看来，长安城在月下是燃烧着的，是温暖的所在，是驿站和宿营地，是目的地，但又因为近乡情怯而难以开口。他在徘徊中发现，"长安是一个形容词，铺天盖地地落下"，那曾经辉煌灿烂的长安城，在诗人心里浓缩为一个形容词，充满了某种致幻色彩。一切景语皆情语。诗作精致简约，刺入痛的穴位，传达出一种只可意会不可言传的力量，余韵绵长，意味深远。

特邀点评：何冰凌

双城之夏

» 天　元

以前提醒我夏天到了的

是榕须

南风吹来印度洋的水汽

我们打开耳朵就是音乐节

走出家门就学会了煲汤

榕树散发出高级药材的香气

雨鞋和木棉都用来盛汤

图书馆旁的密林里

偶有碎枝落下打在伞上

就会让我忽然看到一个被师父敲头

将将惊醒的小和尚，他说：

才眯了这一小会儿，就到夏天了啊

就到夏天了吗？

月季堆叠出新的鲜艳

鸢尾、玉簪出落得知性不凡

办公室的空调面板开始有了数字，18

这也是八年前我在广东的数字

初热的时候，调到最冷的一档

等到至热之时，面板亮起权衡而冷静的 26

我在北京，我现在的数字

南风刮来保定邢台石家庄

天空里柳絮密织着灰尘

让人像在看旧电视——新上市的草莓

是视觉唯一的疗救

北京的代谢变得更快了一些

土味的天气、热烈的文章以及缠人的柳絮

去留也不过是几天的事情

夏天是立不住的，他

从南到北汗流浃背地跳来跳去

将我从水做的城市带到了泥做的城市

点　评

　　《双城之夏》以"以前"起句，属于缅怀的温情基调，通过视觉上的榕须，触觉上的风吹，听觉上的声音、乐拍，味觉上的靓汤，嗅觉上的香气，立体感知夏天的到来。范成大说，"连雨不知春去，一晴方觉夏深"，夏天的到来常常是后知后觉的，在广东尤其如此，作者通过生动的画面将其表现得富有诗意与童趣。上段以大量的广东风物描绘出南方温润鲜活的夏景，与后面生硬、闷热、灰头土脸的北京之夏形成了鲜明对比。广东的夏天真的那般美好吗？也不见得，作者赞美广东的夏天，其实是在怀念美好的青春时代，在那个多愁善感、情感丰沛的年龄，少年眼中的一切都是美好的。北京的夏天也不见得就那么不堪，但去了异乡，进入社会，生活的苟且使人眼蒙尘土，如不勤于擦拭，所有色彩都将逐渐退去，夏天就不再是生命繁盛的季节，而是身心闷热难耐的时段。也许，这只是一声从少年到成年人的"无病呻吟"，也有人把它叫作情怀。

点评网友：春末

离乡与回乡之间

> **» 鹈 火**

列车与车轨低沉的，争执，轰鸣，沸腾

渺小带起的霾烟，被确信需要以奔跑逃离

一群群已没入无边无际孤单的种子

一次次默认陌生的荒原，它们相信途中藏有解药

田野后退，山川后退，飞鸟后退，后退的还有天空

前进的是天空的魔幻故事

从狮身到狐狸，犬的背影，屋舍，到崖峰向虚空升去的烟

最后金色恢宏的半圆庙宇穹顶，误入视野

长长的余光，斜照出一种巨大的寂静，和庄严

这下方，滚滚红尘啊，只是一滴小小的眼泪

点 评

　　为什么"滚滚红尘啊，只是一滴小小的眼泪"？也许只有时间能让复
杂的事物趋于澄澈。在离乡与回乡之间徘徊，或是因为爱，因为亲情，或
是因为生命中那些注定往复纠缠的事物，或是因为虩发在微风中拂动的心
事。诗中的种子、荒原、解药、田野、山川、飞鸟、天空，其实只是一个
个生命的符号和隐喻，分享已逝的岁月，眺望心灵的阵雨洗去现世浮尘。
无论生活怎样溃败或不堪，无论自己怎样坠落尘埃，不安总会在心中生

发，生命的潮汐始终给予我们安慰和苏醒。"前进的是天空的魔幻故事／从狮身到狐狸，犬的背影，屋舍，到崖峰向虚空升去的烟／最后金色恢宏的半圆庙宇穹顶，误入视野"，这一长长的置问，它的回答是隐晦的。向虚空升去的烟是什么？无疑是灵魂，是一种超自然的力量，是一种光、一种波、一种磁场共振、一种能量、一种虚空或虚无。虽然我们生活在巨大的落差里，但我相信，我就是我的解药，我就是我的乌托邦，我就是我的菩提树。这首诗写得通透，所以，滚滚红尘只是一滴小小的眼泪。

特邀点评：朱必松

修表店

» 李志明

到处是滴答的时间，潮湿
阴郁，像屋子里四处漏雨

时光神经错乱，此时——
仿佛一场混乱失控的争论
无休无止。每一只表都神情严肃
死死抱守自己的观点

只有头发花白的修表人
一丝不苟，表情纹丝不变
像一个经验丰富的医生
在胡言乱语中寻找闪现的灵感

我感到空间狭窄，氧气稀薄
仿佛来自不同方向的力量
将我分解，过一会儿我就得出去透透气
看看天空和太阳，是否正常

　　天空和太阳都是正常的，只有"我"不正常，而"我"的不正常来自生活的无规则解构。修表店"到处是滴答的时间，潮湿／阴郁，像屋子里四处漏雨／／时光神经错乱，此时——／仿佛一场混乱失控的争论／无休无止"，时间为什么会潮湿、阴郁，像屋子里四处漏雨？是对时间的命名，还是对谎言者的警告？时间只是一枚受精卵，湿漉漉地往时间深处探微，却不知何处着床。时间，无非众鸟归林，诸神归一，无所谓痛痒，混乱的、无休无止的、失控的争论，同时间无关，也同修表店无关，我们去修表店只是为了修正校准生活的信心，以及丢失了再也找不回来的回忆。诗歌，是一条隐秘的河流、一场最高虚构的雪、一个陌生者的悬崖，所以诗人才有这样的感觉——"我感到空间狭窄，氧气稀薄／仿佛来自不同方向的力量／将我分解，过一会儿我就得出去透透气／看看天空和太阳，是否正常"。天空和太阳是正常的，"我"以"我"的卑微，"我"以"我"曾经像一只幼鸟的躯体，勘探了时代精神的矿脉。失重的《修表店》昭示着一种青春和蓝色的狂想、一种多义性精神的存在或者溃疡。

特邀点评：朱必松

紫 铜

——兼答诗人扎西才让

» **索木东**

静坐。听雨。后半夜的时间
正好适合给自己斟满一碗淡酒
如此就能，继续目睹
紫铜般的日子被拉得漫长
如此就能，留住村庄
拖泥带水的血脉

风，也就开始慢慢静了下去
静得就像老祖母留下的尘埃
三十年后，才在骨头缝里
逐渐堆成紫铜的印记

甘南的雪依旧下着，在五月
这样的清冷，足以洞穿幽暗
此灯依旧明亮如初
花开花谢，月盈月亏
万物，皆在一滴露珠里
努力发出拔节的声音

风，又开始浓烈了起来……

　　诗人扎西才让写过"我爱你这如饥似渴的甘南／我爱你高悬的乳房：日和月／神秘的子宫里栖息的甘南"，他还写过"野草像人一样冥想了一冬"，"一半想孕育生命／一半如我，死守着内心的秘密"……事实上，它们的美，是依赖于其他语句乃至整首诗的语境而存在的，言志缘情是很多诗人朴素的诗学观，这同海德格尔所言说的"一切诗都是思"并不相悖。《紫铜》的作者同诗人扎西才让在精神上有某种深度的契合，所以，他们才有互酬唱和，这是中国诗歌的一种传统。而作为地理学符号的甘南，在诗人的心目中就是一块圣地，就像诗人吉狄马加持续颂唱的"我是彝人"。这是一个巨大而源源不断的精神母体，滋养着致敬者和被致敬者一往无前。整首诗音乐性和艺术性俱佳，紫铜，是一个隐喻，也是人类追寻自由和光明的一个出口。

特邀点评：朱必松

勒　流

» 朱佳发

随便就是千年。随便一个转身
就让一条河逆流
枝丫繁茂的北江，并没在意
富余的那股漩涡
曾经泛起的这滴逗号
满眼桃花，一江翰墨
渔网般的河涌，丝丝缕缕
从未迷失成锣鼓的惊叹

支起天眼般的铁锅，随便一支队伍
就能把满天星语炒成碟中可靠的香气
就着飘色的传说，把月光一饮而尽
熊熊燃烧的，是太阳下凡时
最妖娆的醉意

晨钟暮鼓，不过是乡村遥远的底色
犹如鸡鸣犬吠，犹如不灭的祠堂香火
古榕遮蔽目光的迷离时
横平竖直的巷道，弯弯曲曲的鱼塘

开始不经意的写意。一天与一生

一人与一辈，静穆的河水从不惊动小舟

这一切，龙眼尽收眼底

欢腾的人们为自己的前世今生，点着

一年一度的睛

穿过鸡鸭巷，穿过直立行走的岁月

在先蚕古庙和仓沮圣庙之间

我们可以忽略千篇一律的香火

但要相信桑基鱼塘和字祖造字之间的逻辑

白玉兰下，洋别墅前

中西合璧的阳光慈祥地明亮着

雪圃学校的读书声，依然飞针走线

编织着广绣中最为楚楚动人的一瞥

点　评

　　"随便就是千年"，有轮回之意；"随便一个转身"，也暗合佛禅，有一种沉甸甸的情感，发掘了其中的美。乡村呈现在诗里的景物是活灵活现的，同时诗人的才情也天马行空起来，竟然要"支起天眼般的铁锅"，把"满天星语炒成碟中可靠的香气"，还要"把月光一饮而尽"。祠堂、古榕、巷道、鱼塘，诗歌描述出一种乡土文化在时间中的沉淀。历史与现实的交融还体现在人文，香火旺盛是追求一种信仰，而诗人认为"可以忽略千篇一律"，他着重推崇"雪圃学校的读书声"。家国情怀贯穿了整首诗，我们在诗人描绘的场景里穿梭前行，会产生一种易位的共鸣，涌起对家乡、对生活的热爱。

点评网友：莫名

散　步

——与冬箫、加兵在省委党校，兼致金问渔

» **周西西**

低低的音乐里，我们同时抬头看到月亮的脸
昏黄，暗淡
像一块时代的锈铁。它的技艺在于：寂静的光
给世界推出一片空阔之地

但牛毛尖的细雨微微濡湿了夜
我们不急着赶路。乔木的叶，有新生儿般的
清新。白天，我们在此接受关于美的课程
怀有流动和飞舞之心

灯火通明的球场，一群人争夺一个球
有人在树影里吹笛子。提及问渔
冬箫说，他在游泳馆，试探春天的温度

小小的风，吹着一些小小的果子。黑暗里
它们也在勤恳生长，这是一件
多么美妙的事，仿佛自我的觉醒

《散步》采用了商籁体十四行诗的外在形式，借助抒情个体的语境描写与人类主体意识自觉之间的对应关系，阐明人类自我主体意识的觉醒，寓情于理，情理相融，实现了有深度的抽象抒情。

首先，人的自我意识觉醒是建立在对自然环境感知的基础之上的。诗中描写了具象性的抒情背景：朋友们一同雨夜漫步，试探"春天的温度"。作为主体的人沉醉在寂静、悠闲、温馨的春夜里，感知到了自我与大自然既各自从容独立又浑然融合。其次，人的自我意识建构是在与社会现实的间接融合中实现的。诗歌描述了低回舒缓的音乐、迟钝停滞的月夜、空阔的党校广场，这些现实社会的生动场景与人类主体感知发生间接关联，白天激动的心灵与雨夜闲适的心境相互对应，互为参照，折射出自我主体精神的觉醒与现实外在社会情境的映照关系。再次，人的自我意识建构还建立在人类自身积极的社会实践对自我主体意识的唤醒上。诗中有打球的"一群人"，"有人在树影里吹笛子"，朋友正在"游泳"，人类自觉的有意义的体育和艺术等实践活动，使人与自然风景及间接的人类社会环境构成复杂的关联，并在这种过程中感受、认识、提升自我，自我意识的觉醒得以建构完成。最后，人的自我意识的觉醒是人类清醒而愉悦地感知到世界和我们一样在"勤恳地生长"。自我意识——人的主体意识的觉醒，只有通过人与世界之间的诗意关联才能得以唤醒。这些深刻而抽象的哲学理念，因为诗人描述了具体生动鲜活的现实风景与真实可感的具象的情感体验，显得自然而真切，景理情浑然天成，完美融合，毫无界隙。

全诗在形式上大致采用了十四行诗的格律形式：AABB // BBCC // DDD // BAC，整饬中不失灵动。其中，"寂静的光"尚可下移一行，并不违和。"提及问渔"，以人名押韵，似乎有些生硬。然而，瑕不掩瑜，总体来看，全诗从外在音乐性到内在情理相融的组合上，都体现出诗作者较高的诗语驾驭能力，这是一首堪称精致的诗作。

特邀点评：任毅

种烟士批里纯 ^①

» 刘阳鹤

饭后，与友人来喝

加冰的拿铁。我们一边喝，一边

在装有咖啡渣的微型花盆里

种烟蒂，一节接着一节——

我们把同代人种进文学史，

把新诗史的空难种进

我们的吞吐。我们每吞一块

芝士或沙拉，必吐诉一段

或涩或甜的往事。我们终究谈了

太多的涩，事关家族的

种种恩怨，抑或内在史的困顿。

在节间，我们少不了

短暂的沉默，而邻桌不时

旁逸的欢笑，更像是一部轻喜剧，

大多与荒诞的日常有关：

我们接着种，种即将耗尽的

---

① Inspiration 音译。

历史想象力；我们没有理由不把

李金发的微雨，种进鼓楼

传来的钟声，凶年也理应种进去。

我们种啊种，种到无处可种。

所幸，我种下了这些

或有兴味的词，或也无味……

点 评

　　《种烟士批里纯》，意译"种植（诗性）灵感"，诗人用音义谐译的方法，暗示了抽烟聊天过程中纯粹诗性的想象与思辨。夏日饭后，和友人来到咖啡屋"喝加冰的拿铁"，吃点"芝士或沙拉"，一边吞云吐雾，一边愉快地聊天，"烟蒂，一节接着一节"种入"装有咖啡渣的微型花盆里"。我们聊到了当下诗人写作进入文学史的问题，聊到了新诗发展史中苦涩或甜蜜的往事，终究聊到了文学家族的种种恩怨，与各自内在心灵的困顿，这些都是文学发展史（包含新诗史）难以回答的问题。

　　正如我们聊天的咖啡屋的现实环境一样：邻桌的客人正在因为荒诞喜剧般的日常生活而欢笑喧闹，世俗的人们都想在现实中自我放纵而罔顾他人。我们的聊天因为纯粹而更加沉重，间或的沉默反衬出欢笑声的庸俗与无聊。我们谈到了人类历史的想象力与创造力，谈到当下诗歌创作即将被世俗生活所耗尽。面对日常物质生活对现代诗人诗意想象的荒诞化、戏谑化消解，诗人庆幸自己和朋友还保有纯粹的诗心。

　　全诗语句简洁明快，多处对比呈现了悖谬中的反讽内蕴。抽烟聊天的从容与当代诗歌史发展的困顿形成对比，拿铁咖啡的美味与世俗人生的恩怨相映衬，很好地反映了诗歌主题的内外矛盾。纯粹思想者的沉默与邻桌客人荒诞的欢笑形成对比，现代性诗歌的想象力创新与毫无兴味的喜剧性日常人生形成对照，突出了诗歌主旨："诗意灵感"对现实社会及当下诗坛诗意匮乏的价值和意义。

特邀点评：任毅

小　满

》　清江渔哥

番茄长出小青果，辣椒正开小白花
一场夜雨下来，小河的水流急迫了许多
起早的母亲站在田园
一顶斗笠遮不住她满头白发
身影，显得格外瘦弱

整整七十岁了，她把日子缝缝补补
小农意识，从没离开镰刀、锄头和针线
离开几分薄地，两亩水田
她的欲望，从没高过庄稼的长势
高过儿女的幸福

就像这个雨后的清晨，当她看见半月前
插下的秧苗叶片散开站直了腰身
一蔸比一蔸长得水灵
她就想起了出门在外的我们

她就感觉有暖流从脚尖上涌

她就忘记了自己一个人

半夜的咳嗽和浑身的病痛

点评

　　《小满》是一首礼赞乡村母亲的抒情诗。开篇描写小满时节夜雨过后，瘦弱的母亲独自守护河流中的田园，接着书写70岁的妈妈一生为了儿女们的幸福辛劳务农，勤俭持家，"这个雨后的清晨"，秧苗舒枝展叶，长势水灵，就像是"出门在外的我们"。母亲倍感欣慰，而忘了她独力支撑的家园和一身病痛。

　　作品语言清新质朴，多处隐喻，构成一个复调文本。如"番茄长出小青果，辣椒正开小白花"，写初夏夜雨后的蔬菜青葱诱人，隐喻儿女们出门在外事业家庭小有成果；"庄稼的长势""秧苗叶片散开，站直了腰身／一茺比一茺长得水灵"，写夜雨冲洗秧苗，长势喜人，暗示"我们"已经在异乡站稳脚跟，为下文母亲的"欣慰"打下基础。

　　诗句简洁有力，对比鲜明。"小河的水流急迫了许多"与"一顶斗笠遮不住她满头白发／身影，显得格外瘦弱"相互反衬，河水暴涨与母亲的年老瘦弱形成对比，突出母亲的苍老孤独。"就想起了出门在外的我们"与"忘记了自己一个人"相互照应，年轻儿女的外出与苍老母亲的孤身留守形成对比，使诗歌具有了现实针对性。"暖流从脚尖上涌"与"半夜的咳嗽和浑身的病痛"形成对应，礼赞了母亲一生操劳，古稀之年病痛加身依然忘我劳作。

　　总的来说，这是一首当代的《游子吟》。诗歌借助儿女对母亲恩德的感怀，或者通过抽象一些的哲理化抒情，使主题更加深刻隽永。

特邀点评：任毅

词与物

它将来临。拥挤的房间腾开地方
订书机蹄铁
敲着记忆报到册。

翻过一页。现在是钟，嘈杂的
市声之钟敲着脑袋，
心灵方寸的拳头挥舞宇宙
与之对抗。

宁静是诗的处所。喧嚣退潮后
一切开始具有活力。
飘浮起来宣读自身的文件
像圣谕说道权力。

笔躺着，躺着，文字获得独立
黑色意志力透纸背。
雷霆已歇，电话机温驯地睡卧。
碎纸机里语词破絮沉淀。

充满谬误的书写！

蓄积阳光的金色矿苗奋力生长

森林众树拿光影说事

松柏淌甘甜的树脂。昆虫琥珀。

点 评

本诗题为《词与物》，有物才有词，而词可描物。首句"它将来临"，"它"是什么？是词，也是词表述的万物。翻开记忆报到册，先是嘈杂的钟，而"钟"代表的是时间，与时间对抗，只怕心灵方寸的拳头有宇宙那么大也是很难。

喧嚣过后是宁静，一切开始变得富有诗意起来。我们用笔书写文字，思想可以透过纸面，直击灵魂，而思想的绽放离不开一遍一遍地积累与沉淀，不断被修改而被放入碎纸机的纸屑，可以证明。

书写谬误可以被放入碎纸机，但金色矿苗般的好词终将蓄满阳光，长成参天大树，众木成林，众词成章。松柏的树脂流淌着，千万年后成为琥珀。此处呼应开头，好词好句好文章，终将不朽，时间也无法磨灭它。

点评网友：竹石

打　铁

王铁匠一生打铁
再混沌的铸块，经他锤打，都能成器

王铁匠相信，人，也是打出来的
为此，专门制了一把戒尺
从儿子三岁时，开始敲打

起初的目标是皇帝、丞相、元帅和将军
后来是县衙、捕快和师爷
再后来，他只想把儿子
锤成一名铁匠

儿子二十二岁，只会烧火拉风箱

王铁匠走的那天，没有瞑目
他不明白，一生中，也有他锤不成器的铁

打铁是一项司空见惯的民间劳作，曾在莫言笔下创造出了"透明的红萝卜"的先锋隐喻，在利剑高悬的反腐形势下，"打铁还需自身硬"又具有了意识形态的时代性、紧迫性和艰巨性。

显然，从本诗的意脉来看，它既不先锋，也不高亢，而是还原为诗人所知的平民王铁匠的育儿故事。他以打铁为生，从未失手，件件成器，几乎可以自信王铁匠为"铁匠王"。在培养儿子的问题上，他相信，"人，也是打出来的"。

由此，诗思就从"打铁"过渡到了"打人"。这里的"打人"，既是用戒尺打人，进行棍棒教育，也寓意着打造人才——"钢铁是怎样炼成的"。王铁匠将自己的理想寄托在儿子身上，试图以此来锻造儿子。也许因为儿子天资很低，或者没有因材施教，王铁匠对儿子的塑造从皇帝到铁匠，标准一步步降低，最终降低到与自己同类，谁料儿子连做铁匠都不成——从3岁一直打造到22岁，最终只会"烧火拉风箱"，至伟的理想与残酷的现实构成了巨大的反差。王铁匠失败了，他的"人，也是打出来的"的想法被证明是错误了。可悲可叹的是，他至死也没明白失败的根源何在。

本诗以平民王铁匠培养儿子失败的普通故事警示当今父母，在教育子女时要有正确的态度和科学的方法。本诗的意义即在于此。

特邀点评：杨四平

沉思：在巨石阵

» 散　皮

我无法听懂他们的语言
有一种物体，把我们简单地隔离
来途上，我听不懂
司机抑扬顿挫的解说
石阵前，我听不懂
石头里回荡的深沉的低语

我只能用眼睛抚摸世界
虽然阳光的移动，和中国的一样
虽然平原的风，和家乡的一样
但雨落在索尔兹伯里的
土地，石头，敲打着雨
那是异域的密码，久远的仪式

英格兰少女回头微笑，我的仰望
驻留在石头上
广袤的田野泛起绿色的光辉

点 评

英格兰的巨石阵，闻名遐迩。对于如此著名的名胜古迹，世界上不知有多少诗篇已经给予了赞美和咏叹。但对于本诗作者来说，它仍然是一个未知的谜，依旧是"异域的密码、久远的仪式"，其陌生感和朦胧美本身就是一首诗，吸引着诗人既要前往观瞻又要用诗记之，于是就有了这首《沉思：在巨石阵》。

诗是身体的"语言史"。这首诗对此有典型的展现。它从身体的听觉，写到身体的视觉、触觉和幻觉，最终写到身体的心觉。在前往巨石阵的路上，诗人听不懂"他们的语言"和司机的解说；在巨石阵现场，诗人也听不懂"石头里回荡的深沉的低语"。所以，他只得凭借视觉，"用眼睛抚摸世界"，同时感受着与故乡一样的阳光、轻风和雨滴，乃至在出神沉思的刹那，还产生了"石头敲打着雨"（而非雨敲打石头）的幻觉。最后，从发历史之幽思回到眼前的现实，诗人看到了"英格兰少女回头微笑"，并仰望这些石头及其周边无边无际的广袤的生命绿色。

无论是身体的生理学还是身体的伦理学，不管是身体的时代感还是身体的现世感，对诗歌创作而言，诗歌都是靠想象而生。巴什拉在《梦想的诗学》里说："想象将提供给我们的不仅是被沉思的形象的天地，而且是肌肉活动所产生的喜悦的天地。"因此，我们读这首诗，既品味了诗人的沉思，又感受了其喜悦。

特邀点评：杨四平

旧时光

» 翟文杰

平原上的村庄矮矮的
村庄里的旧房子矮矮的

旧房子门前的凳子，矮矮的
母亲坐在矮凳子上

母亲与矮矮的麦子在一起
平原上的风也矮

平原上的风吹黄麦子
母亲的豆子地，被风吹熟

矮矮的风不用翻山
只行走在浅浅的水上

浅浅的水，风中流动很美
矮矮的村庄，风中摇曳着很美

母亲坐在旧时光中

矮矮的旧时光，很美

　　这首诗有很浓的乐府味，有较强的民谣风。朴素、简洁、和美、乐感是其特点，诗题"旧时光"之"旧"，与之熨合。

　　诗人笔下的旧时光，是对故乡的一切（尤其是对村庄里与"矮矮的麦子在一起"的母亲）的念想，因此，它的情感是回溯性的。与之匹配的是，诗的头两节采取的是聚焦式描写：诗人在旧时光里搜索，由大到小，由面及点，如此一来，就有了平原—村庄—旧房子—凳子—母亲，而且，诗人反复用"矮矮的"进行修辞，表明故乡过去的一切在诗人心目中是不高大的，既有它的客观面貌，又有它的情感色彩。第三节承上启下，一句"平原上的风也矮"延宕开了接下来的数节，故乡旧时光里矮矮的风，吹过故乡旧时光里的黄麦子、豆子地和浅浅的水。最后一节，对诗意进行一次美的绾结，使主题进一步升华，因为有母亲坐在矮矮的旧时光里，旧时光才具有流动而摇曳的美，才值得诗人反复回味和抒写。

　　这首诗的成功，除了得益于民谣性的收—放—收的传统抒情艺术结构及其对故乡和母亲的赞美，还得益于其间的一唱三叹、循环往复、顶真暗喻。这是智者的旧时光，因为智者乐水喜动，所以旧时光就不会是一潭死水，而是像轻风、流水那样流淌、摇曳。如果说这首诗具有现代性的话，那就是在它温和的诗句后面，隐藏着几乎看不见锋芒的对当下工商资讯社会利来利往的批评。

特邀点评：杨四平

落下的事物

》 安 然

落下来的……还有神的事物

落下来的疯癫，落下来的忏悔

一点点落下来的音讯

被堆砌的枝繁叶茂也从书页里落下来

我拳头紧握的空白，在紧张中落下来

我，落下来——

树上红的紫的蓝的，金色的落下来

咒语落下来

深渊中避难的蚁穴和蛇洞落下来

千万只蜜蜂飞过头顶，一声尖叫落下来

我呵出的谦卑与荣耀，在驰骋

在西北的大漠中落下来

我体内生长的光线，落下来——

我抱住的一把虚荣，落下来——

　　"落"是一种向下的姿态，跟"升"对立。"向下落"的事物有很多，作者摒弃对自然现象"落"的描述，直奔"落下来"的"神的事物"。"神"本高高在上，是"升"，作者站在低处，将人情、社会背景下的病态现象进行肢解、分离，生死、疾病、意义、爱、虚无等问题，是每一个清醒的人既不能回避又无法绕开的生存环境，作者一点一点深入剖析，当所有"落下"，"我"也落下，"我"所追求或者追逐的"虚荣"也落下，在生命的摧折中体认人与痛苦、与对立的不可分割的关系。作者直面生活，索解命运，将微小事物的"落"和个人感受融入诗中，对客观世界加以叙述，但又不局限于单纯地叙事，而是上升到一种哲学向度，让诗歌内在的精神从个人关怀走向对整个人类的终极关怀，而这，正是诗歌的主旨所在。全诗看似在写"落"，实质是通过"落"写出了"升"。当时间、生命的大幕落下时，一切都将投入到幽深的无言的历史中，万事万物终归沉寂，这或许就是生命的姿态吧。

点评网友：上善

玻璃窗上的苍蝇

» **竹无心**

玻璃窗上飞扑的苍蝇，让我
看见自己的前生，和今世

我们都是，误入一扇门的闯入者
唯有死亡和消失，才能再次回去

几次坐着飞机，在天空转着圈的跑
最后又回到驻地，曾经想长出翅膀

改变出走的方式。无论天空，大海
远比我们想象的，要大得多

黑夜的黑，白昼的白，这些已知的命题
在透明的瓶子里，我们做着不同的解答

光明绝不是真相，它是一个绝好的理由
让我们向死亡奔跑，为希望而拼命

窗外是前世，窗内是今生

你所看到的一切，其实都曾拥有过

点 评

　　《玻璃窗上的苍蝇》是一首隐喻之作。诗人借助一只误入玻璃门的苍蝇，进行生命空间的结构与再造——那只玻璃上的苍蝇就是生命幻觉与真我之间的隐喻，是哲学辨认上的一次恍惚与定位。在诗的镜子上，有意想不到的动静和细节让诗歌发生觉知的意外——"我们都是，误入一扇门的闯入者／唯有死亡和消失，才能再次回去"，生门入，死门出，我们在误打误撞的时候，是不知道真相的，就像那只苍蝇，不知道它不可能穿越玻璃。看着这只苍蝇，我似乎明白了人在相似的处境中所做出的挣扎与突围。也就是说，我们入此门后和出此门前是迷失的，并不把握真相（"黑夜的黑，白昼的白，这些已知的命题／在透明的瓶子里，我们做着不同的解答"），这是苍蝇的处境，也是我们的处境。冲动的欲望，局部的目的，在纠缠，在解答。这首诗具有一种对生命本原的洞察，但似乎可以在这种洞见中写得深一些，语言更精炼一些，必要时表达速度加强一些，可能会产生更为意想不到的张力。

特邀点评：李之平

刻碑的人

» 非 马

在安乐公墓，我看见一个
正在下蹲、弯腰，忙活着刻碑的人
从一块块坚硬的长条石中
不断抠出陌生的人名
以及准确的生辰与殁时，手艺娴熟
字体或楷或隶。像掌上老茧一样厚实
笔画如铁钉，一根根楔进去
算是盖棺定论

这些躺着的人名
生前与他没有半点交集，也无丝毫瓜葛
眼下却如此接近。仿佛离散多年的亲戚
在异乡的某条陌巷，不期而遇

掸了掸落在衣服上的灰屑
他缓缓站起，神情凝重地盯了一眼碑石
许是久蹲的缘故，他趔趄了一下
像是被光阴从身后推搡了一把
与面前的石头，又靠近了几步

　　《刻碑的人》以冷静的笔触描述了刻碑人的生存状况。"像掌上老茧一样厚实 / 笔画如铁钉，一根根楔进去 / 算是盖棺定论"，这种分明只有刻碑人才具有的哲学与隐喻意味的动作细节，如写实绘画，朴实至极，却刀刀刻骨——笔锋一转，便是刻碑人内心或者说作者自己的感受，"仿佛离散多年的亲戚 / 在异乡的某条陌巷，不期而遇"，本为陌生人，在这里却好像变成了熟人、亲戚，诗人的用意并不是说刻碑人对死者有什么感情，而是告诉大家，生与死的区别就是活的时候有感情，有血有肉。尽管表面上看起来冰冷无情，完全在完成一件技术活儿，但实际并非如此。最后一节写得很精彩，刻碑人蹲得太久，腿有点儿麻了，打了个趔趄——这句是这首诗的诗眼："像是被光阴从身后推搡了一把 / 与面前的石头，又靠近了几步"，与面前的石头又靠近了几步，看起来有点儿好笑，但诗人不是在开玩笑，他写出了一种残酷无情的东西，比如时光的流逝、死亡的冷酷、生命的短暂以及生与死所能演化出来的人世间的智慧与哲学。整首诗歌既克制又有力，情感推动引而不发，暗含空间的波涛涌动；结尾的处理，让幽默中的悲情绵延下来。

特邀点评：李之平

脸

» 莫 浪

梁梓说，写诗就像受伤的脚趾躲在鞋子里

我忍不住想加几句

写诗就像弯下腰来保护

内心将要愈合的伤口和细微的声音

写来写去，与自己对话，与世界对话

无非是寻找合脚的鞋子

倒掉鞋底的一粒砂

苏东坡的芒鞋，踩过山头斜照

我行万里路，也撞见过没有脚的人

我落泪了，但在人群中我保持微笑

比言语更为真切，我凝视过

雨中的鸟每一次飞回檐下，像是放好鞋子

我走在低处，兀自奔忙

慢慢领悟到

一个人去更多美丽干净的地方

是要找一片树叶遮住羞耻之心

　　《脸》这首诗，借用鞋子的意象，进行一场自我保护的意义证明，完成一场心理与现实的较量。"写诗就像受伤的脚趾躲在鞋子里"，从这句开始，脉络清楚地展开了整体与局部的哲学较量。"与世界对话／无非是寻找合脚的鞋子／倒掉鞋底的一粒砂"，是对"写诗就像受伤的脚趾躲在鞋子里"的展开；写诗，也是保护内心将要愈合的伤口还有细微的声音。诗的内在和诗的形式，就是肉体（心灵的赋形）生命和语言的适当指向和结构。一个是脚，一个是鞋子，把相对抽象的某种东西变成可触可感的经验具象，并让它们在看似缩小的态势下具有实际上更加开阔的想象可能，放大能指。结尾的"找一片树叶遮住羞耻之心"十分精彩，寻找美丽感觉是为了遮蔽羞耻之心，向内突进，精准而深刻。到了这里，诗被打开了，诗的打开并非语言的拓扑，而是突然击中了话语之外的某个真相。

特邀点评：李之平

我确信我所有荒诞不经的想法都来源于一只猫的不确定性

» 墨 砂

在小县城北，一条浅小的巷子里

我在朋友家楼下等朋友出门

一只黑色的流浪猫从朋友家三楼的屋檐一跃而下

我的目光被这矫健的灵动的充满美学与力感的瞬间吸引

它轻巧地落在地面，并以落点为中心

向四周跳动着延伸，矮墙上，垃圾桶盖上，停留的车顶上，然后从容地离去

离去的最后，它顿了下，回头盯着我，冲我喵了一声

那一瞬间我与它四目相对，仿佛它黑色的毛发与我黑色的眼眸开始相连接

我内心忽的升起一种相信

我确信在城北以北，在比朋友家更北的地方

那只流浪猫它流浪过的土地一定比我所知道的地名加起来还更广阔

参加过的婚礼一定比我的朋友们将会举办的还要多得多

就如现在我的眼眸对望着它蓝色的眼睛

思绪一返回，就仿佛看到那个稚气未脱的叠音名字

正在翘首以待——翘望着

一个普普通通的人波涛汹涌的内心世界将要为之展开的波澜壮阔

我努力回想着这十二年间的那些事情

那些荒诞不经的想法

那些迷迷瞪瞪又懵懵懂懂甚至愚蠢至极的做法

都让我有理由去确信：

我确信我所有荒诞不经的想法都来源于一只猫的不确定性

点 评

诗的前七行交代了地点、环境、人物与故事，平铺直叙，看似平淡，却营造出一种强烈的画面感。第八行、第九行是一个转折点，承上启下，猫在离去的时候，回头叫了一声，像一种问候；诗人与它的对视，有了一种神秘的连接感。流浪猫踏过多少足迹，参加过多少婚礼，把猫的形象拟人化，与其说是诗人的遐想，不如说是诗人的思考。诗人年轻时对未来充满期许，想活出生命的波澜壮阔，却又在现实中荒诞不经，我们能感受到他对现实生活的无奈与矛盾的心情。诗人以"我确信我所有荒诞不经的想法都来源于一只猫的不确定性"结尾，是点睛之笔，解答了前面的问题与矛盾，更是诗人与生活的一种和解。诗人从遇见一只猫开始，到与猫之间产生连接，再到对生命的思考并给出一个答案，全诗看似散漫无奇，仔细品读，却能感受到一种平淡中的饱满和力量。有画面，有转折，有问题，有思考，这是一首发人深省的好诗。

点评网友：三姑娘

高　考

» 张　醒

三十年了

我永远记得王文明

我也永远记得那年高考

在高考前两个月

全县要举行一次重要考试

更熟知的说法叫"筛选"

虽然我们是县一中

不知道是不是为了升学率

我们班也被"筛"下了 8 位同学

他们没有取得高考资格

12 年苦读就此结束

其中一男同学空手走出校门

头都没回过，好像很潇洒

一同学烧了所有的书和试卷

两位女同学抱在一起哭诉：

"我就想摸一下真正的高考试卷。"

这其中有王文明同学

他没有哭，也没有立即回家

他驮起父亲刚刚送来的

准备交给食堂当下个月伙食的米

来到县人民大会堂前广场上

天黑前要把它卖掉

点 评

看上去，《高考》更像是一首口语诗。口语诗的民间性与非主流倾向、大胆的表现、鲜活的语感，都让人产生阅读的快意（哪怕是暂时的）。但口语诗其实不好写，要将大白话写出一些意思，写出诗味，很考验写作者的能力。

这首诗首先是白话的，看上去没用多少修辞，没用多少隐喻，只是平顺地叙述了一起事件，并且是一起特殊的事件。高考"筛选"，其本身具有戏剧性与荒诞意味，作者借助几个人、几个细节，很具体地将其勾勒了出来。班级里经"筛选"被取消高考资格的八名同学，面对命运的捉弄表现各异。他们有的空手走出校门头都没回，有的烧了所有的书和试卷，有的抱在一起哭泣（本来就想摸一下真正的高考试卷），而王文明则表现出另外一个样子，"他没有哭，也没有立即回家 / 他驮起父亲刚刚送来的 / 准备交给食堂当下个月伙食的米 / 来到县人民大会堂前广场上 / 天黑前要把它卖掉"。这个人似乎不悲伤，不痛心疾首，但通过他的行为，读者能够看出其忍受不幸的能力。

"三十年了 / 我永远记得王文明 / 我也永远记得那年高考"。作文化的开头，表述有点儿笨拙（也可能是有意这么写），但这不重要，重要的是作者通过后边诗句的有效描述，让我们记住了一段岁月、一起事件、一个人。这也是我选择这首诗的原因。

特邀点评：唐翰存

渡　口

》**古　马**

……我已经走了

一只无人的渡船

灰蒙蒙的水浪

远处山峦

这些都不能安顿你们

假若你们在此驻足

发现渡头有冷落的灰烬和锅碗的碎片

请想起一个野火熏烤的晚夕吧

那时，我正在耐心细致地翻烤一条大鱼

为一个人，为天地间一场盛宴

也为后来的你们

那时，蛙声把黄河古象的骨殖和两岸的旱柳都叫绿了

闷雷，给草棵间忙碌的蚂蚁增添透明的翅羽

绿雨潇潇

渡口

口含灯火

……我已经走了，我生活过

也短暂地

爱过

庄重如许

饥渴如许

……是如许的知足

点 评

　　渡口者，渡人渡己，至于彼岸。诗中的"我"，却先将自己渡走了，留下一个人类学遗迹。"……我已经走了"，这个省略号带着不尽的绵延，一种迟疑，一种难以详述的前行为。"一只无人的渡船 / 灰蒙蒙的水浪 / 远处山峦 / 这些都不能安顿你们"，这些景物里，独缺了人，缺了"我"，唯有"我"能够安顿"你们"，可"我"走了；"你们"来了，会看见什么呢？第二节描述离者的遗迹。"请想起一个野火熏烤的晚夕吧 / 那时，我正在耐心细致地翻烤一条大鱼 / 为一个人，为天地间一场盛宴 / 也为后来的你们"，一条大鱼承担着三重任务，可见那已不仅仅是一顿晚餐，更像是一次仪式，一次献祭的仪式，为爱，为天地，为后来者。"那时，蛙声把黄河古象的骨殖和两岸的旱柳都叫绿了"，此情此景，具有远古气象，也说明在"我"这里发生的那种前行为，超越时空，具有某种亘古的气息。

　　"绿雨潇潇 / 渡口 / 口含灯火 / ……我已经走了，我生活过 / 也短暂地 / 爱过"，"我"与渡口之间，果然有一个故事连接。可"我"为何要走，诗中没有说，只是走了。"庄重如许 / 饥渴如许 / ……是如许的知足"，这样的短句，有些绕，有些"自私"。如果这里的"走了"不是"死了"，我们相信其中不乏知足的决绝。作者没有将渡口写成一个留守的故事、一个舍我为他的故事，由此，诗中所谓的"渡"，就非一般之渡。渡己渡人，似乎都不重要了，只要渡口还在。

　　　　　　　　　　　　　　　　　特邀点评：唐翰存

长　廊

»　黎　落

我听见流水声。正午的阳光从树梢下来
你陷在一片白里，小兽四周出没
但不叫醒你。或者，你更愿意随流水漂远

蔷薇花真好看，爬在墙头
我羡慕它们能穿透篱墙，扶你起身
隔开的这段水路，只有花朵的坚持才能抵达

你听。鸟鸣又起了，震落一截烟灰
我喉管里的石头轻了几分
它想变成飞萤，唤醒十万座大山
想，替我照亮你
日子越过越薄，我该学习编织花环
向长廊索求你的背影。但它，只投下一地清凉

点　评

　　有时，读诗不求尽意，舒适即好，能产生美感即好，《长廊》即是这
样令人舒适和产生美感的诗。阅读三遍，仍不明白诗中"长廊"所指，然

而，这似乎并不妨碍它在语言层面带给我的天籁想象。

诗来自于自然，诗对自然物的临摹和表达，永远不会过时。"我听见流水声。正午的阳光从树梢下来／你陷在一片白里，小兽四周出没／但不叫醒你。或者，你更愿意随流水漂远"，读这样的句子，真感觉舒服，同时也会想，诗中出现"我"和"你"，"我"是叙述者，"你"又是谁？"蔷薇花真好看，爬在墙头／我羡慕它们能穿透篱墙，扶你起身／隔开的这段水路，只有花朵的坚持才能抵达"，此处似乎有长廊了，因为"蔷薇花"出现，"篱墙"出现。花朵"扶你起身"也能理解，花朵有自然之美的魅惑力，既如此，花朵也就能送人在水路上"抵达"，这与前面"你更愿意随流水漂远"的主观愿望是一致的。句子前后呼应，情理相通。至第三节第一行"你听。鸟鸣又起了，震落一截烟灰"，此处的烟灰不是"你"的，而是叙述者"我"——一个沉思的抽烟者的。不仅如此，"我喉管里的石头轻了几分"，胸中块垒上移至喉咙，是因为鸟鸣的诱惑。石头轻成了飞萤，"唤醒十万座大山／想，替我照亮你"，"唤醒"即是"照亮"，"照亮"与"飞萤"之间情理相通。"日子越过越薄，我该学习编织花环／向长廊索求你的背影"，值得注意的是，"日子越过越薄"与"编织花环"之间本没有因果关系，甚至二者因果背离，一个是生存问题，一个是审美问题，"我"之所以弃生存而趋审美，是因为花朵的特殊性，因为花朵能"扶你起身"，花朵能送"你"抵达。"我"为了"索求你的背影"（哪怕只是背影），必须借助于花朵，"学习编织花环"。可见"你"在叙述者"我"心目中的重要地位。"但它，只投下一地清凉"，长廊以另一种情形，非我所愿地给予"我"馈赠，而"你"仍不可得。

"你"是谁，"长廊"为何物，分析了半天，仍不得而知。好在，分析一首诗的过程，可能就是靠近一首诗的过程；靠近，但不伤害它完整而不解的美。

特邀点评：唐翰存

楚辞的质问

》 **林邪云**

没有人敢应答楚辞的质问
一个宏大的时代被问垮了
一个卑微的身影却走过两千年
激荡的汨罗江水
一遍又一遍重复着一句早已沉没的话
清澈，浑浊，反复的世道
远不及一块以身殉道的石头沉重

他的手里，依然紧握着洁白的木兰
风雨和春秋，不再侵吞他的衣袖
仰首问天的一刹那
他眼露悲悯，泪带蕙香
楚地的歌谣猛地砸裂一片天空

阴霾散了，虚伪的镜面
终究碎落成历史最微不足道的尘埃

这首十四行诗通过双重否定，运用对比手法，呈现出一种错落的张力。它首先否定意象，"宏大的时代""反复的世道"，又否定物象，"汨罗江水""风雨和春秋""虚伪的镜面"等，这些词语的叙说转化成双重否定本质的符号，在表达事实在场之物的词语中，使"屈原"和"楚辞"得到肯定性呈现。起句"没人敢应答楚辞的质问"，即对题目进行了否定的回应。何以无人敢应？因为"一个宏大的时代被问垮了"，极具开的张力。接着笔锋一转，"一个卑微的身影却走过两千年"，极具收的压力。一开一收，对比转折，在一种双重否定的结构中酝酿出诗的主旨；通过反复对比吟诵，给人以反思：时代终将过去，历史终将记忆，唯有屈原千古，唯有楚辞千古。

点评网友：梁战龙

塔岗道上

》 张孝明

我只是偶尔来到山中
大多数时候，我要忙着搬运粮食
有时，陷于困境和悲伤

满山的虫鸣像是欢迎我回家
清凉的黑夜围绕着我
而这些，并不能使我留恋不返

我终究属于向光的生物
我回身走向昏黄的人间烟火
共青路的玉兰花散发着芬芳

无尽的黑暗也无法将我吞没
我还是爱着奔波劳碌的生活
我还是爱着赐我苦楚的人间

　　《塔岗道上》既是现实的，又是隐喻的，两者之间有着巨大的裂隙和间距，而诗意也由之而生。人们在出世与入世之间辗转、踌躇，生活艰难晦暗，但也有其令人沉迷、难以割舍之处；红尘之外固然轻松放达，却又难免孤高枯燥，从另外的角度看未必不是对于责任的放逐。《塔岗道上》所写，正是出世与入世之纠葛下作者的态度与立场。

　　"我只是偶尔来到山中／大多数时候，我要忙着搬运粮食／有时，陷于困境和悲伤"，"来到山中"意味着从日常生活中脱身而出，转换一种状态，来到另一世界，而日常则需要"搬运粮食"，为稻粱谋，难免为之所累，难免庸常与琐屑，因而也难免"陷于困境和悲伤"。"满山的虫鸣""清凉的黑夜"都属于这另一世界，也对"我"构成诱惑，但"我"的立场又是鲜明的，"我"很清楚自己不可能完全属于这里，这些"并不能使我留恋不返"。

　　终究，"我"还是属于"向光的生物"，爱着人间烟火，留恋花朵所散发的"芬芳"，"我还是爱着奔波劳碌的生活／我还是爱着赐我苦楚的人间"。人间固然有太多不完满、不如意，却仍然值得付出，值得期待，值得为之奋斗。罗曼·罗兰说："世上只有一种英雄主义，就是认清生活的真相后，依然热爱生活。"每一个人，每一个诗人，都应该心怀光亮，与黑暗苦斗，做自己生活中的英雄。

特邀点评：王士强

我与父亲的三次接触

» **桐雨生**

第一次

我还不知道父亲是什么

我从母亲的扣箱里

翻出十几枚五角星奖章

全部别在胸前

母亲从大街上将我抓回臭揍

一颗星一颗星摘下

整整齐齐别在一块绒布上

为扣箱加锁

第二次

我终于从黑白照片里找到父亲

我看着照片

听母亲讲父亲生前的故事

此后街上每有孩子问我"谁是你爹"时

我就拉着他去看照片

直到十九岁

母亲从扣箱底翻出一件奖字背心说

你长大成人了

把这件背心穿上吧

第三次
爷爷过世了
我和姐姐在一条土沟的水渠边
挖出父亲的骨尘
姐姐从土坑里举着骷髅头说
这是咱老子的脑袋
然后又从土里翻出胳膊腿
手指和脚趾找不全了
再入殓时乡亲找不到枕头
抱了一块土疙瘩说
冬玉哥枕一疙瘩土疙瘩吧

点 评

《我与父亲的三次接触》写了一个悲伤的故事，但全诗并不悲切，反而有些轻松、调侃甚至浑不吝。这是作者主动收束、压抑情感的结果，从背面凸显出他与父亲之间不可替代、血肉关联的感情，平静中不无沉痛悲怆。

作者从小失去了父亲，幼年失怙，对一个人的一生有着莫大的影响。全诗以时间顺序写与父亲的三次亲密"接触"。第一次，自己尚年幼，不谙世事，从母亲的扣箱里翻出父亲的五角星奖章别到自己的衣服上，遭到母亲"臭揍"。他并不知晓这些奖章对于父母的意义。这时的他是懵懂的。

第二次与父亲的"接触"则是他的照片和背心。他从照片中看到父亲的形容样貌，听母亲讲父亲生前的故事；当有小伙伴问起父亲时，他带他们去看父亲的照片。尤其是19岁长大成人，母亲从箱子里拿出父亲穿过的背心让他穿。这在一定意义上是一种成人礼，也是儿子寻找父亲之旅的结果，正如那首歌的名字"长大后我就成了你"，父亲的生命在儿子身上得到了延续和传承。这也是一种成长。

第三次接触的则是父亲的骸骨。因为爷爷去世，父亲的尸骨被重新挖出。"姐姐从土坑里举着骷髅头说／这是咱老子的脑袋"，而重新入殓时找不到枕头，乡亲就将一块土疙瘩作为枕头，说"冬玉哥枕一疙瘩土疙瘩吧"。这里面全无悲戚愁苦，而是体现了一种面对生命幽默达观的态度。这里面体现出成熟。

全诗直陈其事，不枝不蔓，从中可以感受到一种健康深沉、真挚豁达的情感力量。一定意义上，这是缺席的父亲所留下的积极的遗产，更是第一人称叙述者正常心智活动的体现。

特邀点评：王士强

掉下来的羽毛

》 杨祥军

反复做同一个梦：
那只失群的天鹅
在铅灰色天空奋力飞
叫声凄凉而执着

到深夜，万物昏睡
它的叫声弱下去
而洁白的羽毛，被风撕碎
飘飘洒洒落满大地

在梦里，我重复做一件事：
收拢羽毛，堆一只雪天鹅

点评

　　《掉下来的羽毛》写梦境。生活被现实逻辑五花大绑，动弹不得，而梦是一种飞升、超越和自由。诗中写一只"失群的天鹅"，"在铅灰色天空奋力飞／叫声凄凉而执着"，现实环境显然于它不利，它不是一个呼风唤雨、如鱼得水的存在，而是形单影只、不合时宜、犹如挺着长矛大战风车的堂·吉诃德。

这样的形象，其失败几乎是必然的，堂·吉诃德如此，这只"失群的天鹅"也是如此。世界之夜，万物昏睡，天鹅的叫声弱下去，"洁白的羽毛，被风撕碎／飘飘洒洒落满大地"。失败在所难免，那么，这一切是否就是不值得，就是无意义？作者显然并不这么认为。回到他的梦中，"我重复做一件事：／收拢羽毛，堆一只雪天鹅"，天鹅的羽毛被风撕碎，四处飘洒，是失败的象征，而"我"将之重新聚拢，努力堆一只"雪天鹅"，则是恢复、延续其生命和品格的举动，是一种反抗。这其中包含了对"失群的天鹅"的认同，从中也能够见出"我"与"天鹅"之间的某种同构关系。

特邀点评：王士强

下午之境

》 柯秀贤

下午的镜窗蓄满湖水

风从对岸的山坳吹来

没有时间转场

也不考究存在的意义

湖面却被我逐一读出涟漪

甚至一尾鱼，裸露它的背鳍

在立体的视线里跳跃

扑腾着很小的水花

波光浩荡，如果不够耐心

你无法感知得到

当然，这细微的动静

无关紧要，只不过我进一步推测

它很可能是对它所承载的

一切倒影的一种消解

特别对于浮云

　　整体上来说，这首诗所展现的是一种"感觉"之境：诗人沉浸在自己最细微的知觉反应中，敏锐地捕捉、在意感官的作用，从而使我们寻常所见的世俗世界在感觉的映射下产生新的意境美。具体言之，因为钟情于用微妙而纯粹的感觉去观照世界，湖水才有了微澜，山风也才有了吹拂，而正是对这湖水微澜和山风拂动之感觉的不自觉沉溺中，物化的时间和外化的存在都失去了作用与意义，因为沉溺于此境界中即是一种更自在的"宁静"与"意义"。同时，诗歌中对鱼儿跳跃情景"特写"式的细致描写，将微小的动作加以放大，从而延长了动作的时间，表明"感知"会使我们习以为常的世界变得更立体、更有活力。需要强调的是，如果说感觉使"湖水"和"山风"发生了从外部之"静"到外部之"动"再到内在之"静"的变化的话，那么它在对"鱼儿"之"动态"的延伸中，让我们体味到一种由时间拉长而产生的"静谧"与"开阔"。因此，"感觉"的魅力其实就在于它能从"细微的动静"里为我们呈现出另一种相对宁静和自由的美好境界——如同"鱼儿"之"跳跃"打破了倒映在湖面的"浮云"之影一样，"感觉"消解了我们在宏观世界里一以贯之的包括"浮云"在内的正确的东西，即所谓的"意义"（尽管感觉世界一定程度上也是宏观世界的倒影，因为感知的对象来自于宏观世界）——而这种境界正是我们一直苦苦追索的"存在的意义"。整首诗不仅将感觉和外景联系起来，还由景及理，用景喻理，细腻含蓄，富有韵味。

点评网友：一程安宁

四朵桃花

» 蒋志武

四朵桃花在一个枝头上，紧挨着
褐红色，看上去十分轻柔
蜜蜂在花蕊中滚动，它将全身的针
扎在了这里，在桃树下，我有红色的欲望
并将身体慢慢缩紧

红色，就是我灵魂的色彩
在春天的新生事物中，时间喷发出来的火焰
正撞击着蔓藤爬升的围墙
而真正的诗人都是一朵桃花
在春天造梦，日夜兼程赶往果实的肉身

我爱一切幽暗，也爱绚丽的外表
当四朵桃花同时开放
就会有四个梦带着土地的青铜
演奏，并穿过富有弹性的地面找到它们
深埋于地下的栅栏

　　诗如果没有灵魂，就只能成为空洞的回音。真正的诗人都是一朵桃花，在春天造梦，日夜兼程赶往果实的肉身。我爱一切幽暗，也爱绚丽的外表，这一切幽暗是什么呢？"现在的语言还是堕落的语言"。海德格尔在《技术的追问》一书中说，由于"听有思之道路都以某种非同寻常的方式贯通于语言中"，思之从基本成分中的滑落，造成语言从其基本成分的滑落。而"思就是存在的思"。当四朵桃花同时开放，就会有四个梦带着土地的青铜演奏。演奏什么？肯定是一场花事，但又不仅仅是春天的花事。为什么是四朵桃花？也许是一种地理学意义，即"东西南北"的喻指。

　　"在桃树下，我有红色的欲望／并将身体慢慢缩紧／／红色，就是我灵魂的色彩"。红色为什么是"我"灵魂的色彩？诗人使用了一种哑谜。正是这种哑谜，将四朵桃花、褐红色、花蕊中滚动、针扎了下来、时间喷出来的火焰、藤蔓爬升的围墙、果实的肉身、土地的青铜、地下的栅栏等芜杂意象聚拢起来。《四朵桃花》一诗既是风景，也是果实的肉身。"是身如焰，从渴爱生。"《维摩经》的句子常让我感动。肉身像炽热燃烧的火焰，如此渴望着爱或者被点燃。这首诗诠释了一种普遍性的人生体验：在偶然、不经意的情况下遇到某种美好事物，而当自己去有意追求时，却再也不可复得。

特邀点评：朱必松

月光下的白马

》金　鹰

它的恬荡无法与黑暗交融

月光笼罩穹庐

一匹马在静静吃草

没受到任何惊扰，从鬃毛到尾巴

似乎很空荡

脊背上亦无鞍具，仿佛载着一种空虚

草锋芒的针尖，亦来自光的内部

河水泛动碎波，恰似它的瞳孔

光没有丝毫斑驳，包括流水和空气

深暗中，梦开始撞击你

为何如此孤单

它的主人去了哪里？

此刻，你体内潜伏多年的黑暗

被刺醒

点　评

　　马在中国古典文学中一直是善良、谦恭、温顺、向上等诸般意象的象征，特别是白马，月光下的白马，更被喻为神明，被人们奉若圭臬。我认为，诗人用"马"来喻指"人"的慎独、灵魂的孤傲、不同流合污的高贵，这种寓意隐藏得很深，翻滚出来时，全世界一片惊悚。"为何如此孤单／它的主人去了哪里？／此刻，你体内潜伏多年的黑暗／被刺醒"。它的主人去了哪里这一诘问，"让它的恬荡无法与黑暗交融／月光笼罩穹庐／一匹马在静静吃草"。这是一幅恬淡宁静的画面，天地间正在交接白银。语言学家索绪尔说："语言是一种约定俗成的符号，但是这一符号必须要指向某个确定的意义，否则符号就失去了存在的价值。"在这片月光下的草地，我就像那匹白马，体内潜伏多年的黑暗正在被刺醒，我读到了屈原、张居正，也读到了李贽、何心隐；在那遥远的地平线尽头，我仿佛看见了站在大海边的普希金，跋涉在草原上的屠格涅夫，徘徊在伏尔加河畔的列宾，而姜子牙正在月光下的渭水边垂钓，李白正在太湖畔捞起一枚月亮煮酒……

特邀点评：朱必松

西部天空的纸鸢

» 周　栗

从乌鲁木齐到岳阳
绿皮火车给出的答案是
两天两夜，姑姑
五年才能回来一次

年轻时，姑姑投奔了
在新疆支边的姑父
住地质队的地窝子
娃娃们是戈壁滩放养的
祖父祖母过世，都没见上一面

异乡的清明，姑姑
总是把祖宗请出来
敬上纸烟、鸡蛋糕和茉莉花茶
陪着他们说说话

多少年，西部天空的纸鸢
扯得祖父祖母心疼
而从岳阳到乌鲁木齐

火车给出的答案同样是两天两夜

点 评

　　《西部天空的纸鸢》是亲人之间的异地生死牵挂，那种情愫弥漫开去，撩人魂魄。距离远近不是一个事，距离远近也是一个事，空间可以把思念稀释，也可以把思念酿稠。"从乌鲁木齐到岳阳／绿皮火车给出的答案是／两天两夜，姑姑／五年才能回来一次……而从岳阳到乌鲁木齐／火车给出的答案同样是两天两夜"，这些句子写得非常质朴，甚至没有一点点讨巧，原生态的思念，就应该这么写。开头的长句子和结尾的长句子，只有词语的腾挪和相互置换，却是诗眼，是诗心，写得高明而接地气。

　　这首诗让我读得热泪盈眶，任何理论的诠释和解构都是多余的。漂泊和离殇，不同的人有不同的遭遇，每个游子对故乡、对亲人的思念都是有共性的，今年清明节，我在海南漂泊，对天堂母亲的思念曾让我泪流成河……语词是一个结晶体，对于有伤的读书人，只有诗语和诗行能聚集一种自我拯救的力量。我的梦呓时常会被误作思想，我的童年只就跟这诗行中所描述的一样：是戈壁滩放养的，正是这样的放养，让我们愈挫愈勇，向新的精神高地出发。《西部天空的纸鸢》是一首难得的乡土诗，在一种巨大的虚无之中，让人性变得渐渐透亮。

特邀点评：朱必松

除夕夜读杜甫长诗《壮游》

» **苏奇飞**

烟花升起，散成灿烂的星空。

一个人衰老卧病之时，

回忆和叙述往昔的快意和清狂，

是否仿若在叙述另一个人，

另一种从未经历过的生涯？

抑或此刻，有另一个人

在夸谈、痛述自己的一生？

烟花在升空，叙述在转折。

一个巨大的时代，急切地

经过一个逃难者，绷紧他的心弦，

并在他的身上

演奏起逃难之歌。这是真实的。

一个国家明显的症候，最终

表征为一个人的痉挛：

在他的胃里，沙子般的痛苦

已经内化成诗韵和光亮。

烟花在散开，黑暗豁然明朗。

一个人的游踪、自传，

在多大限度上，成为

历史的注脚，注释着哪个词语？

哦，握紧的，都在形成沙漏。

万物的兴衰，都处于

秋风的语境中。

而悲伤的，流离的，行将终结的，

都归于美

和一首诗的韵律。

点 评

　　作者在某个风雪除夕夜打开一本稍显泛黄的古诗集，他本想在睡前匆匆一阅，不料却被他的诗人同行杜子美的一首诗所吸引。读罢掩卷，窗外的风雪停了，不知谁家的少年放起了烟花。作者陷入沉思：生命像烟花一样，是个明灭的过程，当"烟花升起，散成灿烂的星空"时，杜子美也开始在他的病榻上"回忆和叙述往昔的快意和清狂"。作者在诗中读到了两个杜子美的化身，两个化身都在替对方完成一次生命的回望。

　　烟花又一次升空，杜子美的叙述也开始转折。再怎么年少轻狂，终究敌不过"巨大的时代"的风云变幻。作者仿佛冲破时空阻碍，和杜子美如相晤对，他眼前的这位同行似乎被大唐那"明显的症候"所传染，也陷入了丰富的痛苦中久久不能自拔。而在新一次的烟花散开之前，他看到杜子美将生命中能/不能承受的轻与重"已经内化成诗韵和光亮"。就在这激烈的情动状态中，作者看到了今夜最后一次散开的烟花。本该为这短暂的明灭惋惜的，但他第一次看到了"黑暗豁然明朗"。

　　杜子美是不是有"诗史"的冲动呢？作者不由得怀疑这关于一个人一生的叙述能否成为"历史的注脚"，"一切坚固的仿佛都已经烟消云散了吧"（马歇尔·伯曼）。但作者不想就此罢手，这一切的兴衰存亡，这"悲伤的，流离的，行将终结的"东西，不该被解构，不该像无情风雨般被消解。诗人杜子美此时的心事，应该被这《壮游》中远古的风尘带了回来，变成了某种永恒的存在，而这永恒的存在"都归于美"，归于"一首诗的韵律"。

点评网友：谢腾飞

给 我

» 楚 吴

给我小，尘埃的小

给我空，玻璃窗的空

给我细，蛛丝的细

给我弱，门环生铜绿的弱

给我痛，梁木如肋骨断裂的痛

给我湿，苍蝇翅膀上的湿

给我浅，洗衣池泥土的浅

给我污，塑料袋埋一半的污

给我恶，枸骨树突出的恶

给我低，大雪压弯村庄的低

给我不悟，斜视一轮残月的不悟

我是一处废墟，在内心的黑暗里行走

给我光，人类故事燃烧的光

给我爱，春天让木梯发芽的爱

点 评

　　短诗《给我》有创意。好的作品都源自灵机一动的想法，一个作品最主要的内容、写法、着力点，都是靠这个偶然的想法打开的。写作就是把这个天外来客般的想法做实、做细，在它的基础上雕空镂虚，翻新出奇。卡夫卡的创意是，一觉醒来，发现自己变成一只甲虫，想起床但四肢已变成虫子的手脚，想呼救嗓子眼儿里却发出嘶嘶的声响，可还要惦记着去公司上班挣钱养家。《给我》也有这样一个发现，"我"没有，或"现在的我"不满足，有欠缺，处在一种"有问题的主体状态中"，祈求"你""神""时代"或一个更大的超我的存在"给我……"，开启一个有意味的对话结构。这个想法、创意，貌似简单，好像一缕涟漪的闪光，是可以随便得到的，但是它确乎来自潜意识的深层，整个生命乃至心灵世界的溶涵。

创意凝合成句法，"给我……，……的……"，诗歌的思路，神与物的契合就靠此结体架构起来。"给我小，尘埃的小"，首句开得不错，"小"是抽象的，但后面"尘埃的小"描述、修补了前者，两者之间属于"远取譬"，似是而非，似非而是，意义发挥空间大。后面"给我""门环生铜绿的弱""梁木如肋骨断裂的痛"之类，可以看出在基本句法的基础上跳荡，对"创意"的完成是"上天下地，东跳西跳"（废名语）。诗人选择以异样、突兀的方式进入世界，这世界中有常态的东西，也有意外。诗人的情绪、态度是悲愤、悲悯而隐忍，不再单纯地相信光明，不再自外于"主体性的我"而轻易发出批判的声音。这是当下新诗创作在伦理方面的一个集体转向，我认为，这是一种进步，是"有境界"的一种表现。

特邀点评：程继龙

黄旗山行

» 官长剑

暑气未消，绿色的小汗珠
映出秋天的半个粉脸。脚步声里
藏着小动物，虚心像大红灯笼
在高峰处耸立。山未行时林在风中
你来看花：茉莉，黄槿，蔷薇带刺
你不来，佛音静听着黄旗山

风景的故人，在方言里藏匿
新面孔在草尖、石缝，或莞香枝头
成群羞涩。流水线上的玫瑰已盛开
阳光落在湖心，箭环蝶正化身
溪水的小马驹，用比喻驯服大地
众神就着微风与香火，畅饮狂欢

入口的修辞里，塞满旧时代的歌声
盛产工业品的新美学，在人群中隐现
你来看山，围观的故事里尽是无名者
只有秋枫生长新的预言，叶子红到掌心

山雀与斑鸠，像跳跃的词语互不相识——
它们掌握唯一的真理，我只有小谬误

城市在夜色中隆起，不变之中
有漂亮的名声，盘旋，上升，在镜头里
躁动不安。人群混迹于秋色，却难挡
你世间的悲喜。"只缘身在此山中"
四十年已成此景，此山依旧不是彼山
当众神在山顶欢呼时，你始终在低处

点 评

　　诗有多种写法，《黄旗山行》是"过程之诗"。正如诗题所示，此诗多层面散点透视地展示了"山行"过程中的见闻、感受。至于"黄旗山"究竟是什么山，我们可以不关心。古典汉语诗歌中的"山行"，偏于追求精致的风雅或浑融的感受，新诗更乐于表达"自我"与"风景"双向激荡、分裂中的细微复杂感受。

　　在这个"过程性"的表达框架中，诗人施展了"随物赋形"的手段。第一节，可以寻绎出"山行"的时令、情状，感受作者愉悦轻快的心境。后面两节情调转悲，用过去的话说就是"兴尽悲来"。"山行"的兴致过去了，自然地生发出人生的悲喜盈阙。山行的明媚色调被"城市在夜色中隆起"的黑暗所取代，作者仍旧不忘拿"只缘身在此山中"之类的禅意来化解"世间的悲喜"，我以为是不成功的。跳脱出来看，很多写法、很多词与物的遇合生疏不熟，甚至导致了整体意境的杂乱，还缺乏自我情思乃至肉身对它的证悟、提炼。当代新诗，不仅要生新，而且要醇熟，诗艺要达到这一步，并非一朝一夕之事。

特邀点评：程继龙

玻璃海蜇

» **苏小青**

和你道了别，我就独自来到海上

海太大了，比起我住的

熙来攘往的陆地

我不知道来这里真实的目的

或是为了带着那句话

那天太阳被天空锁起来，它太闹了

人间暂时清爽了许多

也是道别时候，在小站

你说出了想说的话

我还没从那句话里清醒

我带着它来到海边，趁着新鲜

它将和螃蟹、小虾、贝类们一起洗澡

玩耍，我可以躺下来

在一片被海水送来的沙滩上

我把心掏出来：她还很年轻

随潮汐而起伏

对了，我刚从一本书里看到

海蜇有一副玻璃的长相

我伸出手去，这些圆圆的玻璃就溜走了

多像你说过的那句话

玻璃的，清澈的，虚幻的

夏天转眼就成为过去

点 评

　　《玻璃海蜇》营造了一种孤寂的氛围。这首诗的"本事"没有什么特异繁难："我"带着"你"道别时说的话，独自到海边徘徊。由于作者对情感低回沉思的态度，我们自然地把它当成一首失恋的情诗来读。作者在松松垮垮地叙述言说中造成了一种纠缠的态势，全诗按展开顺序，可以分为四个片段。第一个片段，作者在与友人分手后来到海边，"海太大了"，"太阳被天空锁起来，它太闹了／人间暂时清爽了许多"，看似平淡的表达，却是用了心的：失恋者独行海边，茕茕孑立的感觉被烘托了出来。第二个片段，回到小站道别的情境，这是镜头的回放，作者的情感一直停留在那个伤心之地，记忆一再地回返到那里，究竟是什么决绝的话我们不清楚，但它造成的效果却是深刻的，"我还没从那句话里清醒"，有点儿"行迈靡靡，中心如醉"的况味。第三个片段，回到开头的语境，将那句话带到了海边，作者把它和心一起掏出来，趁新鲜"和螃蟹、小虾、贝类们一起洗澡"，顺势来了一个比附："你"的那句话像海蜇那样是"玻璃的，清澈的，虚幻的"。整个感情的纯净、脆弱、虚幻的性质，被揭示了出来。最后一行，是第四个片段，将时间拉到很远，过去的不仅是夏天，还有曾经刻骨铭心的爱情、生命中的沧桑时刻。这类靠气氛取胜的诗，和一些写得好的流行歌曲的歌词有相通之处。

特邀点评：程继龙

对　弈

» 我是古井

县城十字路
每天被围得水泄不通的
是自行车修理摊点前
一块帆布做的简易棋盘
争执不下的一群人
在生活的角落里谋求脱身之计

当一枚汉字被烙在木质纹理上
就具有了市井气息
像家谱上刺血为墨写下的姓氏
从此，在荒草的经纬里开疆拓土
卒子过河，或马失前蹄

父亲不识字，不会下象棋
时常赶一群羊，像一个执白棋者
与天对弈，如今，已须发渐白

　　这首诗从民间常见的街头场景出发，由实入虚，虚实结合，生发出对现实人生的诗意联想。诗的第一段前五行是写实和铺垫，第六行一语双关，揭示了街头下棋的一群人是"在生活的角落里谋求脱身之计"，也就是将这种消遣作为从现实生活中脱身解乏的出口。第二段充分张开诗的想象的翅膀，诗人首先从"汉字被烙在木质纹理上"微妙准确地感受到市井气息；而"家谱上刺血为墨"的联想，则标示了这种传统消遣方式的根基深厚；"在荒草的经纬里开疆拓土／卒子过河，或马失前蹄"，是棋局实战，也是草根生活的隐喻。最后诗人由彼及此，联想到自己的父亲，虽然既不识字也不会下棋，但其实是在用赶羊的方式"与天对弈"，且"已须发渐白"，揭示出父亲与命运对弈的用功与艰辛。由于普遍性寓于特殊性之中，我们见证了人的力量、坚韧、本能和生存智慧。

点评网友：产安江